SOMBRA DA NOITE

Deborah Harkness

SOMBRA DA NOITE

Tradução de Márcia Frazão

Rocco

Título original
SHADOW OF NIGHT

Este livro é uma obra de ficção. Nomes, personagens, lugares e incidentes são produtos da imaginação da autora e foram usados de forma fictícia, e qualquer semelhança com pessoas reais, vivas ou não, estabelecimentos comerciais, acontecimentos ou localidades é mera coincidência.

Copyright © Deborah Harkness, 2012

Todos os direitos reservados, incluindo o de reprodução no todo ou em parte sob qualquer forma.

Edição brasileira publicada mediante acordo com
Viking, um selo da Penguin Group (USA) Inc.

Direitos para a língua portuguesa reservados
com exclusividade para o Brasil à
EDITORA ROCCO LTDA.
Av. Presidente Wilson, 231 – 8º andar
20030-021 – Rio de Janeiro – RJ
Tel.: (21) 3525-2000 – Fax: (21) 3525-2001
rocco@rocco.com.br / www.rocco.com.br

Printed in Brazil/Impresso no Brasil

preparação de originais
MAIRA PARULA

CIP-Brasil. Catalogação na fonte.
Sindicato Nacional dos Editores de Livros, RJ.

H245s

Harkness, Deborah E., 1965-
    Sombra da noite/Deborah Harkness; tradução de Márcia Frazão. – Rio de Janeiro: Rocco, 2013.

    Tradução de: Shadow of night
    ISBN 978-85-325-2833-9

    1. Ficção norte-americana. I. Frazão, Márcia, 1951-. II. Título.

13-0369
                                             CDD–813
                                             CDU–821.111(73)-3

Nenhuma parte desta obra
pode ser reproduzida ou transmitida por qualquer forma ou
meio eletrônico ou mecânico, inclusive fotocópia, gravação ou sistema
de armazenagem e recuperação de informação, sem a permissão escrita do editor.

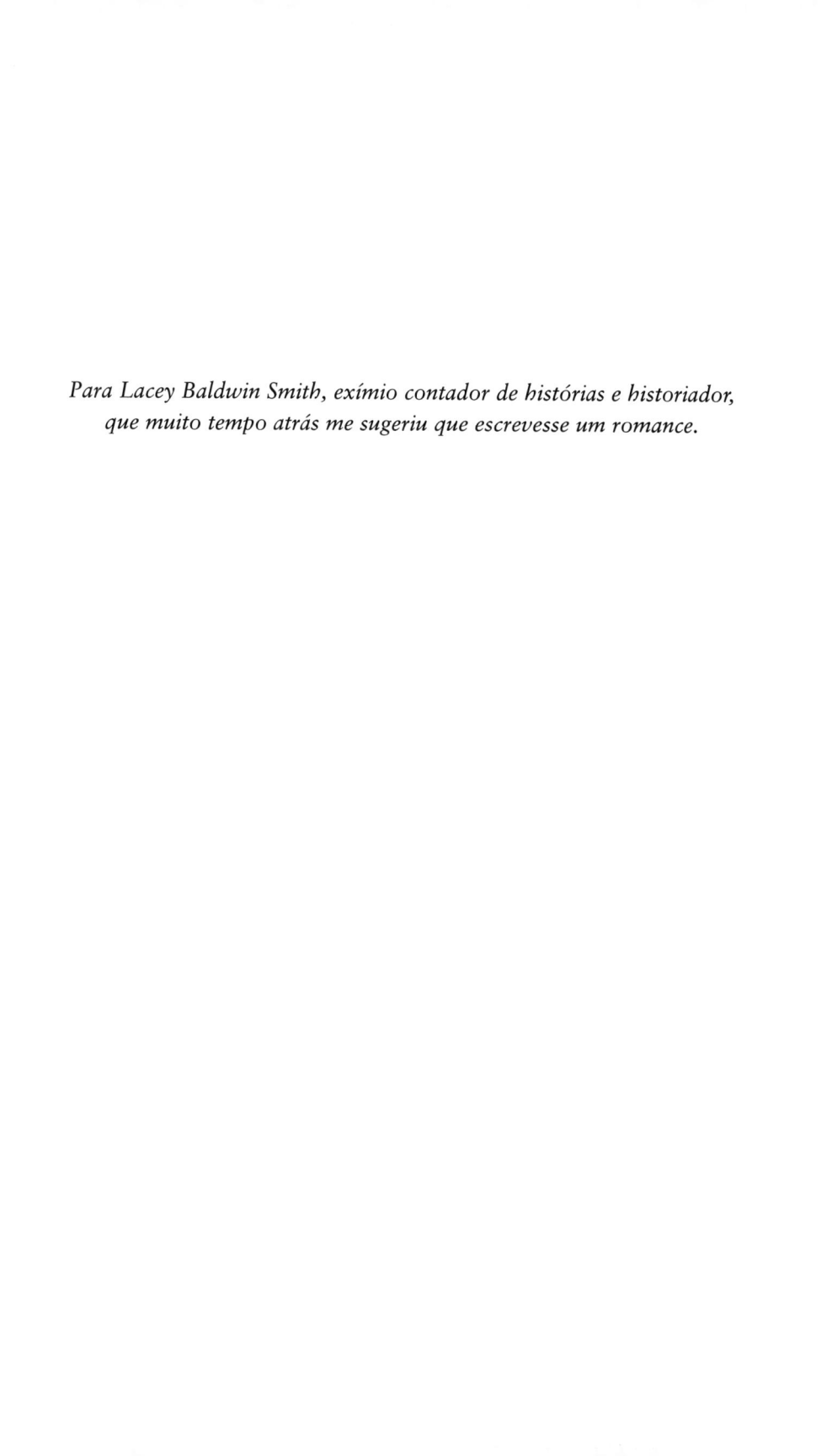

Para Lacey Baldwin Smith, exímio contador de histórias e historiador, que muito tempo atrás me sugeriu que escrevesse um romance.

O passado não pode ser curado.
— Elizabeth I,
Rainha da Inglaterra

Sumário

PARTE I
Woodstock: a Velha Cabana 9

PARTE II
Sept-Tours e a aldeia de Saint-Lucien 99

PARTE III
Londres: Blackfriars 207

PARTE IV
O Império: Praga 379

PARTE V
Londres: Blackfriars 475

PARTE VI
Novo Mundo, Velho Mundo 553

PARTE I

WOODSTOCK: A VELHA CABANA

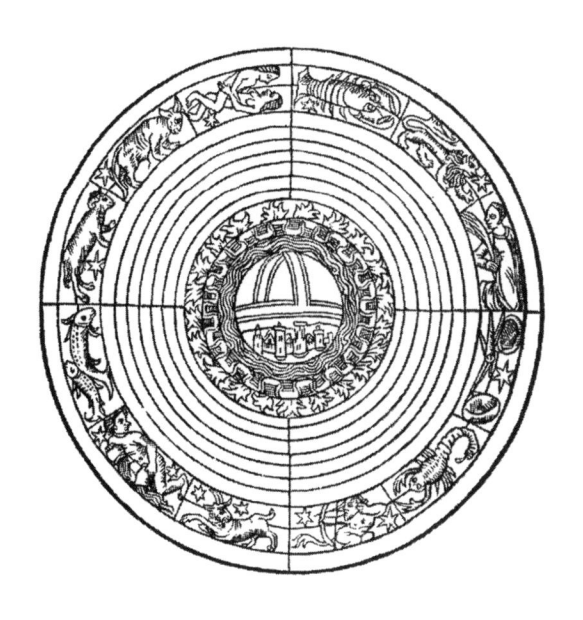

1

Quando chegamos mais parecíamos uma trouxa indigna de uma bruxa e um vampiro. Os longos membros de Matthew se curvavam desengonçados debaixo de mim. Com o impacto da aterrissagem um livro volumoso abriu-se entre nós dois e a pequena imagem de prata que estava na minha mão rolou pelo chão.

– Será que estamos no lugar certo? – perguntei e apertei os olhos porque talvez ainda estivéssemos no celeiro de Sarah na Nova York do século XXI e não na Oxfordshire do século XVI. Odores desconhecidos me fizeram ver que não estávamos no meu espaço e no meu tempo de origem. O odor de mato adocicado com um toque de vela de cera de abelha se sobressaiu e me fez lembrar do verão. E ao odor da fumaça da lenha seguiu-se o crepitar do fogo nos meus ouvidos.

– Abra os olhos, Diana, e veja por si mesma. – Os lábios delicados e gelados de Matthew tocaram na minha face como uma pena, seguidos por uma risadinha. Os olhos da cor do mar tormentoso que me olharam de um rosto extremamente pálido só podiam ser de um vampiro. Suas mãos percorreram meu pescoço e desceram até meus ombros. – Tudo bem com você?

Acabávamos de retroceder a um passado longínquo de Matthew e meu corpo parecia prestes a se partir com qualquer lufada de vento. Eu não sentia nada parecido desde as breves sessões de viagem no tempo que fazíamos na casa de minha tia.

– Estou ótima. E você? – Abstive-me de olhar ao redor e olhei para Matthew.

– Estou aliviado por estar em casa. – Ele tombou a cabeça no assoalho de madeira com um suave baque, fazendo dispersar o aroma de verão dos juncos e das lavandas espalhados por todos os lados. Mesmo em 1590, a Velha Cabana ainda lhe era familiar.

Já com os olhos adaptados à penumbra, pude observar uma boa cama, uma pequena mesa, bancos estreitos e uma única poltrona. Um corredor do outro lado dos pilares entalhados que sustentavam o dossel da cama ligava um aposento a outro, e a luz se derramava nas cobertas e no piso com um retângulo de ouro mal-traçado. Os painéis de madeira nas paredes do quarto aparentemente talhados sobre tecidos fizeram-me lembrar que já os tinha visto nas minhas poucas visitas à casa de Matthew no meu tempo presente. Inclinei a cabeça para trás e notei que o reboco maciço do teto era encaixotado em quadrados com uma espalhafatosa rosa Tudor incrustada em cada recesso.

– As rosas eram obrigatórias na época em que a casa foi construída – comentou Matthew em tom seco. – Não as suporto. Pintaremos de branco na primeira oportunidade.

Uma súbita lufada de ar atiçou as chamas douradas e azuladas de um castiçal, iluminando o canto de uma tapeçaria ricamente colorida e os retalhos escuros de uma colcha esmaecida com uma estamparia de folhas e frutas. Um esplendor nunca igualado por nenhum tecido moderno.

Sorri subitamente empolgada.

– Eu realmente consegui. Não errei o alvo, não paramos em outro lugar como Monticello ou...

– Você não errou, não – disse ele sorrindo. – Foi magnífica. Bem-vinda à Inglaterra de Elizabeth.

Pela primeira vez na vida entrei em êxtase pelo fato de ser uma bruxa. Como historiadora, estudava o passado. Mas como bruxa visitava-o em carne e osso. Nós tínhamos viajado até o ano de 1590 para que eu pudesse estudar a arte perdida da magia, mas naquele lugar havia muito mais coisas para serem aprendidas. Curvei a cabeça para celebrar com um beijo, mas a porta se abriu com um rangido e me deixou petrificada.

Matthew pôs o dedo nos meus lábios para me calar. Girou ligeiramente a cabeça e abriu as narinas. Só descontraiu quando reconheceu quem estava no aposento ao lado, o ponto de onde ecoava um tênue farfalhar. Ergueu o livro e me fez levantar com um único movimento. Conduziu-me pela mão até a porta.

Um homem estava à frente de uma mesa coberta de correspondências no aposento ao lado. Era um tipo robusto de cabelos castanhos despenteados com uma aparência impecável e luxuosas roupas de fino corte. Murmurava alguma coisa estranha, pontuada por palavras em tom baixo e quase inaudível.

O choque cobriu o rosto de Matthew que logo abriu os lábios com um sorriso afetuoso.

– Onde é que está você, meu doce Matt? – O homem ergueu uma página contra a luz. Um segundo depois os olhos de Matthew se apertaram e a indulgência cedeu lugar ao desprazer.

– Procurando alguma coisa, Kit?

Ao ouvir essas palavras o jovem deixou o papel cair sobre a mesa e rodopiou com o rosto iluminado de alegria. Eu já tinha visto aquele rosto em um exemplar de *O judeu de Malta*, de Christopher Marlowe.

– Matt! Pierre me disse que você estava em Chester e que não poderia voltar para casa. Mas eu sabia que não deixaria nossa reunião anual de lado.

As palavras me soaram familiares, mas com uma estranha cadência que me exigiu muita atenção para entendê-las. O inglês elisabetano não era muito diferente do inglês aprendido na minha escola, mas nem minha familiaridade com as peças de Shakespeare o tornava mais compreensível.

– Por que está sem barba? Esteve doente?

Os olhos de Marlowe cintilaram quando se deram conta de minha presença, com uma intensidade que o fez parecer tão desagradável quanto qualquer outro demônio.

Eu tive que me conter para não sair correndo em direção a um dos maiores dramaturgos ingleses para cumprimentá-lo e depois metralhá-lo com perguntas. Logo que o vi à frente, o pouco que sabia dele simplesmente evaporou de minha cabeça. Será que ele havia encenado alguma peça em 1590? Que idade tinha na ocasião? Sem dúvida alguma era mais jovem que eu e Matthew. Marlowe ainda não tinha chegado aos trinta. Sorri calorosamente para ele.

– Onde você encontrou isso aí? – Ele apontou para mim, com a voz destilando desprezo. Olhei por cima do ombro em busca de alguma obra de arte hedionda. Só havia espaço vazio.

Ele se referia a mim. Meu sorriso entortou.

– Seja gentil, Kit – disse Matthew, com uma carranca.

Marlowe deu de ombros.

– Isso não importa. Sirva-se dela se for preciso antes que os outros cheguem. Se for preciso. George esteve aqui por algum tempo. Claro, comendo sua comida e lendo seus livros. Ainda está sem patrono, o nome dele não vale um centavo.

– George pode se servir de tudo que é meu, Kit. – Matthew cravou os olhos no outro com um semblante inexpressivo e levou nossas mãos entrelaçadas à boca. – Diana, esse é o meu caro amigo Christopher Marlowe.

Depois da apresentação Marlowe me observou com mais atenção. Mediu-me da cabeça aos pés com um descaso evidente e um ciúme dissimulado. Estava realmente apaixonado pelo meu marido. Já suspeitara disso em Madison quando passei os dedos por cima da dedicatória de Marlowe para Matthew em um exemplar de *Fausto*.

– Eu não fazia ideia de que havia um bordel em Woodstock especializado em mulheres altas. Suas prostitutas geralmente são mais delicadas e charmosas, Matthew. Essa é uma verdadeira amazona – disse Kit, fungando e olhando por cima do ombro para a bagunça de papéis espalhados sobre a mesa. – Segundo a Velha Raposa, você faria uma viagem ao Norte a negócios e não para se divertir. Como encontrou tempo para desfrutar dos serviços dela?

– É impressionante como você desperdiça carinho, Kit – balbuciou Matthew em tom de advertência.

Aparentemente mais interessado na correspondência espalhada sobre a mesa, Marlowe não captou a advertência e sorriu com malícia. Matthew apertou a minha mão.

– Diana é o nome verdadeiro ou ela o adotou para incrementar o fascínio entre os clientes? Talvez com um peito desnudo e um arco e flecha dependurado ao ombro – disse Marlowe enquanto pegava uma pilha de papéis. – Lembra que a Bess de Blackfriars pedia para ser chamada de Afrodite antes de deixar...

– Diana é minha esposa. – Matthew não estava mais do meu lado e não segurava mais a minha mão e sim a gola de Marlowe.

– Não. – O rosto de Kit expressou choque.

– Sim. Ou seja, ela é a senhora desta casa, carrega meu nome e está sob minha proteção. Por isso... e pela nossa longa amizade, é claro, daqui para a frente não quero ouvir nem críticas nem maledicências a respeito de minha esposa vertendo de sua boca.

Remexi os dedos para reanimá-los. Na fúria, Matthew enterrara o anel do terceiro dedo de minha mão esquerda em minha pele, deixando uma marca vermelha. Embora sem facetas, o diamante no centro do anel atraía o calor do fogo. Esse anel de diamante tinha sido presenteado inesperadamente por Ysabeau, a mãe de Matthew, que na ocasião o fez repetir as palavras da velha cerimônia de casamento e enfiá-lo no meu dedo – isso se dera horas antes... ou séculos atrás?

Dois vampiros entraram na sala, acompanhados de um tinir de pratos. Um homem esguio de cabelos e olhos negros, com um rosto inexpressivo e uma pele da cor de avelã fustigada pelo tempo. Segurava uma jarra de vinho e uma taça com uma haste em formato de golfinho que se equilibrava sobre uma cauda. O outro vampiro era uma mulher ossuda que carregava uma bandeja de pão e vinho.

– Milorde, o senhor voltou – disse o homem, com ar confuso. Estranhamente, o sotaque francês facilitou a compreensão da frase. – Na quinta-feira um mensageiro disse...

– Mudei de planos, Pierre. – Matthew se voltou para a mulher. – Françoise, minha esposa perdeu todos os pertences durante a viagem e as roupas ficaram tão sujas que tive que queimá-las. – Ele mentiu com a maior cara de pau. Nem os vampiros nem Kit pareceram convencidos.

– Sua esposa? – repetiu Françoise cujo sotaque era parecido com o de Pierre. – Mas ela é um b...

– Bom sangue-quente. – Matthew terminou a frase e tirou a taça da bandeja. – Diga ao Charles que temos outra boca para alimentar. Diana não tem passado muito bem e o médico aconselhou que se alimentasse de carne fresca e peixe. Alguém terá que ir até o mercado, Pierre.

Pierre pestanejou.

– Sim, milorde.

– E ela vai precisar de alguma coisa para vestir – observou Françoise, olhando-me de cima a baixo. Matthew assentiu com a cabeça e a mulher sumiu de vista seguida por Pierre.

– O que houve com seu cabelo? – Matthew segurou um cacho ruivo como se fosse um morango.

– Oh, não – murmurei, erguendo as mãos. Meu cabelo liso e louro à altura dos ombros tinha se transformado em cachos dourados com tons avermelhados à altura da cintura. Nos tempos de colégio, quando encenei Ofélia, personagem de *Hamlet*, isso também tinha acontecido com meu cabelo. A mudança de cor e o crescimento abrupto e desnaturado não eram um bom sinal. A bruxa despertara de dentro de mim durante nossa viagem ao passado. Não havia outra explicação para essa nova manifestação de magia.

De um lado os vampiros farejaram a adrenalina da súbita onda de ansiedade que seguiu essa tomada de consciência ao mesmo tempo em que ouviram a música executada pelo meu sangue, e do outro o demônio Kit sentiu a elevação da minha energia de bruxa.

– Pela tumba de Cristo! – O sorriso de Marlowe se impregnou de malícia. – Você trouxe uma bruxa para casa. Que mal ela fez?

– Deixe pra lá, Kit. Isso não é da sua conta. – A voz de Matthew assumiu de novo um tom de comando e em seguida ele acariciou meu cabelo com os dedos. – *Mon coeur*, não se preocupe. Garanto que isso é uma simples fadiga.

Meu sexto sentido ardeu de desacordo. Essa última transformação não podia ser explicada como uma simples fadiga. Como eu era uma bruxa de descendência, ainda não fazia uma ideia exata da extensão dos poderes que herdara. Nem tia Sarah nem sua companheira Emily Mather – também bruxas – tinham sido capazes de explicar que poderes eu tinha e como podia controlá-los. Os testes científicos realizados por Matthew haviam detectado marcadores genéticos de potencial mágico no meu sangue, mas sem especificar se essas possibilidades poderiam se realizar e em que circunstâncias.

Antes que pudesse levar a preocupação adiante, Françoise retornou com a boca cheia de alfinetes e mais alguma coisa que parecia uma agulha de costura. Surgiu atrás dela uma pilha andante de veludo, lã e linho. As pernas morenas e compridas embaixo da pilha indicaram que Pierre estava enterrado em algum lugar lá dentro.

– Para que serve isso? – perguntei, apontando para os alfinetes com ar desconfiado.

– Para madame caber nisso, é claro. – Françoise tirou de cima da pilha de tecidos um corte marrom que lembrava um saco de farinha. Claro que o tecido não me pareceu uma escolha agradável, mas meus parcos conhecimentos da moda elisabetana me deixaram à mercê dela.

– Vá lá para baixo que é seu lugar, Kit – disse Matthew para o amigo. – Logo estaremos juntos. E trate de segurar a língua. Essa história é minha e não sua. Eu é que devo contá-la.

– Se quer assim, tudo bem, Matthew. – Marlowe puxou a bainha do gibão cor de amora para parecer indiferente, mas foi traído pelo tremor das mãos e fez uma pequena reverência com ar zombeteiro. Esse movimento compacto reconhecia o comando de Matthew e ao mesmo tempo o boicotava.

Depois que o demônio se retirou, Françoise pôs o saco em cima de um banco e andou em círculos em volta de mim para me estudar e estabelecer uma linha de ataque mais favorável ao meu corpo. Suspirou exasperada e começou a me vestir. Matthew olhou para a pilha de papéis espalhados em cima da mesa e saiu naquela direção. Fixou os olhos na pequena caligrafia sobre um pacote retangular impecavelmente dobrado e selado com uma gota de cera rosada e o abriu.

– *Dieu*. Eu me esqueci disso. Pierre!

– Milorde? – Soou uma voz abafada nas profundezas dos tecidos.

– Largue isso e me fale sobre a última reclamação de lady Cromwell. – O tratamento de Matthew para Pierre e Françoise era um misto de familiaridade e autoridade. Pensei comigo que precisaria de um bom tempo para dominar a arte de tratar os serviçais dessa maneira.

Os dois começaram a cochichar perto da lareira enquanto eu era enrolada, alfinetada e amarrada para me tornar mais apresentável. Françoise resmungou alguma coisa sobre o meu brinco desemparelhado, uma peça de ouro finamente trançado que pertencera a Ysabeau. Esse brinco era um dos itens que nos tinham feito optar por uma viagem até aquele tempo passado em particular, os outros eram o exemplar do *Fausto* que estava com Matthew e a pequena estatueta de Diana. Françoise remexeu num baú que estava por perto e encontrou um par de brincos. Com o problema das joias resolvido, ela me fez vestir meias grossas até os joelhos e fixou-as com fitas vermelhas.

– Acho que estou pronta – eu disse já ansiosa para descer a escada e começar a visita ao século XVI. A leitura de livros sobre o passado não se igualava a vivenciá-lo, como pude comprovar no meu breve colóquio com Françoise e no curso intensivo que fiz sobre o vestuário do período.

Matthew inspecionou minha aparência.

– Isso vai funcionar... por enquanto.

– Ela terá que fazer algo mais com essa aparência modesta e nada memorável – comentou Françoise –, exatamente como uma bruxa deve parecer dentro desta casa.

Matthew ignorou as palavras de Françoise e se dirigiu a mim.

– Diana, economize as palavras quando descermos. Embora Kit seja um demônio e George saiba que sou um vampiro, as criaturas de mente aberta também desconfiam de tudo que é novo e diferente.

Lá embaixo, no grande saguão, encontramos George, o amigo de Matthew sem tostão e sem patrocínio, e torci para que tivéssemos uma típica noite elisabetana.

– Essa mulher está falando *inglês*? – George engasgou, erguendo os óculos redondos que lhe ampliaram os olhos azuis até se parecerem com os de um sapo. Pousou a outra mão no quadril e fez uma pose igual a uma outra que já tinha visto retratada em uma miniatura no Museu Victoria e Albert.

– É que ela vive em Chester – disse Matthew de imediato. George pareceu cético. Pelo visto nem os selvagens do Norte da Inglaterra podiam ser responsabilizados pelo meu péssimo sotaque. O de Matthew era suave e combinava melhor com a cadência e o timbre da época, mas o meu permanecia resolutamente moderno e americano.

– Ela é uma bruxa – corrigiu Kit, tomando um gole de vinho.

– Verdade? – George me analisou, com um interesse renovado. Nenhum sinal indicou que aquele homem era demônio, nem o formigamento provocado pelas bruxas nem o congelamento provocado pelo olhar dos vampiros. George era apenas um sangue-quente comum... um humano que aparentava meia-idade e cansaço, como se já bastante maltratado pela vida. – Acontece, Matthew, que nem você nem Kit gostam de bruxas. Aliás, você sempre me desencorajou a me debruçar sobre o tema. Uma vez me sentei para escrever um poema sobre Hécate e você disse que...

– Mas gosto desta. Gosto tanto que me casei com ela. – Matthew o interrompeu e beijou-me na boca para convencê-lo.

– Casado com ela! – George desviou os olhos para Kit, pigarreando. – Então, há duas alegrias inesperadas para celebrar: você não se atrasou por causa dos negócios, como pensou Pierre, e retornou com uma esposa. Minhas congratulações. – Reprimi o riso com o tom solene que me fez lembrar um discurso de formatura. Ele fez uma mesura para mim e retribuí. – Eu sou George Chapman, sra. Roydon.

O nome me era familiar. Vasculhei o desorganizado conhecimento estocado no meu cérebro de historiadora. Chapman não era alquimista; minha especialidade era essa e o nome dele não se encontrava nos espaços devotados ao tema. Talvez também fosse escritor, como Marlowe, mas não consegui me lembrar de nenhuma obra dele.

Após as apresentações, Matthew sentou-se à lareira junto aos convidados por alguns minutos. Falaram de política e George se esforçou para me incluir na conversa com perguntas sobre as condições das estradas e do tempo. Falei o mínimo possível enquanto observava os gestos e as palavras em voga que me ajudariam a passar por uma elisabetana. Encantado com minha atenção, George me recompensou com uma longa dissertação de suas últimas experiências literárias. Mas Kit não gostava de ser relegado ao segundo plano e interrompeu a palestra de George para oferecer uma leitura de sua última versão de *Fausto*.

– Servirá como um ensaio entre amigos – disse o demônio, com um brilho nos olhos –, antes da verdadeira apresentação que será mais tarde.

– Agora não, Kit. Já passa da meia-noite e Diana está cansada da viagem – disse Matthew, ajudando-me a ficar de pé.

Kit cravou os olhos em nós quando nos retiramos da sala. Sabia que escondíamos algo. Já tinha dito uma frase um tanto estranha quando me aventurei a entrar na conversa, e também se mostrara pensativo quando Matthew não conseguiu se lembrar do lugar onde guardara o alaúde dele.

Matthew me alertara antes de nossa partida de Madison que Marlowe era muito mais perceptivo que os outros demônios. Isso me fez perguntar quando descobriria o que escondíamos dele. A resposta a essa pergunta veio depois de algumas horas.

Na manhã seguinte, aproveitei o aconchego da cama quentinha para conversar com Matthew enquanto a casa estava em rebuliço.

A princípio, ele se mostrou disposto a responder minhas indagações sobre Kit (filho de um sapateiro) e sobre George (que para minha surpresa não era muito mais velho que Marlowe). Mas quando passei para assuntos práticos como administração da casa e comportamento feminino, ele rapidamente se entediou.

– E quanto às minhas roupas? – perguntei para fazê-lo se concentrar nos problemas imediatos.

– Não acho que mulheres casadas durmam assim – disse ele, avançando e desamarrando a gola plissada da camisola de linho. Já estava prestes a plantar um beijo debaixo de minha orelha para me persuadir do seu ponto de vista quando alguém abriu as cortinas da cama. A luminosidade do sol da manhã me fez fechar os olhos.

– E então? – disse Marlowe.

Um segundo demônio moreno espiou por cima do ombro de Marlowe. Parecia um vibrante *leprechaun* de constituição franzina e queixo pontudo acentuado por uma barba avermelhada. Pela aparência fazia semanas que o cabelo dele não via um pente. Fechei a frente da camisola um tanto constrangida pela transparência e porque não vestia roupas íntimas.

– Kit, você viu os desenhos do mestre White, de Roanoke. Essa bruxa não se parece com os nativos da Virgínia – disse o demônio desconhecido, com ar desapontado. Levou algum tempo para reparar que Matthew o encarava. – Ora, bom-dia, Matthew. Posso pedir emprestado o seu instrumento de medição? Prometo que dessa vez não o levarei para o rio.

Mattew encostou a testa no meu ombro, fechou os olhos e gemeu.

– Ela deve ser do Novo Mundo... ou da África. – Marlowe se recusou a dizer meu nome. – Ela não é nem de Chester, nem da Escócia, nem da Irlanda, nem de Gales, nem da França nem do Império. E não acho que seja alemã ou espanhola.

– Bom-dia para você, Tom. Existe alguma razão para que vocês dois estejam discutindo o lugar de origem de Diana aqui na minha cama? – Matthew amarrou as fitas de minha camisola.

– É bom que fique deitado, e ainda mais se esteve fora de si por conta da malária. Kit acha que você se casou com a bruxa durante uma crise de febre. Já que não haveria outra explicação para tanta imprudência. – Tom agitou-se ao estilo demoníaco e respondeu a indagação de Matthew sem dificuldade. – As estradas estão secas e nós chegamos algumas horas atrás.

– E o vinho já está quase acabando – reclamou Marlowe.

– Nós?

Ainda havia outros? A Velha Cabana já estava lotada.

– Fora! Madame precisa se lavar antes de receber os convidados. – Françoise entrou no quarto, com uma bacia de água quente nas mãos e Pierre à esteira, como sempre.

– Aconteceu alguma coisa importante? – perguntou George do lado oposto das cortinas. Entrou no quarto sem fazer cerimônia, frustrando a intenção de Françoise de colocá-los para fora. – Lorde de Northumberland está sozinho no saguão de entrada. Eu nunca o trataria desse modo se ele fosse o meu patrono!

– Hal está lendo um tratado sobre a construção de uma balança que recebi de um matemático de Pisa. Isso o satisfaz plenamente – retrucou Tom em tom cortante, sentando-se à beira da cama.

Fiquei entusiasmada quando me dei conta de que a pessoa a quem ele se referia era Galileu. Em 1590, Galileu era um professor recém-chegado à Universidade de Pisa. Sua obra sobre a balança ainda não tinha sido publicada.

Tom. Lorde de Northumberland. Alguém que tinha se correspondido com Galileu.

Fiquei boquiaberta de admiração. O demônio empoleirado na coberta da cama era Thomas Harriot.

– Françoise está certa. Fora. Todos vocês – disse Matthew em tom tão cortante quanto o de Tom.

– E o que dizemos ao Hal? – perguntou Kit, com um olhar significativo em minha direção.

– Que já vou descer – respondeu Matthew, rolando na cama e me puxando para mais perto.

Esperei que os amigos de Matthew saíssem do quarto para esmurrá-lo no peito.

– Por que fez isso? – Ele gemeu fingindo que tinha doído, mas só consegui machucar meu próprio punho.

– Porque você não me disse quem eram os seus *amigos*! – Apoiei-me de costas sobre os cotovelos e olhei fixamente para ele. – O grande dramaturgo Christopher Marlowe. George Chapman, poeta e erudito. Thomas Harriot, matemático e astrônomo, se bem me lembro. E o Conde Mago está esperando lá embaixo!

– Não consigo me lembrar de quando Henry ganhou esse apelido, mas até agora ninguém o chama assim. – Matthew parecia se divertir comigo e isso me deixou ainda mais furiosa.

– Só precisamos de *sir* Walter Raleigh para que toda a Escola da Noite esteja na casa. *Thomas Harriot. Christopher Marlowe. George Chapman. Walter Raleigh.* E... – Quando mencionei o lendário grupo de filósofos e livre pensadores radicais, Matthew desviou os olhos para a janela. – Quem *é* você agora, Matthew? – Não me passara pela cabeça lhe fazer essa pergunta antes de partirmos.

– Matthew Roydon – respondeu e inclinou a cabeça como se estivéssemos sendo apresentados naquele momento. – Amigo dos poetas.

– Os historiadores não sabem quase nada a seu respeito – disse eu impressionada. Matthew Roydon era uma figura sombria associada à misteriosa Escola da Noite.

– Está surpresa agora que já sabe quem é Matthew Roydon de verdade? – Ele arqueou a sobrancelha negra.

– Ora, estou surpresa para uma vida inteira. Você devia ter me avisado antes de me jogar no meio de tudo isso.

– E o que você faria? Antes de partirmos, mal tivemos tempo de nos vestir e muito menos de fazer pesquisas. – Ele saiu da cama. Nosso momento de privacidade tinha sido lamentavelmente breve. – Não há motivo para se preocupar. Eles são homens comuns, Diana.

A despeito do que Matthew afirmou, eles não eram comuns. Além de ter opiniões heréticas, a Escola da Noite zombava da corte corrupta da rainha Elizabeth e ridicularizava as pretensões intelectuais da Igreja e da universidade. "Loucura, perversão e perigo", isso descrevia bem o grupo. Não tínhamos participado de uma aprazível reunião de amigos na noite de Halloween. Tínhamos caído no meio de um vespeiro de intrigas elisabetanas.

– Deixando de lado quão imprudentes possam ser seus amigos, não espere que eu não fique impressionada ao ser apresentada para pessoas que estudei a vida inteira – eu disse. – Thomas Harriot é um dos astrônomos mais famosos dessa época. Seu amigo Henry Percy é alquimista.

Pierre, que certamente conhecia os sintomas de mulheres estressadas, rapidamente estendeu uma calça preta para que meu marido estivesse com as pernas protegidas quando minha raiva irrompesse.

– E ainda Walter e Tom. – Matthew ignorou a oferta da calça e esticou o queixo. – Kit também se aventura, mas sem êxito. Trate de não comentar o que sabe sobre eles. De qualquer forma, seria errado. E também seja cuidadosa com os rótulos modernos – acrescentou e finalmente vestiu a calça. – Há muito que Will anseia pela Escola da Noite, como se para dar um soco em Kit.

– Não estou nem aí para o que William Shakespeare fez ou esteja fazendo ou fará no futuro... desde que não esteja no grande saguão junto com o conde de Northumberland! – retruquei enquanto saía da cama.

– Claro que Will não está lá embaixo. – Matthew sacudiu a mão em descrédito. – Walter não aprova a métrica dele e Kit o considera um embusteiro, um ladrão.

– Ainda bem, isso é um alívio. O que planeja contar para eles a meu respeito? Marlowe já sabe que estamos escondendo alguma coisa.

Os olhos cinza-esverdeados de Matthew se encontraram com os meus.

– A verdade, talvez. – Pierre estendeu um gibão preto com um acolchoamento intricado, olhando por cima do meu ombro como um bom criado autêntico. – Que você é uma caminhante do tempo e uma bruxa do Novo Mundo.

– A verdade – repeti secamente.

Pierre ouviu tudo sem demonstrar reação. Matthew o ignorou como se ele fosse invisível. E me perguntei se ficaríamos ali até que me esquecesse da presença dele.

– E por que não? Tom anotará cada palavra que você disser, para compará-las com as anotações que já fez sobre a língua algonquina. Afora isso, ninguém prestará muita atenção. – Matthew estava mais preocupado com as roupas do que com as reações dos amigos.

Françoise chegou acompanhada de duas jovens humanas carregadas de roupas limpas. Apontou para minha camisola e me enfiei atrás da coluna da cama para me despir. Agradeci pelos meus anos em vestuários que tinham varrido meus escrúpulos de trocar roupa na frente de estranhos e puxei a camisola pelos quadris acima a fim de tirá-la pela cabeça.

– Kit vai prestar muita atenção. Ele está procurando uma razão para não gostar de mim e isso lhe dará muitas razões.

– Ele não será um problema – disse Matthew confidencialmente.

– Marlowe é seu amigo ou seu fantoche?

– *Mon Dieu*. – A expressão soou horrorizada e abafada enquanto acabava de tirar minha camisola.

Fiquei petrificada. Françoise estava vendo a cicatriz em forma de lua crescente que se estendia de ponta a ponta nas minhas costas e se juntava com a cicatriz em forma de estrela entre os meus ombros.

– Vestirei a madame – disse ela com frieza para as aias. – Deixem as roupas aí e retornem aos seus afazeres.

As aias se retiraram com uma reverência apressada e olhares curiosos. Mas não tinham visto as marcas. Logo que se retiraram, nós três começamos a falar ao mesmo tempo. Françoise fez uma pergunta aflita "quem fez isso?" que colidiu com a resposta de Matthew "ninguém deve saber disso" e com minha justificativa defensiva "é só uma cicatriz".

– Alguém marcou você com o distintivo da família Clermont – frisou Françoise, balançando a cabeça em negativa. – Aquele que é usado por milorde.

– Nós rompemos o acordo. – Lutei para afastar o mal-estar que revirava o meu estômago toda vez que me lembrava da noite em que tinha sido marcada como traidora por outra bruxa. – Isso foi uma punição da Congregação.

– É por isso então que vocês estão aqui. – Françoise bufou. – Esse acordo foi uma ideia maluca desde o início. Philippe de Clermont não deveria ter levado essa ideia adiante.

– Mas foi o que nos manteve a salvo dos humanos. – Eu não tinha grandes amores nem pelo acordo nem pelos nove membros da Congregação que o faziam valer, mas era inegável que durante muito tempo manteve as criaturas sobrenaturais longe dos olhos dos humanos. Antigas promessas estabelecidas entre demônios, vampiros e bruxas proibiam-nos de nos intrometer nas questões políticas e religiosas dos humanos e também de fazer alianças pessoais entre as três diferentes espécies. As bruxas deviam se manter unidas apenas entre si, e vampiros e demônios também deviam agir assim. Casos amorosos entre espécies diferentes eram terminantemente proibidos.

– A salvo? Não pense que a senhora está a salvo aqui, madame. Nenhum de nós está. Os ingleses são supersticiosos e propensos a ver fantasmas em cada cemitério de igreja e bruxas ao redor de caldeirões. A Congregação é tudo que existe entre nós e nossa destruição. Vocês foram sensatos ao procurar refúgio aqui. Vamos, a senhora precisa se vestir e se juntar aos outros. – Françoise me ajudou a me livrar da camisola e estendeu uma toalha molhada e um prato com uma gosma dentro que cheirava a alecrim e laranja. Achei estranho ser tratada como uma criança, mas sabia que as pessoas da estirpe de Matthew eram banhadas, vestidas e alimentadas como bonecas. Pierre estendeu para Matthew uma taça que continha um líquido escuro demais para ser vinho.

– Além de ser uma bruxa, ela não é uma *fileuse de temps*? – perguntou Françoise para Matthew, com toda tranquilidade. Essa expressão desconhecida, "fiandeira do tempo", conjurava as imagens dos inúmeros e diferentes fios coloridos que tínhamos seguido para alcançar aquele passado em particular.

– Isso mesmo. – Matthew balançou a cabeça e sorveu o conteúdo da taça, olhando para mim.

– Mas se ela veio de outro tempo, isso significa... – Françoise arregalou os olhos enquanto pensava. Matthew devia soar e se comportar de outra maneira.

Ela suspeita de que não seja o mesmo Matthew, pensei alarmada.

— Para nós é suficiente saber que ela está sob a proteção de milorde — disse Pierre abruptamente em tom de aviso. Estendeu uma adaga para Matthew. — Isso significa que não é importante.

— Significa que a amo e que ela me ama. — Matthew olhou fixamente para os criados. — Não importa o que eu diga para os outros, essa é a verdade. Entenderam?

— Sim — disse Pierre, com um tom que sugeria o contrário.

Matthew lançou um olhar inquisitivo para Françoise, que por sua vez balançou a cabeça sem dizer nada.

Ela retomou a tarefa de me aprontar e me enrolou numa toalha de linho grossa. Claro que havia reparado nas cicatrizes deixadas no meu corpo após aquele dia interminável com Satu, além das muitas outras marcas. Mas não fez mais perguntas e me acomodou numa poltrona perto da lareira para pentear meu cabelo.

— E esse insulto aconteceu depois que o senhor declarou seu amor pela bruxa, milorde? — perguntou Françoise.

— Sim. — Matthew pôs a adaga à cintura.

— Então, ela não foi marcada por um *manjasang* — murmurou Pierre, utilizando a antiga palavra occitânica para vampiro, "comedor de sangue". — Ninguém se arriscaria à raiva dos Clermont.

— Não, foi outra bruxa. — A afirmação me fez tremer, mesmo abrigada do ar frio.

— Mas dois *manjasang* permitiram que isso acontecesse — disse Matthew em tom soturno. — E eles vão pagar por isso.

— O que está feito está feito. — Eu não tinha a menor vontade de iniciar um racha entre os vampiros. Já tínhamos desafios demais pela frente.

— Se milorde aceitou-a como esposa depois que a bruxa pegou-a, o caso ainda não está encerrado. — Françoise trançou meu cabelo com mãos ágeis. Ajeitou as grossas tranças ao redor de minha cabeça e prendeu-as com grampos. — Mesmo tendo o nome Roydon nesse país onde não se fala em lealdade, não esqueceremos que a senhora é uma Clermont.

A mãe de Matthew já tinha me avisado que os Clermont formavam um verdadeiro clã. Se no século XXI as obrigações e restrições advindas da associação de criaturas tinham me irritado, em 1590 minha magia era imprevisível e meu conhecimento de feitiçaria era incipiente, sem falar que meus primeiros ancestrais ainda não tinham nascido. Ou seja, já não podia confiar em nada senão em mim mesma e em Matthew.

— Já se foram os tempos em que nossas intenções em relação a cada um de nós eram bem conhecidas. Mas não quero mais problemas agora. — Olhei para o anel de Ysabeau e passei o polegar pelo aro. De repente, a esperança de que passaríamos despercebidos na multidão naquele tempo passado me pareceu ingênua. Olhei ao redor. – E isso...

– Só estamos aqui por duas razões, Diana: encontrar um mestre para você e, se possível, localizar aquele manuscrito.

O misterioso manuscrito Ashmole 782 é que nos tinha aproximado. Passara muito tempo enterrado em segurança entre os milhões de livros da Biblioteca Bodleiana de Oxford, no século XXI. Jamais me passaria pela cabeça que a simples ação de preencher o cartão de requisição do manuscrito desativaria um intricado feitiço que o amarrava às estantes e que o mesmo feitiço se reativaria no momento em que o devolvi. Assim como não me passaria pela cabeça que se revelariam os muitos segredos a respeito de bruxas, vampiros e demônios contidos em suas páginas. Foi Matthew que achou mais sensato localizar o Ashmole 782 no passado, sem tentar desamarrar o feitiço pela segunda vez no mundo moderno.

– Esta será a sua casa até a hora de voltarmos – acrescentou ele para me dar confiança.

A sólida mobília do aposento me era familiar de museus e catálogos de leiloeiros, mas a Velha Cabana nunca seria como um lar. Passei a mão na grossa toalha de linho – tão diferente das velhas toalhas de Sarah e Emily já rotas depois de tantas lavagens. Soaram vozes de outro aposento, com uma cadência inimaginável para ouvidos modernos, inclusive para os historiadores. Mas o passado era nossa única opção. Em nossos últimos dias em Madison, outros vampiros tinham deixado claro que estavam à nossa caça quando quase mataram Matthew. Se o resto do nosso plano estava funcionando, passar por uma autêntica mulher elisabetana teria que ser uma prioridade para mim.

– *Ó admirável mundo novo*. – A citação da *Tempestade* de Shakespeare duas décadas antes de ser escrita era uma grosseira violação de minha parte, mas a manhã estava ficando difícil.

– *Para ti isso é novo* – acrescentou Matthew. – Já está pronta para encarar seu problema?

– Claro que estou. Já me vesti. – Empinei os ombros e me levantei da cadeira. – Como se cumprimenta um conde?

2

Minha preocupação com a etiqueta adequada se mostrou desnecessária. Títulos e mesuras não importavam quando o conde em questão era um gentil gigante chamado Henry Percy.

Françoise, para quem a etiqueta importava, tagarelou as próprias opiniões enquanto me vestia com as roupas que havia recolhido: anáguas de alguma outra mulher; um espartilho que além de confinar meu porte atlético me dava uma forma mais feminina; uma bata bordada com gola alta e plissada que cheirava a lavanda e cedro; uma saia preta de veludo em forma de sino e também o melhor paletó de Pierre, a única roupa cujo corte se aproximava do meu tamanho. Mesmo fazendo muita força, ela não conseguiu abotoar o último item à altura dos meus seios. Enquanto apertava as fitas do espartilho prendi o fôlego, encolhi a barriga e torci por um milagre, mas nem a intervenção divina me deu a silhueta de uma sílfide.

Aproveitei esse complicado processo para fazer algumas perguntas. Retratos da época me deixaram na expectativa da pesada gaiola chamada crinolina que servia para acentuar os quadris, mas Françoise explicou que só era para ocasiões mais formais. Em vez disso, ela atou um pano acolchoado em forma de rosca por dentro das saias e ao redor da minha cintura. O único aspecto positivo desse item é que afastava as camadas de panos das minhas pernas e isso me possibilitava caminhar sem dificuldade – se não houvesse móveis pelo caminho chegaria aonde quisesse, desde que me movesse em linha reta. Uma outra coisa que se esperava de mim era a cortesia. Françoise então se apressou em me ensinar como agir enquanto descrevia os vários títulos de Henry Percy – ele era "lorde de Northumberland", ainda que tivesse Percy como sobrenome e fosse um conde.

Mas de nada me valeu o conhecimento recém-adquirido. Logo que entrei com Matthew no grande saguão, um jovem esguio que chegava de viagem com roupas de couro marrom sujas de lama deu um salto para nos cumprimentar. Ele tinha um rosto largo animado por um olhar inquisitivo com fartas sobrancelhas grisalhas arqueadas até a testa que exibia um pronunciado bico de viúva.

– Hal. – Matthew sorriu com a familiaridade indulgente de um irmão mais velho. Mas o conde ignorou o velho amigo e se voltou para mim.

– Se-se-senhora Roydon. – Os graves profundos e monótonos na inflexão da voz do conde deixavam-na quase imperceptível. Antes de nosso encontro, Matthew já tinha dito que Henry era ligeiramente surdo e gaguejava desde criança. Mas que se dedicava à leitura labial. Pelo menos poderia conversar com alguém sem me sentir insegura.

– Pelo visto de novo ofuscado pelo Kit – disse Matthew, com um sorriso de pesar. – Eu queria ter dito pessoalmente para você.

– Que importância tem quem anuncia tão boas notícias? – Lorde de Northumberland fez uma reverência. – Agradeço por sua hospitalidade, senhora, e peço desculpas por cumprimentá-la nesse estado. Ainda é muito cedo para enfrentar os amigos do seu marido. Teria sido melhor se tivéssemos saído tão logo soubemos de sua chegada. A hospedaria seria mais do que adequada.

– O senhor é muito bem-vindo aqui, milorde. – Era o momento de uma reverência, mas a pesada saia preta dificultou o movimento e o espartilho apertado não me permitiu inclinar até a cintura. Posicionei as pernas em reverência, mas bambeei quando inclinei os joelhos. Ainda bem que uma enorme mão me deixou firme.

– Apenas Henry, senhora. Meu nome é muito formal e todos os outros me chamam de Hal. – A voz do conde era deliberadamente suave, como a de muitos deficientes auditivos. Depois de me deixar à vontade, ele se voltou para Matthew. – Por que sem barba, Matt? Esteve doente?

– Uma crise de malária, nada mais. O casamento me curou. Onde estão os outros? – Matthew olhou em volta à procura de Kit, George e Tom.

À luz do dia o grande saguão de entrada da Velha Cabana era bem diferente. Até então só o tinha visto à noite, mas de manhã o pesado painel era substituído por venezianas inteiramente abertas. O ar fresco deixava o ambiente agradavelmente arejado, apesar da monstruosa lareira à parede. A decoração era feita com fragmentos e peças de cantaria medieval, sem dúvida alguma resgatados por Matthew dos entulhos da antiga abadia erguida naquele lugar – uma face fantasmagórica de um santo, uma armadura e um trevo gótico.

– Diana? – A voz animada de Matthew interrompeu a minha inspeção do mobiliário. – O pessoal está lendo e jogando cartas na sala de estar. Hal não acha correto hospedar-se aqui e juntar-se aos outros sem o convite da senhora da casa.

– É claro que o conde deve hospedar-se aqui, e podemos nos juntar aos seus amigos agora mesmo. – Meu estômago roncou.

– Ou podemos comer alguma coisa – sugeriu ele, com um brilho nos olhos. Já começava a relaxar depois que eu tinha conhecido Henry Percy sem nenhum contratempo.

– Já lhe serviram alguma refeição, Hal?

– Pierre e Françoise foram muito atenciosos, como sempre – disse Hal. – Mas se a sra. Roydon quiser se juntar a mim... – À voz do conde se sobrepôs o ronco do estômago dele. Ele era alto como uma girafa e era preciso muita comida para manter aquele corpo abastecido.

– Eu também estou morta de fome, milorde, ansiosa por um farto café da manhã – eu disse, sorrindo.

– Henry. – O conde me corrigiu delicadamente, com um sorriso que abriu uma covinha no queixo.

– Sendo assim, é melhor que me chame de Diana. Não posso chamar o conde de Northumberland pelo primeiro nome se ele teima em se referir a mim como "sra. Roydon". – Françoise tinha sido enfática quanto à necessidade de honrar a alta estirpe do conde.

– Tudo bem, Diana – disse Henry, estendendo o braço para mim.

Ele me conduziu ao longo de um corredor arejado até um aconchegante aposento de teto baixo. Era bem-arrumado e convidativo com sua linha de janelas voltadas para o sul. Apesar de ser relativamente pequeno, abrigava três mesas com bancos individuais e coletivos. Um zumbido de atividade pontuado pelo bater de tigelas e panelas me sugeriu que estávamos próximos das cozinhas. Pregado à parede, a página de um almanaque; em cima da mesa central, um mapa; num canto, um candelabro; e no outro, uma travessa de estanho com muitas frutas. Um arranjo ao estilo de vida holandês com o toque desse último detalhe caseiro. Fiquei paralisada e inebriada com o aroma.

– Marmelos. – Estiquei a mão para tocá-los. Eram exatamente conforme os imaginara em Madison quando Matthew descreveu-me a Velha Cabana.

Henry pareceu intrigado com minha reação perante uma corriqueira travessa de frutas, mas era muito educado para fazer algum comentário. Sentamos à mesa e uma criada colocou pão fresco à nossa frente, acompanhado de uma travessa de uvas e um cesto de maçãs. Foi reconfortante aquela refeição familiar. Henry se serviu e só o segui depois que prestei atenção nas frutas selecionadas e em quantas ele havia consumido. As pequenas diferenças sempre afastam os estranhos e eu queria parecer o mais comum possível. Enquanto nos servíamos desses pratos, Matthew se servia de uma taça de vinho.

Henry foi extremamente cortês durante a refeição. Não fez perguntas pessoais e não bisbilhotou os negócios de Matthew em nenhum momento. Preferiu nos divertir com histórias sobre seus cães, suas propriedades e sua mãe autoritária, acompanhadas de um bom suprimento de pães recém-saídos do forno. Quando começou a falar sobre a mudança de sua residência em Londres, ecoou uma barulheira no quintal, mas o conde estava de costas para a porta e, sem perceber nada, seguiu adiante.

– Aquela mulher é impossível! Bem que vocês me avisaram, mas não acreditei que poderia haver tamanha ingratidão. Depois de todas as riquezas que despejei nos cofres dela, o mínimo que poderia fazer seria... Oh. – Os ombros largos do novo hóspede preencheram todo o umbral da porta, um dos ombros estava envolto por uma capa tão escura quanto o cabelo ondulado debaixo de um esplêndido chapéu de penas. – Matthew, você está doente?

Henry girou o corpo surpreendido.

– Bom-dia, Walter. Por que não está na corte?

Tentei engolir um pedaço de torrada. Obviamente, o recém-chegado era *sir* Walter Raleigh, o membro ausente da Escola da Noite de Matthew.

– Expulso do paraíso por falta de uma posição, Hal. E quem é essa? – Os olhos azuis e penetrantes do recém-chegado cravaram em mim e os dentes brilharam atrás de uma barba escura. – Henry Percy, você é um diabinho dissimulado. Kit me disse que você estava a fim de ter um caso com Arabella. Já teria lhe apresentado uma viúva se soubesse que seu gosto se inclina mais para mulheres maduras e menos para garotas de 15 anos.

Madura? *Viúva?* Eu acabava de completar 33 anos.

– Os encantos dessa dama o tiraram da igreja nesse domingo. Nós deveríamos agradecer a ela por você ter desdobrado os joelhos e se colocado em cima de um cavalo, seu verdadeiro lugar – continuou Raleigh, com uma inflexão tão consistente quanto um creme Devonshire.

O conde de Northumberland deixou o garfo de tostar na lareira e olhou para o amigo. Balançou a cabeça em negativa e voltou a tostar um pedaço de pão.

– Saia, entre novamente e pergunte as novidades para Matt. E faça isso com ar de arrependido.

– Não – Walter olhou para Matthew de boca aberta. – Ela é sua?

– E com um anel como prova. – Matthew empurrou um banco debaixo da mesa com a bota. – Sente-se, Walter, e tome um pouco de cerveja.

– Você jurou que jamais se casaria – disse Walter, visivelmente aturdido.

– Foi necessária alguma persuasão.

– Acredito que sim. – Walter se voltou de novo para mim, com um olhar de avaliação. – É uma pena tanto desperdício com uma criatura de sangue-frio. Eu não titubearia por um só instante.

– Diana conhece minha natureza e não se preocupa com minha "frieza", como acabou de dizer. Além do mais, ela é que precisou ser persuadida. Eu me apaixonei à primeira vista – disse Matthew.

Walter bufou em resposta.

– Não seja cínico, meu velho amigo. Você também pode ser pego pelo Cupido. – Os olhos cinzentos de Matthew se acenderam com um lampejo de malícia quando ele se lembrou do futuro que esperava por Raleigh.

– Cupido terá que esperar para apontar as setas para mim. No momento estou bastante ocupado em repelir os avanços hostis da rainha e do almirante. – Walter arremessou o chapéu que deslizou na superfície polida de uma mesa próxima e espalhou as peças de um tabuleiro de gamão cujo jogo ainda estava inacabado. Resmungou e sentou-se perto de Henry. – Parece que todos querem um pedaço da minha pele, mas ninguém me dará um tico de atenção enquanto esse problema da colônia pairar sobre a minha cabeça. Fui eu que tive a ideia da celebração de aniversário deste ano, mas aquela mulher escolheu Cumberland para conduzir as cerimônias. – Ficou de novo nervoso.

– Ainda sem notícias de Roanoke? – perguntou Henry amavelmente enquanto estendia um copo de cerveja encorpada e amarronzada para Walter. A menção à fatídica aventura de Raleigh no Novo Mundo fez o meu estômago encolher. Era a primeira vez que alguém mencionava o desenlace de um evento futuro em voz alta, mas não seria a última.

– O mau tempo fez White retornar para Plymouth na última semana. Foi obrigado a abandonar as buscas pela filha e a neta. – Walter sorveu um longo gole de cerveja e olhou para o vazio. – Só Cristo sabe o que aconteceu com elas.

– Quando a primavera chegar, você retornará e poderá encontrá-las – disse Henry seguro de si, mas eu e Matthew sabíamos que os colonos de Roanoke desaparecidos nunca seriam encontrados e Raleigh nunca mais pisaria na Carolina do Norte.

– Rezo para que você esteja certo, Hal. Mas chega dos meus problemas. Sua família é de que parte do país, sra. Roydon?

– Cambridge – respondi baixinho, procurando ser o mais breve e verdadeira possível. Era uma cidade de Massachusetts, não da Inglaterra, mas se começasse a inventar coisas naquele momento nunca conseguiria levá-las adiante.

– Então, a senhora é filha de um erudito. Ou seu pai é um teólogo? Matt adoraria debater as questões da fé com a senhora. Ao contrário de Hal cujos amigos são inúteis em questões de doutrina. – Walter sorveu um outro gole de cerveja e calou-se.

– O pai de Diana morreu quando ela era muito jovem. – Matthew segurou minha mão.

– Sinto muito por você, Diana. A perda de um pa-pa-pai é um golpe terrível – murmurou Henry.

– E seu primeiro marido, deixou-a com filhos e filhas como consolo? – perguntou Walter, com um traço simpático na voz.

Naquela época uma mulher da minha idade já teria se casado e gerado uma prole de três ou quatro filhos. Balancei a cabeça em negativa.

– Não.

Walter franziu a testa, mas antes de prosseguir com a conversa, Kit chegou com George e Tom a reboque.

– Finalmente. Coloque um pouco de bom senso em Matthew, Walter. Ele não pode continuar representando Odisseu para sua Circe. – Kit sentou-se à frente de Henry, com uma taça na mão. – Bom-dia, Hal.

– Colocar bom senso em quem? – perguntou Walter irritado.

– Em Matt, é claro. Essa mulher é uma bruxa. E há alguma coisa errada com ela. – Os olhos de Kit se estreitaram. – Ela está escondendo alguma coisa.

– Uma bruxa – repetiu Walter, com cuidado.

Uma criada que trazia um punhado de lenha petrificou no umbral da porta.

– Foi o que disse. – Kit fez um meneio afirmativo de cabeça. – Eu e Tom reconhecemos os sinais de cara.

A criada colocou a lenha dentro de um cesto e saiu apressada.

– Para um dramaturgo, você tem um lamentável senso de tempo e espaço, Kit. – Os olhos azuis de Walter se voltaram para Matthew. – Devemos discutir o problema em outro lugar ou isso é mais uma fantasia do Kit? Se for, prefiro ficar aquecido no meu e acabar de beber minha cerveja. – Os dois se entreolharam atentamente e, como Matthew permaneceu impassível, Walter amaldiçoou entre dentes.

Pierre apareceu em seguida.

– O fogo está aceso na sala de estar, milorde – disse o vampiro para Matthew –, com vinho e comida para os convidados. O senhor não será perturbado.

A sala de estar não era tão acolhedora quanto o aposento onde tínhamos tomado o café da manhã, nem tão imponente quanto o grande saguão. A decoração com muitas cadeiras de braços ricamente entalhadas junto a ricas tapeçarias e quadros com suntuosas molduras sugeria que aquele ambiente recebia os convidados mais ilustres. Na parede acima da lareira, um quadro de Holbein, a magnífica representação de são Jerônimo e o leão. Eu não o conhecia, assim como não conhecia outro quadro também de Holbein que estava ao lado, um retrato de Henrique VIII, com olhinhos de porco, um livro e um par de óculos nas mãos, um ar pensativo para o observador e tendo à frente uma mesa coberta de objetos preciosos. A filha de Henrique, a primeira rainha Elizabeth, olhava-o do outro lado da sala. A tensão do impasse ainda não tinha se dissipado quando nos sentamos. Matthew acomodou-se ao lado da lareira de braços cruzados, uma imagem tão imponente quanto a dos Tudor nas paredes.

– Ainda está pensando em contar a verdade para todos? – sussurrei para ele.

– Senhora, geralmente esse é o caminho mais fácil – disse Raleigh, com um tom cortante –, além de ser o mais correto entre amigos.

– Você está sendo arrogante, Walter – disse Matthew, visivelmente irritado.

– Arrogante? E ouço isso de alguém que assumiu uma bruxa? – Walter enfrentou a irritação de Matthew sem a menor dificuldade. Mas com aparente tom de medo na voz.

– Ela é minha esposa – disse Matthew, passando a mão no cabelo. – E quanto a ser uma bruxa, aqui nesta sala não há ninguém que não seja difamado por alguma coisa real ou imaginária.

– Mas casar com ela... o que estava pensando a respeito? – perguntou Walter aturdido.

– Que a amava – respondeu Matthew.

Kit revirou os olhos enquanto se servia de outra taça de vinho. E assim o meu sonho de me sentar com ele à lareira para conversar sobre magia e literatura escorreu pelo ralo sob a áspera luz daquela manhã de novembro. Não fazia vinte e quatro horas que estava no ano de 1590 e já estava farta de Christopher Marlowe.

A sala caiu em profundo silêncio depois da resposta de Matthew com os olhos cravados em cima de Walter. Com Kit, ele foi indulgente e um pouco mais exasperado. George e Tom fizeram-no perder a paciência, ao passo que Henry mostrou-se afetuosamente compreensivo. Mas Walter Raleigh se equiparava a Matthew em inteligência e poder, e talvez até em crueldade, e isso significava que a opinião dele era a que mais lhe interessava. Além de manterem um respeito prudente entre si, eles eram como dois lobos determinados e com força suficiente para liderar as matilhas.

– Então, é isso – disse Walter pausadamente, aderindo à autoridade de Matthew.

– É isso. – Matthew plantou-se resolutamente de pé frente à lareira.

– Você tem muitos segredos e muitos inimigos para assumir uma esposa. E mesmo assim, fez o que fez. – Walter estava abismado. – Embora outros homens o acusem de confiar demais na própria argúcia, até hoje nunca concordei com eles. Muito bem, Matthew. Já que é muito esperto, diga-nos o que diremos quando as perguntas começarem a pipocar.

Kit colocou a taça na mesa com tanta força que o vinho tinto escorreu por sua mão.

– Você não espera que nós...

– Quieto. – Walter olhou furiosamente para Marlowe. – Com todas as mentiras que já tivemos que contar a seu favor, você me surpreenderia se ousasse objetar. Continue, Matthew.

– Muito obrigado, Walter. Vocês são os únicos cinco homens do reino que podem ouvir minha história sem achar que enlouqueci. – Matthew passou a mão no cabelo. – Lembram de quando conversamos sobre as ideias de Giordano Bruno a respeito do número infinito de mundos sem limitação de tempo ou de espaço?

Todos se entreolharam.

– Não estou certo – disse Henry com muito tato – de que estamos entendendo o que você quer dizer.

– Diana *é* do Novo Mundo. – Matthew fez uma pausa que deu a Marlowe a oportunidade de olhar em triunfo para todos os outros. – Do Novo Mundo do porvir.

Seguiu-se um silêncio, com todos os olhos voltados em minha direção.

– Ela disse que era de Cambridge – disse Walter de um modo inexpressivo.

– Não essa Cambridge de agora. Mas a Cambridge de Massachusetts – eu disse, com a voz embargada pelo estresse e pelo tempo em que tinha ficado calada. Limpei a garganta. – A colônia passará a existir ao norte de Roanoke daqui a quarenta anos.

Fizeram-se exclamações ruidosas enquanto eu era bombardeada por perguntas de todas as direções. Harriot se aproximou e hesitou antes de tocar o dedo no meu ombro. Encontrou carne sólida e retirou o dedo maravilhado.

– Já ouvi falar de criaturas que manipulam o tempo por vontade própria. Que dia maravilhoso esse, não é, Kit? Algum dia pensou em conhecer uma fiandeira do tempo? Mas temos que ser cautelosos. É melhor não nos aproximarmos muito dela, senão correremos o risco de nos embaralhar na teia que ela teceu e de perder nosso rumo. – O rosto de Harriot espelhou uma ansiedade divertida com a hipótese de ser levado para outro mundo.

– E o que a traz aqui, sra. Roydon? – A voz grave de Walter cortou o burburinho.

– O pai de Diana era um erudito – disse Matthew por mim. Soaram murmúrios de interesse reprimidos pela mão erguida de Walter. – A mãe dela também era erudita. Ambos eram bruxos e morreram sob circunstâncias misteriosas.

– Teremos que compartilhar isso depois, Di-Di-Diana – disse Henry, com um arrepio. Antes que eu pudesse perguntar o que o conde queria dizer com essas palavras, Walter fez um sinal para que Matthew continuasse.

– Como resultado disso, a educação de Diana como bruxa foi... negligenciada – disse Matthew.

– Bruxas assim são presas fáceis – disse Tom, com a testa franzida. – Por que esse Novo Mundo do porvir não cuida de criaturas como ela?

– A relação de minha magia com a longa história de minha família não significa nada para mim. Sei que todos aqui entendem o desejo de ultrapassar as restrições do nascimento. – Olhei para Kit, filho de um sapateiro, na esperança de um sinal de cumplicidade e talvez até de simpatia, mas ele virou a cara.

– A ignorância é um pecado imperdoável. – Kit mexeu em um dos fios de seda vermelha que saíam das barras irregulares do seu negro gibão.

– Isso é deslealdade – disse Walter. – Continue Matthew.

– Embora não tenha sido treinada na arte da feitiçaria, Diana está longe de ser ignorante. Ela também é erudita e apaixonada pela alquimia – afirmou Matthew, com orgulho.

– Mulheres alquimistas não passam de filósofas de cozinha, mais interessadas em aprimorar a tez do que em compreender os segredos da natureza – disse Kit, fungando.

– Estudo alquimia na biblioteca... não na cozinha. – Rebati sem pensar em modular o tom da voz e o sotaque. Kit arregalou os olhos. – E ensino o tema na universidade.

– Será permitido que *mulheres* ensinem na universidade? – perguntou George ao mesmo tempo fascinado e indignado.

– E que se matriculem, também – murmurou Matthew, puxando a ponta do nariz com ar apologético. – Diana cursou a Oxford.

– Isso deve ter ampliado a audiência nas palestras – comentou Walter secamente. – Se permitissem a presença de mulheres na Oriel, eu poderia ter alcançado um outro grau. E as mulheres estão sob ataque nessa futura colônia em algum lugar ao norte de Roanoke?

Era uma conclusão compreensível se levasse em conta a história narrada por Matthew até aquele momento.

– Nem todas. Acontece que Diana encontrou um livro perdido na universidade. – Os membros da Escola da Noite se agitaram nas cadeiras. Livros perdidos eram bem mais interessantes para o grupo que bruxas ignorantes e mulheres eruditas. – Um livro que contém informações secretas sobre o mundo das criaturas.

– O livro dos mistérios? O livro que segundo dizem trata de nossa criação? – Kit ficou abismado. – Você nunca se interessou por essas fábulas, Matthew. Na verdade, considerava-as meras superstições.

– Mas agora acredito nelas, Kit. A descoberta de Diana trouxe muitos inimigos à casa dela.

– E você estava com ela. E esses inimigos arrombaram o trinco e entraram na casa. – Walter balançou a cabeça em negativa.

– Por que a postura de Matthew provocou consequências tão terríveis? – perguntou George enquanto apalpava a fita de gorgorão negra que atava os óculos ao gibão suntuosamente acolchoado sobre a barriga e cujo estofamento farfalhava como um saco de aveia toda vez que ele se mexia. Por fim, levou os óculos redondos ao nariz e me observou como se eu fosse um objeto de estudo novo e interessante.

– Porque bruxas e *wearhs* não podem se casar – disse Kit prontamente.

Eu nunca tinha ouvido a palavra *wearh* com o *w* assobiado no início e o som gutural no final.

– Então, são demônios e *wearhs*. – Walter apoiou a mão no ombro de Kit como um aviso.

– Verdade? – George olhou surpreso para Matthew e depois para mim. – Será que a rainha proíbe um par como esse?

– Isso é um antigo acordo firmado entre as criaturas que ninguém ousa desobedecer. – A voz de Tom soou assustada. – Os que desobedecem são caçados pela Congregação e punidos.

Somente vampiros vetustos como Matthew se lembravam do tempo que antecedeu o acordo que estabeleceu as regras de comportamento entre as criaturas e de como deviam interagir com o contexto humano circundante. A regra mais importante da Congregação proibia a confraternização entre as espécies sobrenaturais e a própria entidade policiava os limites para isso. Nossos talentos – criatividade, força, poder sobrenatural – nunca eram ignorados entre os grupos que se misturavam. Dessa maneira, o poder das bruxas acentuava a energia criativa dos demônios mais próximos, ao passo que a genialidade dos demônios intensificava a beleza estonteante dos vampiros. E éramos aconselhados a ser os mais discretos possíveis em nossas relações com os humanos e a nos manter longe da política e da religião.

Naquela manhã, Matthew argumentou que os problemas da Congregação no século XVI eram bem diferentes – a guerra religiosa, a queima de hereges e a fome popular pelo estranho e o bizarro alimentada pela recente tecnologia de impressão – e que seus membros não se preocupariam com trivialidades como a paixão entre uma bruxa e um vampiro. Mas não me convenceu, sobretudo em face dos desconcertantes e perigosos episódios que se desencadearam a partir daquele setembro em que o conheci.

– Que congregação é essa? – perguntou George interessado. – É alguma nova seita religiosa?

Walter ignorou a pergunta do amigo e lançou um olhar penetrante para Matthew. Em seguida, voltou-se para mim.

– E o livro ainda está em suas mãos?

– Já não está mais comigo nem com ninguém. Foi para a biblioteca. E as bruxas querem que o pegue de volta para elas.

– Então, a senhora está sendo caçada por duas razões. Enquanto alguns querem mantê-la longe do *wearh*, outros a veem como um meio para atingir um fim. – Walter apertou a base do nariz e olhou para Matthew com enfado. – Meu amigo, você é um grande ímã para os problemas. E o de agora não poderia acontecer em hora tão inoportuna. Faltam menos de três semanas para a celebração de aniversário da rainha. Você é esperado na corte.

– Pouco importa a celebração da rainha! Já não estamos seguros com esse tornado em nosso meio. A bruxa pode ver a sina reservada para cada um de nós. Ela pode desfazer nosso futuro, trazer azar... e quem sabe até acelerar nossa morte. – Kit pulou da cadeira como um foguete e plantou-se na frente de Matthew. – Por tudo que é mais sagrado, como pôde fazer isso?

– Kit, pelo visto o seu apregoado ateísmo lhe pregou uma peça – disse Matthew, calmamente. – Está com medo de que seus pecados tenham uma resposta?

– Matthew, ao contrário de você, eu não acredito numa divindade boa e todo-poderosa, mas neste mundo há mais do que é descrito em seus livros de filosofia. E não devemos permitir que essa mulher... essa bruxa... se intrometa em nossos negócios. Se *você* está escravizado por ela, não tenho a menor intenção de colocar *meu* futuro nas mãos dela! – retrucou Kit.

– Um momento. – Uma expressão crescente de assombro cruzou o rosto de George. – Matthew, você chegou aqui vindo de Chester ou...

– Matt, não precisa responder – disse Tom subitamente lúcido. – Janus veio até aqui com algum propósito e não devemos interferir.

– Diga algo que faça sentido, Tom... se for capaz – comentou Kit, com maldade.

– Com uma face Matthew e Diana consideram o passado. E com a outra consideram o futuro – continuou Tom sem levar em conta a interrupção de Kit.

– Mas, se Matt não é... – George iniciou a frase e calou-se.

– Tom está certo – disse Walter, com rispidez. – Matthew é nosso amigo e está pedindo nossa ajuda. Se bem me lembro, é a primeira vez que faz isso. Isso é tudo que precisamos saber.

– Ele está pedindo muito – disse Kit.

– Muito? A meu ver é muito pouco. Foi ele que pagou um dos meus navios e salvou as propriedades de Henry, e faz um bom tempo que vem mantendo George e Tom no mundo dos livros e dos sonhos. Quanto a você – Walter mediu Marlowe da cabeça aos pés –, todas as coisas em você e de você, das últimas ideias à última taça de vinho e ao chapéu na sua cabeça, se devem às boas graças de Matthew Roydon. Prover um porto seguro para a esposa dele durante uma tempestade não é nada comparado ao que ele já fez por nós.

– Muito obrigado, Walter. – Matthew pareceu aliviado, mas sorriu hesitante para mim. Convencer os amigos, principalmente Walter, tinha sido mais difícil do que era previsto.

– Precisamos montar uma história que explique a presença de sua esposa aqui – disse Walter, pensativo – e que desvie a atenção da estranheza dela.

– Diana também precisa de um professor – acrescentou Matthew.

– E certamente precisa aprender um pouco de boas maneiras – resmungou Kit.

— Não, o que ela precisa é de outra bruxa como mestra. — Matthew corrigiu o amigo.

Walter resmungou baixinho e divertido.

— Duvido que encontre uma bruxa pelo menos a trinta quilômetros de Woodstock. Não com você vivendo aqui.

— E quanto àquele livro, sra. Roydon? — George sacou um pedacinho de pau com uma ponta cinzenta amarrada a um barbante de um bolso escondido em suas calças curtas e bulbosas. Lambeu a ponta do lápis e o manteve na mão com expectativa. — Poderia descrever a dimensão e o conteúdo dele? Vou procurá-lo em Oxford.

— O livro pode esperar — retruquei. — Primeiro preciso de roupas adequadas. Não posso sair de casa vestindo um paletó do Pierre e uma saia que a irmã de Matthew usou no funeral de Jane Seymor.

— Sair de casa? — repetiu Kit em tom de mofa. — Seria muita loucura.

— Kit está certo — disse George, fazendo uma anotação no caderno. — Seu sotaque revela claramente que a senhora é uma estrangeira na Inglaterra. Adoraria lhe ministrar algumas lições de locução, sra. Roydon.

Imaginei George Chapman representando o papel de Henry Higgins e eu representando o papel de Eliza Doolittle e me deu vontade de ir embora.

— Você devia proibi-la de falar, Matt. É melhor que ela se mantenha calada — insistiu Kit.

— Precisamos de uma mulher que sirva de conselheira para Diana. Por que nenhum de vocês tem uma filha, uma esposa ou uma amante? — perguntou Matthew. Fez-se um silêncio profundo na sala.

— Walter? — Kit cortou o silêncio com um ar de malícia que provocou risadas em todos, amenizando a pesada atmosfera da sala como uma chuva de verão. Matthew também se juntou ao riso.

Depois das risadas, Pierre entrou e revolveu os ramos de alecrim e lavanda colocados entre os juncos do piso para impedir que a umidade se espalhasse pela casa. Logo os sinos badalaram doze horas e a combinação de sons e odores me levou de volta à Madison, tal como ocorrera com a visão dos marmelos.

Passado, presente e futuro se encontraram com um desenrolar lento e fluido que se transformou em um momento de quietude, como se o tempo tivesse parado. Minha respiração deu um nó.

— Diana? — disse Matthew, pegando-me pelos cotovelos.

Uma teia de luz e cor tecida em azul e âmbar chamou a minha atenção. Estava bem fixada no canto da sala onde nada mais se fixaria além de teias de aranha e poeira. Fascinada, tentei caminhar em direção à teia.

— Ela está tendo um ataque? — perguntou Henry, com o rosto aparecendo por trás do ombro de Matthew.

As badaladas dos sinos pararam e o aroma de lavanda feneceu. O azul e o âmbar piscaram em tons de branco e cinza e se dissiparam.

– Desculpem-me. Pensei que tinha visto alguma coisa naquele canto. Talvez tenha sido uma ilusão de ótica produzida pela luz – eu disse, apertando as faces.

– Deve ter sido um lapso temporal, *mon couer* – murmurou Matthew. – Prometo-lhe um passeio no parque. Vamos sair para clarear as ideias?

Se aquilo tivesse sido um efeito colateral da jornada no tempo, o ar fresco poderia me ajudar. Mas acabávamos de chegar e fazia séculos que Matthew não via aqueles homens.

– É melhor ficarmos com seus amigos – eu disse com firmeza, embora com os olhos voltados para as janelas.

– Eles ainda estarão bebendo vinho aqui quando retornarmos – disse Matthew, sorrindo e voltando-se para Walter. – Mostrarei a casa para Diana para que ela não se perca nos jardins.

– E depois precisamos conversar – disse Walter. – Precisamos discutir um negócio.

Matthew assentiu com a cabeça e me enlaçou pela cintura.

– Isso pode esperar.

Saímos da casa, deixando a Escola da Noite reunida naquela aconchegante sala de estar. Tom já tinha perdido o interesse pelas agruras do vampiro e da bruxa e estava lendo um livro. George também se consumia nos próprios pensamentos e escrevia freneticamente num bloco de anotações. O olhar de Kit era vigilante, o de Walter, cauteloso, e o de Henry, extremamente simpático. Os três compunham uma espécie desconhecida de corvos, com suas capas negras e expressões atentas. Isso me fez lembrar das palavras posteriores de Shakespeare a respeito daquele extraordinário grupo.

– Como é que começa? – murmurei. – *Negro é o símbolo do inferno?*

– *Negro é o símbolo do inferno / Matiz das masmorras e da escola da noite* – concluiu Matthew, nostálgico.

– Talvez seja mais adequado matiz da amizade – comentei. Se antes me surpreendera com o controle de Matthew sobre os leitores na Bodleiana, a influência que exercia sobre Walter Raleigh e Kit Marlowe me surpreendeu ainda mais. – Existe alguma coisa que eles não fariam por você, Matthew?

– Reze a Deus para que nunca descubramos – disse ele de um modo sombrio.

3

Na manhã da segunda-feira me enfiei no escritório de Matthew, localizado entre os aposentos de Pierre e uma pequena câmara onde eram realizados os negócios da propriedade e com vista para a guarita e a estrada de Woodstock.

Quase todos os rapazes – eu achei mais simpático chamá-los assim que pelo pomposo nome de Escola da Noite depois que os conheci – estavam bebendo cerveja e vinho no aposento ao qual Matthew se referia como sala do café da manhã. Elaboravam uma história muito imaginativa para justificar o meu aparecimento. Segundo Walter, depois de completa explicaria a minha súbita aparição em Woodstock para os vizinhos curiosos e neutralizaria as perguntas sobre a estranheza de meu sotaque e de minhas maneiras.

A história que elaboraram me pareceu melodramática demais. Isso não era de surpreender, pois Kit e George, os dois dramaturgos da casa, tinham criado os elementos-chave da trama. Entre os personagens estavam pais franceses falecidos, nobres gananciosos que teriam saqueado uma órfã indefesa (eu) e velhotes tarados que teriam feito de tudo para me despojar da virtude. A intriga ganhava ares épicos com a virada espiritual de minha conversão do catolicismo para o calvinismo. Uma conversão que me levava ao exílio voluntário nas costas inglesas protestantes e a anos de miséria, até o providencial resgate e a automática proteção de Matthew. George, que *realmente* tinha alguma coisa de professor de escola de província, me prometeu passar mais detalhes quando a história estivesse montada.

Agora, eu desfrutava da rara quietude no seio do congestionado ambiente doméstico elisabetano daquela residência de proporções descomunais. Kit, como uma criança birrenta, infalivelmente escolheu o pior momento para entregar a correspondência, anunciar o jantar e solicitar a ajuda de Matthew para resolver um problema. Foi compreensível a ansiedade de Matthew para continuar junto aos amigos que não esperava mais rever.

Ele proseava com Walter e, enquanto o esperava, peguei um livrinho. A mesa próxima à janela estava apinhada de sacos com penas afiadas e potes de vidro cheios de tinta. Havia alguns outros itens espalhados por perto: um bastão de cera para selar correspondências e uma pequena faca para abri-las, e uma vela e um saleiro de prata que não tinha sal e sim areia, como os ovos arenosos que degustara naquela manhã.

Em cima de minha mesa também havia um saleiro para fixar a tinta no papel e impedi-la de manchar, um pote de tinta preta e os restos de três penas. A essa altura já destruíra uma quarta pena na tentativa de dominar os complicados volteios da caligrafia elisabetana. Fazer uma lista de obrigações devia ser moleza. Como historiadora com anos de leituras de caligrafias antigas, eu sabia exatamente qual era a configuração das letras, quais eram as palavras mais comuns e quais as opções ortográficas daquela época com poucos dicionários e poucas regras gramaticais.

Mas o desafio não era saber o que fazer e sim fazer. E dessa maneira voltei a ser uma aluna depois de anos de estudo para me tornar uma especialista. Só que dessa vez com o objetivo de viver no passado e não de compreender o passado. O que até então era uma experiência de humildade tornou-se uma bagunça na primeira página em branco do livrinho que ganhara de Matthew naquela manhã.

– Isso é o equivalente elisabetano de um laptop. – Foi o que ele disse quando me entregou o livrinho. – Você é uma mulher de letras e precisa colocá-las em algum lugar.

Abri a capa e de dentro exalou um odor de papel fresco. A maioria das mulheres virtuosas da época escrevia orações em livrinhos como aquele.

Diana

Ficou manchado onde pressionei a pena para escrever o D e a pena já estava sem tinta quando cheguei ao último A. Apesar do esforço, era um exemplo consideravelmente respeitável do período da escrita itálica. Se bem que minha mão era mais lenta que a de Matthew ao escrever as letras com a ondulada escrita cursiva. Era uma caligrafia própria de advogados, médicos e outros profissionais, mas era bem difícil para mim.

Bishop

Essa se saiu melhor. Mas logo apaguei o sorriso e risquei o sobrenome. Eu estava casada. Molhei a pena na tinta.

de Clermont

Diana de Clermont. Isso me fez parecer mais condessa e menos historiadora. Caiu uma gota de tinta na página. Soltei um palavrão frente à mancha preta.

Felizmente, não tinha apagado o meu nome. Mas aquele nome não era meu. Esparramei a gota sobre o "de Clermont". O nome continuou... mais ou menos legível. Pus a mão em prumo e escrevi as letras corretas.

Roydon.

Era o meu nome de então. Diana Roydon, esposa do mais obscuro associado da misteriosa Escola da Noite. Observei a página com olhos críticos. A caligrafia estava um desastre. Não se aproximava nem um pouco das caligrafias redondas e caprichadas do químico Robert Boyle e de sua brilhante irmã Katherine. Eu estava na expectativa de que a caligrafia dos anos 1590 não fosse mais complicada que a dos anos 1690. Algumas investidas a mais da pena e um floreio a mais final e tudo estaria terminado.

Seu Livro.

Soaram vozes masculinas fora da casa. Curiosa, deixei a pena de lado e corri até a janela.

Matthew e Walter estavam lá embaixo. Os vidros da janela abafavam as palavras, mas pelo semblante impaciente de Matthew e as sobrancelhas arqueadas de Raleigh era uma conversa com tema desagradável. Em dado momento, Matthew acenou com descaso e virou de costas, mas Walter o deteve com mão firme.

Matthew estava aborrecido desde que recebera o primeiro lote de correspondência daquela manhã. Pegou o malote em silêncio e não o abriu. Explicou que as cartas tratavam de negócios da propriedade, mas deviam tratar de outras demandas além de impostos e contas a pagar.

Encostei a mão quente na janela fria, como se entre mim e ele só houvesse o vidro. O jogo de temperaturas me evocou o contraste entre a bruxa de sangue-quente e o vampiro de sangue-frio. Retornei à mesa e peguei a pena.

– Estou vendo que decidiu deixar sua marca no século XVI. – Como que por encanto Matthew já estava ao meu lado. O músculo no canto da boca indicava alegria, mas ele ainda estava tenso.

– Ainda não estou certa se é uma boa ideia deixar uma lembrança duradoura do tempo que viverei aqui – confessei. – Talvez algum erudito do futuro acabe percebendo alguma coisa errada nisso.

Exatamente como Kit percebeu alguma coisa errada em mim.

– Não se preocupe. O livro não sairá desta casa. – Matthew se esticou para pegar a pilha de correspondência.

– Você não pode ter certeza disso – retruquei.

– Deixe que a história cuide de si mesma, Diana – disse ele convicto, como se para dar um ponto final ao assunto.

Mas eu não podia deixar o futuro de lado – nem minhas preocupações em relação aos efeitos que nossa presença no passado poderia acarretar no futuro.

– E ainda não sei se deveríamos entregar aquela peça de xadrez para o Kit. – A lembrança de Marlowe brandindo a pequena estatueta de Diana em triunfo me assustara. A estatueta desempenhava o papel da rainha branca no maravilhoso jogo de xadrez de Matthew composto de peças de prata e tinha sido o terceiro objeto que nos fizera chegar ao lugar certo do passado, além do brinco de Ysabeau e o volume da peça *Fausto* com uma dedicatória de Kit para Matthew. Era a mesma estatueta que fora entregue inesperadamente na casa de minhas tias em Madison por dois demônios desconhecidos, Sophie Norman e seu marido Nathaniel Wilson, justamente quando decidimos viajar no tempo.

– Kit ganhou-a de mim na noite passada de maneira justa... como era esperado que ganhasse. Pelo menos dessa vez percebi como fez isso. Distraiu-me com a torre dele. – Matthew escreveu uma nota com uma velocidade invejável antes de dobrar as folhas em um envelope impecável. Despejou uma gota de cera vermelha no canto da carta e depois imprimiu um sinete por cima com o anel. Na superfície dourada do anel havia um simples glifo do planeta Júpiter, ao contrário do emblema mais elaborado que Satu marcara a fogo em minha carne. A cera estalou quando esfriou. – Sabe-se lá como minha rainha branca saiu das mãos de Kit e chegou às mãos de uma família de bruxas na Carolina do Norte. Precisamos acreditar que isso vai acontecer de novo, com ou sem nossa ajuda.

– Kit não me conhecia antes. E ele não gosta de mim.

– Mais uma razão para não se preocupar. Ele não vai se separar da peça enquanto estiver sofrendo por associá-la a Diana. Christopher Marlowe é um masoquista inveterado. – Matthew pegou outra carta e abriu-a com a pequena faca.

Fiz uma pesquisa sobre os outros itens de minha mesa e peguei um monte de moedas. Os estudos de minha graduação não abrangiam o conhecimento prático do dinheiro elisabetano. Nem a administração doméstica, nem as maneiras adequadas de se vestir e de se dirigir aos criados, nem como fazer um remédio para a dor de cabeça de Tom. As discussões com Françoise sobre o meu armário patentearam o meu total desconhecimento dos nomes comuns para as cores mais simples. "Verde-bosta de ganso" me era familiar, mas a peculiar tonalidade do marrom-acinzentado conhecida como "pelo de rato" não era. A experiência me deu vontade de estrangular o primeiro historiador dos Tudor conhecido por mim, isso pela negligência do dever.

Mas a tentativa de imaginar os detalhes da vida cotidiana ainda me instigava e logo esqueci a irritação. Coloquei as moedas na palma da mão e procurei um centavo de prata, a pedra angular que sustentava o meu precário conhecimento.

Não maior que a unha do meu polegar, a moeda era fina como uma hóstia e exibia o perfil da rainha Elizabeth, como a maioria das outras moedas. Organizei o resto das moedas de acordo com os respectivos valores e as contabilizei de modo ordenado na página seguinte do meu livrinho.

— Muito obrigado, Pierre — murmurou Matthew quase sem olhar para o criado que retirava as cartas seladas e deixava outras correspondências em cima da mesa.

Ambos escrevíamos em fraterno silêncio. E depois que terminei de listar as moedas, tentei me lembrar das lições sobre a feitura de um *caudle* — ou seria um *posset*? — que recebera de Charles, o lacônico cozinheiro da casa.

Caudle para dores de cabeça

Satisfeita com a relativa horizontalidade da linha do texto e com as três manchinhas e um C tremido, segui adiante.

> *Coloque a água para ferver. Bata duas gemas de ovo. Acrescente vinho branco e bata um pouco mais. Quando a água ferver, coloque-a para esfriar e depois adicione a mistura de vinho e ovos. Ponha a mistura para ferver, mexa e adicione açafrão e mel.*

Resultou uma mistura repulsiva com um amarelo violento e a inconsistência de um queijo *cottage*, mas Tom a tinha engolido sem reclamar. Mais tarde, quando perguntei a Charles qual era a proporção entre o mel e o vinho, ele jogou as mãos para o alto horrorizado pela minha ignorância e saiu sem dizer uma palavra.

Embora sempre tivesse nutrido o desejo secreto de viver no passado, isso estava sendo bem mais difícil do que o imaginado. Suspirei.

— Será preciso muito mais que um livro para você se sentir em casa aqui — disse Matthew, sem desgrudar os olhos da correspondência. — E você também devia ter o seu próprio aposento. Por que não fica com este? É iluminado e pode servir de biblioteca. Também poderia ser um laboratório de alquimia, se bem que vai precisar de um lugar mais privado caso esteja planejando transformar chumbo em ouro. Há um aposento perto da cozinha que pode servir para isso.

— A cozinha não me parece o lugar ideal. Charles não me aprova — repliquei.

— Ele não aprova ninguém. E Françoise faz o mesmo... exceto com Charles, é claro, a quem ela venera como um santo, apesar da paixão dele pela bebida.

Alguém atravessou o corredor a passos pesados. A desaprovadora Françoise apareceu à soleira da porta.

— Chegaram alguns homens que estão querendo falar com a sra. Roydon. — Ela anunciou e deu um passo para o lado, deixando à vista um septuagenário de cabelos brancos e mãos calejadas, ladeado por um agitado rapaz bem mais jovem que passava de um pé para o outro. Eles não eram criaturas.

– Somers. – Matthew franziu a testa. – E esse é o jovem Joseph Bidwell?

– Sim, mestre Roydon. – O jovem tirou o chapéu da cabeça.

– A sra. Roydon permitirá que suas medidas sejam tiradas agora – disse Françoise.

– Medidas? – Matthew desviou os olhos para mim e a Françoise cabia uma justificativa... imediata.

– Sapatos. Luvas. Para o vestuário de madame. – Ela se justificou. Ao contrário das anáguas, a maioria dos sapatos não tinha um tamanho apropriado.

– Fui eu que pedi a Françoise que as enviasse para eles – expliquei, na esperança de obter a cooperação de Matthew. Somers arregalou os olhos frente à estranha inflexão de minha voz, mas depois assumiu uma expressão de neutralidade respeitosa.

– Minha esposa fez uma viagem inesperadamente difícil – disse Matthew suavemente enquanto se colocava ao meu lado – e perdeu seus pertences. Infelizmente, Bidwell, não há sapatos disponíveis que lhe sirvam de modelo. – Pôs carinhosamente a mão no meu ombro para silenciar possíveis comentários posteriores.

– Com sua licença, sra. Roydon? – disse Bidwell, abaixando-se e pairando os dedos por sobre os cadarços dos sapatos que mal se ajustavam em meus pés. Os sapatos emprestados evidenciavam que eu não era quem fingia ser.

– Por favor – disse Matthew antes que eu pudesse responder. Françoise me olhou com simpatia. Sabia o que era ser silenciada por Matthew Roydon.

O rapaz se adiantou e entrou em contato com um pé que pulsava quente. Claro que esperava uma extremidade mais gelada e sem vida.

– Continue o seu trabalho – disse Matthew cortante.

– *Sir*. Milorde, mestre Roydon. – O jovem despejou todos os títulos à mão, exceto "Sua Majestade" e "Príncipe das Trevas", os quais estavam obviamente implícitos.

– Onde está seu pai, rapaz? – A voz de Matthew abrandou.

– Faz quatro dias que está de cama, mestre Roydon. – Bidwell tirou uma peça de feltro da sacola que estava amarrada à cintura, posicionou meus pés sobre o tecido e os contornou com um risco feito com um pedaço de carvão. Fez algumas anotações apressadas sobre o feltro e, quando terminou, delicadamente abaixou meus pés até o chão. Sacou um curioso livro feito de quadrados coloridos de couro e o estendeu para mim.

– Quais são as cores mais em voga, mestre Bidwell? – perguntei, afastando as amostras de couro. Precisava de um aconselhamento e não de uma prova de múltipla escolha.

– As damas que frequentam a corte estão optando pelo branco estampado em ouro ou prata.

– Nós não iremos à corte – disse Matthew prontamente.

– Então, preto e um bom amarelo-acastanhado. – Bidwell ergueu uma amostra de couro cor de caramelo para demonstrar. Matthew aprovou antes que eu pudesse opinar.

Em seguida, o velho também se surpreendeu ao sentir que minha mão era calejada. Damas bem-nascidas e casadas com homens como Matthew não costumavam manejar remos de barcos. Somers flagrou um calo no meu dedo médio. Damas também não adquiriam calos pelo uso firme de canetas. Depois de vestir uma luva macia e muito larga em minha mão direita, enfiou uma agulha com linha grossa na bainha da luva.

– Bidwell, seu pai está tendo a assistência de que necessita? – perguntou Matthew para o sapateiro.

– Sim, muito obrigado, mestre Roydon – respondeu Bidwell, com altivez.

– Charles vai mandar creme e carne de veado para ele. – O brilho dos olhos cinzentos de Matthew refletiu na silhueta delgada do rapaz. – E um pouco de vinho também.

– Mestre Bidwell ficará agradecido por sua gentileza – disse Somers enquanto alinhavava o couro para que a luva coubesse perfeitamente em minha mão.

– Alguém mais está doente? – perguntou Matthew.

– A menina de Rafe Meadows adoeceu com uma febre terrível. E tememos pelo velho Edward, mas ele só foi afligido pelos calafrios – disse Somers laconicamente.

– Espero que a filha de Meadows tenha sarado.

– Não sarou. – Somers deu mais um ponto no couro. – Ela foi enterrada três dias atrás. Que Deus cuide da alma da menina.

– Amém – disse alguém na sala. Françoise arqueou as sobrancelhas e girou a cabeça em direção a Somers. Fiz o mesmo.

Já com o trabalho concluído e com a promessa de que entregariam os sapatos e as luvas em uma semana, os dois homens fizeram uma reverência e se retiraram. Françoise se virou para acompanhá-los, mas foi impedida por Matthew.

– Chega de compromissos para Diana. – O tom dele soou incisivo. – Providencie uma acompanhante para cuidar de Edward Camberwell e também comida e bebida suficientes.

Françoise fez uma reverência e saiu com outro olhar de simpatia.

– Temo que os homens da cidade saibam que não sou daqui. – Passei a mão trêmula pela testa. – Minhas vogais são problemáticas. E minhas frases declinam quando deviam ascender. Quando se deve dizer "amém"? Preciso que alguém me ensine a rezar, Matthew. Tenho que começar por alguma coisa e...

– Devagar – ele disse, deslizando a mão na cintura do meu espartilho. Mesmo por cima de algumas camadas de roupa, era um toque suave. – Isso não é uma prova oral em Oxford nem uma estreia no palco. Juntar informações e ensaiar falas de nada vai adiantar. Você devia ter conversado comigo antes de chamar Bidwell e Somers.

– Como é que você consegue fingir que é uma pessoa diferente, uma outra pessoa, tantas vezes seguidas? – perguntei.

Matthew tinha feito isso reiteradamente ao longo dos séculos, fingindo que morria e reaparecendo em países diferentes, fazendo-se conhecer por nomes diferentes e falando línguas diferentes.

– O primeiro truque é não fingir. – Diante de minha evidente confusão, ele continuou. – Procure se lembrar do que lhe disse em Oxford. Você não pode viver uma mentira, não pode se fantasiar de humana quando na verdade é uma bruxa, não pode passar por uma elisabetana quando na verdade é do século XXI. Agora essa é a sua vida. Não pense em vivê-la como um papel.

– Mas o meu sotaque, o meu jeito de andar... – Eu já tinha reparado na extensão de minhas passadas em relação à das outras mulheres da casa, mas o escárnio aberto de Kit perante o meu andar masculino trouxe o assunto à baila.

– Você vai se acostumar. E até lá as pessoas vão falar. Mas nenhuma opinião aqui em Woodstock importa. Logo você será conhecida por todos e as fofocas terminarão.

Olhei para ele em dúvida.

– Você não entende muito de fofocas, não é?

– Entendo o bastante para saber que você é a curiosidade da semana. – Ele fixou os olhos nos borrões e na caligrafia indecisa do meu livro. – Está segurando a pena com muita força. Desse modo a ponta quebra e a tinta não flui. E está segurando essa vida nova do mesmo modo.

– Nunca pensei que seria tão difícil.

– Você aprende rápido. E estará entre amigos enquanto estiver na segurança da Velha Cabana. Mas por ora, nada de visitas. E então, o que andou escrevendo?

– Basicamente, o meu nome.

Matthew observou os meus registros, folheando algumas partes do livro. De repente, arqueou uma sobrancelha.

– Também tem se preparado para exames de economia e culinária. Em vez disso, por que não escreve sobre o que acontece aqui em casa?

– Porque antes preciso saber como me virar no século XVI. Claro, um diário até que poderia ser útil. – Considerei essa possibilidade que certamente me ajudaria a me orientar melhor na época. – Não usarei mais os nomes por extenso. Em 1590 as pessoas utilizam as iniciais para poupar papel e tinta. Ninguém faz reflexões sobre pensamentos e emoções. Só registram o tempo e as fases da lua.

— Os marcos mais notórios do século XVI estão nos registros ingleses — disse Matthew com uma risada.

— As mulheres escrevem as mesmas coisas que os homens?

Ele segurou o meu queixo.

— Você é impossível. Deixe de se preocupar com o que outras mulheres fazem. Continue com sua extraordinária identidade.

Balancei a cabeça em assentimento e ele me beijou antes de retornar à mesa dele.

Segurei a pena o mais delicadamente possível e comecei a escrever em outra página. Decidi que utilizaria os símbolos astrológicos para os dias da semana, registraria o tempo e faria anotações secretas sobre a vida na Velha Cabana. Dessa forma, se me lessem no futuro não encontrariam nada de extraordinário. Pelo menos era o que esperava.

♄ *31 de outubro de 1590   chuva, clareando*
Neste dia fui apresentada a CM, grande amigo do meu marido

☉ *1 de novembro de 1590   frio e seco*
Nas primeiras horas da manhã conheci GC. Após o nascer do sol, TH, HP e WR chegaram, todos eles amigos do meu marido. A lua estava cheia.

Se alguns eruditos do futuro suspeitassem de que as iniciais se referiam aos membros da Escola da Noite, especialmente pelo nome Roydon escrito na primeira página, não haveria como provar. Além disso, poucos estudiosos da época se interessavam por esse grupo de intelectuais. Educados ao melhor estilo renascentista, os membros da Escola da Noite transitavam entre as línguas modernas e antigas com uma velocidade alarmante. Conheciam Aristóteles de cabo a rabo. E quando Kit, Walter e Matthew falavam de política, era quase impossível acompanhá-los pelo conhecimento enciclopédico que tinham de história e geografia. Vez por outra George e Tom opinavam, mas a gagueira e a surdez parcial de Henry o impediam de participar plenamente nas intricadas discussões. O conde passava a maior parte do tempo quieto, observando com uma timidez defensiva cativante, até porque ocupava uma posição superior à de qualquer outro na sala. Se não fossem tantos, até que me aventuraria nos debates.

Quanto a Matthew, o fato é que estava longe de ser o cientista que se debruçava pensativo sobre os resultados dos testes e se preocupava com o futuro das espécies. Eu tinha me apaixonado por aquele Matthew, mas estava novamente perdida de amor pela sua versão século XVI, o ressoar de suas risadas e as tréplicas velozes que imprimia nas acaloradas discussões filosóficas me encantavam. Ele fazia piadas durante o jantar e cantarolava pelos corredores. Brincava com os cães – Anaximandro e Péricles, dois mastins enormes e desgrenhados – ao pé da lareira do quarto de dormir. Na Oxford e na França modernas, Matthew sempre estava com um semblante um tanto melancólico. Mas naquela Woodstock estava feliz, até quando o flagrei olhando para os amigos como se não acreditasse que tudo aquilo era real.

– Já se deu conta do quanto sentia falta deles? – perguntei, sem me preocupar em interromper o trabalho dele.

– Vampiros não pensam muito nas coisas que deixam para trás – respondeu ele. – Enlouqueceríamos. Já tive muito para me lembrar, as palavras deles, os retratos deles. Mas sempre esquecemos os detalhes, as expressões evasivas, o som das risadas.

– Meu pai sempre tinha caramelos nos bolsos – sussurrei. – Só me lembrei deles em La Pierre. – Fechei os olhos e senti o aroma das balinhas e ouvi o farfalhar do papel celofane a roçar no suave tecido da camisa dele.

– E agora você não desistiria dessas lembranças – disse Matthew amavelmente –, nem mesmo para se livrar da dor.

Ele pegou outra carta e deslizou a pena sobre a página. A expressão de intensa concentração retornou ao rosto dele, junto com uma pequena ruga na ponta do nariz. Fiz o mesmo ângulo que ele fazia ao segurar a pena e levei o mesmo tempo que ele levava para mergulhá-la na tinta. De fato, era mais fácil escrever quando segurava a pena com menos força. Mantive a pena por cima do papel e me preparei para escrever mais.

Era o Dia de Todos os Santos, dia tradicional para relembrar os mortos. Todos na casa apontavam para a grossa camada de gelo que cobria as folhas das plantas do jardim. Pierre jurou que no dia seguinte faria muito mais frio.

☾ *2 de novembro de 1590   gelo*
Medidas para sapatos e luvas. Françoise costura.

Françoise estava fazendo uma capa para me aquecer e roupas de lã para o inverno que se estenderia. Passara a manhã no ático, selecionando algumas roupas abandonadas por Louisa de Clermont. Fazia sessenta anos que os vestidos com golas quadradas e mangas em forma de sino da irmã de Matthew tinham saído de moda, mas Françoise faria algumas modificações para adaptá-los à última moda, segundo o que Walter e George disseram, e também ao meu corpo que não era lá esculturalmente. Ela não demonstrou o menor prazer em desfazer as costuras de um magnífico vestido negro e prateado, mas Matthew insistiu que o desfizesse. Com a Escola da Noite na residência, eu precisava de roupas formais e de acessórios mais práticos.

– Mas esse foi o vestido de casamento de lady Louisa, milorde – protestou Françoise.

– Sim, com um noivo de 85 anos de idade que não tinha filhos, mas tinha problemas cardíacos e inúmeras propriedades rentáveis. O que a família investiu no vestido foi mais do que recompensado pelo casamento – disse Matthew. – Isso será de Diana até que você faça um vestido melhor para ela.

Claro, não fiz referência a essa conversa no meu livro. Em vez disso, optei por palavras que não significassem nada para os outros, se bem que para mim conjuravam imagens vívidas de pessoas, sons e conversas. Se o livro sobrevivesse ao tempo, esses fragmentos de minha vida seriam estéreis e secos aos olhos dos leitores do futuro. Os historiadores se debruçam sobre esse tipo de documento na vã esperança de vislumbrar vidas ricas e complexas por trás das frases mais simples de um texto.

Matthew vociferou entre dentes. Eu não era a única na casa que tinha algo a esconder.

Hoje, meu marido recebeu muitas cartas e me deu este livro para que escrevesse minhas memórias.

Quando ergui a pena para recarregá-la de tinta, Henry e Tom entraram na sala à procura de Matthew. Meu terceiro olho se abriu com uma piscadela, surpreendendo-me com uma súbita consciência. Meus outros poderes natos – fogo de bruxa, água de bruxa e vento de bruxa – estavam estranhamente ausentes desde a minha chegada. Com a inesperada extrapercepção propiciada pelo meu terceiro olho de bruxa, pude discernir não apenas a intensidade avermelhada escura da atmosfera ao redor de Matthew, mas também uma luz prateada ao redor de Tom e um brilho verde enegrecido quase imperceptível ao redor de Henry, cada qual tão individual quanto uma impressão digital.

Lembrando-me dos fios azuis e âmbares que tinha visto num canto da Velha Cabana, me perguntei por que alguns poderes desapareciam enquanto outros apareciam. E também havia o episódio daquela manhã...

Algo atraíra os meus olhos para um canto, um outro jato cintilante de âmbar e azul. Seguiu-se um eco que de tão silencioso era mais sentido que ouvido. Girei a cabeça para localizar de onde vinha e a sensação se dissipou. Fios de cor e luz pulsaram na minha visão periférica, como se o tempo estivesse acenando que era hora de retornar para casa.

Desde a minha primeira viagem por uma fração de minuto no tempo, em Madison, o tempo passara a ser para mim uma substância feita de fios de luz e cor. De modo que se estivesse bem concentrada seria possível seguir um único fio até o seu ponto de origem. E só agora que acabara de atravessar alguns séculos percebia que uma aparente simplicidade mascarava os nós de possibilidades que atavam um inimaginável número de passados a milhões de presentes e a incalculáveis futuros. Isaac Newton acreditava que o tempo era uma força essencial da natureza que não podia ser controlada. Depois de nossa batalha para retornar a 1590, já estava pronta para concordar com ele.

– Diana? Tudo bem com você? – A insistência de Matthew me tirou dos devaneios. Os amigos dele me olharam preocupados.

– Tudo bem – respondi automaticamente.

– Você não está bem. – Ele deixou a pena em cima da mesa. – Seu cheiro mudou. Talvez sua magia também esteja mudando. Kit está certo. Precisamos encontrar uma bruxa para você o mais rápido possível.

– É muito cedo para trazer uma bruxa – retruquei. – O importante é que me pareça bem familiarizada com esta época.

– Outra bruxa saberia que você é uma fiandeira do tempo – disse ele, com desdém. – E faria alguns ajustes. Ou há alguma coisa a mais?

Balancei a cabeça em negativa, sem olhar nos olhos dele.

Matthew não precisava ver o tempo a desenrolar pelos cantos para sentir que alguma coisa estava fora do eixo. Se ele era capaz de perceber que havia mais coisas na minha magia do que eu desejava revelar, não seria possível esconder os meus segredos de uma bruxa que logo estaria a caminho.

4

A Escola da Noite havia se esmerado para ajudar Matthew a encontrar a criatura, com sugestões que trouxeram à luz um desrespeito coletivo tanto pelas mulheres e as bruxas como por qualquer outro que não tivesse educação universitária. De um lado, Henry argumentara que Londres era o solo mais fértil para a busca, e do outro, Walter assegurara que na cidade grande nada me resguardaria dos vizinhos supersticiosos. George se perguntara se os eruditos de Oxford seriam persuadidos a ceder os conhecimentos de que dispunham, uma vez que possuíam as credenciais intelectuais adequadas. Tom e Matthew criticaram brutalmente os pontos fortes e fracos dos filósofos da residência, e essa ideia também foi deixada de lado. Kit ponderou que não era sensato confiar a tarefa a mulheres e desenvolveu uma lista de cavalheiros da região que talvez estivessem dispostos a estabelecer um regime de treinamento para mim. A lista incluía um pastor da St. Mary, que observava os sinais apocalípticos no céu; um proprietário rural chamado Smythson, que se interessava por alquimia e estava à procura de uma bruxa ou um demônio para assistente; e um aluno da Christ Church College, que pagava as altas contas dos livros que adquiria montando mapas astrológicos.

Matthew vetou todas as sugestões e chamou a viúva Beaton, uma parteira bastante conhecida em Woodstock por sua habilidade e sua astúcia. Era uma mulher pobre – um tipo de criatura escarnecido pela Escola da Noite –, mas Matthew argumentou que esse detalhe garantiria a cooperação dela. Além disso, a viúva Beaton era a única criatura da vizinhança com supostos talentos mágicos. Fazia tempo que as outras tinham fugido do lugar, ele admitiu, porque não queriam ser vizinhas de um *wearh*.

– Talvez não tenha sido uma boa ideia chamar a viúva Beaton – eu disse mais tarde enquanto nos aprontávamos para ir para a cama.

– Já que trouxe o assunto à baila – disse ele, sem dissimular a impaciência. – Se a viúva Beaton não for capaz de nos ajudar, pelo menos poderá recomendar alguém que o seja.

– O final do século XVI não é uma época apropriada para se procurar bruxas abertamente, Matthew. – Eu tinha feito insinuações sobre a caça às bruxas durante o encontro com os membros da Escola da Noite, mas ele sabia dos horrores que estavam por vir e descartou minha preocupação novamente.

– O julgamento das bruxas em Chelmsford já faz parte das lembranças do passado, e a caça em Lancashire só vai começar daqui a vinte anos. Não teria lhe trazido para cá se a caça às bruxas estivesse prestes a irromper na Inglaterra. – Ele pegou algumas cartas que Pierre tinha deixado em cima da mesa.

– Com esse tipo de argumento, ainda bem que você é um cientista e não um historiador – disse eu abruptamente. – Chelmsford e Lancashire foram manifestações extremas de problemas muito mais amplos.

– Acha mesmo que os historiadores entendem o significado de um tempo histórico melhor que os homens que vivem nesse tempo? – Matthew arqueou a sobrancelha em demonstração aberta de ceticismo.

– Sim – respondi irritada. – É o que sempre fazemos.

– Não foi isso que demonstrou essa manhã quando desatinou pela falta de garfos na casa – observou ele.

De fato, eu os tinha procurado pela casa durante uns vinte minutos, até que Pierre me disse que esse tipo de talher ainda não era comum na Inglaterra.

– Sei muito bem que você não é um daqueles que acham que os historiadores não fazem nada senão decorar datas e estudar fatos obscuros – rebati. – Nosso trabalho consiste em entender *por que* as coisas aconteceram no passado. Em meio aos acontecimentos é difícil encontrar as razões para eles, a retrospectiva propicia uma perspectiva mais clara.

– Então, pode relaxar porque tenho experiência *e também* retrospectiva – disse ele. – Entendo suas reservas, Diana, mas a decisão de chamar a viúva Beaton foi certa. – O tom da voz dele deixou claro que *o caso estava encerrado*.

– Nos anos 1590, há escassez de alimentos e as pessoas estão preocupadas com o futuro – eu disse, gesticulando. – Isso significa que também estão à procura de bodes expiatórios que levem a culpa pelos tempos difíceis. Tanto as mulheres astutas como as parteiras temem ser acusadas de bruxaria, ainda que seus amigos homens não percebam.

– Sou o homem mais poderoso de Woodstock – disse Matthew, pegando-me pelos ombros. – Ninguém vai acusá-la de nada.

Fiquei surpresa pela soberba dele.

– Sou uma estranha e a viúva Beaton não me deve nada. Se eu demonstrar curiosidade, serei uma séria ameaça à segurança dela – retruquei. – Antes de pedir ajuda a ela, preciso passar por uma mulher elisabetana da classe alta. Preciso de mais algumas semanas.

– Diana, isso não pode esperar – disse ele bruscamente.

– Não estou lhe pedindo para ser paciente até que eu aprenda a bordar e fazer geleia. Tenho boas razões para fazer esse pedido. – Olhei para ele com azedume. – Pode chamar essa sua mulher astuta. Mas não se surpreenda quando isso não der certo.

– Confie em mim. – Ele se curvou até os meus lábios. Seus olhos estavam enfumaçados e seus instintos se aguçavam em perseguição à presa para subjugá-la. Não só o marido do século XVI queria prevalecer sobre a esposa, como também o vampiro queria capturar a bruxa.

– Essas discussões não são nem um pouco excitantes – eu disse, virando a cabeça. Mas para Matthew eram. Afastei-me alguns centímetros dele.

– Não estou discutindo – disse ele mansamente, com a boca perto de minha orelha. – Você é que está. E está muito enganada se acha que tocarei em você zangado, mulher. – Encostou-me na coluna da cama com os olhos gelados, girou o corpo e pegou a cala. – Vou lá para baixo. Talvez haja alguém acordado para me fazer companhia. – Caminhou em direção à porta e se deteve. – E não me questione mais, se realmente deseja se comportar como uma mulher elisabetana – acrescentou rudemente ao sair.

No dia seguinte um vampiro, dois demônios e três humanos me observaram em silêncio quando atravessei o piso de madeira. Os sinos badalaram na Igreja de St. Mary, os ecos tímidos das badaladas da hora persistiram por um bom tempo depois que cessaram. Marmelo, alecrim e lavanda perfumaram o ar. Confinada em batas, anáguas, saias, mangas e corpete apertado, empoleirei-me numa desconfortável cadeira de madeira. A carreira à qual me dedicava no século XXI se desvanecia a cada respiração que me sufocava. Fixei os olhos na luz sombria do dia, a chuva batia nos vidros das janelas.

– *Elle est ici* – anunciou Pierre, com os olhos faiscando em minha direção. – A bruxa já chegou para ver madame.

– Finalmente – disse Matthew.

As severas linhas do gibão de Matthew o deixavam com os ombros mais largos, e as bolotas e folhas de carvalho bordadas com linha negra na ponta da gola branca lhe acentuavam a palidez da pele. Ele angulou a cabeça e os cabelos negros em outra perspectiva a fim de ver se eu passava como uma respeitável esposa elisabetana.

– E então? – perguntou. – Será que vai funcionar?

George retirou os óculos.

– Sim. O castanho-avermelhado do vestido ficou bem melhor que o último e deu um tom agradável aos cabelos dela.

– Parece que a sra. Roydon está realmente empenhada, George. Mas não podemos fazer vista grossa para o sotaque, simplesmente dizendo que ela é do c-c-campo – disse Henry em voz baixa, dando um passo à frente para ajeitar as pregas da minha saia bordada. – E a altura dela. Não há como disfarçar. Talvez seja até mais alta que a rainha.

– Walt, será que não podemos mesmo fazê-la passar por uma francesa ou uma alemã? – Tom levou uma laranja espetada de cravos ao nariz, com as mãos manchadas de tinta. – Em Londres talvez a sra. Roydon possa realmente sobreviver. Demônios, claro que não passaria despercebida, mas não seria olhada uma segunda vez pelos homens comuns.

Walter bufou com um ar divertido e respondeu por mim.

– A sra. Roydon está finamente trajada, mesmo com uma altura incomum. Os homens comuns entre trinta e sessenta anos de idade terão razões suficientes para observá-la. E Tom, é melhor que ela fique aqui com a viúva Beaton.

– Talvez seja melhor me encontrar com a viúva Beaton mais tarde, sozinha e na cidade. – Sugeri na esperança de que alguma alma sensata persuadisse Matthew a me deixar fazer isso à minha maneira.

– Não! – Soaram seis vozes masculinas horrorizadas.

Françoise apareceu com duas peças de linho engomado e de renda, e estufou o peito como uma galinha indignada quando encara um galo brigão. Assim como eu, também estava irritada com as constantes interferências de Matthew.

– Diana não irá à corte. Esses rufos são desnecessários – disse Matthew, com um gesto de impaciência. – Além do mais, o problema dela é o cabelo.

– O senhor não faz ideia do que é necessário – retrucou Françoise. Embora ela fosse uma vampira e eu, uma bruxa, nós tínhamos o mesmo ponto de vista em relação à idiotia masculina. – Qual madame De Clermont prefere? – Ela estendeu um ninho de pregas de tecido transparente e algo em forma de lua crescente que lembrava flocos de neve unidos por pontos invisíveis.

Aparentemente, os flocos de neve eram mais confortáveis. Apontei para os flocos.

Matthew aproveitou que Françoise fixava a gola na borda do meu corpete e fez uma nova tentativa para ajeitar o meu cabelo. Ela afastou a mão dele.

– Não toque!

– Tocarei na minha esposa quando bem quiser. E pare de chamar Diana de "*madame* De Clermont". – Ele explodiu, levando as mãos aos meus ombros. – Isso dá a impressão de que minha mãe vai entrar pela porta. – Retirou a gola e desamarrou a fita de veludo negro que escondia os alfinetes de Françoise.

– Madame é uma mulher casada. Deve cobrir os seios. Já bastam as fofocas sobre a nova patroa – protestou Françoise.

– Fofocas? Que tipo de fofocas? – perguntei preocupada.

– Como não foi à igreja ontem, alguns estão dizendo que a senhora está de resguardo e outros estão dizendo que a senhora contraiu varíola. O sacerdote acredita que a senhora é católica. E outros dizem que é espanhola.

– Espanhola?

– *Oui*, madame. Alguém a ouviu falando no estábulo ontem à tarde.

– Mas eu estava praticando o meu francês! – Como era boa em mímica, achei que, se imitasse o sotaque arrogante de Ysabeau, daria mais credibilidade à história que haviam elaborado para mim.

– O filho do cavalariço não entendeu assim. – Pelo tom de Françoise, o rapaz estava de fato confuso. Ela me esquadrinhou e se deu por satisfeita. – Sim, a senhora já está com aparência de uma mulher respeitável.

– *Fallaces sunt rerum species* – disse Kit, com um toque de acidez que trouxe a carranca de volta ao rosto de Matthew. – *As aparências enganam*. Ninguém vai engolir o desempenho dela.

– Ainda está muito cedo para Sêneca. – Walter lançou um olhar de advertência para Marlowe.

– Nunca é cedo para o estoicismo – retrucou Kit, com a cara séria. – Vocês deveriam me agradecer por eu não ser Homero. Tudo que se ouve recentemente não passa de ineptas paráfrases da *Ilíada*. Deixe o grego para alguém que o entenda, George... alguém como Matt.

– Ainda não terminei a tradução da obra de Homero! – disse George furioso.

Essa réplica fez Walter jorrar uma torrente de citações latinas. Uma delas fez Matthew dar uma risadinha e dizer algo que me pareceu grego. Lá embaixo uma bruxa esperava totalmente esquecida enquanto aqueles homens se engajavam em seu passatempo favorito: rivalidade verbal. Afundei na cadeira.

– Eles são maravilhosos quando estão de bom humor – sussurrou Henry. – São as inteligências mais perspicazes do reino, sra. Roydon.

Raleigh e Marlowe agora trocavam berros sobre os méritos – ou os deméritos – da política de Sua Majestade em relação à colonização e à exploração.

– Talvez alguém prefira jogar punhados de ouro no Tâmisa a dá-los para um aventureiro como você, Walter. – Kit soltou uma gargalhada.

– Aventureiro! Você é que não põe o pé fora de casa durante o dia por medo dos credores. – A voz de Raleigh soou abalada. – Você é um tolo, Kit.

Matthew acompanhava a disputa com crescente prazer.

– Com quem está em apuros agora? – perguntou para Marlowe enquanto pegava a taça de vinho. – E quanto vai custar para sair dessa encrenca?

– Com o alfaiate. – Kit apontou para o traje dispendioso que vestia. – Com o impressor que imprimiu *Tamerlão*. – Hesitou para priorizar as somas de vulto.

– Com o Hopkins, aquele bastardo que se autoproclama meu senhorio. Mas tenho isso. – Ergueu a pequena estatueta de Diana que ganhara de Matthew no jogo de xadrez na noite de domingo.

Eu ainda estava inquieta porque a estatueta estava longe de minha vista e dei um passo à frente.

– Não acredito que esteja desesperado a ponto de empenhar essa bugiganga por alguns tostões. – Os olhos de Matthew cintilaram em minha direção e, com um pequeno movimento, ele me empurrou de volta à cadeira. – Deixe-me cuidar disso.

Marlowe sorriu, deu um pulinho para a frente e para trás e guardou a deusa de prata no bolso.

– Você sempre poderá contar comigo, Matthew. É claro que vou lhe pagar.

– É claro – murmuraram Matthew, Walter e George com ar de dúvida.

– Mas reserve bastante dinheiro para comprar uma barba. – Kit acariciou a própria barba com satisfação. – Você está horroroso.

– Comprar uma barba? – Eu não devia ter entendido direito. Talvez Marlowe estivesse recorrendo à gíria novamente, em todo caso Matthew lhe pediu que parasse em consideração a mim.

– Há um barbeiro em Oxford que é bruxo. O cabelo do seu marido cresce muito lentamente, como acontece com todos da mesma espécie, e ele está barbeado. – Continuei com cara de tacho e Kit continuou com exagerada paciência. – Desse jeito, Matt será notado. Ele precisa de uma barba. E nós teremos que encontrar alguém que providencie uma barba porque parece que você não é bruxa o bastante para fazer isso.

Olhei para o jarro vazio sobre a mesa de olmo. Françoise o deixara repleto de flores e ramos do jardim – rosas brancas e ramos de azevinho e de nespereira com frutos marrons que mais pareciam botões de rosas – e com isso acrescentara cor e aroma à sala. Algumas horas antes eu mesma ajeitara as nêsperas e as rosas com o jardim o tempo todo em minha mente. Fiquei satisfeita com o resultado por uns quinze segundos, até que subitamente flores e frutas secaram à minha frente. A dessecação se espraiou da ponta dos meus dedos em todas as direções enquanto minhas mãos pinicavam com o influxo de informações que emanava das plantas: sensação de raios de sol, sensação de esfriamento de chuva, também a força da resistência das raízes ao vento e o gosto do solo.

Matthew estava certo. Minha magia se transformara após a nossa chegada ao ano de 1590. O fogo de bruxa, a água de bruxa e o vento de bruxa que passaram a irromper de mim depois que conheci Matthew não estavam mais presentes. Em troca, passei a distinguir os fios luminosos do tempo e as auras coloridas que circundavam as criaturas vivas. Cada vez que passeava nos jardins, um veado branco me vigiava das sombras dos carvalhos. E agora as coisas murchavam diante de mim.

– A viúva Beaton está esperando. – Walter nos relembrou e apressou Tom em direção à porta.

– E se ela for capaz de ouvir meus pensamentos? – Isso me deixou preocupada enquanto descia os amplos degraus de madeira de carvalho.

– O que mais me preocupa é o que você possa dizer em voz alta. Não faça nada que acirre a inveja ou a animosidade dela – aconselhou Walter, seguindo atrás com o resto da Escola da Noite. – Se tudo o mais falhar, minta. Matthew e eu fazemos isso o tempo todo.

– Uma bruxa não pode mentir para outra bruxa.

– Isso não vai acabar bem – resmungou Kit com um ar sombrio. – Aposto dinheiro nisso.

– Basta. – Matthew girou e agarrou Kit pela gola. Os dois mastins fuçaram as canelas de Kit, rosnando. Os cães eram devotados a Matthew... e não gostavam de Kit.

– Tudo o que eu disse... – Kit iniciou a frase e encolheu-se a fim de escapar. Matthew não o deixou terminar e o comprimiu contra a parede.

– O que você disse não nos interessa, e o que pretendia foi bem claro. – Ele deixou Kit ainda mais comprido.

– Coloque-o no chão. – Walter pôs uma das mãos no ombro de Marlowe e a outra sobre Matthew. O vampiro o ignorou e ergueu alguns centímetros mais à parede o outro amigo. Kit parecia uma ave exótica com uma plumagem vermelha e preta que se prendera de alguma forma nas dobras do revestimento de madeira. Matthew o manteve suspenso por algum tempo para deixar o seu ponto de vista bem claro e depois o soltou.

– Venha, Diana. Vai dar tudo certo. – Matthew ainda parecia seguro, mas as sinistras picadas em meus polegares me alertaram que talvez Kit estivesse certo.

– Pelos dentes de Deus – resmungou Walter incrédulo enquanto atravessávamos o saguão. – Aquilo é a viúva Beaton?

Na penumbra do extremo do aposento encontrava-se a bruxa em questão: diminuta, arqueada e antiga. À medida que me aproximava, os detalhes do grosseiro traje preto, os cabelos brancos e ralos e a pele enrugada como couro tornavam-se mais aparentes. Uma catarata deixava um dos olhos leitoso e o outro parecia uma avelã manchada. O globo ocular com catarata girava de maneira alarmante em seu encaixe. Parecia que a visão adquiria um foco melhor com uma perspectiva diferente. Já estava achando que nada seria pior que aquilo quando bati os olhos numa verruga no nariz da viúva Beaton.

Ela olhou fixamente para mim e fez uma reverência de má vontade. A comichão na minha pele indicou que era realmente uma bruxa. Meu terceiro olho se abriu sem me avisar para colher mais informações. Mas ao contrário da maioria das outras criaturas, a viúva Beaton não irradiava luz. Era cinzenta da cabeça aos pés. Foi frustrante me deparar com uma bruxa que fazia tanta força para ser invisível. Será que eu também tinha ficado daquele jeito depois que toquei no Ashmole 782? Meu terceiro olho se fechou novamente.

– Muito obrigado por ter vindo aqui, viúva Beaton. – O tom de Matthew sugeria que ela devia se sentir feliz por lhe ter sido permitido entrar na casa dele.

– Mestre Roydon. – As palavras da bruxa soaram tão ásperas quanto as folhas mortas que rodopiavam no cascalho lá fora. Ela se voltou com o olho bom em minha direção.

– Ajude a viúva Beaton a sentar-se, George.

Chapman deu um salto à frente ao ouvir a ordem de Matthew enquanto o resto de nós permaneceu em cautelosa distância. A bruxa gemeu quando se ajeitou com seus membros reumáticos na cadeira. Matthew esperou polidamente que se acomodasse e continuou.

– Vamos direto ao assunto. – Ele apontou para mim. – Esta mulher está sob minha proteção e ultimamente tem tido algumas dificuldades. – Não mencionou que éramos casados.

– O senhor está cercado de amigos influentes e servos leais, mestre Roydon. Sou uma pobre mulher e não serei útil para um cavalheiro como o senhor. – Ela tentou dissimular a censura do que disse com um falso tom de cortesia, mas o meu marido tinha um ouvido apurado.

Ele estreitou os olhos.

– Não brinque comigo – disse curto e grosso. – A senhora não me quer como inimigo, viúva Beaton. Esta mulher mostra sinais de que é uma bruxa e precisa de sua ajuda.

– Uma bruxa? – Ela me olhou com educada descrença. – A mãe dela era uma bruxa? Ou o pai é que era um bruxo?

– Ambos morreram quando ela ainda era criança. Não sabemos ao certo quais eram os poderes que eles tinham – admitiu Matthew, com uma típica meia verdade vampiresca. Jogou uma sacola de moedas no colo dela. – Ficarei agradecido se a senhora examiná-la.

– Tudo bem. – Os dedos nodosos da viúva Beaton se aproximaram do meu rosto. Quando nossas carnes se tocaram, uma inconfundível onda de energia perpassou nós duas. Ela deu um salto.

– E então? – perguntou Matthew.

A viúva Beaton deixou as mãos caírem ao colo. Pegou a sacola de dinheiro e por um momento deu a impressão de que a devolveria para Matthew. Depois, retomou a compostura.

– Já suspeitava disso. Esta mulher não é uma bruxa, mestre Roydon. – A voz dela soou firme, mas um tanto mais alta que antes. Uma onda de desprezo revolveu meu estômago e azedou minha boca.

– Se a senhora acha isso é porque não tem o poder que as pessoas de Woodstock dizem que tem – retruquei.

A viúva Beaton se levantou indignada.

– Sou uma curandeira respeitada, com conhecimento de ervas que protegem homens e mulheres de doenças. Mestre Roydon conhece minhas habilidades.

– Isso é arte de bruxa. Mas nosso povo também tem outros talentos – eu disse, com cautela. Matthew apertou minha mão com força para que me calasse.

– Não conheço nenhum desses talentos – rebateu ela rapidamente. A velha mulher era tão obstinada quanto minha tia Sarah, e partilhava do mesmo desprezo pelas bruxas que dominavam os elementos sem conhecerem a tradição da feitiçaria, como eu, por exemplo. Sarah conhecia os usos de cada erva e cada planta e sabia de cor centenas de encantamentos, mas para ser uma bruxa é necessário mais. Embora soubesse disso, a viúva Beaton não o admitia.

– Claro que há outra maneira de determinar o alcance dos poderes desta mulher que não apenas pelo simples toque. E alguém que tem suas habilidades deve saber que maneira é essa – disse Matthew, com um tom ligeiramente jocoso e claramente provocativo.

A viúva Beaton pesou a sacola de moedas na mão ainda hesitante. Por fim, o peso da sacola convenceu-a a participar. Fez o pagamento deslizar para dentro de um bolso embutido na saia.

– Há testes para determinar se alguém é bruxo. A recitação de uma oração, por exemplo. Se a criatura titubeia com as palavras, se titubeia mesmo que por um segundo, isso é sinal de que o diabo está por perto. – Ela pronunciou em tom misterioso.

– O diabo não está em Woodstock, viúva Beaton – disse Tom, com o semblante de um pai que tenta convencer o filho de que não há monstros debaixo da cama.

– O diabo está em toda parte, *sir*. Aqueles que creem no contrário podem se tornar presas dos ardis dele.

– Tudo isso são fábulas criadas pelos humanos para assustar os supersticiosos e os de mente fraca – disse Tom com desdém.

– Agora não, Tom – cochichou Walter.

– Também há outros sinais – disse George, como sempre ávido por compartilhar o conhecimento que tinha. – O diabo marca uma bruxa como propriedade dele com cicatrizes e manchas.

De repente, o sangue drenou de minha cabeça e me deixou atordoada. Se alguém procurasse, encontraria essas marcas em mim.

– Deve haver outros métodos – disse Henry com inquietude.

– Há sim, milorde. – O olho leitoso da viúva Beaton varreu o aposento. Ela apontou para a mesa com instrumentos científicos e pilhas de livros. – Levem-me até ali.

Levou a mão ao vão da saia que ocultava o bolso embutido onde guardara as moedas e tirou de dentro um velho sino de bronze. Colocou o sino em cima da mesa.

– Por favor, tragam-me uma vela.

Henry obedeceu prontamente e os homens se colocaram ao redor intrigados.

– Alguns dizem que o verdadeiro poder das bruxas decorre do fato de que ela é uma criatura que vive entre a vida e a morte, entre a luz e as trevas. Nas encruzilhadas do mundo, ela desfaz o trabalho da natureza e desamarra os nós que mantêm a ordem das coisas. – A viúva Beaton alinhou um dos livros entre o pesado castiçal de prata com a vela e o sino de bronze. Começou a falar pausadamente. – Antigamente, quando a vizinhança suspeitava de que uma mulher era uma bruxa, as badaladas de um sino anunciavam sua morte e sua expulsão da igreja.

Ela ergueu o sino e o fez badalar com um giro de pulso. Largou o sino que continuou badalando suspenso sobre a mesa. Tom e Kit se aproximaram, George perdeu o fôlego e Henry se benzeu. Aparentemente satisfeita com a reação, ela se voltou para a tradução inglesa de um clássico grego, *Elementos de geometria* de Euclides, que estava sobre a mesa junto com diversos instrumentos matemáticos da grande coleção de Matthew.

– Em seguida o padre pegava o livro santo, a Bíblia, e o fechava. Isso demonstrava que a bruxa não poderia ter mais acesso a Deus.

O exemplar de *Elementos de geometria* se fechou por si mesmo. George e Tom deram um salto. Os membros da Escola da Noite se mostraram surpreendentemente suscetíveis, até porque se consideravam imunes às superstições.

– Por fim, o padre apagava a vela. Isso indicava que a bruxa não tinha alma. – A viúva Beaton levou os dedos à vela e pinçou o pavio. A chama apagou, erguendo uma tênue nuvem de fumaça cinzenta no ar.

Todos ficaram impressionados. Até Matthew se mostrou perturbado. Somente o crepitar do fogo e o badalar ininterrupto do sino soavam ao redor.

– Uma verdadeira bruxa pode reacender o fogo, abrir as páginas do livro e paralisar o badalo do sino. Aos olhos de Deus, ela é uma criatura maravilhosa. – A viúva Beaton deu uma pausa para dar mais dramaticidade ao momento e depois girou o olho leitoso em minha direção. – Você pode fazer essas coisas, garota?

As bruxas modernas que atingiam a idade de 13 anos eram apresentadas ao conciliábulo local em cerimônias fantasmagoricamente remanescentes dos testes da viúva Beaton. Os sinos do altar das bruxas badalavam para acolher a jovem bruxa na comunidade, e os pesados e polidos sinos de prata eram passados de geração a geração. Em vez de ser apresentada à Bíblia ou a um livro de matemática, a jovem bruxa era apresentada ao livro de encantamentos da família, o que dava um peso histórico à ocasião. A única vez que tia Sarah permitiu que o grimório das Bishop saísse de casa foi no meu aniversário de 13 anos. A colocação e o propósito da vela eram os mesmos. E por isso as jovens bruxas acendiam e apagavam velas desde pequenininhas.

Minha apresentação oficial ao conciliábulo de Madison acabou sendo um desastre, um desastre testemunhado por todos os meus parentes. Duas décadas depois eu ainda tinha um estranho pesadelo com uma vela que não se acendia, um livro que não se abria e um sino que badalava para todas as bruxas, menos para mim.

– Não sei se consigo – confessei hesitante.

– Tente. – Matthew me encorajou com uma voz confiante. – Você acendeu algumas velas poucos dias atrás.

Era verdade. Eu tinha acendido as velas que estavam dentro das abóboras alinhadas ao longo do caminho de entrada da casa das Bishop no Halloween. Mas ninguém testemunhou as minhas primeiras tentativas frustradas. E agora Kit e Tom me olhavam fixamente e com muita expectativa. Eu quase não sentia o roçar do olhar da viúva Beaton, mas sentia toda a atenção gelada e familiar de Matthew. O sangue congelou em minhas veias, como uma recusa de gerar o fogo requisitado para um pouco de feitiçaria. Concentrei-me no pavio da vela, torcendo para que tudo desse certo, e murmurei um encantamento.

Nada aconteceu.

– Relaxe – murmurou Matthew. – Que tal o livro? Não é melhor começar por ele?

Deixando de lado o fato de que a ordem das coisas era importante na feitiçaria, eu não fazia a menor ideia de por onde começar com os *Elementos de Euclides*. Concentrava-me no ar encerrado nas fibras do papel ou invocava uma brisa para levantar a capa? Era impossível pensar claramente em meio às incessantes badaladas.

– Por favor, será que a senhora pode parar esse sino? – supliquei com uma ansiedade à flor da pele.

A viúva Beaton estalou os dedos e o sino de bronze caiu em cima da mesa. A queda o fez vibrar por alguns instantes antes de silenciar.

– Como lhe disse antes, mestre Roydon. – Ela acentuou uma nota de triunfo. – Seja lá qual tenha sido a magia testemunhada pelo senhor, tudo não passou de mera ilusão. Esta mulher não tem poder. A cidade não precisa temê-la.

– Talvez ela esteja tentando enganá-lo, Matthew. – Kit se intrometeu. – Eu não confiaria nela. As mulheres são criaturas dúbias.

A viúva Beaton não era a primeira bruxa a fazer essa proclamação e com a mesma satisfação. Fui tomada por uma súbita e intensa necessidade de provar o erro dela e de varrer o olhar de sabedoria do rosto de Kit.

– Não sou capaz de acender uma vela. Assim como não fui capaz de aprender com ninguém a abrir os livros ou deter as badaladas dos sinos. Mas se não tenho poder, como explica isso? – Ali por perto havia uma travessa de frutas e marmelos recém-colhidos no jardim que emitiam um brilho dourado na penumbra. Peguei um marmelo e o equilibrei na palma da mão para que todos vissem.

Concentrei-me na fruta e a palma de minha mão formigou. Avistei a polpa por entre a casca escura com toda clareza, como se a fruta fosse feita de vidro. Fechei os olhos e o meu terceiro olho se abriu e saiu à cata de informações. Minha consciência se deslocou do centro da testa e desceu pelo braço até atingir a ponta dos dedos. Em seguida se estendeu como raízes de uma árvore cujas fibras serpenteavam pelo marmelo.

Apreendi um por um todos os segredos da fruta. Um verme devorava a polpa macia. Fui atraída pelo poder aprisionado lá dentro que fez minha língua formigar de calor e liberar um gosto de sol. Sorvi a luz do sol invisível e a epiderme entre minhas sobrancelhas estremeceu de prazer. *Quanto poder*, pensei. *Vida. Morte.* A audiência se tornou insignificante. A possibilidade ilimitada de conhecimento que palpitava em minha mão era tudo o que importava.

Em reação ao convite silencioso, o sol aflorou do marmelo e viajou pelos meus dedos. Instintivamente, resisti como pude à aproximação dos raios solares, recolocando-o no lugar ao qual pertencia – dentro da fruta. Mas o marmelo se tornou amarronzado, murchou e mergulhou dentro de si mesmo.

A viúva Beaton engasgou, quebrando minha concentração. Fiquei assustada e a fruta caiu e se espatifou no piso encerado. Ergui a cabeça e Henry estava se benzendo novamente, com o choque estampado na intensidade dos olhos e nos movimentos automáticos das mãos. Tom e Walter olhavam fixamente para os meus dedos, onde minúsculos fios luminosos de sol faziam uma vã tentativa de emendar a conexão quebrada com o marmelo. Matthew pôs as mãos em cima de minhas mãos faiscantes, ocultando os sinais do meu indisciplinado poder. Puxei as minhas mãos ainda faiscantes para não queimá-lo. Ele balançou a cabeça em negativa, mantendo as mãos firmes, e olhou nos meus olhos como se dizendo que era forte e capaz de absorver qualquer magia que sobrevivesse. Passado um momento de hesitação, me deixei relaxar nos braços dele.

– Acabou. Basta – disse ele enfaticamente.

– Posso *sentir* o gosto do sol, Matthew. – Minha voz soou aguda de pânico.

– Posso *ver* o tempo que espreita pelos cantos.

– Essa mulher enfeitiçou um *wearh*. Isso é obra do diabo – sibilou a viúva Beaton. Ela se afastou cautelosamente para trás, com os dedos bifurcados para repelir o perigo.

– Não há diabo algum em Woodstock – retrucou Tom, com firmeza.

– Esses livros de vocês estão cheios de estranhos sigilos e encantamentos mágicos – disse ela, apontando para o livro de Euclides. Ainda bem que ela não ouviu Kit lendo *Fausto* em voz alta, pensei comigo.

– Isso é matemática, não magia – rebateu Tom.

– Chamem do que quiserem, mas vi a realidade. Vocês são iguais a eles e só me chamaram aqui para me envolver nos seus planos sombrios.

– Igual a quem? – perguntou Matthew em tom cortante.

– Os eruditos da universidade. Levaram duas bruxas de Duns Tew com suas perguntas. Queriam nosso conhecimento, mas condenaram as mulheres que o partilharam. As bruxas estavam formando um conciliábulo em Faringdon, mas se dispersaram depois que chamaram a atenção de homens como vocês. – Um conciliábulo significava segurança, proteção e comunidade. Sem conciliábulos as bruxas se tornavam mais vulneráveis à inveja e ao medo dos vizinhos.

– Você não vai ser forçada a partir de Woodstock por ninguém. – Eu só queria acalmá-la, mas um simples passo à frente a fez recuar ainda mais.

– Não há diabo algum nesta casa. Todo mundo na cidade sabe disso. Ontem mesmo o sr. Danforth pregou para a congregação sobre o perigo de se deixar essa ideia enraizar.

– Sou solitária, sou uma bruxa igual à senhora, sem família para me ajudar – eu disse, apelando para a simpatia dela. – Tenha piedade de mim antes que outros descubram quem eu sou.

– Você não é igual a mim e não quero encrenca. Ninguém terá piedade de mim quando a cidade estiver clamando por sangue. Não tenho um *wearh* para me proteger, e nenhum lorde e nenhum cavalheiro da corte darão nem um passo sequer para defender minha honra.

– Matthew... mestre Roydon não permitirá que nada de mau lhe aconteça. – Ergui a mão em juramento.

A viúva Beaton pareceu incrédula.

– *Wearhs* não são confiáveis. E o que a cidade faria se as pessoas descobrissem quem Matthew Roydon realmente é?

– Que esse assunto fique só entre nós, viúva Beaton – alertei-a.

– Garota, de onde você vem para acreditar que as bruxas defendem umas às outras? Este é um mundo perigoso. Nenhuma de nós está a salvo por muito tempo. – A velha olhou raivosa para Matthew. – As bruxas estão morrendo aos milhares, e os covardes da Congregação não fazem nada. Por quê, *wearh*?

– Basta – disse Matthew com frieza. – Françoise, por favor, mostre a saída para a viúva Beaton.

– Vou me retirar com muito gosto. – A velha se aprumou o máximo que seus ossos retorcidos permitiam. – Mas preste atenção em minhas palavras, Matthew

Roydon. Todas as criaturas das redondezas suspeitam de que você é uma besta que se alimenta de sangue. E quando descobrirem que está abrigando uma bruxa com poderes sombrios, Deus não terá piedade daqueles que voltaram as costas para Ele.

– Adeus, viúva Beaton. – Matthew se voltou de costas para a bruxa, mas ela estava determinada a ficar com a última palavra.

– Cuidado, irmã – gritou enquanto se retirava. – Você brilha demais para esse tempo.

Todos os olhos naquele aposento se voltaram para mim. Fiquei desconfortável com a atenção.

– Explique-se – disse Walter secamente.

– Diana não lhe deve explicações – disse Matthew.

Walter ergueu a mão em trégua silenciosa.

– O que houve? – perguntou Matthew em tom mais comedido para mim. Pelo visto, eu devia explicações a *ele*.

– Exatamente o que previ: assustamos a viúva Beaton. E agora ela fará todo o possível para se manter distante de nós.

– Ela devia ter obedecido. Já fiz muitos favores a essa mulher – murmurou Matthew.

– Por que não disse a ela o que represento para você? – perguntei tranquilamente.

– Provavelmente pela mesma razão pela qual não me contou do que é capaz de fazer com qualquer fruta de jardim – respondeu ele, pegando-me pelo cotovelo. Voltou-se para os amigos. – Preciso conversar com minha esposa. A sós. – Levou-me para fora da casa.

– Então, agora voltei a ser sua esposa! – exclamei, tentando soltar meu cotovelo.

– Você nunca deixará de ser minha esposa. Mas nem todos precisam saber de nossa vida privada. Agora, diga o que houve lá dentro? – perguntou ele ao lado de um arbusto de buxo bem podado do jardim.

– Você estava certo, minha magia está se transformando. – Desviei os olhos. – Aconteceu algo parecido com as flores do nosso quarto mais cedo. Fui ajeitar as flores no jarro e, quando senti o gosto do solo e do ar, elas cresceram. E depois morreram com meu toque. Fiz de tudo para que a luz do sol retornasse para a fruta. Mas não fui obedecida.

– O comportamento da viúva Beaton a fez se sentir acuada e em perigo, e isso deveria ter liberado o vento de bruxa ou o fogo de bruxa. Talvez a jornada no tempo tenha danificado sua magia – sugeriu Matthew, franzindo a testa.

Mordi o lábio.

– Eu não devia ter perdido a cabeça e sim mostrado o que sou capaz de fazer.

– Ela soube do seu poder. Ela exalou um cheiro de medo que impregnou a sala. – Ele olhou sério. – Talvez você tenha sido colocada na frente de um estranho cedo demais.

Mas era tarde demais.

A Escola da Noite estava toda reunida na janela, com os rostos pálidos colados ao vidro como estrelas de uma constelação sem nome.

– A umidade vai arruinar o vestido dela, Matthew, e esse é o único que fica bem nela – advertiu George, esticando a cabeça para fora da janela. O semblante de duende de Tom espiou por cima do ombro de George.

– Eu me diverti imensamente! – gritou Kit, abrindo outra janela com tanta força que fez as molduras rangerem. – Aquela mulher velha e feia é uma bruxa perfeita. Colocarei a viúva Beaton em uma de minhas peças. Alguém aqui imaginava que ela faria aquilo com um sino velho?

– Seu passado com as bruxas não foi esquecido, Matthew – disse Walter, com passos rangendo no cascalho do jardim enquanto se aproximava de nós junto com Henry. – Ela vai falar. A viúva Beaton é como todas as mulheres que sempre fazem isso.

– Matt, existe alguma razão para nos preocuparmos se ela falar de você? – perguntou Henry educadamente.

– Hal, nós somos criaturas neste mundo de humanos. Sempre existe alguma razão para nos preocuparmos – respondeu Matthew com ar sombrio.

5

Apesar das divergências filosóficas, os membros da Escola da Noite eram unânimes em um ponto: era preciso encontrar uma bruxa. Matthew despachou George e Kit para pedirem informações em Oxford e indagarem sobre o nosso misterioso manuscrito alquímico.

Após a ceia da noite de quinta-feira, assumimos nossos lugares ao redor da lareira do grande saguão. Henry e Tom leram e discutiram sobre astronomia e matemática. Walter e Kit jogaram dados na mesa grande, trocando ideias sobre os mais recentes projetos literários de ambos. E eu li em voz alta um exemplar de *The Faerie Queene*, de Walter, praticando a pronúncia enquanto o apreciava da mesma forma que apreciava a maioria dos romances elisabetanos.

— O início está muito abrupto, Kit. Isso vai assustar tanto que a plateia vai sair do teatro antes do segundo ato — protestou Walter. — Precisa de mais aventura.

— Fazia horas que os dois esmiuçavam o *Fausto*. Graças à viúva Beaton, a peça ganhou uma nova abertura.

— Você não é o meu Fausto, Walt, apesar de suas pretensões intelectuais — disse Kit cortante. — Veja o que sua interferência fez na história de Edmund. *The Faerie Queene* era uma deliciosa história sobre o rei Artur. Agora é uma mixórdia calamitosa de Malory e Virgílio que se estende demais, e Gloriana... faça-me o favor. A rainha é quase tão velha e tão excêntrica quanto a viúva Beaton. Ficarei surpreso se Edmund conseguir terminá-la com você dizendo o tempo todo o que fazer. Se quiser ser imortalizado nos palcos, converse com Will. Ele sempre está desesperado por ideias.

— Está bom para você, Matthew? — perguntou George de supetão. Ele estava nos informando sobre a busca pelo manuscrito que um dia seria conhecido como Ashmole 782.

— Desculpe-me, George. Você disse alguma coisa? — Um clarão de culpa cruzou os olhos cinzentos e distraídos de Matthew. Eu conhecia os sinais da multitarefa mental. Já tinha passado por isso ao longo de muitas reuniões na faculdade. Talvez ele estivesse com os pensamentos divididos entre as conversas travadas na sala, a retrospectiva do episódio com a viúva Beaton e o conteúdo das correspondências que não paravam de chegar.

– Nenhum livreiro ouviu falar de uma obra alquímica rara que está circulando pela cidade. Perguntei para um amigo da Christ Church e ele também não sabe de nada. Continuo perguntando pela obra?

Matthew abriu a boca para responder, mas a pesada porta principal do saguão de entrada se abriu com um estalo e o fez se levantar numa fração de segundo. Walter e Henry deram um salto e agarraram as adagas que usavam noite e dia.

– Matthew? – Uma voz desconhecida retumbou com um timbre que arrepiou os pelos dos meus braços de imediato. Era uma voz clara e musical demais para ser humana. – Você está aqui, homem?

– Claro que ele está aqui – disse uma outra voz masculina com uma cadência galesa. – Use o nariz. Quem mais cheira a armazém entupido de especiarias recém-chegadas das docas?

Logo depois, duas figuras volumosas e envoltas em grossas capas marrons surgiram na outra extremidade da sala, onde Kit e George ainda se ocupavam com os dados e os livros. Nos tempos modernos, os recém-chegados passariam por jogadores de times de futebol americano. Eles tinham braços superdesenvolvidos, tendões proeminentes, pulsos grossos, pernas musculosas e ombros largos. À medida que se aproximavam, a luz das velas incidia em seus olhos brilhantes e bailava nas bordas afiadas de suas armas. Um dos homens era gigantesco e louro, uns dois centímetros mais alto que Matthew, e o outro era ruivo, uns catorze centímetros mais baixo que Matthew e tinha um desvio marcante no olho esquerdo. Nenhum dos dois aparentava mais de trinta anos. O louro estava mais tranquilo, se bem que tentou dissimular a tranquilidade. Já o ruivo estava furioso e parecia não se preocupar em deixar isso à vista.

– Aí está você. Ficamos assustados quando você desapareceu sem dizer nada – disse o louro suavemente, detendo-se para recolher a espada comprida e afiada.

Walter e Henry também recolheram as armas quando reconheceram os homens.

– Gallowglass. O que está fazendo aqui? – perguntou Matthew para o guerreiro louro, com uma nota de atordoamento e curiosidade.

– Estamos à sua procura, é claro. Eu e Hancock estávamos com você no sábado. – Gallowglass estreitou os olhos azuis e frios quando se viu sem resposta. Parecia um viking à beira de uma matança. – Em Chester.

– Chester. – A expressão de Matthew se tomou de horror. – Chester!

– Sim. Chester – repetiu Hancock, o ruivo. Lançou um olhar raivoso, tirou as braçadeiras de couro encharcadas e jogou-as perto da lareira. – Como não se reuniu conosco no domingo, conforme tínhamos combinado, investigamos o seu sumiço. Ficamos surpresos quando o dono da estalagem nos disse que você tinha partido, e não só porque tinha partido sem pagar a conta.

– Segundo ele, num momento você estava bebendo vinho sentado perto da lareira e no outro sumiu num piscar de olhos – relatou Gallowglass. – A criada, aquela mocinha de cabelos pretos que não tirava os olhos de você, fez um escândalo. Insistiu em dizer que você tinha sido levado pelos fantasmas.

Fechei os olhos, compreendendo tudo subitamente. O Matthew Roydon que estava na Chester do século XVI sumira no instante em que fora substituído pelo Matthew que chegara onde estávamos da moderna Oxfordshire. Talvez depois que partíssemos, o Matthew do século XVI reaparecesse. O tempo não permitiria que os dois Matthews estivessem no mesmo lugar e no mesmo momento. Não era o que pretendíamos, mas já tínhamos alterado a história.

– Era véspera de finados e a história dela fez algum sentido – admitiu Hancock, voltando-se para a própria capa. Sacudiu a água acumulada nas pregas e estendeu-a na cadeira mais próxima, onde exalou o odor de grama molhada no ar invernal.

– Quem são esses homens, Matthew? – Eu me aproximei para vê-los melhor. Ele se virou, me pegou pelos braços e me recolocou onde eu estava.

– São amigos – disse, mas o evidente esforço que fez para se recompor me deixou sem saber se estava dizendo a verdade.

– Muito bem. Ela não é um fantasma. – Hancock espiou por cima do ombro de Matthew e minha carne congelou.

Obviamente, Hancock e Gallowglass eram vampiros. Que outras criaturas teriam aquele olhar intenso e sangrento?

– E ela não é de Chester – disse Gallowglass pensativo. – Ela sempre tem essa *glaem* brilhante?

Era uma palavra desconhecida, mas com um significado bem claro. Eu estava brilhando novamente. Isso só acontecia quando estava aborrecida ou concentrada em algum problema. Era uma das manifestações do poder das bruxas e os vampiros conseguiam detectar esse brilho pálido com seus olhos aguçados e sobrenaturais. Sentindo-me notada, coloquei-me atrás de Matthew.

– Isso não vai adiantar nada, mocinha. Nossos ouvidos são tão aguçados quanto nossos olhos. Seu sangue está trinando como um pássaro. – As sobrancelhas ruivas e espessas de Hancock se ergueram quando ele olhou de um modo ácido para o companheiro. – A encrenca sempre viaja em companhia das mulheres.

– A encrenca não é boba. Se pudesse escolher, eu viajaria com uma mulher, não com você. – O guerreiro louro se dirigiu para Matthew. – Foi um dia longo e Hancock está com as nádegas doloridas e também faminto. Se não explicar para ele por que uma bruxa está na sua casa, e rapidamente, não tenho grande esperança de que ela continue a salvo.

— Talvez isso tenha a ver com Berwick — disse Hancock. — Malditas bruxas. Sempre causando problemas.

— Berwick? — Fiquei com o coração aos pulos. Reconheci a palavra. Um dos mais famosos julgamentos de bruxas nas Ilhas Britânicas estava ligado a essa palavra. Procurei as datas na memória. Seguramente, o julgamento ocorrera antes ou depois de 1590, senão Matthew não teria escolhido esse ano para nossa jornada no tempo. Mas as palavras seguintes de Hancock avivaram a história e a cronologia em minha mente.

— Ou então algum novo negócio da Congregação que Matthew vai querer que a gente resolva para ele.

— A Congregação? — Marlowe apertou os olhos e olhou atentamente para Matthew. — Isso é verdade? Você é um dos membros misteriosos?

— Claro que é verdade! Como acha que ele o mantém longe da prisão, jovem Marlowe? — Hancock vasculhou a sala com os olhos. — Aqui tem alguma coisa para beber que não seja vinho? De Clermont, odeio essas suas frescuras francesas. O que há de errado com a cerveja?

— Agora não, Davy — murmurou Gallowglass para o amigo, se bem que com os olhos cravados em Matthew.

Eu também estava com os olhos cravados nele, um horrível senso de clareza se apossava de mim.

— Diga que não é — sussurrei. — Diga que não ocultou isso de mim.

— Não posso dizer nada — respondeu Matthew sem graça. — Lembra que lhe prometi segredos e não mentiras?

Eu me senti mal. Em 1590 Matthew era um membro da Congregação, e a Congregação era nossa inimiga.

— E Berwick? Você me disse que eu não correria o risco de ser pega numa caça às bruxas.

— Não seremos afetados por nada que aconteça em Berwick — garantiu Matthew.

— O que aconteceu em Berwick? — perguntou Walter inquieto.

— Antes de partirmos de Chester recebemos algumas notícias da Escócia. Um grande grupo de bruxas reuniu-se numa cidade ao leste de Edimburgo no dia de finados — disse Hancock. — Não cessam os falatórios sobre a tempestade que as bruxas dinamarquesas provocaram no verão passado, e sobre os jatos de água do mar que previram a chegada de uma criatura com poderes extraordinários.

— Dezenas de pobres coitadas foram detidas pelas autoridades — acrescentou Gallowglass, com os olhos azuis e árticos ainda cravados em Matthew. — Na cidade de Keith, uma mulher sábia, a viúva Sampson, está na masmorra do Palácio de Holyrood à espera do interrogatório do rei. Quem pode saber quantas se juntarão a ela antes desse negócio acabar?

– Da tortura do rei, você quer dizer – resmungou Hancock. – Segundo os rumores, acorrentaram a mulher à parede sem comida e bebida, e a trancafiaram na máscara da infâmia para que não pudesse mais recitar encantamentos contra Sua Majestade.

Sentei abruptamente.

– Essa é uma das acusadas, não é? – perguntou Gallowglass para Matthew. – Se eu pudesse também gostaria de barganhar com a bruxa. Segredos, não mentiras.

Fez-se um longo silêncio.

– Diana é minha esposa, Gallowglass – disse Matthew por fim.

– Você nos abandonou em Chester por causa de uma *mulher*? – Hancock pareceu horrorizado. – Justo quando tínhamos um trabalho a fazer!

– Você tem uma infalível capacidade de pegar a ponta errada do bastão, Davy. – Os olhos de Gallowglass se voltaram para mim. – Sua *esposa*? – disse ele cautelosamente. – Então, isso é só um acordo legal para satisfazer a curiosidade dos humanos e justificar a presença dela aqui enquanto a Congregação decide o futuro dela?

– Não, ela é minha esposa – insistiu Matthew. – E também minha companheira.

A característica dos vampiros era de formar casais quando estimulados por uma combinação instintiva de afeição, afinidade, desejo e química. E essa união só era quebrada pela morte. Os vampiros podiam se casar inúmeras vezes, mas a maioria só se casava uma vez.

Gallowglass vociferou, mas foi praticamente abafado pela brincadeira do amigo.

– E Sua Santidade proclamou que a época dos milagres já passou – cantarolou Hancock. – Finalmente, Matthew de Clermont se casou. Mas para isso não poderiam servir uma humana sossegada ou uma *wearh* bem-educada conhecedoras do próprio lugar. Não para o nosso Matthew. E quando enfim ele decidiu se assentar com uma mulher, teve que ser com uma bruxa. E agora temos que nos preocupar com a boa gente de Woodstock.

– O que há de errado em Woodstock? – perguntei preocupada para Matthew.

– Nada – respondeu ele despreocupado. Mas o louro corpulento desviou a minha atenção.

– Outro dia uma velha entrou em convulsões lá no mercado. Ela jogou a culpa em você. – Gallowglass me examinou da cabeça aos pés, como se tentando atinar como alguém tão desinteressante causara tamanha encrenca.

– A viúva Beaton – eu disse quase sem fôlego.

A chegada de Françoise e Charles impediu que o diálogo se prolongasse. Françoise trazia pão de gengibre e vinho temperado com especiarias para os sangues-quentes. Kit (que jamais recusava uma amostra da adega de Matthew) e George (que estava com as feições esverdeadas após as revelações da noite) serviram-se. Ambos pareciam espectadores de uma plateia à espera do início do próximo ato.

Charles, que tinha a tarefa de servir os vampiros, trazia um delicado jarro com alças de prata e três longos copos de vidro. O conteúdo avermelhado dos copos era mais escuro e mais opaco que o vinho. Hancock deteve Charles a meio caminho do chefe da casa.

– Estou mais carente de bebida que Matthew – disse enquanto estendia a mão para pegar um copo, fazendo Charles engolir em seco pela afronta. Depois de cheirar o conteúdo, Hancock pegou um dos copos. – Faz três dias que estou sem sangue fresco. De Clermont, seu gosto pelas mulheres é bem estranho, mas ninguém pode criticar sua hospitalidade.

Matthew acenou para que Charles servisse Gallowglass, que também estava sedento e sorveu o líquido. Depois do último gole, limpou a boca com o dorso da mão.

– Bem? – disse. – Sei que você está com a boca lacrada, mas me parece que é necessário alguma explicação sobre como entrou nessa.

– É melhor discutir isso em particular – disse Walter, olhando para George e os dois demônios.

– O que é isso, Raleigh? – A voz de Hancock assumiu um tom de briga. – De Clermont tem muito a responder. E a bruxa dele também. E seria melhor que essas respostas viessem dela. Nós cruzamos com um pastor no caminho. Dois cavaleiros de aparência próspera o acompanhavam. Pelo que ouvi, a parceira de Clermont terá três dias...

– Pelo menos cinco – corrigiu Gallowglass.

– Talvez cinco – disse Hancock, inclinando a cabeça para o companheiro –, antes de ser levada a julgamento. Dois dias para arquitetar o que dizer para os magistrados e menos de meia hora para contar uma mentira convincente para o bom pai. É melhor que nos contem logo a verdade.

Todos se voltaram para Matthew, que permaneceu mudo.

– Logo o relógio marcará um quarto de hora – relembrou Hancock para ele depois de algum tempo.

Assumi as rédeas do assunto.

– Matthew me protegeu do meu próprio povo.

– Diana – exclamou Matthew, com um rosnado.

– *Matthew* se imiscuiu em assuntos de bruxas? – Os olhos de Gallowglass arregalaram ligeiramente.

Assenti com a cabeça.

– E quando passou o perigo nos casamos.

– E tudo isso aconteceu entre o meio-dia e o anoitecer do sábado? – Gallowglass balançou a cabeça em negativa. – Você terá que se sair melhor que isso, titia.

– Titia? – Olhei indignada para Matthew. Primeiro, Berwick, depois a Congregação e agora isso. – Esse... berserk é seu sobrinho? Deixe-me adivinhar. Ele é filho de Baldwin! – Gallowglass era tão musculoso quanto o irmão ruivo de Matthew... e igualmente persistente. Alguns outros Clermont me eram conhecidos: Godfrey, Louisa, Hugh (este último só recebia breves menções cifradas). Gallowglass podia pertencer a qualquer um deles – ou a outro membro da complicada árvore genealógica de Matthew.

– Baldwin? – Gallowglass tremeu de maneira quase imperceptível. – Mesmo antes de me tornar *wearh*, já era esperto o bastante para não permitir que aquele monstro se aproximasse do meu pescoço. Além disso, meu povo era úlfhéonar e não berserk. E saiba que sou a única parte nórdica... a parte gentil. O resto é escocês e irlandês.

– Os escoceses são mal-humorados – acrescentou Hancock.

Gallowglass acolheu o adendo do companheiro com um amável puxão de orelha. Um anel dourado brilhou sob a luz, deixando à vista os contornos de um caixão incisos. Um homem saía do caixão cujas bordas eram circundadas por um lema.

– Vocês são cavaleiros. – Olhei para o dedo de Hancock e lá estava um anel igual. E também o homem estranhamente colocado na tumba. Pelo menos era evidente que Matthew estava envolvido também nos negócios da Ordem de Lázaro.

– Bemmm – disse Gallowglass, com a voz arrastada e subitamente soando como o escocês que ele dizia ser –, sempre há controvérsias sobre isso. Na realidade, não fazemos aquele tipo de cavaleiro em armadura de prata, não é, Davy?

– Pois é. Mas os de Clermont têm bolsos fundos. É difícil recusar um dinheiro assim – observou Hancock –, especialmente quando vem acompanhado da promessa de uma longa vida para desfrutá-lo.

– Eles também são guerreiros ferozes. – Gallowglass esfregou o alto do nariz outra vez. Era um nariz chato, como se quebrado e nunca mais corrigido de forma adequada.

– Oh, sim. Os bastardos me mataram antes de me salvar. E aproveitaram a ocasião para consertar o meu olho ruim – disse Hancock de maneira calorosa, apontando para a pálpebra estropiada.

– Então, vocês são leais aos de Clermont. – Eu me senti repentinamente aliviada. Face ao desastre que se afigurava era preferível ter Gallowglass e Hancock como aliados a tê-los como inimigos.

– Nem sempre – retrucou Gallowglass com ar sombrio.

– Não a Baldwin. Ele é um canalha dissimulado. E quando Matthew age como um tolo, nós também não lhe damos a atenção. – Hancock farejou o ar e apontou para o pão de gengibre esquecido em cima da mesa. – Alguém aqui vai comê-lo ou posso jogá-lo no fogo? Não me sinto nada bem entre o cheiro de Matthew e a comida de Charles.

– Em vez de ficarmos aqui falando da história da família, é melhor aproveitarmos o tempo para arquitetar um plano de ação porque as outras visitas estão para chegar – comentou Walter, com impaciência.

– *Jesu*, não há mais tempo para arquitetar um plano – disse Hancock entusiasticamente. – É melhor que Matthew e seu senhorio comecem a rezar. Já que são homens de Deus. Talvez Ele escute.

– Talvez a bruxa possa fugir voando pelos ares – murmurou Gallowglass, erguendo as duas mãos em rendição muda quando Matthew o fulminou com os olhos.

– Ora, isso ela não pode. – Todos os olhos se voltaram para Marlowe. – Ela nem consegue conjurar uma barba para o Matthew.

– Você desposou uma bruxa, violando todas as escrituras da Congregação, e ela é *inútil*? – Impossível dizer se Gallowglass estava mais indignado que incrédulo. – Garanto-lhe que uma esposa capaz de invocar tempestades ou provocar terríveis doenças de pele nos inimigos tem lá suas vantagens. Mas que utilidade tem uma bruxa incapaz de servir de barbeiro para o próprio marido?

– Somente Matthew se casaria com uma bruxa que saiu sabe-se lá de onde e sem qualquer poder mágico – cochichou Hancock para Walter.

– Calem a boca, todos vocês! – explodiu Matthew. – Não consigo pensar com todo esse falatório estúpido. Não é culpa de Diana que a viúva Beaton seja uma velha maledicente, não é culpa de Diana não saber manipular e comandar a própria magia. Minha mulher foi amarrada magicamente. E existe uma razão para isso. Se alguém aqui nesta sala criticar a mim ou a ela, arrancar-lhe-ei o coração e o devorarei tal como fazem as feras.

– Esse é o nosso senhor e mestre – disse Hancock em um brinde debochado. – Por um momento temi que fosse *você* o enfeitiçado. Mas espere um pouco. Se ela está enfeitiçada, o que há de errado com ela? É perigosa? Maluca? As duas coisas?

Nervosa com aquela afluência de sobrinhos, párocos inquietos e a encrenca que cozinhava em Woodstock, eu recuei para me sentar numa cadeira. As roupas ainda estavam incômodas e atrapalharam os meus movimentos, fazendo-me perder o equilíbrio. A mão rude de alguém foi mais rápida que minha queda, agarrando-me pelo cotovelo e sentando-me na cadeira com surpreendente gentileza.

– Está tudo bem, titia. – Gallowglass deixou escapar um suave murmúrio de simpatia.

– Estou tonta, não demente – retruquei.

Gallowglass aproximou a boca de minha orelha, com os olhos inflexíveis.

– Sua fala desordenada pode ser vista como loucura, mas duvido que o pastor se preocupe com isso. Considerando que você não é de Chester nem de qualquer outro lugar conhecido... e saiba que conheço muitos lugares, titia... acho bom prestar atenção nas suas maneiras, a menos que queira ser trancafiada na cripta de uma igreja.

Dedos longos agarraram Gallowglass pelo ombro e o afastaram.

– Se já terminou com sua tentativa de aterrorizar minha esposa... uma tarefa inglória, asseguro-lhe, é melhor que me fale sobre os homens que viu pelo caminho – disse Matthew, com frieza. – Eles estavam armados?

– Não. – Depois de um longo e interessado olhar em minha direção, Gallowglass se voltou para o tio.

– E quem estava com o ministro?

– Matthew, como nós poderíamos saber? Os três eram sangues-quentes e não valiam um segundo de atenção. Um deles era gordo e grisalho, o outro tinha estatura média e reclamava do tempo – disse Gallowglass, com impaciência.

– Bidwell – disseram Matthew e Walter ao mesmo tempo.

– É bem provável que Iffley esteja com ele – ressaltou Walter. – Os dois sempre estão reclamando... das estradas, do barulho nas estalagens, da qualidade da cerveja.

– Quem é Iffley? – perguntei em voz alta.

– Um homem que se gaba de ser o melhor luveiro de toda a Inglaterra. Somers trabalha para ele – respondeu Walter.

– Mestre Iffley confecciona as luvas da rainha – frisou George.

– Só fez um par de luvas de caça para ela vinte anos atrás. Caros amigos, isso quase foi suficiente para que Iffley se tornasse o homem mais importante de um perímetro de cinquenta quilômetros; claro, quando ele pôde cobiçar a honra – bufou Matthew, com desdém. – Separados, nenhum deles é brilhante. Juntos, não passam de dois tolos. Se isso é o melhor que a cidade pode fazer, então podemos retomar nossa leitura.

– Fica assim, então? – A voz de Walter soou irritada. – Ficamos sentados esperando que cheguem?

– Sim. Mas Diana não sai da minha vista... nem da sua, Gallowglass – alertou Matthew.

– Tio, não precisa me lembrar do meu dever familiar. Tratarei de assegurar que sua mal-humorada esposa esteja em sua cama esta noite.

– Eu? Mal-humorada? Meu marido é um membro da Congregação. Um bando de homens está chegando a cavalo para me acusar de ter ferido uma velha insuportável. Estou num lugar estranho e sempre me perco no caminho do meu quarto. Ainda não tenho sapatos. Enfim, estou vivendo num dormitório entupido de adolescentes que nunca param de tagarelar! – Explodi. – Mas não precisa se aborrecer por minha causa. Posso muito bem cuidar de mim!

– Cuidar de você? – Gallowglass deu uma risada e balançou a cabeça em negativa. – Você não pode, não. E teremos que tratar dessa sua pronúncia quando a batalha acabar. Não entendi metade do que você disse.

– Ela deve ser irlandesa – disse Hancock, encarando-me. – Isso explica o feitiço e a fala desordenada. Todos eles são loucos.

– Ela não é irlandesa – disse Gallowglass. – Louca ou não, eu teria entendido a pronúncia se fosse irlandesa.

– Quietos! – gritou Matthew.

– Os homens da cidade já estão no portão – anunciou Pierre em meio ao silêncio após o grito.

– Vá buscá-los – ordenou Matthew, voltando-se em seguida para mim. – Deixe que eu fale. Não responda as perguntas até que lhe diga para fazer isso. – Agora – continuou de um modo afoito –, não podemos deixar que nada... de incomum aconteça esta noite, como aconteceu quando a viúva Beaton esteve aqui. Você está tonta? Quer se deitar?

– Curiosa. Estou curiosa – respondi com os punhos fechados. – Não se preocupe com minha magia e com minha saúde. Preocupe-se com as muitas horas que vai precisar para responder minhas perguntas depois que o ministro for embora. E será esganado por mim se tentar se esquivar com a desculpa de que "essa história não é minha e não posso contá-la".

– Ou seja, você está perfeitamente bem. – A boca de Matthew se contorceu. Ele me beijou na testa. – Eu te amo, *ma lionne*.

– É melhor reservar suas juras de amor para mais tarde e deixar titia se recompor – sugeriu Gallowglass.

– Por que todo mundo se sente impelido a me dizer como agir com minha própria esposa? – retrucou Matthew. As rachaduras na compostura dele começavam a aparecer.

– Eu realmente não sei – disse Gallowglass, com serenidade. – Acho que ela lembra um pouco a vovó. Nós sempre damos conselhos a Philippe sobre a melhor maneira de controlá-la, de manhã, de tarde e de noite. Mas de nada servem.

Aparentemente posicionados de maneira aleatória na sala, eles formaram um funil humano – largo à entrada da sala e estreito nas proximidades da lareira, onde eu e Matthew nos posicionamos. Como George e Kit seriam os primeiros a receber o homem de Deus e seus acólitos, Walter achou por bem substituir os dados e o manuscrito de *Fausto* por um exemplar da *História*, de Heródoto. Não era a Bíblia, mas Raleigh nos garantiu que a obra daria sobriedade à situação. Kit ainda reclamava da troca injusta quando se ouviram passos e vozes.

Pierre introduziu os três homens na sala. Um deles se parecia com o rapaz magricela que tirara as medidas dos meus sapatos e que me fora apresentado como Joseph Bidwell. Ele se assustou quando a porta se fechou e olhou angustiado para trás. E se assustou novamente quando se voltou com os olhos remelentos para a frente e se deparou com o tamanho do grupo que o aguardava. Walter, que ocupava uma posição estratégica no meio da sala, junto com Hancock e Henry, ignorou o inquieto sapateiro e olhou com desdém para o homem que vestia um hábito religioso enlameado.

– O que o traz aqui esta noite, senhor Danforth? – perguntou Raleigh.

– *Sir* Walter. – Danforth fez uma reverência, tirando a boina da cabeça e girando-a entre os dedos. Percebeu a presença do conde de Northumberland. – Milorde! Eu não sabia que o senhor ainda estava entre nós.

– O senhor está precisando de alguma coisa? – perguntou Matthew, amavelmente. Continuou sentado e com as pernas esticadas em aparente relaxamento.

– Ah. Mestre Roydon. – Danforth fez outra reverência, dessa vez em nossa direção. Lançou um olhar curioso para mim e o medo o fez desviar os olhos para a própria boina. – Não o temos visto na igreja da cidade. Bidwell achou que talvez o senhor estivesse indisposto.

Bidwell sacolejou sobre os pés. As botas reclamaram com um ruído abafado e os pulmões do homem se juntaram ao coro com chiados e uma tosse de cachorro. Uma gola murcha apertava-lhe a traqueia e trepidava toda vez que ele tentava tomar fôlego. O linho plissado era de qualidade inferior e a mancha gordurosa marrom perto do queixo sugeria que ele tinha se servido de molho durante a ceia.

– Sim, fiquei doente em Chester, mas já estou bom, com a graça de Deus e dos cuidados de minha esposa. – Matthew se esticou e me pegou pela mão em devoção conjugal. – O médico me recomendou que cortasse o cabelo para acabar com a febre, mas a insistência de Diana com os banhos frios é que fez a diferença.

– Esposa? – disse Danforth com um fiapo de voz. – A viúva Beaton não me contou...

– Não partilho minha privacidade com mulheres ignorantes – replicou Matthew em tom afiado.

Bidwell espirrou. Matthew o observou com um olhar preocupado e logo com um olhar complacente de entendimento. Naquela noite aprendi grandes lições sobre o meu marido, inclusive o fato de que era surpreendentemente bom ator.

– Ora. Claro, vocês estão aqui para pedir que Diana cure Bidwell – murmurou Matthew, com ar de arrependimento. – Circulam tantos boatos. As notícias da habilidade de minha mulher já se espalharam?

Naquela época, o conhecimento medicinal se aproximava perigosamente do folclore das bruxas. Será que Matthew estava *tentando* me colocar em apuros?

Bidwell fez menção de responder, mas só conseguiu balbuciar alguma coisa e balançar a cabeça em negativa.

— Se não vieram aqui por motivos médicos, então vieram para entregar os sapatos de Diana. — Matthew me olhou com ar de apaixonado e se voltou para o ministro. — Sr. Danforth, como certamente já deve ter ouvido por aí, os pertences de minha esposa se perderam durante a nossa viagem. — Voltou-se para o sapateiro e acrescentou com uma ponta de reprovação na voz. — Bidwell, eu sei que você é um homem ocupado, mas espero que pelo menos tenha terminado os tamancos. Diana está determinada a ir à igreja esta semana e o caminho até a sacristia sempre está encharcado. Alguém realmente precisa tomar alguma providência.

À medida que Matthew falava, o peito de Iffley inflava de indignação. Até que ele não conseguiu mais se conter.

— Bidwell trouxe os sapatos que já foram pagos pelo senhor, mas não estamos aqui como garantia dos serviços para sua esposa nem para brincar com tamancos e poças! — Iffley jogou a capa ao redor dos quadris na tentativa de aparentar dignidade, mas a lã molhada, o nariz pontudo e os olhinhos redondos acentuaram ainda mais a semelhança que ele tinha com um rato encharcado. — Diga para ela, sr. Danforth.

Aparentemente, o reverendo Danforth preferia tostar no inferno a estar naquela casa para confrontar a esposa de Matthew Roydon.

— Siga adiante. Fale com ela — exigiu Iffley.

— Fizeram denúncias...

Isso foi o bastante para que Walter, Henry e Hancock se colocassem à frente de Danforth.

— *Sir*, se o senhor está aqui para fazer acusações, direcione-as a mim ou aos companheiros dele — disse Walter em tom agudo.

— Ou a mim. — George se intrometeu. — Possuo uma boa formação em leis.

— Ah... Hum... Sim... Bem... — O clérigo emudeceu.

— A viúva Beaton caiu doente. E o filho de Bidwell também — disse Iffley determinado a continuar, embora Danforth estivesse à beira de um ataque de nervos.

— Não resta dúvida de que a mesma febre que me afligiu agora aflige o pai do garoto — disse meu marido mansamente, entrelaçando os nossos dedos com força. Gallowglass soltou um palavrão entre dentes atrás de mim. — Do que exatamente está acusando a minha esposa, Iffley?

— A viúva Beaton recusou-se a participar nos negócios maléficos de sua esposa. E a sra. Roydon ameaçou afligir as juntas e a cabeça da viúva com dores.

— Meu filho perdeu a audição — reclamou Bidwell, com a voz enrouquecida pelo catarro e a dor. — Há badaladas constantes no ouvido dele, como se tivesse um sino lá dentro. A viúva Beaton disse que ele está enfeitiçado.

– Não – murmurei. O sangue drenou todo de minha cabeça. Gallowglass rapidamente apoiou-me pelos ombros, mantendo-me de pé.

O termo "enfeitiçado" me precipitou em um abismo conhecido. Pelo temor de que os humanos viessem a descobrir que eu descendia de Bridget Bishop. Logo começariam os olhares curiosos seguidos pelas suspeitas. A única reação possível seria voar. Eu tentei me desvencilhar, mas os dedos de Matthew apertaram os meus dedos como pedra enquanto Gallowglass me pressionava pelos ombros.

– Faz muito tempo que a viúva Beaton padece de reumatismo e volta e meia o filho do Bidwell padece de inflamações na garganta, inflamações que às vezes causam dor e surdez. Esses males ocorreram antes da chegada de minha esposa a Woodstock. – Matthew fez um gesto lento e desdenhoso com a mão livre. – A velha está com inveja dos dons de Diana, e o jovem Joseph foi seduzido pela beleza dela e está com inveja de mim. Enfim, não são acusações, são ilações.

– Mestre Roydon, minha responsabilidade como homem de Deus é levá-las a sério. Andei lendo. – O sr. Danforth levou a mão ao manto negro e tirou de dentro um maço de papéis esfarrapados. Um maço com algumas poucas dezenas de folhas de papel amarradas rudemente por um barbante grosseiro. Eram fibras de papel amaciadas pelo tempo e o uso, com as bordas desmanchadas e as páginas acinzentadas. Encontrava-me a certa distância e não consegui ler o título em cima de uma página. Mas os três vampiros conseguiram. George também leu e empalideceu.

– Isso é parte do *Malleus Maleficarum*. Eu não sabia que dominava o latim a ponto de compreender uma obra tão difícil, sr. Danforth – disse Matthew. Tratava-se do mais importante manual de caça às bruxas que já se produzira um dia, uma obra que só pelo título enchia o coração das bruxas de horror.

O ministro pareceu afrontado.

– Frequentei a universidade, mestre Roydon.

– Alegro-me por ouvir isso. Esse livro não deveria chegar às mãos de quem tem a mente fraca ou supersticiosa.

– O senhor o conhece? – perguntou Danforth.

– Também frequentei a universidade – respondeu Matthew educadamente.

– Então, o senhor entende por que preciso interrogar essa mulher. – Danforth tentou dar alguns passos pela sala, mas foi contido por um rosnado discreto de Hancock.

– Minha esposa não tem problemas de audição. O senhor não precisa chegar mais perto dela.

– Eu lhe disse que a sra. Roydon tem poderes sobrenaturais! – afirmou Iffley triunfante.

Danforth agarrou-se ao livro.

– Quem lhe ensinou essas coisas, sra. Roydon? – A voz dele ecoou pelo enorme saguão. – De quem a senhora aprendeu a feitiçaria?

Era assim que iniciava a loucura: um interrogatório bem elaborado levava o acusado a condenar outras criaturas. E em meio à rede de mentiras as bruxas eram capturadas e destruídas num piscar de olhos. Meu povo era torturado e morto aos milhares graças a essas manobras. Negações borbulharam em minha garganta.

– Não. – A única palavra de Matthew escapou como um murmúrio gelado de advertência.

– Estão acontecendo coisas estranhas em Woodstock. Um veado branco cruzou o caminho da viúva Beaton – continuou Danforth. – E ela sentiu a carne esfriar quando ele parou na estrada e a observou. Um lobo rondou em volta da casa dela na noite passada. Os olhos do lobo brilhavam mais que as lamparinas que ajudam os viajantes a encontrar abrigo durante as tempestades em meio à escuridão. Qual dessas criaturas é seu familiar? Quem lhe deu o animal de presente?

Dessa vez Matthew nem precisou me pedir para me calar. As perguntas do pastor seguiam um padrão que eu já conhecia desde os estudos de minha graduação.

– A bruxa deve responder suas perguntas, sr. Danforth – insistiu Iffley, puxando-o pela manga. – Tamanha insolência de uma criatura das trevas não pode ser tolerada nesta comunidade de Deus.

– Minha esposa não fala com ninguém sem meu consentimento – disse Matthew. – E preste atenção em quem chama de bruxa, Iffley. – Quanto mais o desafiavam, mais ele se via em dificuldade para se conter.

O ministro olhou fixamente para mim e depois para Matthew. Abafei um gemido.

– Ela fez um pacto com o diabo que a impede de falar a verdade – disse Bidwell.

– Silêncio, mestre Bidwell. – Danforth o repreendeu. – O que deseja dizer, minha criança? Quem apresentou você ao diabo? Foi outra mulher?

– Talvez um homem – disse Iffley entre dentes. – A sra. Roydon não é a única filha das trevas aqui. Há livros, instrumentos estranhos e reuniões no meio da noite para conjurar espíritos neste lugar.

Harriot suspirou, mostrando um livro para Danforth.

– Matemática, *sir*, não é magia. A viúva Beaton viu um texto de geometria.

– Não é de sua alçada determinar a extensão do mal aqui – vociferou Iffley.

– Se é o diabo que procuram, comecem procurando a viúva Beaton. – Apesar do grande esforço para se manter calmo, Matthew dava sinais de que estava perdendo a paciência.

– O senhor está acusando-a de feitiçaria? – rebateu Danforth prontamente.

– Não, Matthew. Desse jeito, não – sussurrei, apertando-lhe a mão para chamar a atenção dele.

Ele me olhou com um semblante inumano e as pupilas vítreas e dilatadas. Balancei a cabeça em negativa e o fiz respirar fundo a fim de aquietar a fúria pela casa invadida e o instinto feroz com que me protegia.

– Feche os ouvidos para as palavras de Roydon, sr. Danforth. Talvez ele também seja um instrumento do diabo – disse Iffley.

Matthew encarou a delegação.

– Se vocês têm motivos para acusar a minha esposa de alguma ofensa, encontrem um magistrado e façam isso. Do contrário, saiam daqui. Danforth, antes de retornar reflita se uma aliança com Iffley e Bidwell é uma atitude sábia.

Os três engoliram em seco.

– Vocês o ouviram – gritou Hancock. – Fora!

– A justiça será feita, mestre Roydon... a justiça de Deus – proclamou Danforth ao sair da sala.

– Caso a minha versão não resolva o problema primeiro, Danforth – prometeu Walter.

Pierre e Charles se materializaram das sombras, abriram as portas e conduziram os assustados sangues-quentes pela sala afora. Lá fora soprava uma ventania. A ferocidade da repentina tempestade acirrou ainda mais as suspeitas daqueles homens em relação aos meus poderes sobrenaturais.

Fora! Fora! Fora!, gritou uma voz insistente em minha cabeça. Fiquei inundada de adrenalina pelo pânico. Eu estava reduzida à condição de presa outra vez. Gallowglass e Hancock desviaram os olhos para mim, intrigados com o aroma que exalava dos meus poros.

– Fiquem onde estão – disse Matthew para os vampiros, agachando-se à minha frente. – São os instintos de Diana impelindo-a a fugir. Ela ficará bem em instantes.

– Isso nunca vai ter fim. Viemos em busca de ajuda, mas continuo sendo caçada. – Mordi o lábio.

– Não há nada a temer. Danforth e Iffley pensarão duas vezes antes de causarem mais encrenca – disse Matthew com firmeza, segurando as minhas mãos. – Ninguém me quer como inimigo... nem outras criaturas, nem os humanos.

– Entendo por que as criaturas o temem. Como membro da Congregação você tem o poder de destruí-las ou, pior, de deixá-las expostas para os humanos. Não é de estranhar que a viúva Beaton tenha vindo aqui quando foi chamada por você. Mas isso não explica essa reação humana contra você. Talvez Danforth e Iffley suspeitem de que você seja... um *wearh*. – Dei a pausa antes de chamá-lo de vampiro.

– Ora, esses homens não representam perigo para ele – disse Hancock com desdém. – Não passam de uns insignificantes. Infelizmente, devem estar agindo assim para chamar a atenção dos humanos que *interessam*.

– Ignore-o – disse-me Matthew.

– Que humanos? – sussurrei.

Gallowglass engoliu em seco.

– Por tudo que é mais sagrado, Matthew. Já vi você fazer coisas terríveis, mas como pôde esconder *isso* de sua esposa?

Matthew olhou para o fogo. E quando finalmente se voltou para mim o fez com um olhar de arrependimento.

– Matthew? – eu disse. O nó que apertava o meu estômago desde a chegada do primeiro lote de correspondência apertou mais forte.

– Eles não acham que sou vampiro. Sabem que sou espião.

6

— Espião? – repeti entorpecida.
— Preferimos ser chamados de informantes – disse Kit em tom ácido.
— Cale a boca, Marlowe – vociferou Hancock –, ou a fecharei por você.
— Poupe-nos, Hancock. Ninguém o leva a sério quando esbraveja dessa maneira. – O queixo de Marlowe se destacou na sala. – E se não mantiver um diálogo civilizado comigo, em breve todos os reis e soldados galeses terão um fim no palco. Farei de todos vocês traidores e servos idiotas.
— O que é um vampiro? – perguntou George enquanto pegava o bloco de anotações com uma das mãos e um pedaço de pão de gengibre com a outra. Ninguém lhe deu muita atenção, como sempre.
— Então, você é uma espécie de James Bond elisabetano? Mas... – Olhei para Marlowe horrorizada. Ele seria assassinado a facadas numa briga em Deptford antes de completar trinta anos, um crime ligado a sua atividade de espião.
— O chapeleiro que faz abas perfeitas nas cercanias de St. Dunstan's? O tal James Bond? – George soltou uma risadinha. – De onde tirou a ideia de que Matthew é um chapeleiro, sra. Roydon?
— Não, George, não é esse James Bond. – Matthew ainda estava agachado à minha frente, observando as minhas reações. – É melhor que não saiba nada disso.
— Que merda. – Eu não sabia nem ligava se essa imprecação era adequadamente elisabetana. – Eu mereço a verdade.
— Talvez, sra. Roydon, mas se realmente o ama, não faz sentido insistir nisso – disse Marlowe. – Há muito Matthew não consegue distinguir o que é verdadeiro do que não é. E por essa razão é inestimável para Sua Majestade.
— Nós estamos aqui para encontrar uma mestra para você – insistiu Matthew, olhando no fundo dos meus olhos. – Sou membro da Congregação e agente da rainha e isso a manterá a salvo. Nada acontece no país sem o meu conhecimento.
— Para alguém que diz que sabe tudo, você se mostrou frívolo e inconsciente por não ter percebido que eu sabia que ultimamente estava acontecendo alguma

coisa nesta casa. São muitas correspondências. E muitas discussões entre você e Walter.

– Você só vê aquilo que eu quero que veja. Nada mais.

Fiquei boquiaberta com o tom de Matthew, se bem que a tendência dele para a soberba tinha crescido a olhos vistos desde a nossa chegada à Velha Cabana.

– Como se atreve? – eu disse pausadamente. Logo ele que sabia que minha vida anterior era cercada de segredos. Assim como também sabia que eu tinha pagado um alto preço por isso. Levantei-me da cadeira.

– Sente-se – ordenou ele. – Por favor. – Segurou a minha mão.

Hamish Osborne, o melhor amigo de Matthew, bem que tinha me alertado que ele não seria o mesmo homem naquele século. E como poderia sê-lo naquele mundo diferente? Naquele mundo onde as mulheres aceitavam o que os homens falavam sem questioná-los. E no meio dos amigos ele automaticamente assumia velhos comportamentos e velhos padrões de pensamento.

– Só se responder para mim. Eu quero saber o nome da pessoa para quem você passa as informações e como se meteu nesse negócio. – Olhei de relance para o sobrinho e os amigos dele, um tanto preocupada porque isso podia ser um segredo de Estado.

– Eles já sabem sobre mim e sobre Kit – disse Matthew, acompanhando os meus olhos.

Concentrou-se para encontrar as palavras.

– Tudo começou com Francis Walsingham. Parti da Inglaterra no final do reinado de Henrique. Passei algum tempo em Constantinopla, segui para Chipre, vaguei pela Espanha e combati em Lepanto... até que estabeleci um negócio de impressão na Antuérpia. Era o caminho habitual de um *wearh* – justificou-se. – Saí à cata de uma tragédia, de uma oportunidade para me deslocar para a vida de outra pessoa. Mas não encontrei nada adequado e retornei para casa. A França estava à beira de uma guerra civil religiosa. E quando se tem uma longevidade de vida como a minha, aprende-se a identificar os sinais. Um professor huguenote se deu por satisfeito com meu dinheiro e partiu para Genebra a fim de criar as filhas com segurança. Assumi a identidade de um primo dele falecido muito tempo antes e me mudei para a casa dele em Paris, onde recomecei tudo como Matthew de La Forêt.

– *Matthew da Floresta?* – Arqueei as sobrancelhas de um modo irônico.

– *Era* o nome do professor – disse ele em tom irônico. – Paris estava perigosa, e Walsingham, um embaixador inglês, era como um ímã para cada rebelde desencantado do país. No final do verão de 1572, toda a raiva que cozinhava em fogo brando na França levantou fervura. Ajudei Walsingham a escapar, junto com os protestantes ingleses que eram protegidos por ele.

– O massacre do Dia de São Bartolomeu. – Estremeci ao pensar no casamento empapado de sangue entre uma princesa católica e um protestante.

– Só me tornei agente da rainha mais tarde, quando ela despachou Walsingham de volta a Paris. Ele teria que intermediar o casamento de Sua Majestade com um dos príncipes Valois – continuou Matthew, bufando. – Estava claro que a rainha não tinha o menor interesse em se casar. Foi durante essa visita que fiquei sabendo da rede de informantes de Walsingham.

Meu marido olhou no fundo dos meus olhos por um breve instante, fazendo-me desviar os olhos. Ainda estava escondendo alguma coisa de mim. Fiz uma retrospectiva da história, cotejando com as locuções que faltavam na narrativa dele, e cheguei a uma simples e inevitável conclusão: por ser francês e católico seria inviável que tivesse se alinhado politicamente a Elizabeth Tudor em 1572 – ou em 1590. Se estava trabalhando para a coroa inglesa era por um objetivo maior. Mas um dos juramentos da Congregação era o de se manter distante da política dos humanos.

Philippe de Clermont e seus Cavaleiros de Lázaro não tinham feito esse juramento.

– Além de ser vampiro e trabalhar para o seu pai você é um católico em país protestante. – O fato de Matthew trabalhar para os Cavaleiros de Lázaro e não apenas para Elizabeth aumentava exponencialmente o perigo. As bruxas não eram as únicas a serem caçadas na Inglaterra elisabetana, também o eram os traidores, as criaturas com poderes extraordinários e os fiéis das diferentes religiões. – A Congregação não será útil se você se envolver com a política dos humanos. Como é que a sua própria família pôde lhe pedir para fazer algo tão arriscado?

Hancock sorriu.

– Isso explica por que há sempre um De Clermont na Congregação... para garantir que ideais elevados não se convertam em bons negócios.

– Não será a primeira vez que trabalho para Philippe nem a última. Você é boa em desvendar segredos. E eu sou bom em mantê-los – disse Matthew, com toda simplicidade.

Cientista. Vampiro. Guerreiro. Espião. Encaixava-se uma outra peça de Matthew que esclarecia o seu hábito arraigado de nunca partilhar nada, grande ou pequeno, a menos que fosse forçado a fazê-lo.

– Não dou a mínima para quanta experiência você tem! Sua segurança depende de Walsingham... e você o está enganando. – O que ele tinha dito só tinha aumentado a minha raiva.

– Walsingham está morto. Acabei de relatar isso para William Cecil.

– O homem mais sensato e astuto está vivo – disse Gallowglass tranquilamente. – E também Philippe, claro.

– E Kit? Ele trabalha para Cecil ou para você?

– Não conte nada para ela, Matthew – disse Kit. – Não se pode confiar numa bruxa.

– É por isso então, seu demoniozinho dissimulado, que você tem sido visto agitando os moradores da cidade – disse Hancock suavemente.

As bochechas de Kit ruborizaram como gêmeas em confissão de culpa.

– Por Cristo, Kit. O que você fez? – perguntou Matthew atônito.

– Nada – respondeu Marlowe emburrado.

– Andou espalhando histórias outra vez. – Hancock sacudiu o dedo em advertência. – Eu já tinha lhe avisado que não admitiríamos isso, mestre Marlowe.

– Woodstock inteira estava fazendo comentários sobre a esposa de Matthew – protestou Kit. – Os rumores acabariam por colocar a Congregação atrás de nós. Como é que eu poderia supor que a Congregação já estava aqui?

– Agora, De Clermont, certamente me deixará esse homem. Faz muitos anos que anseio por isso – disse Hancock, estalando os nós dos dedos.

– Não. Você não pode matá-lo. – Matthew esfregou o rosto cansado. – Haveria muitas perguntas e agora estou sem paciência para encontrar respostas convincentes. São apenas fofocas da cidade. Lidarei com isso.

– Fofocas em péssima hora – retrucou Gallowglass em voz baixa. – Não é só Berwick. Você sabe que em Chester as pessoas também estão histéricas. E quando estivemos no Norte da Escócia a situação era ainda pior.

– Ela é que será morta se esse negócio se espalhar pelo Sul da Inglaterra – disse Marlowe, apontando para mim.

– Esse problema ficará restrito à Escócia – retrucou Matthew. – E sem mais visitas à cidade, Kit.

– Ela apareceu na noite do Dia de Todos os Santos, justamente a data prevista para a chegada de uma tenebrosa bruxa. Não percebe? Sua nova esposa desencadeou tempestades contra o rei Jaime, e agora se volta para a Inglaterra. Cecil precisa ser avisado. Ela é um perigo para a rainha.

– Cale a boca, Kit – advertiu Henry, puxando-o pelo braço.

– Você não pode me calar. É meu dever falar para a rainha. Antes você concordaria comigo, Henry. Mas tudo mudou desde que a bruxa chegou! Ela enfeitiçou a todos nesta casa. – Os olhos de Kit estavam frenéticos. – Você trata essa mulher como uma irmã. George está tomado de amores por ela. Tom aprecia a inteligência dela e Walter a encostaria contra a parede e levantaria as saias dela se não tivesse tanto medo de Matt. Ela que retorne ao lugar ao qual pertence. Antes nós éramos felizes.

– Matthew não era feliz. – Tom se pôs no ponto da sala onde estávamos devido à energia irada de Marlowe.

– Você diz que o ama. – Kit se voltou para mim, com o semblante tomado de súplica. – Você realmente sabe quem é ele? Já viu como ele se alimenta, já percebeu como fica esfomeado quando tem um sangue-quente por perto? Você será capaz de aceitá-lo por inteiro, com as trevas e a luz que ele tem na alma, como eu sou capaz? Você tem a magia como consolo, ao passo que eu não me sinto vivo quando estou sem ele. A poesia se evade de mim quando Matthew não está por perto, e somente ele é capaz de ver alguma coisa boa dentro de mim. Deixe-o para mim. Por favor.

– Eu não posso. – Limitei-me a dizer isso.

Marlowe passou a manga da veste na boca, como se para remover todos os traços de mim.

– Quando o resto da Congregação descobrir a sua afeição por ele...

– Se a minha afeição por ele é proibida, a sua também é. – Eu o interrompi e o fiz vacilar. – Mas ninguém escolhe a quem ama.

– Iffley e os amigos dele não serão os últimos a acusá-la de bruxaria – retrucou Kit com uma nota de amargo triunfo. – Preste bastante atenção em minhas palavras, sra. Roydon. Geralmente os demônios veem o futuro com tanta clareza quanto as bruxas.

Matthew me enlaçou pela cintura. Percorreu minhas costelas de um lado a outro com o toque frio e familiar dos dedos, seguindo o sinuoso caminho da cicatriz que me marcava como um pertence de um vampiro. Para ele a cicatriz era um lembrete do seu próprio fracasso de me manter a salvo algum tempo antes. Kit soltou um terrível e semissufocado murmúrio ante a intimidade do gesto.

– Se consegue ver o futuro com tanta clareza, deve ter visto o que sua traição significaria para mim – disse Matthew, desdobrando-se aos poucos. – Saia de minha vista, Kit, senão só Deus saberá que não restará nada do seu corpo quando você for enterrado.

– Você a está colocando acima de mim? – Kit pareceu apatetado.

– Num piscar de olhos. Saia – insistiu Matthew.

Kit saiu da sala em passos comedidos, mas ao chegar ao corredor apressou os passos. Passos que ecoaram pelos degraus de madeira cada vez mais rápidos quando subiram para o quarto dele.

– Teremos que ficar de olho nele. – Os olhos sagazes de Gallowglass se desviaram do ponto de onde Kit saíra para Hancock. – Agora, ele não é mais confiável.

– Marlowe nunca foi confiável – resmungou Hancock.

Pierre entrou pela porta com outra carta na mão.

– Agora, não, Pierre – grunhiu Matthew, sentando-se e esticando o braço para pegar o vinho. Seus ombros vergaram de encontro ao encosto da cadeira. – Simplesmente hoje não há mais espaço para uma outra crise... seja a rainha, o país ou os católicos. Seja o que for, terá de esperar até amanhã de manhã.

– Mas... milorde – gaguejou Pierre com a carta na mão.

Matthew olhou de relance para a caligrafia rabiscada no envelope.

– Por Cristo e todos os Seus santos. – Ele ergueu a mão para tocar no papel e se deteve. O pomo de adão se mexendo enquanto se esforçava para se controlar. Um brilho avermelhado irrompeu no canto do olho e logo escorreu pela face e caiu na gola. Uma lágrima de sangue de vampiro.

– O que aconteceu, Matthew? – Olhei por cima do ombro dele, intrigada com a causa daquele intenso sofrimento.

– Ah. O dia ainda não terminou – disse Hancock com inquietude enquanto se afastava. – Nós temos um pequeno problema que requer sua atenção. Seu pai acha que você está morto.

Na minha época quem estava terrível, trágica e irrevogavelmente morto era Philippe, o pai de Matthew. Mas estávamos no ano de 1590, e isso significava que ele ainda estava vivo. Desde a nossa chegada eu estava preocupada com a possibilidade de um encontro com Ysabeau ou com Miriam, a assistente de laboratório de Matthew, e com as repercussões que esse encontro poderia causar no tempo futuro. Em nenhum momento pensara em como seria um encontro entre Matthew e Philippe.

Passado, presente e futuro colidiram. Se me ocorresse olhar para os cantos, certamente teria assistido ao desenrolar do tempo em protesto a essa colisão. Em vez disso, cravei os olhos na lágrima de sangue que se esparramava pela gola de linho branco de Matthew.

Gallowglass narrou os fatos bruscamente.

– As notícias vindas da Escócia junto ao seu desaparecimento repentino nos fizeram recear que você tivesse se deslocado para o Norte a mando da rainha, onde teria sido pego pela loucura que se disseminou por lá. Nós o procuramos durante dois dias. E como não encontramos qualquer rastro seu... diabos, Matthew, não tivemos outra escolha senão contar para Philippe que você estava desaparecido. Era isso ou deixar a Congregação alarmada.

– E há mais, milorde. – Pierre mostrou a carta. O selo era igual aos outros já associados aos Cavaleiros de Lázaro, com a diferença de que nesse a cera era um redemoinho vermelho e preto, onde estava impressa uma antiga moeda de prata com as bordas gastas e finas e não a impressão habitual do selo da ordem. A moeda estampava uma cruz e uma lua crescente, dois símbolos da família De Clermont.

– O que vocês disseram a ele? – A visão da pálida lua de prata a flutuar em um mar vermelho e preto deixara Matthew vivamente aflito.

– Agora que essa carta chegou nossas palavras não vão adiantar nada. Você terá que estar em solo francês na próxima semana. Do contrário, Philippe virá à Inglaterra – murmurou Hancock.

– Meu pai não pode vir para cá, Hancock. De jeito nenhum.

– Claro que não pode. Depois que ele se intrometeu na política inglesa, claro que a rainha vai exigir a cabeça dele. Você precisa ir ao encontro dele. Terá bastante tempo se viajar noite e dia – garantiu Hancock.

– Não posso. – Matthew ainda estava com os olhos fixos no envelope fechado.

– Os cavalos de Philippe já devem estar à espera. Você chegará a tempo – sussurrou Gallowglass, repousando a mão no ombro do tio, que por sua vez desviou os olhos para o alto com as feições subitamente selvagens.

– Não é pela distância. É... – Matthew parou de falar abruptamente.

– É o marido de sua mãe, homem. Claro que você pode confiar em Philippe... a menos que também tenha mentido para ele. – Os olhos de Hancock se estreitaram.

– Kit está certo. Ninguém pode confiar em mim. – Matthew se levantou. – Minha vida é uma colcha de mentiras.

– Este não é nem o lugar nem o momento certo para sandices filosóficas, Matthew. Exatamente agora Philippe está se perguntando se perdeu outro filho! – exclamou Gallowglass. – Deixe a garota conosco, pegue o cavalo e cumpra as ordens do seu pai. Se não fizer isso, bato em você e Hancock o carrega até lá.

– Você deve estar muito seguro de si para questionar minhas ordens, Gallowglass – disse Matthew com um tom perigoso, apoiando as mãos na chaminé da lareira e olhando fixamente para o fogo.

– Eu confio no meu avô. Ysabeau fez de você um *wearh*, mas é o sangue de Philippe que corre nas minhas veias.

As palavras de Gallowglass atingiram Matthew. Ele ergueu a cabeça ao receber o golpe, e a emoção venceu sua habitual impassibilidade.

– George, Tom, vão lá em cima e vejam o Kit – sussurrou Walter Raleigh, apontando a porta para os amigos. Fez um meneio de cabeça na direção de Pierre, e o servo de Matthew juntou-se aos esforços para colocá-los para fora da sala. Pedidos por mais vinho e comida ecoaram lá no vestíbulo. Depois que Françoise se encarregou de atender aos pedidos, Pierre retornou, fechou a porta com força e plantou-se à frente. Somente Walter, Henry, Hancock e eu seríamos testemunhas da conversa, além do silencioso Pierre.

Gallowglass insistiu na tentativa de convencer Matthew.

– Você precisa ir para Sept-Tours. Ele não vai descansar enquanto não clamar pelo seu corpo para um funeral ou até que o tenha vivo à frente dele. Philippe não confia em Elizabeth... nem na Congregação. – Dessa vez Gallowglass pretendeu confortar o tio com palavras, mas não tirou o ar angustiado de Matthew.

Gallowglass deixou escapar um murmúrio de exasperação.

– Engane os outros... e engane a si mesmo, se quiser. Discuta as alternativas pela noite adentro, se quiser. Mas a titia está certa, tudo isso é uma merda. – Ele desandou a falar. – Sua Diana não cheira bem. E seu próprio cheiro está mais velho que na semana passada. Sei qual é o segredo que você preserva. Ele também saberá.

Gallowglass deduzira que eu era uma fiandeira do tempo. Uma olhadela indicou que Hancock deduzira o mesmo.

– Basta! – vociferou Walter.

Gallowglass e Hancock silenciaram de imediato. A razão para esse silêncio cintilou no dedo mindinho de Walter: um sinete que exibia os contornos de Lázaro e seu caixão.

– Então, você também é um cavaleiro – eu disse admirada.

– Sim – disse Walter laconicamente.

– E você está acima de Hancock. E quanto a Gallowglass? – Naquela sala havia muitas camadas de lealdade e aliança. Eu estava ansiosa para organizá-las em uma estrutura navegável.

– Estou acima de qualquer outro nesta sala, madame, exceto o seu marido – respondeu Raleigh. – E isso inclui a senhora.

– Você não tem autoridade sobre mim – comentei. – Qual é exatamente o seu papel nos negócios da família De Clermont, Walter?

O olhar faiscante de Raleigh passou por cima de minha cabeça e se encontrou com o de Matthew.

– Ela é sempre assim?

– Habitualmente – disse Matthew secamente. – Leva-se algum tempo para se acostumar com isso, mas gosto disso. E com o tempo você também acabará gostando.

– Já tenho lá em casa uma mulher questionadora. Não preciso de outra – bufou Walter. – Se quer saber, sra. Roydon, sou eu que comando a irmandade na Inglaterra. Matthew não pode fazer isso pela posição que ocupa na Congregação. E os outros membros da família ou estavam ocupados ou recusaram. – Os olhos de Walter faiscaram em direção a Gallowglass.

– Então, você é um dos oito mestres provinciais da ordem e se entende diretamente com Philippe – comentei pensativa. – Estou surpresa por não ser o nono cavaleiro. – O nono cavaleiro era uma figura misteriosa cuja identidade era mantida em segredo para os integrantes da ordem, exceto para os que ocupavam os postos mais altos.

Raleigh esbravejou com veemência e fez Pierre engasgar.

– Você oculta sua condição de espião e de membro da Congregação para sua esposa, mas revela para ela os assuntos mais privados da irmandade?

– Ela quis saber – disse Matthew, com toda simplicidade. – Mas acho que por hoje basta dessa conversa sobre a Ordem de Lázaro.

– Sua esposa não se dará por satisfeita em deixar de lado essa conversa. Ela se agarra ao assunto como um cachorro ao osso. – Raleigh cruzou os braços, fazendo uma careta. – Muito bem. Para o seu conhecimento, Henry é o nono cavaleiro. A má vontade em abraçar o protestantismo o torna vulnerável aqui na Inglaterra, e na Europa ele é um alvo fácil para os descontentes que desejam que Sua Majestade perca o trono. Philippe ofereceu-lhe o posto para protegê-lo daqueles que poderiam abusar de sua natureza confiável.

– Henry? Um rebelde? – Olhei abismada para o gentil gigante.

– Não sou um rebelde – disse Henry com firmeza. – Mas a proteção de Philippe de Clermont salvou a minha vida em diversas ocasiões.

– O conde de Northumberland é um homem poderoso, Diana – disse Matthew, com tranquilidade. – Isso o torna uma fiança de valor nas mãos de jogadores inescrupulosos.

Gallowglass tossiu.

– Podemos deixar de lado os assuntos da irmandade para retornarmos aos problemas mais urgentes? A Congregação vai chamar Matthew para apaziguar a situação em Berwick. Mas a rainha quer que ele agite ainda mais a situação, até porque os escoceses não terão tempo de arquitetar planos que prejudiquem a Inglaterra enquanto estiverem preocupados com as bruxas. A nova esposa de Matthew sofre acusações de feitiçaria na própria casa. E o pai dele o chama para a França.

– Por Cristo – disse Matthew, apertando o alto do nariz. – Que embrulhada.

– O que propõe para sairmos dessa embrulhada? – perguntou Walter. – Você disse que Philippe não pode vir para cá, Gallowglass, mas receio que Matthew também não possa ir para lá.

– Ninguém jamais afirmou que seria fácil ter três senhores... e uma esposa – disse Hancock em tom azedo.

– Que diabos faremos então, Matthew? – perguntou Gallowglass.

– Se Philippe não receber uma carta do meu próprio punho, com a moeda impressa no selo, logo estará atrás de mim – respondeu Matthew em tom cavernoso. – Isso é um teste de lealdade. Meu pai adora testes.

– Seu pai não duvida de você. Esse mal-entendido se resolverá quando vocês estiverem cara a cara – frisou Henry, acrescentando para quebrar o silêncio de Matthew. – Você vive dizendo que preciso ter um plano ou que preciso me engajar nos projetos de outros. Diga-nos o que precisa ser feito e nós faremos.

Sem dizer nada, Matthew ponderou sobre as opções e descartou uma após a outra. Qualquer outro homem que tivesse que maquinar possíveis movimentos e contramovimentos levaria dias para fazer isso. Mas ele só levou alguns minutos. Embora com um pequeno sinal de luta no rosto, a maneira com que encolheu os músculos dos ombros e passou a mão nos cabelos contou uma outra história.

– Eu irei – disse por fim. – Diana fica aqui com Gallowglass e Hancock enquanto Walter distrai a rainha com alguma desculpa. Lidarei com a Congregação.

– Diana não pode permanecer em Woodstock – disse Gallowglass em tom firme. – Não depois da obra de Kit na cidade, das mentiras que espalhou a fim de obter informações sobre ela. Sem a sua presença nem a rainha nem a Congregação terão motivo algum para mantê-la distante dos magistrados.

– Nós podemos ir para Londres, Matthew – supliquei. – Juntos. Londres é uma cidade grande. Lá, as bruxas não se sentirão intimidadas a ponto de alguém reparar em mim, e os mensageiros poderão levar uma carta para a França dizendo que você está vivo. Você não precisa ir. – *Você não pode ver seu pai novamente.*

– Londres! – disse Hancock em tom zombeteiro. – A senhora não duraria três dias lá, madame. Eu e Gallowglass vamos levá-la para Gales. Nós iremos para Abergavenny.

– Não. – Notei a mancha escarlate no pescoço de Matthew. – Se Matthew for para a França, irei com ele.

– Absolutamente, não. Não vou arrastá-la para uma guerra.

– A guerra abrandou com a chegada do inverno – disse Walter. – Talvez seja melhor levar Diana para Sept-Tours. Poucos terão coragem para se meter com você, Matthew. E muito menos com seu pai.

– Você tem uma escolha – retruquei com veemência. Nem os amigos nem a família de Matthew me usariam para forçá-lo a ir para a França.

– Sim. E escolho você. – Ele fez um traçado no meu lábio com o polegar. Fiquei com o coração apertado. Ele iria para Sept-Tours.

– Não faça isso – implorei. Não quis me estender, temendo deixar escapar que Philippe estava morto no tempo de onde tínhamos partido em viagem pelo tempo e que seria uma tortura para Matthew vê-lo vivo outra vez.

– Um dia Philippe me disse que encontrar uma parceira é coisa do destino. E já que a encontrei não há mais nada a fazer senão aceitar a decisão do destino. Mas isso funciona com tudo. Pelo resto de minha vida, em cada momento escolherei você... acima do meu pai, acima do meu próprio interesse e até mesmo acima da família De Clermont. – Ele pousou os lábios nos meus lábios para silenciar meus protestos. Esse beijo era uma prova de convicção.

– Então, está decidido – disse Gallowglass suavemente.

Matthew olhou no fundo dos meus olhos. E balançou a cabeça.

– Sim. Eu e Diana iremos para a minha terra. Juntos.

– Há trabalho a fazer, arranjos a serem feitos – disse Walter. – Isso fica por nossa conta. Sua esposa parece exausta e a jornada será exaustiva. Vocês dois deviam descansar.

Nem eu nem Matthew fizemos qualquer menção de ir para a cama enquanto os homens não se retiraram da sala de estar.

– Nossa estada no ano de 1590 não está tranquila como era esperado – admitiu ele. – Isso era para ser pacato.

– Como isso seria pacato com a Congregação, os julgamentos em Berwick, o serviço de inteligência elisabetano e os Cavaleiros de Lázaro disputando a sua atenção?

– Achei que ser membro da Congregação e espião poderia ajudar e não atrapalhar. – Ele olhou pela janela. – Achei que depois que voltássemos para a Velha Cabana utilizaríamos os serviços da viúva Beaton e depois que encontrássemos o manuscrito em Oxford retornaríamos em poucas semanas.

Mordi o lábio para não apontar as falhas dessa estratégia repetidamente mencionadas naquela noite tanto por Walter e Henry como por Gallowglass, mas fui traída pelo meu olhar.

– Não enxerguei direito – disse ele, suspirando. – E o problema não se reduz a estabelecer a sua credibilidade ou a evitar as óbvias armadilhas como os julgamentos das bruxas e as guerras. Estou sobrecarregado demais. O quadro que eu tinha de Elizabeth e da Congregação... e dos contramovimentos que empreendi em favor do meu pai ainda está muito claro. Mas os detalhes desvaneceram. Lembro de datas, mas não de dias da semana. Isso significa que não sei ao certo qual será o mensageiro a chegar e qual será a próxima correspondência a ser entregue. Eu podia jurar que tinha rompido com Gallowglass e Hancock antes do Halloween.

– O diabo está sempre nos detalhes – murmurei. Limpei o rastro de sangue seco que marcava a passagem da lágrima dele. Uma poeira de sangue no canto do olho e um traço fino na face. – Eu devia ter imaginado que seu pai iria procurá-lo.

– Era só uma questão de tempo para que essa carta chegasse. Eu me contenho cada vez que Pierre traz a correspondência. E hoje o correio já tinha passado aqui. A caligrafia de Philippe me pegou de surpresa, só isso. – Matthew se justificou. – Nem me lembrava mais de como era marcante. Ele estava com o corpo tão quebrado quando o resgatamos das mãos dos nazistas em 1944 que nem o sangue de vampiro conseguiu suturá-lo. Não conseguia mais segurar nem uma caneta. Adorava escrever e só conseguia fazer rabiscos ilegíveis.

Eu conhecia a história da captura e do cativeiro de Philippe durante a Segunda Guerra Mundial, mas não conhecia os detalhes do sofrimento que passara nas mãos dos nazistas que queriam determinar até onde um vampiro aguentava a dor.

– Talvez a deusa quisesse que retornássemos a 1590 não apenas em meu benefício. Talvez o reencontro com Philippe reabra suas velhas feridas... e acabe por curá-las.

– Não antes de piorá-las. – A cabeça de Matthew tombou.

– Mas no final talvez o ajude a se recuperar. – Acariciei os cabelos daquele crânio duro e teimoso. – Você ainda não abriu a carta do seu pai.

– Já sei o que está escrito.

– De qualquer forma, talvez seja melhor abri-la.

Finalmente, ele escorregou o dedo por baixo do lacre e o rompeu. A moeda desgrudou da cera e ele a pôs na palma da mão. Ao desdobrar o grosso papel, emanou um tênue odor de louro e alecrim.

– Isso é grego? – perguntei, olhando por cima do ombro dele uma linha do texto e uma versão arredondada da letra *phi* abaixo.

– Sim. – Ele passou os dedos por cima das letras em uma primeira tentativa de contato com o pai. – É uma ordem para que eu volte para casa. Imediatamente.

– Você acha que aguenta revê-lo?

– Não. Sim. – Matthew amassou a carta e a manteve na mão. – Não sei.

Tirei-a da mão dele e a desamassei. A moeda cintilou na palma da sua mão. Aquela lasquinha de metal já tinha causado muitos problemas.

– Você não vai enfrentá-lo sozinho. – Acompanhá-lo no reencontro com o falecido pai não era muito, mas era tudo o que eu podia fazer para atenuar seu sofrimento.

– Com Philippe nenhum de nós está sozinho. Alguns dizem que ele enxerga a alma de qualquer pessoa – murmurou Matthew. – Ficarei preocupado se levá-la comigo. Eu podia prever as reações de Ysabeau: frieza e raiva, seguidas de aceitação. Mas nunca sabia de nada quando se tratava de Philippe. Ninguém entende como funciona a mente do meu pai, nunca se sabe que informações ele tem e que armadilhas ele arma. Se eu sou reservado, ele é insondável. Nem mesmo a Congregação sabe o que se passa com meu pai, e Deus sabe há quanto tempo eles tentam saber.

– Vai dar tudo certo – garanti. Philippe me aceitaria na família. O pai de Matthew não teria outra escolha, da mesma forma que tinha acontecido com a mãe e o irmão.

– Não pense que poderá dominá-lo – disse ele. – Você pode ser como minha mãe, como disse Gallowglass, mas às vezes ela também cai na rede dele.

– E no tempo presente de agora você continua sendo um dos membros da Congregação? Foi por isso que sabia que Knox e Domenico eram membros da organização? – O bruxo Peter Knox estava no meu encalço desde que eu tinha solicitado o Ashmole 782 na Bodleiana. E Domenico Michele era um vampiro com desavenças antigas em relação aos De Clermont. Ele tinha estado em La Pierre antes de outro membro da Congregação me torturar.

– Não – disse Matthew laconicamente, virando as costas.

– Então, a afirmativa de Hancock de que sempre há um De Clermont entre os membros da Congregação não é mais verdadeira? – Prendi o fôlego. *Diga sim*, supliquei mentalmente, *mesmo que seja mentira*.

– Isso ainda vale – respondeu ele com toda calma, quebrando a minha esperança.
– Então, quem...? – Minha voz embargou. – Ysabeau? Baldwin? Claro que não é o Marcus! – Eu não podia acreditar que a mãe ou o irmão ou o filho de Matthew estivessem envolvidos sem que ninguém tivesse transparecido isso.
– Diana, você ainda não conhece muita gente em minha árvore genealógica. De todo modo, eu não tenho o direito de divulgar a identidade de quem senta à mesa da Congregação.
– Alguma regra que cerceia o resto de nós aplica-se a sua família? – perguntei. – Você se mete em política... já vi alguns livros de contabilidade que provam isso. Você acha que esse misterioso membro da família irá nos proteger da ira da Congregação quando retornarmos ao tempo presente?
– Não sei – disse Matthew com firmeza. – Não tenho certeza de nada. Não mais.

Nossos planos para a partida tomaram corpo rapidamente. Enquanto Walter e Gallowglass discutiam a respeito da rota mais adequada, Matthew colocava as coisas em ordem.

Hancock e Henry foram despachados para Londres, carregando um pacote de couro de correspondências. O conde era um nobre do reino e fora requisitado para estar no décimo sétimo dia de novembro na corte para as celebrações do aniversário da rainha. George e Tom partiram para Oxford com uma soma substancial em dinheiro, ladeados pelo agora desgraçado Marlowe. Antes Hancock alertou os dois primeiros sobre as terríveis consequências que adviriam se o demônio causasse mais algum problema. Mesmo com Matthew distante, Hancock estaria a postos com a espada e não hesitaria em usá-la se fosse necessário. Além disso, George recebeu instruções de Matthew sobre as perguntas que poderia fazer sobre o manuscrito alquímico para os eruditos de Oxford.

Foi bem mais simples arrumar as minhas coisas. Na verdade, eram poucos itens pessoais para empacotar: os brincos de Ysabeau, os sapatos novos e algumas peças de roupa. Françoise concentrou toda a atenção na confecção de um vistoso vestido da cor de canela para a viagem. Projetou uma gola alta de pele aderida ao pescoço para me proteger da chuva e do vento. As peles sedosas de raposa costuradas ao longo da capa eram para o mesmo propósito, e também as bandas de pele inseridas nos punhos bordados das luvas novas.

A última tarefa a ser feita na Velha Cabana era levar o livro que ganhara de Matthew para a biblioteca. Poderia perdê-lo durante a viagem para Sept-Tours e não queria que o meu diário caísse nas mãos de curiosos. Abaixei-me e tirei dos juncos um raminho de alecrim e um raminho de lavanda. Fui até a mesa de Matthew, peguei uma pena e um pote de tinta e fiz uma anotação final.

4 5 de novembro 1590   chuva fria
Notícias de casa. Estamos nos preparando para uma viagem.

Soprei as palavras suavemente para secar a tinta e introduzi os raminhos de alecrim e lavanda na frincha por entre as páginas. Minha tia sempre recorria ao alecrim nos feitiços destinados à memória, e adicionava a lavanda para dar um toque de equilíbrio nos amuletos destinados ao amor – as duas ervas encaixavam-se perfeitamente nas circunstâncias daquele momento.

– Deseje-nos sorte, tia Sarah – sussurrei e empurrei o pequeno livro até o fundo de uma prateleira da estante na esperança de que ainda estivesse ali quando retornasse.

7

Rima Jaén detestava o mês de novembro. As horas do dia com claridade da luz encolhiam e, a cada dia que passava, desistiam da batalha contra as sombras cada vez mais cedo. E novembro também era uma época terrível para se estar em Sevilha porque toda a cidade se preparava para a estação das festas com chuva por todos os lados. Os hábitos de direção quase sempre erráticos dos moradores da cidade pioravam nesse período.

Rima ficara presa à escrivaninha por semanas. Seu chefe decidira limpar os cômodos de estoque do ático. No inverno anterior a chuva se incumbira disso, infiltrando-se pelas telhas do telhado da casa que caíam aos pedaços, e o prognóstico para os meses seguintes era ainda pior. Sem dinheiro para consertar o problema, a equipe de manutenção descia a escada com caixas úmidas de papelão para que nada de valor se danificasse nas tempestades que estavam por vir. Tudo o mais tinha sido posto para fora com muita discrição porque nenhum potencial doador poderia descobrir o que estava acontecendo.

Foi um negócio sujo e fraudulento, mas precisava ser feito, pensou Rima. A biblioteca era um pequeno arquivo de um especialista com recursos escassos. O miolo das coleções advinha de uma proeminente família andaluza cujas raízes remontavam à *reconquista*, durante a qual os cristãos recuperaram a península dos guerreiros muçulmanos que a tinham em seu poder desde o século VIII. Poucos eruditos se motivavam a pesquisar a bizarra gama de livros e objetos colecionados pelos Gonçalves por anos a fio. A maioria dos pesquisadores descia a rua até o Arquivo Geral das Índias enquanto discutia sobre Colombo. Seus colegas sevilhanos só queriam nas estantes os últimos lançamentos, manuais de instrução jesuíticos dos anos 1700 ainda não desgastados e revistas de moda feminina dos anos 1800.

Rima pegou um pequeno volume que estava no canto da escrivaninha e tirou os óculos coloridos de cima da cabeça que lhe prendiam os cabelos negros. Já tinha reparado no mesmo livrinho na semana anterior quando um dos trabalhadores da manutenção deixou um caixote de madeira à sua frente, com um grunhido de desprazer. Depois disso, registrou a coleção como Manuscrito Gonçalve 4890, descrito como "*Livro inglês de banalidades, anônimo, fim do século XVI*". Como a maioria dos livros de banalidades esse também estava em grande parte com as folhas em branco. Rima se deparara com um exemplar espanhol adquirido por um herdeiro Gonçalve e enviado para a Universidade de Sevilha em 1628. Era um exemplar finamente encadernado, indexado, ordenado e paginado com números rebuscados e impressos com tintas de diversas cores. Não havia uma única palavra escrita nas páginas. Nem no passado as aspirações eram vividas de cabo a rabo.

Livros de banalidades eram sempre repositórios de passagens bíblicas, fragmentos de poesia, lemas e palavras de autores clássicos. De um modo típico, incluíam rabiscos, listas de compras, letras de músicas obscenas e narrativas de eventos estranhos e importantes. Este não é diferente, pensou Rima enquanto passava os olhos negros pelas páginas. Infelizmente, não tinha a primeira página onde talvez estivesse estampado o nome do proprietário do livro. Sem essa página não havia a menor chance de identificar o proprietário ou qualquer outra pessoa mencionada apenas pelas iniciais. E os historiadores não se interessavam pelas evidências sem nome e sem rosto, até porque de um jeito ou de outro o anonimato reduzia a importância de quem se ocultava por trás.

Em uma das páginas remanescentes registrava-se uma lista de todas as moedas em uso com seus respectivos valores no século XVI. E na página anterior, uma lista de vestuário escrita às pressas: uma capa, dois pares de sapatos, um vestido com aparas de pele, seis batas, quatro anáguas e um par de luvas. Alguns poucos registros datados não faziam o menor sentido e ainda havia uma receita para curar dor de cabeça – um ponche feito com leite e vinho. Rima sorriu e se perguntou se a receita acabaria com suas enxaquecas.

Embora tivesse que recolocar o pequeno volume nas salas trancadas do terceiro andar, onde os manuscritos eram guardados, alguma coisa a impeliu a mantê-lo por perto. Era óbvio que tinha sido escrito por uma mulher. A caligrafia era redonda, trêmula e insegura, e as palavras serpenteavam de cima para baixo nas páginas, literalmente borradas de tinta. Nenhum homem letrado do século XVI escreveria dessa maneira, a não ser os doentes e os velhos. O autor do livro não era nem um nem outro. Uma curiosa vibração nos registros destoava estranhamente da caligrafia de iniciante.

Ela mostrara o manuscrito para Javier López, um tipo encantador embora sem qualificação que fora contratado pelo último dos Gonçalves para transformar a casa e os pertences pessoais da família em biblioteca e museu. Ele tinha um rico escritório no térreo recoberto de lambris de mogno e com o único aquecedor que ainda funcionava na casa. Durante a breve conversa, ele descartara a sugestão dela de que aquele exemplar merecia um estudo mais minucioso. E também a proibiu de tirar fotografias para compartilhá-las com os colegas do Reino Unido. Em relação à convicção de que o proprietário do livrinho tinha sido uma mulher, o diretor resmungou alguma coisa sobre o feminismo e acenou para que ela saísse da sala.

E o livro então permaneceu na escrivaninha de Rima. Em Sevilha livros como esses eram sempre descartados como menos importantes. Ninguém ia à Espanha em busca de livros ingleses de banalidades. Se fosse o caso, fazia-se uma visita à Biblioteca Britânica ou à Biblioteca Folger Shakespeare nos Estados Unidos.

E Rima também estava às voltas com um homem estranho que uma vez ou outra aparecia para pesquisar as coleções. Era um francês com um olhar penetrante que a deixava desconfortável. Herbert Cantal – ou talvez Gerbert Cantal. Ela não se lembrava. Na última visita ele estendeu um cartão e a encorajou a entrar em contato se aparecesse algo interessante. Ela quis saber o que seria exatamente esse algo interessante, pedindo que o especificasse, e ele disse que se interessava por tudo. A resposta não ajudou muito.

Mas agora *aparecia* algo interessante. Infelizmente, o cartão tinha sumido e de nada adiantaram os esforços para localizá-lo na escrivaninha. Ela teria que aguardar uma próxima visita para compartilhar o livrinho com aquele homem. Talvez ele se mostrasse mais interessado que o chefe dela.

Rima folheou as páginas. Encontrou um raminho de lavanda e resíduos de folhas de alecrim entre duas páginas. Era a primeira vez que os via e com todo cuidado os retirou pela frincha da capa. Um botão seco deixou o rastro de um perfume por uma fração de segundo, estabelecendo uma conexão entre ela e outra mulher que vivera centenas de anos atrás. Ela sorriu com ar melancólico ao evocar a desconhecida.

– *Más basura.* – Daniel fazia a manutenção e estava de volta com o macacão de brim acinzentado e sujo de tanto transportar caixas do ático. Descarregou algumas caixas de bonecos surrados no chão e, apesar do frio, enxugou o suor que escorria da testa com a manga, deixando-a escura de poeira. – *Café?*

Era a terceira vez na semana que ele a convidava para sair. Rima sabia que Daniel a achava atraente. A ancestralidade berbere herdada da mãe era um atrativo para alguns homens – o que não espantava porque essa ancestralidade a dotava de curvas suaves, pele morena e olhos amendoados. Já fazia alguns anos que ele murmurava comentários picantes e se roçava de costas contra as nádegas dela quando a via no local de correspondências, e sempre esticava o olho com insistência para os seios dela. Ele tinha uns treze centímetros menos de altura e o dobro da idade dela, mas isso não o detinha.

– *Estoy muy ocupada* – respondeu ela.

O grunhido de Daniel soou impregnado de ceticismo. Ele olhou de relance para as caixas enquanto saía. A caixa de cima continha um regalo de pele e um passarinho empalhado num pedaço de cedro. Balançou a cabeça, inconformado porque ela preferia passar o tempo com animais mortos a passar com ele.

– *Gracias* – murmurou ela quando ele saiu. Fechou o livrinho com delicadeza e o recolocou na escrivaninha.

Enquanto transferia o conteúdo da caixa para uma mesa próxima, desviou os olhos para aquele pequeno volume de capa de couro simples. Passados quatrocentos anos, a única prova da existência daquela mulher era uma página de calendário, uma lista de compras e uma folha de papel com a receita dos *alfajores* da avó, tudo isso etiquetado *"anônimo, sem importância"* e guardado num arquivo pelo qual ninguém se interessava?

Pensamentos sombrios como esses não traziam boa sorte. Rima estremeceu e tocou no amuleto de Fátima, a filha do Profeta, um amuleto em formato de mão preso a uma cordinha de couro para dependurar no pescoço que passava pelas mulheres da família desde um tempo do qual ninguém mais se lembrava.

– *Khamsa fi ainek* – sussurrou ela, esperando que as palavras afastassem os maus espíritos que tivesse evocado eventualmente sem qualquer intenção.

PARTE II

SEPT-TOURS E A ALDEIA DE SAINT-LUCIEN

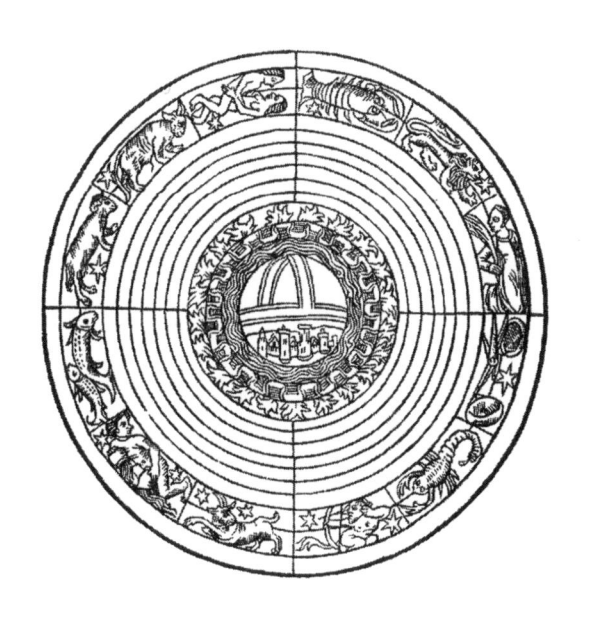

8

— O lugar de sempre? – sussurrou Gallowglass enquanto abaixava os remos e erguia a solitária vela.

Faltavam mais de quatro horas para o nascer do sol, mas outros barcos já eram visíveis na escuridão. Entrevi os contornos sombrios de outra vela e lanterna dependurada no poste da popa de um barco nas proximidades.

– Walter disse que estávamos indo para Saint-Malo – comentei e girei a cabeça consternada. Raleigh nos acompanhara da Velha Cabana até Portsmouth e pilotara o barco que nos levaria para Guernsey. Nós o deixáramos na doca próxima à aldeia de Saint-Pierre-Port. Ele não poderia seguir adiante... não com a cabeça a prêmio em toda a Europa católica.

– Sei muito bem para onde Raleigh nos mandou ir, titia, mas ele é um pirata. E é inglês. E não está aqui. E acabei de perguntar para o Matthew.

– *Immensi tremor oceani* – sussurrou Matthew, contemplando o balanço do mar. Contemplava aquelas águas escuras com o semblante de uma figura de proa esculpida. E respondia para o sobrinho de um modo estranho: *tremor do imenso oceano*. Eu me perguntei se havia entendido errado o latim.

– A maré está a nosso favor, e vai ficar mais perto seguir a cavalo para Fougères do que para Saint-Malo – continuou Gallowglass enquanto Matthew refletia. – Com esse tempo ela vai sentir menos frio na água do que na terra, e ela ainda tem muita cavalgada pela frente.

– E você vai nos deixar. – Isso não foi uma pergunta e sim uma afirmação de um fato. Matthew fechou as pálpebras e assentiu com a cabeça. – Muito bem.

Gallowglass manipulou a vela e o barco se desviou do curso sul em direção mais ao leste. Matthew sentou-se ao meu lado no convés, encostou-se num suporte do casco e me abraçou, cobrindo-me com a capa.

Não consegui pegar no sono, mas cochilei encostada no peito de Matthew. Até então tinha sido uma viagem exaustiva e entremeada de cavalgadas, e isso exigia muitos cavalos e muitos percursos de barco. Fazia frio e formava-se uma fina camada de gelo na felpa da nossa lã inglesa. Gallowglass e Pierre não paravam de tagarelar em algum dialeto francês, ao passo que Matthew se mantinha quieto. Respondia as perguntas de ambos, mas ocultava os pensamentos atrás de uma máscara fantasmagoricamente serena.

Ali pela madrugada, o tempo se converteu em bruma nevada. A barba de Gallowglass embranqueceu, transformando-o numa versão de Papai Noel. Pierre ajustou as velas e um cenário cinza embranquecido deixou a costa da França à vista. Passados uns trinta minutos, a maré começou a avançar em direção à praia. As ondas ergueram o barco e um campanário perfurou as nuvens em meio à névoa. Estava surpreendentemente próximo e tinha uma base obscurecida pelo tempo. Engoli em seco.

– Aguente firme – disse Gallowglass com ar soturno quando Pierre soltou a vela.

O barco adentrou a névoa. Os chamados das gaivotas e o barulho da água contra as rochas anunciaram que estávamos perto da praia, mas o barco não reduziu a velocidade. Gallowglass remava impetuosamente em meio às ondas de modo a fazer o barco angular. Alguém soltou um grito de aviso ou de boas-vindas.

– *Il est Le Chevalier De Clermont!* – gritou Pierre de volta por entre as mãos como um alto-falante. As palavras ecoaram no silêncio e em seguida pisadas apressadas cortaram o ar gelado.

– Gallowglass! – Estávamos indo direto contra um paredão. Agarrei um remo na tentativa de evitar o desastre. Tão logo minha mão se fechou em volta do remo, Matthew o puxou de mim.

– Faz séculos que ele ancora aqui, e o povo dele já fazia isso muito antes – disse Matthew com toda calma enquanto segurava o remo. De repente, a proa do barco virou à esquerda e o casco foi de encontro a uma laje de granito. Lá no alto quatro homens laçaram o barco com ganchos e cordas e o mantiveram firme. A água se elevou em velocidade alarmante e levou o barco para o alto, deixando-o no mesmo nível de uma casinha de pedra. Surgiu uma escada que ascendia em meio a pouca visibilidade. Pierre desembarcou e rapidamente disse alguma coisa em voz baixa e apontou para o barco. Dois soldados armados juntaram-se a nós e logo se apressaram em direção à escada.

– Chegamos ao monte Saint-Michel, madame. – Pierre estendeu a mão e me ajudou a sair do barco. – A senhora descansa aqui enquanto milorde conversa com o abade.

Meu conhecimento da ilha se resumia às histórias contadas pelos amigos que todo verão navegavam ao redor da ilha de Wight: na maré baixa era cercada de areia movediça e na maré alta era cercada de correntes tão perigosas que esmagavam os barcos contra as pedras. Olhei para o nosso barquinho por cima do ombro e estremeci. Era um milagre que ainda estivéssemos vivos.

Enquanto tentava me recompor, Matthew olhou fixamente para o sobrinho, que se mantinha firme e imóvel.

– Diana estará mais segura se você for junto.

– Sua esposa se mostra perfeitamente capaz de cuidar de si quando não é colocada em apuros pelos seus amigos. – Gallowglass olhou para mim sorrindo.

– Philippe vai perguntar por você.

– Diga-lhe... – Gallowglass se deteve com os olhos fixos no vazio. Os olhos azuis do vampiro se tomaram de melancolia. – Diga-lhe que ainda não esqueci.

– Você precisa perdoar, para o seu próprio bem – disse Matthew baixinho.

– Nunca perdoarei – disse Gallowglass com frieza –, e Philippe nunca deveria me pedir isso. Meu pai morreu nas mãos dos franceses, e nenhuma criatura foi até o rei. Não pisarei na França enquanto não estiver em paz com o passado.

– Hugh se foi. Que Deus o tenha. Seu avô ainda está entre nós. Não desperdice seu tempo com ele. – Matthew saiu do barco. Girou o corpo sem palavras de despedida, pegou-me pelo cotovelo e conduziu-me na direção de um amontoado de árvores secas e enlameadas. Girei o corpo ao sentir o peso do olhar de Gallowglass e meus olhos se encontraram com os de Gael. Ele ergueu a mão em silencioso aceno de despedida.

Matthew ainda estava calado quando nos aproximamos da escada. Sem conseguir enxergar para onde levava a escada, perdi a conta do número de degraus. Concentrei-me em não escorregar nos degraus escorregadios. Lascas de gelo deslizavam da barra da minha saia e o vento soprava por dentro do amplo capuz de minha capa. Uma grande porta ornada com tiras de ferro enferrujadas e corroídas pela maresia abriu-se à frente.

Mais degraus. Apertei os lábios, levantei a ponta da saia e segui em frente.

Mais soldados. Enquanto nos aproximávamos, eles se alinhavam encostados às paredes para nos dar passagem. Matthew aumentou a pressão dos dedos no meu cotovelo, mas a atenção que dava àqueles homens era a de que não passavam de espectros.

Entramos num aposento com muitas colunas que se estendiam até um teto abobadado. Grandes lareiras tomavam as paredes, difundindo um calor abençoado. Suspirei de alívio e, quando tirei a capa, água e gelo se projetaram em todas as direções. Uma tosse discreta chamou a minha atenção para um homem de pé à frente de uma lareira. Estava vestido com os trajes vermelhos de um cardeal e aparentava ter uns vinte e tantos anos de idade. – Era extremamente novo para alguém que tinha alcançado uma hierarquia tão alta.

– Ah, *Chevalier* De Clermont. Ou nos dias de hoje devemos chamá-lo de outro modo? Você esteve fora da França por muito tempo. Talvez tenha assumido o nome e a posição de Walsingham, agora que ele se foi para um merecido inferno. –

O cardeal tinha um inglês impecável, mas com um sotaque acentuado. – Faz três dias que estamos de olho em você, seguindo as instruções do nosso senhor. Não se fez menção alguma a uma mulher.

Matthew soltou meu braço e deu um passo à frente. Flexionou levemente o joelho esquerdo e beijou o anel na mão estendida do cardeal.

– *Éminence*. Pensei que o senhor estivesse em Roma, escolhendo nosso novo papa. Imagine quão contente estou por encontrá-lo aqui.

Matthew não pareceu feliz. E me perguntei com inquietude por que optara pelo monte Saint-Michel e não por Saint-Malo, como Walter planejara.

– No momento a França precisa muito mais de mim do que o conclave. Os recentes assassinatos de reis e rainhas não agradam a Deus. – Os olhos do cardeal faiscaram de aviso. – Sua rainha logo se dará conta disso quando se encontrar com Ele.

– Não estou aqui para os casos ingleses, cardeal Joyeuse. Esta é minha esposa, Diana. – Matthew segurava a moedinha de prata do pai entre dois dedos. – Nós estamos retornando para casa.

– Eu soube. Seu pai enviou isto para assegurar seu livre trânsito. – Joyeuse lançou um objeto brilhante que Matthew agarrou com destreza. – Philippe de Clermont esquece de si mesmo e age como se fosse o rei da França.

– Meu pai não precisa reinar; para ele o que faz ou desfaz os reis é uma espada afiada – disse Matthew suavemente. Deslizou o pesado anel de ouro pela junta do meu dedo médio enluvado. O anel tinha uma pedra vermelha com uma figura lapidada por cima. Notei que o formato era igual ao que tinha sido marcado nas minhas costas. – Seus senhores sabem que se não fosse pelo meu pai a causa católica estaria perdida na França. E o senhor não estaria aqui.

– Acho que seria melhor para todos se o senhor fosse realmente o rei, em face do atual ocupante protestante do trono. Mas esse é um assunto para discutirmos privadamente – disse o cardeal Joyeuse com ar cansado. Acenou para um criado que estava perto da porta. – Leve a esposa do cavalheiro para o aposento dela. Precisamos deixá-la, madame. Seu marido passou muito tempo entre os hereges. Um longo período de joelhos sobre um chão frio de pedra irá relembrá-lo de quem realmente ele é.

Talvez o desânimo estivesse estampado em meu rosto com a perspectiva de ficar sozinha num lugar como aquele.

– Pierre ficará com você – disse Matthew antes de se inclinar e me beijar nos lábios. – Partiremos a cavalo quando mudar a maré.

E assim tive o último vislumbre de Matthew Clermont, o cientista. O homem que saiu em direção à porta já não era um membro de Oxford e sim um príncipe da Renascença. Isso se refletia nos trajes, na maneira dos ombros, no vigor da atmosfera ao redor e na frieza do olhar. Hamish estava certo quando me alertou que

Matthew não seria o mesmo homem nesse lugar. Sob o suave rosto de Matthew, ocorreu uma profunda metamorfose.

Em algum lugar lá no alto os sinos badalaram as horas.

Cientista. Vampiro. Guerreiro. Espião. Os sinos deram uma pausa antes da sentença final.

Príncipe.

Eu me perguntei o que mais nossa jornada revelaria sobre o complexo homem com quem me casara.

– Não vamos deixar Deus à espera, cardeal Joyeuse – disse Matthew em tom afiado. Joyeuse o seguiu como se o monte Saint-Michel pertencesse à família De Clermont e não à Igreja.

Milorde é ele mesmo. Mas será que ele ainda era meu?

Matthew podia ser um príncipe, mas não havia dúvida de quem era o rei.

O poder e a influência do pai de Matthew cresciam a cada batida dos cascos dos cavalos pelas estradas geladas. À medida que nos aproximávamos de Philippe de Clermont, o filho dele se tornava mais distante e autoritário – uma combinação que abalava os meus nervos e nos levava a discussões acaloradas. Quando eu perdia a cabeça, Matthew sempre se desculpava pela conduta altiva e eu aceitava as desculpas, sabendo que ele estava sob um estresse que aumentava à medida que se aproximava a hora de se reunir com o pai.

Enfrentamos as areias em torno do monte Saint-Michel na maré baixa, atravessamos o interior e fomos recebidos pelos aliados dos De Clermont na cidade de Fougères, onde nos hospedaram numa torre confortavelmente instalada nas muralhas que ficavam de frente para o interior francês. Duas noites depois, fomos recebidos na estrada fora dos limites da cidade de Baugé por homens a pé e munidos de tochas. Exibiam um brasão de família nas fardas: a insígnia de Philippe, com uma cruz e uma lua crescente. Lembrei que tinha visto o símbolo quando remexi a gaveta da escrivaninha de Matthew em Sept-Tours.

– Que lugar é este? – perguntei depois que os homens nos levaram para uma cabana deserta. Estava surpreendentemente vazia para uma residência que exalava um delicioso aroma de comida cozida pelos corredores.

– É a casa de um velho amigo. – Matthew tirou os sapatos dos meus pés gelados. Massageou a sola dos meus pés e gemi quando o sangue retornou às extremidades. Pierre me entregou uma xícara de vinho quente e temperado. – Era a cabana de caça preferida de René. Era cheia de vida quando ele morava aqui com artistas e eruditos espalhados por todos os cômodos. Agora, é administrada pelo meu pai. Mas as guerras constantes o impedem de dar a atenção que a cabana merece.

Em nossa estada na Velha Cabana, ele e Walter já tinham me inteirado das seguidas batalhas entre protestantes e católicos franceses pelo controle da coroa – e do país. Das janelas de Fougères avistamos as nuvens de fumaça distantes que marcavam o último acampamento protestante, e as ruínas das casas e igrejas que pontilhavam a rota que fizéramos. Fiquei chocada com a extensão da devastação.

Esses conflitos transformaram o cenário de uma história construída cuidadosamente ao longo de minha vida. Na Inglaterra tive que ser uma mulher protestante de descendência francesa que tinha fugido da terra natal para salvar a vida e praticar a fé. E ali era essencial que me convertesse em uma inglesa sofredora e católica. Por via das dúvidas, durante a viagem Matthew tratou de repassar todas as mentiras e meias verdades que mantinham nossas múltiplas identidades e os detalhes históricos de cada lugar.

– Já estamos na província de Anjou. – A voz grave de Matthew me trouxe de volta à realidade. – Quem conhecê-la vai pensar que você é uma espiã inglesa porque você fala inglês, a despeito da história que a gente possa contar. Esta parte da França se recusa a aceitar o clamor do rei pelo trono porque prefere um regente católico.

– Como Philippe – murmurei. O cardeal Joyeuse não era o único que se beneficiava da influência de Philippe. Padres católicos de face encovada e olhar assustado tinham se detido ao longo do caminho a fim de partilhar notícias conosco e enviar agradecimentos ao pai de Matthew pela ajuda que recebiam dele. Nenhum dos padres partiu de mãos abanando.

– Papai não liga para as sutilezas da crença cristã. Em outras regiões do país, ele apoia os protestantes.

– Que surpreendente visão ecumênica.

– Para Philippe tudo o que importa é salvar a França dela própria. No último mês de agosto nosso novo rei Henrique de Navarra tentou forçar a cidade de Paris a adotar a postura política e religiosa adotada por ele. Os parisienses preferiram morrer de fome a se inclinar para um rei protestante. – Matthew passou os dedos no cabelo com nervosismo. – Morreram milhares e agora papai já não tem a esperança de que os humanos sejam capazes de resolver a confusão.

Philippe também não estava inclinado a permitir que o filho controlasse os negócios dele. Pierre nos acordou antes do amanhecer, anunciando que os cavalos estavam selados e prontos. Acabara de receber uma mensagem de que éramos esperados na cidade a três quilômetros e pouco de distância... em dois dias.

– É impossível. Não podemos viajar com tanta rapidez! – Eu estava fisicamente bem, mas nenhuma série de exercícios modernos se equivalia a cavalgar mais de oitenta quilômetros por dia pelo país durante o mês de novembro.

– Não temos outra escolha – disse Matthew em tom soturno. – Se nos atrasarmos, ele mandará outros homens para nos apressar. É melhor fazer o que ele pede.

Naquele mesmo dia, mais tarde, fiz menção de cair em prantos de fadiga e Matthew me ergueu à sela sem me consultar e saiu em disparada em seu cavalo. Eu estava cansada demais para protestar.

Chegamos aos muros de pedra e às casas de madeira de Saint-Benoît no tempo previsto, assim como Philippe ordenara. A essa altura já estávamos tão próximos de Sept-Tours que nem Pierre nem Matthew se preocuparam com a etiqueta, de modo que passei a cavalgar à maneira masculina. Embora tivéssemos acatado o programa de Philippe, nem por isso ele deixou de incrementar outros agregados da família para nos acompanhar, como se temendo que mudássemos de ideia e retornássemos para a Inglaterra. Alguns nos seguiam pelas estradas. Outros abriam o caminho, garantindo alimento, cavalos e acomodações em estalagens movimentadas, casas isoladas e monastérios fortificados. Depois que terminamos a subida pelas montanhas rochosas deixadas pelos vulcões extintos de Auvergne, volta e meia avistávamos silhuetas de cavaleiros ao longo dos interditos picos. Tão logo nos avistavam, eles saíam em disparada de volta a Sept-Tours para relatar nosso progresso.

Dois dias depois, ao cair o crepúsculo, eu estava junto com Matthew e Pierre no pico de uma das montanhas de onde quase não se via o castelo da família dos De Clermont em meio ao torvelinho de rajadas de neve. As linhas retas da torre da menagem central me eram familiares, mas o lugar não me era tão familiar assim. Tanto as muralhas arredondadas como as seis torres também arredondadas estavam intactas, todas cobertas de telhados cônicos de cobre esverdeados pelo tempo. A fumaça emergia das chaminés por trás das ameias das torres, cujos contornos irregulares sugeriam que algum gigante enlouquecido cortara os muros com uma tesoura. Também havia uma horta cercada e coberta de neve, e, mais além, canteiros retangulares.

Nos tempos modernos o acesso à fortaleza era proibido. E agora as guerras civis religiosas à volta de todos deixavam ainda mais evidentes as capacidades defensivas da fortaleza. Uma assombrosa guarita fazia a vigília entre Sept-Tours e a aldeia. Lá dentro, correria de um lado para o outro, muita gente armada. Entrevi em meio aos flocos de neve e à penumbra estruturas de madeira dispersas pelo terreno cercado. A luz que se projetava das pequenas janelas desenhava cubos oblongos de cor quente nos retalhos de pedra cinzenta cobertos de neve pelo chão.

Minha égua soltou um bafo quente e úmido. Era o animal mais rápido que cavalgara desde o primeiro dia de viagem. Já o último cavalo de Matthew além de grande era malhado, cruel e atacava quem se aproximava, exceto a criatura que carregava no lombo. Os dois animais que pertenciam aos estábulos dos De

Clermont conheciam o caminho de casa sem precisar de comando e estavam ávidos por baldes de aveia e uma baia quentinha.

– *Dieu*. Era o último lugar da Terra que pensei em estar. – Matthew pestanejou devagar, como se na esperança de que o castelo desaparecesse à frente.

Estiquei o braço e descansei a mão no antebraço dele.

– Mesmo agora, você tem escolha. Ainda podemos voltar.

Pierre me olhou com ar piedoso. Matthew me olhou com um sorriso amargo.

– Você não conhece o meu pai. – Ele desviou os olhos para o castelo.

Finalmente, atravessamos os portões de Sept-Tours cujas tochas ardiam ao longo do caminho. As pesadas estruturas de madeira e pedra estavam abertas em prontidão; quatro homens perfilaram-se imóveis e silenciosos em nossa passagem. Quando os portões foram fechados atrás de nós, dois homens soltaram uma longa tora de madeira escondida no muro que os trancou para garantir a segurança. Seis dias de cavalgada pela França haviam me ensinado que isso era uma sábia precaução. As populações desconfiavam de estranhos, temendo a chegada de soldados saqueadores com ânsia de sangue e de violência e dispostos a agradar um outro lorde.

Éramos aguardados lá dentro por um verdadeiro exército – composto de vampiros e humanos. Meia dúzia deles se encarregou dos cavalos. Pierre entregou um pequeno pacote de correspondência enquanto era interrogado em voz baixa por outros que lançavam olhares furtivos em minha direção. Ninguém se aproximou nem me ofereceu ajuda. E assim me vi montada no cavalo enquanto tremia de fadiga e frio à espera do pessoal de Philippe. Ele certamente ordenaria que alguém me ajudasse a desmontar.

Matthew percebeu meu embaraço e desmontou do cavalo com uma graça invejável. Chegou ao meu lado com algumas passadas largas e gentilmente puxou meu pé congelado do estribo, e depois o agitou e o girou para lhe restaurar a mobilidade. Agradeci porque não queria tropeçar nem cair na neve ou na terra do pátio em minha primeira apresentação em Sept-Tours.

– Qual desses homens é seu pai? – sussurrei quando ele passou por baixo do pescoço do cavalo para alcançar meu outro pé.

– Nenhum deles. Ele está lá dentro, e pelo visto despreocupado por nos ver aqui depois de ter insistido para que corrêssemos como se os cães do inferno estivessem em nosso encalço. É melhor que vá lá para dentro também. – Matthew começou a dar ordens em francês e fez os curiosos servos se dispersarem em todas as direções, até que um único vampiro se pôs à base de uma escada espiralada com degraus de madeira que levava à porta do castelo. Fiquei impressionada com a dissonante colisão entre o passado e o presente quando me lembrei de quando subi um lance de degraus de pedra ainda não construído para conhecer Ysabeau pela primeira vez.

– Alain. – O rosto de Matthew desanuviou.

– Bem-vindo ao lar – disse um vampiro em inglês enquanto se aproximava em passos levemente capengas que deixavam os detalhes de sua aparência à vista: cabelos grisalhos, rugas ao redor de olhos doces, constituição esguia.

– Muito obrigado, Alain. Esta é minha esposa, Diana.

– Madame de Clermont. – Alain fez uma reverência, mantendo uma distância cautelosa e respeitosa.

– Muito prazer em conhecê-lo, Alain. – Embora nunca o tivesse visto, o nome dele me fez associar lealdade inquebrantável e apoio. Alain era aquele para quem Matthew telefonara no meio da noite a fim de que houvesse comida esperando por mim na Sept-Tours do século XXI.

– Seu pai está à sua espera – disse Alain, colocando-se de lado para nos dar passagem.

– Peça para que mandem uma refeição para os meus aposentos... algo frugal. Diana está cansada e faminta. – Matthew entregou as luvas para Alain. – Eu o verei daqui a pouco.

– Ele está à espera de vocês dois, agora. – Uma expressão estudada de neutralidade tomou o rosto de Alain. – Cuidado com os degraus, madame. Estão congelados.

– E ele? – Matthew olhou para o castelo de pedra com um aperto na garganta.

Com a mão firme de Matthew agarrada ao meu cotovelo não tive dificuldade para subir os degraus. Mas as minhas pernas tremiam tanto quando acabei de subir que acabei tropeçando na beira de uma laje irregular da entrada. O escorregão foi suficiente para esquentar a cabeça de Matthew.

– Philippe está sendo irracional – desabafou ele enquanto me segurava pela cintura. – Ela está viajando há dias.

– As ordens dele foram bem explícitas, *sir*. – A formalidade firme de Alain era um aviso.

– Tudo bem, Matthew.

Afastei o capuz do rosto para enxergar o grande saguão mais adiante. A exposição de armaduras e lanças que já tinha visto no século XXI não estava presente. Em vez disso, uma tela de madeira entalhada desviava as correntes de ar quando a porta era aberta. E também não estavam presentes a arremedada decoração medieval, a mesa redonda e a tigela de porcelana. Em vez disso, tapeçarias agitavam-se suavemente contra as paredes de pedra quando o ar quente da lareira se juntava ao ar frio lá de fora. Duas longas mesas flanqueadas por bancos baixos completavam o espaço restante; homens e mulheres transitavam por entre as mesas, colocando pratos e taças para a ceia. Ali havia espaço de sobra para uma reunião de dezenas de criaturas. Lá no alto a galeria dos menestréis não estava vazia e sim apinhada de músicos que preparavam os instrumentos.

– Fantástico – murmurei com os lábios cerrados.

Fui pega pelos dedos gelados de Matthew e virada pelo queixo.

– Você está azul.

– Vou trazer vinho quente e um braseiro para aquecer os pés dela – disse Alain. – E as lareiras serão acesas.

Um humano sangue-quente surgiu do nada e pegou minha capa molhada. Matthew fez um giro rápido de corpo para um dos lados que um dia me fora apresentado como sala do café da manhã. Prestei atenção, mas não ouvi nada.

Alain balaçou a cabeça em justificativa.

– Ele não está de bom humor.

– É óbvio que não. – Matthew abaixou os olhos. – Philippe está à nossa espera lá embaixo. Quer mesmo vê-lo esta noite, Diana? Se não quiser, posso enfrentar a ira dele sozinho.

Matthew não ficaria sozinho no primeiro encontro com o pai depois de mais de seis décadas. Ficara ao meu lado quando tive que encarar os meus fantasmas e faria o mesmo por ele. E depois iria para a cama onde planejava ficar até o Natal.

– Vamos – respondi resoluta, erguendo a barra da saia.

Aquela Sept-Tours era antiga demais para dispor de facilidades modernas como corredores, e assim serpenteamos através de uma porta em arco no lado direito de uma lareira em direção ao canto de um aposento que um dia seria o grande salão de Ysabeau. Embora não estivesse apinhado de mobília sofisticada na ocasião, a decoração apresentava a mesma austeridade de todos os lugares com que me deparara durante a viagem. A pesada mobília de madeira de carvalho era imune a roubos e capaz de resistir aos eventuais efeitos adversos de uma batalha, o que se evidenciava pela marca diagonal que cortava a superfície de um baú.

Daquele ponto Alain nos conduziu a um aposento, onde em outros dias eu tomava o café da manhã com Ysabeau à mesa posta com porcelana e baixela de prata entre acolhedoras paredes de terracota. Agora, com apenas uma mesa e uma cadeira era quase impossível afirmar que era o mesmo lugar de antes. O tampo da mesa estava coberto de papéis e outros itens de escrita. Não tive tempo de ver mais nada; subimos uma velha escada que dava numa ala desconhecida do castelo.

Chegamos a um amplo patamar. Uma extensa galeria que se abria à esquerda abrigava um insólito amontoado de quinquilharias, relógios, armas, retratos e móveis. Uma desgastada coroa dourada empoleirava-se casualmente na cabeça de mármore de um deus antigo. Um rubi do tamanho de um ovo piscou maliciosamente do centro da coroa para mim.

– Por aqui – disse Alain, guiando-nos para a próxima câmara. Lá, um outro lance de escada seguia para o alto e não para baixo. Havia dois bancos desconfortáveis em cada lado de uma porta fechada. Alain esperou uma resposta para nossa presença com paciência e sem dizer nada. A resposta chegou com uma única palavra em latim que ressoou pela madeira espessa da porta.

– *Introite.*

A ressonância assustou Matthew. Alain olhou preocupado para ele e empurrou a porta que se abriu sem fazer ruído, sinal de que estava bem lubrificada.

Do outro lado da porta, um homem de cabelos brilhantes estava sentado de costas para nós. Embora sentado, sua estatura alta e seus ombros largos de atleta eram bem visíveis. Uma pena riscou uma folha de papel, acrescentando uma nota aguda e persistente que harmonizou os intermitentes estalos da madeira que queimava na lareira e as rajadas do vento que uivavam lá fora.

Soou uma nota baixa em meio à música ambiente.

– *Sedete.*

Dessa vez fui eu que me assustei. A porta abafou o impacto da voz de Philippe que ressoou nos meus tímpanos. Ele era um homem habituado a ser obedecido prontamente e sem perguntas e por isso arrastei os pés em direção a duas cadeiras para me sentar conforme me ordenara. Depois de três passos percebi que Matthew ainda estava à soleira da porta. Dei meia-volta e o peguei pela mão. Confuso, ele abaixou os olhos e se remexeu em lembranças.

Cruzamos o aposento em poucos segundos. Acomodei-me em uma das cadeiras com o vinho prometido, escorando os pés no aquecedor de pés. Alain se retirou balançando a cabeça e com um olhar de simpatia. Depois, esperamos. Se isso foi difícil para mim, para Matthew foi insuportável. Ele estava tão tenso que o corpo quase vibrava com a emoção reprimida.

Eu estava muito ansiosa e com os nervos quase à flor da pele quando o pai dele se dignou a nos perceber. Abaixei os olhos enquanto me perguntava se tinha mãos fortes o bastante para estrangulá-lo e dois pontos ferozes e gelados me pegaram de cabeça baixa. Ergui o queixo e encarei os fulvos olhos de um deus grego.

Na primeira vez que me deparei com Matthew, pensei em sair correndo por instinto. Mas o Matthew grandalhão e corpulento que conheci naquela noite de setembro na Biblioteca Bodleiana não emanava metade da atmosfera sobrenatural do pai. Isso não significa que Philippe de Clermont fosse um monstro. Pelo contrário, era simplesmente a criatura mais estontante que já tinha visto na vida: sobrenatural, preternatural, demoníaca, talvez meramente humana.

Ninguém que o olhasse diria que se tratava de um mortal de carne e osso. As características vampirescas eram perfeitas e fantasmagoricamente simétricas. Esguio e com sobrancelhas escuras que se alinhavam por cima de olhos castanho-dourados e raiados de verde. A exposição ao sol e ao tempo alisara os cabelos com fios cintilantes de ouro, prata e bronze. A boca de Philippe de Clermont era macia e sensual, se bem que naquela noite os lábios estavam endurecidos de raiva.

Apertei os lábios para que a boca não caísse e meu olhar se encontrou com um olhar de apreciação. Após essa troca de olhares, ele girou os olhos lentamente para Matthew.

– Explique você mesmo. – As palavras soaram tranquilas, mas não dissimularam a fúria de Philippe. De qualquer forma, ele não era o único vampiro raivoso na sala. O choque pelo reencontro com o pai já tinha passado e Matthew então tentou assumir o controle da situação.

– Você me ordenou que viesse a Sept-Tours. Estou aqui vivo e em boas condições, apesar dos relatos histéricos do seu neto. – Lançou a moeda de prata ao ar que rodopiou antes de se aderir à superfície da mesa de carvalho do pai.

– Sem dúvida alguma nesta época do ano teria sido melhor que sua esposa permanecesse em casa. – Philippe, assim como Alain, falava um inglês tão impecável quanto o dos ingleses.

– Diana é minha companheira, pai. Eu não poderia deixá-la na Inglaterra com Henry e Walter só por causa da neve.

– Vá com calma, Matthew – vociferou Philippe em tom leonino, como todo o resto dele. A família De Clermont era uma fantástica mistura de feras. A presença de Matthew sempre me fazia lembrar de lobos. Com Ysabeau os falcões me vinham à cabeça. Gallowglass parecia um urso. E Philippe se assemelhava a um outro predador mortal.

– De acordo com Gallowglass e Walter a bruxa requer minha proteção. – O leão esticou a mão, pegou uma carta e tamborilou-a em cima da mesa, com os olhos fixos em Matthew. – Pensei que tivesse assumido a função de proteger os fracos depois que passou a ocupar um assento na Congregação.

– Diana não é fraca... e precisa de uma proteção maior do que a Congregação pode prover, e até mais que isso porque se casou comigo. Você irá protegê-la? – Agora, o tom e a postura de Matthew tornavam-se um desafio.

– Primeiro preciso ouvir o que ela tem a dizer – disse Philippe, olhando em minha direção com as sobrancelhas arqueadas.

– Nós nos conhecemos por acaso. Eu sabia que ela era uma bruxa, mas a ligação entre nós foi inevitável – disse Matthew. – O próprio povo dela lhe virou as costas...

A mão que se ergueu em gesto silencioso de comando poderia ser confundida com uma pata. Philippe se voltou para o filho.

– *Matthaios*. – A fala pausada do pai silenciou o filho na mesma hora, como uma chicotada em câmera lenta. – Devo entender que é *você* que precisa de minha proteção?

– Claro que não – respondeu Matthew indignado.

– Então, cale a boca e deixe a bruxa falar.

Pensando em dar ao pai de Matthew o que ele queria para que saíssemos daquela enervante presença o mais rápido possível, ponderei qual seria a melhor maneira de contar nossas últimas aventuras. Levaria tempo para ensaiar cada detalhe e as chances de que Matthew explodisse nesse meio-tempo eram enormes. Respirei fundo e comecei a falar.

– Meu nome é Diana Bishop, e tanto meu pai como minha mãe eram bruxos poderosos. Eu ainda era criança quando foram assassinados por outras bruxas durante uma estada fora do país. Eles me amarraram magicamente antes de morrer. Mamãe era vidente e sabia o que estava por vir.

Philippe estreitou os olhos com desconfiança. Entendi a cautela. Até para mim era difícil entender por que dois pais que amavam a filha haviam quebrado o código das bruxas, amarrando-a com algemas mágicas.

– Tornei-me a desgraça da família depois que cresci... uma bruxa que não conseguia acender a chama de uma vela nem realizar feitiços de maneira adequada. Assim, virei de costas para as Bishop e fui para a universidade. – A confidência fez Matthew se remexer com desconforto na cadeira. – Fui estudar história da alquimia.

– Diana estuda *arte* da alquimia – corrigiu Matthew, com um olhar de aviso para mim. Mas a meia verdade torcida não satisfez o pai.

– Sou uma fiandeira do tempo. – A expressão ficou suspensa no ar entre nós três. – Vocês chamam isso de *fileuse de temps*.

– Ah, estou ciente do que você é – disse Philippe com o mesmo tom pausado. Um olhar fugaz de surpresa tocou no rosto de Matthew. – Já vivi muito tempo, madame, e já conheci muitas criaturas. Você não é do tempo presente, nem do passado, então só pode ser do futuro. E *Matthaios* viajou de volta ao passado com você, até porque não é mais o mesmo homem que era oito meses atrás. O Matthew que conheço jamais olharia duas vezes para uma bruxa. – O vampiro respirou fundo. – Meu neto me avisou que vocês dois tinham um cheiro muito antigo.

– Philippe, deixe-me explicar... – Mas naquela noite Matthew não estava destinado a terminar as frases.

– Por mais problemática que seja a situação, fico feliz por ver que nos anos vindouros poderemos esperar uma atitude sensata em relação ao barbear. – Philippe coçou a barba e o bigode impecavelmente aparados. – Afinal, barba é sinal de piolho e não de sabedoria.

– Já me disseram que Matthew está parecendo um inválido – suspirei de cansaço. – Mas não conheço um feitiço que conserte isso.

Philippe descartou minhas palavras.

– Não há barba que não seja fácil de ajeitar. Mas você estava falando sobre o seu interesse em alquimia.

– Sim. Acabei encontrando um livro... um livro procurado por muita gente. Conheci Matthew quando ele se preparava para roubar o livro de mim, mas não o fez porque o livro já não estava comigo. E desde então as criaturas estão no meu encalço. Tive até que parar de trabalhar!

Notei o que parecia uma risadinha reprimida num músculo latejante da mandíbula de Philippe. E me dei conta de que quando se trata de leões nunca se sabe se estão se divertindo ou prestes a atacar.

– Achamos que é o livro das origens. O livro é que procurou Diana – disse Matthew com ar de orgulho, embora eu tivesse requisitado o livro de maneira inteiramente acidental. – Eu já estava completamente apaixonado quando as outras criaturas se aperceberam de que ela o tinha encontrado.

– Então, isso seguiu por muito tempo. – Philippe segurou o queixo com os cotovelos apoiados na borda da mesa. Estava sentado num simples banco de quatro pés e tinha ao lado uma monstruosidade que parecia um trono vazio.

– Não – retruquei depois de fazer alguns cálculos –, apenas por quinze dias. Matthew levou algum tempo para admitir os sentimentos que nutria por mim e só os admitiu depois que viemos para Sept-Tours. Mas aqui também não fiquei a salvo. Uma noite o deixei na cama para ir ao jardim e acabei sendo raptada por uma bruxa.

Os olhos de Philippe se afastaram de mim e se cravaram em Matthew.

– Uma *bruxa* dentro das muralhas de Sept-Tours?

– Sim – respondeu Matthew laconicamente.

– Ela chegou pelo ar – corrigi por gentileza, prendendo outra vez a atenção do pai dele. – Se é importante para o senhor, não creio que os pés de nenhuma bruxa tenham pisado algum dia no território do castelo. Exceto os meus, claro.

– Claro – repetiu Philippe com um meneio de cabeça. – Continue.

– Ela me levou para La Pierre. Domenico estava lá. E também Gerbert. – Pela expressão de Philippe, nem o castelo nem os dois vampiros que lá me aprisionaram lhe eram desconhecidos.

– Malditos, eles voltam como galinhas para o poleiro – murmurou Philippe.

– Foi a Congregação que ordenou meu rapto, e uma bruxa chamada Satu tentou arrancar minha própria magia de dentro de mim. Fracassou e me jogou no calabouço.

Matthew acariciou minhas costas, como sempre fazia quando se mencionava aquela noite. O gesto não passou despercebido a Philippe, mas ele se manteve calado.

– Depois que escapei não podia permanecer em Sept-Tours e pôr Ysabeau sob ameaça. O senhor deve entender que a magia saía aos borbotões de dentro de mim, os poderes me eram incontroláveis. E aí fui com Matthew para minha terra, para a casa de minhas tias. – Fiz uma pausa enquanto buscava um jeito de explicar onde ficava a casa. – O senhor conhece as lendas que o povo de Gallowglass conta sobre as terras do outro lado do oceano a oeste? – Philippe assentiu com a cabeça. – Pois minhas tias vivem lá. Mais ou menos.

– E essas tias são bruxas?

– Sim. Em seguida uma *manjasang*, uma das criaturas de Gerbert, tentou matar Matthew e quase conseguiu. Não tínhamos outro lugar para nos manter fora do alcance da Congregação a não ser no passado. – Fiz outra pausa, agora indignada com o olhar maldoso de Philippe para Matthew. – Mas as coisas aqui também não estão fáceis. Em Woodstock já sabem que sou uma bruxa, e em Oxfordshire os julgamentos na Escócia poderiam afetar nossas vidas. Enfim, estamos em fuga novamente. – Revi a narrativa para ver se não tinha me esquecido de alguma coisa importante. – Esta é minha história.

– Você tem talento para relatar informações complicadas de maneira rápida e sucinta, madame. Prestaria um serviço à família se ensinasse seus métodos para o Matthew. Já gastamos bem mais do que deveríamos em papel e penas – disse Philippe, olhando para a ponta dos dedos por um momento. Levantou-se com a presteza vampiresca que fazia do mais simples movimento uma explosão. Um segundo antes estava sentado e um segundo depois estava com os músculos em ação, com seus um metro e oitenta e cinco de altura pairando súbita e surpreendentemente sobre a mesa.

O vampiro olhou fixamente nos olhos do filho.

– Você está jogando um jogo perigoso, Matthew, com muita coisa a perder e muito pouco a ganhar. Gallowglass enviou uma mensagem depois que vocês partiram. O cavaleiro tomou uma rota diferente e chegou antes de vocês. Enquanto estavam a caminho daqui, o rei da Escócia capturou centenas de bruxas e aprisionou-as em Edimburgo. Sem dúvida alguma, a Congregação acha que você está a caminho de lá para persuadir o rei Jaime a esquecer o assunto.

– Tudo isso é mais uma razão para proteger Diana – disse Matthew com firmeza.

– E por que deveria? – perguntou Philippe com a fisionomia fria.

– Porque a amo. E porque você disse que a Ordem de Lázaro é para isso, para proteger os que não têm condições de se proteger.

– Protejo outros *manjasang*, não bruxas!

– Talvez devesse ter uma visão mais ampla – insistiu Matthew. – Geralmente os *manjasang* sabem cuidar de si próprios.

– Você sabe muito bem que não posso proteger essa mulher, Matthew. Toda a Europa está em luta por questões de fé, e os sangues-quentes estão à procura de bodes expiatórios para resolver seus problemas. É inevitável que acabem se voltando para as criaturas que estão mais próximas. E mesmo sabendo disso, você trouxe... uma mulher que diz ser sua companheira e bruxa por hereditariedade... para essa loucura daqui. Não. – Philippe balançou a cabeça com veemência. – Embora pense que pode ousar fazer isso, não colocarei a família em risco provocando a Congregação e ignorando os termos do acordo.

– Philippe, você deve...

– Não ouse dizer essa palavra para mim. – Um dedo em riste se projetou para Matthew. – Coloque seus assuntos em ordem e volte para o lugar de onde veio. Peça por minha ajuda lá... ou melhor, peça ajuda às tias da bruxa. Não traga seus problemas para um passado que não tem nada a ver com eles.

Acontece que no século XXI não haveria mais Philippe a quem Matthew poderia pedir ajuda. Até lá, ele já estaria morto e enterrado.

– Nunca pedi nada a você, Philippe. Até agora. – A temperatura ambiente caiu perigosamente diversos graus.

– *Matthaios*, você devia ter previsto minha reação, mas nem sequer cogitou isso, como sempre. E se sua mãe estivesse aqui? E se o mau tempo não a tivesse detido em Trier? Você sabe o quanto ela detesta as bruxas. – Philippe cravou os olhos no filho. – Seria preciso um pequeno exército para impedi-la de rasgar essa mulher, membro a membro, e não tenho um disponível neste momento.

Primeiro Ysabeau quis me ver fora da vida do filho. Baldwin não fez esforço algum para esconder seu desdém. Hamish, o amigo de Matthew, desconfiou de mim, e Kit me detestou abertamente. E agora era a vez de Philippe. Levantei-me e esperei que o pai de Matthew olhasse para mim. Fez isso e olhei no fundo dos olhos dele. Tremeluziram de surpresa.

– Matthew não pôde prever isso, *monsieur* De Clermont. Confiou que o senhor ficaria ao lado dele, embora nesse caso tenha se enganado. – Respirei fundo. – Agradeceria se o senhor me deixasse ficar em Sept-Tours esta noite. Faz algumas semanas que Matthew não dorme, e é melhor que faça isso no ambiente familiar. Amanhã, retorno para a Inglaterra... se necessário, sem Matthew.

Uma mecha de cabelo caiu na minha têmpora esquerda. Quando ergui a mão para puxá-la, Philippe de Clermont me segurou pelo pulso. Quando me dei conta disso, Matthew já estava com as mãos no ombro do pai.

– Onde conseguiu isso? – Philippe olhou para o anel que estava no terceiro dedo de minha mão esquerda. *O anel de Ysabeau*. Fixou os olhos de uma besta em meus olhos. Apertou o meu punho com os dedos e fez os ossos estalarem. – Ela nunca daria o meu anel para outra mulher, não enquanto estivéssemos vivos.

– Ela está viva, Philippe. – As palavras de Matthew soaram rápidas e rudes, mais para informar que para reafirmar.

– Mas se Ysabeau está viva, então... – Philippe cortou a frase e emudeceu. Pareceu atordoado por um momento, mas logo uma centelha de entendimento acendeu-se em seu rosto. – Então, não continuei imortal. E você não pôde me procurar quando e onde os problemas começaram.

– Não. – Matthew se esforçou para empurrar a palavra pelos lábios.

– Mas você deixou sua mãe de lado para enfrentar seus inimigos? – O semblante de Philippe se mostrou selvagem.

– Marthe está com ela. Baldwin e Alain também estão para que nada de mau lhe aconteça. – As palavras de Matthew saíram agora com um fluxo suave, mas o pai ainda me segurava pelo punho. Minha mão já estava ficando dormente.

– E Ysabeau deu o meu anel para uma bruxa? Que coisa extraordinária. Por outro lado, isso é a cara dela – disse Philippe distraído enquanto colocava minha mão contra a luz da lareira.

– *Maman* achou que devia – disse Matthew mansamente.

– Quando... – Philippe respirou fundo e depois balançou a cabeça. – Não. Não conte. Nenhuma criatura deveria conhecer a própria morte.

Mamãe e papai tinham previsto um final horrível. Comecei a tremer, a essa altura gelada, exausta e assombrada pelas lembranças. Aparentemente, Philippe não percebeu isso porque manteve os olhos fixos na minha mão, mas Matthew percebeu.

– Solte a mão dela, Philippe – ordenou.

Philippe olhou nos meus olhos e suspirou desapontado. Apesar do anel, eu não era sua amada Ysabeau. Soltou a minha mão e me afastei para longe de seu alcance.

– Agora que ouviu a história, dará proteção a Diana? – Matthew buscou o rosto do pai.

– É isso o que deseja, madame?

Assenti com a cabeça, apertando o braço entalhado da cadeira que estava ao lado.

– Então, sim, os Cavaleiros de Lázaro vão assegurar o bem-estar dela.

– Muito obrigado, pai. – Matthew apertou os ombros do pai com força e olhou para mim. – Diana está cansada. Nós o veremos amanhã de manhã.

– Absolutamente, não. – A voz de Philippe ecoou pelo aposento. – Sua bruxa está sob meu teto e sob meus cuidados. Ela não vai dividir uma cama com você.

Matthew segurou minha mão.

– Diana está longe de casa, Philippe. Não está familiarizada com esta parte do castelo.

– Ela não vai ficar nos seus aposentos, Matthew.

– Por que não? – perguntei, olhando preocupada para Matthew e depois para o pai dele.

– Porque vocês dois não são um casal, apesar das mentiras que Matthew contou para você. E agradeça aos deuses por isso. No fim das contas talvez possamos impedir o desastre.

– Não somos um casal? – perguntei aturdida.

– Trocar promessas e aceitar o laço com um *manjasang* não torna o acordo inviolável, madame.

– Ele é meu marido e isso é o que importa – retruquei ruborizada. Matthew me assegurara de que éramos um casal depois da declaração de amor que lhe fizera.

– Vocês também não estão propriamente casados... pelo menos não a ponto de aguentar investigações minuciosas – acrescentou Philippe –, e haverá muitas se continuarem fingindo. Matthew sempre passou mais tempo debruçado sobre a metafísica em Paris, e com isso negligenciou o estudo das leis. No caso em questão, meu filho, você deveria ter percebido o que era necessário por instinto, mesmo que o intelecto se negasse a fazê-lo.

– Nós trocamos votos antes de partir. Matthew me deu o anel de Ysabeau. – Em nossos últimos minutos em Madison havíamos passado por uma espécie de cerimônia. Rememorei rapidamente a sequência de eventos na tentativa de encontrar uma válvula de escape.

– O que constitui a união de um *manjasang* é igual ao que silencia todas as objeções aos casamentos quando padres, advogados, inimigos e rivais entram em cena: consumação física. – As narinas de Philippe se abriram. – E vocês ainda não se uniram dessa maneira. Os cheiros de um e de outro além de serem estranhos são inteiramente distintos... como duas criaturas separadas, não como uma única criatura. Qualquer *manjasang* pode perceber que vocês não constituem propriamente um casal. Claro que Gerbert e Domenico perceberam isso logo que Diana se fez presente. E o mesmo aconteceu com Baldwin.

– Já estamos casados e acasalados. Não precisamos de prova nenhuma além da minha palavra. E quanto ao resto, isso não é de sua conta, Philippe – disse Matthew, interpondo-se com determinação entre mim e o pai.

– Oh, *Matthaios*, nós já passamos por isso. – Philippe pareceu cansado. – Diana é uma mulher solteira e sem pais, e não vejo irmãos aqui nesta sala para reivindicar pela irmã. Ela é um problema absolutamente *meu*.

– Nós estamos casados aos olhos de Deus.

– E mesmo assim você esperou para possuí-la. O que é que está *esperando*, Matthew? Um sinal? Ela deseja você. Isso é visível pelo jeito como olha para você. Para a maioria dos homens isso é o bastante. – Philippe olhou fixamente para o filho e depois para mim. A evocação da insólita relutância de Matthew em relação ao assunto me impregnou de preocupação e dúvida como um veneno.

– Ainda não nos conhecemos o bastante. Mesmo assim, sei que ficarei com ela... somente com ela... pela vida inteira. Ela é meu par. Philippe, você sabe o que está escrito no anel, *"a ma vie de coeur entier"*.

– Dar uma vida inteira a uma mulher não faz o menor sentido se não lhe der todo o seu coração. Você devia prestar mais atenção à conclusão da frase sobre o amor e não apenas ao início.

– Ela tem o meu coração – disse Matthew.

– Não de todo. Se o tivesse, cada membro da Congregação estaria morto, o acordo estaria rompido para sempre e você estaria no tempo ao qual pertence e não nesta sala – disse Philippe abruptamente. – Não sei o que constitui um casamento nesse futuro de vocês, mas aqui e agora é algo pelo qual vale a pena morrer.

– Derramar sangue em nome de Diana não é a resposta para nossas dificuldades atuais. – Apesar de séculos de experiência com o pai, Matthew teimosamente se recusava a admitir o que eu já sabia: não se podia vencer uma discussão com Philippe de Clermont.

– O sangue de uma bruxa não conta? – Os dois homens me olharam surpresos.

– Você matou uma bruxa, Matthew. E eu matei uma vampira... uma *manjasang*... para não perdê-lo. É melhor que seu pai saiba toda a verdade, já que esta noite estamos compartilhando segredos. – Gillian Chamberlain e Juliette Durand tinham sido casuais em meio às crescentes hostilidades decorrentes do nosso relacionamento.

– E você acha que é hora de namoricos? Sua estupidez é de tirar o fôlego para quem se considera um homem de estudo – disse Philippe desgostoso.

Matthew aguentou o insulto do pai sem vacilar e logo sacou um trunfo.

– Ysabeau aceitou Diana como filha – disse.

Mas Philippe não seria persuadido com facilidade.

– Nem seu Deus nem sua mãe jamais se saíram bem em fazê-lo encarar as consequências dos seus atos. E pelo visto, isso não mudou. – Philippe enlaçou a mesa com seus longos braços e chamou por Alain. – Vocês ainda não copularam e por enquanto os danos não são permanentes. O assunto pode ser resolvido antes que descubram e arruínem a família. Alguém irá a Lyon para sair atrás de uma bruxa que ajude Diana a entender melhor o poder que tem. Enquanto isso você pode procurar o livro dela, Matthew. E depois os dois retornarão para casa e poderão esquecer o contratempo e seguir a vida em separado.

– Eu e Diana iremos para os meus aposentos. Juntos. Ou que Deus acuda...

– Antes de terminar a ameaça certifique-se de que tem poder suficiente para o troco – retrucou Philippe com frieza. – A garota vai dormir sozinha e perto de mim.

Uma corrente de ar me avisou que a porta se abrira. A corrente trouxe junto um sopro distinto de vela e pimenta triturada. Os olhos frios de Alain percorreram a sala, captando a raiva de Matthew e a linha implacável no rosto de Philippe.

– Você foi manipulado, *Matthaios* – disse Philippe. – Não sei o que tem feito consigo mesmo, mas certamente isso o suavizou. E agora chega. Renda-se, dê um beijo em sua bruxa e se despeçam. Alain, leve esta mulher para o aposento de Louisa. Ela está em Viena... ou talvez em Veneza. Não consigo sossegar as andanças intermináveis dessa garota.

"Quanto a você", continuou Philippe, cravando os olhos cor de âmbar no filho, "vá lá para baixo e me espere no saguão até que eu termine de escrever para Gallowglass e Raleigh. Faz algum tempo que você saiu de casa e seus amigos querem saber se Elizabeth Tudor é um monstro de duas cabeças e três peitos, como é amplamente apregoado."

Como Matthew não queria abrir mão do próprio território, pegou-me pelo queixo, olhou no fundo dos meus olhos e me beijou com uma intensidade talvez surpreendente para o pai.

– Isso será tudo, Diana – disse Philippe com visível desdém quando Matthew acabou de me beijar.

– Venha, madame – disse Alain, apontando para a porta.

Fiquei acordada e sozinha na cama de outra mulher enquanto ouvia o lamento do vento e digeria o que acabara de acontecer. Eram muitos subterfúgios para classificar, sem mencionar a dor e a sensação de me sentir traída. Eu sabia que Matthew me amava. Mas ele tinha que ter levado em conta que os nossos votos seriam contestados pelos outros.

As horas passaram e a esperança de dormir desvaneceu. Fui até a janela para olhar a madrugada, e me perguntei por que nossos planos se desvelavam com tanta rapidez e que parte de Philippe de Clermont – e dos segredos de Matthew – colaborava para a ruína de ambos.

9

Na manhã seguinte a porta se abriu e Matthew se encostou à parede de pedra à frente. A julgar pela aparência, também não tinha pregado o olho. Ergueu-se com um salto, surpreendido pelos risinhos de duas criadas que estavam atrás de mim. Elas não estavam acostumadas a vê-lo despenteado e desgrenhado. Uma carranca sombreou o rosto dele.

– Bom-dia. – Dei alguns passos à frente, com uma saia escarlate balançando. Tanto a roupa como a cama, as criadas e quase tudo mais que era tocado por mim pertenciam à Louisa de Clermont. O odor de rosas e de civeta que exalava do cortinado bordado em torno da cama me sufocara durante a noite. Inspirei uma golfada de ar fresco e frio a fim de detectar as notas de cravo-da-índia e canela que eram características fundamentais e indubitáveis de Matthew. Grande parte da fadiga escorreu dos meus ossos quando as detectei, e já reconfortada pela familiaridade do odor acabei de vestir o manto preto de lã sem mangas que as criadas tinham deixado nos meus ombros. O roupão lembrava a toga acadêmica e acrescentava uma camada a mais de aquecimento.

A fisionomia de Matthew se transformou quando ele se aproximou e me beijou com intensidade. As criadas continuaram com os risinhos e outras coisas que ele entendeu como encorajamento. Uma lufada de ar em torno dos meus tornozelos indicou que chegava uma outra testemunha. Nossos lábios se apartaram.

– Você está velho demais para vigílias noturnas em antecâmaras, *Matthaios* – comentou o pai, esticando a cabeça fulva para fora do quarto ao lado. – O século XII não foi bom para você, e acabamos permitindo que você lesse muita poesia. Recomponha-se antes que os homens o vejam, por favor, e leve Diana lá para baixo. Ela cheira a colmeia de abelhas em pleno verão, e o pessoal da casa vai precisar de tempo para se acostumar com esse cheiro. Não queremos acidentes sangrentos aqui.

– Haveria muito menos chance disso se você parasse de interferir. Essa separação é absurda – disse Matthew, agarrando-me pelo cotovelo. – Nós somos marido e mulher.

– Graças aos deuses não o são. Desçam que logo estarei junto a vocês. – Ele balançou a cabeça com pesar e se retirou.

Matthew manteve-se calado enquanto nos entreolhávamos em uma das longas mesas do gelado saguão de entrada. Naquela hora poucas pessoas transitavam por ali e as que olhavam curiosas logo desviavam os olhos perante o olhar proibitivo dele. Colocaram à minha frente pão recém-saído do forno e vinho temperado com especiarias. Não era chá, mas servia. Ele esperou enquanto eu sorvia um primeiro e longo gole e disse em seguida.

– Já vi meu pai. Vamos sair de uma vez.

Enlacei a taça com a mão firme e sem responder. As casquinhas de laranja misturaram-se ao vinho quente. O sabor cítrico fez o vinho parecer suco de café da manhã.

Ele olhou ao redor com ar de assombro.

– Não foi uma decisão sábia vir para cá.

– E para onde iremos? Está nevando. Em Woodstock a aldeia está pronta para me arrastar até um juiz sob a acusação de feitiçaria. Em Sept-Tours nós teremos que dormir em camas separadas e conviver com seu pai, mas talvez ele encontre uma bruxa que possa me ajudar. – Até então as decisões precipitadas de Matthew não tinham ajudado em nada.

– Philippe é irritante. E quanto a encontrar uma bruxa, ele é tão apaixonado pelo seu povo quanto *maman*. – Matthew fixou os olhos nas ranhuras da madeira da mesa e puxou um pedacinho de cera de vela que estava enfiado em uma delas. – Minha casa em Milão é uma opção. Podemos passar o Natal lá. As bruxas italianas são bastante conhecidas pela magia e pelo poder de previsão.

– Absolutamente, Milão não. – Philippe surgiu à nossa frente com a força de um furacão, deslizou no banco e pôs-se ao meu lado. Matthew sempre moderava sua velocidade e sua força com zelo, em consideração aos nervos dos sangues-quentes. Miriam, Marcus, Marthe e também Ysabeau faziam o mesmo. Mas o pai não demonstrava a mesma consideração.

– Já realizei meu dever filial, Philippe – disse Matthew laconicamente. – Não há razão para permanecermos aqui e em Milão ficaremos bem. Diana conhece a língua toscana.

Se ele se referia ao italiano, eu era capaz de pedir *tagliatelle* nos restaurantes e livros na biblioteca. Mas duvidava que isso fosse suficiente.

– Será útil para ela. É lamentável que não tenham escolhido Florença. Mas será preciso muito tempo para que a cidade lhe dê boas-vindas depois de suas últimas escapadelas de lá – disse Philippe suavemente. – *Parlez-vous français, madame?*

– *Oui* – respondi desconfiada de que a conversa tomasse um rumo multilíngue que tendia a piorar.

– Hum. – Philippe franziu a testa. – *Dicunt mihi vos es philologus.*
– Ela é erudita – disse Matthew em tom firme. – Se quiser provas das credenciais dela, terei imenso prazer em fornecê-las em particular e depois do café da manhã.
– *Loquerisne latine?* – perguntou Philippe para mim, como se não tivesse ouvido as palavras do filho. – *Milás ellinikà?*
– *Mea lingua latina est mala* – retruquei, terminando o vinho. Philippe arregalou os olhos frente a minha sofrível resposta de aluna de colégio, e isso me levou de volta aos horrores das primeiras lições de latim. Poderia ler um texto de alquimia em latim se o colocassem diante de mim. Mas ainda não estava preparada para uma discussão oral. Resisti com bravura na expectativa de que tivesse discernido corretamente a segunda pergunta como um teste do meu domínio do grego. – *Tamen mea lingua graeca est peior.*
– Sendo assim também não devemos conversar nessa língua – murmurou Philippe com desânimo. Voltou-se para Matthew com indignação. – *Den tha ekpaidéfsoun gynaíkes sto méllon?*
– As mulheres da época de Diana recebem muito mais instrução do que aos seus olhos seria sábio, pai – respondeu Matthew. – Mas não em grego.
– No futuro não se precisa mais de Aristóteles? Deve ser um mundo estranho. Fico feliz por não fazer parte desse futuro. – Philippe cheirou o jarro de vinho desconfiado e decidiu bebê-lo. – Diana terá que ser mais fluente tanto no francês como no latim. Poucos criados daqui falam o inglês, e na ala de serviço ninguém fala. – Ele jogou um pesado molho de chaves na mesa. Abri os dedos automaticamente para pegá-lo.
– Absolutamente, não – disse Matthew, esticando-se para impedir que eu pegasse as chaves. – Diana não ficará aqui muito tempo para se preocupar com o andamento da casa.
– Além de ser a mulher de posição mais elevada em Sept-Tours, isso é dever dela. Talvez seja melhor começar, acho eu, pelo cozinheiro – disse Philippe, apontando para a chave maior. – Essa abre a despensa. As outras abrem os fornos, os fogões e os quartos de dormir, exceto o meu e as adegas.
– Qual dessas abre a biblioteca? – perguntei, apontando para as superfícies de ferro com interesse.
– Nesta casa não trancamos livros – respondeu Philippe –, só comida, cerveja e vinho. Raramente a leitura de Heródoto e são Tomás de Aquino leva à má conduta.
– Há uma primeira vez para tudo – retruquei entre dentes. – E como o cozinheiro se chama?
– Chef.
– Não, o nome próprio – eu disse confusa.

Philippe deu de ombros.

— Ele está no comando, então é o Chef. Nunca o chamei por outro nome. Já o chamou por outro nome, *Matthaios*? — Pai e filho se entreolharam de um modo que me preocupou em relação ao futuro da mesa que os separava.

— Achei que o senhor estivesse no comando. Se chamar o cozinheiro de "Chef", como devo chamá-lo? — Meu tom cortante distraiu temporariamente a vontade de Matthew de jogar a mesa para o alto e esganar o pai.

— Todo mundo aqui me chama de *"sire"* ou de "pai". Qual prefere? — A pergunta de Philippe soou sedosa e perigosa.

— Chame-o só de Philippe — retumbou Matthew. — Ele tem muitos outros títulos, mas os que mais se adaptam a ele poderiam queimar sua língua, Diana.

Philippe sorriu para o filho.

— Estou vendo que não perdeu o instinto de competição, mesmo quando perde o juízo. Deixe os assuntos domésticos para sua mulher e junte-se a mim numa cavalgada. Você parece enfraquecido e precisa de um exercício adequado. — Ele esfregou as mãos de ansiedade.

— Não me afastarei de Diana — retrucou Matthew, mexendo um grande saleiro de prata com nervosismo, um ancestral do humilde saleiro de barro que eu tinha próximo ao meu fogão em New Haven.

— Por que não? — bufou Philippe. — Alain poderá fazer o papel de aia.

Matthew abriu a boca para replicar.

— Pai? — perguntei com doçura, cortando o clima entre os dois. — Posso falar privadamente com meu marido antes de se encontrarem no estábulo?

Philippe estreitou os olhos. Ergueu-se e fez uma leve reverência em minha direção. Foi a primeira vez que o vampiro se moveu com uma velocidade relativamente normal.

— É claro, madame. Pedirei a Alain que tome conta de você. Desfrutem da privacidade de vocês... enquanto a possuem.

Matthew pregou os olhos em mim e esperou que o pai saísse do ambiente.

— O que há com você, Diana? — perguntou tranquilamente quando me levantei e caminhei em torno da mesa.

— Por que Ysabeau está em Trier? — perguntei de volta.

— E o que isso importa? — Ele se mostrou evasivo.

Soltei um palavrão de marinheiro que removeu o ar de inocência do semblante dele. Naquela noite eu tinha tido tempo para refletir no aposento perfumado de rosa de Louisa — tempo suficiente para juntar as peças dos acontecimentos das últimas semanas aos conhecimentos que já tinha do período.

— Importa porque não há muita coisa a fazer na Trier de 1590 além de caçar bruxas! — Um criado atravessou a sala em direção à porta de entrada. Abaixei o tom da voz porque ainda restavam três homens sentados perto da lareira. – Não é hora nem lugar para discutir o papel atual do seu pai no alvorecer da moderna geopolítica, ou para saber por que um cardeal permitiu que você transitasse pelo monte Saint-Michel como se fosse sua ilha particular, ou para saber como ocorreu a trágica morte do pai de Gallowglass. Mas você me *dirá*. E depois realmente vamos precisar de um pouco mais de tempo e privacidade para que me explique os aspectos técnicos do acasalamento de um vampiro.

Girei o corpo e me afastei. Ele esperou enquanto me distanciava e pensava na possibilidade de sair e depois me puxou pelo cotovelo. Era a maneira instintiva de agir dos predadores.

– Não, Diana. Falaremos sobre nosso casamento antes de sairmos desta sala.

Matthew se voltou para os últimos criados que desfrutavam a refeição matinal. Um aceno de cabeça fez o grupo se dispersar.

– Que casamento? – perguntei. Os olhos dele cintilaram perigosamente e se aquietaram em seguida.

– Você me ama, Diana? – A pergunta gentil me pegou de surpresa.

– Amo – respondi prontamente. – Mas se amá-lo fosse o mais importante tudo seria simples demais e ainda estaríamos em Madison.

– Mas *é* simples. – Ele se levantou. – Pois se você me ama as palavras do meu pai não terão o poder de dissolver as promessas trocadas entre nós e a Congregação não poderá nos impor o acordo.

– Se você realmente me amasse teria se dado para mim. De corpo e alma.

– Isso não é tão simples – disse ele com ar triste. – Desde o início lhe avisei que o relacionamento com vampiros é complicado.

– Philippe parece não achar isso.

– Então, deite-se com ele. Se você me deseja, terá que esperar. – A serenidade com que Matthew se recompôs foi como um rio de gelo: sólida na superfície e com rugidos no fundo. Já vinha dizendo as palavras como se fossem armas desde a nossa partida da Velha Cabana. Isso era indesculpável, embora ele tivesse pedido desculpas nas primeiras observações cortantes que fez. E agora ele estava novamente com o pai e o verniz civilizado que aparentava era muito tênue se comparado ao moderno e humano arrependimento.

– Philippe não faz o meu tipo – retruquei com frieza. – Mas poderia me fazer o favor de explicar por que deveria esperar por você.

– Porque não existe divórcio entre os vampiros. Ficam unidos até a morte. Alguns como a mamãe e Philippe se separam durante um tempo... – Ele deu uma pausa. – Quando há desentendimentos. Arrumam novos amantes. Mas o tempo e a distância os levam a resolver as diferenças e a retomar o casamento. Mas comigo isso não funciona.

— Bem. Comigo isso também não funciona. Mas ainda não consigo entender por que isso o deixa tão relutante em consumar nossa relação. — Ele já conhecia as reações do meu corpo às carinhosas atenções de um amante. Não era eu nem a ideia de sexo que o faziam hesitar.

— É muito cedo para cercear sua liberdade. Depois que me perder dentro de você não haverá outros amantes nem separações. Você precisa saber se realmente deseja casar com um vampiro.

— Você chega e me deseja repetidas vezes, e quando o desejo acha que não conheço o meu próprio desejo?

— Já tive muitas oportunidades para saber o que você deseja. Sua paixão por mim talvez seja apenas uma maneira de atenuar seu medo do desconhecido, ou de satisfazer seu desejo de abraçar o mundo das criaturas que negou por tanto tempo.

— Paixão? Eu amo você. E não fará diferença se tiver dois dias ou dois anos. Minha decisão será a mesma.

— Fará diferença porque eu não faria com você o que seus pais fizeram! — Ele explodiu e me empurrou quando passou por mim. — Unindo-se com um vampiro não estará menos enclausurada do que quando se viu amarrada magicamente pelas bruxas. Pela primeira vez na vida está vivendo à sua maneira e mesmo assim prefere trocar uma série de restrições por outra. Minhas restrições não são encantamentos de contos de fadas e nenhum encantamento poderá dissipá-las quando começarem a incomodar.

— Eu sou a sua amada, não a sua prisioneira.

— E eu sou um vampiro, não um sangue-quente. Com instintos de união primitivos e difíceis de controlar. Ficarei concentrado em você de corpo e alma. Ninguém merece uma atenção cruel como essa, e muito menos a mulher amada.

— Quer dizer que tanto posso viver sem você como posso ser trancada numa torre por você. — Balancei a cabeça em negativa. — Isso não faz sentido. Está com medo de falar. Você morre de medo de me perder e esse medo piorou depois que reencontrou Philippe. Se me afastar não vai aliviar a sua dor, mas se falar sobre isso talvez alivie.

— Minhas feridas se abriram e sangraram quando reencontrei meu pai. Não estão sarando com a rapidez esperada? — Matthew assumiu um tom cruel novamente. Estremeci. Aquelas feições que antes tremularam de arrependimento endureceram.

— Sei que você preferia estar em qualquer outro lugar a estar aqui, Matthew. Mas Hancock estava certo quando disse que eu não sobreviveria em lugares como Londres ou Paris, onde poderíamos encontrar outra bruxa de boa vontade. Logo as outras mulheres notariam minhas diferenças e não seriam tão complacentes quanto Henry e Walter. Eu seria levada às autoridades... ou à Congregação em questão de dias.

O olhar agudo de Matthew serviu de contrapeso ao aviso do que significava ser objeto de atenção de um vampiro obcecado.

– Outra bruxa não vai se importar – replicou ele com teimosia, soltando os meus braços e se afastando. – E posso cuidar da Congregação.

Os poucos passos que me separavam dele se estenderam de tal modo que era como se estivéssemos em lados opostos do mundo. Minha velha amiga solidão já não era mais sentida como amiga.

– Não podemos continuar assim, Matthew. Sem família e sem haveres, e eu totalmente dependente de você – continuei. O juízo dos historiadores sobre o passado estava correto quando se referia à fraqueza estrutural associada à condição da mulher sem amigos e sem dinheiro. – Precisamos ficar em Sept-Tours até que eu possa entrar nos lugares sem atrair a curiosidade alheia e até que possa lidar com as coisas por conta própria. Começando por isto aqui. – Mostrei o molho de chaves do castelo.

– Você quer brincar de casinha? – perguntou ele incrédulo.

– A questão não é brincar de casinha. A questão é levar a coisa a sério. – Ele remexeu os lábios ao ouvir as palavras, mas não era um sorriso verdadeiro. – Pode ir. Fique algum tempo com seu pai. Estarei ocupada demais para sentir a sua falta.

Matthew se dirigiu aos estábulos sem beijos e sem palavras de despedida. A falta desse apoio habitual me deixou com a sensação de que estava estranhamente incompleta. Logo que o cheiro dele se dissipou, chamei suavemente por Alain, que chegou seguido por Pierre com uma rapidez suspeitosa. Eles deviam ter ouvido cada palavra de nossa conversa.

– Olhar pela janela não vai esconder seus pensamentos, Pierre. Isso é só um dos poucos *tells* do seu patrão, e a cada momento ele faz isso, sei que ele está escondendo alguma coisa.

– *Tells?* – Pierre me olhou confuso. O jogo de pôquer ainda não tinha sido inventado.

– Sinais externos de preocupações internas. Matthew sempre desvia os olhos quando está ansioso ou quando não quer me dizer alguma coisa. E ele passa os dedos no cabelo quando não sabe o que fazer. Tudo isso são *tells*.

– Ele faz isso, sim, madame. – Pierre me olhou aterrado. – Milorde sabe que a senhora usa o poder divinatório de bruxa para olhar dentro da alma dele? Madame De Clermont conhece esses hábitos, e os irmãos e o pai de milorde também. Mas faz pouco tempo que a senhora o conhece e mesmo assim o conhece tanto.

Alain tossiu.

Pierre pareceu mortificado.

– Eu me excedi, madame. Por favor, me perdoe.

– A curiosidade é uma bênção, Pierre. E para conhecer meu marido, uso apenas a observação, não a divinação. – Não havia razão para deixar de plantar as sementes da Revolução Científica na Auvergne daquele tempo. – Acho que será mais confortável conversar na biblioteca. – Apontei sem saber se era a direção certa.

O aposento onde os De Clermont mantinham grande parte dos livros era para mim o que mais se aproximava do prazer na Sept-Tours do século XVI. Logo que senti o cheiro de papel, de couro e de pedra me livrei em parte da solidão. Era um mundo conhecido.

– Temos muito trabalho a fazer – eu disse mansamente, voltando-me para os agregados da família. – Antes de tudo quero que me prometam uma coisa.

– Um voto, madame? – Alain me olhou desconfiado.

Assenti com a cabeça.

– Se eu requisitar alguma coisa que requeira a assistência de milorde ou, principalmente, do pai dele, por favor, digam-me que na mesma hora mudaremos de rumo. Eles não precisam se preocupar com meus probleminhas. – Os dois ficaram desconfiados e intrigados.

– Òc. – Alain balançou a cabeça.

Apesar do começo auspicioso, a primeira reunião que tive com a equipe foi dura. Pierre não quis se sentar na minha presença e Alain só se sentaria se eu também me sentasse. E como a inércia não era uma opção aceitável e minha ansiedade em relação às minhas responsabilidades em Sept-Tours era crescente, acabamos fazendo uma volta completa pela biblioteca. Enquanto fazíamos isso apontei para os livros que deveriam ser levados para o quarto de Louisa e enunciei os suprimentos que seriam necessários, e depois os instruí para que levassem minhas roupas a um alfaiate, onde serviriam de modelo para um conjunto básico de roupas. Só vestiria as roupas de Louisa de Clermont por mais dois dias. E para isso ameacei recorrer aos calções e meias no armário de Pierre. Eles se aterrorizaram com a perspectiva de um grave despudor feminino.

Ao longo da segunda e da terceira hora discutimos o funcionamento do castelo. Eu sabia o que perguntar, embora não tivesse experiência em administrar uma casa com tamanha complexidade. Alain me deu o nome e a descrição da função dos empregados mais importantes e fez uma breve introdução sobre as personalidades da aldeia e das que estavam na casa naquele momento, e ainda especulou sobre as visitas que receberíamos nas semanas seguintes.

Depois, fomos para o território da cozinha, onde tive um primeiro encontro com Chef. Um humano magro como um caniço e não mais alto que Pierre. Assim como Popeye, tinha muques do tamanho de um presunto. E a razão para os muques se revelou quando ele ergueu uma grande quantidade de massa e trabalhou-a na superfície enfarinhada da mesa. Assim como eu, Chef só conseguia pensar quando estava em movimento.

A notícia de uma hóspede sangue-quente que dormia no quarto ao lado do quarto do chefe da família já tinha chegado à ala dos criados. Assim como também circulavam especulações sobre o meu relacionamento com milorde e sobre que tipo de criatura eu poderia ser, baseadas no meu cheiro e nos meus hábitos alimentares. As palavras *sorcière* e *masca* – bruxa em francês e em occitano – chegaram aos meus ouvidos quando entrei naquele inferno de atividade e calor. Chef já estava com a equipe reunida na cozinha que era ampla e bizantina em sua organização. E eles então puderam me observar em primeira mão. Alguns eram vampiros, outros, humanos, e um deles, demônio. Anotei mentalmente o nome de uma mocinha chamada Catrine, cujo olhar cutucava o meu rosto com uma curiosidade flagrante. Ela deveria ser tratada e cuidada com zelo até que tivesse os pontos fortes e fracos esclarecidos.

Eu estava determinada a só falar inglês em caso de necessidade, e mesmo assim apenas com Matthew, o pai dele, Alain e Pierre. E o resultado é que minha conversa com Chef e seus associados foi repleta de mal-entendidos. Felizmente, Alain e Pierre foram gentis, desatando os nós quando o meu francês se embaralhava com o pesado sotaque occitano. Eu já tinha sido uma excelente mímica e era hora de recorrer a esse talento e de prestar atenção nas inflexões da língua local. E também já tinha colocado diversos dicionários na lista de compras para a próxima vez que alguém se dirigisse à cidade de Lyon.

Só fisguei a simpatia de Chef quando elogiei seus dotes culinários e sua eficiência em gerir a cozinha, e quando solicitei que me comunicasse imediatamente se viesse a precisar de alguma coisa para sua culinária mágica. Mas o bom relacionamento selou-se em definitivo quando mostrei interesse pelas comidas e bebidas preferidas de Matthew. Chef se animou todo e desandou a falar de mãos agitadas no ar sobre a condição esquelética de milorde, atribuindo-a exclusivamente ao desinteresse dos ingleses pelas artes da cozinha.

– Não mandei Charles para cuidar das necessidades dele? – disse Chef em veloz occitano, erguendo a massa no ar e batendo-a na mesa. Pierre traduziu baixinho e o mais rápido possível. – Perdi o meu melhor assistente e isso não representou nada para os ingleses! Milorde tem um estômago delicado e sempre definha quando não é seduzido a comer.

Pedi desculpas em nome dos ingleses e perguntei como poderíamos reconstituir a saúde de Matthew, embora a ideia de um marido mais robusto me deixasse alarmada.

– Ele gosta mesmo de peixe cru e de carne de veado?

– Milorde precisa de sangue. E só o aceita quando preparado de maneira adequada.

Chef conduziu-me ao cômodo das caças, onde recipientes de prata recolhiam o sangue que pingava dos pescoços cortados de diversas carcaças de feras que estavam suspensas.

– Milorde só aceita sangue coletado em prata, vidro ou porcelana. – Chef instruiu com um dedo erguido.

– Por quê? – perguntei.

– Os outros recipientes maculam o sangue com odores e sabores ruins. Este aqui é puro. Sinta o cheiro. – Ele estendeu uma taça. O aroma metálico revirou o meu estômago e me fez tapar a boca e o nariz. Alain fez menção de retirá-la, mas o impedi com um olhar.

– Por favor, continue.

Chef me olhou com aprovação e se pôs a descrever os outros quitutes que integravam a dieta do meu marido. Matthew adorava caldo de carne reforçado com vinho e especiarias e servido frio. E bebia sangue de perdiz em pequenas quantidades e nunca nas primeiras horas do dia. Chef balançou a cabeça e explicou que madame De Clermont não era tão difícil e que não tinha passado o seu surpreendente apetite para o filho.

– Não passou, não – reafirmei, lembrando do passeio de caça com Ysabeau.

Chef pôs a ponta do dedo dentro da taça de prata, ergueu-a contra a luz e depois levou o líquido vermelho à boca e o deixou escorrer pela língua abaixo.

– Sangue de cervo. É o favorito dele, claro. Não é tão rico quanto o sangue humano, mas tem um sabor similar.

– Posso? – perguntei hesitante, estendendo o dedo mindinho até a taça. Se o sangue de veado tinha revirado o meu estômago, talvez o gosto de sangue de cervo fosse diferente.

– Milorde não vai gostar disso, madame De Clermont – disse Alain, com evidente preocupação.

– Mas ele não está aqui – retruquei. Enfiei a ponta do mindinho na taça. Levei o sangue espesso ao nariz e o cheirei assim como Chef fizera. Que aromas Matthew sorvia? Que sabores sentia?

Passei o dedo nos lábios, inundando os meus sentidos de informações: vento em picos rochosos, confortável leito de folhas dentro de um buraco entre duas árvores, alegria de correr livremente. E acompanhando tudo isso, uma batida firme e retumbante. *Uma pulsação, um coração.*

O que experimentei do estilo de vida dos cervos desvaneceu rapidamente. Estiquei o dedo com um desejo voraz de saber mais, mas a mão de Alain me deteve. A sede de informações que ainda roía dentro de mim diminuiu de intensidade à medida que os últimos traços de sangue se foram de minha boca.

– Talvez seja melhor madame voltar para a biblioteca agora – sugeriu Alain, olhando de forma intimidadora para Chef.

Enquanto saíamos da cozinha falei o que Chef teria que fazer quando Matthew e Philippe retornassem da cavalgada. Percorríamos um longo corredor de pedra quando parei abruptamente em frente a uma porta baixa e aberta. Por pouco Pierre não esbarrou em mim.

– De quem é esse aposento? – perguntei, com a garganta fechada pelo aroma das ervas dependuradas nas vigas do teto.

– Pertence à mulher de madame De Clermont – respondeu Alain.

Marthe. Pensei comigo e dei um passo à frente da soleira da porta. Alguns potes de cerâmica estavam impecavelmente dispostos nas prateleiras, e o chão estava bem limpo. O ar cheirava a uma substância medicinal... menta? Isso me trouxe à mente o odor que às vezes exalava das roupas das donas de casa. Girei o corpo e os três ainda estavam sob o umbral da porta.

– Não são permitidos homens aí dentro, madame – disse Pierre, olhando por cima do próprio ombro, como se temendo que Marthe aparecesse a qualquer momento. – Somente Marthe e *mademoiselle* Louisa passam o tempo nessa despensa. Nem mesmo madame De Clermont entra aí.

Ysabeau não aprovava os remédios fitoterápicos de Marthe – eu já sabia disso. Marthe não era uma bruxa, mas fazia poções que deviam muito pouco às de Sarah. Varri o recinto com os olhos. Assim como na cozinha havia mais a fazer do que apenas cozinhar, no século XVI havia mais a aprender do que administrar a casa e minha magia.

– Quero usar essa despensa enquanto estiver em Sept-Tours.

Alain me lançou um olhar cortante.

– Usar essa despensa?

Balancei a cabeça.

– Para alquimia. Por favor, traga dois barris de vinho para que possa usá-los aqui... os mais velhos que puder, mas nada que já tenha virado vinagre. Preciso de alguns instantes para avaliar o que há por aqui.

Pierre e Alain se agitaram nervosos perante o inesperado. Chef comparou a minha segurança com a insegurança de seus companheiros e assumiu o comando, empurrando-os em direção aos domínios da cozinha.

Depois que cessaram as reclamações de Pierre, girei os olhos pelo entorno. Na mesa de madeira à frente, cortes produzidos pelo trabalho de centenas de facas que separavam folhas de talos. Passei o dedo sobre um dos cortes e cheirei.

Alecrim. Só para lembrar.

Lembra? Era a voz de Peter Knox, o bruxo do tempo moderno de onde eu tinha saído que trouxera lembranças da morte dos meus pais e que também tentara se apossar do Ashmole 782. Passado e presente colidiram mais uma vez e olhei de relance para um canto próximo à lareira, e lá estavam os fios de cor âmbar-azul como era esperado. Também captei outra coisa de outra criatura de outro tempo. Estiquei os dedos perfumados de alecrim para fazer contato, mas era tarde demais. Fosse lá quem fosse já tinha ido embora, deixando para trás apenas aquele canto e a poeira.

Lembra.

Era a voz de Marthe que ecoava agora em minha memória, nomeando ervas e ensinando-me a pegar uma pitada de cada uma para fazer um chá. Um chá para abortar a concepção, se bem que eu não sabia disso quando o ingeri quentinho pela primeira vez. Certamente, os ingredientes daquele chá estavam na despensa de Marthe.

Uma caixa de madeira comum estava fora do alcance na prateleira de cima. Coloquei-me na ponta dos pés, ergui o braço direito e desejei que a caixa viesse até mim, da mesma forma que um dia atraíra um livro de uma estante da Bodleiana até minhas mãos. A caixa deslizou obsequiosamente em minha direção até que a alcancei com os dedos. Peguei a caixa e a coloquei em cima da mesa com todo cuidado.

A tampa aberta deixou à vista doze compartimentos iguais, cada qual repleto de uma única substância. *Salsa. Gengibre. Matricária. Alecrim. Sálvia. Sementes de Cenoura do Mato. Artemísia. Poejo. Angélica. Arruda. Tanaceto. Raiz de Zimbro.* Marthe estava bem equipada para ajudar as mulheres da aldeia a controlar a fertilidade. Toquei em cada uma das ervas, feliz pela lembrança dos nomes e dos aromas. Mas a felicidade se transformou em vergonha rapidamente. Eu só sabia o nome das ervas – não sabia a fase da lua propícia para colhê-las nem os outros usos mágicos que poderiam ter. Sarah devia saber. E qualquer mulher do século XVI também.

Deixei a vergonha de lado e me dei por satisfeita porque sabia uma das funções daquelas ervas se colocadas na água quente ou no vinho. Enfiei a caixa debaixo do braço e juntei-me aos outros na cozinha. Alain levantou-se.

– A senhora já terminou por aqui, madame?

– Sim, Alain. *Mercés*, Chef – eu disse.

De volta à biblioteca, coloquei a caixa no canto de minha mesa com cuidado e puxei uma folha de papel em branco para mim. Sentei e peguei uma pena.

– Chef disse que dezembro começa no sábado. Eu não quis mencionar isso na cozinha, mas alguém poderia me explicar como perdi a segunda quinzena de novembro? – Mergulhei a pena no pote de tinta preta e olhei para Alain com impaciência.

– Os ingleses se recusam a aceitar o novo calendário do papa – disse ele lentamente, como se estivesse falando com uma criança. – Então, enquanto lá é 17 de novembro aqui na França é 27 de novembro.

Eu tinha retrocedido quatro séculos no tempo sem perder uma única hora, mas a viagem da Inglaterra de Elizabeth até a França devastada pela guerra me custara aproximadamente três semanas e não dez dias. Suspirei e escrevi a data correta no alto da página. Parei de escrever.

– Isso significa que o Advento será domingo.

– *Oui*. A aldeia... e milorde, claro, vão jejuar até a noite da véspera do Natal. A casa inteira vai quebrar o jejum junto ao amo no dia dezessete de dezembro.

Como seria o jejum de um vampiro? Meu conhecimento das cerimônias religiosas cristãs era de pouca serventia.

– O que acontece no dia dezessete? – perguntei enquanto anotava a data.

– É a Saturnália, madame – respondeu Pierre –, celebração dedicada ao deus da colheita. O amo Philippe ainda celebra os velhos dias.

– Antigos. – Era o termo mais adequado. A Saturnália deixara de ser praticada desde os últimos dias do Império Romano. Belisquei a ponta do nariz, sentindo-me sobrecarregada. – Alain, vamos começar pelo começo. O que exatamente acontecerá nesta casa no fim de semana?

Depois de trinta minutos de discussão e de mais três maços de papel, deixaram-me sozinha com os livros, os papéis e uma dor de cabeça lancinante. Passado algum tempo soou uma comoção no grande saguão, seguida por uma ruidosa risada. Soou em saudação uma voz conhecida e sabe-se lá por que mais vívida e aconchegante do que antes.

Matthew.

Ele se pôs à frente antes que eu tivesse tempo de deixar os papéis de lado.

– Reparou que eu estava fora? – O rosto de Matthew estava tocado de cor. Soltou um cacho do meu cabelo com os dedos enquanto me pegava pela nuca e me beijava na boca. A língua dele não estava com gosto de sangue, só estava com o gosto do vento que soprava lá fora. Cavalgara, mas não se alimentara. – Sinto muito pelo que houve mais cedo, *mon coeur* – sussurrou no meu ouvido. – Desculpe-me pela má conduta que tive com você. – O humor dele se transformara com a cavalgada e pela primeira vez reagia à presença do pai de um modo natural e tranquilo.

– Diana – disse Philippe, saindo por trás do filho. Pegou o livro mais próximo e folheou as páginas sob a luz. – Está lendo *A história dos francos*... e não pela primeira vez, suponho. Este livro seria mais agradável, claro, se a mãe de Gregório tivesse revisado a escrita. O latim de Armentaria era muito melhor. Era um prazer receber as cartas dela.

Eu ainda não tinha lido o conhecido livro de Gregório de Tours sobre a história francesa, mas não havia razão para que Philippe soubesse disso.

– Na época em que frequentou com Matthew a escola em Tours o seu estimado Gregório era apenas um menino de 12 anos de idade. Matthew era bem mais velho que o professor, mas os outros meninos não se importavam com isso e no recreio ele deixava que lhe subissem às costas para fazê-lo de cavalo. – Philippe folheou as páginas. – Onde está aquela passagem sobre o gigante? É a parte de que mais gosto.

Alain entrou, trazendo uma bandeja com duas taças de prata. Colocou a bandeja em cima da mesa perto do fogo.

– *Merci*, Alain. – Apontei para a bandeja. – Vocês dois devem estar esfomeados. Chef preparou a refeição de vocês. Por que não me contam como passaram a manhã?

– Eu não preciso... – Matthew iniciou a frase. Eu e Philippe deixamos escapar murmúrios de exasperação. Philippe acedeu para mim com uma educada inclinação de cabeça.

– Precisa, sim – retruquei. – É sangue de perdiz e seu estômago suporta isso a essa hora do dia. Tomara que você volte a caçar amanhã e sábado. Se você pretende jejuar nas próximas quatro semanas, é melhor se alimentar enquanto pode. – Agradeci para Alain que fez uma reverência antes de olhar discretamente para o amo e sair às pressas do aposento. – Sua taça tem sangue de cervo, Philippe. Foi coletado nesta manhã.

– Como é que soube do sangue de perdiz e do jejum? – Matthew gentilmente ajeitou um cacho do meu cabelo que estava solto.

Olhei nos olhos cinza-esverdeados do meu marido.

– E ainda fiz outras coisas ontem. – Soltei os cabelos antes de estender a taça para ele.

– Degustarei a refeição em outro lugar – disse Philippe –, e os deixarei livres para prosseguir com a discussão.

– Não estamos discutindo. Matthew precisa preservar a saúde. Por onde vocês cavalgaram esta manhã? – Peguei a taça de sangue de cervo e a entreguei para Philippe.

A atenção de Philippe transitou da taça de prata ao rosto do filho e de novo para mim. Lançou-me um sorriso deslumbrante, com um olhar de apreciação sincero. E depois pegou a taça e ergueu-a em brinde de saudação.

– Muito obrigado, Diana – disse em tom repleto de amizade.

Contudo, aqueles olhos sobrenaturais que nunca deixavam de se atentar para tudo continuaram cravados em mim enquanto Matthew descrevia os acontecimentos da manhã durante a cavalgada. Fui alertada por uma sensação de degelo de primavera quando a atenção de Philippe se voltou abruptamente para o filho. Não resisti à tentação de olhar de relance para ele na tentativa de decifrar o que lhe passava pela cabeça. Nossos olhos se cruzaram e colidiram. O alerta não deixava espaço para dúvidas.

Algum plano se formava na cabeça de Philippe de Clermont.

– O que achou do território da cozinha? – perguntou Matthew, desviando a conversa para mim.

– Fascinante – respondi, defrontando-me com os olhos astutos e desafiadores de Philippe. – Absolutamente fascinante.

10

Se Philippe era fascinante, também era cruel e impenetrável – assim como Matthew dissera.

Na manhã seguinte, eu e Matthew estávamos no grande saguão quando o meu sogro pareceu se materializar em pleno ar. Não era de espantar que os humanos pensassem que os vampiros podiam virar morcegos. Mergulhei um pedaço de pão torrado na gema de ovo e o levei à boca.

– Bom-dia, Philippe.

– Diana. – Ele balançou a cabeça. – Vamos, Matthew. Você precisa se alimentar. Vamos à caça, já que não fará isso na frente de sua esposa.

Matthew hesitou com certa inquietude, olhou-me com ar fugaz e desviou os olhos.

– Talvez amanhã.

Philippe resmungou alguma coisa entre dentes, balançando a cabeça em negativa.

– Precisa prestar atenção em suas necessidades, *Matthaios*. Um *manjasang* faminto e exausto não é um companheiro de viagem ideal para ninguém, e muito menos para uma bruxa sangue-quente.

Dois homens entraram no saguão, batendo a neve das botas. O ar gelado penetrou pelos entalhes da madeira. Matthew olhou com desejo para a porta. Uma caçada aos cervos pelos campos gelados não só alimentaria o corpo como também desanuviaria a cabeça. E se o dia anterior indicara alguma coisa, ele estaria com um humor renovado quando retornasse.

– Não se preocupe comigo. Tenho muita coisa a fazer – eu disse, segurando-o pela mão e acariciando-a como garantia.

Depois do café da manhã eu e Chef estabelecemos o cardápio para o banquete de pré-Advento no sábado. Feito isso, discuti minhas necessidades de vestuário com o alfaiate e a costureira da aldeia. Minha dificuldade com o francês me fez pensar que encomendara uma tenda de circo. No final da manhã já estava com ânsias de ar fresco e persuadi Alain a me levar para passear pelas oficinas nos arredores do castelo. Grande parte das necessidades dos residentes do castelo – como velas e água potável – era encontrada naquele lugar. Fixei na memória os detalhes de como o ferreiro derretia os metais, já que esse conhecimento me seria útil quando retornasse a minha vida real de historiadora.

Se não fosse pela hora que passei na oficina metalúrgica, teria tido um típico dia de uma nobre da época. Convicta de que fizera grandes progressos no projeto de me adaptar à época, dediquei-me com prazer à leitura e à caligrafia durante algumas horas. Quando os músicos começaram a se preparar para o último banquete antes do longo mês de jejum, pedi para que me dessem uma aula de dança. Mais tarde, aventurei-me na despensa e logo me entretive com um glorioso alambique de dupla caldeira, um destilador de cobre e um pequeno barril de vinho velho. Thomas e Étienne, dois garotos emprestados da cozinha, mantinham as brasas do fogo com um par de foles de couro que suspiravam toda vez que eram pressionados.

O retorno ao passado propiciava-me uma oportunidade perfeita de praticar o que só conhecia pelos livros. Depois de esmiuçar o equipamento de Marthe, arquitetei um plano para transmutar o espírito do vinho em uma substância básica a ser usada nos procedimentos alquímicos. Mas logo, logo comecei a praguejar.

– Isso nunca vai condensar adequadamente – resmunguei de mau humor, olhando para o vapor que emergia do destilador.

Os garotos da cozinha que não conheciam a língua inglesa fizeram um bulício simpático quando consultei um livro que pegara na biblioteca dos De Clermont. Naquelas estantes havia um sem-número de volumes interessantes. Talvez algum explicasse como reparar vazamentos.

– Madame? – disse Alain suavemente do umbral da porta.

– Sim? – Girei o corpo, enxugando as mãos nas pregas da bata de linho.

Ele olhou horrorizado para dentro do recinto. Meu manto sem mangas estava jogado no encosto de uma cadeira, minhas pesadas mangas de veludo cobriam a beirada de uma panela de cobre e meu corpete estava dependurado em dos ganchos do teto onde se dependuravam panelas. Embora relativamente despida para os padrões do século XVI, minhas vestimentas eram um espartilho, uma gola alta, uma bata de linho de mangas compridas, algumas anáguas e uma saia volumosa – muito mais roupas do que costumava vestir nas palestras. E mesmo assim me senti nua e levantei o queixo, desafiando-o a ousar dizer uma palavra. Ele desviou os olhos, com bom senso.

– Chef não sabe que refeição fazer esta noite – disse.

Franzi a testa. Chef era infalível em saber o que fazer.

– O pessoal da casa está faminto e sedento, mas ninguém pode sentar à mesa sem a senhora. Se houver um membro da família em Sept-Tours, ele deve presidir a refeição da noite. É o que manda a tradição.

Catrine chegou com uma toalha e uma tigela. Mergulhei as mãos na água perfumada de lavanda.

— Há quanto tempo estão esperando? — Puxei a toalha do braço de Catrine. Um saguão entupido de sangues-quentes famintos e de vampiros igualmente famintos não era nada sensato. A recente confiança em minha habilidade de administrar o lar da família De Clermont se evaporou.

— Há mais de uma hora. E continuarão esperando até que venha da aldeia a notícia de que Roger está chegando para a noite. *Sieur* Philippe me fez acreditar... — Ele cortou a frase em respeitoso silêncio.

— *Vite* — eu disse, apontando para as roupas espalhadas. — Catrine, você precisa me vestir.

— *Bien sûr*. — Catrine deixou a tigela de lado e caminhou até o corpete que estava dependurado. Uma grande mancha de tinta pôs fim a minha esperança de parecer respeitável.

Entrei no saguão e os bancos arranharam o chão de pedra quando mais de três dezenas de criaturas se ergueram. Ecoou uma nota de reprovação do burburinho. Depois de sentados, começaram a deglutir a refeição atrasada com gosto enquanto eu pegava uma coxa de galinha e descartava tudo mais.

Depois do que pareceu ser uma eternidade, chegaram Matthew e o pai.

— Diana! — Matthew contornou a mesa com ar confuso quando me viu sentada à cabeceira da família. — Achei que você estaria lá em cima ou na biblioteca.

— Achei que seria mais educado sentar-me aqui, mesmo porque Chef trabalhou muito para preparar a comida. — Olhei fixamente para o pai dele. — Como foi a caçada, Philippe?

— Adequada. Mas sangue de animal só constitui uma parte da nutrição. — Ele acenou para Alain enquanto seus olhos frios resvalavam na minha gola alta.

— Basta. — O tom de aviso de Matthew soou baixinho, mas inconfundível. As cabeças giraram para ele. — Você devia tê-los instruído a começar sem nós. Vamos lá para cima, Diana. — As cabeças giraram de volta para mim à espera de minha resposta.

— Ainda não terminei — eu disse, apontando para o meu prato —, e os outros também não. Sente-se ao meu lado e tome um pouco de vinho. — Matthew podia ser um príncipe renascentista tanto em substância como em estilo, mas nunca me levantaria com um estalar de dedos.

Ele sentou-se ao meu lado e me esforcei para engolir um pouco de galinha. Levantei-me quando a tensão se tornou insuportável. E de novo os bancos arranharam o chão de pedra quando todos se levantaram.

— Já terminou? — perguntou Philippe surpreso. — Boa-noite então, Diana. Volte depois, Matthew. Estou com o estranho desejo de jogar xadrez.

Matthew ignorou o pai e estendeu o braço. Não trocamos uma só palavra quando atravessamos o grande saguão e subimos até os aposentos da família. Já à minha porta, ele retomou o controle e arriscou uma conversa.

– Philippe está tratando você como uma gloriosa dona de casa. Isso é intolerável.

– Seu pai está me tratando como uma mulher da época. Aguento lidar com isso, Matthew. – Dei uma pausa, enchendo-me de coragem. – Quando foi que você se alimentou de uma criatura que caminha sobre duas pernas? – Já o tinha forçado a tomar o meu sangue antes de deixarmos Madison, e ele também se alimentara de um sangue-quente anônimo no Canadá. Algumas semanas antes, ainda em Oxford, ele matara Gillian Chamberlain. Talvez tivesse se alimentado dela também. Mas não me parecia que nos últimos meses tivesse entrado uma gota de sangue de outro animal em sua boca.

– Por que me faz essa pergunta? – O tom de Matthew soou cortante.

– Segundo Philippe, você não está tão forte quanto deveria estar. – Apertei a mão dele. – Quero que tome o meu, já que precisa se alimentar e não quer tomar o sangue de um estranho.

Soou um risinho na escada antes que Matthew pudesse responder.

– Cuidado, Diana. Nós *manjasang* temos ouvidos aguçados. Oferecer o próprio sangue nesta casa implica nunca conseguir manter os lobos afastados. – Philippe estava de pé e com os braços apoiados nas laterais de um arco de pedra esculpida.

Matthew girou a cabeça furiosamente.

– Saia daqui, Philippe.

– A bruxa é imprudente. É minha responsabilidade assegurar que os impulsos dela sejam regularmente checados. Do contrário, ela poderá nos destruir.

– A bruxa é minha – disse Matthew com frieza.

– Ainda não – retrucou Philippe, descendo a escada e balançado a cabeça como se lamentando. – E talvez nunca seja.

Depois desse encontro Matthew se mostrou mais distante e se trancou dentro de si. Estava com raiva do pai e em vez de jogar a frustração na fonte jogava em qualquer outro como eu, Alain, Pierre, Chef e outras criaturas infelizes que lhe cruzavam o caminho. Já com um alto grau de ansiedade por conta do banquete, o pessoal da casa tentava melhorar o comportamento dele por horas a fio. Até que Philippe ofereceu uma opção para o filho. Ou deixava o mau humor de lado ou se alimentava. Contudo, Matthew optou por retirar-se para pesquisar nos arquivos dos De Clermont as possíveis pistas do paradeiro do Ashmole 782 à época. Deixada por conta própria, retornei para a cozinha.

Philippe encontrou-me debruçada com as mangas arregaçadas sobre o destilador defeituoso que inundava o aposento de Marthe de vapor.

– Matthew se alimentou de você? – perguntou abruptamente, passando os olhos nos meus antebraços.

Ergui o braço esquerdo como resposta. O linho macio escorregou até o ombro e deixou à vista o traçado rosado de uma cicatriz irregular na parte interna do cotovelo. Eu tinha feito um corte na carne para que Matthew pudesse beber o meu sangue sem dificuldade.

– Alguma coisa mais?

Philippe olhou para o meu torso.

Expus o meu pescoço com a outra mão, onde havia um ferimento mais profundo e mais simétrico feito por um vampiro.

– Mas que tola você é para permitir que um obcecado *manjasang* lhe tirasse o sangue tanto do braço como do pescoço! – disse ele espantado. – O acordo proíbe que os *manjasang* tirem o sangue de bruxas e demônios. E Matthew sabe disso.

– Ele estava morrendo e o único sangue disponível era o meu – rebati com veemência. – E se isso o faz se sentir melhor, eu mesma o forcei.

– Então, é isso. Claro que meu filho se convenceu de que conseguiria deixá-la partir se tomasse apenas seu sangue e não seu corpo. – Philippe balançou a cabeça em negativa. – Ele estava errado. Eu o tenho observado. Você nunca vai se libertar dele, quer se deite ou não com ele.

– Matthew sabe que jamais o abandonaria.

– Claro que vai abandoná-lo. Um dia sua vida na Terra vai terminar e você fará sua jornada final até o mundo subterrâneo. E em vez de se lamentar, Matthew vai segui-la até na morte. – As palavras de Philippe eram sinceras.

A mãe de Matthew já tinha me contado como o havia criado depois que ele caiu de um andaime enquanto carregava pedras para a construção de uma igreja na aldeia. Quando ouvi a história pela primeira vez, me perguntei se o desespero de Matthew pela perda de sua esposa Blanca e de seu filho Lucas não o tinham levado a uma tentativa de suicídio.

– O fato de ser cristão é ruim para Matthew. O Deus dele nunca está satisfeito.

– Como assim? – perguntei perplexa pela súbita mudança do tópico da conversa.

– Quando pessoas como eu ou você fazemos algo errado, acertamos as contas com os deuses e retomamos a vida na esperança de agirmos melhor no futuro. O filho de Ysabeau está sempre a confessar um rosário de culpas... ora pela própria vida, ora pelo que ele é, ora por aquilo que fez. Ele está sempre olhando para trás e essa busca não tem fim.

– Isso porque ele é um homem de muita fé, Philippe. – Um centro espiritual coloria a conduta que Matthew tinha frente à ciência e à morte.

– Matthew? – A voz de Philippe soou incrédula. – Ele tem menos fé que qualquer outra pessoa que já conheci. Crença é tudo que ele tem. Isso é bem diferente e depende mais da cabeça que do coração. Ele sempre teve uma mente aguçada, capaz de lidar com abstrações como Deus. Foi por isso que aceitou se tornar membro da família depois que Ysabeau o criou. Isso é diferente para cada *manjasang*. Meus filhos escolhem outros caminhos: guerra, amor, conquista e aquisição de riquezas. Matthew sempre escolheu as ideias.

– E continua assim – comentei suavemente.

– Mas raramente as ideias são fortes a ponto de propiciar uma base para a coragem. Não sem fé no futuro. – Philippe se pôs pensativo. – Você não conhece o seu marido tão bem quanto deveria.

– Sei que não o conheço tão bem quanto você. Somos apenas uma bruxa e um vampiro que se amam, apesar de ser um amor proibido. O acordo nos proíbe de namorar em público e de passear sob o luar. – Minha voz se acalorou quando prossegui. – Só posso segurar a mão dele e tocar no rosto dele entre quatro paredes, pelo medo de que alguém repare e que ele seja punido por isso.

– Matthew vai à igreja da aldeia por volta do meio-dia, e você aí achando que ele estava à procura do seu livro. Ele também foi hoje para lá. – A observação de Philippe desligou-se estranhamente do assunto em pauta. – Talvez pudesse segui-lo qualquer dia desses. Talvez assim possa conhecê-lo melhor.

Na manhã da segunda-feira, me dirigi à igreja por volta das onze horas, na esperança de encontrá-la vazia. Acontece que Matthew estava lá, como Philippe garantira.

Claro, ele ouviu quando a porta pesada se fechou atrás de mim e meus passos cruzaram o assoalho, mas nem assim se virou. Continuou ajoelhado na frente do altar, sem girar a cabeça para olhar. Apesar do frio, vestia uma camisa de linho fino e uma calça por cima da malha até os joelhos e os sapatos. Congelei só de olhar para ele e me enrolei toda na capa.

– Seu pai me disse que o encontraria aqui – disse por fim em meio ao ressoante silêncio.

Era a primeira vez que entrava naquela igreja e olhei ao redor com curiosidade. Como muitas outras edificações religiosas daquela parte da França, a casa de culto de Saint-Lucien já era antiga em 1590. Suas linhas simples contrastavam com a altura e a alvenaria rendada das catedrais góticas. Murais coloridos e brilhantes circundavam um amplo arco que separava a abside da nave e também decoravam as faixas de pedra que cobriam as arcadas debaixo das altas janelas. Grande parte das janelas abria-se para o ar livre, apesar da tímida tentativa de realce nas mais próximas da porta. As fortes vigas de madeira que cruzavam o telhado pontiagudo testemunhavam as habilidades dos carpinteiros e pedreiros.

Na minha primeira visita à Velha Cabana, achei que a casa de Matthew era a cara dele. E naquela igreja o temperamento dele também se evidenciava nos detalhes geométricos esculpidos nas vigas e nos arcos que se estendiam perfeitamente espaçosos por entre as colunas.

– Foi você que a construiu.

– Parte dela. – Ele ergueu os olhos para a abside abobadada que exibia a imagem de Cristo no trono e com uma das mãos para o alto, como se para fazer justiça. – Principalmente a nave. Quando finalizaram a abside eu estava... fora.

A face serena de um santo me olhava com severidade por cima do ombro direito de Matthew. Segurava um esquadro de carpinteiro e um lírio branco. Era José, o homem que não fez perguntas quando assumiu uma virgem grávida como esposa.

– Matthew, nós precisamos conversar. – Olhei de novo para dentro da igreja. – Talvez seja melhor conversarmos no castelo. Aqui não tem lugar para sentar. – Nunca imaginara que os bancos de madeira fossem tão convidativos até entrar numa igreja que não os tinha.

– As igrejas não são construídas para o conforto – disse ele.

– Claro. Mas não se deve ter como única proposta fazer do fiel um miserável. – Olhei para os murais. Se fé e esperança se interligavam como Philippe sugerira, ali deveria haver algo que amenizasse o humor de Matthew.

Lá estavam Noé e a arca. A catástrofe global e a quase extinção de todas as formas de vida não eram auspiciosas. Um santo matava heroicamente um dragão, mas para o meu reconforto isso também era uma reminiscência da caça. A entrada da igreja era dedicada ao Juízo Final. Fileiras de anjos sopravam trombetas no alto, com a extremidade das asas varrendo o solo. Mas a imagem do inferno posicionada na base de modo a não se poder sair da igreja sem bater os olhos na danação era assustadora. Talvez a ressurreição de Lázaro servisse de conforto para um vampiro. A Virgem Maria também não seria muito útil. Sobrenatural e serena ao lado de José e à entrada da abside, ela também fazia recordar tudo o que Matthew perdera.

– Pelo menos teremos privacidade. Raramente Philippe põe os pés aqui – disse ele com ar cansado.

– Então, fiquemos aqui mesmo – Cheguei mais perto e entrei direto no assunto. – O que há de errado, Matthew? A princípio, achei que era o choque de se ver mergulhado numa vida passada, e depois achei que era a perspectiva de rever seu pai e ter que manter a morte dele em segredo. – Ele se manteve ajoelhado de cabeça baixa e com as costas viradas para mim. – Mas agora seu pai já sabe o que o aguarda no futuro. Só pode haver outra razão para sua forma de agir.

O ar na igreja se tornou sufocante, como se minhas palavras tivessem sugado todo o oxigênio ao redor. Somente o trinado dos pássaros soava no campanário.

– Hoje é o aniversário de Lucas – ele disse por fim.

As palavras me atingiram como um golpe violento. Caí de joelhos atrás dele, com a saia escarlate esparramada ao meu redor. Philippe estava certo. Eu não conhecia Matthew tão bem quanto deveria.

Matthew ergueu a mão e apontou para um ponto no assoalho entre ele e José.

– Está enterrado ali com a mãe.

Nenhuma inscrição na pedra indicava uma sepultura. Só havia pequenas depressões, como as que são produzidas pelos pés nos degraus das escadas. Ele estendeu as mãos, encaixou-as nas ranhuras sem dizer nada e retirou-as em seguida.

– Parte de mim morreu quando Lucas morreu. E aconteceu o mesmo com Blanca. Embora o tivesse seguido poucos dias depois, ela estava com os olhos vazios e a alma distante. Foi Philippe que escolheu o nome dele. Lucas em grego significa "o iluminado". Na noite em que nasceu ele estava branco e pálido demais. Quando a parteira o ergueu no escuro, a pele dele atraiu a luz do fogo da mesma forma que a lua atrai a luz do sol. É estranho que a memória dessa noite continue tão clara, mesmo depois de tanto tempo. – Matthew entregou-se a si mesmo por um momento e depois enxugou os olhos. Ficou com os dedos vermelhos.

– Como conheceu Blanca?

– Jogando bolas de neve nela durante o primeiro inverno que passou na aldeia. Era preciso fazer alguma coisa que chamasse a atenção dela. Era tão delicada e distante e muitos ansiavam pela companhia dela. No início da primavera já me permitia acompanhá-la do mercado até a casa dela. Blanca adorava frutinhas vermelhas. No verão a cerca viva da igreja ficava abarrotada de frutinhas assim. – Ele olhou para as estrias vermelhas nas mãos. – Philippe sempre dava uma risada e previa um casamento no outono quando via as manchas vermelhas do sumo em minhas mãos.

– Presumo que estava certo.

– Casamos em outubro, depois da colheita. Blanca estava com dois meses e pouco de gravidez.

Ele não tinha resistido aos encantos de Blanca e ainda esperava para consumar o nosso casamento. Isso era muito mais do que eu queria saber sobre o relacionamento entre eles.

– Fizemos amor pela primeira vez no calor de agosto – continuou ele. – Ela se preocupava demais em agradar os outros. Olhando para trás me pergunto se sofreu algum abuso na infância. Não uma punição porque todas as crianças eram punidas de um jeito que os pais modernos jamais imaginariam, mas algum outro tipo de abuso. Isso partiu o espírito de minha mulher. Ela aprendeu a se vergar ao desejo dos mais velhos, mais fortes e mais cruéis. Eu era tudo isso e queria que ela dissesse sim naquela noite de verão e foi o que ela disse.

– Ysabeau me falou que vocês eram perdidamente apaixonados, Matthew. Ela não foi obrigada a fazer nada que não quisesse. – Eu queria lhe oferecer todo o conforto que pudesse, apesar da dor que essas lembranças me causavam.

– Blanca não tinha vontade própria. Não até o nascimento de Lucas. A partir daí só exercia a vontade própria quando ele estava em perigo ou quando me zangava com ele. Durante toda a vida ela quis alguém mais fraco e mais jovem para proteger. E no fim se viu em meio a uma sucessão de acontecimentos que para ela soavam como fracassos. Lucas não foi nosso primeiro filho, e depois de cada aborto ela se tornava mais doce, mais suave e mais maleável. Menos propensa a dizer não.

Afora as linhas gerais, essa não era a história que Ysabeau contara sobre a vida passada do filho. Uma história recheada de amor intenso e dor compartilhada. A versão de Matthew era pontuada de lamentos e perdas.

Pigarreei.

– Até que nasceu Lucas.

– Sim. Dei Lucas para ela, depois de enchê-la de morte ano após ano. – Ele se calou.

– Não havia nada que você pudesse fazer. O século VI estava em plena epidemia. Você não poderia salvá-los.

– Poderia se tivesse parado de possuí-la. Dessa maneira nada seria perdido! – exclamou Matthew. – Ela não dizia não, mas sempre relutava com os olhos quando fazíamos amor. E a cada vez lhe prometia que daquela vez o bebê sobreviveria. Eu daria qualquer coisa...

Doeu muito saber que ele ainda estava tão ligado à finada mulher e ao filho. Os espíritos de ambos assombravam-no e aquele lugar. De qualquer forma, finalmente surgia o motivo que o levava a se esquivar de mim: um profundo sentimento de culpa e uma dor que carregava ao longo dos séculos. Com o tempo, talvez pudesse libertá-lo de Blanca. Levantei-me e cheguei ainda mais perto de Matthew. Ele estremeceu quando pousei a mão em seu ombro.

– Há mais.

Congelei.

– Tentei dar cabo de minha própria vida. Mas Deus não permitiu. – Ele ergueu a cabeça. Olhou fixamente para o chão de pedra à frente e depois para o teto.

– Oh, Matthew.

– Durante semanas pensei em me juntar a Lucas e a Blanca, se bem que um tanto preocupado porque eles deviam estar no céu e talvez Deus me mantivesse no inferno por causa dos meus pecados – disse ele em tom prosaico. – Pedi conselho a uma das mulheres da aldeia. Ela disse que eu estava sendo assombrado... e que Blanca e Lucas estavam amarrados a este lugar por minha causa. Olhei lá de cima do andaime e me passou pela cabeça que eles estavam com os espíritos presos debaixo da pedra. Se me jogasse naquela pedra, Deus não teria outra escolha senão libertá-los. E assim permitiria que me juntasse a eles... a despeito de onde estivessem.

Era uma lógica claudicante de um homem desesperado e não do cientista lúcido que eu conhecia.

– Eu estava tão cansado – continuou ele com ar abatido. – Mas Deus não me deixou dormir. Não depois dos meus pecados. Deus me ofereceu a uma criatura que fez de mim um ser que não pode viver nem morrer e que nunca encontra a paz nos sonhos. Relembrar é tudo que posso fazer.

De novo Matthew se mostrou exausto e extremamente frio, e com a pele mais gélida que o ar gelado circundante. Sarah certamente conheceria um feitiço que poderia apaziguá-lo, mas tudo o que me restava era puxá-lo para mim de modo que meu calor passasse para o corpo dele.

– Philippe me despreza desde então. Ele me acha fraco... a ponto de não poder me casar com alguém como você.

Aí estava a chave do sentimento de desvalor de Matthew.

– Nada disso – retruquei abruptamente. – Seu pai o ama. – No pouco tempo de minha estada em Sept-Tours, Philippe demonstrara diversas emoções pelo filho e nenhuma de desgosto.

– Os homens corajosos não cometem suicídio, a não ser no campo de batalha. Foram as palavras de Philippe para Ysabeau quando eu ainda era recém-criado. Segundo ele me faltava coragem para ser um *manjasang*. Logo que pôde me mandou para a batalha. "Se está determinado a acabar com a própria vida", ele disse, "que pelo menos isso seja por um grande propósito e não por autopiedade." Nunca me esqueci dessas palavras.

Esperança, fé e coragem: os três elementos do simplório credo de Philippe. Matthew sentia-se desprovido de tudo o que não fosse dúvida, crença e bravata. Mas eu pensava diferente.

– Faz tanto tempo que se tortura com essas lembranças que nem consegue mais enxergar a realidade. – Girei o corpo e me ajoelhei frente a frente com ele. – Sabe o que vejo quando olho para você? Alguém muito parecido com seu pai.

– Todos nós queremos ver Philippe em todos os que amamos. Mas não me pareço em nada com ele. Hugh, o pai de Gallowglass, é que seria parecido com ele se estivesse vivo... – Matthew virou o rosto e pôs as mãos trêmulas nos joelhos.

Havia algo mais, um segredo ainda não revelado.

— Quer que partilhe o meu segredo mais sombrio com você? — Passou-se um tempo interminável antes que se dispusesse a se abrir. — Fui eu que dei fim à vida dele. Ele implorou para que Ysabeau fizesse isso, mas ela não conseguiu. — Matthew virou o rosto outra vez.

— Hugh? — sussurrei com o coração apertado por ele e por Gallowglass.

— Philippe.

Caía a última barreira entre nós dois.

— Os nazistas o enlouqueceram de tanta dor e privação. Se Hugh tivesse sobrevivido, talvez tivesse convencido Philippe de que ainda havia esperança de vida mesmo em meio à destruição. Mas Philippe dizia que estava cansado demais para lutar e só queria adormecer. E eu... eu sabia muito bem o que era querer fechar os olhos para esquecer. Que Deus me perdoe, mas fiz o que ele pediu.

Matthew começou a tremer. E de novo o acolhi nos braços, sem me importar com uma possível resistência; ele só precisava de uma coisa, de alguém em quem pudesse se amparar enquanto as ondas da memória arrebentavam em cima dele.

— Depois que Ysabeau se recusou a atendê-lo, Philippe tentou cortar os próprios pulsos. Quando o encontramos já não conseguia segurar a faca direito para fazer o serviço. Ele tinha se cortado seguidas vezes, mas eram ferimentos superficiais que logo se curavam. — As palavras verteram atropeladamente da boca de Matthew. — Quanto mais sangue jorrava, mais Philippe se tornava irascível. Ele já não aguentava mais a visão do que tinha visto no campo de batalha. Ysabeau puxou a faca da mão dele, dizendo que o ajudaria a dar fim na vida dele. Acontece que *maman* nunca se perdoaria por isso.

— E aí você mesmo o cortou — eu disse, olhando nos olhos dele. Sempre fiz questão de saber tudo o que ele tinha feito para sobreviver como vampiro. Não podia virar as costas para os pecados do marido, do pai e também do filho.

Matthew balançou a cabeça em negativa.

— Não. Bebi uma gota do sangue de Philippe de cada vez para que ele não sentisse sua força vital se esvair.

— Mas então você viu... — Não consegui reprimir o tom aterrorizado. Quando um vampiro bebe o sangue de outra criatura, as lembranças dessa criatura jorram no mesmo fluxo aos borbotões. Matthew libertara Philippe do tormento, mas só depois de ter compartilhado o que desencadeara os sofrimentos do pai.

— Grande parte das lembranças das criaturas jorra com um fluxo suave, como uma fita a se desenrolar na escuridão. Mas com Philippe foi como engolir cacos de vidro. E quando emergiram os acontecimentos mais recentes, ele já estava com a mente tão fraturada que quase não consegui prosseguir. — Matthew tremeu ainda mais. — Durou uma eternidade. Embora alquebrado, perdido e assustado, o coração de Philippe ainda vibrava com força. Seus últimos pensamentos se voltaram para Ysabeau. Eram as únicas lembranças ainda intactas e completamente suas.

– Está tudo bem – murmurei repetidas vezes, abraçando-o apertado para que seus membros se descontraíssem.

– Um dia, lá na Velha Cabana, você me perguntou quem eu era. Sou um assassino, Diana. Já matei milhares. – Ele acabou confessando com a voz embargada. – Mas nunca tive que encará-los outra vez. Apenas Ysabeau conhece a verdade e ela nunca me olha sem se lembrar da morte do meu pai. E agora também tenho que encará-la.

Segurei a cabeça dele com as duas mãos e o afastei um pouco para que nossos olhos se encontrassem. Às vezes, o rosto perfeito de Matthew mascarava os estragos do tempo e da experiência. Mas naquele momento isso se evidenciou e o tornou mais belo para mim. Finalmente, o homem que eu amava fazia sentido: a insistência para que me visse da forma que realmente eu era, a relutância para matar Juliette, mesmo para salvar a própria vida, e a convicção de que eu deixaria de amá-lo quando soubesse quem realmente ele era.

– Amo tudo em você, Matthew. O guerreiro e o cientista, o assassino e o homem de cura, luz e trevas.

– Como consegue? – sussurrou incrédulo.

– Philippe não podia continuar daquele jeito. Seu pai já tinha feito muitas tentativas para dar fim à própria vida e, como você mesmo disse, já tinha sofrido muito. – Meu amado Matthew era uma testemunha de tudo, embora eu não imaginasse quanto. – Foi um ato de misericórdia.

– Eu quis desaparecer quando tudo acabou, quis deixar Sept-Tours para sempre – confessou ele. – Mas Philippe me fez prometer que manteria a família e a irmandade unidas. E também jurei que cuidaria de Ysabeau. Por isso, fiquei e assumi a cadeira dele; manipulei os fios políticos que ele próprio manipularia e tive êxito ao terminar a guerra pela qual ele dera a própria vida.

– Philippe nunca colocaria o bem-estar de Ysabeau nas mãos de quem ele desprezasse. E nunca colocaria um covarde no comando da Ordem de Lázaro.

– Fui acusado por Baldwin de ter mentido sobre os desejos de Philippe. Baldwin achava que a irmandade ficaria nas mãos dele. Ninguém entendeu por que nosso pai decidiu passar o comando da Ordem de Lázaro para mim e não para ele. Talvez isso tenha sido um último ato de loucura dele.

– Foi um ato de fé – disse suavemente enquanto me abaixava e segurava as mãos dele. – Philippe acredita em você da mesma forma que eu. Suas mãos construíram esta igreja. Suas mãos foram fortes ao amparar seu filho e seu pai nos momentos derradeiros de ambos aqui na Terra. E suas mãos ainda têm muito trabalho a fazer.

Ecoaram batidas de asas no alto. Era uma pomba que entrava por uma das janelas do clerestório ao perder o rumo em meio às vigas expostas do telhado. Depois de lutar, a pomba se libertou e voou para baixo. Pousou na pedra que demarcava o lugar de repouso final de Blanca e Lucas, e moveu os pés com uma dança circular até ficar de frente para mim e para Matthew. Em seguida, esticou o pescoço e nos observou com um de seus olhos azuis.

Impelido pela súbita intrusão, Matthew se levantou e espantou a pomba para o outro lado da abside. A pomba levantou voo e diminuiu o ritmo quando passou em frente à imagem da Virgem. Eu já estava convencida de que se chocaria contra a parede quando ela rapidamente mudou de direção e escapou pelo mesmo lugar por onde entrara.

Uma das penas longas e brancas da asa flutuou pelo ar e caiu no chão à nossa frente. Intrigado, Matthew se abaixou para pegá-la.

– Nunca tinha visto uma pomba branca nesta igreja. – Ele olhou para o ponto no abobadado semicircular da abside, onde a pomba pairara em cima da cabeça de Cristo.

– Essa ave é sinal de ressurreição e esperança. Você sabe que as bruxas acreditam em sinais. – Fechei as mãos dele em torno da pena. Rocei os lábios na testa dele e me virei para sair. Matthew compartilhara suas lembranças e talvez finalmente pudesse encontrar a paz.

– Diana? – Ele me chamou ainda parado em frente ao túmulo da família. – Muito obrigado por ter ouvido minha confissão.

Balancei a cabeça.

– Nos veremos em nossa casa. Não se esqueça da pena.

Ele ficou me observando enquanto eu cruzava com as cenas de tormento e redenção no portal entre o mundo divino e o mundo humano. Pierre, que me esperava lá fora, me levou de volta para Sept-Tours sem dizer uma palavra. Philippe ouviu quando chegamos e esperou por mim no saguão.

– Você o encontrou na igreja? – perguntou serenamente.

Fiquei com o coração apertado quando o vi tão vigoroso e afetuoso. Como Matthew suportara?

– Sim. Você devia ter me avisado que era o aniversário de Lucas. – Estendi a capa para Catrine.

– Todos nós aprendemos a antecipar um clima sombrio quando Matthew se recorda do filho. Você também vai aprender.

– Não se trata apenas de Lucas. – Mordi o lábio, com medo de falar mais do que devia.

– Ele também lhe falou sobre a morte do filho dele. – Philippe enfiou os dedos no cabelo, uma versão mais rude do gesto habitual de Matthew. – Compreendo o sofrimento dele, mas não culpo você. Quando é que ele vai deixar o passado para trás?

– Certas coisas jamais são esquecidas – respondi, olhando nos olhos de Philippe. – Embora o compreenda, se o ama irá permitir que ele combata os próprios demônios.

– Não. Ele é meu filho. Não vou falhar com ele. – Philippe apertou os lábios, se virou e se afastou. – A propósito, recebi uma mensagem de Lyon, madame – disse ele, girando a cabeça para trás. – Logo, logo chegará uma bruxa para ajudá-la, assim como Matthew queria.

11

— Quando voltar da aldeia encontre-se comigo no celeiro de feno. – Philippe repetia o irritante hábito de aparecer e desaparecer num piscar de olhos e de novo estava de pé à nossa frente na biblioteca.

Intrigada, desviei os olhos do livro para ele.

– O que há no celeiro de feno?

– Feno. – As revelações de Matthew na igreja só haviam servido para deixá-lo mais inquieto e explosivo. – Papai, eu estou escrevendo para o nosso novo papa. Segundo Alain o conclave anunciará a eleição do pobre Niccolò hoje, apesar dos rogos que ele fez para ser poupado dos encargos burocráticos. Mas o que são os desejos de um homem se comparados com as aspirações de Filipe da Espanha e de Philippe de Clermont?

Philippe levou a mão ao cinto. Um estalo estridente ecoou nos ouvidos de Matthew que logo agarrou uma adaga entre as palmas das mãos, com a ponta da lâmina comprimida no esterno.

– Sua Santidade pode esperar. – Philippe observou a posição de sua arma. – Eu devia ter mirado na Diana. Você teria sido mais rápido na reação.

– Desculpe-me por ter atrapalhado o seu esporte – disse Matthew, com uma frieza furiosa. – Faz tempo que não me atiram uma faca. Posso estar fora de forma.

– Irei atrás de você se não aparecer no celeiro antes que o relógio bata duas horas. E estarei com mais do que uma adaga.

Philippe puxou a adaga das mãos de Matthew e chamou aos gritos por Alain, que estava logo atrás.

– Que ninguém apareça no celeiro lá de baixo sem ser chamado – disse ele enquanto recolocava a arma no coldre do cinto.

– Já entendi, *sieur*. – Isso foi o máximo de censura que Alain conseguiu pronunciar.

– Já estou farta de tanta testosterona. Gostaria que Ysabeau estivesse aqui, apesar do que ela pensa das bruxas. E antes que me pergunte o que é testosterona, isso é você – eu disse, apontando o dedo para Philippe. – E seu filho não fica nada atrás.

– Companhia de mulher, hein? – Philippe acariciou a barba e olhou para Matthew enquanto calculava até onde podia pressionar o filho. – Por que não pensei nisso antes? Diana poderia se encontrar com Margot para aprender como se comportar como uma perfeita dama francesa antes que a bruxa chegue de Lyon.

– O que Louis e Margot fazem em Usson é pior do que tudo mais que já fizeram de Paris. Aquela mulher não serve de exemplo para ninguém, pelo menos não para minha esposa – disse Matthew para o pai, apertando os olhos. – Se eles não forem mais discretos, logo todos saberão da farsa que foi o cuidadoso assassinato de Louis, bem dispendioso por sinal.

– Para alguém que se casou com uma bruxa você está se apressando demais em julgar as paixões dos outros, Matthew. Louis é seu irmão.

Outro irmão, que a deusa nos abençoe.

– Paixões? – A sobrancelha de Matthew arqueou. – É assim que chama um bando de homens e mulheres na mesma cama?

– Há inúmeras maneiras de amar. E o que Margot e Louis fazem não é da sua conta. O sangue de Ysabeau corre nas veias de Louis, e ele sempre terá a minha lealdade... assim como você, apesar de suas próprias e consideráveis transgressões. – Philippe desapareceu com um súbito movimento.

– Afinal, quantos De Clermont há aqui? E por que todos têm que ser homens? – perguntei quando se fez silêncio outra vez.

– Porque as filhas de Philippe eram tão terríveis que acabamos fazendo um conselho de família para suplicar que ele parasse de gerá-las. Stasia consegue arrancar a pintura das paredes com um simples olhar, e o olhar dela é manso se comparado com o de Verin. Quanto a Freyja... bem, Philippe teve lá suas razões para lhe dar o nome da deusa nórdica da guerra.

– Elas me parecem maravilhosas. – Dei um beijo apressado no rosto de Matthew. – Mais tarde você me fala sobre elas. Estarei na cozinha, tentando parar o vazamento do caldeirão que Marthe chama de alambique.

– Posso dar uma olhada nele para você. Sou bom com equipamentos de laboratório. – Ele se ofereceu porque queria fazer qualquer coisa que o mantivesse longe de Philippe e do misterioso celeiro de feno. Entendi, mas ele não tinha como escapar. Philippe simplesmente invadiria a minha despensa e o arrastaria de lá.

– Não é preciso – retruquei, olhando por cima do ombro enquanto me afastava. – Está tudo sob controle.

Nada estava sob controle. Meus ruidosos ajudantes de oito anos de idade tinham alimentado o fogo justamente quando as chamas ardiam mais altas, deixando um consistente resíduo negro na base do aparato de destilação. Fiz algumas notas nas margens de um dos livros de alquimia dos De Clermont, relatando o que tinha dado errado e o que poderia ser feito para reparar o erro; e incumbi Thomas, o mais confiável dos meus dois jovens assistentes, de alimentar o fogo. Eu não era a primeira a fazer uso das bordas amplas e claras do livro, e algumas das anotações anteriores eram muito úteis. Talvez um dia as minhas também o fossem.

Étienne, o meu outro assistente errante, entrou às pressas na despensa, cochichou no ouvido do companheiro e recebeu alguma coisa brilhante em troca.

– Milorde *encore* – cochichou o garoto.

– Vocês estão apostando em quê, Thomas? – perguntei. Ambos me olharam com ar sonso e se encolheram. Alguma coisa naqueles olhinhos dissimuladamente inocentes fez com que me preocupasse com o bem-estar de Matthew. – O celeiro de feno? Onde é que fica? – acrescentei, tirando o avental.

Com visível relutância, Thomas e Étienne me conduziram pelo portão frontal do castelo em direção a uma estrutura de pedra e madeira cujo telhado era pontiagudo. Uma longa rampa dava acesso a uma grande porta de entrada, mas os garotos apontaram para uma escada que se estendia no outro extremo da parede. Os degraus não estavam visíveis em meio à perfumada escuridão.

Thomas subiu primeiro, suplicando com gestos e contorções faciais dignas de um ator de cinema mudo para que eu ficasse quieta. Étienne segurou a escada enquanto eu subia e o ferreiro da aldeia içou-me para dentro de um patamar empoeirado.

Para a metade da criadagem de Sept-Tours esse meu aparecimento causou algum interesse, mas não surpreendeu. Mas o fato de que só havia um guarda no principal portão de entrada me pareceu estranho. Lá também estavam Catrine e sua irmã mais velha Jehanne, uma boa parte do pessoal da cozinha, o ferreiro e os cavalariços.

Um afiado e suave ruído que me era irreconhecível chamou a minha atenção. Logo batidas e arranhões de metal contra metal me soaram reconhecíveis. Matthew e o pai haviam dispensado o bate-boca e estavam em meio a um combate armado. Ergui a mão para abafar um grito quando a ponta da espada de Philippe atingiu o ombro de Matthew. Cortes ensanguentados cobriam camisas, calças e malhas. Evidentemente, fazia algum tempo que travavam uma luta em nada parecida com um gentil embate de esgrima.

Alain e Pierre estavam encostados na parede oposta em completo silêncio. O piso de terra batida no entorno parecia uma almofada de alfinetes, eriçado e com diversas armas descartadas a esmo. Os criados dos dois De Clermont que observavam os acontecimentos ao redor se aperceberam de minha chegada. Logo ergueram os olhos para o patamar e se entreolharam preocupados. Matthew não percebeu nada. Estava de costas para mim e os odores intensos do celeiro mascaravam a minha presença. Philippe, que estava de frente para mim, também pareceu alheio a minha presença, se é que deu importância a isso.

A espada de Matthew atingiu o braço de Philippe. O pai soltou um gemido e o filho soltou uma risada debochada.

– Não considere doloroso aquilo que é bom para você – sussurrou Matthew.

– Eu não devia ter ensinado grego para você... nem inglês. Seu conhecimento dessas línguas só tem me causado problemas – rebateu Philippe impassível enquanto desvencilhava o braço da lâmina da espada.

As espadas se confrontavam com ferocidade. A altura de Matthew lhe dava alguns centímetros de vantagem, e os braços e as pernas longas ampliavam o alcance e a extensão de seus golpes. Ele combatia com uma espada comprida e pontiaguda, às vezes com uma única mão, outras vezes, com ambas. A agilidade com que manuseava o cabo da espada lhe permitia sempre revidar os golpes do pai. Por outro lado, Philippe era mais forte e aparava os golpes com uma espada menor que manuseava com facilidade. E também usava um escudo redondo que o ajudava a se esquivar dos ataques. Se antes Matthew tinha um equipamento de defesa, já não tinha mais. Embora os dois homens se equiparassem fisicamente, os estilos de luta eram completamente diferentes. Philippe parecia se divertir e fazia rápidos comentários enquanto lutava. Já Matthew permanecia a maior parte do tempo em silêncio e concentrado, só se deixando trair pelo peculiar arqueamento de sobrancelha que indicava que estava atento ao que o pai dizia.

– Tenho pensado a respeito de Diana. Nem a terra nem o mar são capazes de produzir uma criatura tão selvagem e monstruosa como a mulher – disse Philippe em tom de lamúria.

Matthew sorriu e sua espada tiniu com uma velocidade espantosa pelo amplo arco em direção ao pescoço de Philippe. Levei um susto quando Philippe se abaixou e se esquivou da espada. Reapareceu do outro lado e cortou a panturrilha do filho.

– Está com uma técnica selvagem esta manhã. Algo errado? – A pergunta direta chamou a atenção do filho.

– Cristo, você é impossível. Sim. Há algo errado – respondeu Matthew entre dentes. E de novo investiu com a espada em riste, acompanhando o rápido movimento do escudo de Philippe. – Sua interferência constante está me enlouquecendo.

– Os deuses primeiro enlouquecem aqueles que eles pretendem destruir. – Essas palavras fizeram Matthew vacilar. Philippe se aproveitou da ocasião e bateu nas nádegas do filho com a espada.

Matthew esbravejou.

– Já desistiu de suas melhores falas? – perguntou. E só então me viu.

O que ocorreu em seguida se deu numa fração de segundos. Matthew, que estava inclinado em posição de luta, se empertigou e se voltou para o patamar onde eu estava. Philippe investiu e arrancou a espada da mão dele, e já de posse das duas espadas arremessou uma contra a parede e levou a outra até a jugular do filho.

– Já lhe ensinei isso, *Matthaios*. Você não pode pensar. Não pode piscar nem sequer respirar. Quando se está lutando para sobreviver, a única coisa a fazer é reagir. – Philippe elevou o tom de voz. – Venha aqui, Diana.

O ferreiro me ajudou a descer uma outra escada com ar pesaroso. Seus olhos diziam que *agora era a minha vez*. Cheguei onde Philippe estava.

– Foi por ela que perdeu? – perguntou ele, espetando a espada na carne do filho até que escorreu uma linha escura de sangue.

– Não sei o que quer dizer. Solte-me. – Matthew foi tomado por uma estranha emoção. Ficou com os olhos manchados e agarrou o pai pelo peito. Fui ao encontro dele.

Um objeto brilhante silvou em minha direção e deslizou por entre meu braço esquerdo e meu torso. Era uma adaga arremessada por Philippe que nem se deu ao trabalho de girar o corpo para mirar. Não fui atingida, mas fiquei pregada pela manga no degrau da escada e, quando consegui soltar o braço, o tecido da manga se rasgou acima do cotovelo, deixando a minha cicatriz à vista.

– É disso que estou falando. Você tirou os olhos do inimigo? Foi por isso que você e Diana quase morreram? – Era a primeira vez que Philippe se enfurecia daquela maneira.

Matthew se voltou novamente para mim. Isso não levou mais do que um segundo, mas foi o bastante para Philippe tirar uma outra adaga de dentro do cano da bota. Enterrou-a na coxa de Matthew.

– Preste atenção no homem que está com a espada na sua garganta. Se não fizer isso, ela morrerá. – Sem se virar, Philippe se dirigiu em seguida para mim. – Quanto a você, Diana, fique longe de Matthew quando ele estiver lutando.

Matthew fixou os olhos no pai. Seus olhos escuros brilharam exasperados à medida que as pupilas dilataram. Eu conhecia essa reação, geralmente indicava que ele estava perdendo o controle.

– Solte-me. Preciso ficar com ela. Por favor.

– Pare com essa mania de olhar por cima do ombro e aceite quem você é... um guerreiro *manjasang* com responsabilidades para com a família. Já parou para pensar nas promessas que envolvem esse anel de sua mãe que você pôs no dedo de Diana? – perguntou Philippe, com a voz elevada.

– Por toda a minha vida, até o fim. E também é um aviso para que o passado não seja esquecido. – Matthew tentou dar um pontapé, mas Philippe previu o movimento e girou o cabo da faca ainda enterrada na perna de Matthew e o fez sibilar de dor.

– Com você as coisas são sempre sombrias, nunca luminosas – vociferou Philippe. Largou a espada e chutou-a para longe, e depois apertou o pescoço do filho. – Está vendo os olhos dele, Diana?

– Sim – sussurrei.

– Chegue mais perto.

Quando me aproximei, Matthew começou a se debater e o pai apertou-lhe a traqueia. Soltei um grito e a coisa piorou.

– A fúria de Matthew é por sangue. Nós *manjasang* somos mais integrados à natureza que as outras criaturas... somos puros predadores, a despeito das línguas que falamos e da elegância com que nos trajamos. Isso é o lobo dentro dele tentando se libertar para matar.

– Fúria por sangue? – Minhas palavras escapuliram com um sussurro.

– Nem todos de nossa espécie são propensos a isso. A doença está no sangue de Ysabeau, passada pelo criador dela e transmitida por ela para os filhos. Ysabeau e Louis foram poupados, mas Louisa e Matthew não foram. Benjamin, o filho de Matthew, também a herdou.

Eu não tinha informações sobre esse filho, mas tinha ouvido histórias de Matthew sobre Louisa de arrepiar o cabelo. A tendência nata e sanguínea para o excesso também era uma característica de Matthew – isso poderia ser transmitido para qualquer filho que tivéssemos. Justo quando pensava que conhecia todos os segredos de Matthew aparecia um outro: o medo de uma doença hereditária.

– E o que provoca os sintomas da doença? – Forcei as palavras pelo nó da garganta.

– Muitas coisas. E tudo piora quando ele está cansado ou faminto. Ele literalmente sai de si quando se enfurece, e às vezes isso o faz ir contra sua verdadeira natureza.

Eleanor. Será que um dos grandes amores de Matthew morrera ao se enredar na luta furiosa entre Matthew e Baldwin em Jerusalém? Seus sucessivos avisos sobre o senso de posse que tinha e os perigos que disso poderiam advir já não me pareceram inúteis. Assim como os meus ataques de pânico, a fúria de Matthew era uma reação física talvez quase incontrolável.

– Foi por isso que ordenou que ele viesse aqui hoje? Para induzi-lo a mostrar as vulnerabilidades dele para o mundo? – perguntei furiosa para Philippe. – Como pôde fazer isso? Você é o pai dele!

– Nós somos de uma estirpe traiçoeira. Um dia poderei me virar contra ele. – Philippe estremeceu. – Eu poderia me voltar contra você, bruxa.

Logo que ouviu isso, Matthew mudou de posição e rapidamente comprimiu as costas de Philippe contra a parede. Mas antes que pudesse tirar vantagem o pai o agarrou pelo pescoço. Os dois se ergueram e se encararam.

– Matthew – disse Philippe abruptamente.

Matthew ainda comprimia o pai contra a parede, agora sem nenhum traço de humanidade. Seu único desejo era espancar o adversário ou talvez até matá-lo. Foi um dos momentos do nosso recente relacionamento em que as assustadoras lendas sobre os vampiros fizeram sentido. Mas eu queria o meu Matthew de volta. Dei um passo à frente, mas isso o deixou ainda mais raivoso.

– Não se aproxime de mim, Diana.

– O senhor não quer fazer isso, milorde – disse Pierre, dirigindo-se de braço esticado para o lado do amo. Soou um estalo no ombro e no cotovelo de Pierre e logo o braço tombou inerte e o sangue verteu de um ferimento no pescoço que o fez gemer com a mão em cima da selvagem mordida.

– Matthew! – gritei.

Foi a pior coisa que fiz. O grito de agonia o deixou muito mais colérico. Pierre já não passava de um mero obstáculo. Matthew o arremessou pelos ares e o fez se estatelar na parede do celeiro, tudo isso ao mesmo tempo em que apertava a garganta do pai.

– Silêncio, Diana. Ele está fora de si. *Matthaios*! – disse Philippe aos gritos. Matthew desistiu de afastar o pai de mim, mas sem largar o pescoço dele.

– Sei o que você fez. – Philippe esperou que as palavras penetrassem na consciência do filho. – Me ouviu, Matthew? Já conheço o meu futuro. Você teria controlado a raiva se fosse possível.

Philippe deduzira que o filho o tinha matado, mas sem saber quando ou por quê. Para ele a única explicação plausível era a tal doença.

– Você não sabe – disse Matthew aturdido. – Você não pode saber.

– Está agindo como sempre age quando se arrepende de uma morte: culpado, furtivo, perturbado – disse Philippe. – *Te absolvo, Matthaios*.

– Vou levar Diana embora – disse Matthew, com uma lucidez repentina. – Deixe-nos sair daqui, Philippe.

– Não. Vamos encarar isso, juntos. Nós três – disse Philippe, com o rosto tomado de compaixão. Eu estava errada. Philippe não estava tentando quebrar o filho, só estava tentando quebrar o sentimento de culpa do filho. E no fim das contas, não tinha falhado com o filho.

– Não! – gritou Matthew, contorcendo-se para se soltar. Mas o pai era mais forte.

– Eu perdoo você – repetiu Philippe, dando um abraço apertado no filho. – Eu perdoo você.

Matthew estremeceu da cabeça aos pés e depois descontraiu, como se algum espírito ruim o tivesse abandonado.

– *Je suis désolé* – sussurrou embargado de emoção. – Desculpe-me.

– Já perdoei você. Vamos tratar de esquecer tudo isso. – Philippe soltou o filho e olhou para mim. – Venha aqui, Diana, mas se mova com cuidado. Ele ainda não voltou a si de todo.

Ignorei Philippe e corri na direção de Matthew. Ele me tomou nos braços e me cheirou, como se meu cheiro tivesse o poder de sustentá-lo. Pierre também avançou, com o braço já curado. Estendeu um pano para que Matthew limpasse as mãos que estavam sujas de sangue. O olhar feroz de Matthew manteve o servo a alguns passos de distância, com o pano branco estendido como uma bandeira branca. Philippe recuou alguns passos e os olhos de Matthew acompanharam o movimento repentino.

– É seu pai e Pierre – eu disse, segurando-o pelo rosto. O negror dos olhos de Matthew retrocedeu aos poucos, primeiro apareceu o aro verde-escuro da íris que logo assumiu uma tonalidade cinza-prateada até se tornar um verde esmaltado que circundou a pupila.

– Cristo. – Matthew pareceu nauseado. Retirou minhas mãos do rosto dele. – Faz muito tempo que não perco o controle dessa maneira.

– Você está enfraquecido, Matthew, e com a fúria do sangue à flor da pele. Estará perdido se reagir assim, caso a Congregação desafie o seu direito de ficar com Diana. Não pode haver qualquer dúvida em relação a ela ser uma De Clermont. – Philippe levou o dedo polegar aos dentes inferiores. Escorria um sangue vermelho e escuro de um ferimento. – Venha aqui, filha.

– Philippe! – Matthew me deteve estupefato. – Você nunca...

– Nunca é muito tempo. *Matthaios*, não finja me conhecer mais do que conhece. – Philippe me observou, com seriedade. – Não há nada a temer, Diana. – Olhei para Matthew para saber se isso não provocaria um outro ataque de fúria.

– Vá com ele. – Matthew me liberou e as outras criaturas no galpão observaram atentamente.

– Os *manjasang* formam famílias pela morte e pelo sangue – disse Philippe quando parei a sua frente. Essas palavras me encheram de medo. Com o polegar sujo de sangue ele traçou uma curva a partir do centro da minha testa ao lado da linha do cabelo e desceu até a têmpora, terminando na sobrancelha. – Esta marca faz de você um morto, uma sombra entre os vivos, sem clã nem família. – Levou o polegar ao início do traçado e fez uma imagem espelho da marca no outro lado do meu rosto, terminando entre as sobrancelhas. Meu terceiro olho de bruxa formigou com a fria sensação do sangue de vampiro. – Esta marca a faz renascer, minha filha de sangue jurado e para sempre membro de minha família.

O celeiro de feno também tinha cantos. E as palavras de Philippe os iluminaram com fios de cor cintilantes – não apenas azul e âmbar, mas também verde e dourado. Os fios soaram como se em suave protesto. Afinal, uma outra família esperava por mim em outro tempo. Mas os murmúrios de aprovação que repercutiram no celeiro abafaram o protesto sonoro. Philippe olhou para o galpão, como se reparando na plateia pela primeira vez.

– Saibam vocês... que madame tem inimigos. Qual de vocês está preparado para defendê-la quando milorde não puder? – Os que tinham algum conhecimento da língua inglesa traduziram a pergunta para os outros.

– *Mais il est debout* – protestou Thomas, apontando para Matthew. Philippe se deu conta de que Matthew estava de pé e o puxou pela perna ferida à altura do joelho, fazendo-o cair de costas com um baque.

– Quem vai ficar do lado de madame? – repetiu Philippe, com uma bota bem encaixada no pescoço de Matthew.

– *Je vais* – disse a minha demoníaca assistente e aia antes de todos os outros.

– *Et moi* – ecoou Jehanne, que, embora mais velha, seguia tudo o que a irmã mais nova fazia.

Depois que as moças declararam aliança a mim, Thomas e Étienne fizeram o mesmo e foram seguidos pelo ferreiro e o Chef, que apareceu de repente com um cesto de feijões secos na mão. Os últimos olharam com ar sério para o resto da equipe antes de aderir com certa relutância.

– Os inimigos de madame vão aparecer sem avisar, portanto estejam preparados. Catrine e Jehanne poderão entretê-los. Thomas poderá mentir. – Soaram risinhos. – Étienne, você sai em disparada de imediato em busca de ajuda, de preferência de milorde. E quanto a você, você sabe o que fazer. – Philippe olhou com severidade para Matthew.

– E quanto a mim? – perguntei.

– Pense, como sempre. Pense... e continue viva. – Philippe bateu palmas. – A diversão acabou por hoje. Todos de volta ao trabalho.

Todos se dispersaram resmungando amistosamente pelo celeiro de volta às atividades diárias. Com um meneio de cabeça, Philippe dispensou Pierre e Alain e os seguiu ao mesmo tempo em que tirava a camisa. Para a minha surpresa, ele retornou e jogou a peça de roupa aos meus pés. Dentro da roupa havia um punhado de neve.

– Cuide do ferimento na perna dele, e de outro perto dos rins que foi mais profundo do que esperava – disse Philippe, retirando-se em seguida.

Matthew se pôs de joelhos, tremendo da cabeça aos pés. Eu o agarrei pela cintura e com cuidado o abaixei até o chão. Mas ele tentou se desvencilhar e me tomar nos braços.

– Nada disso, teimoso – disse. – Não preciso de conforto. Deixe-me cuidar de você pelo menos uma vez.

Examinei os ferimentos, a começar pelos apontados por Philippe. Com a colaboração de Matthew, limpei o ferimento na coxa. A adaga tinha penetrado fundo, mas estava quase se fechando graças às propriedades curativas do sangue de vampiro. Por via das dúvidas, apliquei uma compressa de neve em torno do ferimento. – Embora Matthew tivesse garantido que isso seria bom, a carne atingida ainda estava um tanto quente. O ferimento nos rins também se recuperava bem, mas o aspecto externo me fez gemer.

– Acho que você sobrevive – disse, aplicando uma última compressa de gelo no flanco esquerdo. Afastei uma mecha de cabelo da testa dele. Alguns fios pretos estavam grudados numa mancha de sangue pisado. Desgrudei-os com carinho.

– Muito obrigado, *mon coeur*. E já que está me limpando, posso retirar o sangue de Philippe de sua testa? – disse Matthew um tanto tímido. – Você sabe, é o cheiro. Não me agrada que esteja em você.

Ele temia um retorno da fúria de sangue. Eu mesma esfreguei minha pele e fiquei com os dedos tingidos de preto e vermelho.

– Devo estar parecendo uma sacerdotisa pagã.

– Está, sim, mais do que o habitual. – Ele retirou um pouco de neve da coxa ferida e, com a bainha da camisa, usou-a para remover a última evidência da minha adoção.

– Fale sobre o Benjamin – sugeri enquanto ele limpava o meu rosto.

– Foi em Jerusalém que criei Benjamin como vampiro. Dei meu sangue a ele a fim de lhe salvar a vida. Mas ao fazer isso, tomei o juízo dele. Tomei a alma dele.

– E ele também tem a mesma tendência para a raiva como você?

– Tendência! Você faz isso parecer uma simples pressão alta. – Matthew balançou a cabeça em espanto. – Vamos. Vai congelar se continuar aqui.

Percorremos o caminho de volta ao castelo de mãos dadas e a passos lentos. E pela primeira vez sem a preocupação de que alguém nos visse e do que poderia pensar. A neve atenuava de novo a dura paisagem de inverno. Olhei para Matthew sob a luz tênue e de novo o pai se refletia nas linhas severas do rosto e nos ombros empertigados dele, apesar do fardo que sustentavam.

No dia seguinte era Festa de São Nicolau e o sol brilhava sobre a neve que caíra no início da semana. O castelo estava bem animado com a melhora do tempo, se bem que ainda era o dia do Advento, uma ocasião sombria para reflexão e prece. Eu me dirigi à biblioteca resmungando entre dentes para pegar os livros alquímicos. Todo dia levava uma pilha para a despensa, mas sempre os recolocava no lugar. Dois homens conversavam naquela sala entupida de livros. Reconheci o tom sereno da voz de Philippe. A outra voz me era desconhecida. Abri a porta.

– Ei-la, enfim – disse Philippe quando entrei. O homem ao lado se virou e minha pele formigou.

– Temo que o francês dela não seja muito bom, e que o latim seja pior – continuou Philippe, justificando-me. – Você fala inglês?

– O suficiente – disse o bruxo, varrendo meu corpo com os olhos e fazendo minha pele arrepiar. – *Sieur*, a garota parece estar gozando de boa saúde, mas não devia estar aqui no meio de sua gente.

– Ficaria muito feliz em me livrar dela, *monsieur* Champier, mas ela não tem para onde ir e precisa da ajuda de uma bruxa ou de um bruxo como ela. Foi por isso que o procurei. Madame Roydon, venha – disse Philippe, acenando para que me aproximasse.

À medida que me aproximava, mais desconfortável me sentia. O ar se condensou e vibrou como uma corrente elétrica. A atmosfera pesou tanto que cheguei a pensar que a qualquer momento se ouviria o estalo de uma trovoada. Ao contrário de Peter Knox que me invadira mentalmente e de Satu que me causara grande dor em La Pierre, aquele bruxo era diferente e de alguma forma mais perigoso. Passei apressada por ele e olhei para Philippe com um apelo mudo por explicações.

– Este é André Champier – disse Philippe. – É um tipógrafo de Lyon. Talvez já tenha ouvido falar do primo dele, um médico renomado que partiu deste mundo e já não pode compartilhar conosco sua sabedoria e seus conhecimentos médico-filosóficos.

– Não – sussurrei. Observei Philippe na expectativa de alguma pista sobre o que ele esperava que eu fizesse. – Acredito que não.

Champier fez um meneio de cabeça em agradecimento aos cumprimentos de Philippe.

– Eu não conheci o meu primo, *sieur*. Já estava morto quando nasci. Mas é um prazer ouvi-lo falar tão bem dele. – Como o tipógrafo aparentava uns vinte anos a mais que Philippe, claro que devia saber que os De Clermont eram vampiros.

– Foi um grande estudioso de magia, assim como você. – O comentário de Philippe era tipicamente prosaico, de modo que não soou obsequioso. Em seguida ele se dirigiu para mim. – Este é o bruxo a quem mandei buscar depois que você chegou, pois o considero capaz de desvendar o mistério de sua magia. Ele me confidenciou que sentiu o poder que você tem quando ainda estava distante de Sept-Tours.

– Talvez os meus instintos tenham falhado – murmurou Champier. – Agora que estou aqui não me parece que ela tenha tanto poder assim. Talvez não seja a bruxa inglesa de quem ouvi falar em Limoges.

– Hein, Limoges? É extraordinário que a notícia tenha chegado com tanta rapidez. Mas ainda bem que madame Roydon é a única inglesa errante por aqui, *monsieur* Champier. – As sardas de Philippe cintilaram quando ele se serviu de vinho. – Nesta época do ano, além de sermos atormentados por vagabundos franceses, também somos invadidos por estrangeiros.

– As guerras arrancaram muita gente da terra natal. – Um dos olhos de Champier era azul, e o outro, castanho. Isso era a marca de um poderoso vidente. A energia resistente do bruxo alimentava o poder que pulsava ao redor dele. Dei um passo atrás por instinto. – Isso também se deu com a senhora, madame?

– Quem pode saber os horrores testemunhados ou sofridos por ela? – disse Philippe, com um arrepio. – Fazia dez dias que o marido dela estava morto quando a encontramos numa fazenda isolada. Madame Roydon pode ter sido vítima de todo tipo de predadores. – O patriarca dos De Clermont era tão talentoso em fabricar histórias quanto o filho e Christopher Marlowe.

– Vou descobrir o que aconteceu com ela. Dê-me a mão. – Champier se mostrou impaciente com minha demora para obedecer. Com um estalar de dedos fez o meu braço esquerdo se estender em direção a ele. Um pânico agudo e amargo me tomou o corpo quando ele me agarrou pela mão. Alisou a pele da palma de minha mão, deslizando deliberadamente para cada dedo em minuciosa busca de informações. Meu estômago revirou.

– A pele lhe dará informações sobre os segredos que ela tem? – Philippe aparentou estar apenas curioso, se bem que estava com um músculo do pescoço contraído.

– A pele das bruxas pode ser lida como um livro. – Champier franziu a testa, levou os dedos ao nariz e os cheirou. Amarrou a cara. – Faz muito tempo que ela está entre os vampiros. Quem tem se alimentado dela?

– Isso é proibido – disse Philippe educadamente. – Na minha casa ninguém tirou proveito do sangue dessa moça, nem por esporte nem para se alimentar.

– Os *manjasang* podem ler o sangue de qualquer criatura com a mesma facilidade que leio a pele dela. – Champier me pegou pelo braço, arregaçou minha manga e rasgou a corda fina que a prendia na ponta ao meu pulso. – O senhor está vendo? Alguém se divertiu com ela. Não sou o único que deseja obter informações sobre esta bruxa inglesa.

Philippe chegou mais perto para inspecionar meu cotovelo exposto e gelou minha pele com seu hálito. Minha pulsação bateu em sinal de alarme. O que Philippe procurava? Por que não parava com aquilo?

– É um ferimento velho, portanto ela não o sofreu aqui. Como já lhe disse, faz uma semana que ela está em Saint-Lucien.

Pense. E continue viva. Repeti as instruções que recebera de Philippe no dia anterior.

– Quem tomou seu sangue, irmã? – perguntou Champier.

– Foi um ferimento de faca – respondi relutante. – Eu mesma me feri. – Não era uma mentira, mas também não era toda a verdade. Orei para que a deusa deixasse isso despercebido. Minhas preces não foram atendidas.

– Madame Roydon está escondendo alguma coisa de mim... e do senhor também, creio. Preciso relatar isso para a Congregação. É meu dever, *sieur*. – Champier olhou para Philippe com expectativa.

– É claro – murmurou Philippe. – Não ousaria me interpor entre o senhor e o seu dever. Como posso ajudar?

– Ficaria muito grato se pudesse segurá-la. Precisamos averiguar mais para sabermos a verdade – disse Champier. – É uma busca dolorosa para a maioria das criaturas, elas resistem instintivamente ao toque de um bruxo, mesmo quando não têm nada a esconder.

Philippe me afastou de Champier e me fez sentar bruscamente na cadeira. Segurou o meu pescoço com uma das mãos, e com a outra, o alto da cabeça.

– Assim?

– Assim está ótimo, *sieur*. – Champier se pôs à minha frente e franziu a testa. – Mas o que é isso? – Percorreu a minha testa com os dedos sujos de tinta. Era como se me escalpelasse com as mãos, e isso me fez gemer e me debater.

– Por que ela sente tanta dor com o seu toque? – perguntou Philippe.

– É a leitura que faz isso. É como extrair um dente – explicou Champier, erguendo os dedos por um breve e abençoado momento. – Prefiro tirar todos os pensamentos e segredos pela raiz a deixá-los apodrecer. Isso é mais doloroso, mas não deixa rastros para trás e propicia um quadro claro do que ela está tentando esconder. Esse é o grande benefício da magia e de uma educação letrada. A feitiçaria e as artes tradicionais das mulheres são rudes e até supersticiosas. Pratico um tipo de magia exata.

– Um momento, *monsieur*. Perdoe a minha ignorância. Está dizendo que a bruxa não vai se lembrar do que você fez e da dor que lhe causou?

– Não vai se lembrar de nada, só terá uma leve sensação de que perdeu alguma coisa. – Champier passou os dedos na minha testa outra vez e se mostrou preocupado. – Mas isso é muito estranho. Por que será que um *manjasang* pôs o próprio sangue aqui?

Uma das lembranças pessoais que eu não queria dividir com Champier era a de ter sido adotada pelo clã de Philippe. Também não queria que ele bisbilhotasse minha atividade acadêmica em Yale, e muito menos Sarah, Emily e Matthew. *Meus pais*. Agarrei os braços da cadeira com força enquanto o vampiro me segurava pela cabeça e o bruxo se preparava para inventariar e roubar meus pensamentos. Mesmo assim, nenhuma brisa de vento de bruxa e nenhum lampejo de fogo de bruxa vieram em meu socorro. Meu poder estava adormecido.

– Foi o senhor que marcou essa bruxa – disse Champier abruptamente em tom acusatório.

– Sim. – Philippe não se deu ao trabalho de explicar.

— Isso é muito irregular, *sieur*. — Os dedos de ambos vasculhavam a minha mente. Champier arregalou os olhos de surpresa. — Mas isso é impossível. Como ela pode ser uma... — Olhou para o próprio peito e ofegou.

Champier estava com uma adaga cravada entre duas costelas e a lâmina atingia o fundo do peito. E meus dedos mantinham o cabo bem firme. Ele tentou desenterrá-la e a enterrei ainda mais fundo. Os joelhos do bruxo começaram a dobrar.

— Largue isso, Diana — ordenou Philippe, tentando soltar minha mão. — Ele está morrendo e vai tombar quando morrer de vez. Você não vai conseguir segurar um peso morto.

Mas eu não conseguia largar a adaga. Champier ainda estava vivo e enquanto estivesse vivo poderia tirar o que era meu.

De repente, um rosto pálido com olhos tingidos surgiu por cima do ombro de Champier, seguido por uma poderosa mão que lhe torceu a cabeça e o fez pender para o lado com um estalo de ossos e tendões. Matthew investiu contra a garganta e começou a sugar o sangue do homem.

— Matthew, onde é que você estava? — perguntou Philippe. — É melhor agir rapidamente. Ele foi atacado por Diana antes de terminar uma frase.

Matthew ainda estava bebendo o sangue quando Thomas e Étienne entraram na sala, acompanhados de uma Catrine atordoada. Eles se detiveram assombrados. Alain e Pierre flanavam pelo corredor junto com Chef, o ferreiro e dois soldados, que geralmente faziam guarda no portão de entrada.

— *Vous avez bien fait.* — Philippe assegurou para eles. — Já está tudo acabado.

— Eu só pensei. — Meus dedos estavam dormentes, mas ainda agarrados à adaga.

— E continuou viva. Cumpriu tudo de maneira admirável — disse Philippe.

— Ele está morto? — perguntei com a voz trêmula.

Matthew se afastou do pescoço do bruxo.

— Definitivamente, morto — respondeu Philippe. — Bem, suponho que é menos um calvinista intrometido com quem temos que nos preocupar. Será que ele contou aos amigos que vinha para cá?

— Não pelo que pude saber — disse Matthew, com os olhos retomando a cor acinzentada à medida que me observava. — Diana. Meu amor. Passe-me a adaga. — Em algum lugar ao longe alguma coisa metálica se chocou contra o solo, seguida pelo baque surdo dos restos mortais de André Champier. Fui segura pelo queixo por mãos caridosas e frias.

— Ele descobriu alguma coisa em Diana que o pegou de surpresa — disse Philippe.

— Cheguei a ver algumas coisas. Mas a lâmina atingiu o coração dele antes que pudesse distinguir o que eram. — Matthew me tomou nos braços com delicadeza. Meus ossos pareciam transformados em geleia e não ofereci resistência.

– Não consegui... não consegui... pensar, Matthew. Champier queria tirar minha memória... queria tirá-la pela raiz. Todas as lembranças que tenho dos meus pais. E se me esquecesse de tudo que sei de minha própria história? Como poderia voltar para casa e lecionar?

– Você fez a coisa certa. – Matthew enlaçava a minha cintura com um braço. E com o outro enlaçava os meus ombros, pressionando o meu rosto em seu peito. – De onde tirou a adaga?

– De minha bota. Ela deve ter visto quando a tirei da bota ontem – disse Philippe.

– Está vendo, *ma lionne*, você pensou. – Matthew roçou os lábios nos meus cabelos. – Qual foi o louco que trouxe Champier para Saint-Lucien?

– Fui eu que o trouxe – respondeu Philippe.

– Você nos traiu com Champier? – Matthew se voltou para o pai. – Ele é uma das piores criaturas de toda a França!

– Eu precisava estar seguro dela, *Matthaios*. Diana conhece muitos segredos nossos. Precisava me certificar de que os manteria em segredo mesmo entre os iguais a ela. – Philippe não pareceu arrependido. – Não pretendo colocar minha própria família em risco.

– E Champier seria detido por você antes que pudesse roubar os pensamentos dela? – perguntou Matthew, cujos olhos enegreceram por uma fração de segundo.

– Isso estava na dependência.

– De quê? – Matthew explodiu e me abraçou com força.

– Não o teria detido se ele tivesse chegado três dias antes. Seria um assunto entre bruxos e não valeria a pena envolver a irmandade nisso.

– Você deixaria minha parceira sofrer – disse Matthew em tom de descrédito.

– Levando em conta o que houve ontem, a responsabilidade de intervir a favor de sua parceira era sua. Se você falhasse, isso só provaria que seu compromisso com a bruxa não era o que deveria ser.

– E hoje? – perguntei.

Philippe me olhou atentamente.

– Hoje você já é minha filha. Sendo assim, não permitiria que Champier levasse o ataque adiante. Mas não precisei fazer nada, Diana. Você mesma se salvou.

– Foi por isso que me fez sua filha... porque Champier estava para chegar? – perguntei, com um sussurro.

– Não. Você e Matthew já tinham passado nos testes da igreja do celeiro. O juramento de sangue foi simplesmente o primeiro passo para fazer de você uma De Clermont. E agora é hora de terminar o que já começou. – Philippe se voltou para o segundo homem no comando. – Alain, vá buscar o padre e diga aos aldeões que se reúnam na igreja no sábado. Milorde vai se casar, com o livro, o padre e o povo de Saint-Lucien como testemunhas da cerimônia. Todo mundo deve saber desse casamento.

– Acabei de matar um homem! Não é hora de discutir nosso casamento.

– Bobagem. Casar em meio à matança é uma tradição da família De Clermont – retrucou Philippe de imediato. – Pelo visto só nos casamos com criaturas que são desejadas pelos outros. É um negócio complicado.

– Eu. Matei. Ele. – Apontei para o corpo no chão, apenas para me certificar de que havia passado uma mensagem clara.

– Alain, Pierre, por favor, removam o *monsieur* Champier. Ele está perturbando a madame. E os outros têm muito a fazer em vez de ficarem aqui de boca aberta.

Philippe esperou que ficássemos sozinhos e continuou.

– Preste bastante atenção, Diana, muitas vidas serão perdidas por causa do seu amor pelo meu filho. Alguns sacrificarão a própria vida. E outros morrerão no lugar de outros mais. Ficará então por sua conta decidir se ama a si própria, aos outros ou a quem quer que seja. Portanto, é melhor que faça a si mesma a seguinte pergunta: que importância tem quem desfere o golpe fatal? Se não fizer isso, Matthew fará por você. Gostaria que ele carregasse a morte de Champier na consciência?

– Claro que não – respondi de pronto.

– Então, Pierre? Thomas?

– Thomas? Ele é só um garoto! – protestei.

– Esse *garoto* prometeu se interpor entre você e seus inimigos. Viu o que ele tinha nas mãos? O fole da despensa. Afiou a ponta de metal para fazer uma arma. Esse *garoto* teria enfiado a arma nas entranhas de Champier na primeira oportunidade se você não o tivesse matado.

– Nós não somos animais, somos criaturas civilizadas – protestei. – Deveríamos ser capazes de conversar a respeito e de pôr as diferenças sem derramamento de sangue.

– Uma vez me sentei à mesa e conversei durante três horas com um homem... um rei. Sem dúvida você e muita gente o considerariam uma criatura civilizada. Ao final da conversa, ele ordenou a morte de milhares de homens, mulheres e crianças. As palavras matam tanto quanto as espadas.

– Ela não está acostumada com os meios utilizados por nós, Philippe – alertou Matthew.

– Então, que trate de se acostumar. Já passou o tempo da diplomacia – retrucou Philippe sem elevar a voz e sem perder a calma habitual.

Embora Matthew estivesse com a palavra, o pai não tinha traído as emoções profundas de ninguém.

– Chega de bate-boca. Você se casará com Matthew no sábado. E por ser minha filha de sangue e de nome se casará não apenas como uma boa cristã, mas também com as honras devidas aos meus deuses e meus ancestrais. É sua última chance de dizer não, Diana. Se chegar à conclusão de que não quer a vida e a morte que envolve o casamento com Matthew, providenciarei para que volte com segurança para a Inglaterra.

Matthew afastou-se do pai. Apenas uns poucos centímetros de distância, mas era um gesto significativo. Mesmo na situação em que estava, ele me dava a chance de me manifestar, embora ele próprio não tivesse tido essa chance. Era a minha vez de retribuir.

– Está disposto a se casar comigo, Matthew? – Eu me dei o direito de fazer a pergunta, levando em conta que me tornara uma assassina.

Philippe tossiu comovido.

– Sim, Diana. Caso-me com você. Já me casei com você antes, mas fico feliz por fazer isso de novo para lhe agradar.

– Fiquei feliz na primeira vez. Isso é pelo seu pai. – Era impossível pensar o que quer que fosse sobre o casamento com tremores nas pernas e com tanto sangue pelo chão.

– Então, estamos todos de acordo. Leve Diana para o quarto dela. É melhor que fique lá até que nos certifiquemos de que não há amigos de Champier por perto. – Philippe se deteve antes de chegar à porta. – *Matthaios*, você encontrou uma mulher valorosa e com coragem e esperança de sobra.

– Eu sei – disse Matthew, segurando minha mão.

– Fique sabendo que você também é igualmente valoroso para ela. Pare de remoer a própria vida. Trate de vivê-la.

12

O casamento planejado por Philippe se estenderia por três dias. De sexta a domingo a equipe do castelo, os aldeões e toda a vizinhança estariam envolvidos naquilo que segundo ele era um pequeno acontecimento familiar.

– Faz muito tempo que não celebramos um casamento e o inverno é a estação menos animada do ano. Nós devemos isso à aldeia. – Foi dessa maneira que Philippe descartou nossos protestos. Chef ficou irritado quando Matthew insinuou que não seria possível preparar três banquetes de última hora porque os cristãos estavam em abstinência e as lojas de alimentos não estavam bem abastecidas. Chef também zombou do argumento de que havia a guerra e o Advento. Nada justificaria a recusa de uma festa.

Eu e Matthew fomos deixados à nossa própria sorte porque com a casa inteira em alvoroço ninguém estava interessado em nossa ajuda.

– O que envolve uma cerimônia de casamento? – perguntei enquanto nos deitávamos em frente à lareira. Eu vestia o presente de casamento de Matthew: uma camisa que se estendia até os joelhos e uma velha malha, ambas dele. As duas pernas da malha cortadas à altura de uma costura interna superior tinham sido unidas por ele, de modo que a malha parecia vagamente uma *legging* – sem o cós e o tecido spandex. O que mais evocava o cós era um estreito cinto extraído do couro de um velho arreio que ele encontrara nos estábulos. Era a roupa mais confortável que eu usava desde o Halloween, e ele ficou extasiado porque fazia algum tempo que não via as minhas pernas.

– Não faço ideia, *mon coeur*. Nunca participei de um casamento grego antigo. – Matthew passou os dedos na parte de trás do meu joelho.

– O padre certamente não vai permitir que Philippe realize um ritual pagão. A cerimônia de verdade terá que ser católica.

– A família nunca põe "certamente" e "Philippe" na mesma frase. Isso sempre acaba mal. – Ele beijou o meu quadril.

– Felizmente, o evento desta noite é só um banquete. Passarei por isso sem grandes problemas. – Suspirei e descansei a cabeça nas mãos dele. – Geralmente é o pai do noivo que paga o ensaio do jantar. Suponho que Philippe esteja fazendo basicamente a mesma coisa.

Matthew soltou uma risada.

– Quase a mesma coisa... desde que o cardápio inclua enguias grelhadas e um pavão assado bem dourado. Sem esquecer que Philippe assumiu o papel do pai do noivo e do pai da noiva.

– Ainda não entendi por que tanto espalhafato. – Sarah e Em não tinham tido uma cerimônia formal. Pelo contrário, a anciã do conciliábulo de Madison realizou o ritual de atamento de mãos. Isso me fez voltar atrás e recordar os votos que trocara com Matthew antes de viajarmos no tempo: simples, íntimo e rápido.

– Os casamentos não são para beneficiar a noiva ou o noivo. A maioria dos casais prefere uma cerimônia rápida como a nossa, algumas poucas palavras ditas e depois a lua de mel. Os casamentos são ritos de passagem para a comunidade.
– Ele rolou de costas. Ergui o dorso apoiada nos cotovelos.

– Não passa de um ritual vazio.

– Isso não é verdade. – Ele franziu a testa. – Se não consegue lidar com isso, é melhor dizer logo.

– Não. Que Philippe tenha o casamento dele. Embora seja um pouco... sobrecarregado.

– Talvez você quisesse que Sarah e Emily estivessem aqui para compartilhá-lo conosco.

– Se estivessem aqui elas estariam surpresas por eu ainda não ter fugido. Sou uma conhecida solitária. E achava que você também era um solitário.

– Eu? – Matthew sorriu. – Raramente os vampiros são solitários, exceto na televisão e no cinema. Preferimos que os outros nos façam companhia. E em caso de emergência, até mesmo as bruxas.

Ele me beijou para provar o que acabara de dizer.

– Quem é que você convidaria se esse casamento acontecesse em New Haven? – perguntou-me em seguida.

– Sarah e Em, obviamente. Meu amigo Chris. – Mordi o lábio. – Talvez o pessoal do meu departamento. – Silenciei.

– O que houve? – Matthew pareceu intrigado.

– Não tenho muitos amigos. – Levantei-me inquieta. – Acho que o fogo está apagando.

Matthew me puxou de volta para a cama.

– O fogo está ótimo. E agora você tem muitos amigos e parentes.

A menção à família calhou com minha expectativa. Fixei os olhos no baú ao pé da cama. A caixa de Marthe estava no meio da roupa de cama lá dentro.

– Precisamos falar sobre uma coisa.

Dessa vez Matthew não interferiu e me deixou continuar. Peguei a caixa.
– O que é isso? – perguntou ele, com a testa franzida.
– As ervas de Marthe... as que ela utiliza em certo chá. Encontrei-as na despensa.
– Sei. E você tem bebido isso? – Foi uma pergunta direta.
– Claro que não. Querer ou não querer ter filhos não é uma decisão só minha. – Abri a tampa e o aroma empoeirado das ervas secas impregnou o ar.
– Seja lá o que Marcus e Miriam tenham dito em Nova York, não existem evidências de que nós podemos ter filhos. Mesmo um contraceptivo fitoterápico como esse pode ter efeitos colaterais incertos – disse ele com frieza clínica.
– Suponhamos, apenas por hipótese, que um dos seus testes científicos tenha mostrado que nós *podemos* ter filhos. Gostaria que eu tomasse o chá?
– A mistura de Marthe não é confiável. – Ele desviou os olhos.
– Está bem. Quais são as alternativas, então? – perguntei.
– Abstinência. Retiro. E as camisinhas, embora também não sejam confiáveis. E muito menos as que estão disponíveis agora. – Matthew estava certo. As camisinhas do século XVI eram feitas de linho ou de couro ou de intestinos de animais.
– E se um desses métodos fosse mais confiável? – Minha paciência estava se esgotando.
– Se... *se* pudéssemos conceber um filho, isso seria um milagre e nenhuma forma de contracepção seria eficaz.
– Sua passagem em Paris não foi um total desperdício de tempo, por mais que seu pai pense o contrário. Seu argumento é digno de um teólogo medieval. – Fiz menção de fechar a caixa e ele me pegou pelas mãos.
– Se pudéssemos conceber e esse chá fosse mesmo eficaz, ainda assim gostaria que você deixasse as ervas na despensa.
– Mesmo correndo o risco de transmitir a fúria do sangue para seu filho? – Fui honesta ao máximo, sem levar em conta que minhas palavras poderiam feri-lo.
– Sim. – Ele pesou as palavras antes de prosseguir. – Cada vez que obtenho evidências de laboratório sobre os padrões de nossa extinção, o futuro me parece desprovido de esperança. Mas cada vez que descubro uma simples mudança cromossômica ou um inesperado descendente que contraria a hipótese de uma linhagem sanguínea em extinção, a inevitabilidade da destruição muda de figura. É como me sinto agora. – Ele sempre me colocava em dificuldade quando adotava a objetividade científica, mas não dessa vez. Ele tirou a caixa de minhas mãos. – E quanto a você?
Fazia semanas que eu pensava nisso, desde o dia em que Miriam e Marcus apareceram na casa de tia Sarah com os resultados do meu DNA e trouxeram o assunto filhos à baila. Estava segura em relação ao meu futuro com Matthew, mas insegura em relação às implicações que o futuro poderia trazer.

– Preciso de mais tempo para decidir. – Essa frase já estava se tornando um refrão. – Eu estaria tomando as pílulas anticoncepcionais prescritas por você se ainda estivéssemos no século XXI. – Hesitei. – Mesmo assim, não estou certa se as pílulas funcionariam conosco.

Matthew continuou aguardando minha resposta.

– Enterrei a adaga no Champier porque ele queria roubar meus pensamentos e minhas lembranças, e assim eu deixaria de ser o que era quando retornasse para a vida moderna. De qualquer forma, se retornássemos agora já não seríamos mais o que éramos. Frequentávamos certos lugares, encontrávamos certas pessoas, partilhávamos certos segredos... Já não sou mais a mesma Diana Bishop e você não mais é o mesmo Matthew de Clairmont. E um bebê nos transformaria ainda mais.

– Isso quer dizer que você quer evitar uma gravidez – disse ele, com cautela.

– Não tenho certeza.

– Então, a resposta é sim. Se não sabe ao certo se quer ser mãe, podemos recorrer a um contraceptivo de agora. – A voz dele soou firme. E o queixo dele também estava firme.

– Eu quero ser mãe. E saiba que me surpreendo a mim mesma de tanto que quero. – Apertei as têmporas com os dedos. – Gosto da ideia de educarmos um filho. Só que me parece muito cedo.

– É cedo. É melhor então nos mantermos nesse limite até que... você... esteja pronta. Mas não tenha muitas esperanças. A ciência é clara, Diana, os vampiros se reproduzem pela ressurreição e não pela procriação. Embora nosso relacionamento seja diferente, não somos tão diferentes a ponto de anular milhares de anos de biologia.

– A gravura do casamento alquímico do Ashmole 782... se refere a nós dois. Sei disso. E Miriam estava certa, o passo que se segue ao casamento do ouro com a prata no processo da transformação alquímica é a concepção.

– Concepção? – balbuciou Philippe da porta. Entrou com as botas estalando. – Ninguém mencionou essa possibilidade.

– Isso porque é impossível. Fiz sexo com outras mulheres sangues-quentes e nenhuma engravidou. Embora a imagem do casamento alquímico conote uma mensagem em particular, como diz Diana, as chances da representação se converter em realidade são escassas. – Matthew balançou a cabeça em negativa. – Nenhum *manjasang* jamais gerou um filho dessa maneira.

– Jamais é um tempo muito longo, Matthew, como já lhe disse. Quanto ao impossível, já caminhei por esta Terra muito mais do que a memória do homem e presenciei coisas tidas pelas gerações posteriores como mitos. Houve um tempo em que algumas criaturas nadavam como peixes no mar enquanto outras lançavam relâmpagos como lanças. E hoje já não existem mais, já foram substituídas por outras novas. "Não há nada confiável neste mundo a não ser a mudança."

– Heráclito – murmurei.

– Um dos mais sábios que existiram – comentou Philippe, feliz pelo reconhecimento da citação. – Os deuses se aprazem em nos surpreender quando nos tornamos complacentes. É a diversão preferida deles. – Fixou os olhos em minha roupa inusitada. – Por que está vestindo a camisa e a malha de Matthew?

– Ele me deu de presente. É o que mais se aproxima das roupas que visto no meu próprio tempo, e ele queria que me sentisse mais confortável. Ele próprio costurou as pernas da malha, acho eu. – Girei o corpo para mostrar o conjunto. – Quem podia imaginar que os homens da família De Clermont sabem manusear uma agulha e ainda fazem uma costura muito boa?

As sobrancelhas de Philippe arquearam.

– Você acha que Ysabeau costurava nossas roupas rasgadas quando voltávamos das batalhas?

A imagem de Ysabeau a costurar tranquilamente à espera do retorno dos homens me tirou um riso.

– Dificilmente.

– Pelo que vejo a conhece bem. Se você está determinada a se vestir como um rapaz, pelo menos vista os calções. Se o padre lhe vir terá uma síncope e a cerimônia de amanhã será adiada.

– Mas não vou sair lá fora – retruquei, franzindo a testa.

– Antes do casamento gostaria de levá-la a um lugar sagrado para os deuses. Não fica longe daqui – disse Philippe quando Matthew tomou fôlego para reclamar –, e gostaria de ir sozinho com ela, *Matthaios*.

– Encontro com você nos estábulos. – Concordei sem hesitar. Um tempo ao ar livre era bem oportuno para esfriar a cabeça.

Lá fora, senti a ferroada do ar gelado no rosto em plena paz de inverno no campo. Passado algum tempo chegamos a um monte mais plano que os montes arredondados que circundavam Sept-Tours. Fiquei surpresa com o solo pontilhado de protuberâncias de pedra estranhamente simétricas. Embora antigos e tomados pela vegetação, não eram afloramentos naturais. Eram obras do homem.

Philippe desceu do cavalo e acenou para que eu fizesse o mesmo. Depois que desmontei, ele me pegou pelo cotovelo e me conduziu por entre duas estranhas protuberâncias ao longo de um terreno amaciado pela neve. A prístina superfície era pontuada pelos vestígios da vida selvagem – marcas em forma de coração dos cascos de um cervo, marcas das cinco garras das patas de um urso, marcas triangulares e ovoides das patas de um lobo.

– Que lugar é este? – perguntei baixinho.

— No passado era um templo dedicado à Diana situado à frente de bosques e vales onde os veados gostavam de correr. Os que reverenciavam a deusa plantaram pés de cipreste ao longo dos carvalhos nativos e dos amieiros. — Philippe apontou para as colunas verdes estreitas que montavam guarda em torno da área. — Quis trazê-la aqui porque, na minha infância, bem antes de ter me tornado um *manjasang*, as noivas iam a um templo como esse antes de se casar para fazer um sacrifício à deusa. Naquela época a chamávamos de Ártemis.

— Um sacrifício? — Fiquei com a boca seca. Já tinha havido derramamento de sangue suficiente.

— Apesar das muitas mudanças, é sábio relembrar e honrar o passado. — Philippe me estendeu uma faca e uma sacola cujo conteúdo remexia e tilintava. — Também é sábio trocar os velhos erros por acertos. Nem sempre as deusas apreciaram meus atos. Quero que Ártemis receba a oferenda antes que você e meu filho se casem amanhã. A faca é para cortar uma mecha do seu cabelo. É um símbolo da sua virgindade e um presente habitual. O dinheiro é um símbolo do seu valor. — Sussurrou em tom conspiratório. — Teria que haver mais, mas poupei um pouco para o deus de Matthew.

Fui conduzida a um pequeno pedestal no centro de uma edificação em ruínas, onde se viam restos de oferendas: uma boneca de madeira, um sapatinho de criança e uma tigela de grãos encharcados e cobertos de neve.

— Estou surpresa por ver que as pessoas continuam a vir aqui — comentei.

— As mulheres ainda reverenciam a lua cheia por toda a França. São costumes difíceis de acabar, sobretudo aqueles que ajudam o povo em tempos difíceis. — Philippe se dirigiu a um altar improvisado. Sem se inclinar, sem se ajoelhar e sem fazer qualquer outro sinal conhecido de reverência à divindade, balbuciou tão baixinho que mal pude ouvi-lo. As intenções solenes eram bem claras, se bem que a estranha mistura de grego e inglês não fez muito sentido para mim.

— Artemis Agroterê, renomada caçadora, Alcides Leontothymos vos implora que guieis esta filha, Diana, com vossas mãos. Artemis Lykeiê, senhora dos lobos, protegei-a de todas as maneiras. Artemis Patrôia, deusa dos meus ancestrais, que ela seja abençoada com filhos por vós e que a minha linhagem sobreviva.

A linhagem de Philippe. Eu também já fazia parte dessa linhagem, tanto pelo casamento como pela doação do sangue.

— Artemis Phôsphoros, que a luz de vossa sabedoria a ilumine quando ela estiver nas trevas. Artemis Upis, que ela seja velada por vós durante a jornada neste mundo. — Ao terminar a invocação ele fez um sinal para que me aproximasse.

Ajeitei a sacola de moedas perto do sapatinho de criança, ergui o braço e puxei uma mecha de cabelo da nuca. A afiada lâmina da faca cortou um cacho do meu cabelo de um só golpe.

Ficamos em silêncio sob a luz difusa da tarde. Uma onda de poder vibrou debaixo dos meus pés. A deusa estava presente. O templo surgiu a minha mente assim como tinha sido um dia – branco, brilhante, intacto. Olhei de relance para Philippe. Com uma pele de urso jogada nos ombros, ele também trazia a selvagem recordação de um mundo perdido. E parecia à espera de alguma coisa.

Um cervo branco saiu por trás do cipreste e se deteve com as narinas fumegantes. Saiu em passos silenciosos em minha direção. Seus grandes e desafiadores olhos castanhos e as pontas afiadas de seus chifres se tornavam visíveis à medida que se aproximava. Olhou para Philippe com altivez e soltou um bramido, um cumprimento de uma besta para outra.

– *Sas efharisto* – disse Philippe sério e com a mão no coração. Depois, voltou-se para mim. – Ártemis aceitou os seus presentes. Já podemos ir.

Matthew tinha escutado a nossa chegada a galope e já estava à espera no pátio, com um semblante inseguro.

– Prepare-se para o banquete – disse Philippe quando me viu desmontar. – Nossos hóspedes não tardam a chegar.

Sorri com ar confiante para Matthew e subi. Tão logo escureceu, o burburinho de atividades indicou que o castelo já estava recebendo os convidados. Não demorou e Catrine e Jehanne chegaram para me vestir. O vestido era de longe o traje mais grandioso que já tinham me apresentado. O tecido verde-escuro evocava o cipreste do templo em contraste com o azevinho que decorava o castelo para o Advento. O corpete bordado de folhas prateadas de carvalho atraía a luz das velas como os chifres dos cervos atraíam os raios do pôr do sol.

As garotas terminaram o trabalho com um brilho nos olhos. Obtive uma visão fugaz do meu cabelo (arranjado em cachos e tranças) e do meu rosto pálido no polido espelho de prata de Louisa. Mas, pela reação de ambas, a minha transformação estava à altura do casamento.

– *Bien* – disse Jehanne suavemente.

Catrine abriu a porta com um floreio, e os pontos prateados do bordado desabrocharam para a vida sob a luz das tochas do salão. Prendi o fôlego enquanto aguardava a reação de Matthew.

– *Jesu!* – exclamou ele extasiado. – Você está linda, *mon coeur*. – Pegou-me pelas mãos e ergueu meus braços para ter uma visão completa. – Meu Deus, você está usando dois conjuntos de mangas?

– Pensei que eram três – retruquei, com uma risada. Eu vestia uma blusa de linho com punhos de renda apertados e mangas verdes apertadas que combinavam com o corpete e a saia, e um volumoso pregueado de seda preso nos cotovelos e nos punhos que descaía pelos ombros. No ano anterior, Jehanne tinha estado em Paris a serviço de Louisa e me garantiu que o modelo estava *à la mode*.

– Mas como vou beijá-la com tudo isso no meio? – Matthew passeou com o dedo pela minha nuca. Um rufo plissado com uma elevação de quase quarenta centímetros estremeceu em resposta.

– Se amassá-lo Jehanne terá um ataque – murmurei quando ele me pegou pelo rosto com delicadeza. Ela dobrara metros e metros de linho em torno de uma engenhoca que parecia um arame ondulado para fazer uma figura vaporosa de oito formações. Uma trabalheira de muitas horas.

– Sem problemas. Sou médico. – Matthew inclinou-se e comprimiu os lábios nos meus. – Olhe só, nenhuma prega desfeita.

Alain tossiu discretamente.

– Já estão sendo aguardados.

– Matthew. – Segurei a mão dele. – Preciso lhe falar uma coisa.

Ele fez um gesto para Alain se retirar e ficamos sozinhos no corredor.

– O que é? – perguntou perturbado.

– Pedi a Catrine para guardar as ervas de Marthe na despensa. – As consequências desse passo rumo ao desconhecido eram mais significativas que as do passo que tinha dado no celeiro de Sarah para voltarmos no tempo.

– Você tem certeza?

– Tenho, sim – respondi, lembrando das palavras de Philippe no templo.

Nossa entrada no salão foi saudada por cochichos e olhares de esguelha. As mudanças na minha aparência não passaram despercebidas e os assentimentos de cabeça sugeriam que finalmente eu estava à altura de casar com milorde.

– Cá estão eles – disse Philippe ruidosamente de sua mesa habitual. Alguém puxou as palmas e em seguida todo o salão era tomado pelos aplausos. O sorriso de Matthew a princípio se mostrou tímido, mas ele se descontraiu quando o burburinho aumentou e abriu um sorriso de orgulho.

Sentamos nos lugares de honra, ladeando Philippe, que logo ordenou a primeira rodada de comida acompanhada de música. Fui servida de pequenas porções de tudo o que Chef preparara. Eram dezenas de pratos: uma sopa de lentilhas, enguia grelhada, um delicioso purê de lentilhas, bacalhau ao molho de alho e um peixe inteiro que nadava no oceano gelatinoso de um áspide guarnecido por raminhos de lavanda e alecrim que representavam plantas aquáticas. Philippe explicou que o cardápio tinha sido objeto de acaloradas negociações entre Chef e o padre da aldeia. Após uma longa negociação diplomática, ambos finalmente concordaram que a refeição da noite deveria se adequar estritamente às proibições alimentares de carne, leite e queijo da Sexta, ao passo que o banquete do dia seguinte estaria liberado para as extravagâncias.

Como convinha ao noivo, a Matthew coube porções mais substanciais que as minhas – um total desperdício porque ele não comeu nada e quase não bebeu. Nas mesas em volta, as piadas masculinas giraram em torno da necessidade de incrementar o vigor de Matthew para as provações que teria à frente.

Ali pela hora de servir o vinho hipocrático e de passar as deliciosas barras crocantes de nozes e mel ao longo da mesa, os comentários se tornaram indecentes e as respostas de Matthew, mordazes. Ainda bem que quase todas as piadas e conselhos foram ditos numa língua quase ininteligível para mim, mas por via das dúvidas vez por outra Philippe tapava os meus ouvidos com as mãos.

Fiquei com o coração mais animado quando os risos e a música se intensificaram. Naquela noite, Matthew não parecia um vampiro de quinhentos anos de idade e sim um noivo comum à véspera do casamento: tímido, alegre e um tanto ansioso. Esse era o homem que eu amava e o meu coração parava por um segundo toda vez que ele cravava os olhos em mim.

Quando Chef serviu a última seleção de vinhos e de funcho cristalizado com sementes de cardamomo, iniciou-se a cantoria. No extremo oposto do salão, um homem começou a cantar em baixo grave, seguido na melodia pelos seus companheiros. Logo depois, todos se juntaram a eles, com batidas de pés e de mãos tão barulhentas que quase não se ouviam os músicos que desesperadamente tentavam acompanhá-los.

Enquanto os convivas se ocupavam com novas canções, Philippe circulava pelas mesas e cumprimentava cada convidado pessoalmente. Erguia bebês no ar, fazia perguntas sobre animais e ouvia atentamente o catálogo de dores e penas dos anciãos.

– Olhe só para ele – disse Matthew extasiado, pegando-me pela mão. – Como é que Philippe consegue fazer com que cada convidado se sinta o mais importante da festa?

– Quem deve responder é você – rebati, com uma risada. Balancei a cabeça em negativa quando o vi intrigado. – Matthew, você é exatamente igual a ele. Você também assumiria o controle de uma sala apinhada de gente se quisesse.

– Vai se decepcionar comigo se deseja um herói como Philippe – disse ele.

Segurei o rosto dele.

– Como presente de casamento para você, bem que eu gostaria de fazer um feitiço que o fizesse ver a si mesmo da forma que os outros o veem.

– Pelo que vejo refletido nos seus olhos, pareço muito com ele. Talvez um pouco nervoso porque Guillaume acabou de me falar sobre o apetite carnal das mulheres mais velhas.

Era uma piada para me distrair. Mas não achei graça.

– Se não consegue ver um líder em si mesmo, precisa se ver com mais atenção.

De rosto quase colado, senti o aroma das especiarias no hálito de Matthew e o apertei contra mim. Philippe já tentara lhe dizer que ele era digno de ser amado. Talvez um beijo o convencesse.

Soaram urros e aplausos por todos os lados, seguidos por brados apoteóticos.

– *Matthaios*, guarde alguma coisa para que a garota possa encontrar amanhã, senão talvez ela não apareça na igreja! – gritou Philippe, arrancando mais risos dos convidados. Eu e Matthew nos separamos em feliz constrangimento. Passei os olhos pelo salão e lá estava Philippe próximo à lareira, afinando um instrumento de sete cordas que segundo Matthew era uma cítara. Fez-se um silêncio ansioso por todos os lados.

– Nos meus tempos de criança, no final dos banquetes ouviam-se histórias, lendas de heróis e de grandes guerreiros. – Philippe dedilhou as cordas, jorrando sonoridades. – E como todos os homens, os heróis também se apaixonam.

Continuou dedilhando as cordas, embalando a audiência no ritmo da história.

– Peleu era um herói de cabelos negros e olhos verdes que abandonou a terra natal em busca de fortuna. Escondido nas montanhas, um lugar bem parecido com Saint-Lucien, Peleu vivia a sonhar com o mar e as aventuras a serem vividas em terras estrangeiras. Um dia reuniu os amigos e juntos viajaram pelos oceanos do mundo. Até que chegaram a uma ilha conhecida pela beleza das mulheres e pela magia que dominavam.

Eu e Matthew nos entreolhamos longamente quando a voz grave de Philippe entoou os versos a seguir:

> *Muito mais felizes foram os tempos para os homens depois,*
> *Já completamente apaixonados! Vocês heróis, criados*
> *Pelos deuses naqueles dias prateados, favoreçam-me*
> *Agora que os chamo com minha canção mágica.*

A voz sobrenatural e grave de Philippe hipnotizava a audiência.

– Lá, pela primeira vez Peleu encontrou Tétis, filha de Nereu, o deus do mar, conhecido por sempre dizer a verdade e por prever o futuro. Tétis herdara do pai o dom da profecia e tanto se transformava em água como em fogo e ar. Tétis era linda, mas ninguém queria se casar com ela porque um dia o oráculo previra que o filho dela seria mais poderoso do que o pai.

"Apesar da profecia, Peleu apaixonou-se por Tétis. Mas para se casar com uma mulher como ela precisou de muita bravura para se manter firme enquanto ela mudava de um elemento para outro. Peleu se retirou da ilha com Tétis e abraçou-a com força quando ela se transformou de água para fogo e de serpente para leoa. E levou-a para a terra dele quando ela retomou a forma de mulher e lá os dois se casaram."

– E o filho deles? O filho de Tétis destruiu Peleu como previra o oráculo? – sussurrou uma mulher quando Philippe se calou ainda dedilhando as cordas da cítara.

– O filho de Peleu e Tétis foi um grande herói, um guerreiro abençoado tanto na vida como na morte, que se chamava Aquiles. – Philippe sorriu para a mulher. – Mas isso é uma história para outra noite.

Fiquei feliz pelo fato de o pai de Matthew não ter feito o relato completo do casamento e do início da Guerra de Troia. E fiquei ainda mais feliz pela omissão da história da juventude de Aquiles: os terríveis feitiços lançados pela mãe na tentativa de torná-lo imortal como ela própria e a fúria incontrolável do jovem – episódios que causaram mais problemas que o célebre calcanhar desprotegido do herói.

– São apenas histórias – sussurrou Matthew quando me viu inquieta.

Mas eram histórias que as criaturas contavam e recontavam sem se dar conta do sentido que geralmente é que o mais importa, como no caso dos rituais desgastados pelo tempo, rituais de honra, casamentos e famílias considerados sagrados mesmo quando aparentemente ignorados.

– Amanhã é um dia importante e aguardado há muito tempo. – Philippe se pôs de pé com a cítara nas mãos. – Segundo a tradição, a noiva e o noivo devem se manter separados até a cerimônia de casamento.

Eis que surgia um outro ritual: um momento final e formal de separação seguido por uma vida inteira de união.

– Mas a noiva pode conceder uma parcela de afeição ao noivo para que ele não se esqueça dela durante as solitárias horas da noite – disse Philippe, com uma piscadela maliciosa.

Eu e Matthew nos levantamos. Enquanto desamassava a saia, reparei no gibão que ele vestia. Apresentava uma excelente costura e pontos pequenos e regulares. Ele me ergueu pelo queixo com dedos amáveis e de novo me perdi nas curvas suaves e nos ângulos agudos que desenhavam o rosto dele. O senso de encenação se dissipou quando nos entreolhamos. Nosso beijo cercado de convidados no meio do salão nos transportou como um feitiço para um mundo particular, só nosso.

– Nos vemos amanhã de tarde – murmurou ele, colocando os lábios nos meus quando nos separamos.

– Estarei usando um véu. – Não era muito usado pelas noivas no século XVI, mas era um costume antigo e Philippe sempre frisava que nenhuma filha dele entraria na igreja sem um véu.

– Eu a reconheceria de qualquer jeito, com ou sem véu – disse ele sorrindo.

Matthew não tirou os olhos de mim quando Alain me escoltou para fora do salão. Senti o toque frio do olhar sem pestanejar, mesmo algum tempo depois de ter saído do salão.

No dia seguinte, Catrine e Jehanne estavam tão caladas que adormeci enquanto cumpriam as tarefas matinais. O sol estava quase a pino quando finalmente abriram as cortinas da cama e anunciaram que era hora do meu banho.

Mulheres que tagarelavam como maritacas entraram em procissão pelo quarto e despejaram a água dos jarros que carregavam na enorme banheira de cobre que até então me parecia que só era usada para fazer vinho ou cidra. Mas a água quente e a banheira de cobre que retinha a gloriosa quentura me fizeram perder a vontade de escapar e soltei um gemido de êxtase quando afundei lá dentro.

As mulheres me deixaram de molho e só então reparei que meus pertences – livros de anotações alquímicas e expressões em occitano copiadas por mim – tinham desaparecido. Assim como também tinha desaparecido o baú comprido e baixo onde estavam minhas roupas. Catrine me explicou que tudo tinha sido transferido para os aposentos de milorde do outro lado do castelo.

Eu deixava de ser a filha postiça de Philippe para ser a esposa de Matthew. Meus pertences tinham sido adequadamente realocados.

Cientes de suas responsabilidades, Catrine e Jehanne me fizeram sair da banheira para me enxugar quando o relógio marcava treze horas. Marie, a melhor costureira de Saint-Lucien, chegou para dar os últimos retoques na sua obra e supervisionar o trabalho. As contribuições de *monsieur* Beaufils, o alfaiate da cidade, para o traje nupcial não foram levadas em conta.

Graças a Marie *La Robe* (o conjunto sempre me vinha à mente em francês e em maiúsculas) estava espetacular. O método que utilizara para arrematá-lo em tão pouco tempo foi guardado a sete chaves, se bem que achei que cada mulher da vizinhança contribuíra ao menos com um pontinho. Antes de Philippe ter anunciado o meu casamento, o vestido de seda cor de ardósia era um projeto relativamente simples. Mesmo assim, fiz questão de um único par de mangas, não de dois, e de uma gola alta para me proteger das lufadas de vento. Não precisa se preocupar com bordados, disse na ocasião para Marie. Eu também havia dispensado os ultrajantes suportes que faziam a saia balançar em todas as direções.

Marie se valeu de seus poderes de criatividade e de se fazer desentendida para modificar o meu projeto inicial muito antes de Philippe ter informado onde e quando o traje seria usado. Depois disso, nada mais segurou a mulher.

– Marie, *La Robe est belle* – comentei, apontando para a pesada seda bordada. Cornucópias estilizadas e símbolos de fartura e de fertilidade da época bordados em fios dourados, pretos e rosados. Rosetas e folhagens acompanhavam cornos repletos de flores. Faixas bordadas orlavam as mangas e aparavam as pontas do corpete, com um sinuoso padrão de arabescos, luas e estrelas. Nos ombros, uma fileira de abas quadradas denominada *pickadils* escondia os laços que atavam a manga ao corpete. Apesar da elaborada ornamentação, o corte elegante do corpete encaixou-se à perfeição, atendendo o meu desejo em relação às armações de arame debaixo da saia. A saia estava volumosa pela abundância de pano e um pouco pela armação de arame. Anquinhas estofadas e meias de seda eram as únicas peças sob as roupas de baixo.

– É um corte firme. Muito simples – disse Marie convicta enquanto puxava e ajeitava a barra inferior do corpete.

As mulheres estavam quase terminando o meu penteado quando alguém bateu à porta. Catrine se apressou para abri-la e tropeçou num cesto de toalhas que estava no meio do caminho.

Era Philippe, que vestia um magnífico casaco marrom e era seguido por Alain. O pai de Matthew me olhou fixamente.

– Diana? – A voz dele soou insegura.

– O quê? Alguma coisa errada? – Examinei o vestido e passei a mão no cabelo com nervosismo. – Não temos um espelho grande e não pude me ver...

– Você está linda, e o olhar de Matthew será melhor que qualquer espelho – disse Philippe, com firmeza.

– E *você* tem uma língua de prata, Philippe de Clermont – retruquei, com um sorriso. – O que o traz aqui?

– Vim lhe dar os presentes de casamento. – Ele fez um aceno e Alain entregou-lhe uma sacola de veludo. – Lamento pela falta de tempo que impediu a confecção de algo mais. São peças de família.

Ele despejou o conteúdo da sacola na mão. Uma corrente de luz e de fogo jorrou ouro, diamantes e safiras. Quase perdi o fôlego. Ainda havia outros tesouros escondidos na sacola de veludo: um fio de pérolas, algumas luas crescentes com opalas incrustadas e uma raríssima flecha de ouro com as extremidades aplainadas pelo tempo.

– Para que tudo isso? – perguntei extasiada.

– Para você usar, é claro – disse Philippe, com um risinho. – A corrente era minha, mas achei que os diamantes amarelos e as safiras combinariam com o vestido feito por Marie. Essa corrente assentará uma linha horizontal nos seus ombros, embora seja de estilo antigo e talvez alguns possam dizer que é muito masculina para uma noiva. Antes tinha uma cruz dependurada no centro, mas achei que você gostaria mais da flecha.

– Não reconheço as flores. – Eram delgados botões amarelos que lembravam frésias intercalados com flores-de-lis douradas ornadas de safiras.

– *Planta genista*. Os ingleses a chamam de giesta. Os angevinos a usavam como emblema.

Os Plantageneta: a mais poderosa família real da história inglesa. Os Plantageneta haviam expandido a Abadia de Westminster cedida aos barões e assinado a Carta Magna, estabelecido o Parlamento e apoiado a fundação das universidades de Oxford e de Cambridge. Também haviam combatido nas Cruzadas e na Guerra dos Cem Anos com a França. Philippe ganhara a corrente de um Plantageneta como símbolo de um favor real. Não era preciso dizer mais nada sobre esse esplendor.

– Philippe, eu não sei se posso... – Ele interrompeu meus protestos passando as outras joias para Catrine e descendo a corrente pela minha cabeça. A mulher que me olhava do outro lado do lúgubre espelho não era mais uma historiadora moderna, e Matthew também não era mais um cientista moderno. – Oh – exclamei maravilhada.

– Você está de tirar o fôlego – disse Philippe. Seguiu-se uma leve expressão de pesar. – Gostaria tanto que Ysabeau estivesse aqui para vê-la assim e para testemunhar a felicidade de Matthew.

– Um dia contarei tudo a ela – prometi amavelmente, olhando nos olhos dele enquanto Catrine prendia a flecha no centro da corrente e ornava meu cabelo com o fio de pérolas. – Esta noite tomarei muito cuidado com as joias e amanhã devolverei para você.

– Pertencem a você, Diana, faça o que quiser com elas. E isto aqui também. – Philippe puxou uma sacola de couro do cinto e estendeu-a para mim.

Era uma sacola pesada. Muito pesada.

– As mulheres da família administram as próprias finanças. Ysabeau insiste que seja assim. A sacola tem moedas inglesas e francesas. Não valem tanto quanto os ducados venezianos, mas ninguém fará perguntas quando gastá-las. Se precisar de mais, basta pedir para Walter ou para outro membro da irmandade.

Depois de chegar à França totalmente dependente de Matthew, em pouco mais de uma semana já tinha aprendido a me conduzir, a conversar, a administrar uma casa e a destilar o espírito do vinho. E agora possuía meus próprios bens e era nomeada publicamente por Philippe de Clermont como sua filha.

– Muito obrigada por tudo – disse delicadamente. – Eu achava que você não me queria como nora.

– A princípio, talvez não. Mas até os homens velhos podem mudar de opinião. – Ele abriu um sorriso radiante. – No fim das contas, sempre consigo o que quero.

As mulheres me envolveram na capa. Na última hora, Catrine e Jehanne cobriram minha cabeça com uma peça de seda transparente e a fixaram no meu cabelo com as luas crescentes de opala que tinham pequeninas presilhas por trás.

Thomas e Étienne, que já se viam como os meus defensores pessoais, correram à nossa frente pelo castelo, proclamando a nossa aproximação a plenos pulmões. Não demorou e formamos uma procissão em direção à igreja sob o crepúsculo. Claro que alguém estava na torre dos sinos porque as badaladas anunciaram a nossa chegada.

Fiquei de pernas bambas quando chegamos à igreja. A aldeia inteira estava reunida com o padre no lado de fora da porta. Matthew estava de pé no alto da pequena escadaria. Mesmo sob um véu transparente, notei que estava concentrado. Ambos nos sentíamos como o sol e a lua, livres do tempo, da distância e da diferença. Só nos importava a posição de um em relação ao outro.

Segurei as abas da saia e caminhei na direção dele. A pequena escadaria parecia não ter fim. Será que o tempo age da mesma maneira com todas as noivas, perguntei-me, ou só com as bruxas?

O padre fez uma reverência da porta para mim, mas não se mostrou disposto a nos admitir na igreja. Segurava um livro e não o abriu. Franzi a testa confusa.

– Tudo bem, *mon coeur*? – sussurrou Matthew.

– Não vamos entrar?

– Os casamentos são realizados na porta da igreja para evitar futuras disputas sangrentas em torno da veracidade dos relatos sobre a cerimônia. Nós temos que agradecer a Deus pelo fato de não estar caindo uma nevasca.

– *Commencez!* – ordenou o padre, assentindo para Matthew.

Meu único papel na cerimônia consistiu em dizer onze palavras. Matthew se encarregou de quinze. Philippe informou ao padre que repetiríamos os votos em inglês porque era importante que a noiva compreendesse tudo o que estava prometendo. Esse número de palavras somado às palavras necessárias para nos fazer marido e mulher perfizeram um total de cinquenta e duas.

– *Agora!* – O padre tremeu de ansiedade pelo jantar.

– *Je, Matthew, donne mon corps à toi, Diana, en loyal mariage.* – Ele segurou minhas mãos. – Eu, Matthew, dou meu corpo a ti, Diana, em fiel matrimônio.

– *Et je le reçois* – repliquei. – E o recebo.

Estávamos a meio caminho. Respirei fundo e prossegui.

– *Je, Diana, donne mon corps à toi, Matthew.* – Com a parte mais difícil terminada, repeti rapidamente minha última fala. – Eu, Diana, dou meu corpo a ti, Matthew.

– *Et je le reçois, avec joie.* – Matthew ergueu o véu de minha cabeça. – E a recebo com alegria.

– Essas não são as palavras certas – retruquei convicta. Eu tinha decorado os votos e não havia *"avec joie"* em nenhuma parte.

– São sim – disse Matthew, abaixando a cabeça.

Já havíamos nos casado conforme o costume dos vampiros quando nos juntamos, e de novo em Madison pela lei comum quando Matthew colocara o anel de Ysabeau no meu dedo. E agora nos casávamos pela terceira vez.

Não consigo lembrar direito o que houve depois. Só lembro de tochas e de uma longa caminhada morro acima, cercada pelos votos de felicidade. O banquete de Chef já estava servido à mesa e os comensais se entregaram aos pratos com entusiasmo. Eu e Matthew nos sentamos a sós à mesa da família, enquanto Philippe circulava para ver se todos estavam sendo servidos de vinho e se as crianças estavam recebendo uma justa porção de espetinhos de lebre assada e bolinhos de queijo. De vez em quando olhava em nossa direção com orgulho, como se tivéssemos vencido dragões naquela tarde.

– Nunca pensei que presenciaria um dia como esse – disse Philippe para Matthew quando pôs os pastéis de nata à nossa frente.

A festa começou a declinar quando os homens afastaram as mesas para as laterais do salão. Soaram flautas e tambores do balcão dos menestréis lá no alto.

– Reza a tradição que a primeira dança seja com o pai da noiva – disse Philippe, fazendo uma reverência para mim e conduzindo-me pelo salão. Ele era um bom dançarino, mas acabei me emaranhando nele.

– Posso? – Matthew deu uma palmadinha no ombro do pai.

– Por favor. Sua mulher está tentando quebrar meu pé. – Philippe atenuou as palavras com uma piscadela e me deixou com meu marido.

Os outros que também dançavam se afastaram para que ficássemos no centro do salão. A música se fez deliberadamente mais lenta quando um músico dedilhou as cordas de um alaúde, acompanhado pelas doces notas de um instrumento de sopro. À medida que nos separávamos e nos juntávamos uma, duas e diversas vezes, mais as interferências do salão se dissipavam.

– Você dança melhor que Philippe, por mais que sua mãe diga o contrário – disse-lhe quase sem fôlego, apesar daquela dança mais comedida.

– Isso porque está me deixando conduzi-la. – Era uma brincadeira. – Você travou uma luta com cada passo de Philippe.

Quando a dança nos juntou outra vez, Matthew me pegou pelos cotovelos, se comprimiu no meu corpo e me beijou.

– Agora que estamos casados ainda perdoa os meus pecados? – perguntou ele, retomando os passos da dança.

– Isso depende – ponderei. – O que fez agora?

– Amassei seu rufo sem querer.

Sorri e ele me beijou ligeiramente, mas com intensidade. O instrumentista do tambor entendeu isso como uma deixa e acelerou o andamento da música. Os outros casais saíram aos rodopios e aos pulinhos pelo salão. Ele me conduziu para uma área relativamente segura perto da lareira, mas nem por isso isenta de pisadas. Um minuto depois, Philippe se aproximou de nós.

– Leve sua mulher para a cama e acabe com isso – murmurou.

– Mas os convidados... – Matthew relutou.

– Leve sua mulher para a cama, meu filho – repetiu Philippe. – Saiam de fininho agora, antes que os outros decidam acompanhá-los até lá em cima para se certificarem de que você cumpriu seu dever. Deixe tudo por minha conta. – Voltou-se para mim, beijou-me formalmente nas bochechas, murmurou alguma coisa em grego e nos despachou para a torre de Matthew.

Embora tivesse conhecido aquela parte do castelo no meu tempo de origem, ainda não a conhecia no seu esplendor do século XVI. Os aposentos de Matthew tinham uma outra arrumação. Os livros não estavam na sala do primeiro pavimento, pois lá estava uma grande cama com dossel. Catrine e Jehanne chegaram com uma caixa entalhada para minhas joias novas, encheram uma bacia e pegaram novas roupas de cama. Matthew sentou-se ao lado da lareira, tirou as botas e depois pegou uma taça de vinho.

– Seu cabelo, madame? – disse Jehanne, olhando desconfiada para o meu marido.

– Eu mesmo cuido disso – disse Matthew, com rispidez e com olhos flamejantes.

– Espere. – Tirei as joias em forma de lua dos cabelos e coloquei-as na palma estendida de Jehanne. Ela e Catrine retiraram o meu véu e se foram. Fiquei de pé ao lado da cama e Matthew continuou sentado ao lado da lareira, com as pernas esticadas e os pés em cima de um dos baús de roupas.

Depois que a porta se fechou, ele largou a taça de vinho, veio na minha direção, enfiou os dedos nos meus cabelos e em poucos segundos desmanchou um penteado que as garotas tinham levado quase trinta minutos para fazer. Retirou o fio de pérolas. Quando meus cabelos caíram nos ombros, abriu as narinas e sentiu meu cheiro. Puxou meu corpo sem dizer uma palavra e inclinou-se para me beijar na boca.

Mas ainda havia perguntas a serem feitas e respostas a serem dadas. Então, recuei.

– Matthew, você tem certeza...?

Dedos gelados escorregaram por baixo do rufo e encontraram os laços que o atavam ao meu corpete.

O linho engomado escorregou pelo meu pescoço e caiu no chão. Ele soltou os botões que mantinham a minha gola alta apertada. Inclinou a cabeça e me beijou no pescoço. Puxei o gibão dele.

– Matthew – insisti. – É sobre...

Ele me silenciou com outro beijo enquanto retirava a pesada corrente de cima dos meus ombros. Ficamos afastados por um momento quando a fez passar pela minha cabeça. E depois violou com as mãos a linha de ameias do *pickadil*, onde as mangas se encontravam com o corpete. Deslizou os dedos por entre os vãos à procura de um ponto vulnerável na defesa daquela veste.

– Achei – murmurou, fisgou as pontas com os dedos indicadores e puxou-as com determinação. A manga de um dos braços escorregou até o chão, seguida pela outra. Fez isso despreocupado, mas era o meu vestido de noiva e não seria fácil substituí-lo.

– Meu vestido – exclamei, contorcendo-me nos braços dele.

– Diana. – Ele recuou a cabeça e pôs as mãos na minha cintura.

– Sim? – respondi quase sem fôlego. Tentei alcançar a manga com a ponta do chinelo para empurrá-la até um ponto onde correria menos perigo.

– O padre abençoou nosso casamento. Toda a aldeia nos desejou felicidade. Depois de tanta comida e dança, achei que fecharíamos a noite fazendo amor. Mas você parece mais preocupada com seu vestido. – Ele localizou um outro conjunto de laços que atavam a saia e as anáguas à borda do corpete, a uns oito centímetros abaixo do meu baixo-ventre. Introduziu suavemente os polegares por entre a borda do corpete e o meu osso púbico.

– Não quero que nossa primeira noite de amor seja para satisfazer o seu pai. – Apesar dos protestos, arqueei os quadris em silencioso convite enquanto ele movia os dedos de um jeito enlouquecedor, como as batidas das asas de um anjo. Ouvi um suave murmúrio de satisfação quando ele desamarrou o arco escondido ali.

Ele puxou os cruzamentos das fitas e com dedos ágeis passou-as pelos orifícios escondidos. Eram doze ao todo e meu corpo arqueava e se aprumava com a força do empenho dele.

– Finalmente – disse Matthew radiante, gemendo em seguida. – Cristo. Ainda há mais.

– Ora, ainda nem chegou perto. Estou recheada como um ganso de Natal – comentei quando ele soltou o corpete da saia e das anáguas, deixando o espartilho por baixo à vista. – Ou para ser mais exata, um ganso de Advento.

Mas ele não prestou atenção nas minhas palavras. Em vez disso, concentrou-se no ponto onde a minha quase transparente blusa de gola alta entrava por dentro do reforçado pano do espartilho. Comprimiu os lábios na intumescência. Curvou a cabeça em pose reverente e com a respiração irregular.

Comigo aconteceu o mesmo. Foi surpreendentemente erótico. Ele roçou os lábios pelo tecido de algodão e de alguma forma isso se amplificou. Eu não sabia o que tinha interrompido os esforços dele para me despir e o enlacei pela cabeça e esperei que ele fizesse o movimento seguinte.

Ele pegou minhas mãos e as enlaçou em um dos postes entalhados que sustentavam o dossel.

– Segure firme – disse.

Antes de terminar, reservou um instante para introduzir as mãos no espartilho. Mergulhou-as no meu tórax e apalpou os meus seios. Gemi suavemente quando a blusa se comprimiu entre a pele eriçada e quente dos meus mamilos e os dedos frios dele. Ele me abraçou.

– Pareço interessado em agradar alguém além de você? – murmurou no meu ouvido. Como não respondi de pronto, ele serpenteou pelo meu estômago com uma das mãos e me puxou para mais perto. A outra mão ainda segurava o meu seio.

– Não. – Minha cabeça tombou no ombro dele, deixando minha nuca exposta.

– Então, chega de conversas sobre meu pai. E amanhã comprarei vinte vestidos iguais a esse se parar agora mesmo de se preocupar com as mangas. – Ele franziu minha blusa para o alto, fazendo a bainha contornar minhas coxas. Soltei o poste da cama, agarrei a mão dele e a levei ao meu ventre.

– Chega de conversas. – Assenti e suspirei quando ele abriu minhas coxas e me aquietou com um beijo. O movimento lento das mãos dele me fez reagir de maneiras diferentes à medida que a tensão do meu corpo desabrochava.

– Roupas demais – eu disse sem fôlego. Ele assentiu mudo, mas evidente na pressa com que puxou o espartilho pelos meus braços. A essa altura os laços já estavam frouxos e rapidamente o desci pelos quadris e o tirei. Soltei a calça dele enquanto ele desabotoava o gibão. As duas peças se juntavam nos quadris dele com muitas fitas cruzadas, assim como meu corpete e minha saia.

Fizemos uma pausa quando ficamos apenas com a roupa de baixo, eu com minha blusa e ele com sua camisa, e com isso voltou nosso embaraço.

– Posso amá-la, Diana? – A pergunta simples e galante dissolveu todo o meu nervosismo.

– Claro – sussurrei. Ele se ajoelhou e desamarrou as fitas que prendiam minhas meias. Eram de cor azul que segundo Catrine representava a fidelidade. Enquanto descia a malha pelas minhas pernas marcava essa passagem com beijos nos meus joelhos e tornozelos. Livrou-se da própria malha com tanta rapidez que quase não tive a chance de reparar na cor das ligas dele.

Ergueu-me com tanta ligeireza que os dedos dos meus pés quase não tocaram o solo, e logo se encaixou no entalhe por entre minhas pernas.

– Desse jeito talvez a gente não consiga chegar à cama – comentei enquanto me agarrava aos ombros dele. Eu o queria dentro de mim, e rapidamente.

Conseguimos chegar ao ninho macio e sombreado depois que nos livramos do resto dos panos ao longo do caminho. E lá o recebi na lua de minhas coxas enquanto meus braços o puxavam para mim. Mesmo assim, gemi de surpresa quando nossos corpos se fizeram um só corpo: quente e frio, luminoso e sombrio, feminino e masculino, bruxa e vampiro, uma conjunção de opostos.

Matthew começou a se mexer dentro de mim, com uma expressão que oscilava entre a reverência e o êxtase, e tornou-se tenaz depois que angulou o corpo e reagi com um grito de prazer. Levou o braço até a base de minhas costas e levantou-me pelos quadris enquanto eu cravava as mãos nos ombros dele.

Entramos no ritmo singular dos amantes e nos demos prazer um ao outro, com suaves toques de mãos e de bocas enquanto os corpos se embalavam unidos até que só restaram nossos corações e nossas almas. Olhávamos no fundo dos olhos um do outro e trocávamos os votos finais de carne e espírito com a suavidade e o tremor dos recém-nascidos.

– Posso amá-la para sempre? – murmurou ele, colando os lábios na minha testa suada e traçando um trajeto frio pela minha sobrancelha enquanto estávamos com os corpos entrelaçados.

– Claro que pode. – Prometi mais uma vez, apertando-me ainda mais no corpo dele.

13

—Estou adorando a vida de casada – disse sonolenta.
Não tínhamos feito mais nada além de fazer amor, conversar, ler e dormir depois que sobrevivemos ao dia seguinte do banquete e ao recebimento dos presentes na semana anterior – mugidores e cacarejantes em sua maioria. Uma vez ou outra Chef nos mandava uma bandeja com alimentos e bebida para o nosso sustento. Mas ficávamos a sós na maior parte do tempo. Nem Philippe interrompia o nosso tempo de intimidade.

– Parece que está se saindo bem com isso – disse Matthew, roçando a ponta do nariz atrás de minha orelha. Eu estava deitada de bruços e com as pernas esparramadas no espaço por cima da forja onde estocavam o arsenal. Ele estava em cima de mim para me proteger da corrente de ar que entrava pelos buracos da porta. Eu não sabia se alguma parte do meu corpo podia ser vista por algum passante eventual, mas certamente o dorso e as pernas nuas de Matthew estavam à vista. Ele se mexeu em cima de mim de maneira sugestiva.

– Não acredito que queira fazer de novo. – Sorri de felicidade quando ele repetiu o movimento. E me perguntei se aquela estamina sexual era peculiar aos vampiros ou exclusiva de Matthew.

– Já está criticando minha criatividade? – Ele me virou e se meteu entre minhas pernas. – Aliás, eu estava pensando nisso. – Inclinou o rosto para me beijar e escorregou suavemente para dentro de mim.

– Viemos aqui para minha prática de tiro – comentei em seguida. – É isso que entende por prática de tiro ao alvo?

Matthew soltou uma risada.

– Há centenas de eufemismos em Auvergnat para o ato de fazer amor, mas não creio que esse seja um deles. Vou perguntar para o Chef que é mestre nisso.

– Você não fará isso.

– Está ficando pudica, dra. Bishop? – disse ele, fingindo-se surpreso e tirando uma palha que estava emaranhada em meu cabelo. – Não se preocupe. Ninguém aqui tem ilusões sobre como estamos passando o tempo.

— Estou entendendo aonde você quer chegar. – Puxei a malha que tinha sido dele pelos meus joelhos. – Já que me atraiu até aqui poderia muito bem tentar descobrir o que estou fazendo de errado.

— Você é uma novata e não posso esperar que acerte o alvo o tempo todo. – Ele se pôs de pé e procurou a malha dele. Estava jogada por perto, com uma das pernas ainda atada à calça e a outra fora de vista. Encontrei-a embolada e amassada debaixo do meu ombro e entreguei para ele.

— Eu poderia me tornar exímia com um bom treinador. – A essa altura já o tinha visto atirar, e ele se mostrara um arqueiro nato com seus braços longos e suas mãos delgadas e fortes. Segurei o arco recurvo e um crescente de chifre polido e de madeira foi de encontro a uma pilha de feno nas proximidades. A corda de couro retorcido do arco balançou solta.

— Então, você devia passar algumas horas com Philippe e não comigo. A forma com que ele maneja o arco já é lendária.

— Seu pai me disse que Ysabeau é uma exímia atiradora. – Eu sabia manejar o arco, mas ainda estava muito longe da habilidade dela.

— Isso porque *maman* é a única criatura que já cravou uma flecha ao lado dele. – Matthew apontou para o arco. – Vou amarrá-lo para você.

Minha primeira tentativa de introduzir a corda do arco no encaixe me deixara uma marca rosada no rosto. A operação requeria força e destreza para vergar as partes inferiores e superiores do arco, de modo que ficassem alinhadas corretamente. Ele apoiou a parte inferior do arco na coxa, vergou a parte superior com uma das mãos e amarrou a corda com a outra.

— Você faz isso parecer fácil. – Na moderna Oxford ele também retirara uma rolha de uma garrafa de champanhe de um jeito que tinha parecido fácil.

— É fácil... quando se é um vampiro com milhares de anos de prática. – Ele me entregou o arco sorrindo. – Não se esqueça de manter os ombros em linha reta e atire de maneira suave e serena, sem pensar muito no tiro.

Matthew também fazia isso *parecer* fácil. Voltei o rosto para o alvo. Era um gorro macio, um gibão e uma saia que ele fixara com algumas adagas. Explicou que o objetivo era atirar no ponto de mira e, para demonstrar o argumento, atirou uma única flecha em uma pilha de feno, seguida em sentido horário por mais cinco flechas até fazer um círculo, e depois cravou uma sexta bem no centro.

Tirei uma flecha da aljava e coloquei-a no arco. Acompanhei a linha de visão fornecida pelo meu braço esquerdo e puxei a corda para trás. Hesitei. Achei que o arco estava desalinhado.

— Atire – disse ele abruptamente.

Soltei a corda e a flecha passou zunindo pelo feno e se esborrachou no chão.

— Vou tentar novamente – disse, buscando a aljava aos meus pés.

– Vi quando você atirou o fogo de bruxa e abriu um buraco no peito daquela vampira – disse Matthew suavemente.

– Não quero evocar Juliette. – Tentei encaixar a flecha no lugar, com as mãos trêmulas. Abaixei o arco. – Nem Champier. Nem o fato de que meus poderes parecem ter evaporado. E muito menos que faço as frutas secarem e vejo cores e luzes ao redor das pessoas. Será que poderíamos deixar tudo isso de lado... ao menos por uma semana? – Minha magia (ou a ausência dela) voltava a ser o tópico regular da conversa.

– Espero que com a prática do arco e flecha você ative o fogo de bruxa – comentou ele. – Evocar Juliette talvez ajude.

– Por que isso não pode ser feito apenas com alguns exercícios? – retruquei com impaciência.

– Porque precisamos entender por que seus poderes se transformaram – disse ele serenamente. – Erga o arco, puxe a flecha para trás e deixe-a voar.

– Pelo menos dessa vez acertei o feno – disse depois que a flecha aterrissou no canto direito da pilha de feno.

– Muito ruim se você estava mirando a minha barriga.

– Você está se divertindo muito com isso.

Ele ficou sério.

– Nada é divertido quando se trata de sobreviver. Desta vez encaixe a flecha e feche os olhos antes de mirar.

– Quer que use os meus instintos. – Titubeei sorrindo quando encaixei a flecha no arco. O alvo estava à frente, mas em vez de focá-lo fechei os olhos como Matthew sugerira. Logo que fiz isso me distraí com o peso do ar. Pesou nos meus braços e nas minhas coxas e se alojou nos meus ombros como uma pesada capa. E também ergueu a ponta da flecha. Acertei minha postura, abrindo os ombros para empurrar o ar. Uma brisa, uma carícia em movimento, afastou uma mecha de cabelo de minha orelha em reação.

O que você quer? Perguntei mentalmente para a brisa.

Sua confiança, ela sussurrou em resposta.

Abri os lábios em admiração e, com o olho mental aberto, vislumbrei a ponta da flecha dourada enquanto era queimada pelo calor e a pressão da forja. O fogo que permaneceu preso na flecha queria voar livre de novo, mas permaneceria preso enquanto não me livrasse do medo. Soltei o ar dos pulmões lentamente, até abrir espaço para a fé. Quando meu hálito acabou de percorrer a extensão da flecha, soltei a corda do arco. A flecha saiu em voo impulsionado por minha respiração.

– Acertei! – Eu ainda estava de olhos fechados, mas nem precisei olhar para saber que a flecha atingira o alvo.

– Você conseguiu. A questão é como. – Matthew tirou o arco de minhas mãos antes que caísse.

– O fogo estava preso na flecha, e o peso do ar estava enrolado na ponta e por toda a extensão da flecha. – Abri os olhos.

– Você sentiu os elementos da mesma forma que sentiu a água debaixo do pomar de Sarah lá em Madison e a luz do sol no marmelo lá na Velha Cabana. – Ele ficou pensativo.

– Às vezes o mundo me parece repleto de potencialidades invisíveis e fora do meu alcance. Talvez soubesse o que fazer com tudo isso se pudesse me metamorfosear quando quisesse como Tétis. – Peguei o arco e outra flecha. Acertava o alvo quando ficava de olhos fechados. Mas, quando olhava para o entorno, às vezes os tiros eram longos e outras vezes muito curtos.

– Basta por hoje – disse Matthew, massageando um nó que se formava junto da minha omoplata direita. – Chef espera chuva nesta semana. É melhor cavalgarmos enquanto podemos. – Chef não era apenas um mago das panelas, também era um razoável meteorologista. E geralmente fazia as previsões com a bandeja do café da manhã nas mãos.

Na cavalgada pelo campo de volta para casa avistamos muitas fogueiras espalhadas pelo caminho e tochas acesas em Sept-Tours. Era a noite da Saturnália, início oficial da estação de festas no castelo. O ecumênico Philippe que não queria ninguém deixado de lado deu igual tratamento às tradições romanas e cristãs. Até mesmo um veio do Yule nórdico verteu em meio à mistura das tradições, o que para mim certamente estava relacionado com a ausência de Gallowglass.

– Não acredito que já estejam cansados da companhia um do outro tão cedo! – gritou Philippe do balcão dos menestréis quando retornamos. Usava um magnífico arranjo de cornos em galhadas no alto da cabeça que o tornava uma mistura bizarra de leão e cervo. – Não esperávamos que aparecessem antes de quinze dias. Mas já que apareceram talvez sejam úteis. Dependurem estrelas e luas em todos os espaços vazios.

O grande saguão estava decorado com tantas folhagens que parecia uma floresta e cheirava a isso. Para o comodismo dos foliões havia barris de vinho espalhados por todos os lados. Fomos saudados com aplausos em nosso retorno. A turma da decoração pediu a Matthew que escalasse a chaminé da lareira e pregasse um grande galho de árvore em uma das vigas. Ele escalou o conduto de pedra com tal agilidade que não devia ser a primeira vez que fazia isso.

Era impossível resistir ao espírito festivo; na hora da ceia nós dois nos oferecemos para servir a comida com um ritual de inversão, onde os servos seriam amos e os amos, servos. Meu fiel escudeiro Thomas tirou o pedaço de palha mais longo e ganhou o direito de presidir a celebração no papel de Lorde da Desordem.

Sentou-se em cima de uma pilha de almofadas na cadeira de Philippe, ostentando como adereço teatral uma coroa de ouro e rubi de valor incalculável apanhada nos aposentos superiores. Qualquer solicitação tola de Thomas era cumprida por Philippe no papel de bobo da corte. Naquela noite as obrigações do pai de Matthew consistiram em dançar romanticamente com Alain (ele optou por representar o papel feminino), em encantar os cachorros com uma flauta e em projetar sombras de dragões nas paredes que eram acompanhadas pela gritaria das crianças.

Philippe não se esqueceu dos adultos, pois elaborou jogos de azar que os deixou ocupados enquanto ele divertia o público infantil. Cada adulto recebeu uma bolsa de feijões para fazer as apostas, com a promessa de um saco de moedas para quem tivesse ganhado mais apostas ao final da noite. A empreendedora Catrine tornou-se o sucesso da noite na troca de beijos por feijões; eu teria apostado todas as minhas fichas em Catrine como ganhadora do grande prêmio se as tivesse comigo.

No decorrer da noite às vezes Matthew e Philippe se colocavam lado a lado para conversar e partilhar piadas. Só quando curvavam a cabeça juntos, uma brilhante e outra negra, é que a diferença de aparência entre ambos era gritante. Mas no geral eram idênticos. Com o passar dos dias o insaciável bom humor do pai acabou polindo algumas arestas de Matthew. Hamish estava certo: Matthew não era o mesmo homem naquele lugar. Ele era melhor e ainda era meu, apesar dos medos que senti no monte Saint-Michel.

A certa altura Matthew notou que estava sendo observado por mim e me olhou intrigado. Sorri e joguei-lhe um beijo do outro lado do salão. Ele inclinou a cabeça, acanhado e feliz.

Faltavam uns cinco minutos para a meia-noite quando Philippe retirou a coberta que ocultava um objeto posicionado perto da lareira.

– Cristo meu. Philippe jurou que faria esse relógio ficar de pé e funcionar novamente, mas não acreditei nele. – Matthew juntou-se a mim enquanto crianças e adultos urravam em êxtase.

Eu nunca tinha visto um relógio como aquele. Um gabinete entalhado e dourado fazia um barril de água circular. Um longo cano de cobre emergia do barril e vertia água no casco de uma formosa miniatura de navio suspensa por uma corda enrolada num cilindro. À medida que a água fazia o navio pesar, o cilindro girava e uma mão se movia em torno de um marcador na superfície do relógio que indicava a hora. A estrutura do relógio era tão alta quanto eu.

– O que vai acontecer à meia-noite? – perguntei.

– Certamente alguma coisa que tenha a ver com a pólvora que ele solicitou ontem – respondeu Matthew, com um ar sério.

Depois de exibir o relógio com pompa e circunstância, Philippe iniciou um tributo aos amigos e familiares passados e presentes, como convinha a um festival em honra do antigo deus do tempo. Nomeou cada criatura que a comunidade perdera no ano anterior, inclusive (quando solicitado pelo Lorde da Desordem) Prunelle, a gatinha de Thomas que por desventura morrera tragicamente. Enquanto isso a mão se aproximava da meia-noite.

Exatamente à meia-noite o navio detonou com uma explosão ensurdecedora. O relógio estremeceu e parou dentro de uma caixa de madeira lascada.

– *Skata*. – Philippe olhou com tristeza para os destroços do relógio.

– *Monsieur* Finé... que Deus o tenha, não deve ter gostado dos implementos no projeto dele. – Matthew curvou-se para olhar mais de perto, afastando a fumaça dos olhos. – Todo ano Philippe apresenta uma novidade: jatos de água, sinos, coruja mecânica que pia as horas. Mexe nesse relógio desde que o ganhou do rei François num carteado.

– Era para o canhão soltar pequenas faíscas e um sopro de fumaça. As crianças iam adorar – disse Philippe, sem dissimular a frustração. – *Matthaios*, sua pólvora não prestou.

Matthew sorriu.

– A julgar pelo estrago, prestou muito.

– *C'est dommage* – disse Thomas, balançando a cabeça por solidariedade. Estava agachado ao lado de Philippe, com a coroa torta e com um ar preocupado de adulto.

– *Pas de problème*. No próximo ano faremos melhor – garantiu Philippe para Thomas.

Algum tempo depois deixamos o pessoal de Saint-Lucien entregue à jogatina e à folia. Passei um tempo perto da lareira lá em cima, esperando que Matthew preparasse as velas e fosse para a cama. Quando nos juntamos, suspendi a camisola e montei nos quadris dele.

– O que está fazendo? – Ele se surpreendeu quando se viu deitado de barriga para cima na cama e com a esposa o olhando de cima.

– A desordem não é exclusividade dos homens – disse, arranhando-lhe o peito com as unhas. – Li um artigo sobre isso na escola intitulado "Mulheres por cima".

– Habituada como está a comandar não a imagino aprendendo muita coisa nesse artigo, *mon coeur*. – Os olhos de Matthew arderam quando ajeitei meu peso para aprisioná-lo entre minhas coxas.

– Bajulador. – Passeei com a ponta dos dedos pelos quadris dele, apalpando os sulcos do abdome e subindo até os músculos dos ombros. Curvei-me e o prendi pelos braços na cama, propiciando-lhe uma excelente visão do meu corpo pela gola aberta da camisola. Ele soltou um gemido.

– Bem-vindo ao mundo virado de cabeça para baixo. – Eu o deixei livre durante um tempo enquanto tirava a camisola e logo o peguei pelas mãos, curvei-me e rocei meus mamilos no peito dele.

– Cristo. Assim você me mata.

– Não ouse morrer agora, vampiro – exclamei, conduzindo-o dentro de mim, remexendo-me levemente e assim garantindo a promessa de mais. Ele reagiu com um doce grunhido. – Gosta disso – acrescentei carinhosamente.

Ele me induziu a um ritmo mais pesado e rápido. Mas mantive os movimentos lentos e estáveis, satisfeita com o encaixe de nossos corpos. A fria presença dele dentro de mim era uma prazerosa fonte de fricção que me aquecia o sangue. Olhei no fundo dos olhos dele quando ele atingiu o clímax, e a crua vulnerabilidade daqueles olhos me fez mergulhar nele. Já exausta, desmoronei no peito dele, e quando fiz menção de sair, ele me abraçou com força.

– Fique – sussurrou.

Fiquei e Matthew me acordou algumas horas depois. Fez amor comigo de novo na quietude que antecede o amanhecer, e me segurou quando submergi na metamorfose de fogo para água e de água para ar, retornando mais uma vez aos sonhos.

A sexta-feira marcava o dia mais curto do ano e a celebração de Yule. A aldeia se recuperava da Saturnália e ainda tinha o Natal pela frente, mas Philippe continuava a todo vapor.

– Chef destrinchou um porco – disse. – Eu não podia desapontá-lo.

Durante uma trégua no tempo, Matthew se dirigiu à aldeia para ajudar a reparar os telhados que haviam tombado com o peso da última nevasca. Saí de lá e ele ainda martelava as vigas juntamente com outro carpinteiro, feliz da vida com a perspectiva de um trabalho físico fatigante sob a temperatura gelada da manhã.

Eu me tranquei na biblioteca, com alguns dos melhores livros de alquimia da família e algumas folhas de papel. Uma dessas folhas estava com rabiscos e diagramas que não fariam sentido para ninguém além de mim. Com os últimos acontecimentos no castelo, já tinha deixado de lado as tentativas de fazer o espírito de vinho. Thomas e Étienne preferiam correr nos arredores com os amigos e passar a ponta dos dedos na cobertura do último bolo feito por Chef a me ajudar em uma experiência científica.

– Diana. – Philippe se movia em grande velocidade e já estava a meio caminho da sala quando reparou em mim. – Pensei que você estivesse com Matthew.

– Não aguento quando o olho lá no alto – confidenciei.

Ele balançou a cabeça em cumplicidade.

– O que está fazendo? – perguntou, espiando por cima do meu ombro.

– Tentando descobrir o que eu e Matthew temos a ver com a alquimia. – Já estava com o cérebro confuso pela falta de uso e pelas noites sem dormir.

Philippe despejou um punhado de triângulos de papel, rolinhos e quadrados sobre a mesa e puxou uma cadeira. Apontou para um dos meus esboços.

– Esse é o selo de Matthew.

– Sim. E também o símbolo de prata e ouro, lua e sol. – O salão tinha sido decorado para a Saturnália com versões desses corpos celestes. – Tenho pensado nisso desde a noite de segunda-feira. Entendi por que a bruxa pode ser simbolizada pela lua crescente ou a prata... ambas estão associadas à deusa. Mas por que ninguém simboliza o vampiro com o sol ou o ouro? – Isso se contrapunha aos resíduos da lenda popular.

– Porque somos imutáveis. Nossa vida não se preenche nem se esvazia, e como o ouro, nosso corpo resiste à corrupção da morte e da doença.

– Eu devia ter pensado isso. – Fiz algumas anotações.

– Talvez estivesse com outras coisas na cabeça. – Meu sogro sorriu. – Matthew está muito feliz.

– Não só por minha causa – disse, olhando para ele. – Matthew também está feliz por estar outra vez ao seu lado.

Sombras cruzaram os olhos de Philippe.

– Eu e Ysabeau adoramos quando nossos filhos estão aqui. Eles têm a própria vida, mas isso não serve de consolo na ausência deles.

– E hoje você também está sentindo falta de Gallowglass – comentei. Philippe parecia estranhamente subjugado.

– Sim, estou. – Ele misturou os papéis com os dedos. – Foi Hugh, meu filho mais velho, que o trouxe para a família. Hugh sempre partilhou o próprio sangue com sabedoria, e Gallowglass não foi uma exceção. É um guerreiro tenaz que herdou o senso de honra do pai. A mim reconforta saber que meu neto está na Inglaterra com Matthew.

– Raramente Matthew fala de Hugh.

– Ele era mais ligado a Hugh que aos outros irmãos. A morte de Hugh junto aos últimos templários nas mãos da Igreja e do rei abalou as fidelidades de Matthew. Ele precisou de um tempo para se livrar da fúria do sangue e voltar para nós.

– E Gallowglass?

– Gallowglass ainda não está pronto para deixar a dor para trás, e enquanto estiver assim não pisará no solo francês. Assim como Matthew, meu neto exigiu revanche dos homens que traíram a confiança de Hugh, mas a vingança nunca é um remédio apropriado para a perda. Um dia meu neto retornará a casa. Eu tenho certeza disso. – Philippe pareceu velho por um momento, já não era o vigoroso regente de um povo e sim o pai que se infelicitava por ter uma vida mais longa que a dos filhos.

– Obrigada, Philippe. – Hesitei antes de cobrir a mão dele com a minha. Ele acarinhou a minha mão por um segundo e se levantou. E depois pegou um livro de alquimia. Um maravilhoso volume ilustrado de *Aurora Consurgens*, de Godfrey, o texto que me atraíra na minha primeira vez em Sept-Tours.

– Que tema curioso, a alquimia – murmurou ele enquanto folheava as páginas. Abriu um sorriso largo quando encontrou uma gravura do Rei Sol e da Rainha Lua em combate sobre o dorso de um leão e de um grifo. – Sim, isso vai servir. – Enfiou um dos recortes de papel entre as páginas.

– O que está fazendo? – Fiquei curiosa.

– Jogo esse jogo com Ysabeau. Sempre deixamos mensagens escondidas nas páginas de livros quando um de nós está distante. São tantas coisas que acontecem em um único dia que é impossível lembrar de tudo quando nos reencontramos. Dessa maneira preservamos pequenas recordações como essa e depois compartilhamos.

Philippe foi até as prateleiras e pegou um velho livro com capa de couro.

– *A canção de Armouris* é uma de nossas histórias prediletas. Nós temos gostos simples e adoramos histórias de aventura. Sempre escondemos mensagens neste livro. – Ele esticou um rolinho de papel por entre a linha que separava a capa e o velino. Um retângulo dobrado caiu da base enquanto era manipulado naquele espaço apertado.

– Ysabeau costuma usar uma faca e suas mensagens são mais difíceis de encontrar. Ela é cheia de truques. Vamos ver o que ela diz aqui. – Ele abriu o retângulo de papel e o leu. Ficou com um brilho nos olhos e um rubor nas faces incomuns.

Sorri e me levantei.

– Acho que você precisa de mais privacidade para escrever a resposta!

– *Sieur*. – Alain surgiu no umbral da porta de cara séria. – Chegaram alguns mensageiros. Um da Escócia. Outro da Inglaterra. E um terceiro de Lyon.

Philippe suspirou e vociferou entre dentes.

– Eles deviam ter esperado até depois da festa cristã.

Fiquei com a boca amarga.

– Não devem ser notícias boas – disse Philippe, olhando para mim. – O que diz o mensageiro de Lyon?

– Champier tomou precauções antes de partir, alardeando para todo mundo que tinha sido convidado para vir aqui. Os amigos começaram a fazer perguntas quando viram que ele não retornava. Um grupo de bruxos saiu da cidade e está vindo em nossa direção à procura dele – disse Alain.

– Quando? – sussurrei. Era tão cedo...

– Serão retardados pela neve, e é uma viagem difícil na época das festas. Acho que levarão alguns dias, talvez uma semana.

– E os outros mensageiros? – perguntei para Alain.

– Estão à procura de milorde na aldeia.

– Sem dúvida para chamá-lo de volta para a Inglaterra – comentei.

– Se for o caso, a melhor ocasião para partir será no dia de Natal. As estradas estarão praticamente vazias e a lua estará negra. São as condições ideais para os *manjasang*, mas não para os sangues-quentes – afirmou Philippe. – Há cavalos e hospedarias prontas para vocês até Calais. Um barco os espera para levá-los até Dover. Enviei uma mensagem para Gallowglass e Raleigh que estarão preparados para o retorno de vocês.

– Você já estava esperando por isso – disse abalada com a perspectiva de partir. – Mas não estou pronta. As pessoas ainda pensam que sou diferente.

– Você se mistura melhor do que pensa. E um exemplo disso é que toda manhã conversa comigo com um francês e um latim perfeitos. – Philippe sorriu por me ver boquiaberta. – É verdade. E quando passo de uma língua para outra você responde à altura mesmo quando não percebe. – Amarrou a cara. – Será que devo contar os meus arranjos para Matthew?

– Não – respondi, pondo a mão no braço dele. – Eu mesma faço isso.

Matthew estava sentado na viga mestra, preocupado e com uma carta em cada mão. Ao me avistar, escorregou por uma cornija e aterrissou no chão com a graça de um gato. A felicidade e a divertida despreocupação daquela manhã já não passavam de meras lembranças. Ele puxou o gibão de um suporte enferrujado de tocha. Quando o vestiu, o carpinteiro se foi e deu lugar ao príncipe.

– Agnes Sampson se confessou culpada pelas cinquenta e três acusações de feitiçaria – comentou irritado. – Os oficiais escoceses precisam se dar conta de que um amontoado de acusações faz qualquer um parecer menos convincente. De acordo com este relato o diabo revelou para Sampson que o rei Jaime era seu grande inimigo. Elizabeth deve estar feliz por não estar no primeiro lugar.

– As bruxas não acreditam no diabo – disse. Essa era certamente a mais incompreensível de todas as bizarrices que os humanos atribuíam às bruxas.

– A maioria das criaturas vai acreditar em qualquer coisa que prometa acabar logo com a miséria atual, e ainda mais passando fome e sendo torturadas e aterrorizadas durante semanas. – Matthew passou os dedos no cabelo. – A confissão de Agnes... embora duvidosa... é uma prova de que as bruxas estão se metendo em política, como afirma o rei Jaime.

– E dessa maneira rompem o acordo. – Concluí ao entender por que Agnes tinha sido perseguida pelo rei escocês com tanto rigor.

– Sim. Gallowglass quer saber o que fazer.

– O que você fez antes... quando estávamos lá?

– Deixei que a morte de Agnes Sampson passasse impune, como uma punição civil para um crime que estava fora da proteção da Congregação. – Os olhos dele se encontraram com os meus. A bruxa e a historiadora brigaram dentro de mim por uma escolha impossível.

– Então, é melhor que se mantenha em silêncio outra vez. – Opinei já resignada com a vitória da historiadora.

– O meu silêncio vai implicar a morte dela.

– E o seu depoimento vai modificar o passado, quem sabe até com consequências inimagináveis para o presente. Ninguém mais do que eu quer que a bruxa sobreviva, Matthew. Mas, se começarmos a mudar as coisas, onde nós iremos parar? – Balancei a cabeça em negativa.

– Então, de novo terei apenas que assistir ao desenrolar dos terríveis acontecimentos na Escócia. Se bem que dessa vez tudo parece tão diferente – disse ele, com relutância. – William Cecil quer que eu retorne para a Inglaterra e reporte a situação escocesa para a rainha. Terei que obedecer às ordens dele, Diana. Não tenho escolha.

– Nós teríamos que retornar para a Inglaterra, mesmo que Cecil não tivesse chamado. Os amigos de Champier já perceberam que ele está desaparecido. E temos que partir imediatamente. Philippe já tinha feito uns arranjos para o caso de uma partida precipitada.

– Esse é o meu pai – disse Matthew, com um sorriso mal-humorado.

– Sinto muito por termos de partir tão cedo – sussurrei.

Ele me puxou para o lado dele.

– Se não fosse você, minha última lembrança do meu pai seria a da carcaça quebrada de um homem. Nós devemos aceitar tanto as coisas ruins como as coisas boas que nos acontecem.

Ao longo dos dias que se seguiram, ele e o pai se entregaram a um ritual de despedida conhecido por ambos, sobretudo pelos muitos adeuses que trocavam. Mas dessa vez era singular. O Matthew que viria depois para Sept-Tours seria diferente, já não saberia nem da minha existência nem do futuro de Philippe.

– Faz tempo que o povo de Saint-Lucien convive com os *manjasang* – disse Philippe quando me mostrei preocupada quanto ao fato de que talvez Thomas e Étienne não soubessem guardar segredos. – Nós chegamos e depois nos vamos. Ninguém faz perguntas e não damos explicações. Sempre foi assim.

Apesar disso, Matthew tomou todas as providências para deixar seus planos bem claros. Ouvi a conversa que teve com Philippe no celeiro depois de uma manhã de pugilismo.

– A última coisa que farei antes de retornarmos ao tempo de onde partimos será enviar uma mensagem para você. Prepare-se para me mandar para a Escócia a fim de assegurar a aliança da família com o rei Jaime. De lá deverei ir para Amsterdã. Os holandeses manterão abertas as rotas de comércio com o Leste.

– Farei isso, Matthew – disse Philippe, com ar sereno. – Até lá espero receber notícias frescas da Inglaterra, e também notícias de como você e Diana estão se saindo.

– Gallowglass vai mantê-lo a par de nossas aventuras – prometeu Matthew.

– Não será o mesmo que saber diretamente de você – retrucou Philippe. – Quando se mostrar pomposo será difícil não tripudiar de você com o que já sei do seu futuro, Matthew. Mas de alguma forma também saberei lidar com isso.

O tempo nos pregou algumas peças durante nossos últimos dias em Sept-Tours, primeiro recuando e depois acelerando sem avisar. Na véspera do Natal, Matthew foi assistir à missa na igreja, junto com grande parte do pessoal da casa. Fiquei no castelo e encontrei Philippe no seu escritório no outro lado do grande saguão. Estava escrevendo cartas, como sempre.

Bati à porta. Por mera formalidade, porque ele já tinha ouvido os meus passos desde o momento em que saí da torre de Matthew, mas não me pareceu certo entrar sem permissão.

– *Introite* – disse ele com o mesmo tom da primeira vez que ali entrei, mas dessa vez soou menos proibitivo que antes porque já o conhecia melhor.

– Desculpe-me por perturbá-lo, Philippe.

– Entre, Diana. – Ele esfregou os olhos. – Catrine encontrou as minhas caixas?

– Sim, e também a taça e o estojo de penas. – Ele insistira em me ceder uma bagagem de mão para a viagem. Era toda feita de couro resistente, própria para suportar a neve, a chuva e as dificuldades do translado. – Gostaria de lhe agradecer antes de partir... e não apenas pelo casamento. Você consertou algo que estava quebrado em Matthew.

Philippe arrastou o banco para trás e me olhou fixamente.

– Diana, eu é que devo lhe agradecer. Há mais de mil anos a família tenta apaziguar o espírito de Matthew. Se não me falha a memória, você fez isso em menos de quarenta dias.

– Matthew não era assim – balancei a cabeça –, não até se juntar a você aqui. Ele tinha uma escuridão inatingível para mim.

– Um homem como Matthew nunca se liberta das sombras por inteiro. Mas para amá-lo talvez seja necessário abraçar a escuridão – continuou Philippe.

– *Não me recuse porque sou trevoso e sombrio* – murmurei.

– Não reconheço esse verso – disse ele, com a testa franzida.

– É de um livro de alquimia que já lhe mostrei... *Aurora Consurgens*. Essa passagem me remete a Matthew, se bem que não sei bem por quê. Mas um dia saberei.

– Você sabe que se parece muito com esse anel – disse ele, tamborilando os dedos em cima da mesa. – Foi outra mensagem inteligente de Ysabeau.

– Ela queria que você soubesse que ela aprovaria o casamento – expliquei, passando o polegar naquela peça querida.

– Não. Ysabeau queria que eu soubesse que ela aprovaria *você*. Você é tão resistente quanto o ouro do qual esse anel é feito. Você esconde muitos segredos dentro de si, como as faces desse anel escondem a poesia da vista. Mas é a pedra que a define melhor: brilhante à superfície, ardente por dentro e impossível de ser quebrada.

– Ora, não sou inquebrantável – retruquei, com ar pesaroso. – Afinal, pode-se quebrar um diamante com qualquer martelo.

– Eu vi as cicatrizes que Matthew deixou no seu corpo. Suspeito que haja outras menos visíveis. E, se não se despedaçou antes, não será agora que vai se despedaçar. – Philippe circundou a mesa. Beijou-me com ternura nas duas faces, enchendo-me os olhos de lágrimas.

– Preciso ir. Amanhã partiremos bem cedo. – Girei o corpo para sair, mas dei meia-volta e estendi os braços ao redor dos maciços ombros dele. Como é que um homem daquele podia ser quebrado?

– O que é? – perguntou ele desconcertado.

– Você também nunca estará sozinho, Philippe de Clermont – sussurrei, com convicção. – Vou descobrir um jeito de me encontrar com você na escuridão, prometo. E estarei segurando sua mão quando pensar que foi abandonado pelo mundo.

– E poderia ser de outra maneira – disse ele gentilmente –, já que tenho você no meu coração?

Na manhã seguinte algumas poucas criaturas se reuniram no pátio para assistir à nossa partida. Chef enfiara todo tipo de lanchinhos na sacola de minha sela e na de Pierre, e Alain aproveitara o tempo restante para redigir cartas para Gallowglass, Walter e dezenas de outros destinatários. Catrine estava por perto, com os olhos inchados de tanto chorar. Quis ir conosco, mas Philippe não permitiu.

E lá estava Philippe, que me abraçou como um urso antes de me soltar. Ele e Matthew conversaram tranquilamente por um momento. Matthew balançou a cabeça em assentimento.

– Estou orgulhoso de você, *Matthaios* – disse Philippe, segurando o filho pelo ombro por um segundo. Matthew rapidamente se inclinou em direção ao pai quando foi solto, como se não quisesse romper a conexão.

E depois se voltou para mim, já com uma expressão determinada. Ajudou-me a subir na sela e montou no cavalo dele com ligeireza.

– *Khaire*, papai – disse ele, com um brilho nos olhos.

– *Khairete, Matthaios kai Diana* – rebateu Philippe.

Matthew não se virou para uma última visão do pai, e os músculos das costas dele não se descontraíram. Manteve os olhos fixos na estrada à frente, encarando o futuro e não o passado.

Girei o torso outra vez quando um súbito movimento atraiu os meus olhos. Philippe cavalgava ao longo de um monte das redondezas, determinado a aproveitar a proximidade do filho o máximo possível.

– Adeus, Philippe – sussurrei ao vento, na esperança de que me ouvisse.

14

— Você está bem, Ysabeau?
— Claro que estou. – Ela abriu a capa de um livro antigo e raro e o sacudiu de cabeça para baixo.

Emily Mather olhou para ela, ressabiada. A biblioteca estava um completo caos. Parecia varrida por um tornado, embora o resto do castelo estivesse impecavelmente arrumado. Os livros estavam espalhados por todos os cantos. Alguém os tirara das estantes e os jogara a esmo em qualquer lugar.

— Deve estar aqui. Ele saberia que as crianças estavam juntas. – Ysabeau deixou o livro de lado e pegou um outro.

Doía na alma da bibliotecária ver os livros maltratados daquela maneira.

— Não compreendo. O que você está procurando? – Emily pegou o volume descartado e o fechou com todo zelo.

— Matthew e Diana foram para o ano de 1590. Eu não estava em casa na ocasião. Evidentemente, Philippe soube da nova esposa de Matthew. Ele me deixaria um recado. – Os cabelos de Ysabeau contornavam o rosto e desciam quase até a cintura. Ela os torceu para trás com impaciência. Examinou a lombada e as páginas da última vítima e abriu um último papel com a unha afiada do dedo indicador. Não encontrou nada e grunhiu de frustração.

— Mas esses são livros, não são cartas – disse Emily, com cautela. Pois se não conhecia bem Ysabeau, já tinha ouvido histórias terríveis sobre a mãe de Matthew e das coisas feitas por ela em Trier e em outros lugares. A matriarca da família De Clermont não era amiga de bruxas e, mesmo que Diana confiasse nela, Emily mantinha certas precauções.

— Não estou procurando uma carta. Nós sempre escondíamos recadinhos de um para o outro nas páginas dos livros. Depois que ele morreu, vasculhei todos os volumes da biblioteca para ter os últimos pedaços dele. Mas devo ter esquecido algum.

— Talvez não fosse para ser encontrado... não na ocasião. – Soou uma voz seca das sombras próxima a porta. Sarah Bishop estava com o cabelo ruivo despenteado e com o rosto empalidecido de preocupação e insônia. – Marthe vai levar um susto quando vir essa bagunça. E ainda bem que Diana não está aqui. Você teria uma aula sobre preservação de livros que a faria se sentir estúpida. – Tabitha, que acompanhava Sarah por toda parte, se enfiou por entre as pernas da bruxa, hipnotizada pelo balanço dos cabelos de Ysabeau.

Dessa vez foi Ysabeau que pareceu confusa.

– O que quer dizer, Sarah?

– O tempo é trapaceiro. Mesmo que tudo tenha corrido de acordo com o plano e que Diana tenha levado Matthew de volta ao primeiro dia de novembro de 1590, ainda assim podia ser muito cedo para uma mensagem do seu marido. E se você não encontrou uma mensagem antes é porque Philippe ainda não havia conhecido a minha sobrinha. – Sarah calou-se por um instante. – Acho que Tabitha está comendo aquele livro.

Tabitha estava encantada por se hospedar naquela casa com um amplo suprimento de camundongos e com muitos cantos escuros para se esconder, e ultimamente se entregava ao prazer de subir nos móveis e escalar as cortinas. E agora mastigava a ponta de um livro com capa de couro empoleirada em uma estante.

– *Kakó gati!* – gritou Ysabeau, correndo até a estante. – É um dos favoritos de Diana.

Tabitha, que nunca fugia do confronto com outro predador, exceto com Miriam, empurrou o livro que caiu no chão. Pulou atrás e aterrissou sobre a prenda como um leão na guarda de uma presa particularmente desejável.

– É um daqueles livros de alquimia com gravuras – disse Sarah, arrancando-o das garras da sua gata e folheando as páginas. Cheirou a capa. – Não é de admirar que Tabitha queira mastigá-lo. Cheira a hortelã e couro, igualzinho ao brinquedo predileto dela.

Um quadrado de papel dobrado muitas vezes flutuou até o solo. Impedida de ter o livro, Tabitha abocanhou o papel no ar e saiu em disparada em direção à porta.

Ysabeau já estava à espera da gata. Suspendeu-a pela pele do pescoço e tirou-lhe o papel da boca. E depois surpreendeu a felina com um beijo no focinho.

– Gatinha esperta. Hoje você vai ter peixe no jantar.

– É isso que você tanto procurava? – disse Emily quando viu o pedaço de papel. Não parecia valioso a ponto de pôr a biblioteca de pernas para o ar.

Pela maneira com que Ysabeau o segurava, a resposta era mais do que clara. Ela o desdobrou com todo cuidado, deixando à vista um pedaço de papel com uns treze centímetros de comprimento e com ambos os lados cobertos de pequeninos caracteres.

– Isso foi escrito em algum tipo de código – disse Sarah. Suspendeu até o nariz os óculos zebrados de leitura que tinha preso a um cordão.

– Não é código... é grego. – As palavras de Ysabeau soaram trêmulas enquanto ela desamassava o papel.

– E o que está escrito aí? – perguntou Sarah.

– Sarah! – Emily a repreendeu. – Não vê que é privado?

– É do Philippe. Ele esteve com os dois. – Ysabeau respirou fundo enquanto percorria o texto com os olhos. Levou a mão à garganta enquanto o alívio combatia o descrédito.

Sarah esperou a vampira terminar a leitura. Isso levaria uns dois minutos, ou seja, os mais longos noventa segundos que ela concederia para qualquer outra pessoa.

– E então?

– Eles estiveram juntos durante as festas. *"Na manhã da santa celebração do Natal me despedi do seu filho. Finalmente, ele está feliz, casado com uma mulher que trilha as pegadas da deusa e é digna do amor dele."* – Ysabeau leu em voz alta.

– Você tem certeza de que ele se refere a Matthew e Diana? – Emily considerou a linguagem estranhamente formal e vaga para uma correspondência entre marido e mulher.

– Sim. Matthew sempre foi o filho que sempre nos preocupou, se bem que os irmãos e as irmãs nos deram muito mais trabalho. Meu maior desejo era ver Matthew feliz.

– E a referência à "mulher que trilha as pegadas da deusa" é mais do que clara – comentou Sarah. – Ele não podia mencionar o nome de Diana nem identificá-la como uma bruxa. E se outra pessoa encontrasse o papel?

– Há mais – continuou Ysabeau. – *"O destino ainda tem o poder de nos surpreender, minha luz. Temo que tenhamos tempos difíceis à frente. Farei o que for possível no tempo que me resta para garantir sua segurança e a dos nossos filhos e netos, netos cujas bênçãos já desfrutamos e netos que ainda estão por nascer."*

Sarah praguejou.

– Por nascer em vez de por serem criados?

– Sim – sussurrou Ysabeau. – Philippe sempre escolhe as palavras com muito cuidado.

– Então ele estava tentando nos dizer alguma coisa a respeito de Diana e Matthew.

Ysabeau afundou no sofá.

– Faz muito, muito tempo que circulavam rumores sobre criaturas que eram diferentes... imortais e poderosas. Ali por volta do tempo em que assinaram o acordo pela primeira vez, alguns comentavam que uma bruxa tinha dado à luz um bebê que chorava lágrimas de sangue como um vampiro. E sempre que a criança chorava dessa maneira sopravam ventos violentos do mar.

– Nunca ouvi falar disso – disse Emily, com a testa franzida.

– Descartou-se a história como mito... elaborado para gerar o medo entre as criaturas. Nos dias de hoje poucos de nós se lembram disso e pouquíssimos acreditam na veracidade disso. – Ysabeau tocou no papel que estava em seu colo. – Mas Philippe sabia que ela era real. Ele segurou a criança, vocês sabem, e soube por que essa coisa acontecia.

– E acontecia por quê? – perguntou Sarah impressionada.

– Era um *manjasang* nascido de uma bruxa. A pobre criança estava faminta. A família que tirara o bebê da mãe se recusava a alimentá-lo de sangue e o forçava a beber apenas leite, achando que assim ele não se tornaria um de nós.

– Certamente Matthew conhece essa história – comentou Emily. – Você mesma devia ter contado a história para ele, tanto para contribuir com a pesquisa dele como para o bem de Diana.

Ysabeau balançou a cabeça em negativa.

– Não era eu que tinha que contar a história.

– Você e seus segredinhos – disse Sarah em tom ácido.

– E quanto aos *seus* segredinhos, Sarah? – gritou Ysabeau. – Você realmente acha que as bruxas... que criaturas como Satu e Peter Knox não sabem nada a respeito dessa criança *manjasang* e da mãe?

– Parem com isso as duas – disse Emily abruptamente. – Se a história é verdadeira e outras criaturas a conhecem, Diana corre um grande perigo. E também Sophie.

– Os pais de Sophie eram bruxos, mas ela é uma demônia – disse Sarah, pensando no jovem casal que dias antes do Halloween batera à sua porta em Nova York. Ninguém entendeu como os dois demônios se encaixavam naquele mistério.

– E também o marido de Sophie, mas a filhinha deles será uma bruxa. Sophie e Nathaniel são uma outra prova de que não entendemos como bruxas, demônios e vampiros se reproduzem e passam suas habilidades para os filhos – disse Emily, com ar preocupado.

– Sophie e Nathaniel não são as únicas criaturas a serem varridas da Congregação. Diana e Matthew também fazem parte da lista. É bom saber que eles estão em segurança no passado e não aqui – disse Sarah de cara séria.

– Mas quanto mais permanecerem no passado, mais probabilidades terão de mudar o futuro – observou Emily. – Cedo ou tarde, Diana e Matthew se darão um presente.

– O que quer dizer, Emily? – perguntou Ysabeau.

– O tempo se ajusta... e não da forma melodramática que o senso comum pensa, evitando guerras e mudando eleições presidenciais. O tempo se ajusta com pequenas coisas que pipocam aqui e ali, como esse bilhete, por exemplo.

– Anomalias – murmurou Ysabeau. – Philippe sempre procurava anomalias no mundo. É por isso que continuo lendo todos os jornais. Criamos o hábito de lê-los toda manhã. – Os olhos dela se fecharam, aninhados em lembranças. – Ele amava o caderno de esportes, é claro, mas também lia as colunas sobre educação. Ele se preocupava com o futuro das crianças. Financiou bolsas de estudo de grego e filosofia, e também colégios para meninas. Sempre achei isso estranho.

– Ele estava à procura de Diana – disse Emily, com a certeza de quem era abençoada pela segunda visão.

– Talvez. Uma vez lhe perguntei por que se preocupava tanto com os fatos correntes e o que esperava encontrar nos jornais. Philippe respondeu que saberia quando encontrasse – retrucou Ysabeau, com um sorriso melancólico. – Era um amante dos mistérios e dizia que, se fosse possível, adoraria ser um detetive como Sherlock Holmes.

– Precisamos estar atentas a esses solavancos do tempo antes que a Congregação faça isso – disse Sarah.

– Falarei com Marcus. – Ysabeau assentiu com um meneio de cabeça.

– Você devia ter falado desse bebê mestiço para o Matthew. – Sarah não abdicou do tom de recriminação.

– Meu filho ama Diana, e se soubesse do bebê teria se afastado para que ela e o bebê não viessem a correr perigo.

– As Bishop não se acovardam com tanta facilidade, Ysabeau. Se Diana quisesse o seu filho, encontraria um modo de tê-lo.

– Bem, ela o queria e agora eles pertencem um ao outro – frisou Emily. – Mas não partilharemos essas notícias apenas com Marcus. Sophie e Nathaniel também precisam saber.

Sarah e Emily saíram da biblioteca. Elas estavam ocupando o antigo quarto de Louisa de Clermont no corredor dos aposentos de Ysabeau. Sarah achava que o quarto exalava o perfume de Diana em determinadas horas do dia.

Depois que as duas saíram, Ysabeau permaneceu na biblioteca para recolher os livros e recolocá-los nas prateleiras. Já com tudo arrumado, retornou ao sofá e pegou a mensagem do marido. Havia outras coisas que não quis partilhar com as bruxas. Ela então releu as frases finais.

"Mas chega de assuntos sombrios. Você também precisa se manter a salvo para que possa desfrutar o futuro com eles. Faz dois dias que relembrei para você que meu coração é só seu. Seria tão bom se pudesse repetir isso a cada instante, para que você não se esquecesse disso e do nome do homem que a amará para todo o sempre. Philipos."

Em seus últimos dias de vida, às vezes Philippe não conseguia se lembrar do próprio nome e muito menos do nome dela.

— Muito obrigada, Diana — sussurrou Ysabeau para a noite —, por tê-lo me dado de volta.

Algumas horas depois, Sarah ouviu uma estranha sonoridade que pairou por cima de sua cabeça — parecia música, mas era bem mais que música. Saiu do quarto aos tropeções e no corredor encontrou Marthe que vestia o velho roupão de *chenille* com um sapo bordado no bolso e exibia um sorriso agridoce na face.

— O que é isso? — perguntou Sarah, olhando para o alto. Nenhum humano sonharia em produzir uma sonoridade tão maravilhosa e pungente. Talvez fosse um anjo no telhado.

— Ysabeau voltou a cantar — respondeu Marthe. — Só fez isso uma vez depois que Philippe morreu... quando sua sobrinha estava em perigo e precisava ser trazida de volta para este mundo.

— Ela está bem? — Havia tanta dor e tanta perda em cada nota que o coração de Sarah se apertou. Nenhuma palavra descreveria aquela sonoridade.

Marthe assentiu.

— A música é uma coisa boa, é sinal de que o luto de Ysabeau pode estar terminando. Só depois ela poderá recomeçar a viver.

As duas mulheres, a vampira e a bruxa, se puseram a ouvir até que as últimas notas da outra vampira feneceram em silêncio.

PARTE III
LONDRES: BLACKFRIARS

15

— Isso parece um ouriço demente – observei. A Londres de Elizabeth era pontuada de torres agulhas que emergiam do amontoado de construções que as cercavam. – O que é aquilo? – Engasguei ao apontar para uma vasta extensão de pedra salpicada de janelas altas. No alto, o telhado de madeira era um aglomerado de tocos carbonizados que tornava as proporções do prédio aparentemente desalinhadas.

– A St. Paul's – respondeu Matthew.

Aquilo não era a obra-prima de Christopher Wren, cuja graciosa cúpula branca e majestosa atmosfera se ocultariam no futuro por entre modernos quarteirões de prédios comerciais. Naquela época, a velha St. Paul's empoleirada no monte mais alto de Londres era vista por todos os lados.

– Um raio atingiu a torre e incendiou a madeira do telhado. Para os ingleses foi um milagre que a catedral não tivesse ruído inteira com o incêndio – continuou ele.

– Não surpreende que os franceses acreditem que a mão do Senhor tornou-se evidente um pouco antes do acontecido – comentou Gallowglass. Ele nos encontrara em Dover depois de conseguir um barco em Southwark e agora nos levava rio acima. – A despeito de quando tenha sido o momento em que Deus exibiu Suas verdadeiras cores, Ele não ofereceu dinheiro para os reparos.

– Nem a rainha. – Matthew prestava atenção ao cais ao longo das margens, com a mão direita agarrada ao cabo da espada.

Nunca me passara pela cabeça que a velha St. Paul's pudesse ser tão imensa. Eu me belisquei novamente. Já estava administrando os beliscões desde que avistara a Torre (que também parecia imensa sem os arranha-céus ao redor) e a Ponte de Londres (que parecia um shopping suspenso). Já vinha me impressionando com inúmeras visões e sons desde a chegada ao passado, mas nada me tirara o fôlego como as primeiras visões de Londres.

– Vocês têm certeza de que não querem aportar primeiro na cidade? – Gallowglass insistia na sensatez desse curso de ação desde que subíramos no barco.

– Nós vamos para Blackfriars – disse Matthew, com firmeza. – Tudo o mais pode esperar.

Mesmo em dúvida, Gallowglass continuou remando até atingirmos os confins ocidentais da velha cidade murada. Lá, desembarcamos numa escada de pedra. Os degraus da base estavam submersos no rio e, pela aparência da amurada, a maré continuaria subindo até que o resto dos degraus estivesse debaixo d'água. Ele trocou algumas palavras com um homem moreno que agradeceu enfaticamente pela devolução do barco em perfeito estado.

– Pelo visto você só viaja nos barcos dos outros, Gallowglass. Talvez Matthew pudesse lhe dar um barco de presente de Natal – eu disse, com ironia.

– E me privar de um dos poucos prazeres que tenho? – Gallowglass arreganhou os dentes sob a barba. O sobrinho de Matthew agradeceu ao barqueiro e jogou-lhe uma moeda, cujo tamanho e peso reduziram a apreensão do pobre homem a um vago brilho de apreço.

Do desembarcadouro cruzamos um arco e entramos na Water Lane, uma artéria estreita e sinuosa com muitas casas e lojas. A cada elevação do solo as casas se projetavam ainda mais para a rua, como baús com gavetas superiores abertas. Um efeito ampliado pelos lençóis, toalhas, tapetes e outras peças dependuradas nas janelas. As pessoas aproveitavam o raro tempo bom para arejar cômodos e roupas.

Matthew me segurava pela mão com força e Gallowglass caminhava à minha direita. Visões e sons ecoavam de todas as direções. Tecidos vermelhos, verdes, marrons e cinzentos balançavam nos quadris e nos ombros enquanto saias e capas saíam de carruagens e se misturavam aos embrulhos e armas que eram carregados pelos pedestres. Pancadas de martelos, relinchos de cavalos, mugidos distantes de vacas e arranhaduras metálicas em pedras competiam pela atenção. Dezenas de placas estampavam anjos, caveiras, ferramentas e formas coloridas e brilhantes, e figuras mitológicas tremulavam e rangiam ao vento que soprava da água. Uma placa de madeira bateu contra uma haste de metal por cima da minha cabeça. Era decorada com um cervo branco com delicados cornos circundados por uma faixa dourada.

– Cá estamos – disse Matthew. – Hart and Crown.

Era um prédio em estilo enxaimel, como a maioria dos prédios da rua. Uma passagem abobadada abarcava dois arranjos de janelas. Um sapateiro trabalhava em um dos lados do arco e na frente uma mulher cuidava das crianças, dos clientes e de um grande livro de contabilidade. Cumprimentou Matthew com um aceno de cabeça.

– A mulher de Robert Hawley cuida dos aprendizes e dos clientes com punhos de ferro. Nada acontece em Hart and Crown sem o conhecimento de Margaret –

explicou Matthew. Registrei mentalmente que seria cordial com ela na primeira oportunidade.

A passagem se estendia até o pátio interno do prédio – um luxo numa cidade densamente comprimida como Londres. O pátio ostentava uma rara comodidade a mais: um poço que fornecia água limpa para os moradores do complexo. A velha pavimentação de pedra na lateral sul do prédio tinha sido removida e agora lá estava um jardim cujos impecáveis e vazios canteiros esperavam pacientemente pela chegada da primavera. Um grupo de lavadeiras conduzia o negócio no lado externo de um velho barracão próximo a uma privada coletiva.

À esquerda, um sinuoso lance de degraus levava aos nossos aposentos no primeiro andar, em cujo amplo patamar Françoise nos aguardava para as boas-vindas. Ela abriu a sólida porta de entrada para os interiores da casa e surgiu à frente um armário com prateleiras. Um ganso depenado e de pescoço quebrado estava amarrado em uma das maçanetas do armário.

– Finalmente – disse Henry Percy radiante. – Estamos esperando por vocês há horas. Minha boa mãe mandou um ganso para vocês. Ouviu rumores de que estava faltando aves na cidade e não quis que ficassem com fome.

– Que bom ver você, Hal – disse Matthew, soltando uma risada e balançando a cabeça quando olhou para o ganso. – E como vai sua mãe?

– Terrível nessa época de Natal, como sempre. A maior parte da família se deslocou para outro lugar com boas desculpas, mas tive que me reter aqui às ordens da rainha. Sua Majestade clamou na câmara de audiência que eu não era digno de confiança, mesmo que estivesse em P-P-Petworth – gaguejou Henry, aparentemente incomodado com a lembrança.

– Henry, você é mais do que bem-vindo para passar o Natal aqui conosco – eu disse, tirando a capa e entrando na casa onde o aroma de especiarias e de ramos de abeto recém-cortados impregnava o ar.

– Adorei o seu convite, Diana, mas minha irmã Eleanor e meu irmão George estão aqui e é melhor que não enfrentem a cidade sem minha companhia.

– Fique conosco pelo menos esta noite – disse Matthew, conduzindo-o pelo lado direito de onde acenava o calor da lareira – e nos conte o que aconteceu por aqui enquanto estávamos fora.

– Por aqui está tudo tranquilo – informou Henry de modo amistoso.

– Tranquilo? – Gallowglass irrompeu pela escada, com um olhar gelado para o conde. – Marlowe está na Cardinal's Hat, bêbado como um gambá e trocando versos com aquele copista pobretão de Stratford que o segue na esperança de um dia se tornar dramaturgo. Por ora, Shakespeare parece satisfeito por ter aprendido a forjar a sua assinatura, Matthew. De acordo com o relato do estalajadeiro, você se comprometeu a pagar o quarto e as despesas de Kit da semana passada.

– Faz uma hora que estive com eles – protestou Henry. – Kit sabia que Matthew e Diana chegariam esta noite. Kit e Will prometeram se comportar de maneira exemplar.

– Então, está explicado – murmurou Gallowglass, com sarcasmo.

– Foi você que fez isso, Henry? – Observei o hall de entrada para os principais aposentos. Ramos de azevinho, hera e abeto estavam presos ao redor da lareira e das molduras das janelas e havia um arranjo com as mesmas ervas no centro de uma mesa de carvalho. A lareira abastecida de lenha ardia e crepitava com um agradável fogo.

– Eu e Françoise queríamos que vocês tivessem o primeiro Natal daqui festivo – disse Henry, ruborizando.

No século XVI, Hart and Crown representava o melhor estilo de vida urbano. Com uma sala de estar ampla e mesmo assim confortável e aconchegante. Uma janela envidraçada ocupava a parede no lado ocidental de frente para a Water Lane. Fora construída à perfeição, de modo a deixar que as pessoas sentadas no banco estofado embaixo fossem observadas. Lambris com entalhes de ramos sinuosos de flores e videira aqueciam as paredes.

A mobília era escassa, mas de qualidade. Perto da lareira, um amplo sofá e duas poltronas. No centro da sala, uma extraordinária e longa mesa de carvalho com quase um metro de largura cujas pernas eram decoradas com as delicadas faces das cariátides e de Hermes. Acima da mesa, um candelabro de velas suspenso que era erguido e abaixado por meio de um sistema de corda e polia dependurado no teto. Cabeças de leões entalhadas rosnavam no frontal de um monstruoso armário onde se guardava uma grande variedade de jarras, copos e taças – se bem que com poucos pratos para fazer jus ao ambiente doméstico de um vampiro.

Antes de nos sentarmos para jantar o pato assado, Matthew me apresentou nosso quarto e seu escritório particular. Ambos cortavam o hall de entrada no lado oposto ao da sala de estar. Janelas com sacadas de frente para o pátio deixavam os dois recintos iluminados e surpreendentemente arejados. O quarto só tinha três peças de mobília: uma cama de dossel com a cabeceira entalhada, um armário alto e um baú baixo e comprido sob as janelas. Segundo Matthew, o baú estava trancado porque guardava a armadura e algumas armas dele. Ali também se via o toque das mãos de Henry e Françoise. Isso era sugerido pela hera enrolada nos postes e na cabeceira da cama.

Se o quarto de dormir parecia pouco usado, o escritório de Matthew era visivelmente muito usado. Cestos de papéis por todos os lados, sacolas e canecas de cerveja com muitas penas, potes de tinta, cera suficiente para fazer dezenas de velas, rolos de barbante e uma gigantesca pilha de correspondência ainda fechada que fez o meu coração se apertar de dó. Uma confortável cadeira com encosto inclinado e braços curvos posicionava-se à frente da mesa. Se não fosse pelos entalhes bulbosos nas pernas da pesada mesa se poderia dizer que tudo era plano e prático.

Matthew pareceu despreocupado quando viu que empalideci diante da pilha de trabalho que o aguardava.

– Tudo isso pode esperar. Nem os espiões trabalham nas noites de Natal – disse.

Durante o jantar a conversa girou em torno das últimas proezas de Walter e do estado caótico do tráfego de Londres, evitando-se temas mais sérios como a última bebedeira de Kit e os empreendimentos de William Shakespeare. Depois que os pratos foram retirados, Matthew puxou uma mesinha de jogos que estava encostada à parede. Retirou um baralho de cartas de um compartimento sob o tampo e me ensinou como se apostava ao estilo elisabetano. Ecoou uma cantoria na rua do lado de fora das janelas e Henry então persuadiu a ele e a Gallowglass a jogar *flapdragon* – um jogo eletrizante que consistia em atirar passas dentro de uma tigela com *brandy* e apostar quem conseguiria ingerir mais. Os cantores não cantavam em uníssono e os que não conheciam a letra enxertavam detalhes escandalosos sobre a vida pessoal de Maria e José.

– Aqui, milorde – disse Pierre, entregando uma sacola de moedas para Matthew.

– Temos bolos na casa? – perguntou Matthew para Françoise.

Ela o olhou como se ele tivesse enlouquecido.

– Claro que temos bolos. Coloquei dentro do novo armário de mantimentos lá no patamar para que o cheiro não incomodasse ninguém. – Ela apontou para a escada. – No ano passado o senhor deu vinho para eles, mas não creio que precisem disso esta noite.

– Irei com você, Matt – disse Henry. – Gosto de uma boa canção natalina.

A aparição de Matthew e Henry lá embaixo fez a cantoria subir ligeiramente o tom. Logo os cantores terminaram desastradamente e Matthew agradeceu a todos com moedas. Henry distribuiu os bolos e a isso se seguiu um rol de agradecimentos e reverências como "muito obrigado, milorde" à medida que corria a notícia de que ele era o conde de Northumberland. Os cantores se dirigiram para uma outra casa, seguindo uma misteriosa ordem de precedência na esperança de melhores quitutes e pagamentos.

Não demorou e não pude mais controlar os bocejos, e com isso Henry e Gallowglass recolheram luvas e capas e se dirigiram à porta sorrindo como dois alcoviteiros. Matthew juntou-se a mim na cama e me manteve em seus braços enquanto cantarolava cantigas de ninar para me fazer dormir e nomeava os muitos sinos da cidade quando badalavam as horas.

– Esse é da St. Mary-le-Bow – disse ele quando soou da cidade. – E esse é da St. Katherine Cree.

– E esse é da St. Paul's? – perguntei quando soou uma badalada mais longa.

– Não. O raio que derrubou a torre também destruiu os sinos – respondeu ele. – Esse é da St. Saviour. Passamos por ela no caminho para a cidade. As outras igrejas de Londres se juntaram à catedral de Southwark. Por fim, um sino solitário terminou com uma última badalada discordante, que foi a última que ouvi antes de pegar no sono.

Fui acordada no meio da noite por vozes que vinham do estúdio de Matthew. Olhei para a cama e ele não estava lá. As tiras de couro que sustentavam o colchão se esticaram com um rangido quando pulei para o chão frio. Estremeci de frio e joguei um xale sobre os ombros antes de sair do quarto.

A julgar pelas poças de cera nos castiçais, fazia algumas horas que Matthew estava trabalhando. Pierre também estava lá dentro, de pé e em frente às estantes erguidas num recesso próximo à lareira. Pela aparência tinha sido arrastado pela lama do Tâmisa durante a maré baixa.

– Percorri a cidade inteira com Gallowglass e os amigos irlandeses dele – murmurou Pierre. – Os escoceses não divulgarão nada se souberem alguma coisa sobre o mestre-escola, milorde.

– Que mestre-escola? – Entrei no aposento. Foi quando reparei na porta estreita escondida em meio aos lambris.

– Sinto muito, madame. Não era minha intenção acordá-la. – A sujeira e o fedor de Pierre fizeram os meus olhos lacrimejarem.

– Está tudo bem, Pierre. Pode se retirar. Falarei com você mais tarde. – Matthew esperou enquanto o criado se retirava com os sapatos rangendo. E em seguida desviou os olhos para as sombras nas proximidades da lareira.

– O cômodo atrás daquela porta não constou de sua apresentação da casa. – Frisei e me pus ao lado dele. – O que houve agora?

– Outras notícias da Escócia. Um júri sentenciou à morte um bruxo chamado John Fian... um diretor de escola de Prestonpans. Enquanto eu estava fora, Gallowglass tentou investigar a verdade, se é que há uma verdade, por trás de tamanhas acusações: culto a Satã, desmembramento de corpos em cemitério, transformação de patas de toupeira em peças de prata para evitar a falta de dinheiro, viagem de navio acompanhado do diabo e de Agnes Sampson para combater a política do rei. – Matthew jogou um papel em cima da mesa à frente. – Pelo que sei, Fian é um daqueles que chamávamos de *tempestarii* e nada mais.

– Um bruxo fazedor de vento ou, possivelmente, um fazedor de chuva. – Traduzi o termo incomum.

– Sim. – Ele balançou a cabeça. – Fian reforçava o salário de professor provocando tempestades durante os períodos de seca e degelos prematuros quando o inverno escocês parecia nunca terminar. Segundo a narrativa, Fian era venerado pelos companheiros aldeões. Nenhum aluno dele apresentou queixa. Parece que o bruxo também tinha certo dom de clarividência... circulam rumores de que previu a morte de algumas pessoas, mas talvez isso tenha sido criado por Kit a fim de enfeitar a história para a plateia inglesa. Ele está obcecado com a segunda visão das bruxas, como você deve se lembrar.

– Nós bruxas e bruxos somos vulneráveis às mudanças de humor da vizinhança, Matthew. Em um momento somos amigos e em outro temos que fugir subitamente da cidade... ou pior.

– O que aconteceu com Fian foi definitivamente pior – disse Matthew, com uma expressão séria.

– Posso imaginar – retruquei, sentindo um arrepio. Sem dúvida Fian devia estar morto se tivesse sofrido as mesmas torturas que Agnes Sampson tinha sofrido. – O que há naquele cômodo?

Matthew pensou em dizer que era um lugar secreto, mas retrocedeu por sabedoria. Ele se pôs de pé.

– É melhor que você mesma veja. Fique junto de mim. Ainda não amanheceu e vamos entrar lá com uma vela para que ninguém nos veja lá de fora. Não quero que você tropece.

Assenti e dei a mão a ele.

Atravessamos o umbral da porta que se abria para um longo ambiente, com uma fileira de janelas um pouco mais largas que as balistrarias enfiadas sob os beirais. À medida que meus olhos se adaptavam à escuridão, emergiam formas cinzentas. Duas velhas cadeiras de jardim feitas de um trançado de galhos de salgueiro em frente a uma outra com o encosto curvado para frente. Bancos baixos e velhos dispostos em duas fileiras no centro do espaço, com uma variedade de objetos como livros, documentos, cartas, chapéus e roupas. À direita, um brilho metálico: espadas e cabos voltados para cima e para baixo. No chão, uma pilha de adagas. Logo soaram arranhões de patinhas correndo.

– Ratos – disse Matthew em tom trivial, mas não me contive e apertei a camisola entre as pernas. – Eu e Pierre fazemos o que podemos, mas é impossível acabar com todos de vez. Não resistem a tanta papelada. – Ele apontou para o alto e só então reparei nos bizarros festões nas paredes.

Cheguei mais perto e observei as guirlandas. Pendiam de uma corda retorcida afixada na parede por um prego de cabeça quadrada. A corda estava enroscada no canto esquerdo superior de uma série de documentos. O nó no final da corda também estava enrolado no mesmo prego, criando uma grinalda de papel.

– Um dos primeiros guarda-arquivos do mundo. Você diz que guardo muitos segredos – comentou Matthew candidamente enquanto prendia uma das guirlandas. – Adicione este ao seu inventário.

– Mas há um número infindável de coisas. – Nem mesmo um vampiro de mil e quinhentos anos de idade teria tantas coisas.

– É verdade – disse ele, acompanhando os meus olhos que varriam o ambiente a fim de apreender os arquivos ali guardados. – Nunca nos esquecemos daquilo que outras criaturas querem se esquecer, e isso facilita nossa tarefa de Cavaleiros de Lázaro de proteger os que estão sob nossos cuidados. Alguns dos segredos remontam à época do reinado do avô da rainha. Grande parte dos arquivos mais antigos já foi transferida para Sept-Tours para se preservarem melhor.

– Tantas trilhas de documentos – murmurei –, e no fim tudo isso leva de volta a você e aos De Clermont. – O entorno se eclipsou e de repente só estavam à vista volteios e redemoinhos de palavras que se desenrolavam em longos filamentos entrelaçados. Formavam um mapa de conexões entre temas, autores e datas. Eu precisava entender algo mais sobre aquelas linhas cruzadas...

– Estou em busca de referências a Fian nesses papéis desde que você adormeceu. Achei que talvez tivesse alguma pista aqui – disse Matthew enquanto me conduzia de volta ao estúdio –, algo que possa explicar por que os vizinhos se voltaram contra ele. Deve haver um padrão que indique por que os humanos estão agindo dessa maneira.

– Se encontrá-lo, meus colegas historiadores ficarão ávidos para saber. Mas entender o caso de Fian não garante que você evite que aconteça a mesma coisa comigo. – O estremecimento no músculo da mandíbula de Matthew sinalizou que minhas palavras tinham atingido o alvo. – E tenho plena certeza de que não se aprofundou nesse assunto antes.

– Já não sou aquele homem que fechava os olhos para todo esse sofrimento... e não quero voltar a sê-lo outra vez. – Ele puxou a cadeira e se afundou nela pesadamente. – Deve haver algo que eu possa fazer.

Eu o tomei nos meus braços. Mesmo sentado, era tão alto que o topo de sua cabeça batia no meu peito. Ele enterrou a cabeça no meu peito. E depois que serenou se afastou lentamente com os olhos fixos no meu ventre.

– Diana. Você está... – Ele se deteve.

– Grávida. Acho que sim – disse, com naturalidade. – Minhas regras estão irregulares desde o episódio Juliette, portanto, não posso garantir. Fiquei nauseada no trajeto de Calais até Dover, mas o mar estava agitado e aquele peixe que comi antes de partirmos me pareceu muito duvidoso.

Ele continuou com os olhos cravados no meu ventre. Sacudi o corpo nervosamente.

– Minha professora de ciência sanitária no ginásio estava certa: pode-se realmente engravidar na primeira vez que se faz sexo com alguém. – Pelas minhas contas eu estava quase convicta de que a concepção se dera durante o nosso fim de semana nupcial.

Ele continuou em silêncio.

– É impossível – disse por fim, com espanto.

– Tudo é impossível quando se trata de nós. – Passei a mão trêmula pelo ventre.

Ele entrelaçou os dedos nos meus dedos e finalmente olhou no fundo dos meus olhos. Fiquei surpresa com o que vi nos olhos dele: admiração, orgulho e uma pitada de pânico. E depois ele sorriu com ar de completa felicidade.

– E se eu não for uma boa mãe? – perguntei insegura. – Você já foi pai... e sabe o que fazer.

– Você será uma mãe maravilhosa – respondeu Matthew prontamente. – As crianças só precisam de amor, de adultos que se responsabilizem por elas e de um lugar macio para aportar. – Levou nossas mãos entrelaçadas ao meu ventre, um gesto gentil e carinhoso. – Cuidaremos juntos dos dois primeiros. Os outros ficarão por sua conta. E como está se sentindo?

– Um pouco cansada e fisicamente enjoada. Emocionalmente, nem sei por onde começar. – Respirei trêmula. – Será que é normal se sentir apavorada, enfurecida e terna, tudo ao mesmo tempo?

– Sim... e excitada e ansiosa e doente de medo também – disse ele mansamente.

– Sei que é ridículo, mas estou preocupada com a possibilidade de minha magia molestar o bebê, mesmo sabendo que a cada ano milhares de bruxas dão à luz. – *Embora não sejam casadas com vampiros.*

– Não será uma concepção normal – disse Matthew, lendo minha mente. – Mesmo assim, não acho que precise se preocupar. – Uma sombra cruzou os olhos dele. Quase o vi adicionar uma preocupação a mais à lista dele.

– Não quero falar para ninguém. Por enquanto. – O recinto atrás da porta ao lado me veio à mente. – Você pode incluir um outro segredo em sua vida... pelo menos por enquanto?

– Claro – respondeu ele de imediato. – Sua gravidez não será visível por alguns meses. Mas Françoise e Pierre logo saberão pelo cheiro, se é que já não sabem, e também Hancock e Gallowglass. Felizmente, os vampiros não costumam fazer perguntas pessoais.

Soltei uma risada discreta.

– Parece que serei a única a desistir do segredo. Talvez você deixe de ser protetor e ninguém vai desconfiar do que estaremos ocultando pela sua forma de agir.

– Não tenha tanta certeza disso – retrucou ele, com um sorriso aberto. Flexionou os dedos por cima dos meus. Um gesto genuinamente protetor.

– Se continuar me tocando dessa maneira, os outros saberão com muita rapidez – comentei, passando os dedos no ombro dele. Sorri quando ele estremeceu. – Você não deveria estremecer com o calor de um toque.

– Não foi por isso que estremeci. – Ele se pôs de pé, bloqueando a luz das velas.

Fiquei de coração acelerado com a visão de Matthew. Ele sorriu ao ouvir a pequena vibração e me puxou para a cama. E depois nos despimos e jogamos as roupas no chão que lá ficaram como duas poças brancas atraindo a luz prateada que entrava pela janela.

Os toques que recebi eram como plumas de luz que rastreavam as mudanças imperceptíveis do meu corpo. Ele percorreu curvado cada centímetro da maciez de minha pele, com uma atenção fria que prolongava a dor em vez de aliviá-la. Os beijos eram tão atados e complexos quanto os sentimentos que nutríamos por ter um filho. As palavras sussurradas no escuro encorajaram a me concentrar só nele. E quando a espera se tornou insuportável, ele me penetrou com movimentos tão lentos e gentis quanto os beijos.

Fiz um esforço para arquear as costas e me agarrei ainda mais a ele. Isso o fez se deter. Aproveitou que minha coluna estava arqueada e se pôs à entrada do meu útero. E naquele breve e eterno instante pai, mãe e filho estiveram mais próximos do que qualquer outra criatura poderia estar.

– Todo o meu coração e toda a minha vida. – Foi o que ele prometeu quando se mexeu dentro de mim.

Soltei um grito e ele me abraçou até que meus tremores cessaram. E depois me beijou pelo corpo todo, a começar pelo terceiro olho de bruxa e seguindo até os lábios, a garganta, o plexo solar, o esterno, o umbigo e, por último, o ventre.

Matthew me olhou fixamente, balançou a cabeça e sorriu com uma cara de moleque.

– Fizemos um filho – disse estupefato.

– Fizemos – correspondi com um sorriso.

Ele introduziu os ombros por entre minhas coxas, abrindo-as. Enlaçou o meu joelho com um braço e o lado oposto do meu quadril com o outro e levou a mão à pulsação do meu ventre, onde deitou a cabeça como se fosse uma almofada, suspirando de alegria. Ficou em profundo silêncio enquanto ouvia o suave fluxo do sangue que alimentava nosso filho. E depois virou a cabeça e nossos olhos se encontraram. Sorriu de um modo iluminado e verdadeiro para mim e retornou à vigília.

Sob a penumbra das velas daquela manhã de Natal, compartilhamos o sereno poder que emanava do nosso amor por outra criatura. Eu já não era mais um solitário meteoro solto no espaço e no tempo porque passava a fazer parte de um complicado sistema planetário. E agora precisava aprender a me manter no meu próprio centro de gravidade ao mesmo tempo em que sofria a pressão de outros corpos maiores e bem mais poderosos que o meu. Se não agisse assim, tanto os De Clermont como Matthew e nosso filho – e também a Congregação – poderiam me tirar do curso.

Eu tinha aprendido muito com mamãe durante os poucos sete anos de convivência com ela. E então lembrei do amor incondicional que recebia e dos abraços que pareciam se estender pelos dias afora e de como ela sempre estava onde eu precisava que estivesse. Era como Matthew tinha dito: as crianças só precisam de amor, de adultos que se responsabilizem por elas e de um lugar macio.

Era hora de interromper nossa jornada ao passado que mais parecia um seminário acadêmico sobre a Inglaterra de Shakespeare, e de finalmente reconhecer que essa jornada era uma rara oportunidade de me conhecer a mim mesma e de fazer com que meu filho compreendesse o lugar que ocupava no mundo.

Mas antes eu precisava encontrar uma bruxa.

16

Passamos o final de semana em completa quietude, deleitados com nosso segredo e perdidos nas elucubrações próprias de todos os pais. O mais novo membro do clã De Clermont teria os cabelos pretos do pai e os olhos azuis da mãe? Ele gostaria de ciência ou de história? Seria habilidoso com as mãos como Matthew ou desastrado como eu? Em relação ao sexo do bebê mantínhamos opiniões opostas. Eu estava segura de que seria um menino e Matthew estava igualmente seguro de que seria uma menina.

Exaustos e inebriados de tantas elucubrações sobre o futuro do bebê, demos uma pausa para apreciar a Londres do século XVI do aconchego de nossa casa. Começamos pela janela de frente para a Water Lane, de onde observamos a Abadia de Westminster, e terminamos nas cadeiras que arrastamos até a janela do nosso quarto, de onde observamos o rio Tâmisa. Nem o frio nem o dia de festa cristã afastavam os barqueiros das atividades de entrega e de transporte de passageiros. Um grupo de remadores ocasionais se amontoava na escadaria que levava ao rio no final da rua, e os barcos aguardavam vazios e embalados pelo vaivém das pequenas ondas à margem do rio.

Em meio ao fluxo e refluxo da maré ao longo da tarde Matthew me confidenciou as lembranças que tinha da cidade. Lembrou de um período do século XV em que o Tâmisa ficou congelado por mais de três meses – durante os quais se construíram lojas temporárias sobre o gelo que atendiam ao tráfego dos pedestres. Também lembrou dos anos improdutivos na hospedaria Thavies, ocasião em que cursou direito pela quarta e última vez.

– Fico feliz por você assistir a isso antes de partirmos – disse ele, apertando a minha mão. As lamparinas dependuradas na proa dos barcos e nas janelas das casas e das hospedarias acendiam-se uma após a outra. – Talvez a gente possa tentar agendar uma visita ao teatro Royal Exchange.

– Nós temos que voltar para Woodstock? – perguntei confusa.

– Talvez por pouco tempo. E depois retornaremos ao nosso presente.

Fui pega de surpresa e olhei para ele sem saber o que dizer.

– Não sabemos o que esperar dessa gravidez e precisamos monitorá-la, para a sua segurança e a do bebê. Há exames a serem realizados e talvez seja uma boa ideia fazermos primeiro um ultrassom. Além do mais, é óbvio que você quer se encontrar com Sarah e Emily.

– Matthew... – Hesitei. – Ainda não podemos voltar para casa. Não sei como fazer isso.

Ele pareceu surpreso.

– Em explicou claramente antes de nossa partida para cá. Para você viajar *para trás* no tempo precisa ter três objetos que a levem para onde deseja ir. E para viajar *para a frente* precisa recorrer à feitiçaria. Mas não sou boa com feitiços. Por isso viemos parar aqui.

– O mais provável é que aqui você não consiga levar a gravidez até o fim – disse ele, levantando-se da cadeira.

– No século XVI as mulheres também dão à luz – retruquei calmamente. – Além disso, não estou sentindo nada de diferente. Faz muito pouco tempo que estou grávida.

– Será que seu poder poderá carregar a mim e à criança de volta ao futuro? Nada disso, precisamos partir o mais rápido possível, bem antes do nascimento do bebê. – O impasse estava lançado. – E se a jornada no tempo for desastrosa para o feto? Magia é uma coisa, mas isso... – Ele sentou-se abruptamente.

– Nada mudou – eu disse ainda com calma. – Por enquanto o feto não é maior que um grão de arroz. E já que estamos em Londres não será difícil encontrar alguém que possa me ajudar com minha magia... e que talvez conheça a viagem no tempo melhor que Emily e Sarah.

– Ela está do tamanho de uma lentilha. – Ele pensou um pouco e concluiu. – Ali pela sexta semana os desenvolvimentos mais críticos do feto estarão completos. Isso lhe dá um bocado de tempo.

Matthew parecia um médico, não um pai. Pensei com meus botões que preferia os rompantes de fúria pré-modernos à moderna objetividade dele.

– E se eu precisar de sete semanas? – Se Sarah estivesse conosco certamente teria dito que meu racionalismo nunca era um bom sinal.

– Que sejam sete – respondeu ele perdido nos próprios pensamentos.

– Ah, que bom. Eu detestaria ser pressionada para me apressar com algo tão importante para a descoberta de minha identidade. – Cheguei mais perto dele.

– Diana, isso não é...

Ficamos frente a frente.

– Nunca serei mãe se não conhecer o poder que carrego no meu sangue.

– Isso não é bom...

– Não ouse me dizer o que não é bom para o bebê. Não sou um *receptáculo*. – Fiquei a ponto de explodir. – Primeiro você quis o meu sangue para suas experiências científicas e agora quer o do bebê.

Matthew, que se dane ele, manteve-se em silêncio com os braços cruzados e os olhos duros e acinzentados.

– E então? – perguntei.

– Então o quê? Pelo visto minha intervenção nesta conversa é irrelevante. Você não me deixa finalizar as frases. Talvez seja melhor também iniciá-las.

– Isso não tem nada a ver com meus hormônios – retruquei e logo me dei conta de que a simples negação evidenciava o contrário.

– Isso não tinha passado pela minha cabeça até você mencionar.

– Isso não é o que parece ser.

Ele arqueou a sobrancelha.

– Sou a mesma pessoa que era três dias atrás. A gravidez não é uma condição patológica, e não elimina as razões pelas quais viemos para cá. Ainda nem tivemos a chance de procurar o Ashmole 782.

– Ashmole 782? – Ele deixou escapulir um grunhido de impaciência. – Tudo mudou, e você *não* é mais a mesma pessoa. Não podemos manter essa gravidez em segredo indefinidamente. Em questão de dias cada vampiro estará farejando as mudanças no seu corpo. Kit vai descobrir e logo fará perguntas sobre o pai da criança... até porque não pode ser minha, não é mesmo? Uma bruxa grávida em vida comum com um *wearh* provocará animosidade em cada criatura desta cidade, inclusive das que estão pouco se lixando para o acordo. Alguém poderá apresentar uma queixa para a Congregação. Papai vai querer que a gente volte para Sept-Tours para nossa segurança, e não sei se suportarei me despedir dele outra vez. – A voz de Matthew se elevava a cada enunciação de um problema.

– Eu não pensei...

– Não. – Ele me interrompeu. – Você não pensou. Você não podia. Cristo, Diana. Antes, vivíamos um casamento proibido. O que já era singular. E agora você carrega um filho meu na barriga. O que não é apenas singular... Muitas outras criaturas acreditam que isso é impossível. Sete semanas, Diana. Nem mais um minuto. – Ele foi irredutível.

– Talvez você não encontre uma bruxa que possa nos ajudar nesse meio-tempo – persisti. – Não com o que está acontecendo na Escócia.

– Quem foi que mencionou algo sobre a vontade? – O sorriso de Matthew me congelou.

– Vou ler na sala de estar. – Girei o corpo em direção ao quarto porque lá ficaria o mais longe possível dali. Mas ele já estava me esperando à soleira da porta e barrava a passagem com o braço.

— Não vou perdê-la, Diana — disse ele enfaticamente, porém serenamente. — Nem para a procura de um manuscrito alquímico nem para o bem de um bebê que ainda nem nasceu.

— E eu não me perderei de mim — retruquei. — Não para satisfazer sua ânsia de controle. E não antes de descobrir quem eu sou.

Na segunda-feira encontrava-me de novo sentada na sala de estar enquanto lia *The Faerie Queene* a fim de repelir o tédio quando a porta se abriu. *Visitas*. Fechei rapidamente o livro.

— Acho que nunca mais ficarei aquecido. — Walter apareceu encharcado à porta, seguido por George e Henry, ambos em igual estado lamentável.

— Olá, Diana. — Henry espirrou e me cumprimentou com uma reverência formal, e depois se dirigiu à lareira e estendeu as mãos por cima das chamas com um gemido.

— Cadê o Matthew? — perguntei, conduzindo George a uma cadeira.

— Está com Kit. Nós os deixamos numa livraria. — Walter apontou na direção da St. Paul's. — Estou faminto. Não deu para engolir o ensopado que Kit pediu no jantar. Matt disse que Françoise prepararia alguma coisa para nós. — O sorriso malicioso de Raleigh denunciou a mentira.

Eles já estavam no segundo prato e na terceira rodada de vinho quando Matthew chegou acompanhado de Kit, com livros na mão e um complemento novo e peludo no rosto, cortesia de um dos barbeiros bruxos de quem já tinha ouvido falar. O novo bigode bem-aparado do meu marido combinava com o desenho da boca, e a barba pequena e bem-delineada estava na moda. Pierre seguia atrás, carregando uma sacola de papéis retangulares e quadrados.

— Obrigado, meu Deus — exclamou Walter, aprovando a barba. — Agora, você se parece com você.

— Olá, querida — disse Matthew, beijando-me no rosto. — Reconheceu-me?

— Sim... embora esteja parecido com um pirata — respondi rindo.

— É verdade, Diana. Agora, ele e Walter parecem irmãos — admitiu Henry.

— Por que insiste em chamar a esposa de Matthew pelo primeiro nome, Henry? A sra. Roydon é sua protegida? É sua irmã agora? A única explicação para isso é que você está planejando uma sedução — resmungou Marlowe, afundando na poltrona.

— Pare de mexer em ninho de vespa, Kit — advertiu Walter.

— Tenho presentes de Natal atrasados — disse Matthew, estendendo uma pilha em minha direção.

— Livros. — Foi desconcertante quando percebi que eram novos... as capas apertadas soando em protesto para serem abertas pela primeira vez e o cheiro do papel e da tinta. Já estava habituada a encontrar volumes como aqueles já em péssimas condições nas salas de leitura das bibliotecas e não em cima da mesa onde fazíamos as refeições. O volume no topo da pilha era um livro em branco que substituiria o que eu tinha deixado em Oxford. Esse outro era um livro de orações com uma bela encadernação. A primeira página estampava a imagem reclinada de Jessé, o patriarca bíblico. Uma árvore frondosa emergia de sua barriga. Franzi a testa. Por que Matthew comprara um livro de orações para mim?

– Vire a página – disse ele, com mãos pesadas e calmas nas minhas costas.

No verso havia uma xilogravura da rainha Elizabeth rezando de joelhos. Esqueletos, figuras bíblicas e virtudes clássicas adornavam cada página. O livro era um misto de textos e ilustrações como os tratados de alquimia conhecidos por mim.

– É exatamente o tipo de livro que uma respeitável dama casada deve possuir – disse Matthew, abrindo um sorriso. Abaixou a voz em tom conspiratório. – Isso deve satisfazer o seu desejo de manter as aparências. Mas não se preocupe. O próximo livro não é tão respeitável.

Deixei de lado o livro de orações e peguei um volume grosso que ele me entregou. As folhas eram costuradas e escorregavam por dentro de uma protetora capa de velino grosso. O tratado prometia explicar sintomas e curas de doenças conhecidas que afetavam a humanidade.

– Os livros religiosos são presentes mais populares e mais vendidos. Já os livros de medicina têm um público menor, pois a encadernação é cara e precisam ser encomendados – explicou ele enquanto eu passava a mão pela capa mole. Estendeu-me um outro volume. – Felizmente, já tinha encomendado este. Acabou de ser impresso e está destinado a se tornar um sucesso.

O último livro tinha uma capa de couro preta simples com alguns ornamentos prateados. Era a primeira edição de *Arcádia*, de Philip Sidney. Sorri ao lembrar que odiava lê-lo na escola.

– Uma bruxa não pode viver só de orações e medicina. – Os olhos de Matthew cintilaram com malícia. E o bigode me fez cócegas quando ele me beijou.

– Vai demorar até eu me acostumar com essa cara nova – eu disse, rindo e esfregando os lábios pela inesperada sensação.

O conde de Northumberland me olhou como se eu fosse um cavalo que precisava de treinamento.

– Esses poucos volumes não deixarão Diana ocupada por muito tempo. Ela precisa de mais atividades.

– Você tem razão. Mas ela não pode circular pela cidade oferecendo aulas de alquimia. – Os lábios de Matthew se apertaram divertidos. A cada hora ele moldava o sotaque e a escolha de palavras para aquele tempo. Curvou-se por cima de mim, cheirou a jarra de vinho e fez uma careta. – Há outra coisa para beber que não seja temperada com cravos-da-índia e pimenta? Isso tem um cheiro horrível.

– Talvez Diana goste da companhia de Mary – sugeriu Henry, como se não tivesse ouvido o que acabara de ouvir.

Matthew olhou para ele.

– Mary?

– Suponho que tenham quase a mesma idade e o mesmo temperamento, e ambas são paradigmas de aprendizagem.

– A condessa além de ser instruída também tem uma propensão à incendiária – observou Kit, servindo-se de outro copo de vinho. Enfiou o nariz no copo e inspirou profundamente. O vinho cheirava parecido com o de Matthew. – Mantenha distância dos alambiques e das fornalhas dela, sra. Roydon, a menos que queira ter os cabelos à moda encaracolada.

– Fornalhas? – Eu não conhecia a mulher referida por ele.

– Ah, sim. A condessa de Pembroke – disse George, com um brilho nos olhos ante a perspectiva de um patrocínio.

– Absolutamente, não. – Raleigh, Chapman e Marlowe eram lendas literárias já conhecidas e que valiam por uma vida inteira. E a condessa era a mais importante mulher letrada do país e irmã de *sir* Philip Sidney. – Eu não estou pronta para Mary Sidney.

– E muito menos Mary Sidney para você, sra. Roydon, mas desconfio de que Henry esteja certo. Logo a senhora se cansará dos amigos de Matthew e sairá à procura dos seus. Sem amigos tenderá ao tédio e à melancolia. – Walter assentiu com a cabeça para Matthew. – Você deveria convidar Mary para desfrutar um jantar aqui.

– Blackfriars se tornaria o próprio marasmo se a condessa de Pembroke aparecesse na Water Lane. Seria bem melhor se a sra. Roydon se deslocasse para o castelo de Baynard. Fica do outro lado da muralha – disse Marlowe, ansioso para se livrar de mim.

– Diana teria que passar pela cidade – retrucou Matthew.

Marlowe bufou de descaso.

– Estamos na semana entre o Natal e o Ano-Novo. Ninguém vai prestar atenção em duas mulheres casadas que partilham uma taça de vinho e algumas fofocas.

– Eu terei o maior prazer em levá-la. – Walter se ofereceu. – Talvez Mary queira saber mais sobre a minha aventura no Novo Mundo.

– Você terá que pedir para a condessa investir na Virgínia em outra ocasião. Se Diana for, irei com ela. – Os olhos de Matthew se aguçaram. – Só gostaria de saber se Mary conhece alguma bruxa.

– Ela é mulher, não é? Claro que conhece alguma bruxa – disse Marlowe.

– Então, escrevo para ela, Matt? – perguntou Henry.

– Muito obrigado, Hal. – Matthew ficou visivelmente em dúvida quanto aos méritos do plano. E suspirou em seguida. – Já faz muito tempo que não a vejo. Diga a Mary que a veremos amanhã.

Minha relutância inicial em me encontrar com Mary Sidney desapareceu à medida que o encontro se aproximava. Quanto mais me lembrava ou descobria outros fatos relacionados com a condessa de Pembroke, mais empolgada me sentia.

Françoise ficou tão ansiosa com a visita que toda hora remexia em minhas roupas. Afixou um rufo particularmente superficial em torno da gola alta de um casaco de veludo negro que Maria confeccionara na França para mim. Também limpou e passou o meu vestido vermelho com faixas de veludo negro. O vestido combinou perfeitamente com o casaco e o vermelho realçou ainda mais. Quando me viu vestida, Françoise me considerou aceitável, se bem que muito severa e germânica para o gosto dela.

Ao meio-dia engoli às pressas um ensopado com pedaços de carne de coelho e cevada para acelerar a saída. Matthew gastou um tempo interminável bebericando um vinho e me fazendo perguntas em latim sobre a minha manhã. Ele estava com as feições ligeiramente diabólicas.

– Se está tentando me enfurecer, saiba que está conseguindo! – disse-lhe depois de uma pergunta particularmente complicada.

– *Refero mihi in latine, quaeso* – rebateu ele em tom professoral. Atirei um pedaço de pão e ele riu ao se desviar.

Henry Percy chegou bem na hora de pegar o pedaço de pão no ar. Pôs o pão em cima da mesa sem comentar nada e sorriu placidamente ao perguntar se estávamos prontos para sair.

Pierre materializou-se silenciosamente das sombras perto da entrada da loja do sapateiro e começou a subir a rua com ar desconfiado e a mão direita agarrada ao cabo da adaga. Olhei para o alto quando Matthew nos fez virar em direção à cidade. Lá estava a St. Paul's.

– Dificilmente me perderia com ela na vizinhança – murmurei.

À medida que seguíamos a passos lentos em direção à catedral, os meus sentidos se adaptavam ao caos, permitindo-me captar as particularidades tanto dos sons e dos aromas como do cenário. Pão assando. Brasas de carvão. Fumaça de lenha. Fermentação. Lixo recém-lavado, cortesia da chuva do dia anterior. Lã molhada. Respirei fundo e anotei mentalmente que nunca mais diria aos meus alunos que se alguém voltasse no tempo seria logo nocauteado pelo mau cheiro. Aparentemente, isso era uma inverdade, pelo menos no final de dezembro.

Enquanto passávamos, homens e mulheres nos olhavam dos locais de trabalho e das janelas com descarada curiosidade, e curvavam a cabeça em respeito quando reconheciam Matthew e Henry. Passamos por uma tipografia, por um outro estabelecimento onde um barbeiro cortava o cabelo de um homem e contornamos uma oficina movimentada onde as marteladas e o calor indicaram um trabalho com metais.

Depois que a estranheza passou me concentrei nas conversas, na textura das roupas e na expressão dos rostos. Matthew tinha dito que nossa vizinhança era constituída de muitos estrangeiros, mas aquilo soava como a própria Babel. Girei a cabeça.

– Que língua ela está falando? – cochichei, olhando de relance para uma mulher gorducha que vestia um casaco verde-azulado escuro e debruado de pele. O corte era um pouco parecido com o do meu casaco.

– Algum dialeto alemão – respondeu Matthew, abaixando a cabeça para ser ouvido em meio à barulheira da rua.

Cruzamos o arco de um portão antigo. Uma travessa se abria para uma rua que tinha vencido as adversidades, retendo grande parte da pavimentação. Uma ampla edificação de muitos andares zumbiu de atividade à nossa direita.

– É o convento dominicano – explicou ele. – Ficou em ruínas depois que o rei Henrique expulsou os padres e em seguida virou um cortiço. É difícil fazer uma estimativa de quantas pessoas vivem aí dentro. – Olhou rapidamente para a extremidade do pátio, onde a extensão de um sólido muro de pedra demarcava os limites entre o cortiço e os fundos de outra casa. Um triste arremedo de porta era sustentado por um único par de dobradiças.

Ele ergueu os olhos em direção à St. Paul's e os abaixou em minha direção, com o semblante suavizado.

– Que se dane a cautela. Venha.

Guiou-me ao longo de uma abertura por entre uma seção da velha muralha da cidade e uma casa de três andares que parecia prestes a desabar na cabeça dos transeuntes. Foi possível prosseguir por aquela rua estreita simplesmente porque todos caminhavam na mesma direção: para o norte. Uma onda humana nos carregou para uma outra rua muito mais larga que a Water Lane. O burburinho aumentou e também o volume de transeuntes.

– Você disse que a cidade estaria deserta por causa das festas – comentei.

– E está – rebateu ele. Uns poucos passos depois desembocamos dentro de um turbilhão ainda mais intenso. De repente, paralisei.

As janelas da St. Paul's cintilaram sob a luz esmaecida da tarde. O adro em volta da igreja abrigava uma sólida massa de gente – homens, mulheres, crianças, aprendizes, criados domésticos, clérigos e soldados. Uns gritavam e outros ouviam o que era gritado em meio a papéis por todos os lados à vista. Papel dependurado em cordas esticadas nas barracas de livros, papel pregado nas superfícies sólidas, papel transformado em livros e papel roçado na cara dos espectadores. Um grupo de rapazes que se aglomerava ao redor de um poste coberto de anúncios ouvia alguém que preguiçosamente anunciava ofertas de emprego. De quando em quando, a procura de emprego se concretizava e alguém que estava prestes a desistir da procura era pego pelas costas por mãos sabe-se lá de quem.

– Oh, Matthew. – Só consegui dizer isso.

As pessoas começaram a se amontoar a nossa volta, evitando com todo cuidado a ponta das espadas que os meus acompanhantes mantinham presas à cintura. Uma brisa agitou o meu capuz. Senti uma comichão seguida por uma leve pressão. Em algum lugar no adro da igreja uma bruxa e um demônio sentiram a nossa presença. Três criaturas que peregrinavam juntas era algo difícil de ser ignorado.

– Atraímos a atenção de alguém – eu disse. Matthew não pareceu preocupado quando esquadrinhou os rostos nas redondezas. – Alguém como eu. E como Kit. Não como você.

– Ainda não – disse ele baixinho. – Você não deve vir aqui sozinha, Diana... nunca. Para você, Blackfriars só com Françoise. Se ultrapassar aquela passagem – apontou com a cabeça –, terá que estar comigo ou com Pierre. – Puxou-me quando viu que o tinha levado a sério. – Vamos logo ver Mary.

Retomamos o caminho sul em direção ao rio enquanto o vento fustigava e colava a saia nas minhas pernas. Algum tempo depois descemos uma ladeira, mas cada passo era uma batalha. Soou um débil assovio quando cruzamos com uma das muitas igrejas e logo Pierre desapareceu numa viela. Quando reapareceu em outra viela, avistei um prédio atrás de um muro cuja aparência me era familiar.

– É nossa casa!

Matthew balançou a cabeça afirmativamente e me fez olhar para outro ponto da rua.

– E aquele é o castelo de Baynard.

Era a maior edificação vista por mim até então, sem contar com a Torre, a St. Paul's e a silhueta distante da Abadia de Westminster. Três torres com ameias voltadas para o rio eram ligadas por muralhas cuja altura media no mínimo o triplo da altura das casas nas redondezas.

– Construíram o castelo de Baynard de modo que tivesse o acesso pelo rio, Diana – disse Henry em tom apologético enquanto atravessávamos outra alameda sinuosa. – Esta é a entrada dos fundos e não das visitas, mas é mais quente em dias como o de hoje.

Entramos por uma imponente guarita. Dois homens vestidos em uniformes de cor cinza-carvão com emblemas em dourado, marrom e preto encaminharam-se para identificar os visitantes. Um deles reconheceu Henry e puxou o companheiro pela manga antes que nos perguntasse qualquer coisa.

– Conde de Northumberland!

– Estamos aqui para ver a condessa. – Henry balançou a capa na direção da sentinela. – Veja se consegue secar isto. E se puder arrume uma bebida quente para o homem de mestre Roydon. – O conde estalou os dedos dentro das luvas de couro e fez uma careta.

– Claro, milorde – disse a sentinela da guarita, olhando desconfiado para Peter.

O castelo erguia-se em torno de dois grandes quadrados vazados cujos espaços centrais estavam repletos de árvores desfolhadas e de resíduos das flores de verão. Subimos por uma escadaria larga e lá em cima encontramos outros criados vestidos em uniformes, um deles nos conduziu até o solar da condessa: um aposento acolhedor com amplas janelas de frente para o rio. E com uma vista para o mesmo trecho do Tâmisa que Blackfriars propiciava.

Apesar da mesma vista, sem dúvida aquele aposento era mais iluminado que nossa casa. Além de ter aposentos amplos e confortavelmente mobiliados, o castelo de Baynard deixava patente que era uma residência aristocrática. Grandes sofás acolchoados flanqueavam a lareira, ladeados por poltronas fundas próprias para acomodar as muitas saias e anáguas das mulheres. Tapeçarias avivavam as paredes de pedra, com toques de cores vivas e cenas da mitologia clássica. Também era visível o trabalho de uma mente erudita. Livros, fragmentos de estatuetas antigas, objetos do mundo natural, gravuras, mapas e outras curiosidades estavam espalhados pelas mesas.

– Mestre Roydon? – Surgiu um homem de barba pontiaguda e cabelos negros levemente grisalhos. Segurava uma paleta com uma das mãos e um pincel com a outra.

– Hilliard! – disse Matthew muito empolgado. – O que está fazendo aqui?

– Uma encomenda para lady Pembroke – disse o homem, balançando a paleta. – Preciso dar uns últimos toques nesta miniatura. Ela quer a obra pronta para um presente de Ano-Novo. – Esquadrinhou-me com olhos castanhos.

– Ah, sim, ainda não conhece minha esposa. Diana, este é Nicholas Hilliard, o pintor.

– Muito prazer – eu disse, fazendo numa reverência. Londres tinha mais de cem mil habitantes. Por que Matthew tinha que conhecer todos os personagens que um dia os historiadores considerariam significativos? – Conheço e admiro sua obra.

– Ela viu o retrato de *sir* Walter que você pintou para mim no ano passado – disse Matthew suavemente, passando por cima de minha saudação bastante efusiva.

– Uma das melhores peças dele, eu admito – disse Henry, olhando por cima do ombro do artista. – Mas esta parece destinada a rivalizar com a outra. Que incrível semelhança com Mary, Hilliard! Você conseguiu capturar a intensidade do olhar dela! – Hilliard ficou extasiado.

Um criado serviu o vinho e enquanto Henry, Matthew e Hilliard conversavam em voz baixa observei um ovo de avestruz de ouro e uma concha de náutilo sobre um suporte de prata, ambos dispostos em uma mesa junto a inestimáveis instrumentos matemáticos que não ousei tocar.

– Matt! – A condessa de Pembroke irrompeu pelo umbral da porta, limpando as mãos sujas de tinta com um lenço prontamente estendido pela aia. Por que alguém se preocuparia com o estado das mãos quando a veste cinza estava toda manchada de tinta e chamuscada em alguns pontos? Ela tirou-a de cima do corpo, deixando à vista um maravilhoso vestido de veludo e tafetá em ricos tons de ameixa. Quando estendeu o protótipo do jaleco de laboratório moderno para a aia, emanou o odor distinto de pólvora. Em seguida ajeitou uma mecha do cabelo louro caído no rosto atrás da orelha esquerda. A condessa era uma mulher alta e esbelta e tinha uma pele cor de creme e olhos castanhos intensos.

Ela estendeu as mãos em cumprimento de boas-vindas.

– Meu querido amigo. Não o vejo há anos, acho que o vi pela última vez no funeral do meu irmão Philip.

– Mary – disse Matthew, inclinando a cabeça por sobre a mão dela. – Você está ótima.

– Londres não combina comigo, como bem sabe, mas a viagem para celebrar o aniversário da rainha aqui se tornou uma tradição e acabei ficando. Estou trabalhando nos salmos de Philip e em outros caprichos sem importância. Se bem que tenho os meus consolos como rever os velhos amigos, por exemplo. – A voz de Mary soou graciosa, sem deixar de denotar uma inteligência aguçada.

– Você realmente está radiante – disse Henry, somando-se ao cumprimento de Matthew, com olhos de aprovação para a condessa.

Mary cravou os olhos castanhos em mim.

– E quem é ela?

– A alegria de revê-la me fez deixar de lado as boas maneiras. Lady Pembroke, esta é minha esposa, Diana. Casamos recentemente.

– Milady. – Inclinei-me com reverência. Os sapatos de Mary eram incrustados com um sugestivo bordado em ouro e prata do Éden coberto de cobras, maçãs e insetos. Aqueles sapatos deviam ter custado uma fortuna.

– Sra. Roydon – disse ela, piscando os olhos de júbilo. – Já que passamos pelas apresentações, que tal nós nos chamarmos pelo primeiro nome? Mary e Diana. Henry me disse que você é uma estudiosa de alquimia.

– Uma *leitora* de alquimia, milady – corrigi –, apenas isso. Lorde Northumberland é muito generoso.

Matthew me pegou pela mão.

– E você é bem modesta. Diana conhece a alquimia a fundo, Mary. E como chegou há pouco aqui, Hal pensou que você poderia ajudá-la a conhecer a cidade.

– Com todo o prazer – disse a condessa de Pembroke. – Vamos nos sentar perto da janela. O trabalho de mestre Hilliard exige uma boa luz. Enquanto ele termina o meu retrato vocês me contam as novidades. Muito pouco do que ocorre no reino fica longe do conhecimento de Matthew, e olhe que passei alguns meses em minha casa de Wiltshire, Diana.

Já estávamos devidamente acomodados quando a aia retornou com uma travessa de frutas cristalizadas.

– Ooh – exclamou Henry feliz, agitando os dedos por cima dos confeitos amarelos, verdes e alaranjados. – Confeitos. Ninguém mais os faz como você.

– E vou dividir o meu segredo com Diana – disse Mary visivelmente lisonjeada. – Claro que depois que ela tiver a receita talvez eu nunca mais tenha o prazer da companhia de Henry.

– Mary, agora você foi longe demais – protestou ele, servindo-se de um punhado de cascas de laranja cristalizadas.

– Seu marido está com você, Mary, ou os negócios com a rainha o mantiveram em Gales? – perguntou Matthew.

– O conde de Pembroke partiu de Milford Haven alguns dias atrás, mas não virá para cá porque irá para a corte. Tenho William e Philip como companhia e não vamos demorar muito na cidade porque iremos para Ramsbury. O ar de lá é bem mais saudável. – A tristeza anuviou o rosto de Mary.

As palavras dela me evocaram a estátua de William Herbert no pátio da Biblioteca Bodleiana. O personagem com quem cruzava todos os dias a caminho da Duke Humfrey, um dos maiores benfeitores da biblioteca, era filho da condessa.

– Qual é a idade dos seus filhos? – Torci para que a pergunta não fosse muito pessoal.

O rosto da condessa desanuviou.

– William tem dez anos. Philip, apenas seis. Minha filha Anne está com sete anos, mas esteve muito doente no mês passado e meu marido achou melhor que ela permanecesse em Wilton.

– Foi sério? – perguntou Matthew, com a testa franzida.

De novo as sombras cruzaram o rosto da condessa.

– Qualquer doença que aflige nossos filhos é séria – respondeu ela baixinho.

– Desculpe-me, Mary. Falei sem pensar. Só tive a intenção de oferecer toda a assistência que estiver ao meu alcance. – A voz do meu marido soou profunda e com um toque de pesar. O diálogo tocava num ponto desconhecido por mim.

– Em diversas ocasiões você manteve os meus entes queridos a salvo. Não me esqueci disso, Matthew, nem deixaria de chamá-lo de novo se fosse necessário. Mas Anne só teve uma febre comum de criança, nada mais. Os médicos me asseguraram que ficará boa. – Mary se voltou para mim. – Você tem filhos, Diana?

– Ainda não – respondi, balançando a cabeça. Matthew me olhou por um momento e desviou os olhos. Apertei a bainha do casaco, com nervosismo.

– Diana nunca se casou antes – disse Matthew.

– Nunca? – Fascinada com a informação, a condessa de Pembroke abriu a boca para me fazer mais perguntas e foi interrompida por Matthew.

– Ela era muito pequena quando os pais morreram. Não restou ninguém para arranjar o casamento.

A simpatia de Mary aumentou.

– A vida de uma jovem é tristemente dependente dos caprichos dos seus guardiães.

– De fato. – Matthew arqueou a sobrancelha para mim. Pude imaginar o que ele pensou: eu era lamentavelmente independente, e Sarah e Em eram as criaturas menos caprichosas da Terra.

A conversa desviou para política e fatos correntes. Ouvi atentamente durante algum tempo, tentando reconciliar as vagas lembranças das aulas de história com as complicadas fofocas que eram trocadas pelos três. Falou-se de guerra, de uma possível invasão espanhola, de simpatizantes católicos e de uma tensão religiosa na França, mas com nomes e lugares quase sempre desconhecidos. Enquanto ouvia o falatório me pus a divagar e a relaxar no aconchegante solar de Mary.

– Já acabei o meu trabalho aqui. Meu criado Isaac entregará a miniatura ali pelo final da semana – anunciou Hilliard enquanto guardava o equipamento.

A condessa estendeu a mão, com muitos anéis a cintilar nos dedos. Ele beijou a mão dela, fez um meneio de cabeça para Henry e Matthew e se foi.

– Que homem talentoso! – exclamou ela, mexendo-se na poltrona. – Ficou tão popular que dei muita sorte em garantir os serviços dele. – O rico e colorido calçado de Mary brilhou sob a luz do fogo da lareira, com irradiações insinuantes de vermelho, laranja e dourado no bordado prateado. Fiquei intrigada sobre quem teria sido o idealizador do intricado modelo do bordado. Se fosse mais íntima teria lhe pedido para tocar nos pontos daquele bordado. Champier se mostrara capaz de ler a minha carne com os dedos. Será que um objeto inanimado forneceria informação similar?

Os meus dedos estavam distantes dos sapatos da condessa, mas os meus olhos vislumbraram o semblante de uma mulher jovem. Olhava para uma folha de papel que estampava o desenho dos sapatos. Pequeninos furos ao longo das linhas do desenho resolveram o mistério de como aqueles meandros haviam se transferido para o couro. Foquei o olho mental no desenho e retrocedi no tempo. Mary estava ao lado de um homem de queixo firme e resoluto e à frente de uma mesa repleta de insetos e espécies de plantas. Conversavam animadamente sobre um gafanhoto. Enquanto o homem descrevia os detalhes do gafanhoto, ela pegava uma pena e desenhava o inseto.

Então, além de se interessar por alquimia, Mary também se interessa por plantas e insetos. Pensei e olhei para os sapatos a fim de encontrar o gafanhoto. Estava nos calcanhares. Tão nítido que parecia vivo. Uma abelha à direita do dedão do pé da condessa parecia prestes a voar.

Um débil zumbido penetrou nos meus ouvidos quando a abelha prateada escura alçou voo do sapato da condessa de Pembroke.

– Oh, não – exclamei.

– Que abelha estranha – comentou Henry, golpeando-a quando passou voando.

Logo desviei os olhos para uma serpente que se arrastou para fora do pé de Mary e serpenteou pelo piso de madeira.

– Matthew!

Ele rapidamente se projetou para a frente e ergueu-a pelo rabo. A serpente pôs a língua bifurcada para fora e sibilou indignada pelo tratamento rude.

– Eu não pretendia... – Calei-me.

– Está tudo bem, *mon coeur*. Você não pôde evitar. – Ele fez um carinho no meu rosto e se voltou para a condessa, que olhava espantada para os sapatos desmantelados. – Nós precisamos de uma bruxa, Mary. Urgentemente.

– Não conheço bruxa nenhuma. – Foi uma resposta rápida a da condessa de Pembroke.

Matthew arqueou as sobrancelhas.

– Nenhuma que possa apresentar para sua esposa. Você sabe que não gosto desse tipo de assunto. Philip me contou o que você era quando retornou a salvo de Paris. Eu era muito jovem e entendi tudo como uma fábula. E é exatamente assim que gostaria que ficasse.

– E mesmo assim pratica a alquimia – observou Matthew. – Também é uma fábula?

– Pratico a alquimia para entender o milagre da criação de Deus! – gritou Mary. – Não há... feitiçaria... na alquimia!

– "Mal" é o termo que você procurava. – Os olhos do vampiro sombrearam enquanto os lábios faziam um traçado assustador. A condessa recuou por instinto. – Você está realmente segura de si e do seu Deus cuja mente tanto clama conhecer?

Mary notou que o tom era repressivo, mas não desistiu do embate.

– Meu Deus e seu Deus são distintos, Matthew. – Meu marido apertou os olhos e Henry apertou o gibão com nervosismo. A condessa empinou o queixo. – Ele me contou isso também. Você ainda está ligado ao papa e à missa. Philip passou por cima dos antigos erros cometidos por você em consideração ao homem que você é e na esperança de que um dia se aperceba da verdade e a siga.

– Como é que você consegue negar a realidade de criaturas como eu e Diana quando convive diariamente com elas? – Matthew pareceu cansado. Levantou-se. – Não vamos importuná-la de novo, Mary. Diana encontrará uma bruxa por outros meios.

– Por que não continuamos como antes e nunca mais tocamos nesse assunto? – A condessa olhou para mim e mordeu os lábios com a incerteza refletida nos olhos.

– Porque amo a minha mulher e quero vê-la a salvo.

Mary o observou, avaliando a sinceridade dele por um instante, e se deu por satisfeita com o que viu.

– Diana não precisa me temer, Matt. Mas que ninguém mais em Londres saiba sobre ela. Os últimos acontecimentos na Escócia estão disseminando o pavor e as pessoas estão prontas para atribuir aos outros a culpa pelos próprios infortúnios.

– Lamento muito pelos seus sapatos – eu disse sem graça. Aquele calçado nunca mais seria o mesmo.

– Vamos esquecer isso – disse Mary com firmeza enquanto se levantava para as despedidas.

Saímos do castelo de Baynard sem que nenhum de nós dissesse uma palavra. Pierre atravessou o portão por último e ajeitou o capuz na cabeça.

– Acho que tudo correu muito bem – disse Henry, quebrando o silêncio.

Olhamos para ele com descrédito.

– Claro que com algumas dificuldades – apressou-se ele em acrescentar –, mas não resta dúvida de que Mary quer conhecer Diana mais a fundo e manter a amizade que lhe devota, Matthew. Você deve dar uma chance para ela. Mary não foi educada para confiar com muita facilidade. E por isso se perturba tanto com questões relativas à fé. – Ele se cobriu com a capa. O vento ainda era intenso e começava a escurecer. – Infelizmente, devo me separar de vocês aqui. Mamãe me espera para o jantar na Aldersgate.

– Ela já se recuperou da indisposição? – perguntou Matthew. No Natal a viúva condessa reclamara de falta de ar e ele estava preocupado com uma possível doença cardíaca.

– Minha mãe é uma Neville. Ou seja, vai viver para sempre, causando encrenca a cada oportunidade! – Henry beijou-me a face. – Não se preocupe com Matthew, nem com isso... quer dizer, com qualquer outro problema. – Ele mexeu as sobrancelhas de maneira significativa e tomou o seu rumo.

Eu e Matthew o observamos enquanto se afastava e depois tomamos o rumo de Blackfriars.

– O que aconteceu? – perguntou ele serenamente.

– Antes, minhas emoções acionavam a magia. Agora, uma simples interrogação me faz enxergar o que há sob a superfície das coisas. Mas não faço a menor ideia de como dei vida àquela abelha.

– Graças a Deus você estava observando os sapatos de Mary. Se estivesse observando as tapeçarias estaríamos metidos numa desavença entre os deuses do Olimpo – disse ele secamente.

Atravessamos o adro da St. Paul's às pressas e retornamos à relativa tranquilidade de Blackfriars. O frenético movimento do início do dia assumia um ritmo mais lento. Artesãos se reuniam nos umbrais para dividir notícias sobre os negócios, e aprendizes terminavam as tarefas diárias.

– Quer comer alguma coisa? – Matthew apontou para uma confeitaria. – Infelizmente, não tem pizza, mas Kit e Walter são verdadeiros devotos das tortas de carne do Prior. – Minha boca salivou quando senti o aroma que saía lá de dentro e assenti com a cabeça.

Mestre Prior se chocou quando Matthew entrou na loja e se embaraçou quando foi questionado sobre os detalhes da origem e do relativo frescor da carne que servia. Por fim, escolhi uma torta recheada de carne de pato. Não aceitei a carne de veado, mesmo com o argumento de que o animal fora abatido recentemente.

Matthew fez o pagamento da refeição a Prior e os assistentes do confeiteiro a embrulharam. A cada segundo nos lançavam olhares furtivos. Isso me fez pensar que uma bruxa e um vampiro juntos atraem a suspeita dos humanos como uma vela atrai as mariposas.

O jantar foi aconchegante e agradável, se bem que Matthew aparentava certa preocupação. Logo que acabei de comer a torta soaram passos na escada de madeira. *Que não seja o Kit*, pensei comigo cruzando os dedos, *não esta noite*.

Françoise abriu a porta e do outro lado aguardavam dois homens vestidos nos já conhecidos uniformes cinza-carvão. Matthew franziu a testa.

– A condessa não está bem? Foi algum dos meninos?

– *Sir*, todos estão bem. – Um dos homens segurava um papel cuidadosamente dobrado. No alto do papel, uma gota irregular de cera com a ponta de uma seta impressa. – Da condessa de Pembroke – disse o homem com uma reverência –, para a sra. Roydon.

Senti certa estranheza quando li o destinatário formal no verso: "*Sra. Diana Roydon, na Hart and Crown, Blackfriars.*" Com meus dedos errantes evoquei a óbvia imagem do semblante inteligente de Mary Sidney. Levei a carta para perto da lareira, passei o dedo por baixo do selo e me sentei para ler. A carta espessa estalou quando a abri. Uma tira de papel flutuou até o meu colo.

– O que Mary diz? – perguntou Matthew depois de ter dispensado os mensageiros. Colocou-se atrás de mim e pôs as mãos nos meus ombros.

– Quer que eu vá ao castelo de Baynard na quinta-feira. Ela está desenvolvendo uma experiência alquímica e acha que talvez seja do meu interesse. – Eu simplesmente não consegui reprimir o tom de incredulidade.

– Essa é a verdadeira Mary. Cautelosa, mas leal – disse Matthew, beijando-me na cabeça. – Ela sempre teve um surpreendente poder de recuperação. E o que há no outro papel?

Peguei a tira de papel no meu colo e li os primeiros versos do poema em voz alta.

"Quando tudo em mim é mal julgado,
E com um monstro o meu ser é comparado,
Ainda assim vós sois minha esperança."

– Ora, ora, ora. – Matthew interrompeu com um risinho. – Minha esposa chegou. – Olhei para ele confusa. – O projeto mais bem guardado de Mary não é alquímico e sim uma nova versão dos Salmos para os protestantes ingleses. O irmão dela Philip iniciou o projeto, mas faleceu antes de terminá-lo. Mary é duas vezes mais poeta que ele. Às vezes ela suspeita disso, mas nunca admite. Esse é o início do Salmo 71. Ela o enviou para mostrar ao mundo que você faz parte do círculo dela... uma amiga fiel e confidente. – A voz dele se tornou um sussurro travesso. – Sem levar em conta que você arruinou os sapatos dela. – Retirou-se para o estúdio com um último risinho, seguido por Pierre.

Eu tinha feito de uma extremidade da pesada mesa da sala de visita uma escrivaninha. A mesa era um entulho só de porcarias e tesouros, como todos os espaços ocupados por mim durante a vida. Remexi na bagunça até que encontrei as últimas folhas de papel em branco, e depois peguei uma pena nova e procurei um lugar com claridade.

Levei cinco minutos para escrever uma breve resposta à condessa. Não consegui evitar dois borrões constrangedores, mas a letra em itálico saiu relativamente boa e não me esqueci de soletrar foneticamente algumas palavras para que não parecessem muito modernas. Espalhei areia no papel e esperei que absorvesse o excesso de tinta, e depois soprei os resíduos no chão. Dobrei a carta e me dei conta de que não tinha cera para selá-la. *Isso teria que ser resolvido.*

Deixei uma nota de lado para Pierre e retomei a tira de papel. Mary enviara as três estrofes do Salmo 71. Peguei o livro em branco que ganhara de Matthew e abri a primeira página. Mergulhei a pena no pote de tinta e movi a ponta afiada pela folha com todo cuidado.

Eles para quem minha vida é odiosa
Com seus espiões agora deliberam
De suas falas, olhai o teor:
Deus, dizem eles, o desamparou.
Agora perseguido, ele deve ser pego;
Ninguém virá em seu socorro.

Depois que a tinta secou, fechei o livro e o coloquei debaixo de *Arcádia*, de Sidney Philip.

Eu estava convicta de que o presente de Mary era mais do que uma simples oferta de amizade. Os versos que eu tinha lido em voz alta para Matthew além de reconhecer os serviços prestados por ele para a família dela também declaravam que ela não viraria as costas para ele, mas os últimos versos continham uma mensagem para mim: nós estávamos sob vigilância. Alguém suspeitava de que nem tudo na Water Lane era como parecia ser, e os inimigos apostavam que até os aliados de Matthew se voltariam contra ele quando descobrissem a verdade.

Matthew que, além de vampiro era servo da rainha e membro da Congregação, não poderia se envolver na procura de uma bruxa que me serviria de tutora na magia. E com um bebê a caminho encontrá-la o mais rápido possível assumia um novo significado.

Peguei uma folha de papel à frente e comecei a fazer uma lista.

Cera para selo
Sinete

Londres era uma cidade grande. E eu precisava fazer umas compras.

17

— Eu vou sair.

Françoise desviou os olhos da costura. E uns trinta segundos depois Pierre subiu a escada. Se Matthew estivesse em casa certamente também teria aparecido, mas ele estava conduzindo algum negócio misterioso na cidade. Eu tinha acordado com a imagem do casaco dele ainda secando perto da lareira. Ele tinha sido chamado no meio da noite e retornou apenas para sair de novo.

– Verdade? – Françoise estreitou os olhos. Já suspeitara de que eu faria isso desde o momento em que me vesti. Em vez de reclamar do número de anáguas que ela sempre empurrava pela minha cabeça abaixo, dessa feita acrescentei uma outra de flanela cinza. Depois, discutimos sobre o vestido que eu deveria usar. Eu preferia as roupas confortáveis que havia trazido da França aos maravilhosos trajes de Louisa de Clermont. A irmã de Matthew com seus cabelos negros e sua pele de porcelana podia optar por um vestido de veludo de cor turquesa vívida (*"verdete"*, corrigiu Françoise) ou por um de tafetá cinza-esverdeado doentio (cor apropriadamente chamada de "espanhol morto"), mas eram medonhos em contraste com minhas sardas e meus cachos ruivos e muito chiques para um passeio pela cidade.

– Talvez seja melhor madame esperar pelo retorno de mestre Roydon – sugeriu Pierre agitado enquanto passava de um pé para o outro com nervosismo.

– Não, acho que não. Fiz uma lista de coisas necessárias e quero sair para comprá-las. – Peguei a sacola de couro com as moedas que ganhara de Philippe. – Carrego a sacola ou enfio o dinheiro no corpete e o pinço quando precisar? – Esse aspecto da ficção histórica de mulheres que escondiam coisas sob as vestes sempre me fascinara, e estava ansiosa para descobrir se podiam ser retiradas em público facilmente como diziam os historiadores. Seguramente, sexo não era assim tão fácil no século XVI como diziam alguns romances. De início, as muitas roupas o dificultavam.

– Madame não pode carregar dinheiro de jeito nenhum! – Françoise apontou para Pierre, que afrouxava a corda de um saco amarrado à cintura. Era um saco aparentemente sem fundo que guardava um considerável estoque de implementos pontiagudos, incluindo alfinetes, agulhas, algo que parecia um conjunto de gazuas e uma adaga. Depois de introduzido em minha bolsa, tilintava ao menor movimento.

Lá fora, saí caminhando pela Water Lane em direção à St. Paul's, até onde a determinação dos meus tamancos permitia (eram calçados de madeira práticos que escorregavam dos meus pés e me mantinham longe da sujeira). A capa de tecido grosso e forrada de pele para me proteger do nevoeiro balançava em volta dos meus pés. Embora desfrutássemos de uma suspensão temporária das chuvas dos últimos dias, não se podia dizer que o clima estivesse seco.

Nossa primeira parada acabou sendo a confeitaria do mestre Prior, onde compramos bolinhos recheados de passas e frutas cristalizadas. No final da tarde eu geralmente sentia fome e precisava de alguma coisa doce. A parada seguinte próxima à alameda que ligava Blackfriars ao resto de Londres era uma movimentada tipografia cuja placa era marcada com uma âncora.

– Bom-dia, sra. Roydon – disse o proprietário quando atravessei o umbral da porta. Aparentemente, mesmo sem as devidas apresentações, a vizinhança me conhecia. – A senhora está aqui para pegar o livro do seu marido?

Disse que sim com segurança, embora não soubesse de que livro se tratava, e ele pegou um volume fino que estava numa prateleira alta. Uma folheada nas páginas mostrou que se tratava de uma obra de temas militares e de balística.

– Lamento não dispor de uma cópia encadernada do seu livro de medicina – disse ele enquanto embrulhava a encomenda de Matthew. – Mais tarde terei uma capa que servirá para o seu livro.

Então, era dali que tinha saído o meu compêndio de doenças e curas.

– Muito obrigada, mestre... – interrompi a frase.

– Field – completou-a ele.

– Mestre Field – repeti. Uma jovem de olhos brilhantes com um bebê de uns dois anos de idade agarrado à saia e encaixado ao quadril saiu de um escritório nos fundos da loja. Suas mãos rudes estavam manchadas de tinta.

– Sra. Roydon, esta é Jaqueline, minha esposa.

– Ah, madame Roydon. – O sotaque da mulher era ligeiramente francês e me fez lembrar do sotaque de Ysabeau. – Seu marido nos disse que a senhora é uma grande leitora, e Margaret Hawley nos disse que a senhora estuda alquimia.

Jaqueline e seu marido sabiam um bocado de coisas a meu respeito. Sem dúvida já sabiam o tamanho dos meus sapatos e o tipo de torta de carne que eu preferia. Mas o que me pareceu mais estranho é que ninguém em Blackfriars parecia reparar que eu era uma bruxa.

– Sim – eu disse, endireitando as costuras das luvas. – O senhor vende papel avulso, mestre Field?

– Claro – respondeu ele intrigado, com uma ruga à testa. – A senhora já preencheu seu livro de amenidades? – Ah, dali também saíra o meu livro de anotações.

– Preciso de papel para correspondência – expliquei. – E de cera para selo. E de um sinete. Posso comprá-los aqui? – A livraria de Yale tinha todo tipo de artigos de papelaria, canetas e lápis de cera coloridos, uma cera inútil, além de selos de metal em formato de letras por preço baixo. Field e a mulher se entreolharam.

– Envio-lhe mais papel esta tarde – disse ele. – Mas a senhora vai precisar de um ourives que faça um anel com um sinete. Aqui só tenho tipos da impressora que estão para ser derretidos e refeitos.

– Ou então a senhora pode procurar Nicholas Vallin – sugeriu Jaqueline. – É um especialista em metais, sra. Roydon, e também cria relógios lindos.

– É só descer a rua? – disse, apontando por cima do meu ombro.

– Ele não é ourives – protestou Field. – Não queremos causar constrangimento ao *monsieur* Vallin.

Jaqueline permaneceu imperturbável.

– Há vantagens em morar em Blackfriars, Richard. Trabalhar fora dos regulamentos das guildas é uma delas. E a Companhia dos Ourives não vai se aborrecer com ninguém daqui por algo tão insignificante como um anel feminino. Se quiser comprar cera, sra. Roydon, terá de ir a uma botica.

Sabão era outro item da minha lista de compras. E os boticários costumavam usar aparatos de destilação. O foco se deslocava da alquimia para a magia por necessidade, mas nem por isso perderia uma oportunidade de aprender algo mais prático.

– Onde fica a botica mais próxima?

Pierre tossiu.

– Talvez seja melhor a senhora consultar mestre Roydon.

Matthew certamente teria todo um rol de opiniões, principalmente o de encarregar Françoise ou Pierre de pegar o que eu precisava. Os Field aguardaram a minha réplica com interesse.

– Talvez – disse, fixando os olhos em Pierre com indignação. – Mesmo assim, gostaria da recomendação da sra. Field.

– John Hester é o boticário mais conhecido – disse Jaqueline, com um toque de malícia e afastando a criancinha da aba da saia. – Fez uma tintura para o ouvido do meu filho que aplacou completamente a dor. – Se a memória não me enganava, John Hester também se interessava por alquimia. Talvez conhecesse uma bruxa. Ou ainda melhor, talvez *fosse* um bruxo, o que se encaixaria perfeitamente às minhas intenções. O fato é que eu não estava simplesmente fazendo compras. Saíra para ser vista. As bruxas eram um bando de curiosas. Se me oferecesse como isca, certamente uma delas a morderia.

— Dizem que até a condessa de Pembroke procura os conselhos dele para as enxaquecas do jovem lorde — acrescentou o marido. Então, toda a vizinhança sabia da minha visita ao castelo de Baynard. Mary estava certa: nós estávamos sendo observados.

— A loja de mestre Hester fica perto da Paul's Wharf, marcada com uma placa que representa um alambique — continuou ela.

— Muito obrigada, sra. Field. — A Paul's Wharf devia ficar nas proximidades do adro da St. Paul's, e poderia ir até lá naquela tarde. Redesenhei o mapa da excursão do dia na mente.

Após as despedidas, Françoise e Pierre se voltaram para a direção da casa.

— Vou à catedral — disse, tomando outra direção.

Para a minha surpresa, Pierre se pôs à minha frente.

— Milorde não vai gostar nada disso.

— Milorde não está aqui. Matthew deixou ordens expressas de que eu não podia ir lá sem vocês. Não disse que eu era uma prisioneira em minha própria casa. — Entreguei o livro e os bolinhos para Françoise. — Se ele chegar antes de mim, diga-lhe para onde fomos e que voltarei logo.

Françoise pegou os embrulhos, trocou um longo olhar com Pierre e desceu a Water Lane.

— *Prenez garde,* madame — murmurou Pierre quando passei por ele.

— Sou sempre cuidadosa — retruquei com calma, pisando em linha reta por cima de uma poça.

Dois coches haviam colidido e obstruíam a rua que dava na St. Paul's. Desengonçados e parecidos com vagões fechados, não lembravam nem um pouco as carruagens arrojadas dos filmes baseados nos romances de Jane Austen. Contornei os veículos com Pierre nos meus calcanhares, esquivando-me dos cavalos irritados e dos ocupantes não menos irritados que buscavam um culpado aos gritos no meio da rua. Apenas os cocheiros pareciam despreocupados e acima da discussão, cochichando uns com os outros dos seus poleiros.

— Isso sempre acontece? — perguntei para Pierre, puxando o capuz para enxergá-lo.

— Esses novos meios de transporte são um estorvo — respondeu ele azedo. — Era muito melhor quando as pessoas caminhavam ou cavalgavam. Mas isso não importa. Nunca farão sucesso.

Foi o que disseram para Henry Ford, pensei.

— Paul's Wharf é muito longe?

– Milorde não gosta de John Hester.

– Pierre, não foi isso que perguntei.

– O que madame deseja comprar no adro da igreja? – Depois de ministrar aulas por anos a fio, a técnica de distração de Pierre me era muito conhecida. Mas eu não tinha a menor intenção de lhe dizer a real razão de estarmos atravessando Londres.

– Livros – respondi laconicamente.

Adentramos o recinto da St. Paul's, onde cada centímetro não ocupado por papel era ocupado por alguém que vendia mercadorias ou serviços. Um gentil-homem de meia-idade estava sentado num banco dentro de um alpendre que se projetava de uma barraca construída contra uma das paredes da catedral. Não haveria lugar mais incomum para um escritório. Um monte de gente se acotovelava ao redor da barraca. Se tivesse sorte, encontraria uma bruxa naquela multidão.

Fui até a barraca apinhada de gente. Todos pareciam ser humanos. Uma decepção a mais.

O homem que zelosamente transcrevia um documento para um cliente à frente desviou os olhos com espanto. Um copista. *Por favor, que não seja William Shakespeare,* supliquei mentalmente.

– Em que posso ajudá-la, sra. Roydon? – perguntou ele, com um ligeiro sotaque francês. *Não é Shakespeare.* Mas como conhecia a minha identidade?

– O senhor tem cera de selo? E tinta vermelha?

– Não sou boticário, sra. Roydon, sou um pobre professor. – Os clientes começaram a cochichar sobre os escandalosos lucros de vendeiros e boticários e de outros que praticavam extorsão.

– A sra. Field me disse que John Hester faz uma excelente cera de selo. – As cabeças se voltaram em minha direção.

– Contudo, cara demais. E a tinta também, tinta que ele faz a partir das flores de íris. – A afirmação do homem foi avalizada pelos murmúrios da multidão.

– O senhor pode apontar para a direção da loja dele?

Pierre me pegou pelo cotovelo.

– *Non.* – Sibilou no meu ouvido. Isso serviu para chamar ainda mais a atenção dos humanos e o fez retroceder.

O copista ergueu a mão e apontou para o leste.

– A senhora o encontrará na Paul's Wharf. Vá até a Bishop's Head e depois vire para o sul. Mas *monsieur* Cornu conhece o caminho.

Olhei para Pierre que por sua vez olhou fixamente para um ponto acima da minha cabeça.

– Ele conhece? Muito obrigada.

– É a *esposa* de Matthew Roydon? – disse alguém com um risinho quando nos retiramos da confusão. – *Mon Dieu*. Não é de espantar que ele pareça exausto.

Não saí imediatamente em direção à botica. Antes, fiz uma lenta circunavegação com os olhos fixos no suntuoso espaço da catedral. Apesar do desafortunado raio que lhe tinha arruinado a aparência para sempre, era imponente e graciosa.

– Esse não é o caminho mais rápido para Bishop's Head. – Pierre estava um passo atrás e não nos habituais três passos de distância e quase tropeçou em mim quando me detive e olhei para o alto.

– Qual era a altura da torre?

– Quase da mesma altura do prédio. Milorde era fascinado pela altura com que ela foi construída. – A torre perdida devia fazer com que o prédio todo parecesse planar, com um esguio pináculo projetando delicadas linhas dos contrafortes e das altas janelas góticas.

Senti uma onda de energia semelhante à que sentira no templo da deusa próximo de Sept-Tours. Lá no fundo, debaixo da catedral, alguma coisa sentiu a minha presença. Reagiu com um sussurro, uma leve agitação debaixo dos meus pés, um suspiro de reconhecimento, e depois se foi. Naquele lugar havia poder – um poder irresistível para bruxas e bruxos.

Afastei o capuz do rosto e observei pausadamente os compradores e vendedores no adro da St. Paul's. Demônios, bruxas e vampiros remetiam piscadelas de atenção pelo caminho, mas a atividade intensa me encobria. Eu precisava de uma situação mais reservada.

Continuei caminhando pelo lado norte da catedral e contornei a extremidade leste. O burburinho aumentou. Naquele ponto toda a atenção se voltava para um homem em cima de um púlpito ao ar livre e cujo teto ostentava uma cruz. Na falta de um sistema de som elétrico, ele mantinha a plateia cativa com gritos, gestos dramáticos e conjurações imagéticas de fogo e enxofre.

Nenhuma bruxa poderia competir com tanto inferno e tanta danação e, se eu não fizesse algo escandalosamente visível, nenhuma bruxa me veria senão como mais uma criatura fazendo compras. Soltei um suspiro de frustração. Maquinei um plano aparentemente infalível pela simplicidade. Em Blackfriars não havia bruxas. Mas ali na St. Paul's havia muitas. E a presença de Pierre impedia que outras criaturas curiosas se aproximassem de mim.

– Fique aí e não se mova – ordenei, olhando decidida para ele. A chance de atrair a atenção de uma bruxa amistosa aumentaria se não houvesse um vampiro plantado por perto e irradiando desaprovação. Pierre apoiou-se no suporte de uma barraca e me olhou fixamente sem fazer comentários.

Entrei no meio da multidão aos pés da cruz da St. Paul's, olhando da esquerda para a direita, como se querendo localizar um amigo perdido. Fiquei à espera de uma comichão de bruxa. Sentia que elas estavam por perto.

– Sra. Roydon? – Soou uma voz familiar. – O que a traz aqui?

O rosto corado de George Chapman irrompeu por entre os ombros de dois cavalheiros de aparência severa que ouviam o pregador que culpava uma conspiração diabólica de católicos e mercadores aventureiros por todas as mazelas do mundo.

Se as bruxas não eram encontradas, os membros da Escola da Noite se encontravam em toda parte, como sempre.

– Estou à procura de tinta. E cera de selo. – Quanto mais repetia isso, mais vazio soava.

– Então, a senhora precisa ir a uma botica. Vamos, posso levá-la ao meu boticário. – George estendeu o cotovelo. – Ele é bem razoável, e também habilidoso.

– Já está ficando tarde, mestre Chapman – disse Pierre, materializando-se do nada.

– A sra. Roydon deve pegar ar enquanto for possível. Segundo o barqueiro, a chuva não tarda a voltar e os barqueiros raramente erram. Além do mais, a loja de John Chandler fica na rua Red Cross, no lado externo das muralhas. A uns oitocentos metros daqui.

O encontro com George tornava-se fortuito e não mais exasperador. Talvez cruzássemos com uma bruxa durante o passeio.

– Matthew não faria objeção alguma a uma caminhada com mestre Chapman, até porque você me acompanhará – disse para Pierre, dando o braço para George. – Seu boticário fica perto da Paul's Wharf?

– Fica do lado oposto – respondeu George. – Mas a senhora não precisa comprar na Paul's Wharf. John Hester é o único boticário de lá e com preços que ultrapassam o bom senso. Mestre Chandler lhe prestará um serviço melhor e pela metade do preço.

Coloquei o nome de John Hester na minha lista de afazeres para um outro dia e saí caminhando com George. Saímos pelo lado norte do adro da St. Paul's e atravessamos suntuosas casas e jardins.

– É aqui que vive a mãe de Henry – disse George, apontando para um imponente conjunto de prédios à esquerda. – Ele odeia esse lugar. Morava na esquina da rua do Matt até que Mary o convenceu de que a habitação estava abaixo da dignidade de um conde. Henry já se mudou para uma casa na Strand. Mary está feliz, mas ele diz que a casa é escura e que a umidade lhe maltrata os ossos.

As muralhas da cidade se estendiam para além da casa da família Percy. Construídas pelos romanos para defender Londinium dos invasores, ainda demarcavam os limites oficiais da cidade. Depois que passamos pela Aldersgate e atravessamos uma ponte baixa, nos vimos em campo aberto e em meio a casas amontoadas ao redor de igrejas. O fedor que acompanhava o cenário pastoril me fez levar a mão enluvada ao nariz.

– O esgoto da cidade – disse George de modo apologético, apontando para um rio de lama abaixo de nossos pés. – Infelizmente, essa é a rota mais direta. Logo estaremos em outro lugar com um ar melhor. – Sequei os olhos, torcendo de coração para que isso fosse verdade.

George Chapman me conduziu ao longo de uma rua larga por onde passaram coches, carroças com alimentos e até uma pequena boiada. Durante o trajeto se referiu a uma visita que tinha feito ao seu editor, William Ponsonby. Ficou chocado quando percebeu que não reconheci o nome. Eu tinha parcos conhecimentos sobre as nuances do comércio de livros no período elisabetano e tratei de mudar de assunto. Ficou feliz por poder fofocar sobre os muitos dramaturgos recusados por Ponsonby como, por exemplo, Kit. O editor preferia trabalhar com literatura séria e tinha uma constelação de autores realmente incrível: Edmund Spenser, a condessa de Pembroke, Philip Sidney.

– Ponsonby teria publicado as poesias de Matt, se Matt não tivesse recusado. – George balançou a cabeça com perplexidade.

– Poesias de Matt? – Fiquei subitamente paralisada por alguns segundos. Sabia que Matthew admirava a poesia, mas não sabia que era poeta.

– Isso mesmo. Matt insiste que seus versos só sejam lidos pelos amigos. Todos nos apaixonamos pela elegia que ele escreveu para Philip Sidney, o irmão de Mary. *"Olhos e ouvidos e cada pensamento / Foram por ele capturados em doce sentimento."* – George sorriu. – É uma obra maravilhosa. No entanto, Matthew reclama da pouca utilidade da imprensa, alegando que só resultou em discórdia e opiniões irrefletidas.

Apesar de ter um laboratório moderno, Matthew era antiquado e apaixonado por relógios e carros antigos. Mordi os lábios para não sorrir dessa nova evidência do tradicionalismo dele.

– E sobre que temas versam os poemas dele?

– Amor e amizade, na maior parte, se bem que ultimamente tem trocado versos com Walter que giram em torno de temas... mais sombrios. Eles fazem uma só mente que pensa esses dias.

– Mais sombrios? – perguntei intrigada.

– Matt e Walter nem sempre aprovam o que acontece no contexto atual – disse George baixinho, desviando os olhos para os transeuntes. – Eles estão a um passo da impaciência... especialmente Walter, e sempre mostram a mentira para os que estão em posição de poder. Isso é uma tendência perigosa.

– Mostre a mentira – eu disse pausadamente. Um conhecido poema anônimo intitulado "A mentira" era atribuído a Walter Raleigh. – *"Diga para a corte, ela incandesce / E brilha como lenha podre?"*

– Quer dizer que Matt tem partilhado os versos dele com você. – George suspirou novamente. – Ele consegue sintetizar em poucas palavras toda uma gama de sentimentos e significados. É um talento invejável.

Se a poesia era familiar, a relação de Matthew com a poesia não era. Mas haveria muito tempo nas noites à frente para me dedicar aos dotes literários do meu marido. Mudei de assunto e ouvi a explanação de George sobre a necessidade dos escritores da época de sempre publicar para sobreviver, e sobre a necessidade dos editores conscientes de sempre corrigir os erros nos livros impressos.

– Lá está a loja de Chandler – disse George, apontando para uma interseção onde uma cruz desengonçada se sobrepunha a uma plataforma elevada. Uma gangue de garotos catava as pedras maiores na base da cruz. Não era preciso ser bruxa para prever que seriam atiradas na janela da loja em seguida.

À medida que nos aproximávamos do estabelecimento do boticário, o ar se tornava mais frio. Assim como ocorrera na St. Paul's emergiu uma nova onda de poder, se bem que uma opressiva atmosfera de pobreza e desespero rondava a vizinhança. Uma velha torre caía aos pedaços no lado norte da rua, e as casas circundantes pareciam prestes a ser destruídas por lufadas mais fortes de vento. Dois adolescentes chegaram mais perto e nos olharam com interesse, até que Pierre assobiou baixinho e os paralisou.

A loja de John Chandler combinava perfeitamente com a atmosfera gótica da vizinhança. Uma coruja empalhada pendia do teto e as mandíbulas dentadas de alguma desafortunada criatura estavam pregadas por cima do diagrama de um corpo com membros mutilados, quebrados e perfurados por armas. A sovela de um marceneiro perfurara o olho da pobre infeliz, fazendo um ângulo exato.

Um homem arqueado surgiu por trás de uma cortina, limpando as mãos nas mangas de um velho capote preto de bombazina. O capote estava muito amarrotado e se assemelhava às togas acadêmicas dos estudantes de Oxford e Cambridge. Olhos brilhantes da cor de avelã se encontraram com meus olhos sem nenhum traço de hesitação, e minha pele comichou ao reconhecê-lo. Chandler era um bruxo. Finalmente, aparecia alguém do meu próprio povo depois de ter atravessado a maior parte de Londres.

– A cada semana que passa sua rua se torna mais perigosa, mestre Chandler. – George espiou pela porta a gangue que estava lá fora.

– Esses garotos estão se tornando selvagens – disse Chandler. – O que posso fazer hoje pelo senhor, mestre Chapman? Está interessado em um pouco mais de tônico? Suas dores de cabeça voltaram?

George fez um relato detalhado dos muitos males e dores que o afligiam. Chandler murmurava em solidariedade e uma vez ou outra desenhava num livro de registros que estava ao lado. Ambos se debruçaram por sobre o livro e me deram chance de observar o ambiente.

Sem dúvida alguma as boticas elisabetanas eram as lojas de conveniência da época e aquela estava entulhada de mercadorias até o teto. Pilhas de cartazes com ilustrações expressivas como a de um homem ferido e pregado na parede. Potes de frutas cristalizadas. Livros usados junto a uns poucos volumes novos em cima de uma mesa. Um conjunto de potes de cerâmica rotulados com nomes de espécies medicinais e de ervas refletia alguma luz naquele espaço de sombras. Os espécimes do reino animal expostos não incluíam apenas a coruja empalhada e a mandíbula dentada, mas também roedores secos e dependurados pela cauda. Também havia potes de tinta, penas e rolos de barbante.

A organização da loja seguia agrupamentos temáticos. A tinta estava ao lado das penas e dos livros usados e debaixo da sábia e velha coruja. Um camundongo dependurado por cima de um pote com o rótulo "Poção de Rato" estava perto de um manual que não só prometia ensinar a pescar como também a construir *"pequenas engenhocas e armadilhas para pegar furões, gaviões, ratos, camundongos e outras espécies de animais daninhos e de feras"*. E eu que vinha me perguntando como poderia acabar com os convidados indesejados no sótão de Matthew. As plantas descritas detalhadamente no manual excediam as minhas habilidades manuais femininas, mas alguma outra pessoa poderia operar. Se o rato dependurado na loja de Chandler era uma boa indicação, certamente as armadilhas funcionavam.

– Com sua licença, senhora – murmurou Chandler, passando por mim. Observei fascinada quando ele levou o ratinho seco até a bancada de trabalho e cortou as orelhas do animal com delicada precisão.

– Para o que servem? – perguntei para George.

– Pé de orelha de rato é eficaz contra verrugas – respondeu ele enfaticamente enquanto Chandler manipulava o pilão.

Aliviada por não sofrer desse mal em particular, fixei os olhos na coruja que vigiava o departamento de itens de papelaria. Lá estava um pote de tinta vermelha intensa.

Seu amigo wearh *não vai querer carregar essa garrafa para casa, senhora. Essa tinta feita de sangue de gavião é usada para escrever encantamentos de amor.*

Então, Chandler tinha o poder de se comunicar telepaticamente. Coloquei a tinta no lugar e peguei um panfleto sobre cães. A primeira página estampava um lobo que atacava uma criança e um homem que era terrivelmente torturado e executado. A publicação me fez lembrar dos tabloides nas caixas registradoras dos mercadinhos modernos. Ao virar a página me assustei com a notícia de um sujeito chamado Stubbe Peter que aparecia em forma de lobo e se alimentava do sangue de homens, mulheres e crianças até levá-los à morte. Não eram apenas as bruxas escocesas que estavam na mira do público. Os vampiros também estavam.

Percorri a página com os olhos rapidamente. E para o meu alívio Stubbe vivia na Alemanha. A ansiedade retornou quando li que o tio de uma das vítimas era dono de uma cervejaria situada entre a nossa casa e o castelo de Baynard. Fiquei aterrorizada com os detalhes grotescos dos assassinatos e com o extremismo com que os humanos exterminavam as criaturas que conviviam com eles. Stubbe Peter era descrito no panfleto como um bruxo de estranho comportamento que satisfazia seu gosto incomum pelo sangue por meio de um pacto com o diabo. Mas era mais provável que ele fosse um vampiro. Enfiei o panfleto debaixo de um livro e me dirigi ao balcão.

– A sra. Roydon está procurando alguns suprimentos – explicou George para o boticário quando me aproximei.

A mente de Chandler esvaziou por cautela quando ouviu meu nome.

– Isso mesmo – disse pausadamente. – Tinta vermelha, se o senhor tiver. E algum sabão perfumado para higiene pessoal.

– Claro. – O bruxo fez uma busca em alguns jarrinhos de estanho. Encontrou o que queria e o pôs em cima do balcão. – E a senhora também deseja cera de lacre para combinar com a tinta?

– O que o senhor tiver será ótimo, mestre Chandler.

– Vejo que o senhor tem um dos livros do mestre Hester – disse George, pegando um volume que estava próximo. – Falei para a sra. Roydon que sua tinta é tão boa quanto a de Hester e custa a metade do preço.

O boticário agradeceu o elogio de George com um pálido sorriso e pôs alguns bastões de cera vermelha e duas bolas de sabão perfumado ao lado da tinta sobre a mesa. Pus o manual de controle de pestilências e o panfleto sobre o vampiro alemão na mesa. Chandler ergueu os olhos com desconfiança para mim.

– Sim – disse –, o impressor do outro lado da rua deixou algumas cópias comigo porque tratam de assunto medicinal.

– Isso também interessa à sra. Roydon – disse George, acrescentando o livro à minha pilha. E mais uma vez me perguntei como é que os humanos podiam ser tão alheios ao que acontecia à volta deles.

– Mas não estou certo se este tratado é apropriado para uma dama... – Chandler interrompeu a frase, olhando de um modo significativo para o meu anel.

A rápida resposta de George abafou minha silenciosa réplica.

– Ora, o marido dela não vai se importar. Ela é uma estudiosa da alquimia.
– Levarei o tratado – disse, com firmeza.
George aproveitou que Chandler embrulhava as compras para perguntar se ele recomendava algum fabricante de óculos.
– Meu editor, mestre Ponsonby, está preocupado com possíveis complicações nos meus olhos antes do final de minha tradução de Homero. – Ele explicou com um leve ar presunçoso. – Uma criada da minha mãe me passou uma receita, mas o remédio não ajudou em nada.
O boticário deu de ombros.
– Às vezes esses remédios de velhas viúvas ajudam, mas o meu é mais confiável. Mandarei uma cataplasma de clara de ovos e água de rosas para o senhor. Umedeça as compressas com ela e aplique nos olhos.
Enquanto George e Chandler barganhavam o preço do remédio e combinavam a entrega, Pierre recolhia os embrulhos e se colocava à porta.
– Adeus, sra. Roydon – disse Chandler, com uma reverência.
– Muito obrigada por sua ajuda, mestre Chandler – retruquei. *Sou nova na cidade e estou à procura de uma bruxa que possa me ajudar.*
– Não tem de quê – disse ele suavemente –, se bem que em Blackfriars há excelentes boticários. – *Londres é um lugar perigoso. Tome muito cuidado com quem a senhora vai pedir ajuda.*
Antes que pudesse lhe perguntar como sabia onde eu morava, George me conduziu para a rua com uma calorosa despedida. Pierre se pôs tão próximo de mim que senti a lufada gelada de sua respiração.
O toque dos olhares durante o trajeto de volta à cidade era inconfundível. Minha presença na loja de Chandler difundira o alerta e a notícia da presença de uma bruxa estrangeira se espalhara pela vizinhança. Finalmente, o objetivo daquela tarde fora atingido. Duas bruxas surgiram de braços dados numa varanda e me esquadrinharam com ar hostil. Eram tão parecidas que cheguei a jurar que fossem gêmeas.
– *Wearh* – murmurou uma delas, cuspindo no chão enquanto olhava para Pierre e bifurcava os dedos em sinal de proteção contra o diabo.
– Vamos logo, senhora. Está tarde – disse Pierre, agarrando-me pelo antebraço.
O desejo de Pierre de me tirar de St. Giles o mais rápido possível e o desejo de George por uma taça de vinho tornaram o retorno para Blackfriars mais rápido que a jornada da ida. Chegamos sãos e salvos em Hart and Crown. Não havia sinal de Matthew e Pierre saiu para procurá-lo. Algum tempo depois Françoise fez uma observação sobre o adiantado da hora e sobre minha necessidade de descanso. Chapman entendeu a deixa e se despediu.

Françoise deixou a costura de lado, sentou-se perto da lareira e ficou observando a porta. Experimentei a tinta nova, assinalando os itens de minha lista de compras e adicionando *"armadilha de ratos"*. E depois me voltei para o livro de John Hester. Uma folha de papel em branco dobrado discretamente ao redor do livro mascarava um conteúdo indecente. A maioria das curas para doenças venéreas envolvia concentrações de mercúrio. A hesitação de Chandler em vender uma cópia para uma mulher casada não era então de espantar. Acabava de entrar no fascinante segundo capítulo quando ouvi murmúrios no estúdio de Matthew. Françoise apertou os lábios e balançou a cabeça em negativa.

– Ele vai precisar de mais vinho do que há na casa – disse enquanto se dirigia para a escada com uma das jarras vazias que estavam perto da porta.

Segui a voz do meu marido. Ele estava tirando as roupas no estúdio e dependurando-as perto do fogo.

– Ele é um homem mau, milorde – disse Pierre em tom grave enquanto desembainhava a espada de Matthew.

– "Mau" não faz justiça ao demônio. Ainda não se criou uma palavra que o faça. Depois de hoje juro que ele é a própria encarnação do diabo. – Os dedos longos de Matthew afrouxaram as fortes amarras da calça que caiu no chão e o fez se inclinar para pegá-la. Jogou a calça pelo ar em direção ao fogo da lareira, mas a rapidez com que fez isso não escondeu as manchas de sangue. Um cheiro mofado de pedra molhada e de velhice e de sujeira me trouxe a súbita lembrança do meu cativeiro em La Pierre. Fiquei com a garganta apertada. Matthew girou o corpo.

– Diana. – Ele captou minha angústia numa fração de segundo, tirou a camisa por cima da cabeça às pressas, saiu pisando nas botas descartadas e chegou ao meu lado apenas com um par de ceroulas de linho. Uma cicatriz comprida e profunda acima da junta do ombro dele desaparecia e reaparecia à vista conforme a luz do fogo incidia.

– Você está ferido? – Lutei para arrancar as palavras da garganta apertada e desviei os olhos para as roupas que queimavam na lareira.

Matthew acompanhou o meu olhar e vociferou baixinho.

– Isso não é sangue meu. – Saber que o sangue nas roupas de Matthew era de outra pessoa não me consolou nem um pouco. – A rainha ordenou minha presença... no interrogatório de um prisioneiro. – A ligeira hesitação me sugeriu que "tortura" era a palavra suprimida. – Vou tomar um banho e depois me junto a você para jantar. – A frase soou aconchegante, mas ele estava cansado e furioso. E tomou todo o cuidado para não me tocar.

– Você esteve no subterrâneo. – O cheiro era inconfundível.

– Estive na Torre.

– E o prisioneiro... está morto?

– Sim. – Ele passou a mão no rosto. – Dessa vez achei que chegaria cedo para interromper aquilo... mas calculei mal as marés. E mais uma vez a mim só restou insistir para acabar com o sofrimento dele.

Não era a primeira vez que Matthew presenciava a morte de um homem. Ele bem que poderia ter ficado em casa, sem se preocupar com aquela alma perdida na Torre. Uma criatura menor teria feito isso. Estendi as mãos para tocá-lo, mas ele me repeliu.

– A rainha vai me esfolar vivo quando souber que o homem morreu antes de revelar os segredos, mas não me importo. Como a maioria dos humanos, Elizabeth se faz de cega quando lhe é conveniente.

– Quem era ele?

– Um bruxo – respondeu Matthew, com frieza. – Foi denunciado pelos vizinhos porque tinha uma boneca de cabelos vermelhos. Acharam que a boneca era uma imagem da rainha. E a rainha achou que o comportamento da bruxa Agnes Sampson e do bruxo John Fian, ambos escoceses, estava encorajando bruxos ingleses a agir contra ela. Não faça isso, Diana. – Ele acenou para que eu ficasse onde estava quando dei um passo à frente para confortá-lo. – Isso é o mais perto que você pode ficar em relação à Torre e ao que acontece lá. Vá para a sala de estar. Logo me juntarei a você.

Foi difícil deixá-lo, mas naquela hora a mim só restava atender ao pedido dele. O vinho, o pão e o queijo que esperavam à mesa não pareceram nada apetitosos; mesmo assim, peguei um pedaço de um dos bolinhos que comprara naquela manhã e o reduzi em farelos aos poucos.

– O seu apetite se foi. – Matthew deslizou para dentro da sala como um gato silencioso e serviu-se de um pouco de vinho. Sorveu a bebida de um gole só e voltou a encher a taça.

– O seu também – retruquei. – Não está se alimentando com regularidade. – Gallowglass e Hancock sempre o convidavam para as caçadas noturnas, mas ele recusava.

– Não quero falar disso. Prefiro que me fale sobre o seu dia. – *Ajude-me a esquecer.* A frase não dita de Matthew sussurrou pela sala.

– Nós fomos fazer compras. Peguei o livro que você encomendou para Richard Field e conheci Jaqueline, a mulher dele.

– Ah. – Ele abriu um sorriso e a linha de estresse na boca se descontraiu levemente. – A nova sra. Field. Sobreviveu ao primeiro marido e agora está muito feliz com o segundo marido. Garanto que até o final da próxima semana vocês já serão amigas. Viu o Shakespeare? Ele está lá com os Field.

– Não. – Adicionei mais farelos à crescente pilha na mesa. – Fui até a catedral. – Ele curvou-se um pouco para a frente. – Pierre estava comigo – disse abruptamente, deixando o bolinho cair na mesa. – E encontrei o George.

– Claro que circulava pela Bishop's Head a fim de que William Ponsonby fizesse algum comentário bom sobre ele. – Matthew descontraiu os ombros e soltou um risinho.

– Não fui a Bishop's Head – confessei. – George estava ouvindo um sermão na Paul's Cross.

– A turba que se reúne para ouvir os pregadores pode ser imprevisível – disse ele baixinho. – Pierre sabe muito bem que não podia permitir que ficasse lá muito tempo. – Como se por encanto o criado apareceu.

– Não ficamos muito tempo. George me levou ao boticário dele. Comprei alguns livros e suprimentos. Sabão. Cera para lacre. Tinta vermelha. – Apertei os lábios.

– O boticário de George vive em Cripplegate – disse Matthew em tom seco. – Quando os londrinos denunciam algum crime o xerife aparece lá e pega o primeiro com cara de vagabundo ou com alguma peculiaridade. É fácil para ele.

– Se o alvo do xerife é Cripplegate, por que há tantas criaturas na Barbican Cross e tão poucas aqui em Blackfriars? – A pergunta o pegou de surpresa.

– No passado, Blackfriars era solo sagrado dos cristãos. Faz tempo que demônios, bruxas e vampiros adquiriram o hábito de viver em outros lugares e ainda não se mudaram para cá. Mas Barbican Cross foi erigida em terras onde cem anos atrás era um cemitério judaico. Depois que expulsaram os judeus da Inglaterra, as autoridades da cidade transferiram criminosos, traidores e excomungados para terras de cemitérios não consagrados. Os humanos consideram o lugar assombrado e o evitam.

– Então, a infelicidade que senti era dos mortos e não dos vivos. – As palavras pularam da minha boca antes que pudesse fechá-la. Os olhos de Matthew se estreitaram.

A conversa não melhorava o humor dele e minha inquietude crescia minuto a minuto.

– Jaqueline recomendou John Hester quando lhe perguntei sobre um boticário, mas George disse que o dele era tão bom quanto Hester e muito mais barato. Não fiz perguntas sobre o bairro.

– Para mim o fato de que John Chandler não empurra opiáceos para os clientes como Hester costuma fazer é bem mais importante que os preços baratos. Mesmo assim, não quero você na Cripplegate. Da próxima vez que precisar de suprimentos de papelaria, incumba Pierre ou Françoise de pegá-los. Ou melhor, vá ao boticário que fica a três portas daqui, do outro lado da Water Lane.

– A sra. Field não disse para madame que havia um boticário na Blackfriars. Alguns meses atrás *monsieur* de Laune e Jaqueline discordaram sobre o melhor tratamento para o prurido na garganta do filho mais velho dela – murmurou Pierre à guisa de explicação.

– A mim não importa se Jaqueline e Laune se digladiaram na nave da St. Paul's em pleno meio-dia. O que importa é que Diana não deve ficar batendo perna pela cidade.

– Não é só Cripplegate que é perigosa. – Argumentei, estendendo à mesa o panfleto sobre o vampiro alemão. – Comprei lá no Chandler o tratado de Hester sobre a sífilis e um manual de armadilhas para animais. Isso também estava à venda.

– Você comprou o quê? – Matthew engasgou com o vinho, olhando para o livro errado.

– Esquece o Hester. Este panfleto conta a história de um homem que estabeleceu um pacto com o diabo para se transformar em lobo e beber sangue. Um dos envolvidos na publicação é nosso vizinho, o cervejeiro das cercanias do castelo de Baynard. – Tamborilei sobre o panfleto com ênfase.

Matthew puxou as folhas de papel semissoltas. Ficou com a respiração acelerada quando chegou à parte importante. Estendeu a folha para Pierre, que a observou de relance.

– Stubbe não é um vampiro?

– Sim. Eu não sabia que a notícia da morte dele tinha chegado tão longe. Kit se encarregou de me contar as fofocas espalhadas pelos panfletos e publicações populares para que pudéssemos abafá-las em caso de necessidade. De qualquer forma, esta ele perdeu. – Matthew olhou sério para Pierre. – Certifique-se de contratar alguém mais para o trabalho e não deixe Kit saber. – Pierre sacudiu a cabeça em assentimento.

– Então, essas lendas não passam de outras lamentáveis tentativas dos humanos de negar a existência dos vampiros. – Balancei a cabeça em negativa.

– Não seja tão dura com eles, Diana. No momento, estão concentrados nas bruxas. Daqui a cem anos ou mais será a vez dos demônios, graças à reforma dos hospícios. E depois disso os humanos se voltarão contra os vampiros e as bruxas serão apenas bichos-papões de contos de fadas para assustar crianças. – Apesar das palavras, Matthew estava preocupado.

– Nosso vizinho está preocupado com lobisomens, não com bruxas. E deixe de se preocupar comigo e comece a cuidar de si mesmo se pode ser confundido com um deles. De qualquer forma, logo, logo uma bruxa vai bater à nossa porta. – Eu me agarrara à certeza de que seria perigoso para o meu marido sair em busca de uma bruxa. Os olhos dele faiscaram de advertência, mas a boca continuou fechada até que a raiva ficou sob controle.

– Sei que você está se coçando por independência, mas prometa que vai conversar comigo antes da próxima vez que decidir tomar as rédeas de uma situação. – Era uma resposta bem mais branda do que o esperado.

– Só se você prometer me ouvir. Você está sendo observado, Matthew. Eu tenho certeza disso, e Mary Sidney também tem certeza disso. Cuide dos negócios da rainha e do problema da Escócia e me deixe cuidar desse assunto.

Ele abriu a boca a fim de esticar a negociação, mas balancei a cabeça em negativa.

– *Preste atenção no que digo*. Uma bruxa não tarda a chegar. Garanto.

18

Na semana seguinte, Matthew estava à minha espera no solar arejado do castelo de Baynard de Mary. Admirava o Tâmisa com ar de alegria. Girou o corpo quando me aproximei e riu da versão elisabetana do jaleco de laboratório por cima do meu corpete castanho-dourado e de minha saia. As mangas brancas de dentro caíam ridiculamente estufadas dos ombros, mas o rufo à volta do pescoço era pequeno e discreto e tornava a roupa bem confortável.

– Mary não pôde deixar a experiência de lado. Ela nos convidou para jantar na segunda-feira. Pediu para que não nos atrasássemos. – Joguei os braços ao redor do pescoço dele e o beijei intensamente. Ele recuou.

– Por que está com cheiro de vinagre?

– Mary se limpa com isso. Limpa as mãos melhor que sabão.

– Saiu lá de casa com o doce perfume de pão e mel e a condessa de Pembroke a devolve cheirando a picles para mim. – Ele enfiou o nariz atrás de minha orelha. Soltou um suspiro de satisfação. – Eu sabia que encontraria um lugar onde o vinagre não tinha se metido.

– Matthew – sussurrei. Joan, a aia da condessa, estava bem à nossa frente.

– Você age mais como uma vitoriana pudica e menos como uma elisabetana safada – disse ele, sorrindo. Empertigou-se, não sem antes fazer uma última carícia no meu pescoço. – E como foi sua tarde?

– Já viu o laboratório de Mary? – Troquei o disforme capote cinzento pela capa e dispensei Joan para os seus afazeres habituais. – Ela montou um laboratório numa torre do castelo e pintou as paredes com imagens da pedra filosofal. É como trabalhar dentro de um pergaminho de Ripley! Eu já tinha visto uma cópia de Beinecke, em Yale, com uns seis metros de comprimento. Mas os murais de Mary são duas vezes maiores. Isso dificulta a concentração no trabalho.

– Em que experiência vocês estão trabalhando?

– Nós estamos à caça do leão verde – respondi com orgulho, referindo-me ao estágio do processo alquímico que combinava duas soluções ácidas e produzia estonteantes transformações nas cores. – Quase o pegamos. Mas alguma coisa errada fez o frasco explodir. Foi fantástico!

– Fico feliz por não estarem trabalhando no meu laboratório. De um modo geral, as explosões devem ser prevenidas quando se trabalha com ácido nítrico. Na próxima vez vocês duas podiam tentar algo menos volátil, como a destilação de água de rosas. – Matthew estreitou os olhos. – Não estão trabalhando com mercúrio, estão?

– Não se preocupe. Eu não faria nada que fizesse mal ao bebê. – Fiquei na defensiva.

– Toda vez que me refiro ao seu bem-estar, você acha que minha preocupação está em outro lugar. – As sobrancelhas dele se uniram em uma carranca. Graças à barba e ao bigode preto, detalhes com os quais eu ainda não estava acostumada, ele parecia ainda mais assustador. Mas evitei uma discussão.

– Desculpe. – Apressei-me em mudar de assunto. – Semana que vem faremos uma mistura de um novo lote da *prima materia*. A mistura inclui mercúrio, mas prometo não tocar nele. A expectativa de Mary é que a mistura se putrefaça em sapo alquímico até o final de janeiro.

– Isso me soa como um festivo começo de Ano-Novo – disse Matthew, ajeitando a capa nos meus ombros.

– Você estava olhando o quê? – Espiei pela janela.

– Alguém está erguendo uma grande fogueira do outro lado do rio para a noite de Ano-Novo. Cada vez que chega um novo carregamento de madeira, os moradores já estão à espera para pegar a lenha. A pilha diminui em questão de minutos. É como assistir a Penélope tecer o tapete.

– Mary disse que ninguém vai trabalhar amanhã. Ah, lembre-se de pedir a Françoise para comprar mais *manchet*... isso é um pão, certo? E diga que os embeba em leite e mel para que estejam macios no café da manhã de sábado. – Isso era uma versão elisabetana para a rabanada. – Acho que Mary está preocupada com a possibilidade de que eu passe fome na casa dos vampiros.

– Lady Pembroke tem como política não fazer perguntas nem comentários, quando se trata de criaturas e seus respectivos hábitos – observou ele.

– Então, ela se calou sobre o episódio dos sapatos – comentei pensativa.

– Mary Sidney sobrevive da mesma forma que a mãe sobrevivia: fecha os olhos para qualquer realidade inconveniente. As mulheres da família Dudley tiveram que agir assim.

– Dudley? – repeti intrigada. Era uma família célebre pelos seus membros encrenqueiros... não tinha nada a ver com a Mary bem-comportada e centrada.

– A mãe de lady Pembroke era Mary Dudley, amiga de Sua Majestade e irmã de Robert, o favorito da rainha. – Matthew fez uma careta. – Era tão inteligente quanto a filha. Mary Dudley tinha a cabeça tão cheia de ideias que não sobrava espaço para perceber a traição do pai e os maus passos dos irmãos. E quando contraiu varíola da nossa amada soberana, Mary Dudley não se deu conta de que a rainha e o próprio marido preferiam a companhia de outras mulheres a ter que olhar para o rosto desfigurado dela.

Fiquei chocada.

– E o que aconteceu com ela?

– Morreu sozinha e amargurada, como a maioria das Dudley que a antecederam. Seu grande triunfo foi casar a filha de 15 anos com o conde de Pembroke, que na época tinha quarenta anos.

– Mary Sidney se casou com 15 anos? – A mulher inteligente e vibrante que administrava uma casa gigantesca e criava um bando de filhos e era devotada às experiências alquímicas fazia tudo isso aparentemente sem o menor esforço. Agora, eu entendia a razão. Lady Pembroke, que tinha alguns anos menos que eu e estava à beira dos trinta, já exercia essas responsabilidades desde a metade de sua vida.

– Sim. Mas a mãe dela propiciou-lhe todos os instrumentos necessários para a sobrevivência: disciplina férrea, profundo senso de dever, instrução impagável pelo dinheiro, amor pela poesia e paixão pela alquimia.

Acariciei meu corpete, pensando na vida que crescia dentro de mim. Que instrumentos seriam necessários para que essa vida sobrevivesse no mundo?

Durante o trajeto de volta para casa a conversa girou em torno da alquimia. Matthew explicou que os cristais que Mary chocava como uma galinha eram minérios de ferro oxidado e que mais tarde ela teria que destilá-los num frasco para obter ácido sulfúrico. Sempre me interessei muito mais pelo aspecto simbólico do que pelo aspecto prático da alquimia, mas aquela tarde com a condessa de Pembroke me revelou quão intrigante podia ser a relação entre os dois aspectos.

Algum tempo depois eu sorvia uma tisana quente de hortelã e cidreira na segurança de Hart and Crown. Os elisabetanos tomavam chá, só que eram todos de ervas. Conversávamos sobre Mary quando reparei que Matthew estava sorrindo.

– Qual é a graça?

– Eu nunca tinha visto você assim – respondeu ele.

– Assim como?

– Tão animada... cheia de perguntas e de relatos do que fez e dos planos de vocês duas para a próxima semana.

– Adoro voltar a ser uma estudante – confessei. – No início foi difícil não ter todas as respostas. Com o passar dos anos já tinha me esquecido de como é divertido não se ter nada além de perguntas.

– E aqui você se sente livre, ao contrário de como se sentia em Oxford. Segredo é um negócio solitário. – Os olhos de Matthew se mostraram solidários enquanto os dedos percorriam o meu queixo.

– Nunca fui solitária.

– Foi sim. E acho que continua sendo – disse ele baixinho.

Antes que pudesse elaborar uma réplica, ele me puxou e me levou em direção à parede perto da lareira. Pierre, que um momento antes não estava em lugar algum, apareceu à soleira da porta.

Em seguida soou uma batida. Os músculos do ombro de Matthew retesaram e uma adaga cintilou em sua coxa. Ele fez um meneio de cabeça e Pierre se dirigiu ao patamar e abriu a porta.

– Nós temos uma mensagem do padre Hubbard. – Dois vampiros estavam à porta, ambos vestidos em roupas muito caras para que fossem simples mensageiros. Ambos aparentavam uns 15 anos de idade. Até então não tinha visto um vampiro adolescente e achava que havia restrições em relação a isso.

– Mestre Roydon. – O mais alto empinou o nariz e perscrutou Matthew, com olhos azuis índigo. Os olhos se deslocaram de Matthew para mim e minha pele se arrepiou de frio. – Senhora. – A mão de Matthew apertou a adaga e Pierre se interpôs diretamente entre nós e a porta.

– Padre Hubbard quer ver o senhor – disse o vampiro menor, olhando com desdém para a arma na mão de Matthew. – Chegue lá quando o relógio marcar sete horas.

– Digam a Hubbard que estarei lá quando for conveniente – retrucou Matthew, com um toque de veneno.

– Não só o senhor – disse o garoto mais alto.

– Não tenho visto Kit – disse Matthew, com um toque de impaciência. – Se ele se meteu em apuros, seu mestre sabe melhor do que eu onde procurá-lo, Corner. – O nome caía no garoto como uma luva. Sua constituição adolescente era toda de ângulos e pontas.

– Marlowe passou o dia inteiro com o padre Hubbard. – O tom de Corner gotejou de tédio.

– Verdade? – disse Matthew, com um olhar aguçado.

– Sim. Padre Hubbard quer a bruxa – disse o companheiro de Corner.

– Entendo. – A voz de Matthew soou com frieza. Seguiu-se uma mancha prateada escura e uma adaga polida que cravou no batente da porta bem ao lado do olho de Corner. Ele se aproximou dos dois vampiros, que involuntariamente deram um passo atrás. – Muito obrigado pela mensagem, Leonard. – Empurrou a porta com o pé.

Ele e Pierre se entreolharam longa e silenciosamente enquanto os vampiros adolescentes disparavam pela escada abaixo.

– Hancock e Gallowglass – ordenou Matthew.

– É pra já. – Pierre rodopiou para fora da sala e quase esbarrou na Françoise. Ela arrancou a adaga do batente da porta.

– Nós tivemos visitas – explicou ele antes que ela reclamasse do estado da madeira da porta.

– O que está havendo, Matthew? – perguntei.

– Eu e você nos encontraremos com um velho amigo meu. – A voz dele soou sinistra.

Olhei para a adaga a essa altura em cima da mesa.

– Esse seu velho amigo é um vampiro?

– Vinho, Françoise. – Ele pegou algumas folhas de papel, desarrumando a pilha que eu tinha arrumado com todo cuidado. Sufoquei um protesto quando pegou uma de minhas penas e escreveu com furiosa velocidade. Não olhava para mim desde as batidas na porta.

– Chegou sangue fresco do açougue. Talvez você devesse...

Matthew olhou para mim e apertou os lábios em uma linha fina. Françoise serviu-lhe uma grande taça de vinho sem protestos. E depois ele entregou duas cartas para ela.

– Leve esta para o conde de Northumberland, na Russell House. Esta outra é para Raleigh. Vai encontrá-lo na Whitehall. – Françoise se retirou de imediato e ele se dirigiu à janela e ali ficou observando a rua. Estava com o cabelo embaraçado na alta gola de linho e tive um súbito impulso de endireitá-lo. Mas a rigidez dos ombros dele me alertou que o gesto não teria boa acolhida.

– Padre Hubbard? – Eu o fiz relembrar. Mas a mente de Matthew estava em outro lugar.

– Você vai acabar se matando – disse ele rispidamente, ainda de costas para mim. – Ysabeau bem que me avisou que você não tem instinto de sobrevivência. Quantas coisas assim precisam acontecer antes que você engendre outra?

– O que foi que eu fiz agora?

– Diana, você queria ser vista – disse ele, de novo com rispidez. – Pois bem, conseguiu.

– Pare de olhar pela janela. Estou cansada de conversar com suas costas – retruquei com toda calma, ainda que estivesse com vontade de esganá-lo. – Quem é esse padre Hubbard?

– Andrew Hubbard é um vampiro. Ele governa Londres.

– O que você quer dizer com governa Londres? Que todos os vampiros de Londres lhe devem obediência? – Segundo o que tinha ouvido de outras bruxas no século XXI, os vampiros de Londres eram conhecidos pela aliança de bando, pelos hábitos noturnos e pela lealdade de um com o outro. Os vampiros de Londres não eram tão extravagantes quanto os vampiros de Paris, Veneza e Istambul, ou tão sanguinários quanto os de Moscou, Nova York e Pequim, mas formavam um bando bem organizado.

– Não só os vampiros. As bruxas e os demônios também. – Matthew girou o corpo e me lançou um olhar gelado. – Andrew Hubbard é um ex-padre com pouca instrução e apegado o bastante à teologia para causar problemas. Tornou-se vampiro quando a peste atacou Londres pela primeira vez. Por volta de 1349 já tinha dizimado quase metade da cidade. Hubbard sobreviveu à primeira onda da epidemia, cuidando dos doentes e enterrando os mortos, mas acabou sucumbindo.

– E foi salvo por alguém que o fez vampiro.

– Sim, se bem que nunca descobri quem foi. Mas existem muitas lendas e a maioria em torno de uma suposta ressurreição divina. O povo diz que Hubbard cavou um túmulo para si mesmo no cemitério da igreja quando soube que ia morrer e ficou lá dentro à espera de Deus. Algumas horas mais tarde ele se levantou do túmulo e caminhou entre os vivos.

Matthew fez uma pausa.

– Acho que desde então deixou de ser totalmente são – continuou. – Hubbard arrebanha almas perdidas. Havia muitas naquela época. Ele abrigava órfãos, viúvas e homens que haviam perdido a família inteira em uma única semana. E os que caíam doentes ele os fazia vampiros, rebatizando-os e assegurando que tivessem casa, comida e emprego. Considera-os como filhos.

– Até as bruxas e os demônios?

– Sim – disse Matthew em tom seco. – Acolhe-os num ritual de adoção nada parecido com o que Philippe realizou. Hubbard prova o sangue deles. Alega que isso revela o conteúdo da alma deles e que é uma prova de que Deus os entregou para ele.

– Isso também revela os segredos deles – comentei devagar.

Matthew balançou a cabeça afirmativamente. Não era de espantar que me quisesse distante do tal Hubbard. Se qualquer vampiro provasse o meu sangue, saberia do bebê – e saberia quem era o pai.

– Philippe e Hubbard chegaram a um acordo que isenta os De Clermont desses rituais e obrigações. Eu devia ter comunicado que você é minha esposa antes de nossa entrada na cidade.

– Mas optou por não fazer isso – eu disse com cautela, apertando as mãos. Era por isso então que Gallowglass tinha proposto que ficássemos em qualquer outro lugar que não fosse Water Lane. Philippe estava certo. Às vezes Matthew agia como um idiota... ou como o sujeito mais arrogante do mundo.

– Hubbard fica fora do meu caminho e eu fico fora do caminho dele. Também vai deixá-la em paz logo que souber que você é uma De Clermont. – Ele olhou alguma coisa na rua. – Graças a Deus. – Soaram passos pesados na escada e um minuto depois Gallowglass e Hancock estavam na sala de estar. – Vocês dois custaram para chegar.

– Olá para você também, Matthew – disse Gallowglass. – Quer dizer que finalmente Hubbard demandou uma audiência. E antes que sugira nem pense em aguçar o nariz dele deixando a titia aqui. Ela tem que ir, seja lá qual for o plano.

Matthew passou a mão no cabelo de trás para a frente, contrariando o movimento habitual.

– Que merda – disse Hancock enquanto assistia a esse movimento de dedos. Pelo que entendi, quando Matthew arrepiava o cabelo e o fazia parecer uma crista de galo isso significava que seu criativo poço de evasões e meias verdades estava seco. – Seu plano era evitar Hubbard. Você não tem outro plano. Nunca soubemos ao certo se você era o mais corajoso ou o mais tolo entre os De Clermont, mas acho que isso decide o dilema... e não a seu favor.

– Planejei levar Diana até Hubbard na segunda-feira.

– Depois de dez dias de estada dela na cidade – observou Gallowglass.

– Não há necessidade de correrias e Diana é uma De Clermont. Além do mais, não estamos na cidade – retrucou Matthew de pronto. Percebendo minha confusão, continuou. – Na realidade, Blackfriars não faz parte de Londres.

– Não me encontrarei de novo com Hubbard para negar e discutir a geografia da cidade – disse Gallowglass, batendo as luvas na coxa. – Depois que chegamos em 1485 para ajudar os Lancaster, ele não concordou quando você argumentou isso com o objetivo de instalar a fraternidade na Torre e não será agora que vai concordar.

– É melhor não deixá-lo esperando – disse Hancock.

– Ainda temos muito tempo. – A voz de Matthew soou com uma ponta de desdém.

– Você nunca entendeu as marés, Matthew. Presumo que iremos pelo rio, já que você realmente acha que o Tâmisa também não faz parte da cidade. Neste caso, talvez seja tarde demais para nós. Vamos logo. – Gallowglass apontou o polegar na direção da porta.

Pierre, que estava à espera na porta, puxou um couro preto por cima das mãos. Já tinha trocado a habitual capa marrom por uma preta, de longe fora de moda. Um dispositivo de prata cobria-lhe o braço direito: uma cobra que circulava uma cruz com uma lua crescente no quadrante superior. Era a insígnia de Philippe que só se diferenciava da insígnia de Matthew pela ausência da estrela e da flor de lis.

Já com Gallowglass e Pierre vestidos identicamente, Françoise pôs uma capa igual nos ombros de Matthew. As pregas da capa varreram o solo e o fizeram parecer mais alto e mais imponente. A visão dos quatro reunidos era intimidadora, uma visão igual à que propiciou uma inspiração razoável para as narrativas humanas sobre sombrios vampiros sob capas.

Ao pé da Water Lane, Gallowglass observou os barcos disponíveis.

– Talvez a gente caiba naquele ali – disse, apontando para um longo barco a remo e soltando um forte assovio. O homem que estava perto do barco quis saber nosso destino e fez o vampiro ouvir um complicado roteiro para nossa rota, o qual incluía as muitas docas por onde passaríamos e quem iria remar. Gallowglass rosnou para o pobre homem que se encolheu ao lado da lamparina da proa e olhou por cima do ombro com nervosismo.

– Assustar cada barqueiro que encontramos não vai melhorar nossas relações com a vizinhança – comentei quando Matthew embarcou, apontando com os olhos para uma cervejaria próxima. Hancock me pegou sem a menor cerimônia e me entregou para o meu marido, que por sua vez me enlaçou com força nos braços quando o barco disparou pelo rio. Até o barqueiro se assustou com a velocidade.

– Não precisamos atrair a atenção dos outros, Gallowglass – disse Matthew em tom incisivo.

– Quer que aqueça sua mulher enquanto você rema? – Gallowglass balançou a cabeça em negativa ao ver que Matthew não respondia. – Achei que não.

O suave brilho dos lampiões da Ponte de Londres penetrava na escuridão à frente e o estalido do rápido movimento da água se tornava mais alto a cada remada de Gallowglass.

Matthew olhou ao longo da margem.

– Deixe o barco na Old Swan Stairs. Quero estar de volta a este barco e a caminho de casa antes de a maré vazar.

– Silêncio – sussurrou Hancock como uma ponta afiada. É melhor pegar Hubbard de surpresa. Se continuarem com essa barulheira, chegaremos a Cheapside ao som das trombetas e saudados por bandeirolas.

Gallowglass voltou-se para a popa e deu duas poderosas remadas com a mão esquerda. Algumas remadas mais e estávamos em terra firme – um conjunto de degraus ligados por pilares – onde éramos aguardados por alguns homens. O barqueiro acenou para que se afastassem e pulou para fora do barco logo que pôde.

Subimos até o nível da rua e seguimos silenciosamente ao longo de alamedas sinuosas, passando às pressas por entre casas e pequenos jardins. O movimento dos vampiros era ágil como o dos gatos. Já o meu movimento era inseguro e aos tropeções nas pedras soltas e com os pés enfiados nas poças. Finalmente, entramos em uma rua larga. Ecoavam risos no final da rua e a luz se projetava das amplas janelas das casas. Esfreguei as mãos para espantar o frio. Talvez meu destino estivesse naquele lugar. Mas talvez não passasse de um simples encontro com Andrew Hubbard, no qual mostraríamos meu anel de casamento e depois voltaríamos para casa.

Matthew nos guiou até o outro lado da rua, onde nos deparamos com um cemitério de igreja cujos túmulos se encostavam uns nos outros, como se os mortos buscassem conforto uns nos outros. Pierre sacou um sólido aro de metal que servia de chaveiro e Gallowglass encaixou uma chave no cadeado da porta próxima à torre do sino. Atravessamos uma nave em ruínas e uma porta de madeira à esquerda do altar. Uma escada de pedra estreita espiralou na escuridão. A limitada visão de sangue-quente não me permitia manter o rumo enquanto entrávamos e saíamos de passagens estreitas e cruzávamos com recantos que cheiravam a vinho, mofo e detritos humanos. Essa experiência lembrava as histórias contadas pelos humanos para desencorajar os curiosos de se aventurarem pelos porões das igrejas e dos cemitérios.

Entramos em um labirinto de túneis e acomodações subterrâneas e depois em uma cripta mal-iluminada. Olhos vazados olharam de dentro de crânios empilhados num pequeno ossuário. Uma vibração no piso de pedra e um badalar abafado de sinos indicaram que em algum lugar por cima de nós os relógios marcavam sete horas. Matthew nos fez apressar os passos ao longo de outro túnel onde uma luz suave brilhava à distância.

Chegamos ao final do túnel e entramos numa adega que estocava os vinhos descarregados dos navios do Tâmisa. Alguns barris estavam encostados às paredes e o fresco odor de serragem competia com o odor de vinho envelhecido. Observei a fonte do odor de serragem: pilhas de caixões impecavelmente alinhados e arrumados em tamanhos que variavam entre o do corpo de Gallowglass e o de crianças pequenas. Nos cantos do recinto tremeluziam sombras e, ao centro, uma turba de criaturas realizava um ritual.

– Meu sangue é seu sangue, padre Hubbard – disse um homem assustado. – Dou meu sangue de boa vontade para que o senhor conheça meu coração e me inclua em sua família. – Fez-se silêncio e logo ecoou um grito de dor. E depois a atmosfera se encheu de expectativa.

– Aceito seu presente e prometo protegê-lo como meu filho, James – respondeu uma voz rouca. – Em troca você me honrará como pai. Saúda seus irmãos e suas irmãs.

Minha pele registrou uma sensação gelada entre as manifestações efusivas.

– Você está atrasado. – A frase troou com um vozeirão que arrepiou os pelos da minha nuca. – E vejo que veio com uma comitiva.

– Isso não procede porque não tínhamos nada agendado. – Matthew me agarrou pelo cotovelo e ao mesmo tempo todos os olhares cutucavam, comichavam e gelavam a minha pele.

Soaram passos suaves em minha direção que em seguida circularam em torno de mim. Surgiu um homem alto e magro à minha frente. Olhei nos olhos dele sem vacilar, sabendo que para um vampiro isso era melhor que demonstrar medo. Hubbard tinha olhos fundos e encovados, com filamentos verdes, azuis e marrons que irradiavam da íris cor de ardósia.

O único ponto colorido no vampiro eram os olhos. Pois ele era sobrenaturalmente pálido, com cabelos outrora louros e agora grisalhos e cortados rente ao crânio, e tinha sobrancelhas e pestanas quase invisíveis e uma extensa tira horizontal de lábios que cortava um rosto bem barbeado. Um longo capote preto oscilava entre a toga do erudito e a toga do clérigo, acentuando-lhe a cadavérica constituição. Os ombros levemente curvados mostravam uma força inconfundível, mas o resto do corpo era praticamente esquelético.

Fez-se um borrão de movimento quando os dedos contundentes e poderosos do vampiro me tocaram no queixo e me fizeram inclinar a cabeça para o lado. Na mesma fração de segundo a mão de Matthew o agarrou pelo punho.

O olhar gélido de Hubbard roçou na cicatriz do meu pescoço. Nunca desejei tanto que Françoise tivesse me vestido com o maior rufo que existia. Ele soltou uma rajada gelada de ar que cheirava a cinabre e abeto e, quando apertou a boca, as bordas dos lábios perderam a palidez do pêssego e se tornaram brancas.

– Nós temos um problema, mestre Roydon – disse.

– Nós temos muitos problemas, Hubbard. E o primeiro é que você está com as mãos em algo que me pertence. Se não retirá-las, este covil estará destruído antes de o sol nascer. O que virá depois fará com que cada demônio, humano, *wearh* e bruxa da cidade pensem que o final dos tempos chegou para todos. – A voz de Matthew vibrou com muita fúria.

As criaturas emergiram das sombras. E lá estava John Chandler, o boticário da Cripplegate, que cravou os olhos em mim com ar desafiador. Kit também estava lá, ao lado de outro demônio que deslizou o braço pela curva do cotovelo dele e foi discretamente repelido.

– Olá, Kit – disse Matthew em tom glacial. – Pensei que você já tivesse corrido para se esconder.

Hubbard, que ainda segurava meu queixo, puxou meu rosto para que o encarasse outra vez. Senti tanta raiva de Kit e do bruxo traidor que Hubbard balançou a cabeça em negativa.

– *Não deveis guardar ódio pelo vosso irmão em vosso coração* – murmurou e me soltou. E depois varreu o recinto com os olhos. – Deixem-nos a sós.

Matthew segurou o meu rosto e acariciou a pele do meu queixo, como se para apagar o cheiro de Hubbard.

– Vá com Gallowglass. Logo estarei com você.

– Ela fica – disse Hubbard.

Os músculos de Matthew se contraíram. Ele não costumava receber ordens. Após uma considerável pausa, ordenou aos amigos e ao parente que esperassem lá fora. Hancock foi o único que não obedeceu prontamente.

– Seu pai diz que um sábio pode enxergar melhor do fundo de um poço do que do alto de uma montanha – sussurrou. – Tomara que ele esteja certo porque esta noite você nos meteu neste buraco. – Deu uma última olhada ao redor e seguiu Gallowglass e Pierre por uma abertura na parede. Uma porta pesada fechou-se atrás e fez-se silêncio.

Nós três estávamos tão próximos que eu ouvia o ar nos pulmões de Matthew. Pensei comigo se a peste tinha feito mais estragos em Hubbard além da loucura. Ele tinha uma pele que parecia mais de cera que de porcelana, como se ainda sofresse os efeitos tardios da doença.

– Devo lembrá-lo, *monsieur* De Clermont, que está aqui por conta do meu sofrimento. – Hubbard sentou-se na grande e solitária cadeira do recinto. – Embora você represente a Congregação, só permiti sua presença em Londres pelo pedido do seu pai. Mas você desprezou nossos costumes e fez sua mulher entrar na cidade sem apresentá-la a mim e ao meu rebanho. Sem mencionar os cavaleiros que o acompanham.

– A maioria dos cavaleiros que me acompanha vive nesta cidade há tanto tempo quanto você, Andrew. E quando você insistiu que se juntassem ao seu "rebanho" ou saíssem dos limites da cidade, eles se instalaram fora das muralhas. Segundo o acordo entre você e meu pai, os De Clermont não *levariam* a irmandade para dentro da cidade. E cumpri o acordo.

– E você acha que meus filhos ligam para essas sutilezas? Não viu os anéis que usavam e as insígnias que tinham nas capas? – Hubbard inclinou-se para a frente, com um olhar ameaçador. – Fui levado a crer que você estava a meio caminho da Escócia. Por que ainda está aqui?

– Talvez esteja pagando pouco aos seus informantes – retrucou Matthew. – Os fundos de Kit andam muito curtos.

– Não compro amor e lealdade, nem recorro à intimidação e ao tormento para obter o que quero. Christopher faz de bom grado tudo que peço a ele, como todo bom filho faz quando ama o pai.

– Kit tem muitos senhores para ser fiel a qualquer um deles.

– O mesmo não pode ser dito de você? – Depois de desafiar Matthew, Hubbard se voltou para mim e me cheirou de propósito. Soltou um murmúrio suave e melancólico. – Falemos agora do seu casamento. Para alguns dos meus filhos as relações entre uma bruxa e um *wearh* são abomináveis. Mas a Congregação, o acordo e os cavaleiros vingativos do seu pai também deixaram de ser bem-vindos em minha cidade. Tudo isso interfere na vontade de Deus de que tenhamos uma vida como família. Sem falar que sua mulher é uma tecelã do tempo – acrescentou. – Não aprovo os que tecem o tempo, pois tentam os homens e as mulheres com ideias de outros tempos.

– Ideias como optar pela liberdade de pensamento? – perguntei. – O que você teme...

– Depois. – Hubbard me interrompeu ainda com o foco em Matthew, como se eu fosse invisível. – Também há o problema de você estar se alimentando dela. – Desviou os olhos para a cicatriz que Matthew deixara no meu pescoço. – Quando as bruxas descobrirem isso, irão exigir um inquérito. Se sua mulher for considerada culpada por oferecer voluntariamente o próprio sangue para um vampiro, será exilada e banida de Londres. E se você for considerado culpado por se servir do sangue dela sem consentimento, será condenado à morte.

– É muito sentimento para uma só família – murmurei.

– Diana. – O tom de Matthew foi de advertência.

Hubbard encolheu os dedos e se voltou novamente para Matthew.

– E por fim, ela está grávida. O pai da criança está à procura dela?

Isso trouxe uma pausa para as minhas réplicas. Hubbard ainda não tinha desvendado o nosso maior segredo: Matthew era o pai do meu filho. Lutei como uma louca contra o pânico. *Pense – e continue viva.* Talvez o conselho de Philippe nos tirasse daquela situação.

– Não – disse Matthew laconicamente.

– Então, o pai está morto... por causa natural ou por suas mãos – disse Hubbard, olhando longamente para Matthew. – Neste caso, o filho da bruxa terá que ser trazido para o meu rebanho quando nascer. E a mãe vai se tornar uma de minhas filhas, agora.

– Não – retrucou Matthew –, ela não vai se tornar sua filha.

– Quanto tempo acha que irão sobreviver fora de Londres quando o resto da Congregação souber dessas ofensas? – Hubbard balançou a cabeça em negativa. – Sua mulher estará segura aqui depois que se tornar um membro da família, e não haverá mais compartilhamento de sangue entre vocês.

– Você não vai submeter Diana a essa cerimônia pervertida. Se quiser pode dizer aos seus "filhos" que ela lhe pertence, mas não vai tirar uma só gota de sangue nem dela nem do bebê.

– Não minto para as almas que estão sob os meus cuidados. Por que isso, meu filho? Por que quando Deus põe um desafio à sua frente as únicas respostas que você tem são segredos e guerras? Isso só leva à destruição. – A garganta de Hubbard embargou de emoção. – Matthew, Deus reserva a salvação para os que acreditam em algo bem maior que eles mesmos.

Antes que Matthew pudesse replicar, segurei o braço dele para acalmá-lo.

— Com sua licença, padre Hubbard — interferi. — Se entendi direito, os De Clermont não estão isentos de sua governança?

— Exatamente, sra. Roydon. Mas *você* não é uma De Clermont. É apenas casada com um deles.

— Errado — retruquei, puxando a manga do meu marido. — Sou filha de sangue de Philippe de Clermont, e também esposa de Matthew. Sou duas vezes De Clermont, e nem eu nem meu filho o honraremos como pai.

Andrew Hubbard foi pego de surpresa. Abençoei mentalmente a Philippe por sempre estar três passos à nossa frente, e finalmente os ombros de Matthew relaxaram. De novo, o pai dele garantia a nossa segurança, mesmo estando distante da França.

— Pode verificar, se quiser. Philippe marcou a minha testa, bem aqui — acrescentei, tocando no ponto entre as sobrancelhas onde estava o meu terceiro olho. A essa altura ainda estava desativado e sem maiores preocupações com os vampiros.

— Acredito em você, sra. Roydon — disse Hubbard por fim. — Ninguém cometeria a temeridade de mentir sobre esse assunto na casa de Deus.

— Sendo assim, talvez você possa me ajudar. Estou aqui em Londres em busca de ajuda para alguns aspectos delicados de magia e feitiçaria. Recomendaria alguém entre os seus filhos para essa tarefa? — Minha pergunta apagou o sorriso de Matthew.

— Diana — grunhiu ele.

— Meu pai ficará muito agradecido se puder me ajudar — continuei calmamente, ignorando Matthew.

— E que tipo de gratidão será essa? — Andrew Hubbard também era um príncipe renascentista e tinha interesse em se aproveitar de eventuais vantagens estratégicas.

— Primeiro, meu pai ficará muito agradecido quando souber que tivemos uma tranquila noite de Ano-Novo em nossa casa — respondi, olhando no fundo dos olhos dele. — E tudo o mais que contar para ele na próxima carta dependerá da bruxa ou do bruxo que será enviado para Hart and Crown.

Hubbard refletiu sobre o meu pedido.

— Falarei para os meus filhos de suas necessidades e decidiremos quem está mais apto a servi-la.

— Quem quer que ele envie será um espião — disse Matthew.

— Você também é um espião. — Frisei. — Estou cansada e quero ir para casa.

— Nosso assunto aqui está encerrado, Hubbard. Acredito que tanto Diana como todos os De Clermont estejam em Londres com sua aprovação. — Matthew se virou para sair, sem esperar pela resposta.

– Mesmo os De Clermont devem ter muito cuidado na cidade – gritou Hubbard às nossas costas. – Não se esqueça disso, sra. Roydon.

Gallowglass e Matthew trocaram cochichos no caminho de volta para casa, mas continuei calada. Recusei ajuda para sair do barco e subi para a Water Lane sem esperar por eles. Pierre me aguardava na passagem para Hart and Crown. Foi quando Matthew me pegou pelo cotovelo. Walter e Henry nos esperavam lá dentro. Levantaram-se rapidamente.

– Graças a Deus – disse Walter.

– Nós viemos tão logo soubemos que você precisava de nossa presença. George está de cama e não encontramos nem Kit nem Tom – explicou Henry, olhando agoniado ora para mim, ora para Matthew.

– Lamento tê-los chamado. Foi um alarme prematuro – disse Matthew, rodopiando a capa ao redor dos pés quando a tirou de cima dos ombros.

– Se diz respeito à ordem... – Walter começou a falar, com os olhos fixos na capa.

– Não diz respeito – assegurou Matthew.

– Diz respeito a *mim* – eu disse. – E é bom que entendam antes que apresentem outro esquema desastroso: o problema da bruxa é só meu. Matthew está sendo vigiado, e não por Andrew Hubbard.

– Ele já está acostumado com isso – disse Gallowglass, com rispidez. – Pague aos chefões e fique despreocupada, titia.

– Eu mesma tenho que encontrar meu próprio mestre, Matthew – continuei. Levei a mão ao ponto do corpete que cobria o alto do meu ventre. – Nenhuma bruxa irá partilhar segredo algum se um de vocês estiver envolvido. Cada pessoa que entra nesta casa ou é *wearh* ou filósofo ou espião. Aos olhos dos meus, isso significa que qualquer um daqui poderia nos denunciar para as autoridades. Embora Berwick pareça distante, a verdade é que o pânico já se espalhou.

Matthew me lançou um olhar gelado, mas pelo menos estava me ouvindo.

– Claro que uma bruxa virá se vocês a chamarem aqui. Matthew Roydon sempre consegue o que quer. Mas o desempenho com esse tipo de ajuda não será diferente do obtido com a viúva Beaton. Não é disso que preciso.

– E muito menos com a ajuda de Hubbard – disse Hancock em tom azedo.

– Não temos muito tempo. – Fiz questão de relembrar para Matthew. Hubbard não sabia que meu marido era o pai do bebê, e Hancock e Gallowglass não tinham reparado nas mudanças em meu cheiro... até então. De todo modo, os eventos daquela noite evidenciavam a precariedade de nossa posição.

– Tudo bem, Diana. A bruxa ficará por sua conta. Mas sem mentiras – disse Matthew –, e muito menos segredos. Alguém desta casa deverá saber de todos os seus passos o tempo todo.

– Matthew, você não pode... – protestou Walter.

– Confio plenamente no julgamento de minha esposa. – Matthew o interrompeu com firmeza.

– Philippe sempre diz a mesma coisa em relação à vovó – murmurou Gallowglass entre dentes. – Um pouco antes de o inferno explodir.

19

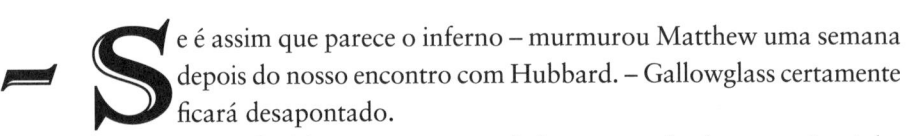

— Se é assim que parece o inferno – murmurou Matthew uma semana depois do nosso encontro com Hubbard. – Gallowglass certamente ficará desapontado.

De fato, a garota de 14 anos que estava à frente na sala de estar não tinha nem fogo nem enxofre.

– Silêncio – eu disse, preocupada com a possível suscetibilidade de uma garota com aquela idade. – Padre Hubbard explicou a razão de você estar aqui, Annie?

– Sim, senhora – respondeu Annie, com ar miserável. Era difícil dizer se aquela palidez era uma cor natural ou um misto de medo e nutrição deficiente. – Estou aqui para servir a senhora e acompanhá-la em suas idas à cidade.

– Não, nosso acordo não foi esse – disse Matthew, com impaciência e batendo as botas que calçava no assoalho. Annie encolheu-se. – Você tem algum poder ou algum conhecimento sobre o que interessa ou isso não passa de uma piada de Hubbard?

– Eu tenho umas poucas habilidades. – Annie gaguejou, com os olhos azul-claros contrastando com a pele branca. – Mas preciso de um lugar e padre Hubbard disse...

– Ora, posso imaginar o que disse o padre Hubbard – bufou Matthew, com desprezo. Lancei-lhe um olhar de admoestação que o fez se assustar e se calar.

– Ela precisa de uma chance para se explicar – retruquei em tom cortante e depois abri um sorriso encorajador para a garota. – Continue, Annie.

– Além de servi-la, padre Hubbard também disse que eu deveria levar a senhora até minha tia quando ela retornar para Londres. Ainda está ocupada com um parto e se recusa a partir enquanto a mulher precisar dela.

– Sua tia é parteira e bruxa? – perguntei amavelmente.

– Sim, senhora. Uma ótima parteira e uma bruxa poderosa – respondeu Annie, toda orgulhosa e empertigando a coluna. Com esse gesto as anáguas muito curtas deixaram os tornozelos desnudos da garota ao frio. Andrew Hubbard vestia os filhos com roupas quentes e bem-talhadas, mas não tinha a mesma consideração pelas filhas. Mal pude conter a irritação. Françoise teria que recorrer às agulhas novamente.

– E como entrou para a família do padre Hubbard?

– Mamãe não era uma mulher virtuosa – murmurou Annie, torcendo as mãos na capa fina. – Padre Hubbard me encontrou na cripta da Igreja de St. Anne, perto da Aldersgate, ao lado do corpo morto de mamãe. Titia era recém-casada e logo teve seus próprios bebês. Eu tinha seis anos de idade. O marido dela não quis que eu fosse criada com os filhos deles porque eu poderia corrompê-los com meus pecados.

Então, a adolescente Annie estava com Hubbard por mais da metade de sua vida. Era um pensamento assustador e a ideia de que uma criança de seis anos de idade pudesse corromper alguém estava para além da compreensão, mas a história não só explicava a miserável aparência como também o nome peculiar da garota: Annie Cripta.

– Vou lhe mostrar onde vai dormir enquanto Françoise pega alguma coisa para você comer. – Naquela manhã eu tinha ido ao terceiro andar e reservara para a bruxa uma pequena cama, um banco e um velho baú para que guardasse seus pertences. – Vou ajudá-la a carregar suas coisas.

– Senhora? – disse Annie confusa.

– Ela não trouxe uma única peça – comentou Françoise, com um olhar desaprovador para o mais novo membro da casa.

– Não se preocupe. Logo terá os pertences dela. – Sorri para Annie, que parecia insegura.

Durante o fim de semana providenciei com a ajuda de Françoise que Annie estivesse adequadamente limpa, vestida e calçada, e aprendesse a matemática básica para que fizesse as pequenas compras para mim. Como teste a mandei ao boticário da vizinhança para comprar um centavo de penas e meia libra de cera de lacre (Philippe estava certo: Matthew gastava os suprimentos do escritório com uma velocidade alarmante), e ela retornou rapidamente e com o troco certo.

– Ele queria um xelim! – reclamou. – E essa cera nem é boa para velas, não é?

Pierre projetou luz sobre a garota e passou a fazer isso sempre que podia a fim de extrair um dos raros sorrisos dela. Ensinou-lhe como jogar cama de gato e no domingo se ofereceu para passear com ela quando Matthew jogou algumas indiretas porque queria ficar sozinho comigo por algumas horas.

– Ele... não vai se aproveitar dela? – perguntei quando Matthew desabotoou minha roupa predileta: um gibão de garoto sem mangas feito de lã preta. Eu o vestia com um conjunto de anáguas, saia e bata quando estava em casa.

– Pierre? Por Cristo, não. – Ele pareceu se divertir.

– É uma pergunta pertinente. – Mary Sidney não era muito mais velha quando se casou com um homem bem mais velho que ela.

– E lhe dei uma resposta verdadeira. Pierre não costuma ir para a cama com mocinhas. – Ele deteve as mãos depois de desabotoar o último botão. – Que surpresa agradável! Você não está usando o espartilho.

– Está me apertando muito, talvez seja por causa do bebê.

Matthew despiu o meu gibão, com murmúrios de apreciação.

– Com o bebê não serei incomodada por outros homens?

– Será que podemos deixar essa conversa para mais tarde? – disse ele exasperado. – Com esse frio todo eles não ficarão fora por muito tempo.

– Você é muito impaciente na cama – observei, deslizando os dedos pela gola da camisa dele.

– Verdade? – Ele arqueou suas aristocráticas sobrancelhas com ar de falsa descrença. – E eu que pensava que o problema era a minha admirável contenção.

Nas horas seguintes ele fez de tudo para demonstrar que tinha uma paciência ilimitada nos domingos de casa vazia. Quando os outros retornaram, ambos estávamos exaustos de prazer e incrivelmente bem-humorados.

Mas na segunda-feira tudo voltou ao normal. Matthew ficou perturbado e irritado logo que as primeiras cartas chegaram ao amanhecer, e enviou desculpas para a condessa de Pembroke quando se deu conta de que as obrigações dos seus muitos trabalhos não lhe permitiriam me acompanhar no almoço marcado para o meio-dia.

Mary ouviu sem surpresa quando lhe expliquei a razão da ausência de Matthew e piscou para Annie como uma coruja levemente curiosa, dispensando-a para a cozinha aos cuidados de Joan. Compartilhamos uma agradável refeição durante a qual Mary me deu relatos detalhados da vida privada de cada morador de Blackfriars. Depois do almoço nos retiramos para o laboratório dela, assistidas por Joan e Annie.

– E como vai seu marido, Diana? – perguntou a condessa enquanto arregaçava as mangas de olhos fixos no livro que tinha à frente.

– Saudável. – Respondi assim porque tinha aprendido que o termo era o equivalente elisabetano para "ótimo".

– Que ótima notícia. – Mary se virou e mexeu em algo que parecia nocivo e cheirava pior ainda. – Muitos dependem disso, suponho. A rainha confia nele mais que em qualquer outro homem do reino, exceto lorde Burghley.

– Eu gostaria que Matthew tivesse um humor mais estável. Nos últimos dias tem estado um tanto mercurial. Ora está possessivo, ora me ignora como se eu fosse uma peça da mobília.

– É assim que os homens tratam as propriedades deles. – Ela pegou um jarro de água.

– Eu não sou propriedade dele – retruquei peremptoriamente.

– O que você e eu sabemos, o que diz a lei e como Matthew se sente são três questões totalmente separadas.

– Mas não deviam ser – comentei ligeiramente, pronta para discutir o assunto. Mary me silenciou com um sorriso gentil e resignado.

– Nossa vida com nossos maridos é mais fácil que a das outras mulheres, Diana. Graças a Deus temos os livros e o prazer de poder saciar nossas paixões. A maioria não tem isso. – Ela deu uma última mexida no frasco e decantou o conteúdo em outro jarro de vidro.

Isso me fez pensar em Annie, cuja mãe falecera sozinha num porão de igreja e cuja tia não podia ficar com ela por causa dos preconceitos do marido, uma vida de desconforto e desesperança anunciados.

– Você ensina suas criadas a ler?

– Claro que sim – respondeu Mary prontamente. – Aprendem a ler, a escrever e a contar. São atributos que as tornam mais valiosas para um bom marido... que goste de ganhar dinheiro e também de gastar. – Acenou para Joan que a ajudou a tirar o frágil recipiente de substâncias químicas borbulhantes do fogo.

– Então, Annie também vai aprender. – Fiz um meneio de cabeça para a garota, que se escondeu nas sombras com a imagem fantasmagórica de um rosto pálido e cabelos louros prateados. A instrução aumentaria a confiança dela. Já estava com os passos mais determinados desde que negociara o preço da cera de lacre com *monsieur* de Laune.

– No futuro ela lhe agradecerá por isso – disse Mary, refletindo seriedade no rosto. – Nós mulheres não temos absolutamente nada, a não ser o que está entre nossas orelhas. Primeiro, nossa virtude pertence ao nosso pai, e depois, ao nosso marido. Dedicamos nossos deveres à família. E ainda dividimos nossos pensamentos com todos, escrevemos e tricotamos; enfim, tudo o que fazemos pertence a outras pessoas. Quando Annie tiver suas próprias palavras e ideias terá algo que será sempre dela.

– Se você fosse homem, Mary... – eu disse, balançando a cabeça. A condessa de Pembroke promoveria a união de grande parte das criaturas, e sem discriminação de sexo.

– Se eu fosse homem estaria vistoriando minhas propriedades ou bajulando Sua Majestade, como Henry, ou então tratando de assuntos de Estado, como Matthew. Mas o fato é que estou com você aqui neste laboratório. Se colocarmos tudo isso na balança, talvez estejamos em melhor situação... se bem que às vezes somos postas em pedestais e outras vezes somos confundidas com banquinhos de cozinha. – Os olhos redondos de Mary cintilaram.

Soltei uma risada.

– Você deve estar certa.

– Se você passar um único dia na corte não terá mais dúvidas quanto a isso. Veja – disse Mary, voltando-se para o experimento. – Vamos aguardar enquanto a *prima materia* é exposta ao calor. Isso vai gerar a pedra filosofal se tudo correr bem. Vamos rever os próximos passos do processo e torcer para que a experiência dê certo.

Eu sempre perdia a noção de tempo quando havia manuscritos alquímicos por perto, de modo que me senti atordoada quando Matthew e Henry entraram no laboratório. Acabara de ter uma conversa profunda com Mary a respeito das imagens contidas na coleção de textos alquímicos que é conhecida como *Pretiosa Margarita Novella – Nova pérola de grande valor*. Será que já era fim de tarde?

– Não acredito que seja hora de ir embora. Ainda não. – Protestei. – Mary tem este manuscrito...

– Matthew já o conhece. Foi o irmão dele que me deu de presente. E agora que tem uma esposa instruída, talvez lamente por ter deixado isso acontecer – disse Mary sorrindo. – Há bebidas lá no solar. Já esperava ver os dois hoje aqui. – Ao ouvir isso Henry piscou em cumplicidade para Mary.

– É muita gentileza sua, Mary – disse Matthew, beijando-me na face. – Pelo visto vocês duas ainda não chegaram ao estágio do vinagre. Você ainda está com cheiro de vitríolo e magnésia.

Larguei o livro com relutância e fui me lavar enquanto Mary terminava as anotações sobre o dia de trabalho. Já estávamos todos reunidos no solar quando Henry não se conteve mais de excitação.

– Já está na hora, Mary? – perguntou para a condessa, remexendo-se na cadeira.

– Seu entusiasmo em dar presentes é igual ao do pequeno William – respondeu ela, com uma risada. – Eu e Henry temos um presente de Ano-Novo e de casamento para vocês.

Eu e Matthew, por outro lado, não tínhamos presentes para retribuir aos dois. Olhei para ele com desconforto por essa troca de mão única.

– Se nutre alguma esperança em tomar a frente de Mary e Henry em relação aos presentes, desejo-lhe sorte, Diana – comentou Matthew desconsolado.

– Que bobagem – disse Mary. – Matthew salvou a vida do meu irmão Philip e as propriedades do Henry. Nenhum presente é capaz de pagar dívidas como essas. Não estrague nosso prazer com esse palavrório. Presentes para recém-casados fazem parte da tradição, e é Ano-Novo. O que deu de presente para a rainha, Matthew?

– Depois que ela deu um outro relógio ao pobre rei Jaime para relembrá-lo de que devia esperar o momento certo com tranquilidade, pensei em dar uma ampulheta de cristal. Uma ampulheta seria um lembrete prático da relativa mortalidade dela – disse ele em tom seco.

Henry olhou horrorizado para ele.

– Não. Definitivamente, não.

– Foi um pensamento tolo em um momento de frustração. – Matthew garantiu para o amigo. – Claro, dei uma xícara com tampa para ela, como todos os outros.

– Não se esqueça do nosso presente, Henry – disse Mary, agora igualmente impaciente.

Henry sacou uma bolsinha de veludo e me entregou. Fiquei atrapalhada com as cordas que a fechavam e depois tirei de dentro um pesado medalhão de ouro com uma corrente também pesada e de ouro. A efígie era um trabalho de filigranas de ouro cravejado de rubis e diamantes e com a estrela e a lua de Matthew ao centro. Fiquei extasiada com o brilhante trabalho com flores e videiras em esmalte na outra face do medalhão. Abri o fecho à base do medalhão com todo cuidado e um retrato em miniatura de Matthew olhou para mim.

Coloquei a miniatura na palma da mão com todo carinho e a fiz inclinar em diversos ângulos. Matthew estava pintado tal como ficava quando trabalhava no estúdio em casa até tarde da noite. Com a camisa debruada de renda aberta à altura do pescoço, ele encarava o espectador com a sobrancelha direita arqueada no seu conhecido amálgama de seriedade e humor debochado. Os cabelos negros estavam penteados para trás da frente de maneira tipicamente desordenada, e os longos dedos da mão esquerda seguravam um medalhão. Era uma imagem incrivelmente sincera e erótica para a época.

– Gostou? – perguntou Henry.

– Adorei – respondi sem tirar os olhos do meu novo tesouro.

– Isaac é mais... ousado que o próprio mestre no trabalho que faz, e quando lhe disse que era um presente de casamento ele me convenceu de que esse medalhão seria um lembrete de um segredo especial para a esposa que só revelaria o homem privado e não o público. – Mary olhou por cima do meu ombro. – A semelhança está boa, mas mestre Hilliard precisa aprender a capturar melhor o queixo das pessoas.

– Ele é perfeito e o guardarei para sempre.

– Este é para você – disse Henry, estendendo uma bolsinha idêntica para Matthew. – Hilliard achou que você poderia exibi-lo para os outros e também na corte, portanto é mais... digamos, circunspecto.

– Este é o medalhão que Matthew está segurando na minha miniatura? – perguntei, apontando para uma singular pedra leitosa emoldurada de ouro.

– Acredito que sim – disse Matthew baixinho. – É uma pedra da lua, Henry?

– Um antigo espécime – disse Henry, com orgulho. – Estava em meio às minhas preciosidades e queria que você a tivesse. Como deve ter percebido, o entalhe é da deusa Diana.

A miniatura por dentro do medalhão era mais respeitável, embora surpreendente na informalidade. Nela, eu estava com um vestido vermelho debruado de veludo negro. Um rufo delicado emoldurava-me o rosto, sem encobrir as pérolas brilhantes ao pescoço. O arranjo do cabelo sugeria que era um presente íntimo, apropriado para um homem recém-casado. Fluía livre por sobre os ombros e as costas em uma cascata de cachos vermelho-dourados.

– O fundo azul acentua os olhos de Diana. E a boca de tão real parece viva. – Matthew também ficou fascinado com o presente.

– Já tenho uma moldura pronta. – Mary acenou para Joan. – Para exibi-los quando não estiverem sendo usados. – A moldura era na verdade uma caixa com dois nichos ovais alinhados no veludo negro. As duas miniaturas encaixaram-se à perfeição no interior dos nichos, gerando o efeito de um par de retratos.

– Foi muito gentil da parte de Mary e Henry nos dar um presente como esse – disse Matthew quando retornávamos para Hart and Crown. Enlaçou-me pelas costas e pôs a mão na minha barriga. – Nem tive tempo de tirar uma foto sua. Nunca imaginei que a primeira reprodução que teria de você seria feita por Nicholas Hilliard.

– Os retratos são maravilhosos – disse, cobrindo-lhe a mão com a minha.

– Mas...? – Matthew recuou e curvou a cabeça.

– As miniaturas de Nicholas Hilliard serão muito disputadas, Matthew. Essas não vão desaparecer quando formos embora. E são tão bonitas que não teria coragem de destruí-las antes de partirmos. – O tempo era como o rufo de minha roupa: começava como um tecido liso, plano e bem urdido. E depois era enrolado e cortado de maneira a se dobrar sobre si mesmo. – Continuamos mexendo no passado de modo a deixar manchas no presente.

– Talvez seja exatamente isso que devemos fazer – retrucou Matthew. – Talvez o futuro dependa disso.

– Não vejo como.

– Não agora. Mas talvez um dia a gente olhe para trás e descubra que essas miniaturas é que fizeram toda a diferença. – Ele sorriu.

– Imagine então o que significaria encontrar o Ashmole 782. – Olhei para ele. A lembrança dos livros de alquimia ilustrados de Mary trouxe à minha mente o misterioso volume e a frustrada tentativa de encontrá-lo. – George não conseguiu encontrá-lo em Oxford, mas talvez esteja em algum lugar na Inglaterra. Ashmole adquiriu nosso manuscrito de alguém. Em vez de o procurarmos, talvez seja melhor procurar quem o vendeu para ele.

– O tráfego de manuscritos é constante nos dias de hoje. O Ashmole 782 pode estar em qualquer lugar.

– Ou pode estar bem aqui – insisti.

– Talvez você esteja certa – disse ele. Mas eu podia jurar que estava com a mente voltada para os problemas imediatos e não para o nosso manuscrito perdido. – Pedirei a George que faça mais investigações entre os livreiros.

Contudo, na manhã seguinte todos os planos em relação ao Ashmole 782 voaram pelos ares quando chegou um bilhete da tia de Annie, a próspera parteira. Ela estava de volta a Londres.

– A bruxa não virá à casa de um notório *wearh* e espião – comentou Matthew ao ler o conteúdo do bilhete. – O marido dela faz objeção a isso, temendo que possa arruinar a reputação dele. Nós iremos à casa dela. Fica perto da Igreja de St. James, na Garlic Hill. – Como não respondi, fez uma careta e continuou. – Fica do outro lado da cidade, pertinho do covil de Andrew Hubbard.

– Você é um vampiro. – Eu o fiz lembrar. – Ela é uma bruxa. Não devemos nos misturar. O marido da bruxa está certo em ser cauteloso.

Por via das dúvidas, Matthew acompanhou a mim e a Annie na travessia da cidade. A área que circundava a Igreja de St. James era mais próspera que Blackfriars, com ruas espaçosas e bem conservadas, residências grandes, lojas movimentadas e um cemitério bem organizado. Annie nos conduziu por uma alameda do outro lado da igreja. Era uma alameda escura, porém limpa e arrumada.

– Ali, mestre Roydon – disse a garota, desviando a atenção de Matthew para uma placa que estampava um moinho de vento. Ela seguiu à frente com Pierre para avisar aos moradores da casa que estávamos chegando.

– Você não precisa ficar – disse para Matthew. A visita já seria suficientemente enervante sem ele pairando e brilhando por perto.

– Não vou a lugar algum – retrucou ele, com uma cara séria.

Fomos recebidos na porta por uma mulher de rosto redondo, nariz arrebitado, queixo delicado, olhos castanhos e fartos cabelos também castanhos. Parecia serena, mas os olhos piscavam de irritação. Já tinha impedido a entrada de Pierre na casa. Só tinha admitido isso para Annie e mostrava desânimo pelo impasse em um dos lados da porta.

Também fiquei paralisada, boquiaberta e surpreendida. A tia de Annie era a cara de Sophie Norman, a jovem demônia de quem nos despedimos na casa das Bishop, em Madison.

– *Dieu* – murmurou Matthew, olhando admirado em minha direção.

– Minha tia, Susanna Norman – sussurrou Annie, perturbada com nossa reação. – Ela disse...

– Susanna *Norman*? – repeti sem tirar os olhos do rosto dela. O sobrenome e a semelhança com Sophie não podiam ser uma coincidência.

– Exatamente como disse minha sobrinha. Parece abalada, sra. Roydon – disse a sra. Norman. – E você não é bem-vindo aqui, *wearh*.

– Sra. Norman – disse Matthew, com uma reverência.

– O senhor não leu meu recado? Que meu marido não quer me ver com o senhor? – Dois garotos dispararam porta afora. – Jeffrey! John!

– É ele? – perguntou o garoto mais velho. Observou Matthew com interesse e depois se voltou para mim. Ele tinha poder. Ainda estava à beira da adolescência, mas isso era sentido no crepitar da magia indisciplinada que o rodeava.

– Jeffrey, use os talentos que Deus lhe deu e não faça perguntas tolas. – A bruxa me olhou, como se para me avaliar. – Sem dúvida alguma a senhora chamou a atenção do padre Hubbard. Muito bem, entre. – Susanna ergueu a mão quando fizemos menção de entrar. – Você não, *wearh*. Meu assunto é com sua esposa. A Golden Gosling tem um vinho satisfatório, caso o senhor esteja determinado a ficar por perto. Mas seria melhor para todos se o senhor mandasse seu homem de volta à casa da sra. Roydon.

– Obrigado pelo conselho, senhora. Estou certo de que vou encontrar algo satisfatório na taberna. Pierre vai esperar no pátio. Ele não se importa com o frio. – Matthew sorriu, olhando-a com um ar malvado.

Susanna se mostrou azeda e, inteligentemente, girou o corpo.

– Entre, Jeffrey. – Chamou por cima do ombro. Jeffrey acenou para o irmão, olhou com interesse para Matthew outra vez e entrou. – Quando estiver pronta, sra. Roydon.

– Não consigo acreditar – sussurrei tão logo os Norman saíram de vista. – Ela deve ser uma antepassada de Sophie.

– Sophie deve descender de Jeffrey ou de John. – Matthew segurou o queixo pensativo. – Um desses garotos é o elo perdido na corrente de circunstâncias que vai de Kit e da peça de xadrez de prata à família Norman e à Carolina do Norte.

– Não resta dúvida de que o futuro está se encarregando de si mesmo – comentei.

– Exatamente como pensei. Quanto ao aqui e agora, Pierre ficará e estarei por perto. – As linhas tênues ao redor dos olhos de Matthew se aprofundaram. Na maior parte das vezes ele se mantinha a uns quinze centímetros de mim.

– Não sei ao certo quanto tempo isso vai levar – disse, apertando-lhe o braço.

– Não importa. – Ele me tranquilizou e me beijou nos lábios. – Fique o tempo que for necessário.

Lá dentro, Annie pegou a minha capa apressada e retornou à lareira, onde se curvou por sobre alguma coisa no fogo.

– Tome cuidado, Annie – disse Susanna preocupada. A garota levantou com todo cuidado uma panela de um suporte de metal que estava ao fogo. – A filha da viúva Hackett precisa dessa poção para dormir e os ingredientes são caros.

– Não consigo apreendê-la, mamãe – disse Jeffrey, olhando para mim. Tinha uns olhos desconcertantemente sábios para um garoto.

– Nem eu, Jeffrey, nem eu. Mas talvez seja por isso que ela esteja aqui. Leve seu irmão para o outro cômodo. E fiquem quietos. Seu pai está dormindo e precisa dormir.

– Sim, mamãe. – Jeffrey tirou dois soldadinhos de madeira e um navio de brinquedo de cima de uma mesa. – Desta vez deixarei que seja Walter Raleigh para que você possa vencer a batalha. – Prometeu ao irmão.

Depois, fez-se silêncio enquanto Susanna e Annie olhavam fixamente para mim. As pequenas pulsações do poder de Annie já me eram familiares. Mas ainda não estava preparada para a contínua corrente investigativa de Susanna em minha direção. Meu terceiro olho se abriu. Finalmente, alguém despertava minha curiosidade de bruxa.

– Isso é incômodo – comentei, virando a cabeça para quebrar a intensidade do olhar de Susanna.

– E é para ser assim mesmo – retrucou ela, com calma. – Por que precisa de minha ajuda, senhora?

– Fui enfeitiçada. Mas não é o que você pensa – disse ao ver que Annie se afastava de mim. – Meus pais eram bruxos, mas nem um nem outro entendiam a natureza dos meus dons. Não queriam que nada de mau me acontecesse e por isso me amarraram magicamente. Acontece que as amarras se afrouxaram e estão acontecendo coisas estranhas.

– Como estranhas? – perguntou Susanna, apontando uma cadeira para Annie.

– Já atraí água de bruxa algumas vezes, mas não recentemente. Às vezes vejo cores ao redor das pessoas, mas nem sempre. E um marmelo murchou com meu toque. – Preferi não mencionar meus feitos mágicos mais espetaculares. Também não mencionei os estranhos fios azuis e âmbares nos cantos, nem a escrita que começou a escapar dos livros de Matthew, nem os animais que saíram dos sapatos de Mary Sidney.

– Sua mãe ou seu pai eram bruxos criadores de água? – perguntou Susanna, tentando encontrar sentido na minha história.

– Não sei – respondi honestamente. – Eu ainda era criança quando eles morreram.

– Talvez você seja mais adequada para a arte. Não é fácil lidar com a dura magia da água e do fogo, embora muitos a desejem – disse Susanna, com uma pitada de piedade.

Se de um lado tia Sarah achava que as bruxas que lidavam com a magia elemental eram diletantes, do outro lado Susanna tendia a considerar os feitiços como uma forma menor do conhecimento mágico. Sufoquei um suspiro perante esses preconceitos bizarros. Afinal, não éramos todas nós bruxas?

– Minha tia não foi capaz de me ensinar muitos feitiços. Às vezes consigo acender uma vela. Também consigo atrair objetos para mim.

– Mas você é uma mulher adulta! – disse Susanna, com as mãos nos quadris. – Até mesmo Annie, que está com 14 anos, tem mais habilidades que essas. Você consegue criar filtros de plantas?

– Não. – Sarah tentara me ensinar a fazer poções, mas declinei.

– Você é curandeira?

– Não. – Comecei a entender o abatimento de Annie.

Susanna suspirou.

– Não sei por que Andrew Hubbard quer minha assistência. Já tenho muito trabalho com minhas pacientes, afora um marido doente e dois filhos pequenos. – Ela puxou uma tigela de uma estante e um ovo amarronzado de um oveiro perto da janela. Pôs os dois em cima da mesa à minha frente e puxou uma cadeira. – Sente-se e ponha as mãos debaixo das pernas.

Fascinada, fiz o que me pediu.

– Vou com Annie até a casa da viúva Hackett. Enquanto estivermos fora tente transferir o conteúdo do ovo para dentro da tigela, sem usar as mãos. Isso requer dois feitiços: um feitiço de movimento e um simples encantamento de abertura. Meu filho John, que tem oito anos de idade, já faz isso sem precisar pensar.

– Mas...

– Se o ovo não estiver dentro da tigela quando voltarmos, ninguém poderá ajudá-la, sra. Roydon. Talvez seus pais estivessem certos quando a amarraram magicamente, caso seu poder seja fraco a ponto de não poder quebrar um ovo.

Annie me olhou, como se pedindo desculpas, e ergueu a panela. Susanna tampou a panela.

– Vamos, Annie.

Sentada sozinha na sala de estar dos Norman, olhei para o ovo e para a tigela.

– Que pesadelo – sussurrei, torcendo para que os garotos não estivessem por perto para ouvir.

Respirei fundo e reuni toda a energia que tinha. Conhecia as palavras dos dois feitiços e desejei que o ovo se movesse – desejei desesperadamente. Relembrei para mim mesma que magia nada mais era que um desejo tornado real.

Concentrei meus desejos no ovo. Ele deu uma balançadinha em cima da mesa e parou. Repeti o feitiço silenciosamente. Vezes e vezes e vezes.

Alguns minutos depois, o único resultado dos meus esforços era uma nata fina de suor na minha testa. Tudo o que precisava fazer era erguer o ovo e quebrá-lo dentro da tigela. E não tinha conseguido.

– Desculpe – murmurei para minha barriga lisa. – Com um pouco de sorte você herdará a força do seu pai. – Meu estômago revirou. Nervosismo e rápida mudança hormonal são medonhos para a digestão.

Será que as galinhas tinham enjoos matinais? Curvei a cabeça e fixei os olhos no ovo. Uma pobre galinha tivera um ovo – um pintinho – roubado para alimentar a família Norman. Fiquei ainda mais nauseada. Talvez devesse considerar a possibilidade de me tornar vegetariana, pelo menos durante a gravidez.

Mas me consolei com a ideia de que talvez não houvesse um pintinho dentro do ovo. Afinal, nem todo ovo é fertilizado. Meu terceiro olho se estendeu por debaixo da casca, atravessou as grossas camadas de albumina e chegou à gema. Traços de vida percorriam as tênues linhas vermelhas à superfície da gema.

– Fértil. – Suspirei e me remexi em cima das mãos. Sarah e Em tinham tido um galinheiro durante algum tempo. As galinhas levavam três semanas para chocar um ovo. Três semanas de cuidado e calor para aparecer um pintinho. Não me pareceu justo esperar alguns meses para que nosso bebê viesse à luz do dia.

Cuidado e calor. Coisas tão simples que garantiam uma vida. O que Matthew tinha dito? *As crianças só precisam de amor, de adultos que se responsabilizem por elas e de um lugar macio para aportar.* O mesmo valia para os pintinhos. Imaginei qual seria a sensação de estar sob as asas quentinhas da mamãe galinha, resguardado em segurança de contusões e ferimentos. Será que nosso bebê se sentia assim ao flutuar nas profundezas do meu útero? E se não se sentisse assim? Haveria um feitiço para isso? Será que a manta da responsabilidade poderia envolver o bebê de cuidado, calor e amor, com delicadeza suficiente para mantê-lo em segurança e livre?

– Esse é o meu verdadeiro desejo – sussurrei.

Piu.

Olhei ao redor. Havia muitas casas com galinhas que chocavam perto da lareira.

Piu. O piado vinha do ovo em cima da mesa. Seguiu-se um estalo e depois, um bico. Um par de olhos negros e assustados piscou de uma cabeça emplumada e molhada para mim.

Ouvi alguém ofegando atrás de mim. Girei a cabeça. Annie tapava a boca com a mão e olhava fixamente para o pintinho em cima da mesa.

– Tia Susanna – disse, tirando a mão da boca. – Isso é...? – Ela não completou a pergunta e apontou para mim sem palavras.

– Sim. Isso é o *glaem* que sobrou do novo feitiço da sra. Roydon. Agora vá. Vá buscar Goody Alsop. – Susanna girou o corpo da sobrinha e despachou-a.

– Não consegui colocar o ovo dentro da tigela, sra. Norman. – Desculpei-me. – Os feitiços não funcionaram.

O pintinho molhado começou a soltar pios indignados um atrás do outro.

– Não funcionaram? Começo a achar que você não faz ideia do que é ser uma bruxa – disse Susanna, com ar incrédulo.

Comecei a achar que ela estava certa.

20

Naquela noite de terça-feira, Phoebe achou que as salas da Sotheby's, na Bond Street, eram inquietantes demais. Fazia três semanas que estava trabalhando na casa de leilões, mas ainda não tinha se acostumado com o prédio. Cada ruído a fazia dar um pulo – o zumbido das lâmpadas no teto, o guarda de segurança que forçava as portas para ver se estavam trancadas, a risada que soava de uma televisão ao longe.

Na condição de júnior do departamento, Phoebe tinha que esperar a chegada do dr. Whitmore atrás de uma porta trancada. Sylvia, a supervisora, fora bem clara ao dizer que precisava de alguém para assessorá-lo depois do expediente. Phoebe suspeitara da irregularidade dessa requisição, mas fazia pouco tempo que trabalhava ali e não podia se dar ao luxo de um protesto veemente.

– Claro que você vai ficar. Ele estará aqui por volta das dezenove horas – disse Sylvia em tom suave, dedilhando o colar de pérolas no pescoço antes de pegar as entradas para o balé em cima da mesa. – Além do mais, você não deve ter compromisso algum, não é?

Sylvia estava certa. Phoebe não tinha compromisso algum.

– Mas quem é ele? – perguntou Phoebe. Uma pergunta perfeitamente cabível, mas Sylvia pareceu afrontada.

– Ele é de Oxford; é um cliente importante desta firma. Isso é tudo que você precisa saber – respondeu Sylvia. – A Sotheby's prima pelo confidencial, ou se esqueceu dessa parte do treinamento?

E agora Phoebe ainda estava à mesa. Ainda estava à espera e já tinha passado muito das dezenove horas. Para passar o tempo escarafunchou os arquivos a fim de descobrir algo mais sobre o homem. Não lhe agradava conhecer alguém sem ter o máximo possível de informações a respeito da pessoa. Se Sylvia achava que o nome e uma vaga ideia das credenciais dele eram tudo o que precisava saber, Phoebe pensava diferente. Aprendera com a mãe que informações pessoais tornavam-se armas poderosas em confrontos com os outros em coquetéis e jantares formais. Mas ela não achou o tal Whitmore nos arquivos da Sotheby's, o número de registro do cliente levava a um cartão que estava dentro de um arquivo trancado com os dizeres "*Família De Clermont – informe com o presidente*".

Faltavam cinco para as nove quando ela ouviu a voz de um homem do outro lado da porta. Era uma voz rude, embora estranhamente musical.

– Ysabeau, é a terceira caça maluca que você me obriga a fazer nos últimos dias. Por favor, tente não se esquecer de que tenho coisas a fazer. Da próxima vez encarregue Alain disso. – Fez-se uma pequena pausa. – Você acha que não sou ocupado? Posso lhe telefonar depois da visita. – O homem soltou uma imprecação abafada. – Peça a sua intuição que dê um tempo, pelo amor de Deus.

Parecia um sotaque estrangeiro: meio americano e meio inglês, com alguns traços afiados que indicavam que não eram as únicas línguas conhecidas por ele. O pai de Phoebe trabalhara no serviço diplomático da rainha e também tinha uma voz ambígua porque vivia viajando.

O toque da campainha também soou assustador e deixou-a arrepiada, se bem que já estava à espera disso. Phoebe afastou a cadeira para trás e atravessou a sala. Estava com sapatos pretos de salto alto que tinham custado uma fortuna, se bem que a deixavam mais alta, pensou consigo, e lhe davam um ar de autoridade. Era um truque que aprendera com Sylvia quando chegou para a primeira entrevista com sapatos baixos e batidos. Depois disso, jurou que nunca mais seria uma "*petite* adorável".

Pelo olho mágico viu uma testa lisa, cabelos louros desalinhados e dois olhos azuis brilhantes. Claro que não era o dr. Whitmore.

Uma súbita batida à porta deixou Phoebe assustada. Fosse quem fosse, aquele homem era um mal-educado. Irritada, ela apertou o botão do interfone.

– Sim? – disse com impaciência.

– Marcus Whitmore está aqui para ver a sra. Thorpe.

Ela olhou pelo olho mágico novamente. Impossível. Um jovem como aquele teria chamado atenção de Sylvia.

– Posso ver a sua identificação? – disse com frieza.

– Onde está a Sylvia? – Os olhos azuis se estreitaram.

– No balé. *Coppélia*, se não me engano. – Sylvia ganhava as melhores entradas, uma extravagância justificada como despesa de trabalho de casa. O homem do outro lado da porta levou um cartão ao olho mágico abruptamente.

Phoebe recuou.

– O senhor poderia fazer a gentileza de se afastar um pouco? Não consigo enxergar nessa distância.

Ele afastou o cartão alguns centímetros da porta.

– Na realidade, senhorita...?

– Taylor.

– Srta. Taylor, eu estou com pressa. – O cartão saiu de vista e no seu lugar surgiram os olhos azuis. Surpreendida, Phoebe recuou novamente, mas não sem antes ler o nome no cartão e o vínculo que tinha com uma pesquisa científica de Oxford.

Era o dr. Whitmore. Que negócios um cientista teria com a Sotheby's? Ela apertou o botão que destravava a porta.

Soou um clique e Whitmore entrou na sala. Suas roupas eram mais apropriadas para uma boate do Soho: jeans pretos, camiseta cinza vintage do U2 e um ridículo par de tênis de cano alto (também cinza). Usava um cordão de couro no pescoço e um punhado de badulaques baratos e de procedência duvidosa dependurados no corpo. Phoebe endireitou a bainha da blusa impecavelmente branca e olhou para ele irritada.

– Obrigado – disse Whitmore, aproximando-se dela um pouco além do permitido em sociedades civilizadas. – Sylvia deixou um pacote para mim.

– Queira fazer o favor de sentar-se, dr. Whitmore. – Ela apontou para a cadeira em frente à escrivaninha.

Os olhos azuis se estenderam até a cadeira e depois até ela.

– É preciso? Não vou demorar. Só estou aqui para me assegurar de que minha avó não está vendo zebras onde só há cavalos.

– Com licença. – Ela deu alguns passos até a escrivaninha. Havia um alarme de segurança embaixo de uma gaveta. Poderia apertá-lo se ele agisse mal.

– O pacote. – Ele não tirava os olhos dela. Havia uma centelha de interesse nesse olhar. Ela reconheceu isso e cruzou os braços a fim de desviá-lo. Ele apontou para uma caixa acolchoada em cima da escrivaninha, agora sem se dar ao trabalho de olhá-la. – Acho que é aquilo ali.

– Por favor, sente-se, dr. Whitmore. Já está tarde, estou cansada e o senhor precisa preencher uma papelada antes de examinar qualquer coisa que Sylvia tenha reservado. – Phoebe massageou a nuca. Já estava dolorida de tanto que levantava a cabeça para olhar para ele. As narinas dele se abriram levemente e as pálpebras caíram. Ela reparou que seus cílios eram mais escuros que os cabelos louros, e mais longos e espessos que os dela. Qualquer mulher mataria por cílios como aqueles.

– Eu realmente acho que seria melhor se você me entregasse a caixa e me deixasse tomar o meu rumo, srta. Taylor. – O tom rude suavizou até se converter em aviso, embora ela não tenha entendido a razão. O que ele faria? Roubaria a caixa? Ela voltou a considerar a possibilidade de acionar o alarme, mas pensou melhor. Sylvia ficaria furiosa se chamasse os seguranças e ofendesse um cliente.

Phoebe então foi à escrivaninha, pegou um papel e uma caneta e os entregou para ele.

– Ótimo. Se prefere assim, dr. Whitmore, saiba que é um prazer atendê-lo de pé, embora seja muito mais desconfortável.

– Essa é a melhor oferta que recebo em muito tempo. – A boca de Whitmore se contraiu. – Mas se vamos proceder de acordo com Hoyle, acho melhor você me chamar de Marcus.

– Hoyle? – Phoebe ruborizou e se empertigou. Ele não a levava a sério. – Acho que ele não trabalha aqui.

– E certamente espero que não. – Ele rabiscou uma assinatura. – Edmond Hoyle está morto desde 1769.

– É que praticamente acabei de entrar para a Sotheby's. O senhor terá que me perdoar por não entender a referência. – Ela fungou. Estava de novo distante do botão oculto na escrivaninha para acioná-lo. Já começava a desconfiar de que Whitmore era doido, mesmo que não fosse ladrão.

– Eis sua caneta – disse Marcus polidamente – e seu formulário. Viu? – Chegou mais perto dela. – Fiz exatamente o que você me pediu. Sou muito bem-comportado. Meu pai se encarregou disso.

Ao pegar a caneta e o papel, Phoebe esbarrou os dedos no dorso da mão de Whitmore e estremeceu com o toque gelado daquela mão. O pesado sinete de ouro no dedo mindinho não lhe passou despercebido. Parecia um sinete medieval, mas ninguém andaria por Londres com um anel tão raro e valioso no dedo. Só podia ser um anel falso, embora uma excelente falsificação.

Ela examinou o formulário enquanto retornava à escrivaninha. Parecia tudo em ordem e, se aquele homem fosse algum criminoso, o que não a surpreenderia nem um pouco, pelo menos não seria acusada de ter quebrado as regras. Ergueu a tampa da caixa a fim de submetê-la ao exame do estranho dr. Whitmore. Depois disso, iria para casa.

– Oh! – exclamou ela, como se pega de surpresa. Esperara ver um fabuloso colar de diamantes ou um conjunto vitoriano de esmeraldas em intricadas filigranas de ouro... algo que a avó adoraria.

Em vez disso a caixa continha duas miniaturas ovais dispostas em nichos que encaixavam as bordas das miniaturas, protegendo-as de danos. Uma das miniaturas retratava uma mulher de longos cabelos ruivos em tons dourados. Um generoso rufo em forma de coração emoldurava-lhe o rosto. Seus olhos azul-claros olhavam para o espectador com uma segurança serena, e seus lábios se curvavam com um delicado sorriso. Um azul vibrante fazia o fundo habitual à obra do pintor elisabetano, Nicholas Hilliard. A outra miniatura retratava um homem com incríveis cabelos negros puxados para trás da fronte. A barba e o bigode ralos o faziam parecer mais jovem do que os olhos negros sugeriam, e a camisa de linho branco aberta ao pescoço desvelava uma pele tão leitosa quanto o tecido. Os dedos longos seguravam uma joia presa a uma grossa corrente. Labaredas douradas ardiam e retorciam por trás do homem, como um símbolo de paixão.

Um hálito suave roçou na orelha de Phoebe.

– Santo Cristo! – Whitmore pareceu ter visto um fantasma.

– Essas miniaturas não são lindas? Acho que acabaram de chegar. Foram encontradas atrás de um baú de prata por um velho casal de Shropshire que procurava um lugar para guardar algumas peças novas. Sylvia acha que alcançarão um bom preço.

– Ora, sem dúvida nenhuma. – Marcus apertou uma tecla do celular.

– *Oui?* – Soou uma voz em francês imponente do outro lado da linha. Esse era o problema dos celulares, pensou Phoebe. Todo mundo grita ao falar neles e acaba-se escutando conversas privadas.

– *Grand-mère*, você estava certa a respeito das miniaturas.

Um ruído de satisfação ecoou ao telefone.

– Agora já conto com sua total atenção, Marcus?

– Não. E agradeça a Deus por isso. Minha total atenção não é boa para ninguém. – Whitmore olhou para Phoebe, com um sorriso. Era um homem charmoso, ela admitiu com relutância. – Mas me dê alguns dias antes de me incumbir de outra coisa. Quanto está pretendendo pagar por elas, ou isso é segredo?

– *N'importe quel prix.*

O preço não importa. Eram palavras que alegrariam qualquer casa de leilões. Phoebe fixou os olhos nas miniaturas. Eram realmente extraordinárias.

Whitmore concluiu a conversa com a avó e seus dedos voaram pelo celular, transmitindo uma outra mensagem.

– Para Hilliard os retratos em miniatura eram apreciados de maneira mais adequada em privado – ponderou Phoebe em voz alta. – Isso porque achava que a arte do retrato expunha os segredos de quem posava. E pode-se ver por quê. Esses dois parecem guardar muitos segredos.

– Você está certa – murmurou Marcus, com o rosto mais próximo e dando a Phoebe a oportunidade de examinar os olhos dele com mais atenção. Eram bem mais azuis do que pareceram a princípio, bem mais azuis que os tons azurita e ultramarino, os pigmentos enriquecidos que Hilliard utilizava.

O telefone tocou. Ela atendeu e por um segundo teve a impressão de que a mão dele lhe tocara na cintura.

– Entregue as miniaturas para ele, Phoebe. – Era Sylvia.

– Não entendo – disse ela entorpecida. – Não estou autorizada...

– Ele acabou de comprá-las. Nossa obrigação era conseguir o preço mais alto possível pelas peças. E fizemos isso. Os Taverner poderão passar o outono da vida em Monte Carlo se quiserem. E diga ao Marcus que, se perdi a *danse*

de fête, estarei desfrutando o camarote da família dele na próxima temporada.
– Sylvia desligou.

Fez-se silêncio na sala. Marcus Whitmore delicadamente tocou o dedo na moldura de ouro que circundava a miniatura do homem. Parecia um gesto de saudade, uma tentativa de se conectar com um anônimo morto muito tempo antes.

– Chego a achar que ele pode me ouvir – disse Marcus em tom melancólico.

– Sua avó deve ter uma fortuna no banco para gastar tanto dinheiro em retratos elisabetanos de anônimos, dr. Whitmore. Já que é cliente da Sotheby's, sinto lhe dizer que o senhor pagou um preço altíssimo pelas miniaturas. Mesmo que os melhores compradores estivessem nesta sala, um retrato da rainha Elizabeth I desse mesmo período atingiria no máximo a casa dos seis dígitos, mas nunca esses. – A identidade do retratado era crucial na avaliação do preço. – Nunca saberemos quem eram esses dois. Não depois de séculos de obscuridade. Os nomes são importantes.

– É o que minha avó costuma dizer.

– Então, ela sabe que sem uma atribuição definida essas miniaturas dificilmente se valorizarão.

– Para ser franco – disse Marcus –, Ysabeau não precisa de retorno nesse investimento. E o que ela mais quer é que ninguém saiba quem são esses dois.

Phoebe franziu a testa perante a estranheza do fraseado. Será que a avó dele achava que *ela* sabia?

– Foi um prazer fazer negócio com você, Phoebe, mesmo que de pé. Desta vez. – Marcus fez uma pausa, com um sorriso aberto e encantador. – Você se importa se chamá-la de Phoebe?

Ela se *importava*. Puxou os cabelos negros à altura da gola para o lado e esfregou a nuca exasperada. Ele cravou os olhos na curva dos ombros dela. E como ela não respondeu, fechou a caixa com as miniaturas, enfiou debaixo do braço e se preparou para sair.

– Gostaria de levá-la para jantar – disse com tato, aparentemente sem tomar conhecimento dos claros sinais do desinteresse dela. – Podemos celebrar a sorte dos Taverner, e também a gorda comissão que você vai dividir com Sylvia.

Sylvia? Dividir comissão? Phoebe abriu a boca sem poder acreditar. A probabilidade de obter isso da superiora era menor que zero. Marcus amarrou a cara.

– Foi essa a condição para o negócio. Minha avó não o teria fechado de outra maneira. – A voz dele soou rouca. – Jantar?

– Não costumo sair à noite com desconhecidos.

– Então, convido-a para jantar amanhã, mas antes almoçaremos. Depois que passar duas horas em minha companhia não serei mais um "desconhecido", não é?

— Ora, ainda assim será um desconhecido — murmurou Phoebe —, e não costumo sair para almoçar. Como aqui mesmo nessa escrivaninha. — Desviou os olhos, com ar confuso. Será que falara a primeira parte em voz alta?

— Pego você às treze horas — disse Marcus, abrindo um sorriso. O coração de Phoebe deu um salto. *Falara* em voz alta. — E não se preocupe porque não iremos longe.

— Por que não? — Será que ele estava pensando que ela o temia ou que não conseguiria acompanhar os passos dele? Oh, Deus, como ela odiava ser baixinha.

— Só gostaria que soubesse que poderá usar esses sapatos sem medo de quebrar o pescoço — disse Marcus, com ar inocente. Percorreu lentamente com os olhos os pés que calçavam aqueles sapatos pretos, divagou em torno dos tornozelos e depois engatilhou uma subida pela curva das panturrilhas. — Gosto deles.

Quebrar o pescoço? Quem ele pensava que era? Agia como um malandro do século XVIII. Phoebe caminhou resoluta em direção à porta, com os saltos batendo à vontade no assoalho. Apertou o botão para destravar a fechadura e a porta se abriu. Marcus soltou um grunhido de prazer quando caminhou até ela.

— Eu não devia ter sido muito ousado. Minha avó desaprova isso tanto quanto desaprova perder uma negociação. Mas comigo é assim. — Ele abaixou a cabeça, levou a boca à orelha de Phoebe e sussurrou. — Ao contrário dos homens que a levaram para jantar e que talvez tenham ido ao seu apartamento, não me intimido com seu decoro e suas boas maneiras. E não posso deixar de imaginar o que você deve ser quando esse controle de gelo se derrete.

Ela engasgou.

Ele a pegou pela mão. Esmagou os lábios nos lábios dela, olhando no fundo dos seus olhos.

— Até amanhã. E não se esqueça de trancar a porta. Você já está encrencada demais. — O dr. Whitmore deu alguns passos pela sala, olhando-a com um sorriso iluminado, girou o corpo e saiu assoviando até que a silhueta dele sumiu de vista.

Phoebe estava com as mãos trêmulas. Aquele homem... aquele desconhecido de maneiras rudes e olhos azuis estonteantes... a tinha beijado. No local de trabalho. Sem pedir permissão.

E ela não o tinha esbofeteado. Isso era o que as mocinhas bem-nascidas, filhas de diplomatas, aprendiam a fazer como último recurso contra os avanços indesejados.

Ela realmente estava encrencada.

21

— Será que agi certo em chamá-la, Goody Alsop? — Susanna torceu as mãos no avental e olhou agoniada para mim. — Quase a mandei para casa — disse com um fiapo de voz. — Se eu tivesse...

— Mas não fez isso, Susanna. — Goody Alsop era tão velha e tão magra que a pele se agarrava aos ossos das mãos e dos punhos. Mas a voz era estranhamente vibrante e os olhos eram muito inteligentes para uma bruxa tão frágil. Embora uma mulher octogenária, ninguém ousaria chamá-la de enferma.

A sala principal da casa dos Norman ficou lotada depois da chegada de Goody Alsop. Susanna permitiu que Matthew e Pierre entrassem com certa relutância, desde que não tocassem em coisa alguma. Jeffrey e John dividiam a atenção entre os vampiros e o pintinho, agora confortavelmente aninhado no boné de John ao lado da lareira. O ar quente amaciara as penas e felizmente o pintinho não estava piando. Sentei num banco perto do fogo e de Goody Alsop, que ocupava a única cadeira da sala.

— Preciso examiná-la, Diana. — Goody Alsop esticou os dedos até o meu rosto da mesma forma que a viúva Beaton e Champier. Fiquei encolhida. A bruxa se deteve e franziu a testa. — O que aconteceu, criança?

— Um bruxo tentou ler minha pele na França. Foi como se estivesse sendo esfaqueada — expliquei, sussurrando.

— Isso não será de todo confortável... que exame o é? Mas não vai doer. — Seus dedos exploraram meus traços. Suas mãos eram frias e secas, e as veias que se destacavam naquela pele manchada rastejavam pelas juntas retorcidas. Foi como se estivesse sendo escavada, mas nada parecido com a dor que sofrera nas mãos de Champier.

— Ah — suspirou quando tocou na pele macia de minha testa. Isso abriu meu olho de bruxa, que estava numa inatividade típica desde o momento em que Susanna e Annie me encontraram com o pintinho. Goody Alsop era uma bruxa que valia a pena conhecer.

Olhei para o terceiro olho de Goody Alsop e mergulhei num mundo de cores. Por mais que tentasse, os fios brilhantes se recusavam a tecer alguma coisa reconhecível, se bem que de alguma forma senti que teriam uso. O toque de Goody Alsop me causava comichões à medida que ela me observava no corpo e na mente com a segunda visão, a energia pulsava ao redor dela em tom purpúreo tingido de laranja. Embora com uma experiência limitada, achei que seria difícil encontrar a manifestação de uma combinação de cores singular como a dela. De quando em quando, ela estalava a língua uma ou duas vezes em sinal de aprovação.

– Ela não é estranha? – sussurrou Jeffrey, espiando por cima do ombro de Goody Alsop.

– Jeffrey! – Susanna quase engasgou de constrangimento pelo comportamento do filho. – É sra. Roydon, por favor.

– Tudo bem. Mas a sra. Roydon é estranha – insistiu Jeffrey sem culpa e abraçado aos próprios joelhos.

– O que você vê, jovem Jeffrey? – perguntou Goody Alsop.

– Ela... a sra. Roydon tem todas as cores do arco-íris. O olho de bruxa dela é azul, mas o resto é verde e prateado, como a deusa. O que é aquele aro vermelho e preto ali? – Jeffrey apontou para minha testa.

– É a marca de um *wearh* – respondeu Goody Alsop, acariciando o ponto em questão. – Essa marca indica que ela pertence à família do mestre Roydon. Toda vez que vir isso, Jeffrey, e saiba que isso é muito raro, considere como um aviso. O *wearh* que fizer uma marca assim não terá dó se você se meter com a criatura sangue-quente que ele clamou para si.

– Isso dói? – perguntou o garoto.

– Jeffrey! – gritou Susanna de novo. – Você sabe importunar Goody Alsop com perguntas como ninguém.

– Nós teremos um futuro sombrio pela frente quando as crianças deixarem de fazer perguntas, Susanna – disse Goody Alsop.

– O sangue de um *wearh* cura sem doer – respondi para o garoto antes que Goody Alsop respondesse. Não era preciso que um outro bruxo crescesse com medo do que não compreendia. Olhei para Matthew cujo clamor por mim era bem mais intenso que o juramento de sangue do pai dele. Embora quisesse que o exame de Goody Alsop prosseguisse... até então não tirava os olhos da mulher. Abri um sorriso e ele apertou a boca levemente em resposta.

– Oh – exclamou Jeffrey, talvez interessado na demonstração de inteligência. – Pode fazer um *glaem* novamente, sra. Roydon? – Os garotos estavam realmente decepcionados por terem perdido a manifestação da energia mágica anterior.

Goody Alsop pousou um dedo nodoso nos lábios de Jeffrey, silenciando-o de vez.

– Agora, preciso falar com Annie. O homem do mestre Roydon os levará até o rio e, quando terminarmos, vocês voltam e me perguntam o que quiser.

Matthew fez um meneio de cabeça em direção à porta e Pierre conduziu as duas cargas infantis pela porta afora, mas não antes de olhar assustado para a velha. Assim como Jeffrey, Pierre também precisava superar o medo das criaturas que lhe eram diferentes.

– Cadê a menina? – perguntou Goody Alsop, virando a cabeça.

Annie deu um passo à frente.

– Aqui, Goody.

– Conte-nos a verdade, Annie – disse Goody Alsop, com uma voz firme. – O que você prometeu para Andrew Hubbard?

– Na-nada – gaguejou Annie, com os olhos voltados para mim.

– Annie, não minta. Mentir é pecado – advertiu-a Goody Alsop. – Pare com isso.

– Prometi que mandaria um recado se mestre Roydon planejasse deixar Londres outra vez. E os homens de padre Hubbard aparecem quando a patroa e o patrão ainda estão na cama e me perguntam o que aconteceu na casa. – As palavras de Annie jorraram da boca. Ela logo tapou a boca com as mãos, como se não acreditando no que tinha revelado.

– O trato entre Annie e Hubbard deve ser respeitado, mas não completamente. – Goody Alsop refletiu por alguns instantes. – Se por alguma razão a sra. Roydon deixar a cidade, Annie mandará um recado primeiro para mim. Hubbard só deverá saber uma hora depois, Annie. E se disser uma só palavra do que acontece aqui, prenderei sua língua com um feitiço que nem treze bruxas serão capazes de quebrá-lo. – Annie justificadamente se aterrorizou com a ameaça. – Vá e se junte aos meninos, mas abra todas as portas e janelas antes de sair. Alguém irá avisá-los quando chegar o momento de voltar.

Annie abriu as venezianas e as portas com uma cara tão culpada que a encorajei com um meneio de cabeça. A pobre menina não estava em posição de enfrentar Hubbard e fazia o que podia para sobreviver. Ao sair olhou apavorada para Matthew, que por sua vez reagiu com a frieza de sempre.

Ele só se manifestou quando a casa se aquietou e as correntes de ar giraram em volta dos meus tornozelos e dos meus ombros. Ainda estava encostado à porta e suas roupas escuras absorviam a pouca luz da sala.

– E então, pode nos ajudar, sra. Goody Alsop? – O tom era cortês, bem diferente da arrogância com que tratara a viúva Beaton.

– Creio que sim, mestre Roydon – respondeu Goody Alsop.

– Por favor, acomode-se – disse Susanna, apontando um banco para Matthew. Infelizmente, a chance de um homem da estatura de Matthew se acomodar num banco de três pernas era pouca, mas ainda assim ele se ajeitou sem reclamar. – Meu marido está dormindo no quarto ao lado. Não pode ouvir nem o *wearh* nem nossa conversa.

Goody Alsop arrancou a peça de lã cinza e linho perolado que lhe cobria o pescoço e fez um movimento de dedos para puxar alguma coisa intangível. Em seguida esticou a mão e girou o punho, liberando uma figura sombreada na sala. A cópia da bruxa se dirigiu ao quarto de dormir de Susanna.

– O que foi isso? – perguntei sem sequer respirar.

– Minha ajudante. Vai tomar conta de mestre Norman e garantir que ele não seja perturbado. – Os lábios de Goody Alsop se mexeram e as correntes de ar cessaram. – Agora que as portas e janelas estão novamente fechadas ninguém poderá nos ouvir lá de fora. Fique descansada em relação a isso, Susanna.

Eram dois feitiços que poderiam ser úteis na casa de um espião. Abri a boca para perguntar como os tinha realizado, mas antes que pudesse emitir uma palavra Goody Alsop ergueu a mão e soltou uma risadinha.

– Você é muito curiosa para uma mulher adulta. Acho que Susanna perderá a paciência mais com você do que com Jeffrey. – Ela deu um passo atrás e me olhou enlevada. – Esperei tanto tempo por você, Diana.

– Por mim? – perguntei em dúvida.

– Sem dúvida. Durante muitos anos, desde os primeiros augúrios da sua chegada, e com o passar do tempo muitas de nós desistiram de esperar. Mas pressenti que você chegaria quando nossas irmãs narraram os presságios no Norte. – Goody Alsop se referia a Berwick e aos estranhos acontecimentos na Escócia. Inclinei-me para a frente disposta a fazer mais perguntas, porém Matthew me calou com um pequeno meneio de cabeça. Já confiava plenamente na bruxa. Ela soltou outra risadinha perante a requisição silenciosa do meu marido.

– Então, eu estava certa – disse Susanna aliviada.

– Sim, minha filha. Diana é realmente uma tecelã. – As palavras de Goody Alsop reverberaram na sala com a potência de todo encantamento.

– O que é isso? – perguntei, com um sussurro.

– Há muitas coisas que estão acontecendo conosco que não compreendemos. – Matthew segurou minha mão. – Talvez seja melhor a senhora se dirigir a nós e nos explicar as coisas da maneira que faz com Jeffrey.

– Diana é uma criadora de feitiços – disse Goody Alsop. – Nós as tecelãs somos criaturas raras. Foi por isso que a deusa mandou você para mim.

– Não, Goody Alsop. A senhora está cometendo um engano – protestei, balançando a cabeça. – Sou péssima com feitiços. Nem minha tia Sarah, que tem uma habilidade incrível, conseguiu me ensinar a arte da bruxa.

– Claro que você não consegue realizar os feitiços de outras bruxas. Você mesma deve inventar os seus. – A afirmação de Goody Alsop contrariava tudo o que eu tinha aprendido.

Olhei para ela surpreendida.

– Nós bruxas aprendemos a fazer os feitiços. Não os inventamos. – Os feitiços eram passados de geração em geração entre as famílias ou entre os membros dos conciliábulos. Guardávamos esse conhecimento com muito zelo, registrando palavras e procedimentos em grimórios junto aos nomes das bruxas e bruxos que ministravam o acompanhamento mágico. As bruxas mais experientes treinavam os membros mais jovens do conciliábulo, que seguiam os passos e as nuances de cada feitiço e de cada experiência das bruxas em mente.

– As tecelãs inventam – retrucou Goody Alsop.

– Nunca ouvi falar de tecelãs – disse Matthew, com tato.

– Poucos ouviram. Nós somos guardadas em segredo, mestre Roydon, um segredo desconhecido para a maioria das bruxas e também para os *wearhs*. Suponho que o senhor esteja habituado a segredos e a como guardá-los. – Ela piscou os olhos com malícia.

– Já vivo há muito tempo, Goody Alsop. E acho difícil acreditar que as bruxas tenham resguardado a existência das tecelãs de outras criaturas por todo esse tempo. – Ele fez uma careta. – Esse é mais um dos jogos do Hubbard?

– Sou velha demais para joguinhos, *monsieur* De Clermont. Ah, sim, eu sei quem é o senhor e que posição ocupa em nosso mundo – disse Goody Alsop ao ver a surpresa de Matthew. – Talvez o senhor não consiga esconder a verdade das bruxas como pensa.

– Talvez – grunhiu Matthew em estado de alerta. Seguiu-se um rosnado que divertiu a velha.

– Esse truque assusta crianças como Jeffrey e John e demônios lunáticos como seu amigo Christopher, mas a mim não assusta. – A voz da bruxa se tornou séria. – As tecelãs se escondem porque um dia elas foram perseguidas e assassinadas, como os cavaleiros do seu pai. Nem todos aprovam o nosso poder. Como o senhor bem sabe, é mais fácil sobreviver quando os inimigos acham que você está morto.

– Mas quem fez tudo isso e por quê? – Eu esperava que a resposta não nos levasse de volta à velha inimizade entre vampiros e bruxas.

– Não fomos caçadas nem pelos *wearhs* nem pelos demônios, mas sim pelas outras bruxas – respondeu Goody Alsop, com serenidade. – Elas nos temem porque somos diferentes. O medo alimenta o desprezo e o desprezo alimenta o ódio. É uma história conhecida. As bruxas destruíram famílias inteiras para impedir que as crianças se tornassem tecelãs. E as poucas tecelãs que sobreviveram esconderam os filhos. A senhora logo descobrirá que o amor dos pais pelos filhos é poderoso.

– Você já sabe sobre o bebê – comentei, tocando na barriga de maneira protetora.

– Sim – disse Goody Alsop, com seriedade. – E você já está fazendo uma poderosa tecelagem, Diana. Não poderá esconder isso de outras bruxas por muito tempo.

– Um filho? – Susanna arregalou os olhos. – Concebido por uma bruxa e um *wearh*?

– Não uma bruxa qualquer. Apenas as tecelãs operam esse tipo de magia. E há uma razão para que a deusa a tenha escolhido para essa tarefa, Susanna, assim como há uma razão para que ela tenha me chamado. Você é parteira e suas habilidades serão requeridas nos dias que temos à frente.

– Com minha pouca experiência não serei de grande valia para a sra. Roydon – protestou Susanna.

– Faz alguns anos que você é assistente de partos – observou Goody Alsop.

– De mulheres sangues-quentes, Goody, com bebês sangues-quentes! – retrucou Susanna indignada. – Não de criaturas como...

– Os *wearhs* têm braços e pernas como todos nós. – Goody Alsop interrompeu-a. – Não vejo nada diferente nesse bebê.

– Não é porque alguém tem dez dedos nas mãos e nos pés que também tem alma – disse Susanna, olhando desconfiada para Matthew.

– Estou pasma com você, Susanna. Para mim a alma de mestre Roydon é tão clara quanto a sua. Você voltou a ouvir as opiniões do seu marido sobre o mal dos *wearhs* e dos demônios?

Susanna apertou os lábios.

– E se fiz isso, Goody?

– Se o fez só posso dizer que você é uma tola. As bruxas são dotadas de uma visão plena da verdade... ainda que os maridos sejam uns idiotas.

– Isso não é tão fácil quanto a senhora dá a entender – murmurou Susanna.

– Nem precisa ser tão difícil. Faz muito tempo que esperamos pela tecelã que está entre nós e precisamos de planos.

– Muito obrigado, Goody Alsop – disse Matthew. Sentia-se aliviado porque finalmente alguém concordava com ele. – A senhora está certa. Diana precisa aprender rapidamente o que for necessário para ela. E não pode ter o bebê aqui.

– Essa decisão não é só sua, mestre Roydon. Se o bebê tiver que nascer em Londres, será aqui que irá nascer.

– Diana não pertence a este lugar – retrucou Matthew, acrescentando em seguida –, a Londres.

– Graças aos céus isso está muito claro. Mas como Diana é uma fiandeira do tempo não vai adiantar nada simplesmente movê-la de um lugar para o outro. Ela não seria menos visível em Canterbury ou York.

– Isso quer dizer que a senhora conhece outros segredos nossos. – Matthew lançou um olhar gelado para a velha. – Já que sabe tanto deve ter previsto que Diana não retornará sozinha para o tempo dela. Eu e o bebê iremos juntos. E vai ser com a senhora que ela vai aprender o que precisa saber para fazer isso. – Matthew assumiu o comando e isso queria dizer que as coisas estavam prestes a tomar o habitual rumo para o pior.

– A educação de sua esposa passou a ser um assunto meu, mestre Roydon... a menos que o senhor entenda mais de tecelãs do que eu – disse Goody Alsop suavemente.

– Tudo que diz respeito à minha esposa também diz respeito a mim, Goody Alsop – disse Matthew. Ele se voltou para mim. – Isso não é um assunto só de bruxas. Até porque elas podem se voltar contra minha companheira e meu filho.

– Então, Diana foi ferida por uma bruxa e não por um *wearh* – disse Goody Alsop baixinho. – Senti a dor e pressenti que uma bruxa estava envolvida nisso, mas achei que ela queria curar um dano e não causá-lo. Que mundo é esse onde uma bruxa faz esse tipo de coisa a uma outra bruxa?

Matthew desviou os olhos para Goody Alsop.

– Talvez a bruxa também tenha percebido que Diana é uma tecelã.

Não me passara pela cabeça que Satu soubesse de alguma coisa. O que Goody Alsop tinha dito a respeito da atitude de minhas colegas bruxas em relação às tecelãs e a ideia de que Knox e seus comparsas da Congregação desconfiavam do meu segredo fizeram o meu sangue ferver. Matthew puxou minhas mãos e cobriu-as com as dele.

– É possível, mas não posso afirmar com certeza – disse Goody Alsop em tom de pesar. – Mas faremos de tudo nesse tempo que a deusa nos concede para preparar Diana para o futuro.

– Parem – eu disse, batendo a palma da mão em cima da mesa. O anel de Ysabeau soou ao colidir na madeira dura. – Vocês estão falando desse negócio de tecer como se isso fizesse sentido. Mas nem uma mísera vela consigo acender. Meus talentos são mágicos. Eu tenho vento, água... e até mesmo fogo em meu sangue.

– Se posso ver a alma do seu marido, Diana, não deveria se espantar por também poder ver o seu poder. E para o seu conhecimento, fique sabendo que você não é uma bruxa nem de fogo nem de água, por mais que acredite nisso. Você não consegue controlar esses elementos. E será destruída se você for tola o bastante para tentar controlá-los.

– Mas quase me afoguei em minhas próprias lágrimas – insisti. – E matei uma *wearh* com uma flecha de fogo de bruxa para salvar o Matthew. Minha tia reconheceu o cheiro.

– As bruxas de fogo não precisam de flechas. São transportadas pelo fogo até o alvo em um segundo. – Goody Alsop balançou a cabeça. – Isso que você mencionou é uma simples tessitura, minha filha, criada pela dor e o amor. A deusa emprestou-lhe os poderes de que você necessita como uma bênção, mas nem por isso você pode comandá-los completamente.

– Emprestados. – Os eventos frustrantes dos últimos meses e os lampejos de magia que nunca agiam adequadamente me vieram à mente. – É por isso então que as habilidades vão e vêm. Na realidade, nunca foram minhas.

– Nenhuma bruxa guardaria tanto poder dentro de si sem abalar o equilíbrio dos mundos. Uma tecelã seleciona com cuidado uma das magias que a envolvem e faz uso disso para moldar algo novo.

– Mas existem milhares de feitiços... sem mencionar amuletos e poções. Nada que eu fizesse seria original. – Passei a mão na testa e o ponto onde Philippe fizera o juramento de sangue esfriou ao meu toque.

– Todos os feitiços vieram de algum lugar, Diana, de um momento de necessidade, de um desejo, de um desafio que por alguma razão não pôde ser resolvido de outra maneira. E também vieram de alguém.

– A primeira bruxa – sussurrei. Algumas criaturas acreditavam que o Ashmole 782 era o primeiro grimório, o livro que continha os primeiros encantamentos e feitiços concebidos pelo nosso povo. Fazia-se uma outra conexão entre mim e o misterioso manuscrito. Olhei para Matthew.

– A primeira tecelã – corrigiu amavelmente Goody Alsop –, como as outras que a seguiram. As tecelãs não são apenas bruxas, Diana. Susanna é uma excelente bruxa, com mais conhecimento mágico da terra e de suas tradições que qualquer outra de suas irmãs londrinas. Mas, apesar de todos esses dons, não consegue tecer um novo feitiço. E você consegue.

– Nem consigo imaginar como começar – comentei.

– Você chocou aquele *glaem* – continuou Goody Alsop, apontando para uma bolinha amarela e felpuda adormecida.

– Mas só tentei quebrar um ovo! – protestei. Já entendia de tiro ao alvo e sabia que isso era um problema. Nem minha magia nem minhas flechas tinham acertado o alvo.

– Claro que não. Se fosse uma simples tentativa de quebrar um ovo, estaríamos desfrutando um dos cremes deliciosos da Susanna. Você tinha outras coisas em mente. – O pintinho concordou, emitindo um pio particularmente alto e claro.

Ela estava certa. De fato, eu tinha outras coisas em mente: nosso filho, se poderíamos criá-lo de maneira adequada e o que poderíamos fazer para mantê-lo seguro.

Goody Alsop assentiu com a cabeça.

– Achei que sim.

– Não pronunciei palavras, não realizei um ritual, não preparei mistura alguma. – Continuei apegada ao que tinha aprendido com Sarah sobre a arte. – Só fiz algumas perguntas. E aqui entre nós nem eram boas perguntas.

– A magia começa com o desejo. As palavras vêm depois, bem depois – explicou Goody Alsop. – Nem sempre as tecelãs conseguem reduzir um feitiço a poucos versos para que seja utilizado por outra bruxa. Algumas tessituras resistem, por mais que a gente tente. São apenas para uso pessoal. Por isso, somos temidas.

– *Começa com ausência e desejo* – sussurrei. Passado e presente colidiram novamente quando repeti a primeira linha do verso que acompanhava uma única página do Ashmole 782 que um dia alguém enviara para os meus pais. Dessa vez, não desviei os olhos quando os cantos acenderam e iluminaram as partículas de poeira em tons de azul e dourado. E muito menos Goody Alsop. Matthew e Susanna seguiram nossos olhos, mas não viram nada de extraordinário.

– Exatamente. Está vendo como o tempo sente a sua ausência e a quer de volta para que você se teça em sua antiga vida. – Ela sorriu e bateu palmas, como se eu tivesse feito um desenho infantil de uma casa digno de ser grudado na porta de uma geladeira. – Claro, por enquanto o tempo ainda não está pronto para você. Se estivesse, o azul seria muito mais brilhante.

– A senhora soa como se fosse possível combinar magia e arte, mas elas são separadas – retruquei confusa. – A feitiçaria se vale de feitiços e a magia se vale de um poder... herdado de elementos como o ar ou o fogo.

– Quem ensinou para você tamanha bobagem? – Goody Alsop bufou e Susanna arregalou os olhos, horrorizada. – Magia e feitiçaria são dois caminhos que se cruzam no bosque. As tecelãs conseguem ficar na encruzilhada com um pé em cada caminho. Ela pode ocupar o lugar do meio, onde os poderes se encontram em plena potência.

O tempo protestou aos gritos perante a revelação.

– *Uma criança no meio, uma bruxa à parte* – murmurei intrigada. O fantasma de Bridget Bishop me avisara dos perigos associados a essa posição tão vulnerável. – Antes de virmos para cá, o fantasma de Bridget Bishop, uma das minhas ancestrais, me disse que esse era o meu destino. Ela devia saber que eu era uma tecelã.

– Assim como seus pais – afirmou Goody Alsop. – Consigo ver os fios remanescentes da amarração deles. Seu pai também era um tecelão. Ele sabia que você seguiria o caminho dele.

– O pai dela? – perguntou Matthew.

– Raramente os tecedores são homens, Goody Alsop – disse Susanna.

– O pai de Diana era um tecelão de grande talento, mas sem treinamento. Ele embaralhou o feitiço sem tecê-lo propriamente. Mas o fez com amor e o feitiço serviu ao seu propósito por algum tempo, como a corrente que a liga ao seu *wearh*, Diana. – A corrente era uma arma secreta que em momentos mais sombrios me propiciava a reconfortante sensação de que estava ancorada em Matthew.

– Bridget me disse algo naquela mesma noite: *"Não há caminho adiante em que ele não esteja."* Ela também devia saber de Matthew – confidenciei.

– Você nunca me falou dessa conversa, *mon couer* – disse Matthew, mais curioso que chateado.

– Encruzilhadas, caminhos, profecias difusas não me pareciam importante naquele momento. E com o desenrolar dos acontecimentos acabei esquecendo. – Olhei para Goody Alsop. – De qualquer forma, como pude fazer feitiços sem saber?

– As tecelãs são cercadas desse mistério – respondeu Goody Alsop. – Mas não disponho de tempo para encontrar respostas para todas as suas perguntas, pois preciso me concentrar em lhe ensinar como lidar com a magia que se manifesta por meio de você.

– Meus poderes estão descontrolados – admiti, com os marmelos murchos e os sapatos arruinados de Mary na cabeça. – Nunca sei o que vai acontecer depois.

– Isso não é incomum quando uma tecelã se defronta pela primeira vez com o próprio poder. Mas sua luz pode ser vista e sentida até mesmo pelos humanos. – Goody Alsop recostou à cadeira e me observou. – Se outras bruxas vissem o seu *pintinho* como o viu a jovem Annie, elas poderiam usar esse conhecimento para propósitos pessoais. Não permitiremos que Hubbard coloque as garras em você ou no bebê. Posso contar com você para lidar com a Congregação? – perguntou ela para Matthew. Considerou o silêncio dele como uma afirmativa.

– Então, tudo bem. Venha me ver nas segundas e quintas-feiras, Diana. A sra. Norman se encontrará com você nas terças-feiras. Mandarei Marjorie Cooper nas quartas-feiras, e Elizabeth Jackson e Catherine Streeter, nas sextas-feiras. Diana vai precisar de ajuda para conciliar o fogo e a água no sangue dela, do contrário só vai produzir vapor.

– Goody, talvez não seja sensato deixar que todas essas bruxas partilhem um segredo particular – disse Matthew.

– Mestre Roydon está certo. Já há muito falatório sobre a bruxa. John Chandler tem espalhado notícias a respeito para agradar Hubbard. Claro que nós mesmas podemos ensinar para ela – disse Susanna.

– E desde quando você se tornou uma bruxa de fogo? – retrucou Goody Alsop. – O sangue da menina está cheio de chamas. Meus talentos são dominados pelo vento de bruxa, e os seus estão fincados no poder da terra. Não somos indicadas para a tarefa.

– Nossa reunião vai chamar muita atenção se levarmos adiante esse plano. Somos treze bruxas, mas você propõe envolver cinco de nós nesse negócio. Deixe que outros grupos assumam o problema da sra. Roydon... o de Moorgate ou talvez o de Aldgate.

– O grupo de Aldgate se agigantou demais, Susanna. Se não consegue administrar os próprios assuntos, como é que vai assumir a educação de uma tecelã? Sem falar que é uma viagem muito longa para mim e o mau cheiro dos detritos da cidade piora o meu reumatismo. Vamos treiná-la aqui mesmo, de acordo com o desejo da deusa.

– Eu não posso... – Susanna foi interrompida.

– Sou a sua anciã, Susanna. Se quiser protestar mais tarde terá que buscar uma decisão da Rede. – A atmosfera se tornou pesada.

– Tudo bem, Goody. Enviarei uma requisição para Queenhithe. – Susanna pareceu assustada com o anúncio.

– Queen Hithe? Que rainha é essa? – perguntei baixinho para Matthew.

– Queenhithe é um lugar, não uma pessoa – murmurou ele. – Mas que Rede é essa?

– Não faço a menor ideia – confessei.

– Parem de cochichar – disse Goody Alsop, balançando a cabeça aborrecida. – Os cochichos de vocês lançam feitiços nas janelas e nas portas que revolvem o ar e ferem os meus ouvidos.

Depois que o ar se aquietou, Goody Alsop continuou.

– Susanna desafiou a minha autoridade nesse assunto. E como sou líder do grupo de Garlickhythe... e também a anciã da ala de Vintry, a sra. Norman precisa apresentar o seu caso para as anciãs das outras alas de Londres. Elas é que decidirão o curso de ação a ser tomado, como sempre fazem quando há desacordos entre as bruxas. São vinte e seis anciãs conhecidas como Rede.

– É só política, então? – perguntei.

– Política e prudência. Se não tivéssemos um meio para solucionar as disputas internas, Hubbard meteria suas garras de *wearh* na maioria de nossos casos – disse Goody Alsop. – Sinto muito se o ofendi, mestre Roydon.

– Não me senti ofendido, Goody Alsop. Mas se a senhora levar o assunto às anciãs, a identidade de Diana será conhecida por toda a Londres. – Matthew se levantou. – Não posso permitir isso.

– Cada bruxa da cidade já está cansada de saber da sua esposa. As notícias aqui correm com muita rapidez, em grande parte graças ao seu amigo Christopher Marlowe – disse Goody Alsop, esticando a cabeça para olhar nos olhos dele. – Sente-se, mestre Roydon. Meus ossos velhos já não aguentam se esticar dessa maneira.

Para a minha surpresa, Matthew obedeceu.

– Diana, as bruxas de Londres ainda não sabem que você é uma tecelã e isso é muito bom – continuou Goody Alsop. – A Rede terá que saber, é claro. E quando as outras bruxas souberem que você foi chamada para se apresentar perante as anciãs, todas acharão que esse chamado ou é para disciplinála por causa de sua relação com mestre Roydon ou para impedi-la de que ele tenha acesso ao seu sangue e ao seu poder.

– A despeito do que elas possam decidir, ainda assim a senhora será minha mestra? – Eu já estava acostumada a ser objeto do escárnio de outras bruxas e sabia melhor que ninguém o que esperar das bruxas de Londres quanto à aprovação da minha relação com Matthew. E a mim não me importava nem um pouco se Marjorie Cooper, Elizabeth Jackson e Catherine Streeter (fossem quem fossem) participassem do esquema educacional de Goody Alsop. Mas Goody Alsop era diferente. Era uma bruxa cuja amizade e ajuda me eram queridas.

– Sou a última de nossa espécie em Londres, e uma das três únicas tecelãs conhecidas nesta parte do mundo. A tecelã escocesa Agnes Sampson está presa em Edimburgo. Faz muitos anos que ninguém vê ou ouve falar de uma tecelã na Irlanda. A Rede não tem outra escolha a não ser permitir que eu seja sua guia – assegurou-me Goody Alsop.

– Quando será a reunião das bruxas? – perguntei.

– Assim que for agendada – disse ela.

– Nós estaremos prontos. – Matthew garantiu para ela.

– Há algumas coisas que sua mulher precisa fazer sozinha, mestre Roydon. Carregar o bebê na barriga e se encontrar com a Rede estão entre essas coisas – disse Goody Alsop. – Sei que a confiança não é algo fácil para um *wearh*, mas o senhor precisa tentar para o bem dela.

– Confio na minha esposa. A senhora viu o que as bruxas fizeram com ela, e não vai se surpreender se lhe disser que não confio na relação que qualquer uma de sua espécie tenha com ela – retrucou Matthew.

– O senhor precisa tentar – insistiu Goody Alsop. – O senhor não pode ofender a Rede. Se assim o fizer, Hubbard intervirá. A Rede não apreciará o insulto e insistirá no envolvimento da Congregação. Apesar dos nossos desacordos, ninguém nesta sala deseja que a Congregação se volte para Londres, mestre Roydon.

Matthew a observou atentamente. Por fim, concordou.

– Está bem, Goody.

Eu era uma tecelã.

Logo, logo seria mãe.

Uma criança no meio, uma bruxa à parte, sussurrou a voz fantasmagórica de Bridget Bishop.

O olfato aguçado de Matthew me avisou que ocorrera alguma mudança no meu cheiro.

– Diana está cansada e precisa ir para casa.

– Ela não está cansada, está com medo. Já passou o tempo de sentir medo, Diana. Você precisa encarar quem você realmente é – disse Goody com certo pesar.

Mas nem por isso deixei de me sentir ainda mais angustiada, mesmo depois que voltamos para a segurança de Hart and Crown. Já em casa, Matthew tirou o casaco estofado e o deixou em volta dos ombros para amenizar o frio. O tecido exalava o odor de cravo-da-índia e canela que o caracterizava junto aos resquícios da fumaça da lareira de Susanna e do ar úmido de Londres.

– Eu sou uma tecelã. – Se eu repetisse isso, talvez começasse a fazer sentido. – Mas não sei o que isso significa e já não sei mais quem eu sou.

– Você é Diana Bishop... historiadora e bruxa. – Ele me segurou pelos ombros. – Não importa tudo o mais que você tenha sido um dia ou o que será depois, isso é o que você é. E você é minha vida.

– Sua esposa – corrigi.

– Minha vida – repetiu ele. – Você é o meu coração e também as batidas do meu coração. Antes eu era mera sombra, como a serva de Goody – acrescentou, com o sotaque acentuado e a voz enrouquecida de emoção.

– Eu devia estar aliviada por finalmente saber a verdade – comentei, batendo os dentes enquanto subia na cama. Era como se o frio tivesse criado raízes na medula dos meus ossos. – Durante toda a vida me perguntei por que eu era diferente. E agora que tenho a resposta, isso não me serve para nada.

– Um dia servirá – disse Matthew, achegando-se a mim debaixo das cobertas. Abraçou-me. Enroscamos as pernas como as raízes de uma árvore e nos agarramos um no outro como ponto de apoio para juntarmos nossos corpos. A corrente que de alguma forma se forjara do amor e do desejo por um desconhecido que eu ainda estava por conhecer se flexionou entre nós dois e adquiriu fluidez. Era uma corrente grossa e inquebrantável, completada por uma seiva vital que fluía sem parar da bruxa para o vampiro e do vampiro para a bruxa. Algum tempo depois não me sentia mais no meio, e sim abençoada e centrada. Respirei fundo algumas vezes. E quando tentei me afastar, Matthew não deixou.

– Ainda não estou pronto para soltá-la – disse, puxando-me para mais perto dele.

– Você deve ter muito trabalho a fazer... para a Congregação, para Philippe, para Elizabeth. Estou ótima – insisti, embora quisesse continuar na posição em que estava por mais tempo.

– Nós vampiros calculamos o tempo de um jeito diferente dos sangues-quentes – disse Matthew ainda sem querer me soltar.

– Quanto tempo dura então o minuto de um vampiro? – perguntei, enfiando a cabeça sob o queixo dele.

– É difícil dizer – murmurou ele. – Algo entre um minuto comum e a eternidade.

22

Reunir as vinte e seis bruxas mais poderosas de Londres não foi nada fácil. A Rede não se reuniu como era esperado: uma sala ao estilo de um tribunal com bruxas sentadas em bancos e eu de pé em frente a elas. Pelo contrário, estendeu-se ao longo de dias em lojas, tavernas e salas de estar por toda a cidade. Sem apresentações formais e sem tempo desperdiçado em outras sutilezas sociais. Eram tantas bruxas desconhecidas que não demorou e se tornaram uma única mancha.

Contudo, destacaram-se alguns aspectos da experiência. Pela primeira vez na vida senti o poder inquestionável de uma bruxa de fogo. Goody Alsop não me enganara – a intensidade flamejante do olhar e do toque de uma bruxa ruiva dissipava qualquer incerteza. Quando ela se aproximava, as chamas pulavam e dançavam dentro de mim, mas não restava dúvida de que eu não era uma bruxa de fogo. Isso se confirmou quando me reuni com outras duas bruxas de fogo num recanto privado de Mitre, uma taverna de Bishopsgate.

– Ela será um desafio – observou um das bruxas ao terminar a leitura da minha pele.

– Uma tecelã fiandeira do tempo com muita água e fogo dentro de si – assentiu a outra. – Nunca vi na vida uma combinação igual.

As bruxas de vento da Rede reuniram-se na casa de Goody Alsop, já que era mais espaçosa do que a fachada sugeria. Além dos dois fantasmas que vagavam pelos cômodos, a ajudante de Goody Alsop recebia as visitas à porta e silenciosamente deslizava e se esmerava em garantir que todos estivessem bem acomodados.

As bruxas de vento eram muito menos assustadoras que as bruxas de fogo. Seus toques eram leves e secos e avaliavam os níveis da minha força com serenidade.

– Tempestuosa – murmurou uma bruxa de cabelos grisalhos que aparentava uns cinquenta anos de idade ou mais. Era pequena e flexível e se deslocava com uma velocidade aparentemente imune à gravidade, imunidade que se estendia para o resto de nós.

– Diretiva demais – disse uma outra de testa franzida. – Ela precisa deixar que as coisas sigam o próprio curso. Cada lufada de ar que ela cria se torna um vendaval.

Goody Alsop acatou e agradeceu os comentários, mas pareceu aliviada quando elas se foram.

– Vou descansar agora, minha filha – disse com um fiapo de voz, levantando-se da cadeira e saindo em direção aos fundos da casa. Seu duplo etéreo seguiu-a como uma sombra.

– Há homens na Rede, Goody? – perguntei, amparando-a pelo cotovelo.

– Restaram muito poucos. Os bruxos mais jovens foram estudar filosofia natural na universidade – disse ela, com um suspiro. – Esses são tempos estranhos, Diana. Todos estão tomados pela busca do novo, e agora as bruxas acham que os livros ensinam mais que a experiência. Terei que deixá-la. Meus ouvidos estão tinindo de tanto falatório.

Na manhã da quinta-feira, uma solitária bruxa de água chegou ao Hart and Crown. Eu estava exausta por ter atravessado a cidade no dia anterior e repousava no quarto. A bruxa de água era alta e ágil e não precisou andar muito para fluir até a casa. Mas se deparou com o sólido obstáculo de uma parede de vampiros no saguão de entrada.

– Está tudo bem, Matthew. – Falei da porta do nosso quarto de dormir, acenando para que a deixasse entrar.

Quando ficamos a sós, a bruxa de água me esquadrinhou da cabeça aos pés. Seu olhar me comichava a pele como água salgada, como se eu estivesse a nadar no mar em dias de verão.

– Goody Alsop estava certa – asseverou ela em tom baixo e musical. – Há muita água no seu sangue. Não podemos nos encontrar com você em grupo porque provocaremos um dilúvio. É melhor que você nos veja uma de cada vez. Receio que isso tomará o dia todo.

Assim, em vez de eu ir ao encontro das bruxas de água, elas é que vieram ao meu encontro. Escorriam para dentro e para fora da casa, enlouquecendo Matthew e Françoise. Mas não pude negar a afinidade e a agitação que senti com a presença delas.

– A água não mentiu – murmurou uma bruxa de água depois de escorregar os dedos pela minha testa e meus ombros. Girou os meus pulsos e observou as palmas das minhas mãos. Era um pouco mais velha que eu e estonteantemente colorida, e tinha pele branca, cabelos pretos e olhos da cor do Caribe.

– Que água? – perguntei enquanto ela rastreava os principais afluentes da linha da vida na palma de minha mão.

– Em Londres, as bruxas de água coletaram água da chuva no auge do verão até Mabon, e depois despejaram a água na bacia divinatória da Rede. A água revelou que a tecelã há muito esperada teria água nas veias. – A bruxa de água suspirou de alívio e soltou minhas mãos. – Estamos precisando de novos feitiços depois que desviamos a frota espanhola. Goody Alsop tratou de reabastecer os suprimentos das bruxas de vento, e a tecelã escocesa foi abençoada com a terra e não podia nos ajudar... mesmo se quisesse. Mas você é uma genuína filha da lua e será de extrema valia para nós.

Na manhã da sexta-feira um mensageiro chegou a casa com um endereço na Bread Street e instruções para que eu fosse até lá às onze horas para encontrar os últimos membros remanescentes da Rede: duas bruxas de terra. A maioria das bruxas possuía algum grau de magia terrestre dentro de si. Isso era básico para a arte, e nos conciliábulos modernos as bruxas de terra não recebiam uma distinção especial. Eu estava curiosa para ver se as bruxas de terra elisabetanas eram diferentes.

Matthew e Annie me acompanharam, já que Pierre saíra para entregar uma encomenda para Matthew e Françoise estava fazendo compras. Já estávamos quase no final da travessia do cemitério da St. Paul's quando Matthew se voltou para um moleque de cara imunda e pernas magricelas. Em uma fração de segundo ele tocou a lâmina na orelha do menino.

– Mexa esse seu dedo, rapazinho, e tiro a sua orelha – disse ele baixinho.

Surpreendida, abaixei os olhos e lá estavam os dedos do menino na bolsa presa à minha cintura.

Se no meu próprio tempo sempre havia alguma violência, na Londres elisabetana a violência estava à flor da pele. Mas isso não justificava o ato de jogar veneno naquela criança.

– Matthew – disse em tom de advertência ao ver o terror estampado no rosto do menino –, pare com isso.

– Um outro homem teria cortado sua orelha ou entregado você para os oficiais. – Matthew estreitou os olhos e o menino empalideceu.

– Basta – ordenei. Toquei no ombro do menino e ele se encolheu. Com um lampejo do meu olho de bruxa vislumbrei a mão pesada de um homem espancando-o e jogando-o contra a parede. E ainda um feio hematoma que o sangue deixara na pele que se estendia debaixo dos meus dedos e da camisa surrada, que era a única peça que aquecia o menino. – Como se chama?

– Jack, minha senhora – sussurrou o menino. Matthew ainda estava com a adaga encostada à orelha dele e já começávamos a atrair a atenção dos outros.

– Recolha a adaga, Matthew. Esse menino não representa perigo algum para nós.

Matthew recolheu a adaga, com um chiado.

– Onde estão seus pais?

Jack deu de ombros.

– Não tenho pais, minha senhora.

– Annie, leve o menino para casa e diga a Françoise para dar comida e roupas para ele. E se puder, faça-o tomar um banho quente e depois o coloque na cama de Pierre. Ele parece cansado.

– Você não pode adotar cada moleque de Londres, Diana. – Matthew embainhou a adaga enfaticamente.

– Françoise precisa de alguém que vá à rua para ela. – Acariciei a testa do menino e ajeitei os cabelos dele para trás. – Quer trabalhar pra mim, Jack?

– Sim, senhora. – O estômago de Jack roncou e ele deixou transparecer um fio de esperança com um olhar desconfiado. Meu terceiro olho de bruxa se abriu por inteiro, enxergando o interior cavernoso do estômago vazio e das perninhas trêmulas do menino. Peguei algumas moedas na bolsa.

– Annie, no caminho compre uma fatia de torta do mestre Prior. Esse menino está prestes a sucumbir de fome e a torta vai segurá-lo até que Françoise prepare uma boa refeição para ele.

– Sim, patroa – disse Annie. Ela pegou Jack pelo braço e o conduziu em direção a Blackfriars.

Matthew franziu a testa ao vê-los sair e depois se voltou para mim.

– Você não está fazendo favor algum para essa criança. Esse Jack... se é que esse é o verdadeiro nome dele, o que sinceramente duvido... não vai sobreviver mais um ano se continuar roubando.

– Essa criança não vai sobreviver mais uma semana, a menos que um adulto assuma responsabilidade por ela. O que foi mesmo que você disse? Amor, um adulto que cuide das crianças, um lugar macio para aportar?

– Não faça minhas palavras se voltarem contra mim, Diana. Falei isso em relação ao nosso filho e não a um pária sem teto. – Matthew, que nos últimos dias conhecera mais bruxas do que qualquer outro vampiro conhecera durante toda uma vida, se mostrou disposto a discutir.

– Eu também já fui uma pária sem teto.

Meu marido recuou como se o tivesse esbofeteado.

– E então, já não é tão fácil virar as costas para o Jack? – Não esperei pela resposta. – Se ele não ficar conosco, poderemos levá-lo para Hubbard. Lá, se ele não couber num caixão, terá direito a um jantar. De um jeito ou de outro estará bem melhor do que estaria aqui nas ruas.

– Já temos muitos criados – disse Matthew com frieza.

– E você tem muito dinheiro para gastar. Se não puder pagar, eu mesma pago o salário dele com meus próprios fundos.

– Então, enquanto estiver nisso trate de achar um conto de fadas para contar para ele na hora de dormir. – Matthew me agarrou pelo cotovelo. – Você acha que ele não vai notar que está vivendo com três *wearhs* e duas bruxas? As crianças humanas enxergam o mundo das criaturas com muito mais clareza que os adultos.

– E você acha que ele vai se importar com o que somos quando tiver um teto sobre a cabeça, barriga cheia e cama onde dormir com segurança à noite? – Uma mulher do outro lado da rua nos encarou confusa. Um vampiro e uma bruxa não deviam travar uma discussão acalorada no meio da rua. Puxei o capuz da capa e cobri o rosto.

– Quanto mais criaturas entrarem em nossa vida aqui, mais traiçoeiro tudo isso se tornará – disse Matthew. Notou que a mulher nos observava e soltou o meu braço. – E isso duplica quando se trata de humanos.

Depois que voltamos da visita às duas sólidas e sérias bruxas de terra, entramos separados em Hart and Crown a fim de esfriar os ânimos. Matthew se debruçou sobre a correspondência, chamou Pierre aos gritos e disparou um fluxo de maldições contra o governo de Sua Majestade, os caprichos do pai e a loucura do rei Jaime da Escócia. Passei o tempo explicando para Jack os deveres dele. O menino tinha habilidades incríveis para abrir cadeados, bater carteiras e roubar o dinheiro de caipiras em jogos de azar, mas não sabia ler e escrever, nem cozinhar nem costurar nem fazer outra coisa qualquer de serventia para Françoise e Annie. Mas Pierre se interessou por ele, sobretudo depois que recuperou um amuleto da sorte de dentro de um bolso embutido do gibão de segunda mão do menino.

– Venha comigo, Jack – disse Pierre, abrindo a porta e apontando a escadaria de entrada com a cabeça. Ele estava a caminho de coletar as últimas cartas dos informantes de Matthew, e obviamente planejava se valer da familiaridade do jovem com o submundo londrino.

– Sim, *sir* – disse Jack com vivacidade. Suas feições estavam melhores depois da refeição.

– Nada que seja perigoso – avisei para Pierre.

– Não será perigoso, madame – disse o vampiro, com ar inocente.

– Foi exatamente o que eu quis dizer – retruquei. – E o traga de volta antes de escurecer.

Eu estava mexendo nos papéis da minha escrivaninha quando Matthew chegou do estúdio. Françoise e Annie tinham saído para comprar carne e sangue no açougue de Smithfield, de modo que estávamos sozinhos na casa.

– Desculpe, *mon couer* – disse ele por trás de mim, acariciando minha cintura. Beijou minha nuca. – Foi uma semana dura, dividida entre a Rede e a rainha.

– Peço desculpas também. Entendi por que você não queria o Jack aqui, mas eu não podia ignorá-lo. Ele estava ferido e faminto.

– Eu sei. – Ele me abraçou tão apertado que minhas costas se encaixaram no peito dele.

– Sua reação seria diferente se o tivéssemos encontrado na moderna Oxford? – perguntei, olhando fixamente para o fogo da lareira em vez de encará-lo. A partir do incidente com Jack me perguntava se o comportamento de Matthew se enraizava na genética vampiresca ou na moral elisabetana.

– Provavelmente não. Não é fácil para os vampiros viver entre os sangues-quentes, Diana. Sem um laço emocional, os sangues-quentes não passam de uma fonte de nutrição. Nenhum vampiro, por mais civilizado e bem-educado que seja, consegue conviver com eles sem desejar se alimentar deles. – Matthew soltou um hálito gelado no meu pescoço e senti uma comichão no ponto sensível onde Miriam usara o próprio sangue para curar o ferimento que ele causara.

– Não acho que você queira se alimentar de mim.

Pelo que parecia ele não lutava contra si mesmo para superar esse desejo, sem falar que se recusara a acatar a sugestão do pai de se valer do meu sangue.

– Comecei a controlar o meu desejo a partir do momento em que a conheci. E agora o meu desejo pelo seu sangue é bem menor do que o de controlar a nutrição. Já estamos casados e, se me alimentasse de você, seria apenas para afirmar o meu domínio.

– E para isso nós temos o sexo – eu disse, com naturalidade. Matthew era um amante criativo, mas considerava o nosso quarto de dormir um domínio dele.

– Não entendi – disse ele, arqueando as sobrancelhas.

– Sexo e dominação. É o que os humanos modernos pensam sobre as relações entre os vampiros – expliquei. – As histórias dos humanos estão cheias de vampiros machões que carregam as mulheres nos ombros antes de arrastá-las para um jantar e a cama.

– Um jantar e a cama? – Ele pareceu aturdido. – Você quer dizer...?

– Hum... hum. Você devia ver o que as amigas de Sarah leem no conciliábulo de Madison. Um vampiro conhece uma garota, o vampiro morde a garota e a garota fica chocada ao descobrir que realmente existem vampiros. Sexo, sangue e superproteção se seguem com rapidez. E algumas vezes de maneira explícita. – Dei uma pausa. – O certo é que não há tempo para envolvimento. Não lembro de ter visto romance em nenhum dos casos.

Matthew vociferou.

– Foi por isso que sua tia me perguntou se eu estava com fome.

– Se quiser saber o que os humanos pensam, não deixe de ler essas histórias. É um verdadeiro pesadelo. Muito pior do que aquilo que as bruxas enfrentam.

– Fiquei de frente para ele. – Mas ficará surpreso ao saber que muitas mulheres suspiram por um namorado vampiro.

– E se esse namorado vampiro agisse na rua como um bastardo insensível e ameaçasse órfãos famintos?

– Salvo as crises ocasionais de ciúme e seus desmembramentos, muitos vampiros da ficção têm coração de ouro. – Afastei uma mecha de cabelo dos olhos de Matthew.

– Não posso acreditar que estamos tendo esse tipo de conversa – disse ele.

– Por quê? Vampiros leem livros sobre bruxas. Não é porque o *Fausto*, de Kit, é pura fantasia que você estará impedido de se deleitar com tramas do sobrenatural.

– Sim, mas toda essa história de carregar nos ombros e depois fazer amor... – Matthew balançou a cabeça em negativa.

– Mas você também me carregou nos ombros e com muito charme. Lembro que algumas vezes me rebocou de Sept-Tours – frisei.

– Só quando você estava ferida! – exclamou ele indignado. – Ou cansada.

– Ou quando você me queria em um lugar e eu estava em outro lugar. Ou quando o cavalo era muito alto ou quando a cama também era muito alta ou quando o mar estava muito agitado. Sinceramente, você só tem memória seletiva quando lhe convém, Matthew. E quanto a fazer amor, não é sempre com a ternura que você descreve. Não nos livros que já li. Às vezes é apenas um bom e duro...

Antes que pudesse terminar a frase, um vampiro lindíssimo me jogou por cima do ombro dele.

– Vamos continuar essa conversa em particular.

– Socorro! Acho que o meu marido é um vampiro! – Soltei uma risada, socando a parte de trás das coxas dele.

– Silêncio – grunhiu ele. – Ou terá de se ver com a sra. Hawley.

– Se eu fosse uma humana e não uma bruxa, o grunhido que acabou de soltar me colocaria nas nuvens. Eu seria toda sua e me entregaria de corpo e alma. – Soltei outra risada.

– Você já é toda minha. – Ele me fez lembrar e me colocou na cama. – Aliás, vou mudar essa trama ridícula. Para ser original... e ainda mais verossímil, vamos pular o jantar e entrar direto na cama.

– As leitoras adorariam um vampiro que falasse dessa maneira! – eu disse.

Matthew não pareceu interessado em minhas contribuições editoriais. Já estava muito ocupado em levantar minhas saias. Faríamos amor deliciosamente vestidos à maneira elisabetana.

– Espere um pouco. Pelo menos me deixe tirar as anquinhas. – Segundo Annie, era assim que se chamava o estofamento que sustentava as saias e seus respectivos babados.

Acontece que Matthew não estava disposto a esperar.

– Para o diabo as anquinhas. – Ele desamarrou a parte frontal da calça, agarrou minhas mãos e prendeu-as por cima da minha cabeça. E com um único impulso já estava dentro de mim.

– Eu não podia imaginar que uma conversa sobre a ficção popular causaria esse efeito em você – comentei quase sem fôlego quando ele começou a se mexer. – Lembre-me de falar disso com você outras vezes.

Já íamos sentar para jantar quando me chamaram para ir à casa de Goody Alsop.

A Rede chegara a uma decisão.

Quando eu e Annie chegamos escoltadas por dois vampiros e Jack à esteira, Goody Alsop já estava na sala de estar com Susanna e três bruxas desconhecidas. Ela despachou os homens para a Golden Gosling e me levou até o grupo reunido perto da lareira.

– Venha conhecer suas mestras, Diana. – A ajudante de Goody Alsop me apontou uma cadeira vazia e se acomodou à sombra de sua senhora. As cinco bruxas me observavam dos pés à cabeça. Com uns vestidos cinzentos de lã grossa mais pareciam um bando de prósperas matronas da cidade. Somente a comichão provocada pelos olhares delas indicava que eram bruxas.

– Então, a Rede aceitou o seu plano inicial – eu disse pausadamente, encarando-as nos olhos. Nunca era bom demonstrar medo para os professores.

– Aceitou, sim – disse Susanna resignada. – Desculpe-me, sra. Roydan. Tenho dois filhos para me preocupar e um marido muito doente para sustentar a casa. A boa vontade dos vizinhos talvez acabe da noite para o dia.

– Deixe-me apresentar as outras para você – disse Goody Alsop, girando levemente para a mulher à sua direita. Era uma baixinha de rosto redondo que aparentava uns sessenta anos e cujo sorriso denotava um espírito generoso. – Esta é Marjorie Cooper.

– Diana – disse Marjorie, com um meneio de cabeça que fez o rufo farfalhar. – Bem-vinda à reunião.

Eu tinha aprendido nos encontros com a Rede que as bruxas elisabetanas usavam a palavra "reunião" para indicar uma comunidade de bruxas reconhecida com uma assiduidade maior que o uso da palavra "conciliábulo" por parte das bruxas modernas. Como tudo mais em Londres, as reuniões da cidade coincidiam com as fronteiras paroquiais. Embora a proximidade dos conciliábulos das bruxas com as igrejas cristãs pareça estranho, isso tinha um sentido de organização e era uma medida extra de segurança, além do que também mantinha os negócios das bruxas próximos dos vizinhos.

Havia mais de uma centena de reuniões na Londres propriamente dita, e duas dezenas mais espalhadas pelos subúrbios. Assim como as paróquias, as reuniões organizavam-se em setores maiores conhecidos como alas. Cada ala era representada na Rede por uma anciã, que supervisionava os assuntos das bruxas na cidade.

Com o pânico instaurado pela caça às bruxas, a Rede passou a se preocupar com a possibilidade de uma quebra do antigo sistema de governança. Londres já estava repleta de criaturas e a cada dia chegavam mais. Eu tinha ouvido alguns cochichos sobre a grandiosidade da reunião de Aldgate – que incluía sessenta bruxas e não de treze a vinte como as outras – e do grande número de membros das reuniões de Cripplegate e Southwark. Para evitar a atenção dos humanos algumas reuniões começavam a se "dispersar" e a se dividir em diferentes clãs. De modo que as novas reuniões com líderes inexperientes mostravam-se problemáticas naqueles tempos difíceis. As bruxas da Rede que possuíam o dom da segunda visão já tinham vaticinado problemas futuros.

– Marjorie é abençoada com a magia da terra, como a Susanna. Sua especialidade é a memória – explicou Goody Alsop.

– Não preciso ler os novos almanaques que estão à venda em todas as livrarias – afirmou Marjorie, com orgulho.

– Marjorie se lembra perfeitamente de cada feitiço que já fez e da configuração dos astros de cada ano de sua vida... e de outros anos mais anteriores ao nascimento dela.

– Goody Alsop temia que você não conseguisse registrar e reter todo o aprendizado aqui. Vou ajudá-la a encontrar as palavras certas para que as outras bruxas possam utilizar os feitiços que você criar e também vou ensiná-la a reter as palavras para que ninguém possa tirá-las de você. – Marjorie abaixou a voz em tom de cumplicidade, com um brilho nos olhos. – Meu marido lida com vinhos. Pode lhe conseguir um vinho muito melhor do que aquele que vocês estão bebendo. Sei muito bem que o vinho é importante para os *wearhs*.

Caímos todas na risada.

– Muito obrigada, sra. Cooper. Transmitirei a oferta para o meu marido.

– Pode me chamar de Marjorie. Aqui todas somos irmãs. – Pela primeira vez na vida não me incomodei em ser chamada de irmã por outra bruxa.

– Eu sou Elizabeth Jackson – disse uma mulher mais velha também ao lado de Goody Alsop. Aparentava ser bem mais velha que Marjorie, mas não tão velha como Goody Alsop.

– Você é uma bruxa de água. – Senti afinidade por ela tão logo se manifestou.

– Sou.

Elizabeth tinha cabelos grisalhos e olhos cinzentos, era alta e esguia, ao contrário de Marjorie, que era baixinha e redonda. Enquanto diversas bruxas de água da Rede eram sinuosas e fluidas, Elizabeth era límpida e brilhante como os córregos das montanhas. Pressenti que sempre me contaria a verdade, mesmo quando não quisesse ouvi-la.

– Elizabeth tem o dom da vidência. Vai ensinar a arte da divinação para você.

– Mamãe era conhecida pela segunda visão que tinha – disse, com certa hesitação. – Gostaria de seguir os passos dela.

– Mas ela não tinha fogo – disse Elizabeth determinada, dando início a sua missão de sempre dizer a verdade. – Talvez você não seja capaz de seguir a sua mãe em tudo, Diana. Fogo e água compõem uma potente mistura, desde que não se aniquilem entre si.

– Vamos providenciar para que isso não aconteça – disse a última bruxa, voltando-se para mim. Até então se limitara a me observar, mas sem olhar nos meus olhos. E agora a razão para isso se mostrava em seus olhos castanhos cujas cintilações douradas fizeram o meu terceiro olho se abrir alarmado. Com a visão extra, pude enxergar o halo de luz que a rodeava. Ela devia ser Catherine Streeter.

– Você é realmente... realmente bem mais poderosa que as outras bruxas de fogo da Rede – gaguejei.

– Catherine é uma bruxa especial – admitiu Goody Alsop –, uma bruxa de fogo nascida de pais depositários do fogo de bruxa. Isso raramente acontece porque a própria natureza sabe que é difícil ocultar uma luz com essa intensidade.

Meu terceiro olho se fechou ainda aturdido com a visão da bruxa triplamente bendita e a luz de Catherine se recolheu. O castanho dos cabelos esmaeceu e os olhos sombrearam, mas sem obscurecer a beleza inesquecível do rosto dela. No entanto, a magia se revigorou tão logo ela se pôs a falar.

– Você tem mais fogo do que eu esperava – disse com ar pensativo.

– É uma pena que ela não estivesse aqui quando a armada chegou – disse Elizabeth.

– Então, é verdade? Foram as bruxas que sopraram o famoso "vento inglês" que empurrou os navios espanhóis para fora do litoral da Inglaterra? – perguntei. Esse episódio fazia parte do folclore das bruxas, mas até então o considerava um mito.

– Goody Alsop foi muito útil para Sua Majestade – respondeu Elizabeth orgulhosa. – Se você estivesse aqui talvez tivéssemos incendiado a água... ou, no mínimo, deflagrado uma chuva de fogo.

– Não vamos colocar a carroça na frente dos bois – interveio Goody Alsop, erguendo uma das mãos. – Diana ainda não fez o *forspell* de tecelã.

– *Forspell?* – repeti. Era outro termo desconhecido para mim, assim como "reunião" e "Rede".

– *Forspell* é o meio pelo qual se revelam os talentos da tecelã. Juntas, formaremos um círculo abençoado. E nesse círculo libertaremos temporariamente os poderes que você tem para que possam encontrar o próprio caminho sem nenhuma palavra e sem nenhum desejo – explicou Goody Alsop. – Isso deixará os seus talentos e o seu familiar bem visíveis e saberemos o que fazer para treiná-los.

– Bruxas não têm familiares. – Era outro conceito humano, assim como o culto ao diabo.

– Tecelãs têm – disse Goody Alsop serenamente, apontando para sua ajudante. – Ela é a minha. Como todos os familiares, ela é uma extensão dos meus talentos.

– Não sei se no meu caso é uma boa ideia ter um familiar – retruquei, pensando nos marmelos murchos, nos sapatos de Mary e no pintinho. – Já tenho muita coisa com que me preocupar.

– Eis a razão para você lançar um *forspell*... se encarar seus medos mais profundos poderá trabalhar livremente com sua magia. Mas pode ser uma experiência desagradável. Muitas vezes as tecelãs entram no círculo com cabelos da cor da asa do corvo e saem com mechas brancas como a neve – admitiu Goody Alsop.

– Mas não tão angustiante quanto a noite em que as águas jorraram de Diana quando ela se viu abandonada pelo *wearh* – disse Elizabeth em voz baixa.

– Nem tão solitária quanto a noite em que ela foi trancada debaixo da terra – disse Susanna, com tremores. Marjorie balançou a cabeça em solidariedade.

– Nem tão assustadora como naquela vez em que a bruxa de fogo tentou abri-la ao meio – disse Catherine, com os dedos adquirindo um tom alaranjado por causa da fúria.

– Sexta-feira será de lua negra. Faltam poucas semanas para a Candelária. E estamos entrando num período propício a feitiços que induzem as crianças aos estudos – frisou Marjorie, franzindo o rosto de concentração enquanto tirava a relevante informação de sua prodigiosa memória.

– Achei que era uma semana propícia à confecção de amuletos que repelem mordidas de cobra – retrucou Susanna, tirando um pequeno almanaque do bolso.

Enquanto Marjorie e Susanna discutiam os meandros mágicos do calendário, Goody Alsop, Elizabeth e Catherine me olhavam fixamente.

– Eu acho... – Goody Alsop me observou com ar especulativo e dedilhando os lábios.

– Claro que não – retrucou Elizabeth com a voz abafada.

– Lembram que não devemos colocar a carroça na frente dos bois? A deusa já nos abençoou em demasia – disse Catherine, com uma rápida sucessão de cores em seus olhos castanhos que esverdearam, douraram, avermelharam e enegreceram. – Mas talvez...

– O almanaque da Susanna está totalmente errado. Mas decidimos que será mais auspicioso se Diana tecer o *forspell* na próxima quinta-feira, com a lua crescente a caminho da cheia – disse Marjorie, batendo palmas de contentamento.

– Ufa – exclamou Goody Alsop, tapando o ouvido com o dedo para dissipar o distúrbio ambiente. – Com gentileza, Marjorie, com gentileza.

Minhas novas obrigações para a reunião de St. James Garlickhythe e meu crescente interesse pelas experiências alquímicas de Mary me fizeram passar mais tempo fora de casa. Enquanto isso, Hart and Crown continuava sendo a sede da Escola da Noite e o ponto central para o trabalho de Matthew. Mensageiros traziam e levavam relatos e correspondências, George aparecia com frequência para uma refeição e para nos contar os seus últimos e malfadados esforços para encontrar o Ashmole 782, e Hancock e Gallowglass deixavam as roupas sujas no térreo depois de se desnudar sem a menor cerimônia e passavam horas perto da lareira à espera das roupas limpas. Kit e Matthew tinham dado uma trégua após os casos Hubbard e John Chandler e muitas vezes me deparava com o dramaturgo na sala de estar, ora com os olhos perdidos na distância, ora escrevendo furiosamente. Servia-se atrevidamente do meu suprimento de papel e isso era uma fonte adicional de aborrecimento.

E ainda havia Annie e Jack. O trabalho de integrar as duas crianças ao ambiente doméstico exigia tempo integral. Jack, que devia ter uns sete ou oito anos de idade (ele não fazia a menor ideia de quantos anos tinha), se aprazia em infernizar a adolescente. Estava sempre atrás de Annie e repetia tudo o que ela falava. Ela caía em prantos e subia para se trancar no quarto. E Jack ficava amuado quando era castigado pelo que tinha feito. Assim, ansiosa por algumas horas de tranquilidade, incumbi um mestre-escola de ensinar aos dois a ler, escrever e fazer contas, mas eles logo trataram de espantar o professor recém-graduado em Cambridge, com poses de olhos vazios e de fingida inocência. Preferiam fazer compras com Françoise e perambular por Londres com Pierre a se manter sentados em silêncio e fazendo contas.

– Vou afogar nosso filho se ele se comportar dessa maneira – disse durante uma pausa nos estudos de Matthew.

– *Ela* vai se comportar dessa maneira, esteja certa disso. E você não vai afogá-la – disse ele, pondo a pena em cima da mesa. Ainda discordávamos quanto ao sexo do bebê.

– Já tentei de tudo. Argumentei, bajulei, implorei... diabos, recorri até ao suborno. – Os pãezinhos do mestre Prior aumentavam ainda mais a energia de Jack.

– Todos os pais cometem o mesmo erro. – Ele soltou uma risada. – Você está tentando ser amiguinha de Jack e de Annie. Trate-os como filhotes. De vez em quando, um bom beliscão no nariz estabelece a autoridade bem mais que um pedaço de torta.

– Essas dicas para a criação dos filhos foram extraídas do reino animal? – Pensei nas antigas pesquisas de Matthew sobre os lobos.

– Pois bem, foram. Se essa querela continuar eles terão de se haver comigo, e eu não belisco. Eu mordo. – Ele fulminou a porta com um olhar flamejante quando o estrondo de alguma coisa quebrada ecoou pela casa, seguido por um abjeto "desculpe, senhora".

– Muito obrigada, mas não estou desesperada a ponto de recorrer ao adestramento. Por enquanto – eu disse, saindo da sala.

Dois dias de uso da voz de comando de uma professora e aplicadora de castigos instituíram um pouco de ordem, mas a exuberância das crianças requeria uma grande dose de atividade para ser intimidada. Eu deixava de lado os livros e os manuscritos e fazia longos passeios com eles em Cheapside e pelos subúrbios da parte oeste da cidade. Nós íamos aos mercados com Françoise e assistíamos ao descarregamento das cargas dos barcos em Vintry. Imaginávamos de onde vinham as cargas e especulávamos sobre os lugares de origem das tripulações.

Às vezes me detinha no caminho como qualquer turista, mas logo me sentia na Londres elisabetana como se no meu próprio lar.

Estávamos fazendo compras no Leadenhall Market, o primeiro empório de Londres especializado em mercadorias finas, quando avistei um mendigo perneta. Era a loja de um chapeleiro e, quando enfiei a mão na bolsa para pegar uma moeda, as crianças desapareceram. Podiam causar um estrago... um estrago muito caro naquele lugar.

– Annie! Jack! – chamei por eles enquanto colocava a moeda na palma da mão do homem. – Não toquem em nada!

– Está longe de sua casa, sra. Roydon – disse uma voz soturna. A pele do meu rosto registrou um olhar gelado, e ao me virar me deparei com Andrew Hubbard.

– Padre Hubbard – eu disse. O mendigo recuou.

Hubbard olhou ao redor.

– Onde está a sua acompanhante?

– Se está se referindo a Françoise está aqui no mercado – respondi em tom ácido. – Annie também está comigo. Aliás, ainda não pude lhe agradecer por tê-la mandado para nós. Ela tem sido de grande valia.

– Já sei que a senhora tem se encontrado com Goody Alsop.

Deixei a gritante especulação sem resposta.

– Ela não sai de casa desde que os espanhóis estiveram por aqui, a menos que haja um bom motivo.

Permaneci calada. Hubbard sorriu.

– Eu não sou seu inimigo, senhora.

– E eu não disse que o era, padre Hubbard. Mas quem eu vejo e por que o vejo não é de sua conta.

– Sim. Isso ficou bem claro na carta do seu sogro... ou a senhora o considera um pai? Philippe me agradeceu por ajudá-la, é claro. Com o líder da família De Clermont os agradecimentos sempre precedem as ameaças. Eu tenho notado uma mudança refrescante no comportamento habitual do seu marido.

Estreitei os olhos.

– O que está querendo comigo, padre Hubbard?

– Suporto a presença dos De Clermont porque é preciso. Mas se isso me trouxer problemas não serei obrigado a me manter assim. – Hubbard se curvou em minha direção e senti um hálito gelado. – E posso farejar que a senhora está causando problemas. Chego a sentir o gosto. As bruxas estão... difíceis desde a sua chegada.

– É uma infeliz coincidência – retruquei –, mas não por minha culpa. Sou tão ignorante das artes mágicas que nem consigo quebrar um ovo numa tigela.

Françoise chegou do seu passeio pelo mercado. Fiz uma ligeira reverência para Hubbard e dei um passo para me afastar. Ele foi mais ágil e me pegou pelo pulso. Cravei os olhos nos dedos gelados dele.

– Não são apenas as criaturas que exalam cheiros, sra. Roydon. A senhora sabia que os segredos têm cheiros distintos?

– Não – respondi, puxando o meu pulso.

– Se as bruxas sabem quando alguém está mentindo, os *wearhs* farejam um segredo como um cão de caça fareja um veado. E vou descobrir o seu segredo, sra. Roydon, por mais que tente escondê-lo.

– A senhora está pronta, madame? – perguntou Françoise, franzindo a testa à medida que chegava mais perto. Annie e Jack a acompanhavam e a garota empalideceu quando viu Hubbard.

– Sim, Françoise – eu disse, finalmente desviando os olhos dos sinistros olhos estriados de Hubbard. – Muito obrigada pelo conselho, padre Hubbard, e pela informação.

– Se o garoto está sendo um peso para a senhora, ficaria feliz em tomar conta dele – sussurrou quando me afastei. Girei o corpo e caminhei até ele.

– Mantenha as mãos distantes do que é meu. – Nossos olhos se encontraram e dessa vez Hubbard foi o primeiro a desviá-los. Caminhei de volta ao meu grupinho formado por uma vampira, uma bruxa e um humano. Jack parecia ansioso e pulava de um pé para o outro, como se preparado para sair em disparada. – Vamos comer um delicioso bolo de gengibre lá em casa – eu disse, pegando-o pelo braço.

– Quem é aquele homem? – sussurrou ele.

– Padre Hubbard – respondeu Annie, com um cochicho.

— Aquele das cantigas? – disse Jack, olhando por cima do ombro. Annie assentiu com a cabeça.

— Sim, e quando ele...

— Basta, Annie. O que foi que viram na loja de chapéus? – perguntei, apertando ainda mais o braço de Jack. Levei a mão ao cesto abarrotado de mercadorias. – Deixe-me levá-lo, Françoise.

— Isso não vai adiantar, madame – disse Françoise enquanto me estendia o cesto. – Milorde vai saber que a senhora esteve com esse demônio. O cheiro de repolho não vai esconder isso. – Jack fez um meneio de cabeça, interessado nessa informação em particular, e lancei um olhar de advertência para Françoise.

— Vamos evitar problemas – comentei quando tomamos o caminho de casa.

De volta a Hart and Crown, deixei de lado o cesto, a capa, as luvas e as crianças e peguei uma taça de vinho para Matthew. Ele estava debruçado num maço de papéis sobre a escrivaninha. Fiquei com o coração aliviado perante uma visão agora familiar.

— Ainda aí? – perguntei, passando o braço por cima do ombro dele para pôr o vinho à frente. Os papéis estavam com rabiscos de diagramas, das letras X e O e de traços que pareciam fórmulas científicas modernas. Aquilo não devia ter nada a ver com a espionagem e a Congregação, a menos que estivesse codificado. – O que está fazendo?

— Só estou tentando descobrir alguma coisa sobre você – disse ele, pondo o papel de lado.

— Alguma coisa genética? – As letras X e O lembravam a biologia e as ervilhas de Gregor Mendel. Peguei o papel. Não tinha apenas as letras X e O. Reconheci as iniciais dos membros da família de Matthew: YC, PC, MC, MW. As outras eram da minha própria família: DB, RB, SB, SP. Ele desenhara setas entre os indivíduos e linhas entrecortadas de geração a geração.

— Não estritamente falando. – Ele interrompeu minha observação, com uma de suas clássicas respostas evasivas.

— Talvez você precise de equipamento para isso. – No pé da página, um círculo rodeava duas letras: B e C... *Bishop e Clairmont*. Nosso filho. Aquilo tinha alguma coisa a ver com o bebê.

— Está a fim de tirar algumas conclusões, é claro. – Ele pegou a taça de vinho e levou-a aos lábios.

— Então, qual é a sua hipótese? Não precisa de um laboratório para elaborar uma teoria – observei. – Se envolve o bebê, quero saber.

Matthew paralisou, com as narinas ligeiramente abertas. Colocou a taça de vinho na mesa com cuidado, pegou a minha mão e comprimiu os lábios no meu pulso, um gesto aparente de afeição. Ficou com os olhos escuros.

— Você esteve com Hubbard — disse em tom acusatório.

— Não o procurei. — Afastei-me e esse foi o meu erro.

— Não — disse ele rispidamente, apertando o meu pulso. Ficou com a respiração ofegante. — Hubbard segurou seu pulso. Só o pulso. Sabe por quê?

— Porque estava tentando chamar a minha atenção — respondi.

— Não, porque estava tentando chamar a minha atenção. A pulsação dele ainda está aqui — disse ele, passando o polegar por cima da veia. Estremeci. — O sangue chegou tão à superfície que posso vê-lo e sentir o cheiro dele. O calor dele amplia os outros cheiros que estão aqui. — Matthew fez um círculo no meu pulso, como um bracelete. — Onde é que a Françoise estava?

— No Leadenhall Market. Fiquei com Annie e Jack. De repente avistei um mendigo e... — Senti uma dor rápida e aguda. Abaixei os olhos e meu pulso estava ferido, o sangue brotava de alguns cortes superficiais. *Marcas de dentes.*

— Isso foi para mostrar a rapidez com que Hubbard poderia tomar o seu sangue e saber tudo a seu respeito. — Matthew apertou o ferimento com o polegar.

— Mas nem vi você se mover — eu disse atônita.

Os olhos escuros dele brilharam.

— Assim como não teria visto Hubbard se ele quisesse atacar.

Talvez Matthew não fosse tão superprotetor como eu pensava.

— Nunca mais permita que ele se aproxime a ponto de poder tocá-la. Fui claro?

Balancei a cabeça e ele iniciou um lento processo de superação da raiva. Só respondeu a minha pergunta inicial quando readquiriu o equilíbrio.

— Estou tentando determinar a possibilidade de transmitir meu sangue furioso para nosso filho — disse em um leve tom de amargura. — Benjamin tem a doença. Marcus não tem. Odeio pensar que poderia amaldiçoar uma criança inocente com essa doença.

— Já sabe por que Marcus e seu irmão Louis foram imunes à doença, ao contrário de você, Louisa e Benjamin? — Evitei perguntar diretamente se a doença poderia se transmitir para todos os filhos dele. Ele me diria mais depois... se fosse capaz.

Os ombros dele se descontraíram.

— Louis e Louisa morreram bem antes que se pudessem fazer os testes sanguíneos. Só tenho o meu sangue e o de Marcus e de Ysabeau para trabalhar... e isso não é suficiente para tirar conclusões confiáveis.

— Mas você tem uma teoria — disse, pensando nos diagramas.

— Sempre achei que a fúria de sangue era um tipo de infecção e que Marcus e Louis eram naturalmente imunes a isso. Mas quando Goody Alsop afirmou que apenas uma tecelã poderia gerar um filho de um *wearh*, isso me fez pensar que talvez estivesse observando o caso de maneira equivocada. Talvez não seja alguma resistência em Marcus e sim alguma receptividade em mim, da mesma forma que uma tecelã é receptiva à semente de um *wearh*, ao contrário de qualquer outra mulher sangue-quente.

– Uma predisposição genética? – perguntei, tentando seguir a linha do raciocínio.

– Talvez. Possivelmente algo recessivo que raramente se mostra na população, a menos que ambos os pais carreguem o gene. A descrição do "três vezes bendita" da sua amiga Catherine Streeter não me sai da cabeça, como se a totalidade da genética dela fosse de alguma forma maior que a soma das partes.

Matthew rapidamente se perdeu nos meandros de um quebra-cabeça intelectual.

– Depois, comecei a me perguntar se a sua condição de tecelã é suficiente para explicar a sua capacidade de conceber. E se a combinação de traços genéticos recessivos não for apenas sua e também minha? – Ele passou a mão no cabelo visivelmente frustrado, e suspirei aliviada ao concluir que isso também era um indício de que a fúria de sangue tinha passado.

– Poderá testar sua teoria quando retornarmos ao seu laboratório. – Abaixei o tom da voz. – E você não terá problemas em conseguir uma amostra do sangue de Sarah e Em quando elas souberem que serão tias... e babás. Elas são casos patológicos da síndrome de avó e há anos cuidam das crianças da vizinhança para se satisfazerem.

Finalmente, tirei um sorriso de Matthew.

– Síndrome de avó? Que expressão rude. – Ele chegou mais perto de mim. – É bem provável que Ysabeau também tenha desenvolvido essa síndrome com o transcorrer dos séculos.

– Não posso pensar nisso. – Fingi que me arrepiava.

Era nos momentos em que a conversa girava em torno das reações dos outros aos fatos que vivíamos e não em torno das nossas próprias reações a esses fatos que eu me sentia realmente grávida. Meu corpo quase não registrava a nova vida que estava dentro de mim e, na correria do cotidiano de Hart and Crown, era fácil esquecer de que logo seríamos pais. Às vezes passava o dia sem pensar a respeito da gravidez e só lembrava quando no meio da noite Matthew pousava a mão na minha barriga em silenciosa comunhão para ouvir os sinais da nova vida.

– Também não posso pensar em nenhum mal acontecendo a você. – Ele me tomou nos braços. – Seja cuidadosa, *ma lionne* – sussurrou, colando os lábios no meu cabelo.

– Prometo que serei.

– Você não reconheceria o perigo mesmo que chegasse com um convite. – Ele recuou e olhou no fundo dos meus olhos. – Não se esqueça: os vampiros não são como os sangues-quentes. Não subestime o quanto letais podemos ser.

O aviso de Matthew ecoou na minha cabeça por um longo tempo. Às vezes me flagrava a observar os vampiros da casa à cata de pequenos sinais que revelassem quando pensavam em se mover ou quando estavam famintos, cansados, inquietos ou entediados. Eram sinais sutis e quase imperceptíveis. Gallowglass abaixava as pálpebras quando Annie passava para dissimular a avidez nos olhos, mas isso acontecia tão depressa que podia ser imaginação, da mesma forma que podia ser imaginação o fato de que Hancock abria as narinas quando um grupo de sangues-quentes cruzava a rua lá embaixo.

Mas o trabalhão para limpar o sangue das roupas de Gallowglass e Hancock não era imaginação. Eles saíam à caça e se alimentavam na cidade, se bem que Matthew não os acompanhava. Contentava-se com o que Françoise obtinha dos açougueiros.

Na tarde de uma segunda-feira fui com Annie até o castelo de Mary, como de costume, e no trajeto me atentei ao entorno como não fazia desde que chegara. Dessa vez não tratei de absorver os detalhes da vida elisabetana, mas tratei de me assegurar de que não estávamos sendo observadas nem seguidas. Mantinha Annie ao alcance do braço enquanto Pierre segurava Jack com força. Já tínhamos aprendido a duras penas que era a única maneira de evitar que o menino "catasse tralhas", como dizia Hancock. Mas a verdade é que, apesar de todos esses esforços, Jack ainda cometia furtos de ladrãozinho. Matthew chegou a instituir um novo ritual doméstico para combater isso. Toda noite vasculhava os bolsos de Jack e o obrigava a confessar como tinha obtido o extraordinário acúmulo de objetos brilhantes. Até então o estratagema não tinha detido a atividade do menino.

Com seus dedos leves Jack não era nem um pouco confiável no interior da bem equipada residência da condessa de Pembroke. E quando o deixei com Pierre lá fora, o semblante de Annie se iluminou com a perspectiva de uma longa sessão de fofocas com Joan, a aia de Mary, e de algumas horas livres das atenções indesejáveis de Jack.

– Diana! – gritou Mary quando cruzei o umbral do laboratório. Apesar das muitas vezes que entrava lá dentro, o ar sempre me faltava quando me via perante os murais que ilustravam a feitura da pedra filosofal. – Venha, quero lhe mostrar uma coisa.

– É a tal surpresa?

Mary vinha lançando umas indiretas de que logo, logo me deleitaria com uma prova de sua competência alquímica.

– Sim – respondeu ela, pegando o bloco de anotações. – Veja isto. Estamos no dia dezoito de janeiro e comecei o trabalho no dia nove de dezembro. Ao todo são quarenta dias, exatamente como os sábios prometeram.

Quarenta era um número significativo na prática alquímica, e talvez Mary tivesse empreendido um número determinado de experimentos. Observei as notas laboratoriais a fim de atinar o que ela realizara. Em duas semanas eu tinha aprendido a decifrar a taquigrafia e os símbolos de Mary para os diversos metais e substâncias. E se o meu raciocínio estava certo, ela iniciara o processo com 28,35 g de prata dissolvida em aquaforte... a "água-forte" dos alquimistas conhecida nos tempos modernos como ácido nítrico. Para isso, ela adicionava água destilada.

– Esta é sua marca para o mercúrio? – perguntei, apontando para um glifo desconhecido.

– Sim... mas só para o mercúrio que obtenho de uma excelente fonte na Alemanha. – Mary não poupava despesas quando se tratava de substâncias e equipamentos para o laboratório. Logo me fez ver um outro exemplo do compromisso que tinha com a qualidade a qualquer preço: um grande frasco de vidro. Sem qualquer imperfeição e claro como o cristal, o que significava que era oriundo de Veneza. O vidro inglês produzido em Sussex era marcado de bolhas e manchas. A condessa preferia o material produzido em Veneza... e podia pagar por ele.

Um dedo premonitório roçou nos meus ombros quando vi o que estava lá dentro.

Uma árvore de prata brotara de uma pequena semente colocada no fundo do frasco. Os galhos se projetavam do tronco em bifurcações que abarrotavam a parte de cima do frasco de filamentos cintilantes. Pequenas contas parecidas com frutos nas extremidades dos galhos sugeriam que a árvore estava madura e pronta para a colheita.

– A *arbor Dianae* – afirmou Mary orgulhosa. – Foi Deus que me inspirou para terminá-la a tempo de poder saudar você. Já tinha feito algumas tentativas, mas a árvore nunca enraizava. Ninguém que veja algo assim duvida da verdade e do poder da arte alquímica.

A visão da árvore de Diana era de tirar o fôlego. Crescia cintilante aos meus olhos, projetando novos brotos que preenchiam cada espaço do frasco. Eu sabia que aquilo era apenas o amálgama dendrítico da prata cristalizada, mas isso não diminuía a minha admiração perante a visão de um pedacinho de metal que se assemelhava ao processo vegetal.

Na parede oposta, um dragão ocupava o conteúdo de um recipiente igual ao que Mary usara para abrigar a *arbor Dianae*. O dragão mordia a cauda e pingavam gotas de sangue em cima de um líquido prateado embaixo. Observei a imagem seguinte da série: o voo do pássaro de Hermes em direção ao casamento químico. O pássaro me trouxe à mente a ilustração do casamento estampada no Ashmole 782.

– É possível que haja um método mais rápido para atingir o mesmo resultado – disse Mary, atraindo outra vez a minha atenção. Ela puxou uma pena que estava presa ao cabelo e manchou a orelha de tinta. – O que aconteceria se eu limasse a prata antes de dissolvê-la na aquaforte?

Foi uma tarde agradável na qual a conversa girou em torno de outras maneiras de criar a *arbor Dianae*, mas o tempo passou com muita rapidez.

– Você virá na quinta-feira? – perguntou ela.

– Sinto muito, mas tenho outro compromisso – respondi. Eu teria que estar na casa de Goody Alsop antes do pôr do sol.

O semblante de Mary transpareceu uma leve decepção.

– Sexta-feira, então?

– Sexta-feira – concordei.

– Diana – disse ela hesitante –, você está bem?

– Sim – respondi surpreendida. – Pareço doente?

– Está pálida e parece cansada – admitiu ela. – Como a maioria das mães eu estou propensa a... Oh. – Calou-se abruptamente, com as faces rubras. Desviou os olhos para a minha barriga e depois para o meu rosto. – Você está grávida.

– Ainda lhe farei muitas perguntas nas semanas que estão pela frente – disse, pegando a mão dela e apertando-a.

– Há quanto tempo? – perguntou Mary.

– Não muito – respondi vagamente.

– Mas o bebê não pode ser do Matthew. Um *wearh* não pode ser pai de uma criança – disse ela, levando a mão à face espantada. – Ele aceitou a criança, mesmo sabendo que não é dele?

Matthew já tinha dito que os outros achariam que o bebê era de outro homem, mas ainda não tínhamos decidido o que responderíamos. Eu teria que improvisar.

– Ele a considera como do seu próprio sangue – respondi em tom firme. Uma resposta que aparentemente só aumentou a preocupação dela.

– Você deve agradecer pelo fato de Matthew ser altruísta quando se trata de proteger os necessitados. E você... *você* consegue amar essa criança, mesmo sendo uma gravidez forçada?

Ela achou que eu tinha sido estuprada... e que talvez Matthew só tivesse se casado comigo para me proteger do estigma de mãe grávida solteira.

– A criança é inocente. Não posso me negar a amá-la. – Procurei não negar nem confirmar as suspeitas de Mary. Felizmente, ela se deu por satisfeita com a resposta e, bem ao seu jeito de ser, não prosseguiu. – Como deve imaginar – acrescentei –, estamos mantendo isso em segredo o máximo possível.

– É claro – concordou ela. – Joan vai preparar um delicioso creme fortificante de sangue para você, e também um bálsamo para o estômago que deve ser tomado à noite, antes de dormir. Isso me ajudou muito na última gravidez e aliviou os enjoos matinais.

– Até agora não posso reclamar porque ainda não tive enjoos – disse, pegando as luvas. – Matthew me garantiu que os enjoos chegarão a qualquer hora.

– Hum. – Mary se pôs reflexiva e uma sombra cruzou-lhe o rosto. Franzi a testa, tentando imaginar o que a preocupava. Ela percebeu isso e abriu um sorriso. – Você deve se resguardar da fadiga. Não fique de pé muito tempo quando vier aqui na sexta-feira; fique sentadinha no banco enquanto trabalhamos. – Endireitou a minha capa. – Afaste-se das correntes de ar. E se os pés começarem a inchar, peça a Françoise para preparar uma cataplasma. Mandarei uma receita de cataplasma junto com o creme. Não é melhor ir com meu barqueiro até Water Lane?

– São apenas cinco minutos de caminhada! – protestei, com uma risada. Ela acabou me deixando voltar a pé para casa, mas só depois que prometi evitar as correntes de ar, a água fria e o barulho.

Naquela noite sonhei que dormia debaixo dos galhos de uma árvore que brotava no meu útero. A ramagem me protegia dos raios da lua e lá no alto um dragão cruzava a noite. O dragão fazia uma órbita com o rabo em torno da lua e a órbita prateada avermelhava.

Acordei na cama vazia e com os lençóis encharcados de sangue.

– Françoise! – gritei, com uma cólica repentina e aguda.

Matthew chegou correndo. A expressão de dor refletida no rosto dele confirmou o que eu já sabia.

23

— Todas nós já perdemos bebês, Diana — disse Goody Alsop, com tristeza. — É uma dor que a maioria das mulheres conhece.

— Todas? — Olhei para as bruxas da reunião de Garlickhythe que estavam na sala de Goody Alsop.

Jorraram histórias de filhos perdidos em partos e de filhos que morreram com seis meses ou seis anos de idade. Eu não conhecia mulheres que tinham abortado... ou pelo menos achava que não conhecia. Será que alguma das minhas amigas sofrera essa perda sem que eu soubesse?

— Você é jovem e forte — disse Susanna. — Nenhuma razão a fará pensar que não poderá conceber outro filho.

Nenhuma razão, se não levasse em conta o fato de que não poderia ser tocada pelo meu marido até que estivéssemos de volta à terra do controle da natalidade e dos monitores fetais.

— Talvez — disse, com um meneio entorpecido de ombros.

— Onde está mestre Roydon? — perguntou Goody serenamente. A ajudante circulou pela sala como se pudesse encontrá-lo debaixo de uma almofada do assento perto da janela ou sentado em cima do armário.

— Trabalhando — respondi, encolhendo-me dentro do xale. Era um xale de Susanna que cheirava a açúcar queimado e canela, como ela.

— Ouvi que ele estava no Middle Temple Hall na noite passada. E pelo que disseram, assistindo a uma peça com Christopher Marlowe. — Catherine passou uma caixa de confeitos para Goody Alsop.

— Os homens comuns costumam sofrer terrivelmente pela morte de um filho. E não me surpreenderia se um *wearh* considerasse essa perda particularmente difícil. Afinal, são muito possessivos. — Goody Alsop serviu-se de uma iguaria vermelha e gelatinosa. — Muito obrigada, Catherine.

As mulheres se mantiveram em silêncio, esperando que eu tivesse entendido o convite circunspecto de Goody Alsop e Catherine e começasse a discorrer como estavam as coisas entre mim e Matthew.

— Ele ficará bem — disse em tom firme.

— Ele devia estar aqui — disse Elizabeth em tom cortante. — Não vejo por que a perda dele seria mais dolorosa que a sua!

— Porque Matthew já sofreu mil anos de desgosto e eu, apenas 33 — retruquei em tom igualmente cortante. — Ele é um *wearh*, Elizabeth. Quer saber se eu gostaria que ele estivesse aqui e não lá fora com Kit? Claro que sim. Eu deveria implorar para que ficasse em Hart and Crown por minha causa? Absolutamente, não. — Minha voz se elevou à medida que liberei a frustração. Ele fora incrivelmente doce e terno comigo. E me confortara quando tive que enfrentar centenas de sonhos precários sobre um futuro destruído após o aborto do nosso filho.

O que me preocupava era o tempo que ele passava sabe-se lá onde lá fora.

— Meu cérebro me diz que Matthew deve ter a chance de passar pelo luto à maneira dele — continuei. — Meu coração me diz que ele me ama, mesmo que agora prefira a companhia dos amigos. Só desejo que ele possa me tocar sem culpa. — Isso era visível toda vez que me olhava ou me abraçava ou me pegava pela mão. Era insuportável.

— Eu sinto muito, Diana — disse Elizabeth, com o rosto crispado.

— Está tudo bem. — Garanti para ela.

Mas nada estava bem. De repente, o mundo inteiro se tornara discordante e errado, com cores vibrantes demais e com sons altos demais que me faziam pular de susto. Eu me sentia oca por dentro e, por mais que tentasse ler, as palavras não me atraíam.

— Nos veremos amanhã, conforme o combinado — disse Goody Alsop apressada enquanto as bruxas saíam.

— Amanhã? — Franzi a testa. — Não estou com ânimo para fazer magia, Goody Alsop.

— E eu não estou com ânimo para ser enterrada sem que você tenha tecido um primeiro feitiço, portanto espero que esteja aqui amanhã quando os sinos badalarem as seis.

Naquela noite permaneci na frente da lareira quando os sinos badalaram as seis, as sete, as oito, as nove e as dez. E quando badalaram as três da madrugada, ouvi ruídos na escada de entrada. Achei que fosse Matthew e me dirigi à porta. A escada estava vazia, mas encontrei alguns objetos num degrau: meia de criança, ramo de azevinho e papel com o nome de um homem escrito. Coloquei tudo no colo, sentei no degrau e me encolhi no xale.

Conjeturava sobre o que as oferendas significam e como tinham chegado ali quando a mancha silenciosa de Matthew subiu pela escada e se deteve abruptamente.

— Diana. — Ele tapou a boca com o dorso da mão, seus olhos verdes e vítreos.

– Ainda bem que você se alimenta quando está com Kit – comentei, levantando-me. – É bom saber que a amizade de vocês se estende para além da poesia e do xadrez.

Ele pôs a bota no degrau aos meus pés, e com os joelhos me pressionou contra a parede e me encurralou. Estava com o hálito doce e ligeiramente metálico.

– Você vai se odiar amanhã – comentei calmamente enquanto desviava a cabeça. Ninguém conhecia melhor do que eu aqueles lábios impregnados com cheiro de sangue. – Kit deveria ter se mantido ao seu lado até que o seu organismo consumisse as drogas. O sangue de Londres sempre contém opiáceos? – Já era a segunda noite que Matthew saía com Kit e voltava drogado para casa.

– Nem sempre – respondeu ele, ronronando –, mas é o mais fácil de encontrar.

– O que são essas coisas? – Mostrei a meia, o azevinho e o papel.

– São para você – disse ele. – Chegam toda noite. Eu e Pierre as recolhemos antes de você acordar.

– Quando isso começou? – Foi o que consegui perguntar.

– Na semana passada... na semana em que se encontrou com a Rede. São quase sempre pedidos de ajuda. Desde que você... no sábado já havia presentes para você e o bebê. – Ele ergueu a mão. – Cuidarei disso.

Levei a mão ao coração.

– Onde está o resto?

Matthew apertou os lábios, mas mostrou onde as coisas estavam guardadas: dentro de uma caixa debaixo de um banco no sótão. Remexi o conteúdo da caixa. Era similar ao que saía dos bolsos de Jack toda noite: botões, pedaços de fitas, um caco de louça. Também havia mechas de cabelo e dezenas de pedacinhos de papel com nomes escritos. Eram itens invisíveis a um olhar desatento, mas os fios irregulares e pendidos à espera de ser amarrados, juntados ou emendados não me passaram despercebidos.

– São pedidos mágicos. – Olhei para Matthew. – Não devia ter escondido isso de mim.

– Eu não quero que você faça magia para cada criatura da cidade de Londres – disse Matthew, com os olhos escurecendo.

– Bem, e eu não quero que você coma na rua e se embebede com seus amigos noite após noite! Mas você é um vampiro e às vezes precisa fazer isso – retruquei. – Eu sou uma bruxa, Matthew. Esse tipo de pedido deve ser tratado com muito cuidado. Minha segurança depende da relação que tenho com os vizinhos. Não posso sair por aí roubando barcos e rosnando para os outros como o Gallowglass.

– Milorde. – Pierre estava na extremidade do sótão, de onde uma escada estreita espiralava em direção a uma saída oculta localizada atrás dos enormes tanques de lavagem de roupa.

– O quê? – disse Matthew, com impaciência.

– Agnes Sampson está morta. – Pierre transpareceu pavor. – Foi levada na segunda-feira para Castlehill, em Edimburgo, onde teve o corpo preso ao garrote e queimado. – Entrei em pânico quando me dei conta de que o fato ocorrera na noite em que eu tinha perdido o bebê.

– Cristo. – Matthew empalideceu.

– Hancock garantiu que já estava morta antes de terem acendido a fogueira. Não chegou a padecer – continuou Pierre. Isso era uma pequena misericórdia nem sempre concedida a uma bruxa condenada. – Eles se recusaram a ler sua carta, milorde. Recomendaram que Hancock deixasse a política escocesa para o rei da Escócia, caso contrário seria preso na próxima vez que aparecesse em Edimburgo.

– Por que não consegui solucionar isso? – explodiu Matthew.

– Não é então apenas a perda do bebê que o tem levado para as trevas de Kit. Você também está se evadindo dos eventos na Escócia.

– Por mais que tente endireitar as coisas, pelo visto não consigo quebrar esse maldito padrão – disse Matthew. – Antes, como espião da rainha me aprazia com os problemas da Escócia. E como membro da Congregação considerava a morte de Sampson um preço justo a pagar pela manutenção do *status quo*. Mas agora...

– Agora, você está casado com uma bruxa – disse. – E tudo parece diferente.

– Sim. Estou preso entre as coisas nas quais acreditei um dia e as coisas que me são mais caras agora, entre as coisas que defendia orgulhosamente como sagrado e a magnitude das coisas que não conheço mais.

– Voltarei para a cidade – disse Pierre, voltando-se para a porta. – Deve haver mais coisas a serem descobertas.

Notei que Matthew estava com ar fatigado.

– Você não pode querer entender todas as tragédias da vida, Matthew. Eu também gostaria que não tivéssemos perdido o bebê. Sei que agora isso soa desalentador, mas isso não significa que não há um futuro à frente... no qual nossos filhos e nossa família estarão em segurança.

– Aborto no início da gravidez geralmente indica uma anomalia genética que inviabiliza o feto. Se isso acontece uma vez... – disse ele, com a voz embargada.

– Certas anomalias genéticas não comprometem a criança. – Apontei para mim mesma. – Olhe-me como exemplo. – Eu era uma quimera, com um DNA desemparelhado.

– Não aguentarei a perda de outro filho, Diana. Simplesmente... não aguentarei.

– Eu sei. – Eu estava exausta e queria a bênção do esquecimento do sono tanto quanto ele. Embora não tivesse conhecido o meu filho como ele tinha conhecido

Lucas, ainda assim a dor era insuportável. – Esta noite terei que estar na casa de Goody Alsop às seis. – Olhei para ele. – Vai sair com Kit?

– Não – respondeu ele, com suavidade. Comprimiu os lábios nos meus lábios... breve e pesarosamente. – Irei com você.

Matthew cumpriu a palavra e me acompanhou até a casa de Goody Alsop antes de ir a Golden Gosling com Pierre. As bruxas explicaram da maneira mais cortês possível que os *wearhs* não eram bem-vindos. Manter uma tecelã em segurança durante um *forspell* requeria uma considerável mobilização de energia mágica e sobrenatural. *Wearhs* só podiam atrapalhar.

Tia Sarah teria prestado muita atenção na forma pela qual Susanna e Marjorie traçaram o círculo sagrado. Alguns equipamentos e substâncias que utilizaram me eram familiares como, por exemplo, o sal que salpicaram pelo chão para purificar o espaço, mas outros, não. O kit de Sarah consistia em duas facas (uma com o cabo preto e outra com o cabo branco), o grimório da família Bishop e diversas ervas e plantas. As bruxas elisabetanas requeriam uma variedade maior de objetos para operar a magia, inclusive as vassouras. Eu nunca tinha visto uma bruxa com uma vassoura a não ser no Halloween, ocasião em que se vestiam a rigor e com longos chapéus pontudos.

Cada bruxa levou a própria vassoura para a reunião de Garlickhythe na casa de Goody Alsop. A de Marjorie era feita de galho de cerejeira e no topo do cabo havia glifos e símbolos entalhados. No lugar das tradicionais cerdas, Marjorie amarrara ervas secas e galhinhos na base, com raminhos bifurcados no galho central. Segundo ela, as ervas eram importantes para a magia que realizava: agrimônia, para quebrar encantamentos; matricária com flores brancas e amarelas, para proteção; ramos de alecrim, para purificação e clareza. A vassoura de Susanna era feita de olmo, madeira que simbolizava as fases da vida do nascimento à morte, e se relacionava com o ofício de parteira exercido por ela. Também havia plantas amarradas à base: folhas frescas de língua-de-serpente, para cura; flores brancas de eupatória, para proteção; folhas de tasneira, para saúde.

Marjorie e Susanna varreram o sal no sentido horário com muito esmero, até que os finos grãos atravessaram cada centímetro do piso. Segundo Marjorie, o sal não era apenas para limpar o espaço, mas também para impedir que o meu poder que estaria totalmente livre vazasse para fora do círculo.

Goody Alsop fechou as janelas, as portas e a chaminé. Os fantasmas da casa tinham então a opção de sair do caminho por entre as vigas do telhado ou de procurar refúgio temporário junto à família que morava no andar de baixo. E como estavam ansiosos para não perder nada e com ciúmes da ajudante que se manteve ao lado da ama acabaram se metendo por entre as vigas, onde as fofocas circularam em torno do fato de que talvez os moradores da Newgate Street não tivessem mais momentos de paz porque os espectros da medieval rainha Isabel e de uma assassina chamada lady Agnes Hungerford haviam retomado uma antiga rixa entre elas.

Para acalmar os meus nervos, Elizabeth e Catherine deixaram de lado os terríveis detalhes dos atos e da morte de lady Agnes, compartilhando algumas das primeiras aventuras mágicas que tiveram e me induzindo a compartilhar as minhas. Elizabeth ficou impressionada quando contei como canalizei o lençol de água que corria sob o pomar de Sarah, atraindo-o gota a gota para a palma de minha mão. E Catherine se deleitou quando contei que um arco e flecha caíram em minhas mãos pouco antes de um lançamento do fogo de bruxa.

– A lua já nasceu – disse Marjorie, corada de expectativa. Embora as janelas estivessem fechadas, nenhuma bruxa a questionou.

– Já está na hora, então – disse Elizabeth apressada e compenetrada.

Cada bruxa se dirigiu ao canto mais próximo da sala, onde quebraram galhinhos de sua vassoura e o depositaram ali. Mas não deixaram os galhinhos empilhados. Ficaram arrumados de maneira a formar um pentáculo – a estrela de cinco pontas das bruxas – em cada um dos cantos.

Eu e Goody Alsop assumimos nossas posições no centro do círculo. Os limites eram invisíveis, mas isso mudaria quando as outras bruxas assumissem os seus próprios lugares. Depois que todas se posicionaram, Catherine murmurou um encantamento e uma linha curvilínea de fogo passou de bruxa a bruxa, amarrando o círculo.

O poder emergiu no centro do círculo. Goody Alsop me alertara que naquela noite invocaríamos magias muito antigas. Não demorou e à onda de energia seguiu-se algo que vibrou e bateu no meu corpo, como se milhares de bruxas estivessem me olhando.

– Olhe ao redor com a visão de bruxa – disse-me Goody Alsop – e diga-me o que vê.

Meu terceiro olho se abriu e para uma parte do meu ser o ar se tornaria vivo e cada partícula se carregaria de possibilidades. Mas na verdade a sala ficou repleta de filamentos de magia.

– Fios que fazem o mundo parecer uma tapeçaria – eu disse.

Goody Alsop balançou a cabeça.

– Ser uma tecelã é se interligar ao mundo circundante e vislumbrá-lo como fios e matizes. Enquanto alguns amarram a própria magia, outros interligam o poder do próprio sangue aos quatro elementos e aos grandes mistérios que se encontram para além de todas as coisas. As tecelãs aprendem a desembaraçar os fios que estão amarrados e fazem uso do resto.

– Mas não sei como desembaraçá-los. – Centenas de fios roçavam na minha saia e no meu corpete.

– Logo irá testá-los, como os passarinhos testam as próprias asas, e descobrirá que segredos guardam para você. Por ora, nos limitaremos a cortá-los para que possam retornar desembaraçados para você. Enquanto corto os fios, resista à tentação de agarrar o poder que vibra ao seu redor. Por ser uma tecelã talvez tenha vontade de emendar os fios cortados. Liberte os pensamentos e esvazie a mente. Deixe que o poder aja por vontade própria.

Goody Alsop soltou o meu braço e começou a tecer um feitiço com sons que não pareciam uma linguagem, mas que me eram estranhamente familiares. A cada som emitido os filamentos descaíam encaracolados e torcidos do meu corpo. Soou um rugido em meus ouvidos. Meus braços se concentraram, como se o comando emanasse do rugido, se ergueram e se esticaram até me colocar na posição de um T, idêntica à que Matthew me colocara na casa das Bishop quando atraí a água subterrânea do velho pomar de Sarah.

Os fios mágicos – os fios de poder que podiam ser emprestados e não podiam ser possuídos por mim – vieram em minha direção como filamentos de ferro atraídos por um ímã. Pousaram em minhas mãos e reprimi a vontade de fechá-las em torno deles. Foi grande a vontade de fazer isso, exatamente como Goody Alsop me alertara, mas deixei que fluíssem pela minha pele como as fitas de cetim das histórias que mamãe me contava na minha infância.

Até então tudo ocorrera conforme dissera Goody Alsop. Mas ninguém previra o que poderia ocorrer caso meus poderes se manifestassem e as bruxas do círculo se abraçassem para enfrentar o desconhecido. Segundo Goody Alsop, nem todas as tecelãs davam forma a um familiar durante um *forspell*, e eu então não devia esperar esse tipo de manifestação. Mas os últimos meses haviam me ensinado que o inesperado era sempre possível quando eu estava envolvida.

O rugido se intensificou e fez o ar estremecer. Uma bola de energia rodopiou e pendeu de minha cabeça. Atraiu a energia da sala, mas colapsou no centro do círculo, como um buraco negro. Meu olho de bruxa se fechou abruptamente perante a visão estonteante e turva.

Algo pulsou em meio à tempestade. Libertou-se e assumiu um contorno sombreado. Ao mesmo tempo, Goody Alsop se calou. Olhou longamente para mim e depois me deixou sozinha no centro do círculo.

Soou um bater de asas e um açoite de cauda farpada. Um hálito quente e úmido lambeu o meu rosto. Uma criatura transparente com um crânio reptiliano de dragão pairou no ar e bateu as asas brilhantes nas vigas do teto, afugentando os assustados fantasmas para outros abrigos. Era uma criatura de duas pernas cujas garras curvilíneas das patas pareciam tão mortais quanto as pontas ao longo da cauda comprida.

– Quantas pernas isso tem? – gritou Marjorie, que não enxergava nitidamente de onde estava. – É só um dragão?

Só um dragão?

– É um dragão de fogo – respondeu Catherine maravilhada. Ela ergueu os braços, preparando-se para lançar um feitiço de banimento caso a criatura resolvesse atacar. Elizabeth Jackson também ergueu os braços.

– Esperem! – gritou Goody Alsop, interrompendo a magia de ambas. – Diana ainda não completou a tessitura. Talvez ela encontre uma forma de domá-la.

Domá-la? Olhei para Goody Alsop sem poder acreditar. Eu nem ao menos sabia se a criatura à frente era substância ou espírito. Aparentemente, era real, se bem que mal conseguia olhar para ela.

– Não sei o que fazer – eu disse, sendo tomada pelo pânico. Cada vez que a criatura batia as asas, a sala era inundada por uma chuveirada de faíscas e gotas de fogo.

– Alguns feitiços começam com uma ideia, outros, com uma pergunta. Existem alguns meios de se saber o que vem em seguida; pode-se dar um nó, torcer uma corda ou mesmo forjar uma corrente como a que você própria forjou entre você e seu *wearh* – disse Goody Alsop, baixinho e suavemente. – Deixe que o poder circule por você.

O dragão de fogo era então uma fêmea e logo rugiu com impaciência, estendendo as patas em minha direção. O que ela queria? Uma oportunidade para me pegar e me tirar da casa? Um lugar confortável para se empoleirar e descansar as asas?

O piso estalou sob os meus pés.

– Pule para o lado! – disse Marjorie aos gritos.

Pulei na mesma hora. Um momento depois uma árvore brotou do lugar onde os meus pés estavam fincados um momento antes. O tronco emergiu e se dividiu em dois brotos de ramos que se espraiaram. Logo brotaram folhas verdes nas extremidades e depois irromperam botões brancos e, por fim, frutinhas vermelhas. Passados alguns segundos, eu estava debaixo de uma árvore adulta que florescia e frutificava ao mesmo tempo.

O dragão de fogo se agarrou com as patas nos galhos superiores da árvore. Descansou por um instante ali. Um dos galhos partiu-se e estalou. O dragão de fogo alçou voo, levando um pedaço retorcido do galho agarrado às garras. A língua do dragão cuspiu uma chicotada de fogo e a árvore ardeu em chamas. Na sala havia muitos objetos inflamáveis – a mobília, o piso de madeira, os tecidos que vestiam as bruxas. Só me passou pela cabeça que era preciso impedir que o fogo se alastrasse. Eu precisava de água... de muita água.

Algo pesou na minha mão direita. Abaixei os olhos à espera de um balde. Mas era uma flecha que estava na minha mão. Fogo de bruxa. De que serviria mais fogo?

– Não, Diana! Não tente dar forma ao feitiço! – alertou-me Goody Alsop.

Parei de pensar em chuvas e rios. Isso feito, o instinto assumiu o controle e ergui dois braços à frente; recuei a mão direita, soltei os dedos e a flecha disparou até o coração da árvore. As chamas se elevaram rapidamente, apagando a minha visão. Quando o calor diminuiu, me vi novamente com a visão e no topo de uma montanha encimada por um vasto céu estrelado. Uma grande lua crescente pendia baixa no céu.

– Faz tempo que espero por você. – A voz da deusa era pouco mais que um sopro de vento. Ela vestia um diáfano manto e seus cabelos caíam em cascata pelas costas. Não estava com as armas habituais e sim com um cachorro grande ao lado. Era tão grande e tão negro que poderia ser um lobo.

– Você. – Fiquei com o coração apertado de pavor. Já estava à espera da deusa desde que perdera o bebê. – Levou meu bebê em troca da vida de Matthew? – A pergunta se dividiu entre a fúria e o desespero.

– Não. Essa dívida está liquidada. Já peguei outra vida. Uma criança morta não tem utilidade alguma para mim. – Os olhos da caçadora eram tão verdes quanto os primeiros brotos do salgueiro na primavera.

Meu sangue gelou.

– De quem você tomou a vida?

– De você.

– De mim? – retruquei entorpecida. – Eu... estou morta?

– Claro que não. Os mortos pertencem a outra. Só busco os vivos. – A voz da caçadora ecoou intensa e brilhante como o luar. – Sua promessa foi que eu podia pegar qualquer um... qualquer coisa... em troca da vida daquele que você ama. Escolhi você. Só que ainda não me entendi com você.

A deusa recuou.

– Você doou sua vida para mim, Diana Bishop. E agora é hora de fazer uso disso.

Um grito por cima da minha cabeça me indicou a presença do dragão de fogo. Olhei para o alto, tentando colocá-lo contra a lua. Pisquei os olhos e a silhueta se mostrou bem visível no teto de Goody Alsop. Eu estava de volta à casa da bruxa, já não estava mais no topo de uma montanha junto à deusa. A árvore se reduzira a um monte de cinzas. Pisquei novamente.

O dragão de fogo piscou para mim, com olhos tristonhos e familiares – eram negros e com íris dourada e não branca. Ela soltou outro grito lancinante e afrouxou as garras. O pedaço de galho caiu nos meus braços. Parecia uma flecha, embora mais pesado e substancial do que o tamanho sugeria. Ela sacudiu a cabeça, projetando fumaça pelas narinas. Fiquei tentada a estender a mão para tocá-la quando me perguntei se teria a pele tão quente e macia quanto a de uma serpente, mas algo me avisou que ela não gostaria disso. E eu não queria assustá-la. Talvez voltasse a rugir e furasse o teto com a cabeça. Fiquei bastante preocupada com a preservação da casa de Goody Alsop quando a árvore e o fogo me vieram à mente.

– Obrigada – sussurrei.

O dragão de fogo respondeu com um sereno gemido de fogo e com música. Seus olhos negros e prateados se mostraram sábios e imemoriais à medida que me observavam atentamente. Ela sacudiu a cauda para a frente e para trás. Esticou as asas ao máximo e em seguida encolheu-as ao redor do próprio corpo e se desmaterializou.

E daquele dragão de fogo só restou uma leve vibração nas minhas costelas que de alguma forma me disse que ainda estava dentro de mim, esperando até que precisasse dela. Tombei de joelhos sob o peso da fera dentro de mim e deixei o pedaço do galho cair. As bruxas correram para me acudir.

Goody Alsop foi a primeira a me alcançar e me abraçou com seus braços magros.

– Você fez bem, criança, você fez bem – sussurrou.

Elizabeth pôs a mão em concha e, com poucas palavras, transformou-a em uma taça de prata com água. Bebi a água até esvaziar a taça que de novo se transformou em simples mão.

– Hoje foi um dia incrível, Goody Alsop – disse Catherine sorrindo.

– Sim, e um dia difícil para uma jovem bruxa – retrucou Goody Alsop. – Você não faz nada pela metade, Diana Roydon. A começar pelo fato de não ser uma bruxa comum e sim uma tecelã. E agora tece um *forspell* que simplesmente atrai uma sorveira para domar um dragão de fogo. Se tivesse previsto isso, nem teria acreditado.

– Eu vi a deusa – disse enquanto me ajudavam a levantar. – E o dragão.

– Não era um dragão comum – explicou Elizabeth.

– Tinha duas pernas – disse Marjorie. – Isso faz dela uma criatura do fogo e também da água, capaz de se locomover por entre os elementos. O dragão de fogo é a união dos opostos.

– O que é verdadeiro para o dragão de fogo também é verdadeiro para a sorveira – disse Goody Alsop, com um sorriso orgulhoso. – Não é todo dia que uma sorveira abre os galhos para um mundo ao mesmo tempo em que enterra as raízes em outro.

Apesar do falatório das mulheres à minha volta, sentia-me perdida e sozinha. Matthew estava à espera de notícias na Golden Gosling. Meu terceiro olho se abriu e seguiu um fio vermelho e preto que saía do meu coração e atravessava a sala e o buraco da fechadura até a escuridão lá de fora. Puxei o fio e a corrente que se abrigava dentro de mim respondeu com uma calorosa sonoridade de carrilhão.

– Se não estou enganada, mestre Roydon logo estará aqui para pegar a esposa – disse Goody Alsop secamente. – Levante-se ou ele achará que não somos confiáveis como acompanhantes.

– Matthew é muito protetor – comentei em tom apologético. – Ainda mais depois...

– Nunca conheci um *wearh* que não o fosse. Isso faz parte da natureza deles – disse Goody Alsop, ajudando-me a levantar. O ar se transformou de novo em partículas que roçavam minha pele à medida que me locomovia.

– Nesse caso, mestre Roydon não precisa temer nada – disse Elizabeth. – Faremos de tudo para que você encontre seu caminho de volta à escuridão, como fez seu dragão de fogo.

– Que escuridão?

As bruxas se calaram.

– Que escuridão? – perguntei novamente, deixando a fadiga de lado.

Goody Alsop suspirou.

– Existem bruxas... na verdade, pouquíssimas bruxas, que são capazes de transitar entre este mundo e o outro.

– Fiandeiras do tempo. – Balancei a cabeça. – Sei disso. Eu sou uma delas.

– Não entre *este tempo* e o outro, Diana, mas entre *este mundo* e o outro. – Marjorie apontou para o galho aos meus pés. – Vida... e morte. Você pode estar nos dois mundos. Foi por isso que foi escolhida pela sorveira e não pelo amieiro ou pela bétula.

– Chegamos a nos perguntar se seria esse o caso. Afinal, você foi capaz de conceber o filho de um *wearh*. – Goody Alsop me observou atentamente. O sangue se escoou do meu rosto. – Diana, o que houve?

– Os marmelos. E as flores. – Fiquei com os joelhos trêmulos novamente, mas continuei de pé. – O sapato de Mary Sidney. E o carvalho em Madison.

– E o *wearh* – acrescentou Goody Alsop suavemente, compreendendo sem precisar de explicação. – São muitos os sinais que apontam para a realidade.

Soaram passos abafados lá fora.

– Matthew não pode saber – disse agoniada, agarrando a mão de Goody Alsop. – Não agora. Faz pouco tempo que o bebê morreu e ele não me quer metida em assuntos de vida e morte.

– É um pouco tarde para isso – disse ela, com ar tristonho.

– Diana! – O punho de Matthew bateu à porta.

– O *wearh* vai partir a porta ao meio – observou Marjorie. – Mestre Roydon não poderá quebrar o feitiço e entrar, mas a porta vai rachar quando o feitiço terminar. Pense nos vizinhos, Goody Alsop.

Goody Alsop fez um aceno com a mão. O ar ficou pesado e depois suavizou. Em uma fração de segundo Matthew se pôs à minha frente e cravou os olhos cinzentos em mim.

– O que houve aqui?

– Diana contará se quiser que o senhor saiba – disse Goody Alsop, voltando-se em seguida para mim. – Talvez seja melhor passar um tempo com Catherine e Elizabeth amanhã depois de tudo que aconteceu esta noite.

– Muito obrigada, Goody – murmurei agradecida por não ter os meus segredos revelados.

– Espere. – Catherine saiu andando e arrancou um pedacinho do galho da sorveira. – Fique com isso. Tenha sempre um pedaço com você, como talismã. – Pôs o pedacinho de madeira na palma da minha mão.

Éramos aguardados na rua tanto por Pierre como por Gallowglass e Hancock. Eles praticamente me empurraram para dentro de um barco que estava à base do Garlic Hill. Depois que chegamos a Water Lane, Matthew dispersou a todos e nos entregamos à quietude do nosso quarto.

– Não preciso saber o que houve – disse ele bruscamente, fechando a porta atrás. – Só preciso saber se tudo está bem com você.

– Eu estou ótima, de verdade. – Virei de costas para que ele soltasse os laços do meu corpete.

– Você está com medo de alguma coisa. Sinto o cheiro disso. – Ele me pôs de frente.

– Estou com medo do que posso descobrir a respeito de mim mesma. – Olhei nos olhos dele.

– Você vai encontrar a sua verdade. – A segurança e a despreocupação soaram férreas, mas ele não sabia do dragão e da sorveira e do que ambos significavam para uma tecelã. Assim como não sabia que agora minha vida pertencia à deusa e que isso se devia a uma barganha que tinha feito para salvá-lo.

– E se me transformar em alguém que você não goste?

– Isso é impossível – disse ele, puxando-me para mais perto.

– Mesmo que tenha os poderes de vida e morte no meu sangue?

Ele recuou.

– Não o salvei por acaso naquela noite em Madison, Matthew. Da mesma forma que também soprei vida nos sapatos de Mary... e que suguei a vida do carvalho de Sarah e dos marmelos daqui.

– Vida e morte são responsabilidades imensas. – Os olhos verde-acinzentados dele sombrearam. – Mas apesar de tudo, sempre amarei você. Já esqueceu que também tenho o poder de vida e morte? Lembra do que disse naquela noite que saí para caçar em Oxford? Você disse que entre nós não havia diferença. *"De vez em quando me alimento de uma perdiz. De vez em quando você se alimenta de um cervo."* Lembra?

Ele continuou.

– Somos mais semelhantes do que imaginamos. E se você acredita no que há de bom em mim, mesmo sabendo de tudo que fiz no passado, deve me permitir que também acredite em você.

De repente me senti impelida a compartilhar meus segredos.

– Um dragão e uma árvore apareceram...

– Você está segura aqui em casa e é isso que importa – disse ele, calando-me com um beijo.

Matthew me tomou nos braços com tamanha intensidade que por um momento feliz... quase me fez acreditar nele.

No dia seguinte fui ao encontro de Elizabeth Jackson e Catherine Streeter na casa de Goody Alsop, como prometido. Fui acompanhada de Annie, que precisou esperar na casa de Susanna até que minha aula terminasse.

Mesmo com o galho da sorveira encostado ao canto, a sala era aparentemente comum e não um lugar onde bruxas traçavam círculos mágicos e invocavam dragões de fogo. Ainda assim fiquei na expectativa de sinais que evidenciassem a realização da magia, talvez um caldeirão ou velas coloridas que indicassem os elementos.

Goody Alsop apontou para a mesa com quatro cadeiras arrumadas.

– Sente-se, Diana. Achamos melhor começarmos pelo começo. Conte-nos sobre a sua família. Muitas coisas se revelam quando seguimos a linha de sangue de uma bruxa.

– Mas pensei que vocês me ensinariam a tecer feitiços com fogo e água.

– E o que é o sangue senão fogo e água? – disse Elizabeth.

Três horas depois eu já estava exausta de tanto dragar lembranças da infância – a sensação de ser observada, a visita de Peter Knox em minha casa, a morte dos meus pais. Mas as três bruxas não pararam por aí. Também revivi cada momento no ginásio e na universidade: os demônios que me seguiam, os poucos feitiços que realizei sem dificuldades, as estranhas ocorrências que iniciaram depois que conheci Matthew. Se havia um padrão em tudo isso era imperceptível para mim. E por fim Goody Alsop me dispensou, com a garantia de que logo elas apresentariam um plano.

Após o encontro me dirigi ao castelo de Baynard, onde Mary recusou minha assistência e me fez sentar numa poltrona, insistindo que eu devia descansar enquanto ela tentava descobrir o que havia de errado com nosso lote da *prima materia*. Estava enegrecida e lamacenta e encimada por uma fina película de gosma esverdeada.

Meus pensamentos vagavam enquanto Mary trabalhava. Era um dia ensolarado e um feixe de luz que cortava o ar esfumaçado se refletia no mural que representava o dragão alquímico. Curvei o corpo para a frente a fim de ver melhor.

– Não – disse. – Não pode ser.

Mas podia. Aquele dragão não era um dragão comum porque só tinha duas pernas. Era um dragão de fogo que mordia a própria cauda farpada, como o ouroboros no estandarte dos De Clermont. A cabeça de fogo voltava-se para o céu, onde brilhava uma lua crescente. Acima da lua, emergia uma estrela de muitas pontas. *O emblema de Matthew.* Como não tinha reparado naquilo antes?

– O que está havendo, Diana? – perguntou Mary intrigada.

– Atenderia um pedido meu, mesmo que fosse um pedido estranho, Mary? – Antecipei-me à resposta, desamarrando a corda de seda que prendia o punho da minha roupa.

– Claro que sim. O que você quer?

No mural, o dragão de fogo vertia gotas de sangue no recipiente alquímico debaixo das asas. E lá o sangue fluía em meio a um oceano de mercúrio e prata.

– Quero que dilua o meu sangue em uma solução de aquaforte, prata e mercúrio – disse. O olhar de Mary se desviou de mim para o dragão e de novo para mim. – Pois o que é o sangue senão fogo e água, uma conjunção de opostos, um casamento alquímico?

– Está bem, Diana – disse Mary aparentemente hipnotizada e sem fazer perguntas.

Levei o dedo à cicatriz na parte interna do meu braço para disfarçá-la. Nem precisei de uma faca. A pele se abriu como previra, e o sangue verteu simplesmente porque me era necessário. Joan se apressou em trazer um recipiente para coletar o líquido vermelho. No mural acima, os olhos negros e prateados do dragão de fogo acompanhavam as gotas à medida que pingavam.

– *Começa com ausência e desejo, começa com sangue e medo* – sussurrei.

– *Começa com a descoberta das bruxas* – respondeu o tempo com um eco primal que iluminou os fios azuis e âmbares que cintilavam nas paredes de pedra.

24

— Isso vai continuar agindo assim? — Levantei com a testa franzida e as mãos nos quadris, e olhei para o teto de Susanna.

— Ela, Diana. Seu dragão de fogo é uma fêmea — disse Catherine, que também olhava para o teto com uma expressão intrigada.

— Ela. Isso. Aquilo. — Apontei para o alto. Eu estava tentando tecer um feitiço quando o meu dragão escapou do seu confinamento na minha caixa torácica. Mais uma vez. E agora se agitava grudado no teto, soltando lufadas de fumaça e batendo os dentes. — Aquilo... ela... não pode voar pela sala toda vez que lhe dá na veneta. — Se ela se soltasse entre os alunos de Yale, as repercussões seriam sérias.

— A fuga do seu dragão de fogo é um mero sintoma de um problema bem mais sério. — Goody Alsop estendeu um punhado de fios de cetim coloridos e brilhantes que estavam presos na extremidade por um nó. Na outra extremidade, os fios que eram nove ao todo e em tons de vermelho, branco, preto, prateado, dourado, verde, marrom, azul e amarelo adejavam livres como as fitas de um mastro enfeitado para festejos. — Você é uma tecelã e precisa aprender a controlar o seu poder.

— Estou bem ciente disso, Goody Alsop, mas ainda não vejo como isso... esse bordado... poderá ajudar — retruquei, com teimosia. O dragão guinchou como se concordasse e se tornou mais consistente com o guinchado, e depois retomou seu típico contorno enfumaçado.

— E o que você sabe de ser uma tecelã? — perguntou Goody Alsop em tom cortante.

— Não muito — confessei.

— É melhor que Diana beba isto antes. — Susanna se aproximou de mim, com uma xícara fumegante. Os aromas de camomila e hortelã impregnaram o ar. Meu dragão espichou a cabeça, com interesse. — É uma poção calmante que pode acalmar a besta.

— Não estou muito preocupada com o dragão de fogo — disse Catherine, com desdém. — É sempre difícil fazer alguém obedecer, da mesma forma que é difícil conter um demônio que pretende agir errado. – Para ela era fácil dizer isso. Não tinha que persuadir uma fera a voltar para dentro dela.

– Que ervas essa tisana contém? – perguntei enquanto tomava um gole do preparado de Susanna. Depois do chá de Marthe passei a desconfiar das misturas de ervas. Tão logo a pergunta saiu de minha boca, da xícara afloraram ramos de hortelã e flores de camomila, com os peculiares aromas de palha e angélica espumante, e algumas folhas brilhantes que não identifiquei. Vociferei.

– Vocês viram! – disse Catherine, apontando para a xícara. – É como eu disse. A deusa responde quando Diana faz uma pergunta.

Susanna arregalou os olhos de espanto quando a xícara estalou sob a pressão das raízes que se expandiam.

– Talvez tenha razão, Catherine. Mas se ela quiser tecer sem quebrar as coisas terá que fazer melhores perguntas.

Goody Alsop e Catherine acabavam de desvendar o segredo do meu poder que estava inconvenientemente atado à minha curiosidade. Certos fatos passavam então a fazer mais sentido: a mesa branca com peças de quebra-cabeça brilhantes que me acudiam toda vez que me via em dificuldades, a manteiga que voara de dentro da geladeira de Sarah, em Madison, quando me perguntei se havia mais manteiga. Até o estranho aparecimento do Ashmole 782 na Biblioteca Bodleiana passou a fazer sentido: na hora de preencher o cartão de requisição me perguntara o que poderia haver no volume. E nesse mesmo dia de reunião com as bruxas, enquanto divagava de manhãzinha sobre quem teria escrito um dos feitiços no grimório de Susanna, acabei fazendo a tinta sair da página e formar a imagem exata da falecida avó dela em cima da mesa.

Prometi a Susanna que colocaria as palavras de volta ao grimório assim que descobrisse como fazer.

Foi dessa maneira que descobri que a prática da magia não era diferente da prática da história. O truque de ambas não era encontrar respostas adequadas e sim formular perguntas adequadas.

– Diana, conte de novo como você chama a água de bruxa e como o arco e flecha aparecem quando alguém que você ama está em apuros – sugeriu Susanna. – Talvez isso forneça algum método que poderemos seguir.

Revivi os fatos ocorridos na noite em que a água verteu de mim depois que Matthew me deixou em Sept-Tours e na manhã que vislumbrei os veios de água sob o solo do pomar de Sarah. E narrei detalhadamente todas as vezes que o arco apareceu – com flecha ou sem flecha – e não atirei. Quando terminei, Catherine suspirou de satisfação.

– Já localizei o problema – disse. – Diana não se põe completamente presente quando está protegendo alguém ou quando é forçada a enfrentar os próprios medos. Nessas ocasiões ela se volta para o passado ou se pergunta pelo futuro. As bruxas precisam se manter completamente no aqui e agora para operar a magia.

Meu dragão de fogo bateu as asas em concordância, enchendo a sala de lufadas quentes de ar.

– Matthew sempre achou que havia uma conexão de minhas emoções e meus desejos com minha magia – disse.

– Às vezes me pergunto se os *wearhs* não têm uma parte bruxa – comentou Catherine. As outras mulheres sorriram frente à ridícula ideia de que o filho de Ysabeau de Clermont talvez tivesse uma gota de sangue de bruxa.

– Acho que por ora é mais seguro deixar o dragão por conta própria e retornarmos aos feitiços disfarçados de Diana – disse Goody Alsop, referindo-se à minha necessidade de bloquear o excedente de energia liberada toda vez que me valia da magia. – Já está fazendo algum progresso?

– Senti tufos de fumaça ao meu redor – respondi hesitante.

– Você precisa se concentrar nos seus nós – disse Goody Alsop, olhando para os cordões no meu colo. Encontrava-se cada matiz nos fios que ligavam os mundos, e quando se manipulavam os cordões, torcendo-os e atando-os, se fazia magia simpática. Mas antes eu precisava saber quais fios usar. Peguei os cordões coloridos pelo nó de cima. Já tinha aprendido com Goody Alsop a soprar os fios suavemente ao mesmo tempo em que me concentrava nas minhas intenções. Isso poderia soltar os cordões adequados a cada feitiço que viesse a tecer.

Soprei os fios a fim de fazê-los brilhar e dançar. O cordão amarelo e o marrom se soltaram sozinhos e caíram no meu colo, junto com o vermelho, o azul, o prateado e o branco. Passei os dedos ao longo dos dois metros e trinta de seda tecida. Seis fios implicavam seis nós diferentes, cada qual mais complexo que o anterior.

Embora ainda desajeitada em fazer nós, eu me senti incrivelmente reconfortada com essa parte da tecelagem. Cada vez que praticava os elaborados volteios e trançados com um fio comum, o resultado era uma reminiscência do antigo macramê celta. Os nós apresentavam uma ordem hierárquica. As laçadas dos dois primeiros eram simples e duplas. Às vezes, Sarah os empregava em feitiços amorosos ou em outros tipos de amarração. Mas somente as tecelãs eram capazes de fazer os intricados nós que envolviam até nove diferentes cruzamentos e terminavam com duas extremidades livres do cordão magicamente fundido para uma tecelagem que nunca se rompia.

Respirei fundo e focalizei de novo as minhas intenções. O disfarce era uma forma de proteção cuja cor era o roxo. Mas não havia um cordão roxo.

Os cordões azul e vermelho se ergueram de imediato e se trançaram com tal firmeza que o resultado se assemelhou às velas roxas mosqueadas que mamãe colocava nas janelas quando a lua estava negra no céu.

– Com o nó de um, o feitiço começa – murmurei, fazendo uma laçada simples no cordão roxo. O dragão de fogo cantarolou uma imitação das minhas palavras.

Desviei os olhos e me surpreendi novamente com a aparência mutável dela. Quando soltava o ar, desaparecia em meio a uma névoa de fumaça. Quando inspirava o ar, apresentava contornos mais visíveis. Ela fazia um equilíbrio perfeito entre substância e espírito, sem ser uma coisa ou outra. Será que eu já tinha vivenciado uma coerência igual?

– Com o nó de dois, o feitiço se torna real. – Fiz um nó duplo ao longo do mesmo cordão roxo. E depois me perguntei se desapareceria na obscuridade cinzenta se desejasse, assim como fazia o dragão de fogo, e passei o cordão amarelo pelos dedos. O terceiro nó era o primeiro nó que faria como genuína tecelã. Só envolvia três trançados, mas ainda assim era um desafio.

– Com o nó de três, o feitiço está livre. – Lacei e torci o cordão no formato de um trevo, e depois uni as pontas que por sua vez se fundiram e formaram o nó cego de tecelã.

Suspirei aliviada quando o soltei no meu colo, e da minha boca saiu uma névoa cinzenta e mais tênue que a fumaça. Enrolou-se em mim como uma mortalha. Engasguei de surpresa e soltei um pouco mais da névoa fantasmagórica e transparente. Onde é que o dragão de fogo tinha se metido? O cordão marrom pulou nos meus dedos.

– Com o nó de quatro, o poder é estocado. – Adorei o formato de *pretzel* do quarto nó, com sinuosas curvas e trançados.

– Muito bem, Diana – disse Goody Alsop. Esse era o momento em que tudo sempre dava errado na minha magia. – Fique no aqui e agora e ordene ao dragão que fique com você. Se ela se curvar bastante, poderá escondê-la dos olhos curiosos.

Pensei comigo que esperar a cooperação do dragão de fogo era querer muito e fiz um nó semelhante ao formato de um pentáculo com o cordão branco.

– Com o nó de cinco, o feitiço prospera.

O dragão de fogo mergulhou no ar e aninhou as asas em volta do meu peito.

– Você vai ficar comigo? – perguntei.

O dragão de fogo me embrulhou com um casulo cinzento e tênue. Embruteceu o preto de minha saia e de meu casaco com a cor do carvão. O brilho do anel de Ysabeau esmaeceu e o fogo do coração do diamante desvaneceu. Até o cordão de prata que estava no meu colo se desbotou. Sorri perante a silenciosa resposta do dragão de fogo.

– Com o nó de seis, o feitiço se fixa de vez – entoei. Esse último nó não estava simétrico como deveria estar, mas estava firme.

– Você é uma tecelã de verdade, menina – disse Goody Alsop, soltando o fôlego.

* * *

Ainda envolvida pelo manto do dragão de fogo, na caminhada de volta para casa me senti maravilhosamente discreta, mas caí na real quando atravessei o umbral do Hart and Crown. Kit e um pacote me aguardavam. Matthew ainda passava grande parte do tempo com o demônio mercurial. Troquei um cumprimento frio com Marlowe e, quando comecei a desembrulhar o pacote, soou um poderoso grunhido de Matthew.

– Bom Cristo! – No lugar onde um momento antes estava vazio, agora Matthew olhava para um pedaço de papel sem poder acreditar.

– O que a Velha Raposa quer agora? – perguntou Kit em tom azedo, mergulhando a pena no pote de tinta.

– Acabo de receber uma conta de Nicholas Vallin, o ourives da rua – disse Matthew, fazendo uma careta. Olhei para ele com ar inocente. – Ele está me cobrando quinze libras por uma armadilha de camundongo.

De repente me dei conta do poder de compra de uma libra – Joan, a aia de Mary, só ganhava cinco libras por ano – e por que Matthew estava tão chocado.

– Ah. Isso. – Olhei para o pacote. – Fui eu que pedi para que ele fizesse isso.

– Contratou o melhor ourives de Londres para fazer uma armadilha de camundongos? – Kit se mostrou incrédulo. – Se tiver mais fundos disponíveis, sra. Roydon, gostaria que me permitisse realizar uma experiência alquímica. Transmutarei sua prata e seu ouro em vinho na Cardinal's Hat!

– É uma ratoeira e não apenas uma armadilha para camundongos – murmurei. Removi a última folha de papel e segurei o artigo em questão.

– Prata folheada a ouro. E também gravada – disse Matthew, girando o objeto na mão. Observou o objeto mais atentamente e vociferou. – *Ars longa, vita brevis. A arte é longa, mas a vida é breve.* De fato.

– Parece muito eficiente. – A requintada obra de *monsieur* Vallin lembrava um felino à espreita, com orelhas finamente trabalhadas no gatilho e grandes olhos entalhados na prensa. As bordas da armadilha pareciam uma boca com dentes letais de lado a lado. Lembrava um pouco a boca de Tabitha, a gata de Sarah. Vallin adicionara um pequeno capricho, um ratinho de prata empoleirado no focinho do gato. A criaturinha não se assemelhava nem de longe aos monstros com dentes gigantescos que circulavam pelo sótão. Senti calafrios só de pensar que eles roíam os papéis de Matthew enquanto dormíamos.

– Olhe só. Ele também gravou na base – disse Kit, observando os camundongos que brincavam na base da armadilha. – É um trecho dos aforismos de Hipócrates... e em latim, no mínimo. *Occasio proeceps, experimentum periculosum, iudicium difficile.*

– Considerando a proposta do equipamento, talvez seja uma inscrição excessivamente sentimental – admiti.

– Sentimental? – Matthew arqueou a sobrancelha. – Do ponto de vista do rato isso soa completamente realista: a oportunidade é fugaz, a experiência é perigosa e o julgamento é difícil. – Ele esboçou uma careta com os lábios.

– Vallin se aproveitou de você, sra. Roydon – comentou Kit. – Matt, você devia se recusar a pagar e devolver a ratoeira.

– Não! – protestei. – Não foi culpa dele. Nós estávamos conversando sobre relógios e *monsieur* Vallin me mostrou alguns maravilhosos. Mostrei-lhe o panfleto que adquiri na loja de John Chandler, em Cripplegate, aquele com instruções de como pegar roedores, e isso me fez falar do nosso problema com os ratos. Uma coisa levou a outra. – Olhei para a ratoeira. Era uma extraordinária peça de artesanato com pequenas engrenagens e molas.

– Em Londres, todo mundo tem problema com os ratos – disse Matthew, fazendo força para se controlar. – Mas nem por isso utilizam um brinquedo de prata folheada a ouro para resolver o problema. Geralmente alguns gatos são de serventia.

– Pagarei por isso, Matthew. – O pagamento esvaziaria a minha bolsa e me forçaria a pedir mais fundos para Walter, mas era inevitável. A experiência é sempre valiosa. Mas às vezes também é muito dispendiosa. Estendi a mão até a armadilha.

– Será que Vallin projetou isso para marcar as horas? Se for o caso, se é um dispositivo que marca o tempo e controla os roedores, o preço é mais do que justo. – Matthew fez menção de franzir a testa, mas abriu um sorriso largo. Em vez de me entregar a ratoeira, pegou minha mão, levou-a aos lábios e beijou-a. – Eu é que pagarei por isso, *mon coeur*, se me der o direito de gozar da sua cara pelos próximos sessenta anos.

Nesse momento George entrou apressado pelo saguão de entrada. Uma lufada de ar entrou junto.

– Trago notícias! – Ele deixou a capa de lado e fez uma pose de orgulho.

Kit gemeu e enterrou a cabeça nas mãos.

– Não conte nada. Sua tradução de Homero agradou ao idiota do Ponsonby e ele quer publicá-la sem correções.

– Nem mesmo você terá o prazer de ofuscar o meu prazer pelo que consegui hoje, Kit. – George olhou ao redor, com uma expressão de expectativa. – E então? Nenhum de vocês sente um mínimo de curiosidade?

– Qual é a novidade de hoje, George? – perguntou Matthew enquanto se distraía em jogar a ratoeira para o alto e agarrá-la.

– Encontrei o manuscrito da sra. Roydon.

Matthew agarrou a ratoeira com força e acionou o mecanismo. Soltou os dedos e a ratoeira caiu em cima da mesa e se fechou novamente.

– Onde?

George recuou por instinto. Eu acabara de passar por uma enxurrada de perguntas do meu marido e sabia muito bem quão desconcertante podia ser o ataque da atenção de um vampiro.

– Eu sabia que você era o homem certo para encontrá-lo – disse calorosamente para George, pondo a mão na manga de Matthew para acalmá-lo. George retornou à mesa, nitidamente amolecido pela observação, puxou uma cadeira e sentou-se.

– Sua confiança significa muito para mim, senhora Roydon – disse enquanto tirava as luvas. Fungou. – Nem todos a compartilham.

– Onde. Está. O manuscrito? – perguntou Matthew pausadamente de dentes trincados.

– No lugar mais óbvio que se podia imaginar, escondido à plena vista. Fiquei espantado por não termos pensado nisso logo. – George fez outra pausa para absorver a atenção de todos. Matthew soltou um grunhido quase inaudível de frustração.

– George – advertiu Kit. – A mordida de Matthew é conhecida.

– Dr. Dee está com o manuscrito – disse George abruptamente quando Matthew se mexeu.

– O astrólogo da rainha. – Não surpreendia o espanto de George por não termos pensado naquele homem logo. Dee também era alquimista... e possuía uma das maiores bibliotecas da Inglaterra. – Mas ele está na Europa.

– Faz um ano que dr. Dee retornou da Europa. Ele está morando fora de Londres.

– Por favor, não me diga que ele é um demônio ou um vampiro – eu disse.

– É apenas um humano... e uma verdadeira fraude – disse Marlowe. – Eu não confiaria numa só palavra dele, Matt. Ele usou o pobre Edward de maneira abominável, forçando-o a espiar pedras de cristal e conversar com anjos sobre alquimia dia e noite. E depois Dee ficou com todo o crédito!

– Pobre Edward? – disse Walter em tom sarcástico, abrindo a porta sem a menor cerimônia e adentrando pela casa, seguido por Henry Percy. Nenhum membro da Escola da Noite conseguia estar a um quilômetro de Hart and Crown sem ser irresistivelmente atraído para minha casa. – Seu amigo demônio o enganou por anos a fio. Se quer saber, acho que o dr. Dee fez bem em se livrar dele. – Walter pegou a ratoeira. – O que é isso?

– A deusa da caça se voltou para presas menores – respondeu Kit, com um sorrisinho.

– Ora, isso é uma ratoeira. Mas ninguém seria tolo a ponto de fazer uma ratoeira de prata banhada a ouro – disse Henry, olhando por cima do ombro de Walter. – Parece um trabalho de Nicholas Vallin. Ele fez um relógio maravilhoso quando Essex se tornou cavaleiro da Ordem da Jarreteira. Isso é algum tipo de brinquedo?

O punho de um vampiro esmurrou a minha mesa, rachando a madeira.

– George – Matthew se levantou –, fale-nos sobre o dr. Dee.

– Ah. Sim. Claro. Não há muito a falar. Fiz o que você pediu. – George gaguejou. – Fui às bancas de livros, mas não obtive informação. Ouvi falar de um volume de poesia grega à venda que me pareceu promissor para uma tradução... mas isso é uma digressão. – Ele se deteve e engoliu em seco. – A viúva Jugge me sugeriu que recorresse a John Hester, o boticário da Paul's Wharf. Hester me encaminhou a Hugh Plat, aquele comerciante de vinhos de St. James Garlickhythe.

Acompanhei atentamente essa complicada peregrinação intelectual na esperança de reconstituir a rota de George na minha próxima visita à Susanna. Talvez ela fosse vizinha de Plat.

– Plat é tão ruim quanto Will – disse Walter entre dentes –, sempre escrevendo coisas que não são da conta dele. Acredita que o sujeito me perguntou qual é o método que minha mãe usa para fazer tortas, bolos e biscoitos?

– Mestre Plat disse que o dr. Dee tem um livro da biblioteca do imperador. Nenhum homem pode lê-lo, e há umas ilustrações estranhas nesse livro – explicou George. – Plat se encontrou com dr. Dee no ano passado quando saiu em busca de orientação alquímica dele.

Eu e Matthew nos entreolhamos.

– É possível, Matthew – eu disse baixinho. – Elias Ashmole rastreara o que restara da biblioteca depois que Dee morreu, e Elias era particularmente interessado em livros de alquimia.

– Morte de Dee. E como foi o fim do bom doutor, sra. Roydon? – perguntou Marlowe em tom suave enquanto me cutucava com os olhos castanhos. Henry, que não ouvira a pergunta de Kit, se pronunciou antes que eu pudesse responder.

– Vou pedir para ver o manuscrito. – Asseverou com decisão. – Será fácil arranjar isso no meu caminho de volta a Richmond e à corte.

– Talvez não o reconheça, Hal – disse Matthew também disposto a ignorar Kit, embora o tivesse ouvido. – Irei com você.

– Talvez você também não o reconheça. – Balancei a cabeça, ansiosa para me livrar das cutucadas dos olhos de Marlowe. – Se alguém tem que fazer uma visita para John Dee, sou eu. Também irei.

– Não me olhe com essa ferocidade, *ma lionne*. Sei perfeitamente que não será convencida por ninguém a deixar isso por minha conta. Ainda mais quando há livros e alquimistas envolvidos. – Matthew ergueu o dedo em advertência. – Mas nada de perguntas. Entendeu? – Ele já tinha visto o caos mágico que isso podia deflagrar.

Disse sim com a cabeça e cruzei os dedos na dobra da saia, recorrendo ao antigo gesto mágico que repele as consequências negativas de uma mentira.

– Nenhuma pergunta da sra. Roydon? – balbuciou Walter. – Espero que tenha a sorte de conseguir isso, Matt.

Mortlake era uma pequena aldeia na região do Tâmisa, situada entre Londres e o palácio da rainha em Richmond. Nós viajamos na esplêndida barcaça do conde de Northumberland, com oito remadores, assentos estofados e cortinas contra correntes de ar. Uma jornada bem mais confortável – e bem mais calma – do que as que eram feitas com Gallowglass à frente dos remos.

Já tínhamos comunicado a visita para Dee via correspondência postal. Henry explicara com muito tato que a sra. Dee não gostava de receber visitas imprevistas. Era uma atitude que tinha a minha simpatia, embora incomum numa época em que a hospitalidade das portas abertas era a regra.

– Aquele ambiente doméstico... hum, é um tanto irregular, por conta das pesquisas do dr. Dee – disse Henry, levemente ruborizado. – E eles ainda têm um prodigioso número de filhos. A casa é quase sempre... caótica.

– Tanto isso é verdade que os criados ganharam fama depois que se atiraram no poço – comentou Matthew.

– Sim. Isso foi uma lástima. Mas duvido que possa acontecer durante nossa visita – murmurou Henry.

O estado da casa não me importava. Nós estávamos prestes a obter respostas para muitas perguntas: por que o manuscrito era tão cobiçado e se de fato revelava algo mais sobre a origem das criaturas. Claro, Matthew acreditava que o manuscrito poderia esclarecer a razão pela qual nós as criaturas sobrenaturais caminhávamos rumo à extinção nos tempos modernos.

Talvez pelo bem da propriedade ou talvez para evitar uma prole desordeira, o fato é que quando lá chegamos dr. Dee caminhava pelo jardim amurado de tijolinhos como se estivesse no alto verão e não no final de janeiro. Caminhava a passos lentos por um jardim infértil, com os braços cruzados às costas, uma toga preta de erudito e um capuz que se estendia da cabeça até o pescoço.

– Dr. Dee? – chamou Henry lá do muro.

– Lorde de Northumberland! O senhor está bem de saúde, não está? – A voz de Dee era baixa e rouca, embora tivesse o cuidado (como todos faziam) de elevá-la alguns tons em benefício de Henry. Ele retirou a boina e fez uma reverência.

– Nessa época do ano, mais ou menos, dr. Dee. Mas não foi minha saúde que nos trouxe aqui. Meus amigos vieram comigo, conforme expliquei na carta. Deixe-me apresentá-los para o senhor.

– Eu e dr. Dee já nos conhecemos. – Matthew sorriu para Dee com ar maldoso e fez uma reverência. Conhecia todas as criaturas estranhas da época. Por que não Dee?

– Mestre Roydon – disse Dee desconfiado.

– Esta é minha esposa, Diana. – Matthew inclinou a cabeça em minha direção. – Ela é amiga e parceira nas pesquisas alquímicas da condessa de Pembroke.

– Mantenho correspondência com a condessa de Pembroke sobre assuntos relacionados com a alquimia. – Dee se esqueceu de mim ao se concentrar na estreita ligação que mantinha com um membro importante do reino. – Sua mensagem indicava que o senhor precisa ver um dos meus livros, lorde Northumberland. O senhor está aqui por causa de lady Pembroke?

Antes que Henry pudesse responder, uma mulher de rosto bem marcado e de quadris largos saiu da casa, com um vestido marrom escuro cujas aplicações de pele nas bordas mostravam que já tinha sido melhor. Parecia irritada, mas grudou um sorriso de boas-vindas no rosto quando avistou o conde de Northumberland.

– Lá está a minha querida esposa – disse Dee sem jeito, gritando em seguida. – Jane, o conde de Northumberland e o mestre Roydon chegaram.

– Por que não os convidou para entrar? – retrucou Jane, torcendo as mãos com nervosismo. – Eles vão pensar que não estamos preparados para receber visitas e isso não é verdade, até porque recebemos visitas o tempo todo. Muita gente pede conselhos ao meu marido, milorde.

– Pois é. E isso também nos traz aqui. Estou vendo que a senhora está gozando de boa saúde, sra. Dee. Mestre Roydon me contou que sua casa foi recentemente agraciada com a visita da rainha.

Jane empertigou-se.

– É verdade. John tem visto Sua Majestade três vezes por semana desde novembro. Nas duas últimas vezes ela bateu ao nosso portão quando cavalgava pela estrada de Richmond.

– Sua Majestade foi generosa conosco no Natal – disse Dee, torcendo a boina nas mãos. Jane olhou para ele com ar azedo. – Nós pensamos... mas isso não é importante.

– Que deleite, que deleite! – exclamou Henry rapidamente, salvando Dee de um possível embaraço. – Mas vamos ao que interessa. Gostaríamos de ver um livro em particular...

– A biblioteca do meu marido é mais estimada que ele! – disse Jane emburrada. – Nossas despesas por ocasião da visita do imperador foram imensas, e temos muitas bocas para alimentar. A rainha prometeu que nos ajudaria. E nos deu uma pequena recompensa, mas prometeu mais.

– Sem dúvida alguma a rainha se distraiu por conta de preocupações mais prementes. – Matthew tinha uma pequena bolsa na mão. – O presente dela está comigo. E valorizo o seu marido, sra. Dee, não apenas os livros dele. Já acrescentei o nome de sua família à bolsa de Sua Majestade.

– Eu... lhe agradeço muito, mestre Roydon – gaguejou Dee, trocando um olhar com a esposa. – É muito gentil de sua parte tratar dos negócios da rainha. Entendo que os assuntos de Estado sempre devem preceder as dificuldades pessoais.

– Sua Majestade nunca esquece os que a servem bem – disse Matthew. Era uma mentira descarada. Todos os que estavam no jardim nevado sabiam disso, mas ninguém contestou.

– Estaremos bem melhor acomodados se entrarmos e ficarmos perto da lareira – disse Jane, mostrando uma súbita e crescente hospitalidade. – Trarei vinho e providenciarei para que não sejam perturbados por ninguém. – Inclinou-se em reverência para Henry e para Matthew, e depois saiu em direção à porta. – Venha, John. Eles vão congelar se ficarem aqui fora por mais tempo.

Vinte minutos na casa dos Dee foram suficientes para constatar que a senhoria da casa representava aquele tipo peculiar de casal que vive às turras sem nunca se separar. Eles trocaram comentários farpados quando admiramos as novas tapeçarias (um presente de lady Walsingham), a nova jarra para vinho (um presente de *sir* Christopher Hatton) e o novo saleiro de prata (um presente da marquesa de Northampton). E depois que passamos por uma sessão de presentes pomposos e injúrias trocadas entre o casal fomos finalmente conduzidos à biblioteca.

– Já vi que levarei um tempão para tirá-la daqui – sussurrou Matthew, rindo ao ver minha expressão maravilhada.

A biblioteca de John Dee não era nada parecida com o esperado. Achava que seria como as bibliotecas espaçosas e privadas dos abastados cavalheiros do século XIX – por algumas razões que naquele momento me pareceram indefensáveis. Definitivamente, não era um lugar aconchegante onde se podia fumar um cachimbo e ler perto da lareira. Naquele dia de inverno, à luz de velas, o ambiente estava surpreendentemente escuro. Algumas poucas cadeiras e uma longa mesa aguardavam os leitores ao lado das janelas voltadas para o sul. As paredes estavam cobertas de mapas, cartas celestiais, diagramas anatômicos e uma grande quantidade de folhas de almanaques que podiam ser comprados por alguns centavos em qualquer botica e livraria de Londres. As dezenas de coleções expostas serviam como referências para as cartas natais e outros cálculos celestes realizados por Dee.

Nenhum dos meus colegas de Oxford e Cambridge possuía mais livros que ele. Mantinha a biblioteca para trabalho, não para exibição. Não era de surpreender que os bens mais preciosos não estivessem à vista e à mão, mas sim nas estantes. Para maximizar o que estava disponível, as estantes eram autônomas e perpendiculares às paredes. Eram estantes de carvalho simples e de dupla face, e as prateleiras se ajustavam a diferentes alturas de modo a caber os diferentes tamanhos dos livros elisabetanos. As prateleiras também tinham duas pranchas inclinadas de leitura, onde se podia estudar um texto e depois recolocá-lo no lugar.

– Meu Deus – murmurei. Dee me olhou constrangido pela minha reação.

– Minha esposa está impressionada, mestre Dee – explicou Matthew. – Ela nunca esteve numa biblioteca tão grande assim.

– Sra. Roydon, há muitas outras bibliotecas muito mais espaçosas e com muito mais tesouros que a minha.

Jane chegou bem na hora de mudar o rumo da conversa para a pobreza da família.

– A biblioteca do imperador Rodolfo é muito boa – disse ela, trazendo uma bandeja de vinho e doces. – Mesmo assim, ele não se vexou em surrupiar um dos melhores livros de John. O imperador se aproveitou da generosidade do meu marido, e temos muito pouca esperança de compensação.

– Pare com isso, Jane – disse John. – Sua Majestade nos deu um livro em troca.

– E que livro ele levou? – perguntou Matthew de maneira casual.

– Um texto raro – respondeu Dee com ar infeliz, observando a esposa que se dirigia para a mesa.

– Nada mais que bobagens! – retrucou Jane.

Era o Ashmole 782. Só podia ser.

– Mestre Plat nos falou justamente desse livro. É por isso que estamos aqui. Que tal primeiro desfrutarmos da hospitalidade de sua esposa e depois vermos o livro do imperador? – sugeriu Matthew, amável como um gatinho. Estendeu o braço para mim e lhe dei um pequeno apertão.

Enquanto Jane nos servia, reclamando do preço das nozes na época das festas e de como quase fora levada à bancarrota pelo dono do armazém, Dee procurava o Ashmole 782. Ele esquadrinhou as prateleiras de uma estante e puxou um volume.

– Não é ele – sussurrei para Matthew. Era um livro muito pequeno.

Dee pôs o livro em cima da mesa, à frente de Matthew, e abriu a capa de velino.

– Vejam. Não há nada nesse livro além de palavras sem sentido e gravuras indecentes de mulheres no banho – disse Jane enquanto saía da sala resmungando e balançando a cabeça em negativa.

Não era o Ashmole 782, mas era um livro de renome: o manuscrito Voynich, também conhecido em Yale como Beinecke MS 408. Seu conteúdo era um mistério. Nem os decodificadores nem os linguistas tinham conseguido desvelar o que o texto dizia, e os botânicos não tinham conseguido identificar as plantas. Uma das inúmeras teorias que tentavam explicar os mistérios desse manuscrito sugeria que fora escrito por alienígenas. Soltei um murmúrio de decepção.

– Não? – disse Matthew. Sacudi a cabeça em negativa, mordendo o lábio de frustração. Dee achou que o meu aborrecimento se devia a Jane e se apressou em justificá-la.

– Por favor, perdoe a minha esposa. Esse livro é particularmente angustiante para Jane porque foi ela que o descobriu no meio das caixas quando retornamos das terras do imperador. Durante a viagem carreguei comigo outro livro raro de alquimia que tinha pertencido ao grande mago inglês, Roger Bacon. Era maior que esse e continha muitos mistérios.

Eu me agitei na cadeira.

– Meu assistente Edward só conseguiu entender o texto graças à intervenção divina, mas eu não consegui – continuou Dee. – Foi antes de nossa despedida de Edward em Praga que o imperador Rodolfo demonstrou interesse pela obra. Já tinha ouvido alguns segredos que o livro continha do próprio Edward... sobre a geração dos metais e de um método secreto para a consecução da imortalidade.

Ou seja, apesar de tudo, o Ashmole 782 já tinha estado nas mãos de Dee. E seu demoníaco assistente Edward Kelley conseguira ler o texto. Minhas mãos tremeram tanto de excitação que tive que contê-las sob as pregas da saia.

– Edward ajudou Jane a empacotar os livros quando recebemos a ordem de retornar para casa. Jane acredita que Edward roubou o livro e o recolocou na coleção de Sua Majestade. – Dee hesitou, com ar pesaroso. – Não me agradou pensar mal de Edward; era um parceiro de confiança e convivemos muito tempo juntos. Ele e Jane nunca se deram bem e a princípio descartei a teoria dela.

– Mas agora o senhor vê algum mérito nela – observou Matthew.

– Relembro os fatos dos nossos últimos dias, mestre Roydon, em busca de algum detalhe que possa inocentar o meu amigo. Mas tudo que lembro só serve para fazer a culpa recair ainda mais sobre ele. – Dee suspirou. – Mesmo assim, esse texto aí poderá provar que contém segredos muito valiosos.

Matthew folheou as páginas.

– São quimeras – disse, observando a imagem das plantas. – Folhas, caules e flores desconexos entre si porque reunidos de diferentes plantas.

– O que acha disso? – perguntei, apontando para as mandalas astrológicas que se seguiam. Olhei o que estava escrito no centro. Engraçado. Já tinha visto aquele manuscrito diversas vezes sem nunca prestar atenção nas notas.

– São inscrições escritas na língua da antiga Occitânia – disse Matthew baixinho. – Conheci alguém com uma caligrafia muito parecida com esta. O senhor conheceu algum cavalheiro de Aurillac quando esteve na corte do imperador?

Ele se referia a *Gerbert*? Minha excitação se tornou ansiedade. Será que Gerbert confundira o manuscrito Voynich com o misterioso livro das origens? Minha pergunta fez a caligrafia tremer no centro do diagrama astrológico. Fechei o livro para que a folha não se soltasse.

– Não, mestre Roydon – disse Dee, franzindo a testa. – Se tivesse conhecido tentaria extrair informações sobre o célebre mago desse lugar que se tornou papa. São muitas as verdades que se ocultam nas velhas histórias contadas ao redor do fogo.

– Sim – disse Matthew –, pena que não somos sábios o bastante para reconhecê-las.

– Por isso mesmo, lamento muito a perda do meu livro. Pertenceu a Roger Bacon e, segundo a anciã que o vendeu para mim, Bacon o prezava por conter verdades divinas. Ele o chamava de *Verum Secretum Secretorum*. – Dee olhou com ar melancólico para o manuscrito Voynich. – Gostaria tanto de ter meu livro de volta.

– Talvez possa ajudá-lo de algum modo – disse Matthew.

– O senhor, mestre Roydon?

– Se me permitisse ficar com este livro poderia recolocá-lo no lugar... e restituiria o outro livro para o senhor que é o seu verdadeiro dono. – Matthew puxou o manuscrito para si.

– Ficaria em débito para sempre com o senhor – disse Dee, sem se estender na negociação.

No minuto que saímos do ancoradouro de Mortlake comecei a bombardear Matthew com perguntas.

– O que está pensando? Não pode simplesmente empacotar o manuscrito Voynich e enviá-lo para Rodolfo com uma nota acusando-o de jogo duplo. Será preciso encontrar alguém que seja louco o bastante para arriscar a própria vida, arrombando a biblioteca de Rodolfo para roubar o Ashmole 782.

– Se Rodolfo está com o Ashmole 782, claro que não o guarda na biblioteca. Talvez esteja no armário de curiosidades – disse Matthew distraído enquanto observava a água.

– O Voynich... não é então o livro que vocês estão procurando? – Henry acompanhava nosso diálogo com um interesse polido. – George vai ficar desapontado por não ter resolvido o mistério.

– Hal, ainda que George não tenha resolvido, o fato é que jogou uma luz considerável na situação – retrucou Matthew. - Encontraremos o livro perdido de Dee por intermédio dos agentes dos meus pais e também dos meus.

Depois disso, pegamos uma boa maré para a cidade e chegamos com muita rapidez. As tochas estavam acesas no ancoradouro da Water Lane, como se aguardando pela nossa chegada, e dois homens uniformizados da condessa de Pembroke acenaram para que recuássemos.

– Para o castelo Baynard, por favor, mestre Roydon! – Um grito cortou a água.

– Alguma coisa deve estar errada – disse Matthew, levantando-se na proa da barcaça. Henry ordenou aos remadores que prosseguissem pelo rio até o ancoradouro da condessa que estava igualmente iluminado por tochas e lanternas.

– É um dos meninos? – perguntei para Mary que desceu correndo até o saguão de entrada para nos receber.

– Não. Eles estão bem. Vamos logo para o laboratório – disse ela por cima do ombro, já se encaminhando de volta à torre.

Éramos aguardados por uma visão que deixou a mim e a Matthew sem fôlego.

– É uma *arbor Dianae* totalmente insólita – disse Mary, acocorando-se para pôr os olhos ao nível da base do alambique bojudo que continha as raízes de uma árvore negra. Não é igual à primeira *arbor Dianae* que era toda prateada e tinha uma estrutura bem mais delicada. A segunda tinha um tronco vigoroso e escuro com galhos desfolhados que me fez lembrar do carvalho que nos serviu de abrigo em Madison depois do ataque de Juliette. Foi quando extraí toda a vitalidade da árvore para salvar a vida de Matthew.

– Por que esta não é prateada? – perguntou Matthew, rodeando com as mãos o frágil alambique de vidro da condessa.

– Utilizei o sangue de Diana – respondeu Mary. Matthew se empertigou e me olhou incrédulo.

– Olhe para a parede – eu disse, apontando para o sangramento do dragão de fogo.

– É o dragão verde... símbolo da água régia ou aquaforte – disse ele depois de uma rápida olhadela.

– Não, Matthew. *Olhe* para aquilo. Esqueça o que a gravura representa e olhe-a como se pela primeira vez.

– *Dieu*. – Matthew ficou chocado. – É o meu brasão?

– Pois é. E reparou que o dragão está mordendo a cauda? E que não é um dragão comum? Os dragões comuns têm quatro patas. É um dragão de fogo.

– Um dragão de fogo. Como... – grunhiu Matthew.

– Inúmeras teorias que diferem entre si discorrem a respeito de uma mesma substância como o primeiro e crucial ingrediente necessário à produção da pedra filosofal. Segundo Roger Bacon, que possuiu o manuscrito perdido do dr. Dee, a dita substância era o sangue. – Acocorei-me para olhar a árvore, convencida de que o fragmento de informação chamaria a atenção de Matthew.

– E você olhou para o mural e seguiu os seus instintos. – Matthew deu uma pequena pausa, deslizou o polegar ao longo do lacre de cera do recipiente e acabou quebrando a cera.

Mary engoliu em seco de horror por achar que a experiência estava arruinada.

– O que está fazendo? – perguntei chocada.

– Seguindo a intuição e adicionando algo mais ao alambique. – Matthew levou o pulso à boca e o mordeu, e depois o manteve sobre a estreita abertura. O sangue espesso e escuro pingou na solução e desceu ao fundo do recipiente. Ficamos de olhos grudados no vidro.

Já estava pensando que nada ocorreria quando listras vermelhas muito finas subiram pelo tronco da árvore. E depois brotaram folhas douradas dos galhos.

– Olhe só isso – eu disse extasiada.

Matthew sorriu para mim. Um sorriso ainda tingido de dor, mas também de esperança.

Frutos vermelhos emergiram por entre as folhas cintilantes como rubis. Mary começou a murmurar uma prece de olhos arregalados.

– Meu sangue criou a estrutura da árvore e seu sangue a fez frutificar – eu disse pausadamente enquanto pousava a mão no meu ventre vazio.

– Sim. Mas por quê? – perguntou Matthew.

Apenas as estranhas figuras e o enigmático texto do Ashmole 782 eram capazes de explicar a misteriosa transformação resultante da mistura do sangue de uma bruxa com o sangue de um *wearh*.

– Quanto tempo você disse que seria preciso para resgatar o livro de Dee? – devolvi a pergunta.

– Ora, não deve demorar muito – murmurou ele. – Não agora que voltei a me concentrar nele.

– Quanto mais cedo melhor – disse carinhosamente, entrelaçando nossos dedos enquanto assistíamos ao milagre operado pelo nosso sangue.

25

A estranha árvore continuou desenvolvendo nos dois dias seguintes: os frutos amadureceram e caíram junto ao mercúrio e à *prima materia* nas raízes da árvore. Formaram-se novos botões que desabrocharam e floresceram. A cada dia as folhas se convertiam de dourado em verde e de novo em tom dourado. Vez por outra irrompiam novos galhos ou uma nova raiz que se estendia em busca de nutrição.

— Ainda encontrarei uma boa explicação para isso — dizia Mary, apontando para as pilhas de livros que Joan tirara das estantes. — Parece que criamos algo inteiramente novo.

Apesar das digressões alquímicas, as minhas obrigações de bruxa eram cumpridas à risca. Continuei tecendo a minha capa cinzenta invisível e fazia isso cada vez mais rápido e com resultados melhores e mais eficazes. Marjorie prometera que logo eu estaria pronta para traduzir a tecelagem em palavras que pudessem ser utilizadas por outras bruxas nos feitiços.

Alguns dias depois, voltava caminhando de St. James Garlickhythe e, quando subi a escada da nossa casa em Hart and Crown, acabei derramando o meu disfarce enfeitiçado, como de costume. Annie pegava as roupas limpas junto às lavadeiras do outro lado do pátio. Jack estava ao lado de Pierre e Matthew. O que será que Françoise preparara para o jantar? Eu estava faminta.

— Vou começar a gritar se ninguém me alimentar nos próximos cinco minutos. — Isso foi dito quando atravessei o umbral da porta e foi acompanhado pelo som dos alfinetes que se espalharam pelas tábuas do piso quando me livrei do pesado painel bordado e preso à frente do meu vestido. Joguei-o em cima da mesa. Levei os dedos por baixo da roupa e soltei os laços que prendiam o corpete.

Ecoou uma tosse discreta da lareira.

Girei o corpo, com as mãos agarradas ao pano que cobria os meus seios.

— Não vai adiantar muito gritar, suponho. — Soou uma voz rascante das profundezas da poltrona perto da lareira que mais parecia areia arranhando vidro.

– Pedi à criada para trazer vinho, pois minhas velhas pernas já não se movem com tanta rapidez para satisfazer a sua necessidade.

Contornei a poltrona a passos lentos. Aquele estranho na minha casa arqueou uma sobrancelha grisalha e esticou os olhos brilhantes até o ponto indecente do meu corpo. Amarrei a cara perante a ousadia.

– Quem é o senhor? – Ele não era nem demônio nem bruxo nem vampiro. Não passava de um mero humano enrugado.

– Creio que seu marido e seus amigos me chamam de Velha Raposa. Em razão dos meus pecados também sou o lorde tesoureiro. – O homem mais astuto e certamente um dos mais cruéis da Inglaterra esperou que suas palavras fossem digeridas. A expressão gentil não arrefecia a agudeza do olhar.

William Cecil está sentado na minha sala de estar. Olhei para ele com ar apatetado, abismada demais para fazer uma reverência adequada.

– Vejo que de alguma forma lhe sou familiar. Fico surpreso que minha reputação tenha chegado tão longe porque muitos outros me contaram e agora está claro que a senhora é uma estrangeira. – Cecil ergueu a mão quando abri a boca para replicar. – É mais sensato que a senhora não compartilhe muito comigo.

– O que posso fazer pelo senhor, *sir* William? – Eu parecia uma menininha de escola sentada na sala do diretor.

– A minha reputação me precede, mas não o meu título. *Vanitatis vanitatum, omnis vanitas* – disse Cecil em tom seco. – Agora, sou chamado de lorde Burghley, sra. Roydon. A rainha é uma patroa generosa.

Vociferei silenciosa. Nunca me interessara pelas datas em que os membros da aristocracia eram elevados aos níveis mais altos de hierarquia e privilégio. Quando precisava saber disso, recorria ao *Dictionary of National Biography*. E agora acabava de insultar o chefe de Matthew. Ainda teria uma chance de lisonjeá-lo com o latim.

– *Honor virtutis praemium* – murmurei, tentando me acalmar. *A honra é o preço da virtude.* Um dos meus vizinhos em Oxford formara-se na Arnold School. Jogava rúgbi e celebrava as vitórias do New College gritando a frase a plenos pulmões, ainda no gramado, para o delírio dos companheiros.

– Ah, o lema de Shirley. A senhora é membro dessa família? – Lorde Burghley se entreteve com os dedos quando me olhou com mais interesse. – É uma família conhecida pelo pendor para perambular.

– Não – respondi. – Eu sou uma Bishop... não propriamente um bispo. – Lorde Burghley inclinou a cabeça sem dizer nada, refletindo a respeito da minha óbvia afirmativa. Senti um desejo absurdo de desnudar a alma para aquele homem... ou de me desviar o mais rápido possível para a direção oposta.

– Sua Majestade aceita o casamento dos membros do clero, mas graças a Deus os bispos mulheres estão para além da imaginação dela.

– Sim. Não. Posso fazer alguma coisa pelo senhor, milorde? – repeti, com uma deplorável nota de desespero na voz. Trinquei os dentes.

– Acho que não, sra. Roydon. Mas talvez possa fazer alguma coisa por si mesma. Sugiro que volte para Woodstock. Sem demora.

– Por quê, milorde? – Senti um arrepio de medo.

– Porque é inverno e nessa época a rainha não se encontra tão ocupada. – Burghley olhou para a minha mão esquerda. – E a senhora é casada com mestre Roydon. Sua Majestade é generosa, mas não aprova quando um dos seus favoritos se casa sem a permissão dela.

– Matthew não é um dos favoritos da rainha... ele é um espião. – Tapei a boca com a mão, mas já era tarde para conter as palavras.

– Favoritos e espiões não são mutuamente excludentes... a não ser quando Walsingham está envolvido. A moralidade rígida e a expressão azeda desse homem são insuportáveis para a rainha. Mas Sua Majestade tem um enorme apreço por Matthew Roydon. Um apreço considerado por alguns como perigoso. Mesmo porque seu marido guarda muitos segredos. – Cecil levantou-se, apoiou-se na bengala e disse com um gemido. – Volte para Woodstock, senhora. Isso será melhor para todos.

– Não abandonarei o meu marido. – Mesmo que Elizabeth comesse cortesãs no café da manhã, como alertara Matthew, não me faria sair da cidade. Mesmo porque finalmente estava adaptada, fazendo amigos e aprendendo magia. Sem mencionar que todo dia Matthew voltava para casa em frangalhos e varava a noite a responder correspondências enviadas pelos informantes da rainha, pelo pai e pela Congregação.

– Diga a Matthew que estive aqui. – Lorde Burghley saiu lentamente em direção à porta, onde se deparou com Françoise, que trazia uma grande jarra de vinho de cara amarrada. Talvez ela tenha arregalado os olhos. Não pareceu feliz por me encontrar leve e solta com o corpete quase todo aberto dentro de casa. – Muito obrigado pela conversa, sra. Roydon. Foi esclarecedora.

O alto tesoureiro da Inglaterra desceu a escada de entrada da casa. Estava muito velho para caminhar sozinho pela rua na tarde avançada de janeiro. Fui com ele até o final da escada.

– Acompanhe lorde Burghley, Françoise – disse para ela –, e leve-o ao encontro dos criados. – Os criados certamente se embriagavam com Kit e Will na Cardinal's Hat, se é que não esperavam em meio à confusão de carruagens no alto da Water Lane. Eu não queria ser a última pessoa a ver o principal conselheiro da rainha Elizabeth em vida.

– Não precisa, não precisa – disse Burghley, olhando para trás. – Sou apenas um velho de bengala. Os ladrões preferem pessoas com brincos ou gibões elegantes. Posso espantar os mendigos, se necessário. E os meus homens não estão longe daqui. Lembre-se do meu conselho, senhora.

Dito isso, ele desapareceu na penumbra.

– *Dieu*. – Françoise se benzeu e bifurcou os dedos para afastar o mau-olhado. – Ele é um velho. Não gostei do jeito que olhou para a senhora. Ainda bem que milorde não está em casa. Ele também não teria gostado.

– William Cecil tem idade suficiente para ser o meu avô, Françoise – retruquei e retornei ao calor da sala de estar, onde finalmente soltei os laços do corpete. Gemi de prazer quando me livrei daquele troço apertado.

– Lorde Burghley não olhou para a senhora como se quisesse levá-la para a cama. – Françoise olhou incisivamente para o meu corpete.

– Não? *Como* me olhou, então? – Eu me servi de um pouco de vinho e afundei na poltrona. O dia dava uma virada decisiva para o pior.

– Como se a senhora fosse um carneiro pronto para ser abatido enquanto ele avaliava o preço a ser cobrado pela senhora.

– Quem ameaçou comer Diana no jantar? – Matthew chegou como um gato furtivo e tirou as luvas.

– Uma de suas visitas. Acabou de sair. – Tomei um gole de vinho. Mal acabava de engolir quando Matthew tirou a taça de minhas mãos. Suspirei irritada. – Você não poderia acenar ou fazer qualquer outra coisa para me avisar que está prestes a se mover? Fico desconcertada quando aparece dessa maneira.

– Da mesma forma que você adivinhou que espiar pela janela é uma peculiaridade minha, sinto-me honrado em lhe dizer que sua peculiaridade é mudar de assunto. – Ele tomou um gole de vinho e pôs a taça na mesa. Esfregou o rosto com ar cansado. – Que visita foi essa?

– William Cecil estava à sua espera perto da lareira quando cheguei aqui.

Matthew se calou, com ar arrepiante.

– Burghley é o velho mais assustador que já conheci – continuei enquanto pegava a taça de vinho. – Mas até que se parece com Papai Noel com aquele cabelo branco e aquela barba branca, se bem que nunca ficaria de costas para ele.

– Isso é bem sensato – disse Matthew baixinho, voltando-se depois para Françoise. – O que ele queria?

Ela deu de ombros.

– Não sei. Já estava aqui quando voltei para casa com a torta de carne de porco de madame. Lorde Burghley pediu vinho. O demônio bebeu todo o vinho da casa esta manhã e tive que sair para comprar mais.

Matthew desapareceu. E retornou com passos mais tranquilos, como se aliviado. Fiquei de pé. *O sótão... e todos os segredos escondidos lá.*

– Ele...

– Não. – Matthew me interrompeu. – Está tudo exatamente como deixei. William disse o que veio fazer aqui?

– Lorde Burghley me pediu para lhe dissesse que esteve aqui. – Hesitei. – E me aconselhou a sair da cidade.

Annie entrou na sala, junto a Jack que tagarelava e a Pierre que sorria, mas o riso no rosto de Pierre se dissolveu tão logo ele olhou para o rosto de Matthew. Peguei as roupas que Annie trazia.

– Por que não leva as crianças até a Cardinal's Hat, Françoise? – sugeri. – Pierre também pode ir.

– Oba! – gritou Jack, feliz com a perspectiva de uma noitada. – Mestre Shakespeare está me ensinando a fazer malabarismos.

– Não vejo por que me opor, desde que não tente mexer na sua caligrafia – eu disse, pegando o chapéu que Jack lançara ao ar. A última coisa que queríamos era que ele acrescentasse a falsificação à sua lista de habilidades. – Vá e jante. E tente se lembrar da utilidade do lenço de bolso.

– Pode deixar. Vou lembrar – disse Jack, limpando o nariz na manga da camisa.

– Por que lorde Burghley se deslocou até Blackfriars para ver você?

– Porque recebi notícias da Escócia hoje.

– E então? – perguntei, com um nó na garganta. Não era a primeira vez que o assunto bruxas de Berwick era levantado na minha presença, mas de alguma forma a presença de Burghley fez o assunto se parecer com o mal que bate à porta.

– O rei Jaime continua perseguindo as bruxas. William queria discutir o que... se a rainha... poderia fazer alguma coisa em represália. – Matthew franziu a testa quando comecei a cheirar a medo. – Você não precisa saber o que está acontecendo na Escócia.

– Isso não muda os acontecimentos em nada.

– Não – disse ele e massageou suavemente a minha nuca para atenuar a tensão. – E saber também não.

No dia seguinte cheguei da casa de Goody Alsop com uma caixa de madeira, onde deixaria os meus feitiços escritos incubados até que pudessem ser utilizados por outras bruxas. Encontrar um jeito de traduzir a magia em palavras era o próximo feitiço que me aguardava em minha evolução como tecelã. Até então a caixa só guardava os meus cordões de tecelã. Na opinião de Marjorie o meu feitiço de disfarce ainda não estava pronto para ser utilizado por outras bruxas.

Um bruxo da Thames Street confeccionara a caixa do galho da sorveira que o dragão de fogo deixara para mim na noite do meu primeiro *forspell*. Ele entalhara uma árvore na superfície da caixa cujos galhos entrelaçados pareciam que eram inseparáveis. Na confecção da caixa não havia pregos. Foram substituídos por junções quase imperceptíveis. O bruxo se orgulhou da obra e eu mal podia esperar para que Matthew a visse.

Hart and Crown estava estranhamente quieto. A lareira e as velas da sala de estar não estavam acesas. Matthew estava sozinho no estúdio, com três jarras de vinho à frente; duas delas, aparentemente vazias. Ele não bebia tanto assim.

– O que há de errado?

Ele pegou uma folha de papel. A cera do lacre estava dependurada na dobra do papel. E o lacre estava partido ao meio.

– Querem nos ver na corte.

Afundei na poltrona no lado oposto ao dele.

– Quando?

– Sua Majestade graciosamente nos concede o favor de aguardar até amanhã. – Ele bufou. – O pai dela não era tão clemente. Quando Henrique queria ver alguém, mandava que o buscassem na mesma hora, mesmo que tivesse que arrancá-lo da cama e estivesse chovendo canivetes.

Eu morria de vontade de conhecer Elizabeth desde a época em que estava em Madison. Mas depois conheci o homem mais astuto do reino e perdi a vontade de conhecer a mulher mais astuta.

– Precisamos ir? – perguntei ainda na esperança de que Matthew pudesse descartar a ordem real.

– Na carta a rainha fez questão de frisar sua posição contrária a conjurações, encantamentos e feitiçarias. – Ele jogou o papel em cima da mesa e vociferou. – Pelo visto, o sr. Danforth escreveu uma carta para o bispo dele. Burghley sumiu com a carta, mas reapareceu em seguida.

– Por que então precisamos ir à corte? – Apertei a caixa de feitiços. Os cordões se agitaram lá dentro, ansiosos para ajudar a responder a minha pergunta.

– Porque Elizabeth irá nos prender se não estivermos às duas da tarde de amanhã na câmara de audiência do Palácio de Richmond. – Os olhos de Matthew se tornaram cacos de vidro marinhos. – Em pouco tempo a Congregação saberá de tudo sobre nós dois.

A notícia deixou os membros da casa em rebuliço, e no dia seguinte a ansiedade se espalhou pela vizinhança quando a condessa de Pembroke chegou logo após o amanhecer com roupas suficientes para equipar toda uma paróquia. Fizera o caminho pelo rio e deixara a barcaça em Blackfriars, percorrendo assim uma distância que não passava de alguns poucos metros. Seu aparecimento na Water Lane tornou-se um espetáculo público de grandes proporções, e durante algum tempo a agitação se estendeu pela nossa rua geralmente tranquila.

Mary entrou na sala de estar aparentemente serena e imperturbável, com Joan e uma fileira de criados de menor importância perfilados atrás dela.

– Soube por Henry que vocês são esperados na corte esta tarde. E você não tem nada adequado para vestir. – Mary dirigiu a equipe de criados com um dedo imperativo em direção ao meu quarto de dormir.

– Usarei o vestido do meu casamento – protestei.

– Mas é um vestido francês! – retrucou ela horrorizada. – Você não pode usá-lo!

Cetins bordados, veludos sedosos, sedas cintilantes tecidas em fios de ouro e prata e pilhas de materiais diáfanos com propósitos desconhecidos desfilaram à minha frente.

– Isso é um exagero, Mary. O que você está pensando? – disse, espremendo-me para evitar esbarrar em uma das criadas.

– Ninguém sai para uma batalha sem armas adequadas – respondeu ela, com seu misto característico de leveza e acidez. – E Sua Majestade, que Deus a tenha, é uma formidável oponente. Você precisa de toda a proteção que o meu armário pode lhe dar.

Analisamos juntas as opções. Como faríamos as alterações nas roupas de Mary para que coubessem em mim era um mistério, mas eu sabia melhor do que ninguém que não adiantava perguntar. Eu seria Cinderela e os pássaros da floresta e seres encantados dos bosques seriam chamados se a condessa de Pembroke achasse necessário.

Finalmente, escolhemos um vestido preto bordado com flores-de-lis prateadas e rosadas. Mary argumentou que era uma confecção do ano anterior e que a ausência de caimento arredondado das saias estava em voga. Elizabeth ficaria feliz com meu frugal desrespeito pelos caprichos da moda.

– E prata e preto são as cores da rainha. Não é à toa que Walter sempre veste essas cores – explicou ela, alisando as mangas bufantes.

Mas a minha peça preferida foi uma anágua de cetim branco que ficava à vista no corte frontal que dividia a saia. Também era bordada com representações da flora e da fauna, acompanhadas de fragmentos da arquitetura clássica, instrumentos científicos e personificações femininas das artes e das ciências. No bordado reconheci a mão do gênio que confeccionara os sapatos de Mary. Não toquei no bordado para garantir que a Dama da Alquimia não escoasse pela anágua afora antes que tivesse a chance de vesti-la.

Foram necessárias quatro mulheres e duas horas para me vestir. Primeiro, amarraram-me às roupas estofadas e estufadas em ridículas proporções, com grossos tecidos e uma larga armação de aros tão complicada quanto o esperado. O rufo era igualmente largo e chamativo, se bem que Mary me assegurou que não era tão largo quanto o que a rainha estaria usando. Ela prendeu um leque de penas de avestruz na minha cintura. O leque ficou dependurado como um pêndulo e balançava quando eu andava. O acessório com plumas e cravejado de rubis e pérolas era, sem dúvida alguma, bem mais caro que minha ratoeira e me dei por satisfeita porque ficou literalmente preso ao meu quadril.

A escolha das joias se tornou controversa. Mary retirou de um cofre itens e mais itens de valor inestimável. Mas insisti em usar os brincos de Ysabeau, em vez das maravilhosas gotas de diamante sugeridas por Mary. Combinaram incrivelmente com o fio de pérolas que Joan pendurou no meu ombro. Para o meu horror, Mary desmembrou a corrente que ganhara de presente de casamento de Philippe e pregou um dos pingentes florais no centro do corpete. Fez um laço vermelho com as pérolas e o prendeu com um alfinete. Após uma longa discussão, Mary e Françoise concordaram em aplicar uma simples gargantilha de pérolas para preencher o decote. Annie prendeu a minha flecha de ouro no rufo, com um alfinete apropriado para joias, e Françoise arrumou o meu cabelo de modo a emoldurar o meu rosto em forma de coração. Como toque final, Mary fixou uma rede de pérolas atrás da minha cabeça para cobrir os nós das tranças empilhados ali por Françoise.

Matthew, cujo mau humor crescia assustadoramente à medida que se aproximava a fatídica hora, esboçou um sorriso e pareceu impressionado.

– Estou me sentindo como se vestida para o palco – comentei constrangida.

– Você está adorável... esplêndida – asseverou ele.

Matthew também estava esplêndido no sóbrio conjunto de roupas de veludo preto, com pequenos toques de branco nos punhos e na gola. Usava o meu retrato em miniatura dependurado no pescoço. A laçada da longa corrente deixava a lua virada para fora e a minha imagem em cima do coração dele.

A primeira visão que tive do Palácio de Richmond foi o topo de uma torre de pedra em tom creme, com o estandarte real embalado pela brisa. Logo outras torres surgiram à vista, cintilando no ar gelado de inverno como torres de castelos de contos de fadas. Em seguida a ampla estrutura do complexo palaciano se fez visível: a estranha galeria retangular, voltada para sudeste, o principal prédio de três andares cercado por um largo fosso, voltado para sudoeste, e, mais além, o pomar amurado. Atrás do prédio principal, algumas torres, picos e dois prédios que lembravam Eton College. Uma enorme grua erguia-se no ar para além do pomar, e enxames de homens descarregavam caixas e encomendas para as cozinhas e despensas do palácio. O castelo de Baynard, que me parecia imenso, não chegava aos pés da residência real.

Os remadores direcionaram a barcaça rumo ao ancoradouro. Matthew ignorou olhares e perguntas e deixou para Pierre e Gallowglass a incumbência de responder por ele. Um observador casual teria a impressão de que Matthew estava um tanto aborrecido. Mas eu o acompanhava de perto e sabia muito bem que ele esquadrinhava a margem do rio em alerta e em guarda.

Observei a galeria de dois andares através do fosso. Os arcos do térreo eram inteiramente abertos, mas o andar superior era coberto por janelas de chumbo. Rostos curiosos espiaram os recém-chegados na esperança de obter um punhado de fofocas. Matthew rapidamente se interpôs com seu corpanzil entre a barcaça e os cortesãos curiosos para me tirar do ângulo de visão.

Fomos conduzidos pela câmara da guarda mais simples até a parte principal do palácio por criados uniformizados que portavam ou uma espada ou uma lança. O emaranhado de aposentos no andar térreo era tão movimentado quanto qualquer prédio moderno de escritórios; os criados e oficiais da corte se apressavam para atender as solicitações e cumprir as ordens. Matthew fez menção de se desviar para a direita e os guardas bloquearam o caminho de modo polido.

– Ela só irá recebê-los em privado depois que a angústia de vocês seja exibida em público – sussurrou Gallowglass entre dentes. Matthew soltou um palavrão.

Obedientes, acompanhamos a escolta até uma grande escadaria apinhada de gente, onde a colisão entre o odor humano e o odor de flores e ervas era estonteante. O perfume era amplamente usado para mascarar os odores desagradáveis, mas me perguntei se o resultado não era pior. Logo a multidão notou a presença de Matthew e um mar de cochichos se estendeu ao longo dos que abriam caminho. Ele se destacava pela altura em relação à maioria ali presente e emanava a mesma atmosfera brutal da maioria dos aristocratas já conhecidos por mim. A diferença é que ele era realmente letal – e de alguma forma os sangues-quentes reconheciam isso.

Atravessamos uma sequência de antecâmaras entupidas de cortesãos estofados, perfumados e cobertos de joias de ambos os sexos e de todas as idades, e por fim chegamos a uma porta fechada. Lá, aguardamos. Os sussurros se propagaram ao redor. Alguém disse uma piada e todos riram. Matthew trincou os dentes.

– Por que estamos esperando? – perguntei tão baixinho que apenas Matthew e Gallowglass ouviram.

– Para divertir a rainha... e para mostrar à corte que não passo de um servo.

Fiquei surpresa quando finalmente fomos admitidos na presença real porque o aposento também estava apinhado de gente. "Privado" era um termo relativo na corte de Elizabeth. Girei os olhos em busca da rainha que não estava à vista. Fiquei com o coração apertado quando achei que teríamos que esperar novamente.

– Por que será que a cada ano pareço mais velha enquanto Matthew Roydon aparenta dois anos menos? – Soou uma voz surpreendentemente jovial das proximidades da lareira. A maioria das criaturas elegantemente vestidas, extremamente perfumadas e escandalosamente pintadas presentes no aposento, se voltou discretamente em nossa direção. O movimento deixou à vista Elizabeth, a abelha rainha, sentada no centro da colmeia. Meu coração deu um salto. Lá estava a lenda trazida à vida.

— Não vejo grandes mudanças na senhora, Vossa Majestade — disse Matthew, inclinando-se levemente para a cintura. — *Semper eadem,* como diz o ditado. — Eram as palavras que estavam pintadas no estandarte sob o brasão real que ornamentava a lareira. *Sempre o mesmo.*

— *Sir,* até o meu lorde tesoureiro que sofre de reumatismo faz uma reverência mais curvada que essa. — Olhos negros cintilaram no fundo de uma máscara de pó e ruge. E a rainha comprimiu os lábios debaixo de um nariz aquilino. — Mas ultimamente prefiro um lema diferente... *Video et taceo.*

Vejo e silencio. Nós estávamos em apuros.

Matthew fingiu não perceber e empertigou-se como um príncipe de um reino e não como um simples espião. Com os ombros jogados para trás e a cabeça ereta, era o homem mais alto na câmara. Somente duas pessoas se aproximavam um pouquinho em altura dele: Henry Percy, que estava encostado à parede com uma cara de fazer dó, e um homem de pernas longas com uma cara insolente e um tufo de cabelos encaracolados que aparentava a mesma idade do conde e estava ao lado do cotovelo da rainha.

— Cuidado — murmurou Burghley ao passar por Matthew, camuflando a admoestação com as batidas regulares da bengala. — Vossa Majestade me chamou?

— Espírito e Sombra no mesmo lugar. Diga-me, Raleigh, isso não viola algum princípio sombrio da filosofia? — disse com voz arrastada o homem ao lado da rainha. Os amigos em volta riram e apontaram para lorde Burghley e Matthew.

— Essex, se você tivesse frequentado Oxford e não Cambridge saberia a resposta e pouparia uma pergunta ignominiosa como essa. — Raleigh empertigou-se, pondo a mão próxima ao cabo da espada por precaução.

— Robin — disse a rainha, com uma palmadinha indulgente no cotovelo dele. — Você sabe que não gosto que outros usem os apelidos que invento. Dessa vez será perdoado por lorde Burghley e mestre Roydon pelo que fez.

— Presumo que essa dama seja a sua esposa, Roydon. — O conde de Essex se voltou com seus olhos castanhos para mim. — Nós não sabíamos que você tinha casado.

— *Nós* quem? — retrucou a rainha, dessa vez dando uma beijoca nele. — Isso não é de sua conta, meu lorde Essex.

— Pelo menos Matt não tem medo de ser visto com ela pela cidade. — Walter coçou o queixo. — Você também se casou recentemente, milorde. Onde está a sua esposa neste lindo dia de inverno?

E lá vamos nós, pensei comigo enquanto Walter e Essex disputavam posição.

— Lady Essex está na Hart Street, na casa da mãe dela, com o recém-nascido do conde a tiracolo – disse Matthew em socorro de Essex. – Parabéns, milorde. Conversei com a condessa e ela me disse que o bebê teria o seu nome.

— Sim. Robert foi batizado ontem – disse Essex empertigado. Pareceu um tanto alarmado pelo fato de Matthew ter se aproximado da mulher e do filho dele.

— Foi mesmo, milorde. – Matthew sorriu para o conde com uma cara aterradora. – Estranho, não o vi na cerimônia.

— Basta de discussão! – gritou Elizabeth furiosa por ter perdido o controle do diálogo, tamborilando os longos dedos com impaciência no braço estofado da cadeira. – Não dei permissão a nenhum de vocês para se casar. Vocês são uns ingratos, seus miseráveis. Traga a moça até mim.

Alisei as saias com nervosismo e dei o braço a Matthew. Os doze passos que me separavam da rainha me pareceram uma eternidade. Finalmente, cheguei perto dela e Walter abaixou a cabeça com olhos afiados. Eu me dobrei em reverência e assim fiquei.

— Pelo menos ela tem boas maneiras – disse Elizabeth. – Levante-a.

Só quando nos entreolhamos é que percebi que a rainha era bastante míope. Embora estivesse a menos de um metro de distância, apertou os olhos com dificuldade para distinguir os meus traços.

— Hmph – pronunciou ao terminar a inspeção. – O rosto é grosseiro.

— Se acha isso, senhora, é uma sorte que não tenha se casado com ela – disse Matthew laconicamente.

Elizabeth me observou mais um pouco.

— Ela está com tinta nos dedos.

Escondi os dedos ofensivos debaixo do leque emprestado. A tinta de bugalho de carvalho era difícil de remover.

— Se lhe pago uma fortuna, que leque é esse de sua esposa, Sombra? – A voz de Elizabeth soou com petulância.

— Se vamos discutir as finanças da coroa, talvez seja melhor que os outros se retirem – sugeriu lorde Burghley.

— Ora, muito bem – disse Elizabeth irritada. – William, você fica, e você também, Walter.

— E eu – disse Essex.

— Você não, Robin. Você precisa supervisionar o banquete. Esta noite quero me divertir. Estou cansada de pregações e aulas de história, como se eu fosse uma aluna de colégio. Não quero saber das histórias do rei John nem das aventuras da pastorinha apaixonada à procura do seu pastor. Eu quero as acrobacias do Symons. Já que precisamos de uma peça, que seja a da necromante e da cabeça de bronze que adivinha o futuro. – Elizabeth tamborilou as juntas dos dedos em cima da mesa. – *O tempo é, o tempo foi, o tempo é passado*. Adoro esse verso.

Eu e Matthew nos entreolhamos.

– Creio que o título da peça é *Frei Bacon e Frei Bungay*, Vossa Majestade – sussurrou uma jovem no ouvido da ama.

– É essa mesmo, Bess. Providencie isso, Robin, e não se esqueça de sentar perto de mim. – A rainha era uma perfeita atriz. Deslocava-se da fúria à petulância e à bajulação sem perder o compasso.

O conde de Essex retirou-se de um jeito amaneirado, mas não sem antes lançar um olhar fulminante para Walter. Os outros o seguiram. Essex tornara-se uma figura proeminente para se ter por perto e, como mariposas atraídas pelas chamas, os demais cortesãos partilhavam a luz do conde com avidez. Apenas Henry se mostrou relutante em se retirar, mas não havia escolha. A porta fechou-se firmemente atrás deles.

– Apreciou a visita que fez ao dr. Dee, sra. Roydon? – A voz da rainha soou aguda. Sem uma única nota de bajulação. Agora, só trataria de negócios.

– Apreciamos, sim, Vossa Majestade – respondeu Matthew.

– Sei perfeitamente que a sua esposa pode falar por si mesma, mestre Roydon. Que ela própria faça isso.

Matthew ficou visivelmente irritado, mas se calou.

– Foi muito agradável, Vossa Majestade. – Eu mal podia acreditar que dirigia a palavra à rainha Elizabeth I. Deixei o estupor de lado e acrescentei. – Sou uma estudiosa de alquimia e interessada em livros e aprendizagem.

– Já sei o que você é.

Fui subitamente rondada pelo perigo, uma tempestade de fios negros precipitou-se aos gritos.

– Sou uma de suas servas, Vossa Majestade, assim como o meu marido. – Fixei os olhos resolutamente nos chinelos da rainha da Inglaterra. Felizmente, não eram particularmente interessantes e se mantiveram inanimados.

– Sra. Roydon, já tenho cortesãos e bobos suficientes. Esse tipo de observação não lhe dará um lugar entre eles. – Os olhos da rainha cintilaram ameaçadoramente. – Nem todos os meus informantes se comunicam com o seu marido. Diga-me, Sombra, que negócios tratou com dr. Dee?

– Um assunto privado – disse Matthew, fazendo força para se manter calmo.

– Essa coisa não existe... não no meu reino. – Elizabeth esquadrinhou as feições de Matthew. – Você próprio me ensinou a não confiar os meus segredos a quem cuja aliança para comigo ainda não tivesse sido posta à prova por você – continuou ela tranquilamente. – Minha própria lealdade certamente não está em questão.

– Foi um assunto privado entre mim e o dr. Dee, senhora. – Matthew insistiu na versão.

– Muito bem, mestre Roydon. Já que está determinado a manter o seu segredo, *eu mesma* me entenderei com o dr. Dee e veremos se ele não solta a língua. Também quero Edward Kelley de volta à Inglaterra.

– Creio que agora ele é *sir* Edward, Vossa Majestade. – Burghley corrigiu a rainha.

– De que fonte soube disso? – perguntou Elizabeth.

– De mim – disse Matthew amavelmente. – Afinal, o meu trabalho consiste em saber de tudo. Por que a senhora precisa de Kelley?

– Ele sabe como fazer a pedra filosofal. E não a quero nas mãos dos Habsburgo.

– É esse o seu medo, senhora? – Matthew pareceu aliviado.

– O meu medo é morrer e deixar que o meu reino seja disputado como um pedaço de carne entre os cachorros da Espanha, da França e da Escócia – disse Elizabeth, levantando-se e caminhando até ele. Quanto mais se aproximava, mais a diferença entre a estatura e a força de ambos se evidenciava. Ela era uma mulher baixinha que sobrevivera por anos a fio a dificuldades impensáveis. – O meu medo é que o meu povo se transforme depois da minha morte. Rezo todo dia para que Deus ajude a salvar a Inglaterra do desastre.

– Amém – entoou Burghley.

– Edward Kelley não é a resposta de Deus, isso eu lhe asseguro.

– Qualquer regente que se apposse da pedra filosofal terá um suprimento inesgotável de riquezas. – Os olhos de Elizabeth cintilaram. – Se eu tivesse mais ouro disponível poderia destruir os espanhóis.

– E se desejos fossem tordos, os mendigos se alimentariam de aves – retrucou Matthew.

– Modere a língua, De Clermont – sugeriu Burghley.

– Sua Majestade está querendo remar em águas perigosas, milorde. É meu dever também alertá-la sobre isso. – Matthew se pôs cuidadosamente formal. – Como o senhor sabe, Edward Kelley é um demônio. O trabalho alquímico que ele faz se associa perigosamente à magia, como Walter pode atestar. A Congregação tem feito de tudo para evitar que o fascínio de Rodolfo II tome um rumo perigoso, como aconteceu com o rei Jaime.

– Jaime teve todo o direito de prender aquelas bruxas! – replicou Elizabeth, com veemência. – Assim como eu tenho o direito de reivindicar que seja um dos meus súditos a fazer a pedra filosofal.

– A senhora barganhou com essa mesma inflexibilidade quando mandou Walter para o Novo Mundo? – perguntou Matthew. – Se ele tivesse encontrado ouro na Virgínia, a senhora teria exigido que lhe entregasse tudo?

— Se bem me lembro o trato entre nós foi exatamente esse – disse Walter em tom seco, acrescentado rapidamente –, de todo modo, que seja dito, para mim seria uma honra se Sua Majestade ficasse com todo o ouro.

— Eu sabia que não podia confiar em você, Sombra. Você está na Inglaterra para me servir... mas argumenta como se os desejos dessa sua Congregação fossem mais importantes.

— O meu desejo é o vosso, Majestade: salvar a Inglaterra do desastre. E se a senhora tomar o mesmo rumo do rei Jaime, perseguindo demônios, bruxas e *wearhs* do reino, sofrerá por isso e também o seu reino.

— Qual então a proposta que tem para mim? – perguntou Elizabeth.

— Proponho que faça um acordo... não muito diferente da barganha que fez com Raleigh. Tratarei do retorno de Edward Kelly à Inglaterra para que a senhora possa trancafiá-lo na Torre e forçá-lo a fazer a pedra filosofal... se é que ele vai conseguir.

— E em troca? – Elizabeth era antes de tudo filha de um pai que sabia que nada nessa vida é de graça.

— Em troca, a senhora acolherá todas as bruxas que eu conseguir tirar de Edimburgo antes que a loucura do rei Jaime tome o seu curso.

— Absolutamente, não! – exclamou Burghley. – Senhora, pense nas consequências que advirão para suas relações com nossos vizinhos do Norte se permitir que as bruxas escocesas cruzem nossa fronteira!

— Não restaram tantas bruxas assim na Escócia – disse Matthew de cara fechada –, já que o senhor se recusou a acatar os meus pedidos iniciais.

— Eu pensei que uma de suas ocupações aqui na Inglaterra fosse garantir que sua gente não se intrometesse em nossa política, Sombra. E se essas maquinações forem descobertas? Como é que vai explicar as ações que tomou?

A rainha observava Matthew atentamente.

— Eu diria, Majestade, que a necessidade nos faz habitar com estranhos companheiros de leito.

Elizabeth pareceu deleitada com a resposta.

— Isso é duplamente verdadeiro para as mulheres – disse em tom seco. – Muito bem, trato feito. Você irá para Praga e pegará Kelley. E a sra. Roydon ficará sob os meus cuidados aqui na corte, para garantir que você retorne mais rápido.

— Minha esposa não faz parte da nossa barganha, e não há necessidade de me mandar para a Boêmia em pleno janeiro. A senhora está determinada a ter Kelley de volta. Providenciarei para que seja entregue aqui.

— Aqui você não é o rei! – Elizabeth espetou o dedo no peito dele. – Você irá para onde eu mandar, mestre Roydon. Se me desobedecer, será preso com sua esposa na Torre por traição. E pior – acrescentou com os olhos faiscando.

Alguém bateu à porta.

– Entre! – disse Elizabeth aos gritos.

– A condessa de Pembroke requisita uma audiência, Vossa Majestade – disse um guarda em tom apologético.

– Pelos dentes de Deus! – vociferou a rainha. – Será que nunca terei um momento de paz? Diga-lhe para entrar.

Mary Sidney se locomoveu com seus véus e rufos esvoaçantes de uma antecâmara fria para a câmara aquecida ocupada pela rainha. Fez uma graciosa reverência no meio do trajeto, flutuou pela sala adentro e fez uma outra reverência ao chegar.

– Vossa Majestade – disse com a cabeça inclinada.

– O que a traz à corte, lady Pembroke?

– Uma vez a senhora me concedeu uma bênção, Majestade... uma graça para uma necessidade futura.

– Sim, sim – disse Elizabeth impaciente. – O que seu marido fez desta vez?

– Nada. – Mary se pôs ereta. – Estou aqui a fim de lhe pedir permissão para enviar a sra. Roydon para uma missão importante.

– Não consigo imaginar a razão para isso – rebateu Elizabeth. – Ela não parece útil e não parece fértil de recursos.

– Estou precisando de vidros especiais para as minhas experiências que só podem ser adquiridos nas oficinas do imperador Rodolfo. A esposa do meu irmão... perdoe-me, ela se casou depois que Philip morreu e hoje é condessa de Essex... ela me disse que mestre Roydon será enviado para Praga. Se Vossa Majestade permitir, a sra. Roydon poderia ir junto para adquirir o que preciso.

– Esse rapazinho estúpido! O conde de Essex não consegue se controlar e espalha para todo mundo qualquer pedacinho de informação que obtém. – Elizabeth rodopiou em meio a uma enxurrada de prata e ouro. – Pedirei a cabeça dele por isso!

– Majestade, a senhora me fez a promessa, depois que meu irmão morreu em defesa do seu reino, a senhora me fez a promessa de me conceder um favor no dia que eu necessitasse. – Mary sorriu placidamente para mim e para Matthew.

– E você quer desperdiçar essa preciosa dádiva com esses dois? – Elizabeth pareceu cética.

– Matthew já salvou a vida de Philip. Ele é como um irmão para mim. – Mary piscou para a rainha, com a inocência de uma coruja.

– Você consegue ser tão suave quanto o marfim, lady Pembroke. Gostaria que frequentasse mais a corte. – Elizabeth ergueu as mãos. – Muito bem. Manterei a minha palavra. Mas quero Edward Kelly na minha presença ali pelo meio do verão... e não admito falhas, mesmo que toda a Europa saiba do meu negócio. Entendeu, mestre Roydon?

– Sim, Majestade – disse Matthew de dentes trincados.

– Então, siga para Praga. E leve sua esposa com você, para agraciar lady Pembroke.

– Muito obrigado, Majestade. – Matthew se mostrou assustador, como se quisesse arrancar a cabeça junto com a peruca da rainha.

– Sumam da minha frente, todos vocês, antes que eu mude de ideia. – Elizabeth voltou a sentar-se e recostou no encosto entalhado da cadeira.

Lorde Burghley acenou com a cabeça para que seguíssemos as instruções da rainha. Mas o fato é que Matthew não deixaria as coisas naquele pé.

– Uma palavra de cautela, Majestade. Não deposite sua confiança no conde de Essex.

– Você não gosta dele, mestre Roydon, da mesma forma que William e Walter. Mas com ele me sinto jovem novamente. – Elizabeth fixou seus olhos negros nele. – Um dia foi você que realizou esse serviço para mim e me fez lembrar de tempos mais felizes. E agora encontra outra e me abandona.

– *Minha cautela é como minha sombra ao sol / Segue o meu voo, voa quando a busco / Para e fica ao meu lado, faz o que eu fiz* – disse Matthew, com doçura. – Eu sou a sua Sombra, Majestade, e não tenho outra escolha senão seguir para onde a senhora me guiar.

– E eu estou cansada – disse Elizabeth, virando a cabeça. – E sem estômago para poesia. Deixe-me.

– Nós não vamos para Praga – disse Matthew quando voltamos à barcaça de Henry que seguiria para Londres. – Nós vamos para casa.

– A rainha não vai deixá-lo em paz se você fugir para Woodstock, Matthew – disse Mary com sensatez, encolhendo-se debaixo de um cobertor de pele.

– Ele não está se referindo a Woodstock, Mary – expliquei. – Está se referindo a um lugar... mais distante.

– Ah. – Mary franziu as sobrancelhas. – Oh. – Ela empalideceu.

– Logo agora que estamos tão perto de conseguir o que queríamos – eu disse. – Já sabemos onde está o manuscrito que pode responder todas as nossas indagações.

– E talvez também não faça sentido, como o manuscrito que está na casa do dr. Dee – retrucou Matthew, com impaciência. – Encontraremos outro modo.

Mais tarde, porém, Walter persuadiu Matthew de que a rainha falara seriamente e que nos mandaria para a Torre se não fizéssemos o que ela queria. Mas depois conversei com Goody Alsop que também se opôs a Praga, em concordância com Matthew.

– É melhor que viaje para o seu próprio tempo e não para um lugar tão distante como Praga. E se ficar aqui vai precisar de semanas para preparar um feitiço que a leve para casa. A magia requer princípios e regras que ainda não são dominados por você, Diana. Tudo o que você tem agora é um dragão de fogo rebelde, um *glaem* quase cego e uma tendência a fazer perguntas que suscitam respostas travessas. Ainda não tem conhecimento suficiente da arte para se sair bem com seu plano.

– Continuarei estudando em Praga, prometo. – Segurei as mãos dela. – Matthew fez uma barganha com a rainha que poderá proteger dezenas de bruxas. Não podemos ficar separados. É muito perigoso. Não posso deixar que ele vá à corte do imperador sem mim.

– Não pode – ela disse, com um sorriso tristonho. – Não enquanto o seu corpo respirar. Tudo bem. Vá com o seu *wearh*. Mas saiba de uma coisa, Diana Roydon, você está tomando um novo curso. E não posso prever aonde esse curso levará.

– Segundo o que ouvi do fantasma de Bridget Bishop, *não há caminho adiante em que ele não esteja*. Sempre encontro conforto nessas palavras cada vez que sinto que nossas vidas estão sendo tecidas rumo ao desconhecido – eu disse, tentando confortá-la. – Quando estou junto com Matthew, Goody Alsop, o curso que tomamos é o que menos importa.

Três dias depois da festa de Santa Brígida, zarpamos para uma longa jornada ao encontro do imperador do Sacro Império Romano e de um traiçoeiro demônio inglês e também do Ashmole 782.

26

Sentada na sua casa em Berlim, Verin de Clermont lia o jornal sem poder acreditar.

The Independent
1º de fevereiro de 2010
Uma mulher de Surrey descobriu um manuscrito pertencente a Mary Sidney, conhecida poetisa elisabetana, irmã de *sir* Philip Sidney.

"Estava no roupeiro de minha mãe que fica no alto da escada de entrada", narrou Henrietta Barber, 62, ao *Independent*. A sra. Barber fazia uma limpeza nos pertences da mãe quando o encontrou. "Só parecia um monte de papel velho para mim."

Segundo especialistas, o manuscrito é um caderno de anotações de um trabalho alquímico mantido pela condessa de Pembroke durante o inverno de 1590/91. Pensava-se que os documentos científicos da condessa tinham sido destruídos durante um incêndio ocorrido na Wilton House, no século XVII. Não está claro como o manuscrito veio a pertencer à família Barber.

"Nós lembramos de Mary Sidney primeiramente como poeta", comentou um representante da Casa de Leilão Sotheby's, que colocará o item em leilão no mês de maio, "mas em sua época ela era conhecida como uma grande praticante da alquimia."

O manuscrito é de particular interesse porque mostra que a condessa era assistida por alguém no seu laboratório. Em uma experiência intitulada "produção da *arbor Dianae*", a condessa identifica o assistente pelas iniciais DR. "Mesmo que jamais sejamos capazes de identificar quem auxiliou a condessa de Pembroke", explica o historiador Nigel Warminster, da Universidade de Cambridge, "o manuscrito pode nos revelar muito sobre o recrudescimento da experimentação na Revolução Científica."

– O que é isso, *Schatz*? – Ernst Neumann pôs um copo de vinho defronte à esposa. Verin estava muito séria para uma noite de terça-feira. Era o ar que ela assumia nas sextas.

– Nada – murmurou ela, com os olhos grudados nas linhas do jornal à frente. – Apenas o fragmento de um negócio inacabado da família.

– Baldwin está envolvido? Ele perdeu um milhão de euros hoje? – O cunhado de Ernst era difícil de engolir e não se podia confiar inteiramente nele. Ernst aprendera os meandros do comércio internacional com Baldwin quando ainda era jovem. E agora beirava os sessenta anos e era invejado pelos amigos por ter uma mulher muito jovem. As fotos de casamento que retratavam Verin da forma que ela ainda aparentava e uma versão de Ernst de vinte e cinco anos antes estavam fora de vista por segurança.

– Baldwin nunca perdeu um milhão de coisa alguma em toda a vida.

Claro que Ernst percebeu que Verin não tinha respondido propriamente a pergunta. Então, puxou o jornal inglês para si e leu o que estava impresso.

– Por que está interessada nesse livro velho?

– Preciso dar um telefonema primeiro – disse ela por cautela. Pegou o telefone com mãos firmes, e Ernst reconheceu o brilho prateado incomum nos olhos da esposa. Estava furiosa, e assustada, e pensando no passado. Já tinha visto esse mesmo olhar um momento antes de Verin salvar a vida dele, arrancando-o das mãos da madrasta dela.

– Vai telefonar para Mélisande?

– Ysabeau – disse Verin automaticamente, digitando os números.

– Ah, sim, Ysabeau – disse Ernst. Era compreensível que para ele fosse difícil pensar na madrasta de Verin com um nome diferente daquele que a matriarca da família usava quando matou o pai dele depois da guerra.

A chamada de Verin se prolongou por um tempo interminável até se completar. Ernst ouviu estalos estranhos enquanto a chamada era transferida repetidas vezes. Finalmente, se completou. O telefone tocou.

– Quem é? – disse uma voz jovem. Parecia a voz de um americano... ou talvez de um inglês que tinha perdido o sotaque.

Verin desligou de imediato. Largou o telefone em cima da mesa e enterrou o rosto nas mãos.

– Oh, Deus. Está realmente acontecendo como papai previra.

– Você está me assustando, *Schatz* – disse Ernst. Já tinha visto muitos horrores na vida, mas nenhum tão vívido quanto aqueles que atormentavam Verin nas raras ocasiões em que ela realmente dormia. Os pesadelos com Philippe eram suficientes para desequilibrar aquela mulher normalmente muito equilibrada. – Quem era ao telefone?

– Não era quem deveria ser – respondeu Verin, com a voz embargada. Procurou com seus olhos cinzentos os olhos dele. – Matthew é que devia ter atendido, mas não pôde. Porque ele não está aqui. Ele está lá. – Olhou para o jornal.

– Verin, você não está falando coisa com coisa – disse Ernst, com firmeza. Ele não conhecia aquele meio-irmão problemático, intelectual e ovelha negra da família.

Mas lá estava ela telefonando de novo. E dessa vez a chamada se completou rapidamente.

– Você já leu os jornais de hoje, tia Verin. Faz muitas horas que espero seu telefonema.

– Gallowglass, onde você está? – O sobrinho dela era um vagabundo. No passado enviava cartões-postais com nada escrito além de um número de telefone de algum trecho da estrada por onde viajava na ocasião: a autobahn, na Alemanha; a Rota 66, nos Estados Unidos; a Trollstigen, na Noruega; o Túnel Guoliang, na China. Esses anúncios concisos rarearam depois do advento das chamadas internacionais via celular. E depois do advento do GPS e da internet, ela passou a localizar Gallowglass em qualquer lugar que estivesse. De qualquer forma, Verin já tinha perdido os cartões-postais.

– Em algum lugar perto de Warrnambool – disse Gallowglass vagamente.

– Em que diabo de lugar fica Warrnambool? – perguntou Verin.

– Austrália – responderam Ernst e Gallowglass ao mesmo tempo.

– Estou ouvindo um sotaque alemão? Você está de namorado novo? – Gallowglass provocou a tia.

– Cuidado, seu fedelho – rebateu ela. – Você pode ser da família, mas posso rasgar sua garganta toda. É Ernst, meu marido.

Ernst se curvou para a frente na poltrona, balançando a cabeça em sinal de advertência. Ele não gostava quando a mulher desafiava um vampiro macho, mesmo sendo mais forte que a maioria das mulheres. Verin repeliu a preocupação do marido com um gesto.

Gallowglass soltou uma risadinha, e Ernst concluiu que tudo estava bem com aquele vampiro desconhecido.

– Até que enfim, minha assustadora tia Verin. Que bom ouvir sua voz depois de todos esses anos. E não finja que não se surpreendeu com a história como me surpreendi com sua chamada.

– Uma parte minha ansiava para que fosse um delírio dele – confessou ela, lembrando da noite em que se sentara com Gallowglass ao lado da cama para ouvir as divagações de Philippe.

– Imaginou que era contagioso e que eu também estava delirando? – bufou Gallowglass. Ela notou que ele estava cada vez mais parecido com Philippe.

– Eu realmente ansiei para que fosse o caso. – Era muito mais fácil acreditar nisso do que na mirabolante história do pai sobre uma bruxa fiandeira do tempo.

– Mas você vai manter o trato, não vai? – perguntou Gallowglass suavemente.

Verin hesitou. Apenas por um segundo, mas não passou despercebido para Ernst. Ela sempre mantinha as promessas. Ele ainda era um garotinho assustado e covarde quando recebeu dela a promessa de que se tornaria um verdadeiro homem. E desde os seis anos de idade Ernst se agarrou a essa certeza, da mesma forma que se agarrou às promessas que ela fez desde então.

– Você não tem visto Matthew com ela. Já que você...

– E descobrir que meu meio-irmão continuará sendo um problema a mais? Sem chance. Dê uma chance a ela, Verin. Ela também é filha de Philippe. E ele tinha um excelente gosto para mulheres.

– A bruxa não é filha verdadeira dele – rebateu Verin prontamente.

Em alguma estrada de algum lugar, nas cercanias de Warrnambool, Gallowglass apertou os lábios, recusando-se a replicar. Se Verin sabia a respeito de Matthew e Diana mais que qualquer outro membro da família, claro que não sabia tanto quanto ele. E haveria muitas oportunidades para discussões sobre vampiros e filhos depois que o casal retornasse. Não era preciso discutir isso naquela hora.

– Além disso, Matthew não está aqui – continuou Verin, com os olhos fixos no jornal. – Eu disquei o número. Uma outra pessoa atendeu e não era o Baldwin.

– Por isso ela desligara com tanta rapidez. Se Matthew não estivesse no comando da irmandade, o número do telefone teria que ser transferido para o único filho de sangue sobrevivente. "O número" era oriundo dos primeiros anos do advento do telefone. A escolha de Philippe pelo número 917 se devia à data de aniversário de Ysabeau no mês de setembro. O número sofrera alguns acréscimos em razão das interações modernas com o advento das novas tecnologias e as sucessivas mudanças no sistema de telefonia nacional e internacional.

– Você falou com Marcus. – Gallowglass também telefonara para esse número.

– Marcus? – Verin mal pôde acreditar. – O futuro dos De Clermont depende de *Marcus*?

– Dê uma chance a ele também, tia Verin. É um bom rapaz. – Gallowglass fez uma pausa. – E quanto ao futuro da família, isso depende de todos nós. Philippe sabia disso, do contrário não nos teria obrigado a prometer que voltaríamos para Sept-Tours.

Philippe de Clermont tinha sido bem específico com a filha e o neto. Os dois teriam que observar os sinais: histórias de uma jovem bruxa americana de grande poder; sobrenome Bishop; alquimia; irrupção de descobertas históricas anômalas.

Depois, só depois, Gallowglass e Verin retornariam para o celeiro da família De Clermont. Philippe não disse qual era a importância dessa reunião de família, mas Gallowglass sabia.

Após uma espera de décadas, Gallowglass ouvira algumas histórias a respeito de uma bruxa de Massachusetts chamada Rebecca, uma das últimas descendentes de Bridge Bishop e uma das bruxas de Salem. Os relatos sobre o poder e sobre a trágica morte de Rebecca se espalharam por toda parte. Depois de rastrear a filha sobrevivente da bruxa, Diana Bishop, que residia no estado de Nova York, Gallowglass passou a observá-la periodicamente, primeiro nos brinquedos do parquinho e nas festas de aniversário e depois na graduação na universidade. Sentiu o mesmo orgulho que todo pai sente quando ela entrou na Oxford. Sempre ficava debaixo do carrilhão da torre de Harkness, em Yale, o poder das badaladas dos sinos ressoavam no corpo dele quando a jovem professora cruzava o campus. Diana vestia roupas diferentes, mas o fato de usar armação sob as saias e rufo e calça comprida e jaqueta masculina folgada não importava porque o andar determinado e o jeito de aprumar os ombros não deixavam dúvidas de quem era ela.

Gallowglass tentava se manter a distância, se bem que às vezes era obrigado a interferir – como no dia em que a energia dela atraiu um demônio que começou a segui-la. Mesmo assim, Gallowglass se ufanava das inúmeras vezes que se conteve para não descer correndo a escada da torre do sino da Yale e jogar os braços em volta dos ombros da professora Bishop, dizendo-lhe que estava imensamente feliz por revê-la depois de tantos e tantos anos.

Logo que Gallowglass soube que Ysabeau chamara Baldwin por conta de uma emergência desconhecida que envolvia Matthew, o nórdico concluiu que era uma questão de tempo para que surgissem as anomalias históricas. A notícia sobre uma recente descoberta de miniaturas elisabetanas até então ignoradas chegou ao conhecimento de Gallowglass. Chegou a procurar a Sotheby's, mas as miniaturas já tinham sido compradas. Achou que poderiam cair em mãos erradas e isso o fez entrar em pânico. Ele subestimara Ysabeau. Mas depois conversou com Marcus, o filho de Matthew, que confirmou que as miniaturas estavam seguras em Sept-Tours, na escrivaninha de Ysabeau. Fazia mais de quatrocentos anos que Gallowglass tinha escondido os retratos em miniatura em uma casa de Shropshire. Seria tão bom rever as miniaturas – e as duas criaturas que retratavam.

Enquanto isso Gallowglass como sempre se preparava para a tempestade que adviria: viajar o mais rápido possível. Antes era pelos mares e pelos trilhos, mas agora era de motocicleta pelas estradas, atravessando curvas fechadas e encostas de montanhas. Com o vento despenteando o cabelo e batendo na jaqueta de couro fechada até o pescoço para ocultar a pele que nunca estava bronzeada, ele se preparava para cumprir uma promessa feita muito tempo atrás, a de defender os De Clermont a qualquer preço.

– Gallowglass? Você ainda está aí? – A voz de Verin soou no aparelho, tirando o sobrinho dos devaneios.

– Ainda estou aqui, tia.

– Quando pretende ir? – Verin suspirou e apoiou a cabeça na mão. Ainda não conseguia olhar para Ernst. Pobre Ernst, casara-se voluntariamente com uma vampira e, ao fazer isso, emaranhara-se involuntariamente em uma trama de sangue e desejo tecida ao longo dos séculos. Mas Verin tinha feito uma promessa para o pai e, embora Philippe estivesse morto, não seria agora que iria desapontá-lo pela primeira vez.

– Pedi a Marcus para me esperar depois de amanhã. – Gallowglass não diria que estava aliviado com a decisão da tia, e ela também não diria que tinha vacilado em manter a promessa feita.

– Então, nos veremos lá. – Isso daria mais tempo para que Verin comunicasse a Ernst que ele compartilharia o mesmo teto da madrasta. Ele não gostaria da ideia.

– Boa viagem, tia Verin. – Gallowglass desligou primeiro.

Enfiou o celular no bolso e olhou fixamente para o mar. Já tinha naufragado naquela parte da costa australiana. Gostava de olhar para aquelas praias para onde fora levado como um tritão que chegou à costa em meio a uma tempestade e se deu conta de que também podia viver em terra firme. Ele pegou um cigarro. Fumar era como correr de motocicleta sem capacete, uma forma de desafiar o universo que lhe concedera a imortalidade com uma das mãos e levara todos os entes amados com a outra.

– E você também levaria esses de mim, não é? – perguntou ele para o vento que por sua vez respondeu com um suspiro. Matthew e Marcus tinham opiniões severas em respeito aos fumantes passivos. Argumentavam que se o fumo não podia matá-los, isso não lhes dava o direito de exterminar todos à volta.

– Se morrerem, o que restará para nos alimentarmos? – acentuava Marcus com uma lógica infalível. Era uma noção curiosa para um vampiro, se bem que Marcus era conhecido pelas noções curiosas e Matthew não ficava atrás. Gallowglass atribuía essa tendência ao excesso de educação.

Acabou de fumar o cigarro e levou a mão ao bolso para pegar uma pequena sacola de couro. Uma sacola que continha vinte e quatro pecinhas redondas com dois centímetros e meio de diâmetro e pouco mais de meio centímetro de espessura. As pecinhas tinham sido confeccionadas de um galho cortado de um pé de carvalho que brotara nas proximidades de uma de suas casas de outrora. Cada qual estampava um símbolo entalhado a fogo na superfície e letras do alfabeto de uma língua que ninguém mais falava.

A verdade é que Gallowglass sempre nutrira um saudável respeito pela magia, desde muito antes de ter conhecido Diana Bishop. Sabia muito bem que certos poderes se espraiavam entre a terra e os mares para além da compreensão de todas as criaturas, e era sempre melhor desviar os olhos quando estavam por perto.

Mas não conseguia resistir às runas. Elas o ajudavam a navegar pelas traiçoeiras águas do destino.

Ele então enfiou a mão na sacola e, acariciando os suaves círculos de madeira, deixou-os escorrer por entre os dedos como água. Queria saber de que maneira a maré corria naquele momento – a favor ou contra os De Clermont?

Depois que todas as peças escorreram pelos dedos, Gallowglass retirou a runa que lhe revelaria em que pé as coisas estavam. *Nyd*, runa cujo sentido era ausência e desejo. Enfiou a mão na sacola de novo para entender melhor o que o futuro lhe reservava. *Odal*, glifo que se associava a casa, família e herança. Retirou uma última runa, que lhe mostraria como preencher o seu avassalador desejo de fazer parte, de pertencer.

Rad. Era uma runa perturbadora, uma runa que tanto significava chegada como partida, início ou término de jornada, primeiro encontro ou reencontro há muito esperado. Fechou a mão em torno da peça de madeira. Dessa vez, o significado era bem claro.

– Boa viagem para você também, titia. E traga junto aquele meu tio – gritou Gallowglass para o céu e para o mar antes de montar na motocicleta e seguir em direção a um futuro inimaginável e imprevisto.

PARTE IV

O IMPÉRIO: PRAGA

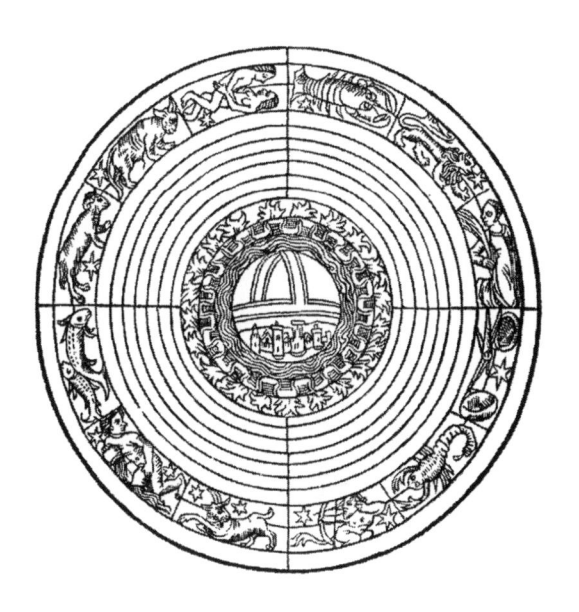

27

— Onde estão as minhas meias vermelhas?

Matthew desceu a escada como um canhão e fez cara feia frente às caixas espalhadas pelo chão do andar térreo. Estava com um péssimo humor desde que deixáramos as crianças junto com Pierre e a bagagem em Hamburgo, justamente na metade do caminho de nossa viagem de quatro semanas. Já tínhamos perdido dez dias porque fizéramos uma viagem da Inglaterra para um país católico cujo tempo era registrado por um calendário diferente. Agora, era onze de março em Praga, e Pierre e as crianças ainda não tinham chegado.

– Não vou encontrá-las nessa bagunça! – disse ele, transferindo a frustração para uma de minhas anáguas.

Após uma viagem de muitas semanas por meio de alforjes e com uma única mala compartilhada, nossos pertences só apareceram três dias depois de nossa chegada a uma casa espremida e empoleirada no alto de uma avenida que dava para o Castelo de Praga. A avenida chamava-se Sporrengasse, mas os vizinhos alemães chamavam-na de Rua da Espora porque só assim se persuadia os cavalos a escalá-la.

– Eu não sabia que você tinha meias vermelhas – eu disse, empertigando-me.

– Mas tenho. – Matthew continuou fuçando uma caixa onde estavam minhas roupas íntimas.

– Bem, certamente não estarão aí – pontuei o óbvio.

O vampiro abaixou os dentes.

– Já procurei por tudo quanto é canto.

– Vou encontrá-las. – Olhei para as meias pretas que eram bem respeitáveis. – Por que vermelhas?

– Porque pretendo chamar a atenção do sacro imperador romano! – Ele mergulhou em outra pilha de roupas.

Meias vermelhas cor de sangue fariam muito mais do que apenas atrair um olhar errante, já que o homem que se propunha a calçá-las era um vampiro gigantesco com pouco mais da metade da altura concentrada nas pernas. Mas o comprometimento dele com o plano era inquebrantável. Eu então me concentrei, pedi às meias que aparecessem e segui os fios vermelhos. A habilidade de rastrear seres vivos e objetos era uma franja dos imprevistos benefícios de ser uma tecelã que utilizara em diversas oportunidades durante a viagem.

– O mensageiro do meu pai já chegou? – Matthew acrescentou outra anágua à montanha nevada que se erguia entre nós e parou de escavar.

– Sim. O que trouxe está perto da porta... por ali. – Remexi o conteúdo de um baú já inspecionado: manoplas de cota de malha, um escudo com o desenho de uma águia de duas cabeças e uma elaborada engenhoca de caçada não identificada. Brandi em triunfo os dois canos longos das meias. – Encontrei!

Ele já tinha esquecido a crise das meias. Agora, era um pacote enviado pelo pai que lhe demandava toda a atenção. O que olhava tão admirado?

– Isso é... um Bosch? – Claro que era uma obra de Hieronymus Bosch devido ao bizarro uso do equipamento alquímico e do simbolismo. O artista cobria os painéis com peixes voadores, insetos, implementos domésticos gigantescos e frutas erotizadas. Muito antes da moda psicodélica, Bosch vislumbrou o mundo em cores brilhantes e combinações perturbadoras.

Contudo, assim como as obras de Holbein que Matthew mantinha na Velha Cabana, essa obra de Bosch me era desconhecida. Era um tríptico montado a partir de três painéis articuláveis de madeira. Os trípticos eram projetados para os altares e mantidos fechados, exceto nas celebrações religiosas especiais. Nos museus modernos raramente as faces externas eram expostas. Perguntei a mim mesma se já tinha perdido outras imagens estonteantes como aquela.

O artista cobrira a face externa dos painéis com um pigmento negro aveludado. Uma árvore retorcida brilhava sob a luz do luar, estendendo-se até os dois painéis frontais, com um pequeno lobo sentado nas raízes e uma coruja empoleirada em um galho mais alto. Os dois animais encaravam o espectador. Uma dezena de outros olhos desprovidos de corpos cintilava e também encarava do escuro em volta da árvore. Algumas árvores comuns com troncos pálidos e ramagens verdes iridescentes esparramavam mais luz sobre a cena por trás do carvalho morto. Só quando olhei mais de perto é que reparei que brotavam orelhas das árvores, como se estivessem ouvindo os sons da noite.

– O que significa isso? – perguntei extasiada diante da obra de Bosch.

Os dedos de Matthew passearam pelo fecho do gibão.

– É um velho provérbio flamengo: "A floresta tem olhos e as árvores têm ouvidos, por isso vejo, silencio e ouço." – As palavras capturavam com perfeição a vida secreta de Matthew, e isso me trouxe à mente a escolha do lema que Elizabeth fizera.

A face interna do tríptico mostrava três cenas inter-relacionadas: uma imagem de anjos caídos, pintados sobre o mesmo fundo negro aveludado. À primeira vista mais pareciam libélulas com duplas asas brilhantes, mas eram anjos de corpos humanos cujas cabeças e pernas se retorciam em tormento à medida que caíam do céu. No painel oposto, os mortos emergiam para o Juízo Final em cena bem mais medonha que a dos afrescos de Sept-Tours. As lacunas nas mandíbulas dos peixes e dos lobos eram entradas para o inferno que sugavam os condenados e os condenavam a uma eternidade de sofrimento e agonia.

Contudo, o painel central apresentava uma imagem bem diferente da morte: o ressuscitado Lázaro saía serenamente do caixão. Com pernas compridas, cabelos pretos e um semblante sério parecia muito o Matthew. Ao longo da beirada do painel central, videiras mortas reproduziam frutos estranhos e flores estranhas. Algumas vertiam sangue. Outras davam à luz pessoas e animais. Sem a presença de Jesus.

– Lázaro se parece com você. Não surpreende que queira que Rodolfo fique com isso. – Estendi as meias para Matthew. – Bosch também devia saber que você é vampiro.

– Jeroen, ou Hieronymus, como você o conhece, viu o que não devia ver – disse Matthew, com ar soturno. – Eu não sabia que tinha sido visto por Jeroen enquanto me alimentava de um sangue-quente até que vi os desenhos que ele fez de mim. A partir daquele dia ele começou a acreditar que todas as criaturas tinham uma natureza dupla, parte humana e parte animal.

– E às vezes parte vegetal – acrescentei, observando uma mulher nua com cabeça de morango e mãos de cerejas que fugia de um demônio que tinha um espeto e um chapéu em forma de cegonha. Matthew grunhiu suavemente de contentamento. – Será que Rodolfo sabe que você é vampiro, assim como Elizabeth e Bosch? – Eu estava cada vez mais preocupada com o número de pessoas que sabiam do segredo.

– Sim. O imperador também sabe que sou membro da Congregação. – Ele torceu as meias vermelhas com um nó. – Muito obrigado por encontrá-las.

– É melhor me confessar se tem o hábito de perder as chaves do carro, porque não quero passar pelo mesmo pânico quando você sair para o trabalho a cada manhã. – Deslizei os braços ao redor da cintura dele e encostei o rosto no seu coração. As batidas lentas e firmes daquele coração me acalmaram.

– E o que fará? Pedir divórcio? – Matthew retribuiu o abraço e encostou a cabeça na minha cabeça até que ficamos bem encaixados.

– Você me garantiu que os vampiros não se divorciam. – Estreitei o abraço. – Se calçar essas meias vermelhas vai parecer um personagem de desenho animado. Se eu fosse você ficaria com as pretas. De qualquer maneira, chamará atenção.

– Bruxa – disse ele, soltando-me com um beijo.

Ele subiu a colina do castelo com as sóbrias meias pretas, levando consigo uma mensagem longa e complicada (parcialmente em verso) na qual oferecia um maravilhoso livro para a coleção de Rodolfo. Retornou quatro horas depois de mãos vazias após ter entregado a mensagem para um lacaio imperial. Não conseguira uma audiência com o imperador. Em vez disso esperara junto com os outros embaixadores que também pediam uma audiência.

– Parecia que estava dentro de um caminhão de gado com todos aqueles corpos quentes comprimidos uns nos outros. Tentei escapar para um lugar onde pudesse respirar ar fresco, mas os aposentos próximos estavam repletos de bruxas.

– Bruxas? – Desci da mesa de onde estava colocando a espada de Matthew em cima do armário de roupa de cama em segurança porque já me preparava para a chegada de Jack.

– Dezenas de bruxas – respondeu ele. – Elas estão reclamando do que está acontecendo na Alemanha. Cadê o Gallowglass?

– Seu sobrinho saiu para comprar ovos e também para contratar uma governanta e uma cozinheira. – Françoise se recusara terminantemente a se juntar a nossa expedição à Europa Central, região que para ela era uma terra sem Deus de luteranos. Naquele momento ela estava de volta à Velha Cabana para mimar Charles. Gallowglass me servia de pajem e guarda-costas até a chegada dos outros. Ele dominava o alemão e o espanhol com excelência, fato que o tornava indispensável quando se tratava de abastecer a casa. – Fale mais das bruxas.

– A cidade é um refúgio seguro para as criaturas da Europa Central que temem pela própria segurança... demônios, vampiros e bruxas. Mas as bruxas são especialmente bem-vindas na corte de Rodolfo porque ele cobiça o conhecimento delas. E o poder delas também.

– Interessante – comentei. Enquanto me perguntava sobre a identidade delas meu terceiro olho vislumbrava uma série de rostos. – Quem é o bruxo de barba ruiva? E a bruxa com um olho azul e o outro verde?

– Não ficaremos aqui muito tempo para que a identidade deles tenha alguma importância – disse Matthew com ar ameaçador enquanto caminhava até a porta. Já tinha concluído o dia de trabalho para Elizabeth e era hora de atravessar o rio até a cidade antiga de Praga, onde defenderia os interesses da Congregação. – Nos veremos antes de escurecer. Fique aqui até que Gallowglass retorne. Não quero que se perca na cidade. – Na verdade, ele não queria que me deparasse com alguma bruxa.

Gallowglass retornou à Sporrengasse com duas vampiras e um *pretzel*. Entregou-me a iguaria e me apresentou às novas criadas.

Karolína (a cozinheira) e Tereza (a governanta) eram membros de um alastrado clã de vampiros boêmios que se dedicava a servir à aristocracia e aos visitantes estrangeiros importantes. Assim como os poderosos De Clermont, já tinham obtido reputação – e algumas vezes polpudos salários – por conta de uma longevidade sobrenatural e uma lealdade canina. Também conseguíramos comprar do ancião do clã por um preço justo a garantia de sigilo, além das duas vampiras transferidas da casa do embaixador papal. O embaixador consentiu graciosamente em deferência aos De Clermont. Até porque tinham exercido um papel fundamental na última eleição papal e o embaixador tinha plena consciência de quem fornecia a manteiga para o pão dele. Minha única preocupação era que Karolína soubesse preparar omeletes.

Com o problema dos serviçais resolvido, toda manhã Matthew escalava a colina do castelo enquanto me ocupava em desempacotar a bagagem, conhecer os vizinhos do bairro abaixo dos muros do castelo conhecido como Malá Strana e esperar pelos outros membros da família. Eu sentia falta da alegria e dos olhos de Annie que engoliam o mundo, e também sentia falta da infalível capacidade de Jack de se meter em mil encrencas. Nossa sinuosa rua era abarrotada de crianças de todas as idades e nacionalidades porque ali residia a maioria dos embaixadores. Isso nos levou a concluir que Matthew não era o único estrangeiro em Praga que queria chegar ao imperador. Cada pessoa que conhecíamos regalava Gallowglass com histórias de como Rodolfo esnobara alguma personalidade importante só para passar umas poucas horas com um livreiro da Itália especializado em livros raros ou com um humilde mineiro da Saxônia.

Entardecia no primeiro dia da primavera e a casa estava impregnada do aroma da carne de porco e dos bolinhos no forno quando fui abordada por um projeto de gente.

– Sra. Roydon! – gritou Jack, enterrando o rosto no meu corpete e me abraçando com força. – A senhora sabia que Praga tem quatro cidades em uma? Londres só tem uma. E aqui também tem um castelo e um rio. Amanhã, Pierre vai me mostrar o moinho d'água.

– Olá, Jack. – Afaguei os cabelos dele. A estafante e congeladora viagem até Praga não retardara o crescimento dele. Claro que Pierre o empanturrara de comida. Ergui os olhos e sorri para Annie e para Pierre. – Matthew vai ficar feliz com a chegada de todos vocês. Ele sentiu saudades de vocês.

– Nós também sentimos saudades dele – disse Jack, inclinando a cabeça para trás para me olhar. Estava com olheiras fundas e, apesar do súbito crescimento, parecia abatido.

– Esteve doente? – perguntei, pondo a mão na testa dele. Às vezes os resfriados eram mortais naquele clima rigoroso e circulavam rumores de uma epidemia terrível na Cidade Antiga, que segundo Matthew era um surto de gripe.

– Ele tem tido dificuldade para dormir – disse Pierre baixinho. Pelo tom sério, percebi que havia algo mais na história, mas isso podia esperar para depois.

– De qualquer forma, você vai dormir muito bem esta noite. Uma cama e um enorme colchão de penas esperam por você no seu quarto. Vá com Tereza, Jack. Ela vai mostrar onde estão suas coisas e vai dar um banho em você antes do jantar.

– Para o conforto dos vampiros da casa, os sangues-quentes dormiriam no segundo andar onde eu e Matthew estávamos, já que a casa era estreita e no térreo só cabiam uma cozinha e uma despensa. Isso significava que o primeiro andar era dedicado aos quartos formais de hóspedes. O resto dos vampiros da casa preferiu se alojar no espaçoso terceiro andar, com janelas inteiramente abertas para uma ampla vista.

– Mestre Roydon! – gritou Jack, correndo até a porta e abrindo-a antes que Tereza o impedisse. Como soube que Matthew estava chegando foi um mistério, em razão da crescente escuridão e da completa adoção de lã cor de ardósia por parte de Matthew.

– Calma – disse Matthew, amparando Jack com as sólidas pernas de vampiro antes que o garoto trombasse e se machucasse. Gallowglass tirou a boina de Jack ao passar e despenteou-lhe os cabelos.

– Nós quase congelamos. Lá no rio. E o trenó virou algumas vezes, mas o cachorro não se feriu. Eu comi um javali assado. E Annie prendeu a saia na roda da carroça e quase caiu. – Jack não conseguia vomitar todos os detalhes da viagem com rapidez suficiente. – Eu vi um cometa. Não era muito grande, mas Pierre disse que posso contar pro mestre Harriot quando voltarmos pra casa. Fiz um desenho do cometa e vou mostrar pra ele. – A mão do garoto deslizou para dentro do gibão sujo e puxou uma folha de papel igualmente suja. Apresentou o desenho para Matthew com a mesma reverência concedida a uma relíquia sagrada.

– Mas isto está muito bom – disse Matthew, observando atentamente o desenho. – Gostei da curva que você fez na cauda. E ainda desenhou estrelas ao redor. Isso foi muito sábio, Jack. Mestre Harriot vai gostar muito do seu poder de observação.

Jack ruborizou.

– Esse foi meu último pedaço de papel. Será que vendem papel em Praga?

Em Londres, toda manhã Matthew abastecia Jack com pedaços de papel. O que o garoto fazia com os papéis era tema de especulação.

– Há muito papel à venda na cidade – respondeu Matthew. – Amanhã, Pierre o levará até uma loja em Malá Strana.

Depois dessa excitante promessa foi difícil fazer as crianças subirem, mas Tereza mostrou que combinava com precisão a gentileza e a firmeza para cumprir a tarefa. Isso deu aos quatro adultos uma chance de conversar abertamente.

– Jack esteve doente? – perguntou Matthew, franzindo a testa.

– Não, milorde. O sono dele anda conturbado desde que nos separamos de vocês. – Pierre hesitou. – Acho que são os fantasmas do passado que estão assombrando o menino.

A testa de Matthew descontraiu, mas ele ainda estava preocupado.

– E a viagem foi como você esperava? – Era uma maneira camuflada de perguntar se tinham se deparado com bandidos ou com outros seres sobrenaturais.

– Foi uma viagem longa e fria – disse Pierre, com naturalidade –, e as crianças estavam sempre famintas.

Gallowglass soltou uma gargalhada.

– Ora, então parece que tudo correu bem.

– E o senhor, milorde? – Pierre lançou um olhar velado para Matthew. – Praga está sendo o que o senhor esperava?

– Ainda não estive com Rodolfo. Há rumores de que Kelley tem explodido alambiques e só Deus sabe mais o quê.

– E a Cidade Antiga? – perguntou Pierre, com tato.

– Continua a mesma. – O tom de Matthew soou relaxado demais, um ligeiro indício de que alguma coisa o preocupava.

– Desde que você ignore os boatos que vêm do bairro judeu. Uma das bruxas de lá fez uma criatura de argila que vaga pelas ruas à noite. – Gallowglass lançou um olhar inocente para o tio. – Tirando isso, a cidade continua quase a mesma desde a última vez que estivemos aqui em 1547 para ajudar o imperador Ferdinando a protegê-la.

– Muito obrigado, Gallowglass – disse Matthew, com uma voz tão gelada quanto o vento do rio.

Para criar uma criatura de lama e pô-la em movimento certamente era preciso bem mais que um feitiço comum. Um rumor como esse só podia significar uma coisa: alguém em Praga era uma tecelã igual a mim, uma tecelã que transitava entre o mundo dos vivos e o mundo dos mortos. Mas nem precisei extrair de Matthew esse segredo. O sobrinho dele o revelou.

– Você achou que titia seria mantida longe das notícias? – Gallowglass balançou a cabeça com espanto. – Você não frequenta o mercado. As mulheres de Malá Strana sabem de tudo, inclusive o que o imperador ingere no café da manhã e que ele se recusou a recebê-lo.

Matthew passou os dedos na superfície de madeira pintada do tríptico e suspirou.

– Você terá que levar isto até o palácio, Pierre.

– Mas isso é um retábulo de Sept-Tours – protestou Pierre. – O imperador é conhecido pela cautela. Não vai demorar muito para que ele receba o senhor.

– Tempo é algo que nos falta... e os De Clermont possuem muitos retábulos – retrucou Matthew em tom tristonho. – Escreverei uma nota para o imperador e depois você pode ir.

Logo depois Matthew despachou Pierre e o painel pintado. O criado também retornou com as mãos vazias como Matthew, e sem nenhuma garantia de uma futura audiência.

Os fios que ligavam os mundos à minha volta se mostravam apertados e inquietos, com uma tessitura cujo padrão era grande demais para ser percebido ou compreendido por mim. Mas alguma coisa se engendrava em Praga. Isso eu podia sentir.

Naquela noite acordei com o soar de vozes suaves no quarto ao lado. Matthew não estava lendo ao meu lado, como sempre fazia depois que eu caía no sono. Saí tateando até a porta para ver quem estava com ele.

– Diga-me o que acontece quando sombreio o lado da face do monstro. – A mão de Matthew se moveu rapidamente por cima de uma grande folha de papel almaço que tinha à frente.

– Isso faz ele se afastar! – sussurrou Jack, impressionado com a transformação.

– Tente você – disse Matthew, estendendo a pena para Jack, que a segurou totalmente concentrado e com a ponta da língua para fora. O vampiro acariciou as costas do menino, relaxando os músculos tensos em torno de uma moldura esguia. Jack não estava propriamente sentado e sim recostado no reconfortante apoio dos joelhos de Matthew. – São muitos monstros – murmurou ele, olhando para mim.

– O senhor quer desenhar os seus? – Jack estendeu o papel para ele. – Assim o senhor também vai poder dormir.

– Seus monstros assustaram os meus e os mandaram embora – disse Matthew, voltando a olhar para Jack com ar sério. Fiquei com o coração apertado por tudo que o menino passara em sua breve e dura vida.

Os olhos de Matthew encontraram-se novamente com os meus e uma leve inclinação de cabeça me indicou que tudo estava sob controle. Soprei um beijo para ele e retornei para o calor do nosso colchão de plumas.

No dia seguinte recebemos uma notificação do imperador. Chegou selada e atada com fita.

– A pintura funcionou, milorde – disse Pierre apologeticamente.

– Parece que sim. Eu adorava aquele retábulo. E agora terei que fazer o diabo para tê-lo de volta às minhas mãos – disse Matthew, recostando na cadeira. A madeira protestou com um rangido e ele esticou o braço para pegar a carta. A caligrafia era tão elaborada com volteios e arabescos que as letras eram praticamente irreconhecíveis.

– Por que a caligrafia é tão ornamentada? – perguntei.

– Os Hoefnagel chegaram de Viena e não têm nada para ocupar o tempo. E em se tratando de Sua Majestade, quanto mais elegante a caligrafia, melhor – respondeu Pierre enigmaticamente.

– Rodolfo me receberá esta tarde. – Matthew sorriu satisfeito e dobrou a mensagem. – Papai ficará feliz. Ele também mandou dinheiro e joias, ainda que isso pudesse dar a impressão de que os De Clermont estão nadando em dinheiro.

Pierre estendeu outra carta menor, endereçada em estilo mais simples.

– O imperador colocou um adendo. Do seu próprio punho.

Espiei por cima do ombro de Matthew enquanto ele lia.

– *Bringen das Buch. Und die Hexe.* – No pé da folha, a sinuosa assinatura do imperador com um *r*, um *d* e um *l* elaborados em volteios e um *f* dobrado.

Meu alemão estava enferrujado, mas a mensagem era clara: *Traga o livro. E a bruxa.*

– Falei cedo demais – murmurou Matthew.

– Fui eu que sugeri que o fisgasse com a Vênus de Ticiano que vovô tirou das mãos do rei Filipe depois que a rainha não gostou da tela – observou Gallowglass. – Como o tio dele, Rodolfo sempre teve uma queda pelas ruivas. E pelas telas picantes.

– E pelas bruxas – disse o meu marido entre dentes. Largou a carta em cima da mesa. – Não foi bem a pintura que o fisgou e sim Diana. Talvez seja melhor recusar o convite.

– Foi uma ordem, tio. – As sobrancelhas de Galowglass arquearam para baixo.

– E Rodolfo está com o Ashmole 782 – disse eu. – O manuscrito não vai simplesmente aparecer na frente dos Três Corvos da Sporrengasse. Nós temos que buscá-lo.

– A senhora está nos chamando de corvos, titia? – disse Gallowglass, fingindo-se de ofendido.

– Eu me referi ao sinal na nossa porta, seu estúpido. – Como todas as casas da rua, a nossa também tinha um símbolo em cima da porta no lugar de um número. Depois que o bairro incendiara na metade do século, o avô do imperador insistira que houvesse um jeito de distinguir as casas por algo mais que as populares decorações em esgrafito que se estendiam pela argamassa.

Gallowglass riu de orelha a orelha.

– Eu sabia muito bem que a senhora se referia a isso. Mas adoro vê-la brilhar como daquela vez que criou o seu *glaem*.

Fiz um feitiço de disfarce a minha volta enquanto pigarreava, diminuindo o meu brilho a um nível mais aceitável para os humanos.

— De todo modo, para o meu povo é uma grande honra ser comparado a um corvo — continuou Gallowglass. — Serei o Muninn e chamaremos Matthew de Huginn. Seu nome será Göndul, titia. A senhora será uma excelente Valquíria.

— Do que ele está falando? — perguntei para Matthew sem entender nada.

— Dos corvos de Odin. E das filhas dele.

— Ora, muito obrigada, Gallowglass — eu disse sem graça. Afinal, não era nada mal ser comparada à filha de um deus.

— Mesmo que esse livro de Rodolfo seja o Ashmole 782, não sabemos ao certo se terá respostas a nossas perguntas. — A experiência com o manuscrito Voynich ainda preocupava Matthew.

— Os historiadores nunca sabem se um texto terá respostas. Mas, mesmo que não tenha respostas, ainda teremos melhores perguntas — rebati.

— Tudo bem. — Ele comprimiu os lábios. — Nós dois iremos ao palácio, já que não posso ver o imperador ou a biblioteca dele sem a sua companhia.

— Você foi pego na sua própria armadilha, titio — disse Gallowglass calorosamente, piscando para mim.

Comparada à visita que fizemos a Richmond, a viagem pela rua acima para ver o imperador foi como ir a uma casa vizinha para pedir uma xícara de açúcar emprestada — embora com roupas formais. A amante do embaixador papal era da minha estatura e o armário dela me propiciara uma roupa igualmente luxuosa e circunspecta, apropriada para a esposa de um dignitário inglês — ou uma De Clermont, como ela rapidamente acrescentou. Adorei o estilo de vestuário das mulheres ricas de Praga: vestidos simples de gola alta; saias em forma de sino e casacos bordados com mangas arrematadas por punhos de pele. Os pequenos rufos usados por elas eram barreiras bem-vindas entre mim e o ar exterior.

Felizmente, Matthew deixou de lado as meias vermelhas em troca da habitual combinação de preto e cinza, acentuada com um toque de verde-escuro, a cor mais atraente que já o tinha visto usar. Naquela tarde isso emitia lampejos de cor pelas fendas dos calções estofados e ao redor da gola aberta do casaco.

— Você está esplêndido. — Reconheci depois que o inspecionei.

— E você está uma aristocrata da Boêmia de verdade — disse ele, beijando-me no rosto.

— Podemos ir agora? — perguntou Jack, dançando com impaciência. Alguém tinha arranjado um libré preto e prateado para ele e colocado uma cruz e uma lua crescente na manga.

— Então, nós vamos como De Clermont e não como Roydon — disse eu devagar.

— Não. Nós somos Matthew e Diana Roydon — disse Matthew. — Só que estamos viajando acompanhados pelos criados da família De Clermont.

– Isso poderá confundir todo mundo – comentei quando saímos de casa.

– Exatamente – disse ele sorrindo.

Se fôssemos cidadãos comuns, teríamos que subir a escadaria do novo palácio cercada de baluartes que era um caminho seguro para os pedestres. Mas como éramos representantes da rainha da Inglaterra, subimos a Sporrengasse a cavalo e isso me propiciou uma vista completa das suas casas com fundações chanfradas, esgrafitos coloridos e sinais pintados. Passamos pelas casas do Leão Vermelho, da Estrela Dourada, do Cisne e dos Dois Sóis. No alto da colina viramos à direita e entramos no bairro chamado Hradčany, com muitas mansões de aristocratas e de funcionários da corte.

Não era a primeira vez que eu via o palácio porque desde que chegara a Praga observava seus arredores e seus baluartes das minhas janelas. Mas era a primeira vez que me aproximava. O castelo era bem mais largo e mais extenso do que parecia a distância, como uma cidade à parte repleta de comércio e indústria. Mais além estavam os góticos pináculos da Catedral de São Vito, cujas torres redondas pontuavam a muralha. Embora construídas para defesa, as torres de então abrigavam oficinas de artesãos estabelecidos na corte de Rodolfo.

A guarda do palácio admitiu a nossa entrada pelo portão oeste para o pátio fechado. Pierre e Jack se encarregaram dos cavalos e fomos conduzidos por uma escolta armada ao longo de edificações construídas ao pé da muralha do castelo. Eram construções relativamente recentes e as pedras ainda mostravam os gumes brilhantes com nitidez. Embora as edificações tivessem aparência de prédios de escritórios, mais além se viam telhados altos e trabalhos de cantaria medieval.

– O que está havendo? – sussurrei para Matthew. – Por que não estamos indo para o palácio?

– Porque lá não há ninguém de importância – respondeu Gallowglass. Ele mantinha o manuscrito Voynich debaixo do braço, seguramente embrulhado e amarrado numa peça de couro para impedir que o tempo frio danificasse as páginas.

– Rodolfo achava que o velho palácio era frio e escuro – explicou Matthew enquanto me apoiava ao longo do piso de cascalhos escorregadios. – O novo castelo está virado para o sul e com vista para um jardim privado. Aqui, ele fica mais distante da catedral... e dos padres.

Os saguões da residência estavam lotados, a correria de um lado para o outro aos gritos em alemão, tcheco, espanhol ou latim era de gente que vinha das diferentes partes do império de Rodolfo. Quanto mais nos aproximávamos do imperador, mais frenético o movimento se fazia. Cruzamos com um aposento, onde se discutiam projetos arquitetônicos. Em outro aposento ocorria um veemente debate em torno dos méritos de uma elaborada tigela de ouro e pedra projetada de modo a parecer uma concha. Por fim, os guardas nos deixaram num confortável salão mobiliado com pesadas cadeiras e um forno de cerâmica que bombeava um volume significativo de calor no ambiente, onde dois homens conversavam. Eles se viraram em nossa direção.

– Bom-dia, meu velho amigo – disse em inglês um homem educado que aparentava uns sessenta anos de idade. Fez uma reverência para Matthew.

– Tadeáš. – Matthew o cumprimentou calorosamente. – Você parece ótimo.

– E você parece cada vez mais jovem. – Os olhos do homem brilharam, mas não passaram informações para minha pele. – E eis a mulher de quem todo mundo está falando. Eu sou Tadeáš Hájek. – O humano fez uma reverência e respondi com outra.

Um cavalheiro magro e meio esverdeado com cabelos quase tão negros quanto os de Matthew caminhou em nossa direção.

– Mestre Strada – disse Matthew, com uma reverência. Não se mostrou contente como se mostrara ao se dirigir a Tadeáš.

– Ela é realmente uma bruxa? – Strada me observou, com interesse. – Se for, minha irmã Katharina gostaria de conhecê-la. Ela está grávida e tem sentido desconforto com a gravidez.

– Tadeáš, o médico real é certamente mais adequado para acompanhar o nascimento do filho do imperador – disse Matthew –, ou os problemas com a sua irmã são outros?

– O imperador ainda preza a minha irmã – disse Strada, com frieza. – Só por essa razão os caprichos dela devem ser levados em conta.

– Você já viu o Joris? Ele não fala de outra coisa a não ser do tríptico desde que Sua Majestade o abriu – perguntou Tadeáš, mudando de assunto.

– Não, ainda não. – Os olhos de Matthew se voltaram para uma porta. – O imperador está lá dentro?

– Sim. Admirando a nova pintura feita pelo mestre Spranger. É muito grande... ah, e detalhada.

– Outra tela de Vênus – disse Strada de nariz empinado.

– Essa Vênus se parece mais com a sua irmã, *sir*. – Hájek sorriu.

– *Ist das Matthäus höre ich?* – disse uma voz anasalada na outra extremidade da sala. Todos se viraram e fizeram uma reverência. Também fiz uma reverência automaticamente. Seria um desafio acompanhar a conversa. Eu esperava que Rodolfo falasse em latim, não em alemão. – *Und Sie das Buch und die Hexe gebracht, ich verstehe. Und die norwegische Wolf.*

Rodolfo era um homem baixo de queixo desproporcionalmente comprido e pronunciadamente prognata. Os lábios carnudos da família Habsburgo realçavam a proeminência da metade inferior do rosto do imperador, se bem que de alguma forma isso se equilibrava com os olhos claros e protuberantes e o nariz chato. Anos de boa vida e boas bebidas lhe davam uma aparência corpulenta, mas as pernas continuavam finas e espigadas. Ele cambaleou em cima de sapatos vermelhos altos com aplicações douradas em nossa direção.

– Trouxe a minha esposa, Majestade, como o senhor ordenou – disse Matthew, enfatizando ligeiramente a palavra "esposa". Gallowglass traduziu o inglês de Matthew para um alemão impecável, como se meu marido não conhecesse a língua, o que fiquei sabendo depois que viajamos juntos de trenó de Hamburgo a Wittenberg e em seguida a Praga.

– *Y su talento para los juegos también* – disse Rodolfo, mudando fluentemente para o espanhol porque isso possibilitaria a Matthew conversar diretamente com ele. Esquadrinhou-me vagarosamente, demorando-se nas curvas do meu corpo com tal intensidade que me fez querer um chuveiro. – *Es uma lástima que se casó en absoluto, pero aún más lamentable que ella está casada con usted.*

– De fato, é uma lástima, Majestade – disse Matthew em tom cortante, mantendo resolutamente o inglês. – Mas lhe asseguro que estamos completamente casados. Meu pai fez questão disso. E também a dama. – A observação só serviu para que Rodolfo me esquadrinhasse com um interesse ainda maior.

Por piedade a mim, Gallowglass pôs o livro em cima da mesa.

– *Das Buch*.

O livro chamou a atenção de todos. Enquanto Strada o desembrulhava, Hájek e Rodolfo especulavam a respeito da maravilhosa adição para a biblioteca imperial. Mas quando o livro surgiu à vista, a atmosfera da sala pareceu decepcionada.

– Que piada é essa? – perguntou Rodolfo em alemão.

– Não sei se entendi o que Vossa Majestade quis dizer – disse Matthew. Esperou que Gallowglass traduzisse.

– O que quero dizer é que já conheço este livro – retrucou Rodolfo.

– O que não me surpreende, Majestade, pois foi o senhor que o deu para John Dee... por engano, pelo que me disseram. – Matthew fez uma mesura com a cabeça.

– O imperador não comete enganos! – disse Strada, empurrando o livro, com ar de desgosto.

– Todos nós cometemos enganos, *signor* Strada – disse Hájek, com amabilidade. – Contudo, tenho certeza de que há uma boa explicação para que o livro tenha retornado para o imperador. Talvez o dr. Dee tenha desvendado os segredos dele.

– Ele não contém nada além de tolas ilustrações – retrucou Strada.

– Foi por isso que colocou esse livro ilustrado na bagagem do dr. Dee? Esperava que ele compreendesse o que o senhor não havia compreendido? – As palavras de Matthew surtiram um efeito adverso em Strada, fazendo-o assumir a cor escarlate. – Talvez o senhor tenha tomado emprestado um dos livros de Dee, *signor* Strada, aquele da biblioteca de Roger Bacon com ilustrações alquímicas, e isso na esperança de que pudesse ajudá-lo a compreender esse outro. É muito melhor pensar assim do que imaginar que o senhor ludibriou o pobre dr. Dee. Obviamente, o imperador nem sequer tomou conhecimento dessa infâmia. – O sorriso de Matthew foi de congelar os ossos.

– E é esse o livro que o senhor afirma que está consigo, o único tesouro que deseja levar de volta para a Inglaterra? – perguntou Rodolfo prontamente. – Ou sua avareza se estende até meus laboratórios?

– Se é uma referência a Edward Kelley, a rainha precisa de alguma garantia de que ele esteja aqui de livre e espontânea vontade. Apenas isso. – Depois de mentir, Matthew fez o diálogo tomar um rumo menos tenso. – Gostou do seu novo retábulo, Vossa Majestade?

Ele deu tempo suficiente para o imperador se recompor.

– Bosch é excepcional. Meu tio ficará desconsolado quando souber que o tenho. – Rodolfo olhou ao redor. – Infelizmente, esta sala não é apropriada para expô-lo. Eu quis mostrá-lo ao embaixador espanhol, mas isso aqui não é um lugar apropriado para apreciar a pintura. É uma obra para ser observada aos poucos, de modo que os detalhes possam aflorar naturalmente. Venham. Vamos ver onde a coloquei.

Matthew e Gallowglass se posicionaram de maneira a não permitir que o imperador chegasse muito perto de mim enquanto atravessávamos uma porta e entrávamos num aposento que parecia o depósito de um museu. Estantes e armários entupidos de conchas, livros e fósseis davam a impressão de que tombariam a qualquer momento. Telas imensas apoiadas em estátuas de bronze – entre as quais um novo quadro de Vênus detalhado e abertamente erótico. Devia ser o célebre gabinete de Rodolfo, um espaço de maravilhas e prodígios.

– Vossa Majestade precisa de mais espaço para novos tesouros... e alguns espécimes – comentou Matthew, pegando no ar uma peça de porcelana que quase caiu ao solo.

– Sempre encontrarei mais espaço para novos tesouros. – O olhar do imperador cravou-se outra vez em mim. – Estou construindo quatro novos aposentos para guardá-los. Dá para ver a construção daqui. – Ele apontou da janela para duas torres e uma extensa edificação que começava a interligá-las com os aposentos do imperador, e para os fragmentos de uma nova construção do outro lado. – Ottavio e Tadeáš estão catalogando a minha coleção e instruindo os arquitetos sobre o que desejo. Não quero fazer mudanças no novo *Kunstkammer*, só quero ampliá-lo mais uma vez.

Rodolfo nos conduziu por um labirinto de depósitos adjacentes, até que chegamos a uma longa galeria com janelas em ambos os lados. Era toda iluminada e entrar ali depois de ter atravessado a escuridão das câmaras anteriores era como encher os pulmões de ar fresco.

O que vi no centro do aposento me tirou o fôlego. Era o retábulo de Matthew aberto em cima de uma longa mesa coberta por uma espessa toalha de feltro verde. O imperador estava certo: as cores não podiam ser apreciadas por inteiro quando se estava muito próximo da obra.

– É realmente maravilhoso, señora Diana. – Rodolfo se aproveitou da minha surpresa para me pegar pela mão. – Repare como a percepção muda a cada passada. Apenas os objetos vulgares podem ser vistos de uma só vez porque não têm mistérios para revelar.

Strada me olhou com franca animosidade, e Hájek, com pena. Matthew não olhou para mim e sim para o imperador.

– Por falar nisso, Majestade, será que posso ver o livro de Dee? – A expressão de Matthew era inocente, mas não enganou ninguém. O lobo estava à espreita.

– Quem vai saber por onde anda? – Rodolfo soltou minha mão e acenou vagamente para os aposentos que acabáramos de deixar para trás.

– Se um manuscrito precioso como esse não pode ser encontrado na hora que o imperador o solicita, o *signor* Strada deve estar negligenciando os seus próprios deveres – disse Matthew, com a maior tranquilidade.

– No momento Ottavio está muito ocupado com assuntos realmente importantes! – Rodolfo lançou um olhar fulminante para Matthew. – E eu não confio no dr. Dee. Sua rainha devia ter mais cuidado com as falsas promessas dele.

– Mas em Kelley o senhor confia. Quem sabe ele não sabe do paradeiro do livro?

O imperador se mostrou incomodado com as palavras de Matthew.

– Não tenho a mínima intenção de perturbar Edward. Ele está no meio de um delicado estágio alquímico.

– Praga tem muitos encantos, e a condessa de Pembroke incumbiu Diana de adquirir louça alquímica de vidro para ela. Estaremos ocupados com essa tarefa até que *sir* Edward esteja disponível para receber visitas. Talvez até lá o *signor* Strada já tenha encontrado o livro desaparecido.

– Essa condessa de Pembroke é irmã do herói da rainha, *sir* Philip Sidney? – perguntou Rodolfo, agora visivelmente interessado. Matthew abriu a boca para responder e o imperador o impediu com a mão erguida. – Isso é um assunto de dona Diana. Ela é quem deve responder.

– Sim, Majestade – respondi na língua espanhola, com uma pronúncia atroz. Talvez isso diminuísse o interesse dele.

– Encantadora – murmurou Rodolfo. *Droga.* – Então, tudo bem, dona Diana precisa visitar muitas oficinas. Adoro realizar os desejos de uma dama.

Estava claro a que dama se referia.

– E quanto a Kelly e o livro, veremos, veremos. – Rodolfo se voltou para o tríptico. – *Vejo, silencio e ouço.* Não é esse o provérbio?

28

– A senhora viu o lobisomem, *Frau* Roydon? Ele é o encarregado de caça do imperador, e minha vizinha, *Frau* Habermel, o ouviu uivar no meio da noite. Dizem que ele se alimenta dos cervos imperiais que povoam o Fosso dos Cervos. – *Frau* Huber pegou um repolho com a mão enluvada e o cheirou com desconfiança. *Herr* Huber tinha sido comerciante na Steelyard de Londres e falava inglês com fluência, embora não caísse de amores pela cidade.

– Bah! Não há lobisomem algum – disse a *signorina* Rossi, virando o pescoço comprido e reclamando do preço das cebolas. – Mas o meu Stefano disse que há muitos demônios no palácio. Os bispos da catedral querem exorcizá-los, mas o imperador não deixa. – Rossi passara algum tempo em Londres assim como *Frau* Huber. Na ocasião tornou-se amante de um artista italiano que queria introduzir o maneirismo na Inglaterra. E agora era amante de outro artista italiano que queria introduzir a arte de cortar vidro em Praga.

– Não vi nem lobisomens nem demônios – confessei. As mulheres ficaram de queixo caído. – Mas vi um dos quadros mais recentes do imperador. – Abaixei a voz. – Uma tela de Vênus. Saindo do banho. – Lancei um olhar significativo para elas.

Na falta de fofocas sobrenaturais, as perversões da realeza eram mais que suficientes. *Frau* Huber ficou aprumada.

– O imperador Rodolfo precisa de uma esposa. Uma boa mulher austríaca que cozinhe para ele. – Finalmente, *Frau* Huber acedeu em comprar o repolho de um agradecido vendedor de verduras que durante quase meia hora ouviu as críticas que ela fazia aos produtos dele. – Fale-nos de novo do chifre de unicórnio. Dizem que possui maravilhosos poderes curativos.

Era a quarta vez em dois dias que me pediam para falar das maravilhas encontradas entre as curiosidades do imperador. As notícias de nossa admissão aos aposentos privativos de Rodolfo precederam o nosso retorno a Três Corvos, e na manhã seguinte as damas de Malá Strana estavam à espera, ávidas pelas minhas impressões.

Desde então a aparição na casa dos mensageiros imperiais e dos criados uniformizados de dezenas de aristocratas boêmios e de dignitários estrangeiros despertaram ainda mais a curiosidade das mulheres. Ao ser recebido na corte, Matthew assegurou uma estrela própria no céu imperial, despertando nos velhos amigos o desejo de saber como ele chegara – e de lhe pedir ajuda. Pierre sacou os livros de contabilidade, e o ramo dos De Clermont abriu-se para os negócios no banco de Praga, se bem que não vi um grande volume de dinheiro recebido e sim um fluxo constante de fundos para acertar dívidas com os comerciantes da Cidade Antiga de Praga.

– Você recebeu um pacote do imperador – disse Matthew quando retornei do mercado. Apontou com a pena para um saco irregular. – Se abri-lo, terá que expressar pessoalmente o seu agradecimento a Rodolfo.

– O que será? – Tateei o pacote, sentindo os contornos. Não era um livro.

– Alguma coisa de que nos arrependeremos por ter recebido, garanto. – Matthew mexeu a pena dentro do pote de tinta, causando uma pequena irrupção de um líquido grosso e negro na superfície da escrivaninha. – Rodolfo é um colecionador, Diana. E não está simplesmente interessado em chifres de narval e em pedras bezoar. Ele coleciona pessoas assim como coleciona objetos, e dificilmente as solta quando as têm nas mãos.

– Como fez com Kelley – eu disse, soltando os barbantes. – Mas não estou à venda.

– Todos nós estamos à venda. – Matthew arregalou os olhos. – Bom Cristo.

Uma estatueta de Diana feita de ouro e prata com quase setenta centímetros de altura estava nua entre nós dois, exceto pelos tornozelos cruzados de maneira recatada e pela aljava montada de lado no lombo de um cervo. Dois cães de caça encontravam-se aos pés da deusa.

Gallowglass assobiou.

– Bem, eu diria que nesse caso o imperador foi bem explícito nos seus desejos.

Mas eu estava ocupada demais em examinar a estátua para prestar atenção. Na base da obra havia uma pequena chave. Girei a chave e o cervo pulou no chão.

– Veja só. Você viu isso, Matthew?

– A senhora não corre o risco de perder a atenção do titio – assegurou-me Gallowglass.

Era verdade. Matthew encarava a estátua com muita raiva.

– Opa, jovem Jack. – Gallowglass agarrou o menino que entrava na sala pela gola. Mas Jack era um ladrãozinho profissional e essa tática de impedimento era pouco útil quando ele farejava alguma coisa de valor. Ele escorregou até o chão com uma torção do corpo, deixando Gallowglass segurando o casaco no ar, e saiu correndo até o cervo.

– Isso é um brinquedo? Isso é pra mim? Por que a moça está pelada? Ela não sente frio? – As perguntas verteram da boca de Jack numa incansável torrente. Tereza, que também se interessava por espetáculos como qualquer mulher de Malá Strana, apareceu de repente para saber que confusão era aquela. Levou um susto quando viu uma mulher nua no escritório do patrão e cobriu os olhos de Jack com a mão.

Gallowglass espiou os seios da estátua.

– Sim, Jack. Eu diria que ela está com frio. – Isso lhe custou um olhar de advertência de Tereza que ainda segurava o menino que por sua vez se contorcia.

– Isso é um autômato, Jack – disse Matthew, erguendo o objeto. Ao erguê-lo, a cabeça do cervo se abriu e revelou um espaço vazio. – Foi feito para correr pela mesa de jantar do imperador. Na hora que o cervo para, a pessoa mais próxima deve beber o que há lá dentro. Por que não vai mostrá-lo para Annie? – Ele pôs a cabeça do cervo no lugar e estendeu o inestimável objeto para Gallowglass. E depois me olhou sério. – Nós precisamos conversar.

Gallowglass varreu Jack e Tereza para fora da sala, com promessas de *pretzels* e patinação.

– Você está pisando em terreno perigoso, meu amor. – Matthew passou os dedos no cabelo, um gesto que sempre o deixava ainda mais bonito. – Falei para a Congregação que seu papel como minha esposa é uma ficção conveniente para protegê-la de acusações de feitiçaria e uma forma de manter a caça às bruxas de Berwick confinada à Escócia.

– Mas nossos amigos e seus colegas vampiros sabem que nossa relação é mais do que isso – retruquei. O cheiro de um vampiro não mentia, e o cheiro singular de Matthew me cobriu. – E o terceiro olho das bruxas sabe muito bem que nossa relação vai muito mais além.

– Talvez, mas Rodolfo não é nem vampiro nem bruxo. O imperador acabará sabendo por intermédio de contatos na Congregação que não existem laços entre nós. Portanto, nada o impedirá de caçá-la. – Matthew me acariciou no rosto. – Eu não divido nada, Diana. E se Rodolfo for longe demais...

– É melhor se acalmar. – Cobri a mão dele com a minha. – Você sabe que não me deixarei seduzir pelo sacro imperador romano... nem por qualquer outro que aparecer. Nós precisamos do Ashmole 782. Que importam as olhadelas de Rodolfo nos meus seios?

– As olhadelas até que aguento. – Matthew me beijou. – Há uma coisinha a mais que eu gostaria que soubesse antes que vá agradecer ao imperador. Faz tempo que a Congregação sacia o apetite de Rodolfo por mulheres e curiosidades para obter a cooperação dele. Se o imperador desejá-la e levar o problema aos outros oito membros, o julgamento da Congregação não será a nosso favor. Eles entregarão você a Rodolfo porque não podem deixar Praga nas mãos de homens como o arcebispo de Trier e seus amigos jesuítas. E a última coisa que eles querem ver é Rodolfo se transformar em outro rei Jaime com sede de sangue das criaturas. Esse refúgio aqui não passa de uma miragem, como todo oásis.

– Entendi – disse. Por que tudo que era tocado por Matthew tinha que ser tão enrolado? Nossa vida em comum me lembrava os nós dos cordões da minha caixa de feitiços. Sempre se embaralhavam, por mais que desfizesse os nós e separasse os cordões.

Matthew me soltou.

– Leve Gallowglass junto quando for ao palácio.

– Você não vai? – Fiquei chocada quando soube que me deixaria fora de vista porque ele se mostrava muito preocupado.

– Não. Quanto mais Rodolfo nos vir juntos, mais a imaginação e a cobiça dele aumentarão. E Gallowglass vai arrumar um jeito de seduzir o imperador para entrar no laboratório de Kelley. Meu sobrinho é muito mais encantador que eu. – Matthew sorriu, mas o sorriso não abrandou a escuridão em seus olhos.

Gallowglass insistiu em realizar um plano que impediria que eu conversasse a sós com Rodolfo e ao mesmo tempo permitiria que eu demonstrasse gratidão diante do público. Só depois que ouvi os sinos badalarem três horas é que tive um primeiro vislumbre do que esse plano poderia ocasionar. O tráfego de gente que tentava entrar na Catedral de São Vito pelos arcos da entrada lateral confirmou meu pressentimento.

– E lá vai Sigismund – disse Gallowglass no meu ouvido. O barulho dos sinos era ensurdecedor e quase não pude ouvi-lo. Olhei confusa e ele apontou para um gradil dourado no campanário adjacente lá no alto. – Sigismund. O grande sino. É ele que nos faz saber que estamos em Praga.

A Catedral de São Vito era um compêndio gótico com arcobotantes e pináculos semelhantes a agulhas. Em tardes escuras de inverno isso se evidenciava ainda mais. Lá dentro as velas ardiam, mas em virtude da grandiosidade da catedral não propiciavam nada além de cintilações amarelecidas no escuro. Lá fora a luz era tão rarefeita que os coloridos vitrais e vibrantes afrescos não ajudavam muito para atenuar a atmosfera opressivamente pesada. Gallowglass nos posicionou com toda cautela sob uma braçadeira de tochas.

– Dê uma boa sacudidela no seu feitiço de disfarce – sugeriu. – Está muito escuro aqui e Rodolfo poderá perdê-la de vista.

– E você está me pedindo para brilhar? – Lancei o olhar mais repressor de professora. Ele reagiu com um sorriso.

Esperamos a missa começar junto a um interessante grupo de humildes membros da equipe do palácio, oficiais reais e aristocratas. Alguns artesãos ainda exibiam manchas e chamuscos provenientes do trabalho que exerciam e a maioria parecia exausta. Observei atentamente a multidão e depois olhei para o alto a fim de avaliar a grandeza e o estilo da catedral.

– É cheia de abóbadas – murmurei. As arestas eram bem mais complicadas do que as da maioria das igrejas góticas da Inglaterra.

– É isso que acontece quando Matthew mete uma ideia na cabeça – comentou Gallowglass.

– Matthew? – Engoli em seco, surpreendida.

– Muito tempo atrás ele passou aqui em Praga e o novo arquiteto Peter Parler estava intimidado com uma importante incumbência que recebera. O primeiro surto de peste dizimara a maioria dos mestres construtores e só restara Parler para o encargo. Matthew o pôs debaixo das asas e juntos os dois quase enlouqueceram. Ainda não posso dizer que entendi aonde ele e o jovem Peter queriam chegar, mas, que é atraente, isso é. Espere só para ver o que eles fizeram no Salão Nobre.

Eu já estava de boca aberta para fazer uma pergunta quando ecoou um burburinho na multidão. Rodolfo chegava. Estiquei o pescoço para vê-lo.

– Lá está ele – sussurrou Gallowglass, girando a cabeça para o lado direito acima. Rodolfo entrara no segundo piso da São Vito através de um corredor fechado que se estendia do adro da catedral até o palácio. Ele estava em cima de um balcão decorado com brasões heráldicos coloridos que celebravam seus muitos títulos e honras. Assim como o teto, o balcão também era suspenso por uma incomum abóbada com ornamentos, com a diferença de que aqui eram galhos retorcidos de uma árvore. Não achei que fosse um trabalho de Matthew porque não tinha a pureza estonteante dos outros suportes arquitetônicos da catedral.

Rodolfo acomodou-se no assento de frente para a nave central e a multidão fez mesuras e reverências em direção ao camarote real. O imperador aparentou desconforto por ter sido notado. Mostrava-se mais à vontade com os cortesãos nas câmaras privativas reais, mas ali parecia tímido e reservado. Ele girou o corpo para ouvir o cochicho de um auxiliar e depois olhou para mim. Inclinou graciosamente a cabeça e sorriu. A multidão se virou para ver quem era agraciado com a atenção do imperador.

– Faça uma mesura – sibilou Gallowglass, forçando-me a inclinar novamente.

Saímos da missa sem maiores incidentes. Fiquei aliviada quando me dei conta de que ninguém era esperado para a comunhão, nem mesmo o imperador, de modo que a cerimônia terminou rapidamente. A certa altura Rodolfo escapou com toda tranquilidade para os seus aposentos privados, sem dúvida para se debruçar sobre os seus tesouros.

Depois que o imperador e os padres se retiraram, a nave virou um festivo ponto de encontro, onde os amigos trocavam notícias e fofocas. Avistei Ottavio Strada a distância, conversando animadamente com um cavalheiro rosado que vestia roupas de lã caras. O dr. Hájek também estava lá, rindo e conversando com um jovem casal visivelmente apaixonado. Sorri e ele me cumprimentou com uma leve inclinação de cabeça. Strada não significava nada para mim, mas simpatizava com o médico do imperador.

– Gallowglass? Você não devia estar hibernando como os outros ursos?

Um homem franzino de olhos fundos se aproximou, retorcendo a boca com um sorriso irônico. Vestia roupas simples e caras, e o anel de ouro no dedo denotava prosperidade.

– Nós todos devíamos estar hibernando com esse clima. É bom vê-lo gozando de boa saúde, Joris. – Gallowglass estendeu a mão em cumprimentos e deu um abraço tão apertado que os olhos do homem quase saltaram para fora.

– Poderia dizer o mesmo a seu respeito, mas como sempre goza de boa saúde nos pouparei de uma cortesia vazia. – O homem se voltou para mim. – E aqui está *La Diosa*.

– Diana – disse, balançando em saudação.

– Seu nome aqui não é esse, Rodolfo a chama de "*La Diosa de La Caza*". Expressão espanhola para a deusa da caça. O imperador ordenou ao pobre mestre Spranger que deixasse de lado os últimos esboços da Vênus no banho e trocasse por um novo tema: Diana flagrada na *toilette*. Nós todos estamos ansiosos para ver se Spranger dará conta da incumbência. – O homem fez uma reverência. – Joris Hoefnagel.

– O calígrafo – disse, lembrando-me da observação de Pierre a respeito da caligrafia rebuscada no convite oficial para a presença de Matthew na corte de Rodolfo. Mas esse nome me era familiar...

– O artista – corrigiu Gallowglass gentilmente.

– *La Diosa*. – Um homem esquálido tirou o chapéu com a mão cheia de cicatrizes. – Sou Erasmus Habermel. A senhora faria a gentileza de visitar minha oficina logo que puder? Sua Majestade deseja que a senhora tenha um compêndio astronômico para observar melhor as mudanças lunares, mas que deve ser exatamente do seu agrado.

Habermel era outro nome que me era familiar...

– Ela me verá amanhã. – Um homem corpulento de uns trinta e poucos anos abriu caminho na multidão. Seu sotaque era distintamente italiano. – *La Diosa* posará para um retrato. Sua Majestade deseja que ela seja gravada em pedra como um símbolo da permanência da afeição dele. – O suor contornava-lhe o lábio superior.

– *Signor* Miseroni! – disse outro italiano, batendo a mão melodramaticamente no peito arfante. – Pensei que tínhamos nos entendido, *La Diosa* precisa praticar a dança para participar da festa na próxima semana, de acordo com o desejo do imperador. – Ele inclinou a cabeça em minha direção. – *La Diosa*, sou Alfonso Pasetti, mestre de dança de Sua Majestade.

– Acontece que minha esposa não gosta de dançar. – Soou uma voz fria atrás de mim. Um longo braço serpenteou pela minha mão que se ocupava com a borda do corpete. – Não é verdade, *mon coeur*? – À pergunta seguiu-se um beijo nas juntas dos meus dedos e uma mordidinha de aviso.

– Matthew está sempre no lugar certo e na hora certa – disse Joris, com uma risada calorosa. – Como vai você?

– Desapontado por não ter encontrado Diana em casa – respondeu Matthew em leve tom de decepção. – Mas até mesmo um marido dedicado deve se render à afeição da esposa por Deus.

Hoefnagel observava atentamente cada mudança de expressão de Matthew. E de repente me dei conta de quem era ele: o grande artista que observava a natureza com grande agudeza e cujas ilustrações da flora e da fauna pareciam prestes a assumir vida e saltar da tela, como as criaturas dos sapatos de Mary.

– Bem, Deus já a teve o bastante por hoje. Acho que você está livre para levar sua esposa para casa – disse Hoefnagel gentilmente. – *La Diosa*, sua presença promete dar vida a uma primavera que se anunciava maçante. Seremos eternamente gratos por isso.

Os homens se dispersaram depois de obtidas as garantias de Gallowglass de que se encarregaria dos meus variados e conflitantes compromissos. Hoefnagel foi o último a sair.

– Ficarei de olho na sua esposa, *Schaduw*. Talvez devesse fazer isso também.

– Minha atenção está sempre voltada para minha esposa. Caso contrário, como saberia que ela estava aqui?

– É claro. Perdoe a minha intromissão. A floresta tem ouvidos e os campos têm olhos. – Hoefnagel fez uma reverência. – Eu a verei na corte, *La Diosa*.

– Ela se chama Diana – disse Matthew, com firmeza. – Madame De Clermont também serve.

– E eu aqui sendo levado a pensar que era Roydon. Enganei-me. – Hoefnagel deu alguns passos para trás. – Boa-noite, Matthew. – Os passos ecoaram pela pavimentação de pedra e se perderam no silêncio.

– *Schaduw*? – disse. – Isso significa o que o som sugere?

– É o termo alemão para "Sombra". Elizabeth não é a única pessoa que me chama assim. – Matthew olhou para Gallowglass. – Que festa é essa que o *signor* Pasetti mencionou?

– Ora, nada de extraordinário. Sem dúvida com tema mitológico, música terrível e dança pior ainda. E se tiver bebida à vontade, os cortesãos encherão a cara e encerrarão a noite em quartos errados. Nove meses depois haverá um bando de nobres bebês com paternidade incerta. Enfim, tudo como de costume.

– *Sic transit gloria mundi* – murmurou Matthew. Inclinou a cabeça para mim. – Que tal nós irmos para casa, *La Diosa*? – O apelido que me incomodara quando dito por estranhos soou irresistível ao sair da boca de Matthew. – Jack me disse que temos um cozido para o jantar que está particularmente apetitoso.

Durante toda a noite Matthew esteve distante, observando-me de cara séria quando Pierre me falou sobre o dia das crianças e passou notícias dos últimos acontecimentos em Praga para ele. Os nomes não me eram familiares e a narrativa era tão confusa que desisti de acompanhá-la e fui para a cama.

Fui acordada pelos gritos de Jack. Saí correndo e, quando cheguei, Matthew já tinha chegado antes de mim. O menino estava agitado e se debatia aos gritos por socorro.

– Meus ossos estão se partindo! – dizia sem parar. – Está doendo! Está doendo!

Matthew o aninhou no peito com tanta força que o menino não conseguiu mais se mover.

– Shh. Já estou aqui. – Continuou abraçado a Jack até que os tremores no corpo do menino se tornaram débeis espasmos.

– Todos os monstros tinham cara de homens comuns esta noite, mestre Roydon – disse Jack, aconchegando-se ainda mais nos braços do meu marido. O menino estava com aparência exaurida e tinha manchas roxas debaixo dos olhos que o deixavam mais velho do que realmente era.

– Geralmente eles são assim, Jack – disse Matthew. – Geralmente eles são assim.

Nas semanas seguintes rolou um turbilhão de compromissos – com o joalheiro do imperador, com o artesão que fabricava instrumentos para o imperador e com o mestre de dança do imperador. A cada encontro eu penetrava um pouco mais no cerne do conglomerado de edificações que compunham o palácio imperial, e também nas oficinas e residências reservadas aos artistas e intelectuais prezados por Rodolfo.

Nos intervalos dos compromissos, Gallowglass me levava às partes do palácio ainda desconhecidas por mim. Conheci o alojamento das feras, onde Rodolfo mantinha leopardos e leões assim como mantinha pintores e músicos nas estreitas ruas a leste da catedral. Conheci o Fosso dos Cervos já modificado para que o imperador tivesse um desfrute melhor do esporte. Conheci o salão de jogos coberto de esgrafitos, onde os cortesãos se exercitavam. E conheci as novas estufas construídas para proteger as preciosas figueiras do imperador do inverno rigoroso da Boêmia.

Mas havia um lugar onde não se permitia a presença de Gallowglass: a Torre do Poder, onde Edward Kelley trabalhava nos alambiques e cadinhos na tentativa de fazer a pedra filosofal. Ficamos do lado de fora e fizemos de tudo para chamar a atenção dos guardas à entrada. A certa altura, Gallowglass gritou uma saudação cordial. O grito fez a vizinhança acorrer ao local para ver se havia um incêndio, mas não suscitou reação alguma do antigo assistente do dr. Dee.

– Até parece que ele é um prisioneiro – comentei para Matthew depois que retiraram a mesa do jantar e Jack e Annie foram para a cama. Os dois tinham desfrutado de mais uma rodada exaustiva de patinação, trenó e *pretzels*. E já tínhamos desistido de fingir que eram nossos criados. Os pesadelos de Jack talvez se dissipassem se ele tivesse a oportunidade de agir como um garoto normal de oito anos de idade. Mas o palácio não era lugar para as crianças. Eu tremia só de pensar que podiam escapulir de minhas mãos e se perder para sempre porque não falavam a língua e não poderiam dizer onde moravam.

– Kelley *é* um prisioneiro – disse Matthew, entretendo-se com a haste da taça de prata maciça que cintilava à luz do fogo.

– Circulam rumores de que ele vai uma vez ou outra para casa, geralmente no meio da noite porque não há ninguém por perto. Pelo menos é um pouco poupado das constantes demandas do imperador.

– Você não conhece a sra. Kelley – disse Matthew secamente.

Eu não a conhecia e isso tornava a situação ainda mais estranha. Talvez estivesse tomando o rumo errado para encontrar o alquimista. Aceitara participar da vida da corte na esperança de conhecer o laboratório de Kelley para solicitar diretamente o Ashmole 782. Mas a minha recente familiaridade com a corte me dizia que esse encontro tinha remotas possibilidades de acontecer.

Na manhã seguinte fiz questão de ir ao mercado com Tereza. Lá fora estava simplesmente gelado e o vento soprava sem dó, e mesmo assim fomos fazer compras.

– Conhece minha conterrânea sra. Kelley? – perguntei para *Frau* Huber enquanto ela esperava o padeiro embrulhar as compras. As donas de casa de Malá Strana colecionavam o bizarro e o incomum com a mesma avidez de Rodolfo. – O marido dela é um dos servos do imperador.

– Ah, você se refere a um dos alquimistas mantidos presos pelo imperador – disse *Frau* Huber, com uma careta. – Acontecem coisas muitas estranhas naquela casa. E a pior delas é quando os Dee estão lá. *Herr* Kelley fica olhando o tempo todo com desejo para *Frau* Dee.

– E a sra. Kelley? – perguntei.

– Ela não costuma sair. A cozinheira é que faz as compras. – *Frau* Huber não aprovava essa delegação de responsabilidade de uma esposa para a criadagem. Achava que isso abria caminho para todo tipo de desordem, incluindo o anabatismo e um próspero mercado negro de itens roubados da cozinha. Colocara isso abertamente no primeiro encontro que tivemos, e essa era uma das razões que me faziam sair para comprar repolho fosse qual fosse o tempo que fizesse lá fora.

– Estamos falando da esposa do alquimista? – disse a *signorina* Rossi, tropeando nas pedras congeladas na tentativa de não colidir com uma carroça de carvão. – Ela é inglesa e muito estranha. E suas contas de vinho são muito maiores do que deveriam ser.

– Como vocês duas sabem tanto a respeito? – perguntei quando acabei de rir.

– Dividimos a mesma lavadeira – disse *Frau* Hubert, surpreendida.

– Nossa lavadeira é uma fonte de segredos – acedeu a *signorina* Rossi. – Ela também já lavou a roupa dos Dee. Até que a *signora* Dee a demitiu por não aceitar o preço cobrado para lavar os guardanapos.

– Uma mulher difícil essa Jane Dee, mas não se pode culpá-la por poupar dinheiro – admitiu *Frau* Huber, suspirando.

– Por que você quer ver a sra. Kelley? – perguntou a *signorina* Rossi, arrumando uma trança de pão na cesta.

– Eu quero conhecer o marido dela. Sou muito interessada em alquimia e tenho algumas perguntas a fazer para ele.

– Você vai pagar? – perguntou *Frau* Huber, esfregando os dedos com um gesto universal e talvez até atemporal.

– Pelo quê? – perguntei confusa.

– Pelas respostas dele, é claro.

– Sim – assenti me perguntando que plano diabólico ela maquinava.

– Deixe isso por minha conta – disse *Frau* Huber. – Ando faminta por um *schnitzel* e o taberneiro vizinho da sua casa, *Frau* Roydon, sabe preparar um *schnitzel* como ninguém.

No final das contas a filha adolescente do mago do *schnitzel* compartilhava o mesmo tutor de Elisabeth, a enteada de dez anos de Kelley. E seu cozinheiro era casado com a tia da lavadeira cuja cunhada trabalhava na casa dos Kelley.

Foi graças a essa corrente oculta forjada pelas mulheres, e não às conexões de Gallowglass na corte, que no meio da noite cheguei com Matthew à sala de estar no segundo andar da casa dos Kelley e esperamos pela chegada do grande homem.

– Ele deve chegar a qualquer momento – garantiu-nos Joanna Kelley. Estava com os olhos avermelhados e lacrimejantes, mas não ficou claro se isso se devia a muito vinho ou ao resfriado que aparentemente afligia todos da casa.

– Não se preocupe conosco, sra. Kelley. Costumamos ficar acordados até altas horas – disse Matthew suavemente, olhando-a com olhos estonteantes. – E a senhora está gostando da nova casa?

Depois de muita espionagem e investigação no seio das comunidades austríaca e italiana descobríramos que recentemente os Kelley tinham adquirido uma casa perto dos Três Corvos, num complexo conhecido pelos criativos sinais que estampavam nas casas. Alguém aproveitara as figuras de madeira de um presépio, cortara-as ao meio e arrumara-as numa prancha de madeira. No processo haviam removido o menino Jesus do pequeno berço e o recolocado ali com a cabeça do burro de Maria.

– No momento a casa Burro e Berço atende nossas necessidades, mestre Roydon. – A sra. Kelley soltou um vigoroso espirro e bebeu um gole de vinho. – Nós achamos que o imperador nos reservaria uma casa no próprio palácio porque Edward ia trabalhar lá, mas esta aqui vai servir. – Ecoaram batidas regulares de passos da escada sinuosa. – Edward chegou.

Primeiro, surgiu uma bengala; seguiu-se uma mão manchada e depois uma manga igualmente manchada. O resto de Edward Kelley parecia igualmente lastimável. Sua longa barba desgrenhada saía de um capuz escuro que escondia suas orelhas. Se aquele chapéu já tinha sido um chapéu, o chapéu já não existia mais. E pelas proporções avantajadas de Kelley poder-se-ia dizer que era amante de um bom prato. Ele entrou mancando e assoviando na sala, mas congelou quando viu Matthew.

– Edward. – Matthew agraciou Kelley com um outro sorriso estonteante, mas ele não mostrou a mesma satisfação da esposa em recebê-lo. – Nunca pensei que nos reencontraríamos de novo e tão longe de casa.

– Como é que você...? – balbuciou Edward, com voz rouca. Olhou ao redor da sala e cravou os olhos em mim de maneira tão insidiosa quanto a de qualquer outro demônio. Mas havia mais: distúrbios nos fios que o rodeavam e irregularidades na tessitura que sugeriam que não se tratava apenas de um demônio... ele era instável. Seus lábios se curvaram. – A bruxa.

– O imperador elevou a categoria dela, assim como fez com você. Agora ela é *La Diosa*, a deusa – disse Matthew. – Sente-se e descanse as pernas. Pelo que me lembro se incomodam com o frio.

– O que você quer comigo, Roydon? – Edward Kelley se agarrou à bengala com determinação.

– Ele está aqui em nome da rainha, Edward. Eu estava na cama – disse Joanna com ar melancólico. – Quase não descanso. E por causa dessa febre terrível mal conheço os vizinhos. Você não me disse que havia ingleses morando tão perto daqui. Posso ver a casa da sra. Roydon da minha janela. Você fica no castelo. E fico sozinha aqui em casa, querendo falar a minha própria língua, no entanto...

– Volte para a cama, querida. – Kelly descartou Joanna. – Leve seu vinho com você.

A sra. Kelley fungou, com uma cara de sofrimento. Era difícil ser inglesa sem amigos e sem família em Praga, mas ser proibida de entrar em lugares onde o marido era recebido devia ser pior ainda. Quando a esposa saiu da sala, Kelley sentou-se na cadeira dela à mesa. Ajeitou a perna, fazendo uma careta. E depois cravou olhos negros e hostis em Matthew.

– Diga-me o que devo fazer para me livrar de você – disse sem rodeios. Faltava charme a Kelley, embora tivesse a astúcia de Kit.

– A rainha quer você – respondeu Matthew também sem rodeios. – E nós queremos o livro do Dee.

– Que livro? – perguntou Edward prontamente.

– Kelley, para um charlatão você é um mentiroso abominável. Como consegue enganar a todos? – Matthew pôs os pés calçados com botas em cima da mesa. O outro se encolheu quando os calcanhares bateram no tampo da mesa.

– Se o dr. Dee está me acusando de roubo – disse Kelley confiante –, devo insistir em discutir o assunto na presença do imperador. Ele certamente não gostaria de me ver desonrado na minha própria casa.

– Onde está o livro, Kelley? No seu laboratório? No quarto de Rodolfo? Vou encontrá-lo com ou sem sua ajuda. Mas se me contar seu segredo talvez me incline a deixar de lado a outra questão. – Matthew fingiu se ocupar com um detalhe de sua calça. – A Congregação não está nada satisfeita com seu recente comportamento. – A bengala de Kelley caiu no chão. Matthew pegou-a educadamente. Encostou a ponta gasta da bengala no pescoço de Kelley. – Foi com isso que ameaçou a vida do criado da estalagem? Mas que falta de cuidado, Edward. Toda essa pompa e esse privilégio lhe subiram à cabeça. – A ponta da bengala deslizou até a proeminente barriga de Kelley e ali ficou.

– Não posso ajudá-lo. – Kelley soltou um gemido quando a bengala apertou a sua barriga. – É verdade! O imperador tirou o livro de mim quando... – Ele interrompeu a frase e esfregou o rosto, como se quisesse apagar a imagem do vampiro à frente.

– Quando o quê? – perguntei, esticando-me para a frente. Na ocasião em que tocara no Ashmole 782 na Bodleiana percebi na mesma hora que era um livro diferente.

– A senhora deve saber mais desse livro do que eu. – Kelley jogou a frase na minha cara, com olhos flamejantes. – Vocês bruxas não se surpreenderam quando souberam da existência dele, mas foi preciso um demônio para reconhecê-lo!

– Estou perdendo minha paciência, Edward. – A bengala de madeira rachou nas mãos de Matthew. – Minha esposa fez uma pergunta para você. Responda.

Kelley olhou vagarosa e triunfantemente para Matthew e empurrou a ponta da bengala na barriga dele.

– Você odeia as bruxas... ou pelo menos nos faz acreditar nisso. Mas vejo que tem a mesma fraqueza das outras criaturas. Está apaixonado por ela, exatamente como comentei com Rodolfo.

– Gerbert. – A voz de Matthew soou vazia.

Kelley assentiu com a cabeça.

– Ele veio aqui quando Dee ainda estava em Praga, fazendo perguntas sobre o livro e metendo o bedelho nos meus assuntos. Rodolfo deixou que ele se divertisse com uma das bruxas da Cidade Antiga... uma garota de 17 anos muito bonita de cabelos ruivos e olhos azuis, como sua esposa. Depois disso, nunca mais a viram. Mas houve uma bela fogueira naquela Noite de Walpurgis. Foi dada a Gerbert a honra de acendê-la. – Kelley desviou os olhos para mim. – O que me pergunto é se teremos uma outra fogueira este ano.

A menção à antiga tradição de queimar bruxas para celebrar a primavera foi a gota d'água para Matthew. Antes que pudesse me dar conta do que acontecia, Kelley já estava com a metade do corpo para fora da janela.

– Olhe lá para baixo, Edward. Não é uma queda grande. Você vai sobreviver, sinto isso, embora arrisque quebrar um ou dois ossos. Mas não se preocupe porque vou pegá-lo e levá-lo para o seu quarto. Lá também tem uma janela, sem dúvida. Acabarei encontrando um lugar suficientemente alto para partir sua carcaça ao meio. E quando cada osso do seu corpo estiver em pedaços, você já terá me contado tudo o que quero saber. – Os olhos escuros de Matthew se voltaram para mim quando me levantei. – Sente-se. – Ele respirou fundo. – Por favor. – Obedeci.

– O livro do Dee irradiou poder. Senti esse poder tão logo o tirei de uma estante na Mortlake. Dee não sabia da importância do livro, mas eu sabia – disse Kelley atropeladamente. Fez uma pausa e foi sacudido por Matthew. – O bruxo Roger Bacon era o dono do livro e o tinha como um grande tesouro. O título está na primeira página, junto com a inscrição *"Verum Secretum Secretorum"*.

– Mas não há nada de *Secretum* – rebati, pensando na popular obra medieval. – Era uma enciclopédia. Com ilustrações alquímicas.

– As ilustrações são apenas telas para ocultar a verdade – disse Kelley, com um chiado. – Por isso Bacon o chamava de *"O verdadeiro segredo dos segredos"*.

– O que há nele? – perguntei, mal contendo a excitação. Dessa vez não fui advertida por Matthew. Ele puxou o corpo de Kelley para dentro. – Você conseguiu ler as palavras?

– Talvez – disse Kelley, endireitando a roupa.

– Ele também não conseguiu ler o livro. – Matthew o soltou, com ar de desgosto. – Farejo nele duplicidade mesclada a cheiro de medo.

– O livro está escrito em língua estrangeira. Nem mesmo o rabino Loew conseguiria decifrá-la.

– Maharal viu o livro? – Matthew paralisou os olhos em alerta, como sempre fazia quando estava prestes a atacar.

– Pelo visto você não conversou a respeito disso com o rabino Loew quando foi ao bairro judeu à cata da bruxa que fez a criatura de argila que eles chamam de *golem*. E parece que também não conseguiu encontrar o autor e a criação dele. – Kelley revirou os olhos, com desdém. – Logo você que é tão conhecido pelo poder e pela influência. Não conseguiu nem mesmo assustar os judeus.

– Não acho que as letras tenham sido escritas em hebraico – disse, lembrando-me dos símbolos que se moviam velozes quando os vislumbrei no palimpsesto.

– E não foram. O imperador só chamou o rabino Loew ao palácio para se assegurar. – Kelley revelara mais do que pretendia. Seus olhos se voltaram rapidamente para a bengala, e os fios que o rodeavam giraram e enroscaram. Surgiu em minha mente a imagem de Kelley erguendo a bengala e atacando alguém. O que ele pretendia?

De repente me dei conta do que pretendia: planejava *me atacar*. Um som ininteligível escapou da minha boca e, quando ergui a mão, a bengala de Kelley voou direto em minha direção. Por um segundo o meu braço transformou-se em galho e logo retomou a forma normal. Rezei para que o movimento tivesse sido rápido e que Kelley não tivesse percebido a mudança. A cara que ele fez me disse que minhas esperanças eram vãs.

– Não deixe que o imperador a veja fazendo isso – ele sorriu –, ou será trancafiada como uma curiosidade a mais para o deleite dele. Roydon, já lhe disse o que você queria saber. Pode sossegar os cães da Congregação.

– Acho que não posso, não – disse Matthew, tirando a bengala da minha mão. – Você não é inofensivo, por mais que Gerbert pense o contrário. Mas vou deixá-lo em paz... por enquanto. Trate de não fazer nada que chame a minha atenção e poderá ver o verão. – Ele jogou a bengala num canto.

– Boa-noite, mestre Kelley. – Peguei a capa, desejando estar o mais longe possível daquele demônio.

– Desfrute cada momento de sol, bruxa. Aqui em Praga esses momentos passam com muita rapidez. – Kelley continuou no mesmo lugar quando eu e Matthew começamos a descer a escada.

Mesmo na rua, ainda sentia o cutucão do olhar dele. E quando girei a cabeça para trás e olhei para a casa Burro e Berço, os fios retorcidos e quebrados que prendiam Kelley ao mundo brilharam com malevolência.

29

Depois de dias de cuidadosa negociação, Matthew conseguiu agendar uma visita ao rabino Judah Loew. Gallowglass conseguiu espaço para isso depois de cancelar alguns dos meus compromissos na corte, alegando doença.

Infelizmente, a alegação chamou a atenção do imperador que inundou a casa de remédios: terra sigillata, argila com maravilhosas propriedades curativas; pedras bezoar, extraídas das vesículas de bodes para curar envenenamentos; taça de chifre de unicórnio, contida em uma das receitas de família do imperador para fazer um electuário. O electuário consistia em tostar um ovo com açafrão e reduzi-lo a pó, junto com sementes de mostarda, angélica, bagas de zimbro, cânfora e outras substâncias misteriosas, e depois tornar o pó pastoso com melado e xarope de limão. Rodolfo mandou o dr. Hájek administrar a receita. Mas deixei bem claro para o médico imperial que não tinha a menor intenção de engolir aquilo.

– Vou garantir para o imperador que a senhora vai se recuperar – disse ele em tom seco. – Felizmente, Sua Majestade também está preocupado com a própria saúde para correr o risco de vir aqui na Sporrengasse a fim de confirmar o meu diagnóstico.

Agradecemos profusamente pela discrição e o despachamos para casa, junto com uma galinha assada enviada da cozinha real na tentativa de abrir o meu apetite. Joguei o bilhete que a acompanhava – *Ich verspreche Sie werden nicht hungern. Ich halte euch zufrieden. Rudolff* – no fogo da lareira depois que Matthew explicou que Rodolfo tinha sido ambíguo ao se referir à galinha com a promessa de satisfazer a minha fome.

Em nosso trajeto pelo rio Moldava até a Cidade Antiga de Praga tive a primeira oportunidade de experimentar a agitação do centro da cidade. Comerciantes abastados faziam negócios em arcadas aninhadas sob casas de três e quatro andares que se alinhavam ao longo das ruas sinuosas. A característica da cidade se transformou quando tomamos a direção do norte, as casas eram menores, as vestes dos habitantes eram mais humildes e o comércio era menos próspero. Em seguida atravessamos uma rua larga e depois o portão para o bairro judeu. Mais de cinco mil judeus viviam naquele pequeno encrave que se espremia por entre a margem industrial do rio e a praça principal da Cidade Antiga e um convento. O bairro judeu era apinhado de casas geminadas – isso era inconcebível até para os padrões de Londres – que evoluíam estruturalmente das paredes umas das outras, como câmaras enfiadas em casca de caracol.

Encontramos o rabino Loew após uma rota sinuosa que me fez desejar uma sacola de migalhas de pão para me assegurar de que encontraríamos o caminho de volta. Os moradores olhavam cautelosamente em nossa direção, mas poucos ousavam nos cumprimentar. E os que nos cumprimentavam chamavam Matthew de "Gabriel". Era um dos muitos nomes dele, e o uso desse nome naquele lugar indicava que penetrávamos em uma das muitas tocas de coelho de Matthew e eu estava prestes a conhecer uma de suas muitas identidades do passado.

Quando o gentil cavalheiro conhecido como Maharal surgiu à frente, entendi por que Matthew sempre falava dele em voz baixa. O rabino Loew irradiava o mesmo senso de poder sereno de Philippe. Os gestos pomposos de Rodolfo e a petulância de Elizabeth eram dignos de risadas perante a dignidade de Maharal. Isso surpreendia numa época em que a força bruta era o método usual de impor a vontade sobre os outros. A reputação dele se baseava na instrução e na aprendizagem e nunca na força física.

– Maharal é um dos melhores homens que já passaram pela Terra – disse Matthew quando lhe perguntei sobre Judah Loew. Isso era um elogio considerável se considerado o tempo que Matthew já estava na Terra.

– Pensei que já tivéssemos concluído nossos negócios, Gabriel – disse o rabino Loew em latim, com firmeza. Parecia um diretor de escola. – Se não compartilhei antes o nome da bruxa que criou o *golem* não será agora que farei isso. – Voltou-se para mim. – Desculpe-me, *Frau* Roydon. Acabei esquecendo da boa educação pela impaciência com seu marido. É um prazer conhecê-la.

– Não vim aqui para falar do *golem* – disse Matthew. – Meu assunto de hoje é privado. Diz respeito a um livro.

– Que livro? – Maharal nem sequer pestanejou, mas uma perturbação no ar circundante sugeriu uma sutil reação dele. Já vinha percebendo desde o encontro com Kelley que minha magia formigava, como se ligada a uma corrente invisível. Meu dragão de fogo se inquietou. E os fios cintilaram em cores ao redor, iluminando um objeto, uma pessoa e um caminho pelas ruas, como se tentando me dizer alguma coisa.

– Um volume que minha esposa encontrou numa universidade longe daqui – respondeu Matthew. Fiquei surpresa por ele ter sido verdadeiro. Como também o foi o rabino Loew.

– Ah. Vejo que estamos sendo honestos nesta tarde. Talvez seja melhor fazermos isso num lugar mais tranquilo para que eu possa desfrutar essa experiência. Vamos ao meu estúdio.

Ele nos conduziu até uma das pequenas salas enfiadas no labirinto de salas do andar térreo. A escrivaninha velha e as pilhas de livros se afiguraram confortavelmente familiares. O cheiro de tinta junto a algo mais me fez lembrar de uma caixa de resina no estúdio de balé dos meus tempos de infância. Bolotas que pareciam pequenas maçãs marrons se agitavam no meio de um líquido amarronzado dentro de uma panela de ferro próxima à porta. A aparência do caldeirão era digna de uma bruxa e evocava possíveis outras fabulações escondidas em suas profundezas.

– Esse lote de tinta está melhor? – perguntou Matthew, cutucando uma das bolotas flutuantes.

– Sim, está. Você me prestou um grande favor ao sugerir que acrescentasse pregos na panela. Já não preciso de tanta fuligem para enegrecê-la e a consistência está bem melhor. – O rabino Loew apontou para uma cadeira. – Por favor, sente-se. – Esperou que me sentasse e depois se sentou num banco de três pernas. – Gabriel ficará de pé. Ele não é jovem, mas tem pernas fortes.

– Sou jovem o bastante para me sentar aos seus pés como um dos seus pupilos, Maharal. – Matthew sorriu e sentou-se graciosamente no chão, em posição de lótus.

– Meus alunos são mais sensatos e não se sentam no chão com esse clima. – O rabino me observou. – Agora, ao assunto. Por que a esposa de Gabriel ben Ariel veio de tão longe para ver um livro? – Tive a desconcertante sensação de que ele não se referia à viagem pelo rio nem à travessia da Europa. Será que sabia que eu não era daquele tempo?

Formulei mentalmente a pergunta e o rosto de um homem boiou no ar por sobre o ombro do rabino Loew. Era um jovem com rugas de preocupação em volta dos olhos fundos e cinzentos que tinha uma barba castanha com uma mecha grisalha à altura do queixo.

– Algum bruxo lhe falou a meu respeito – eu disse baixinho.

O rabino assentiu.

– Praga é uma cidade maravilhosa quando se trata de notícias. Infelizmente, a metade nunca é verdadeira. – Ele fez uma pequena pausa. – E o livro? – Relembrou-me.

– É um livro que provavelmente explica a origem de criaturas como Matthew e eu – respondi.

– Isso não é um mistério. Deus criou vocês, como criou a mim e ao imperador Rodolfo – retrucou Maharal, ajeitando-se no assento. Era um movimento típico de professor, uma postura desenvolvida naturalmente ao longo de anos, como se dando espaço aos alunos para lidar com novas ideias. Senti a mesma ansiedade e o mesmo temor de toda vez que me preparava para replicar. Eu não queria desapontar o rabino.

– Talvez, mas Deus nos deu talentos adicionais. O senhor não é capaz de dar vida a um morto, rabino Loew – repliquei, como se para um tutor de Oxford. – Assim como não vê estranhos rostos à frente quando coloca uma simples pergunta.

– Isso é verdade. Mas você não governa a Boêmia e o alemão do seu marido é melhor do que o meu, embora eu fale essa língua desde criança. Cada um de nós tem um dom único, *Frau* Roydon. No aparente caos do mundo ainda existem evidências do plano de Deus.

– O senhor discorre sobre o plano de Deus com toda segurança porque conheceu as suas origens na Torá – rebati. – *Bereishit*... "No começo"... é como o senhor denomina o livro dos cristãos conhecido como Gênese. Não estou certa, rabino Loew?

– Pelo visto tenho debatido teologia com o membro errado da família de Ariel – disse o rabino em tom seco, embora com um brilho travesso nos olhos.

– Quem é Ariel? – perguntei.

– Papai é conhecido como Ariel entre o povo do rabino Loew – respondeu Matthew.

– O anjo da ira? – Franzi a testa. Isso não se parecia em nada com o Philippe que eu conhecia.

– O lorde com domínio sobre a Terra. Alguns o chamam de Leão de Jerusalém. Algum tempo atrás o meu povo teve motivo para ser grato ao Leão, embora os judeus não tenham se esquecido, e jamais se esquecerão... dos muitos erros cometidos por ele no passado. Mas Ariel se esforça para expiar. E o julgamento só a Deus pertence. – O rabino Loew considerou as opções e tomou uma decisão. – O imperador me mostrou esse livro. Infelizmente, Sua Majestade não me deu tempo suficiente para estudá-lo.

– Qualquer coisa que o senhor puder dizer a respeito desse livro será de grande valia para nós – disse Matthew, com a voz visivelmente excitada. Curvou o peito para a frente e se abraçou aos joelhos, assim como Jack fazia quando ouvia atentamente as histórias contadas por Pierre. Meu marido ficou por alguns segundos com as mesmas feições que ficava quando era criança e aprendia o ofício do pai.

– O imperador Rodolfo me chamou ao palácio na esperança de que eu pudesse ler o texto. Aquele alquimista, que é chamado de Meshuggener Edward, o tinha tirado da biblioteca do amo dele, o inglês John Dee – disse o rabino. – É difícil entender por que Deus optou por fazer de Dee um erudito e de Edward, um ignorante astuto.

O rabino Loew suspirou, balançando a cabeça em negativa, e continuou.

— Meshuggener Edward disse para o imperador que esse antigo livro guarda os segredos da imortalidade. Viver para sempre é o sonho de todo homem de poder. Mas ninguém consegue entender a língua na qual o texto está escrito senão o próprio alquimista.

— Rodolfo o chamou pensando que era hebraico antigo – comentei, balançando a cabeça em assentimento.

— Mesmo que seja uma língua antiga, não é o hebraico. Também havia ilustrações. Não compreendi o significado das imagens, mas segundo Edward era essencialmente alquímico. Talvez as palavras expliquem.

— As palavras se moveram quando viu as imagens, rabino Loew? – perguntei ao me lembrar das linhas que tinha visto por trás das ilustrações.

— Como é que podiam se mover? – Ele franziu a testa. – Eram apenas símbolos escritos à tinta na página.

— Então, não está danificado... ainda não – comentei aliviada. – Quando o vi em Oxford estava sem diversas páginas. Foi impossível apreender o significado do texto porque as palavras se locomoviam atarantadas como se à procura de irmãos e irmãs perdidos.

— A senhora fala como se o livro estivesse vivo – disse o rabino.

— E é o que penso – confessei. Matthew pareceu surpreso. – Sei que isso parece impossível. Mas é a única maneira de descrever o que vivenciei quando lembro daquela noite e do que ocorreu quando toquei no livro. O livro me reconheceu. Estava de alguma forma... sofrendo, como se tivesse perdido algo essencial.

— As pessoas costumam contar histórias de livros escritos com chamas vivas ou com palavras que se movem e giram de tal maneira que só Deus consegue lê-las. – O rabino Loew estava me testando de novo. Eu sabia reconhecer quando um professor questionava os alunos.

— Já ouvi essas histórias – repliquei pausadamente. – E outras sobre outros livros perdidos como o das tábuas destruídas de Moisés, e o de Adão, onde ele registrou os verdadeiros nomes de cada parte da criação.

— Se o seu livro é tão significativo como esses outros, talvez esteja escondido por vontade de Deus. – O rabino voltou a sentar-se e pôs-se à espera de uma réplica.

— Mas o livro não está escondido – repliquei. – Rodolfo sabe onde ele está, mesmo que não tenha conseguido lê-lo. Quem seria mais indicado para ter a custódia de algo com esse poder, Matthew ou o imperador?

— O que sei é que muitos homens sábios diriam que uma escolha entre Gabriel ben Ariel e Sua Majestade só serviria para minimizar um dos dois males. – O rabino Loew se voltou para Matthew. – Felizmente, não me incluo entre esses sábios. Mesmo assim, não posso ajudá-los. Estive com o livro... mas não sei onde se encontra agora.

– Está de posse de Rodolfo... ou pelo menos estava. Até que o senhor confirmasse só tínhamos as suspeitas do dr. Dee e as afirmações daquele que é apropriadamente cognominado Louco Edward – disse Matthew, com seriedade.

– Os loucos podem ser perigosos – observou o rabino. – Você deveria ser mais cuidadoso com quem dependura para fora da janela, Gabriel.

– O senhor soube? – Matthew pareceu envergonhado.

– Correu uma boataria na cidade segundo a qual Meshuggener Edward estava voando pelo Malá Strana junto com o diabo. Naturalmente, presumi que você estava envolvido. – Desta vez o tom do rabino Loew soou como uma nota gentil de reprovação. – Gabriel, Gabriel. O que seu pai vai dizer?

– Sem dúvida que eu deveria ter deixado que ele caísse. Papai tem muito pouca paciência com tipos como Edward Kelley.

– Com loucos, você quis dizer.

– Maharal, eu quis dizer exatamente o que disse – retrucou Matthew, com firmeza.

– Infelizmente, o homem do qual você afirma com toda calma que poderia matá-lo é a única pessoa que poderá ajudá-lo a encontrar o livro da sua esposa. – O rabino Loew se deteve para medir as palavras. – Mas você quer mesmo conhecer os segredos desse livro? Vida e morte são grandes responsabilidades.

– Se levasse em conta a minha condição, o senhor não se surpreenderia com a familiaridade com que carrego os fardos especiais. – O sorriso de Matthew não refletiu humor.

– Talvez. Mas a sua esposa também pode carregá-los? Você não poderá estar o dia todo com ela, Gabriel. Alguns que dividiriam o conhecimento que têm com uma bruxa não o dividiriam com você.

– Então *há mesmo* um criador de feitiços no bairro judeu – eu disse. – Suspeitei disso quando soube do *golem*.

– Ele estava esperando que a senhora o procurasse. Infelizmente, ele só quer a companhia da bruxa. Esse meu amigo teme a Congregação de Gabriel e com boa razão – explicou o rabino.

– Eu gostaria de me encontrar com ele, rabino Loew. – Havia pouquíssimas bruxas e bruxos tecelões no mundo. Eu não podia perder a oportunidade de conhecer um deles.

Matthew se agitou, com um protesto emergindo em seus lábios.

– Isso é importante Matthew. – Pousei a mão no braço dele. – Prometi a Goody Alsop que não negligenciaria essa parte de mim enquanto estivesse aqui.

– Mesmo quando se quer encontrar a completude no casamento, Gabriel, não se deve fazer do casamento uma prisão para nenhuma das partes – disse o rabino.

– Não se trata do nosso casamento e sim do fato de que você é uma bruxa. – Matthew se levantou e pareceu encher a sala com seu corpanzil. – Ser visto com um judeu pode ser perigoso para uma cristã. – Abri a boca para protestar e ele balançou a cabeça em negativa. – Não para você. Para ele. Você deve seguir as instruções do rabino Loew. Não quero que ele ou qualquer outro do bairro judeu sejam molestados... não por nossa causa.

– Não farei nada que chame atenção para mim... ou para o rabino Loew – prometi.

– Então, vá ver esse tecelão. Estarei esperando em Ungelt. – Matthew me deu um beijo rápido na face e sumiu antes que eu tivesse tempo de pensar. O rabino pestanejou de surpresa.

– Gabriel é incrivelmente veloz para a estatura que tem – disse, pondo-se de pé. – Ele me faz lembrar do tigre do imperador.

– Os felinos o reconhecem como sendo da mesma espécie – comentei, pensando em Tabitha, a gata de Sarah.

– A ideia de ter casado com um animal não parece perturbá-la. Gabriel tem muita sorte por tê-la como esposa. – O rabino pegou um manto escuro e avisou ao criado que estávamos de saída.

Pensei que seguiríamos em direções diferentes, mas sem ter certeza disso desviei a atenção para as primeiras ruas recém-pavimentadas que via desde que chegara ao passado. Perguntei ao rabino quem tinha providenciado aquela conveniência tão incomum.

– *Herr* Maisel pagou isso e também a casa de banhos para as mulheres. Ele apoia financeiramente o imperador em alguns problemas... como a guerra santa que é mantida contra os turcos. – O rabino Loew se desviou de uma poça. Só então percebi um aro dourado bordado sobre um pedaço de pano em cima do coração dele.

– O que é isso? – Apontei para o crachá.

– É para avisar aos cristãos desavisados que eu sou judeu – respondeu ele, com ironia. – Claro que mesmo os mais ignorantes acabam descobrindo isso, com ou sem o crachá. Mas as autoridades insistem que não pode haver dúvidas. – Abaixou o tom da voz. – Isso é muito melhor que o chapéu que já obrigaram os judeus a usar. Era um chapéu amarelo brilhante na forma de uma peça de xadrez. É só ignorar *isso* no mercado.

– Os humanos fariam o mesmo comigo e Matthew se soubessem que convivemos com eles. – Estremeci. – Às vezes, manter-se escondido é a melhor saída.

– É o que faz a Congregação de Gabriel? Mantê-los escondidos?

– Se fazem isso, estão fazendo um péssimo trabalho – eu disse sorrindo. – *Frau* Huber acredita que há um lobisomem atacando lá pelas bandas do Fosso do Veado.

Seus vizinhos em Praga acreditam que Edward Kelley pode voar. Os humanos estão à caça de bruxas na Alemanha e na Escócia. E Elizabeth da Inglaterra e Rodolfo da Áustria sabem a nosso respeito. Suponho que devíamos agradecer pelo fato de que alguns reis e rainhas nos toleram.

– Nem sempre a tolerância é o bastante. Os judeus são tolerados em Praga... por enquanto, já que a situação pode mudar num piscar de olhos. E nesse caso seremos expulsos do país e padeceremos de fome e de frio. – O rabino virou numa rua estreita e entrou numa casa idêntica à maioria das outras casas da maioria das outras ruas por onde passamos. Lá dentro, dois homens estavam à frente de uma mesa com instrumentos matemáticos, livros, velas e papéis.

– A astronomia poderá nos fornecer um terreno comum com os cristãos! – exclamou um dos homens em alemão, passando uma folha de papel para o companheiro. Aparentava uns cinquenta anos e tinha uma barba grisalha espessa e uma testa bem marcada por sobre os olhos. Os ombros exibiam a altivez crônica da maioria dos eruditos.

– Basta, Davi! – O outro explodiu. – Um terreno comum talvez não seja a terra prometida pela qual tanto ansiamos.

– Abraão, esta senhora deseja falar com você – disse o rabino Loew, interrompendo o debate.

– Todas as mulheres em Praga estão loucas para conhecer Abraão – disse Davi, o erudito. – A filha de quem deseja um feitiço amoroso esta vez?

– Não é no pai que devia demonstrar interesse, mas sim no marido dela. Esta é *Frau* Roydon, esposa do inglês.

– A que o imperador chama de *La Diosa*? – Davi sorriu e bateu no ombro de Abraão. – Meu amigo, sua sorte virou. Foi pego entre um rei, uma deusa e um *nachzehrer*. – Meu limitado alemão indicou que a palavra desconhecida significava "devorador de mortos".

Abraão disse algo rude em hebraico, que me foi sugerido pela expressão de desagrado do rabino Loew, e finalmente se voltou para mim. Ambos nos encaramos, de bruxa para bruxo, mas não sustentamos o olhar por muito tempo. Eu desviei os olhos e suspirei, ele pestanejou e apertou as pálpebras com os dedos. Minha pele comichou toda, não apenas nos pontos que eram olhados por ele. E a atmosfera entre nós tornou-se uma massa diferente com matizes brilhantes.

– É ela que estava esperando, Abraão ben Elijah? – perguntou o rabino Loew.

– Ela mesma – respondeu Abraão. Afastou-se de mim e pôs as mãos sobre a mesa. – Mas nos meus sonhos ela não era esposa de um *alukah*.

– *Alukah?* – Olhei para o rabino Loew em busca de explicação. Se era uma palavra germânica, nem assim consegui decifrá-la.

– Sanguessuga. É assim que nós judeus chamamos as criaturas como o seu marido – explicou ele. – Para o seu conhecimento, Abraão, esse encontro teve o consentimento de Gabriel.

– O senhor acha que confio na palavra de um monstro que julga o meu povo do seu assento da Qahal enquanto faz vista grossa aos que nos matam? – disse Abraão aos gritos.

Pensei em protestar, dizendo que aquele não era o mesmo Gabriel, o mesmo Matthew, mas me detive. Qualquer coisa que dissesse poderia matar qualquer um que estivesse naquela sala em seis meses, quando o Matthew do século XVI estivesse no seu próprio lugar.

– Não vim aqui em nome do meu marido nem da Congregação – argumentei, dando um passo à frente. – Vim aqui por mim mesma.

– Por quê? – perguntou Abraão.

– Porque também sou criadora de feitiços. E restam poucos como nós.

– Havia mais, antes da Qahal... antes de a Congregação estabelecer as regras deles – disse Abraão em tom de desafio. – Queira Deus que possamos viver para ver nossos filhos nascerem com esses dons.

– Por falar em filhos, onde está o seu *golem*?

Davi soltou uma risada.

– Mamãe Abraão. O que sua família em Chelm diria?

– Diria que me tornei amigo de um idiota que não tem nada na cabeça a não ser estrelas e fantasias ridículas, Davi Gans! – retrucou Abraão, vermelho como um pimentão.

Fazia alguns dias que meu dragão de fogo estava quieto e de repente voltou à vida com toda alegria. Ela já estava livre antes que pudesse impedi-la. O rabino Loew e seus amigos quase perderam o fôlego com a visão.

– Às vezes ela faz isso. Não há motivo para preocupação. – Soei apologética ao mesmo tempo em que repreendia a minha desobediente familiar. – Desça já daí!

Ela agarrou-se à parede e gritou em minha direção. Como o reboco era velho e não aguentava aquele peso, despencou um pedaço que a deixou assustada. Ela bateu o rabo para o lado, ancorou-se em outra parede à procura de mais segurança e soltou um grito de triunfo.

– Se não parar com isso pedirei para que Gallowglass lhe dê um nome horrível – murmurei. – Alguém viu a coleira dessa criatura? É uma corrente transparente. – Procurei ao longo do rodapé e a encontrei atrás de um cesto de lenha e ainda conectada a mim. – Será que um de vocês pode segurá-la por um minuto enquanto a trago para dentro? – Girei o corpo com a translúcida corrente na mão.

Os homens já tinham sumido.

– Típico – murmurei. – Três homens adultos e uma mulher, e adivinhe quem tinha que lidar com o dragão?

Soaram passos pesados ao longo do piso de madeira da casa. Fiz um ângulo com o corpo para enxergar a porta. Uma criatura de barro avermelhada vestida em roupas escuras e com uma boina preta na cabeça careca cravou os olhos no meu dragão de fogo.

– Não, Yosef. – Abraão se interpôs entre mim e a criatura, e levantou as mãos a fim de detê-la.

Contudo, o *golem* – claro que devia ser a legendária criatura feita de argila do Moldava e animada por um feitiço – continuou se movendo em direção ao dragão de fogo.

– Yosef está fascinado pelo dragão da bruxa – disse Davi.

– Pelo visto o *golem* partilha a mesma queda do dono pelas garotas bonitas – disse o rabino Loew. – Segundo as minhas leituras o familiar dos bruxos apresenta as mesmas características do seu criador.

– O *golem* é o familiar de Abraão? – Fiquei chocada.

– Sim. Mas não apareceu quando criei o meu primeiro feitiço. Cheguei a achar que não tinha um familiar. – Abraão acenou para Yosef, mas o *golem* não desgrudou os olhos do dragão de fogo a essa altura estatelado contra a parede. Como se soubesse que tinha um admirador, ela abriu as asas que irradiaram luz.

Ergui a corrente.

– Será que isso a atrai?

– Essa corrente não parece estar ajudando muito a senhora – observou Abraão.

– Ainda tenho muito a aprender! – eu disse indignada. – Esse dragão de fogo apareceu quando teci o meu primeiro feitiço. Como é que você criou o Yosef?

Abraão tirou um conjunto de cordões do bolso.

– Com cordões como estes.

– Também tenho cordões. – Puxei uma bolsa de um bolso embutido em minha saia.

– As cores ajudam-na a separar os fios do mundo para usá-los com mais eficácia? – Abraão deu um passo em minha direção, interessado na variedade da tecelagem.

– Sim. Cada cor tem um significado e sempre uso os cordões para me concentrar na questão desejada quando crio um novo feitiço. – Olhei aturdida para o *golem*, que olhava fixamente para o dragão de fogo. – Mas como é que você fez uma criatura a partir de cordões?

– Fui procurado por uma mulher que queria um novo feitiço que a ajudasse a conceber. Considerei o pedido e, enquanto entrelaçava os nós pelos cordões, acabei fazendo algo que parecia o esqueleto de um homem. – Abraão caminhou até a mesa e, apesar dos protestos de Davi, pegou uma folha de papel do amigo e desenhou o que acabara de dizer.

– É como um boneco – comentei, olhando para o desenho. Nove nós se interligavam por linhas retas de cordas: um nó para a cabeça, outro nó para o peito, dois nós para as mãos, outro nó para a pélvis, dois outros nós para os joelhos e dois últimos para os pés.

– Misturei um pouco do meu próprio sangue à argila e apliquei na corda como se fosse carne. Na manhã seguinte Yosef estava sentado perto da lareira.

– Você deu vida à argila. – Olhei para o *golem* ainda extasiado.

Abraão balançou a cabeça.

– Coloquei um feitiço com um nome secreto de Deus na boca de Yosef. Ele age de acordo com minhas instruções desde que esse nome continue onde está. Quer dizer, na maior parte do tempo.

– O *golem* não toma decisões por conta própria – explicou o rabino Loew. – Afinal, quando se sopra vida na argila e no sangue não se dá alma a uma criatura. Abraão sempre o tem à vista, temendo que cometa alguma traquinagem.

– Esqueci de retirar o feitiço de dentro da boca de Yosef num dia de preces, numa sexta-feira – admitiu Abraão envergonhado. – Ele ficou sem ninguém para lhe dar ordens e vagou pelo bairro judeu, assustando a vizinhança cristã. E depois os judeus acharam que o propósito dele é nos proteger.

– O trabalho das mães é interminável – murmurei sorrindo. – Por falar nisso... – O dragão de fogo caíra no sono e roncava docemente, com a face encostada à parede que servia de travesseiro. Puxei a corrente com todo cuidado para não irritá-la e a tirei da parede. Ela bateu as asas com a cara sonolenta e se dissolveu lentamente à medida que era absorvida para dentro do meu corpo.

– Gostaria tanto que Yosef também fizesse isso – disse Abraão, com uma ponta de inveja.

– E eu também gostaria tanto de poder tirar um pedaço de papel de debaixo da língua do meu dragão para sossegá-lo! – retruquei.

– Quem é essa? – perguntou uma voz grave.

O recém-chegado não tinha uma estatura fisicamente intimidadora. Mas era um vampiro e tinha uns olhos azuis escuros e um semblante pálido emoldurado pelos cabelos pretos. Ele me olhou de maneira coercitiva e dei um passo para trás por instinto.

– Não é nada que lhe diga respeito, *Herr* Fuchs – disse Abraão em tom seco.

– Não precisa ser mal-educado, Abraão. – O rabino Loew se voltou para o vampiro. – *Herr* Fuchs, esta é *Frau* Roydon. Chegou da Malá Strana em visita ao bairro judeu.

O vampiro cravou os olhos em mim e abriu levemente as narinas, assim como Matthew fazia quando captava um novo odor. Ele fechou as pálpebras e dei outro passo atrás.

– Por que veio aqui, *Herr* Fuchs? Combinamos que nos encontraríamos na frente da sinagoga – continuou Abraão, visivelmente contrariado.

– Você se atrasou. – *Herr* Fuchs abriu os olhos azuis e sorriu para mim. – Mas não estou mais preocupado porque agora sei o que o deteve.

– *Herr* Fuchs conheceu Abraão na Polônia e está aqui de visita. – O rabino Loew encerrou as apresentações.

Alguém chamou lá da rua.

– *Herr* Maisel chegou – disse Abraão, aparentemente tão aliviado quanto eu.

Herr Maisel, que financiara a pavimentação das ruas e os projetos de defesa imperiais, emanava prosperidade, com um imaculado traje de lã, uma capa forrada de pele e um círculo dourado que o identificava como judeu. O crachá costurado à capa com linha dourada parecia uma insígnia de nobreza e não um elemento distintivo.

– Ei-lo aí, *Herr* Fuchs. – *Herr* Maisel estendeu uma pequena sacola para o vampiro. – Eis a sua joia. – Fez uma reverência para o rabino Loew e para mim. – *Frau* Roydon.

O vampiro pegou a sacola e tirou uma pesada corrente com um pingente de dentro. Não pude distinguir o desenho, mas o esmalte vermelho e verde era evidente. O vampiro escancarou os dentes.

– Muito obrigado, *Herr* Maisel. – Fuchs ergueu a joia que cintilou com a luz. – Esta corrente simboliza o meu juramento de matar dragões, estejam onde estiverem. Não a tenho usado. Ultimamente a cidade está povoada de criaturas perigosas.

Herr Maisel bufou.

– Não mais do que de costume. Deixe de lado a política da cidade, *Herr* Fuchs. Será melhor para todos nós que faça isso. Já está pronta para se encontrar com seu marido, sra. Roydon? Ele não me parece o mais paciente dos homens.

– *Herr* Maisel tratará de fazê-la chegar a Ungelt em segurança. – O rabino Loew me garantiu. Olhou longamente para *Herr* Fuchs. – Acompanhe Diana até a rua, Abraão. Fique aqui comigo, *Herr* Fuchs, e me conte as novidades da Polônia.

– Muito obrigada, rabino Loew. – Fiz uma reverência de despedida.

– Foi um prazer, *Frau* Roydon. – O rabino deu uma pausa. – Se a senhora tiver um tempo reflita a respeito do que lhe disse mais cedo. Nenhum de nós pode se esconder para sempre.

– Pois é. – Face aos horrores que os judeus de Praga enfrentariam nos séculos seguintes desejei do fundo do coração que isso estivesse errado. Saí da casa acompanhada de *Herr* Maisel e Abraão e acenando com a cabeça para *Herr* Fuchs.

– Um momento, *Herr* Maisel – disse Abraão quando já estávamos fora dos ouvidos dos que estavam na casa.

– Seja breve, Abraão – disse *Herr* Maisel, afastando-se um pouco.

– Sei que a senhora está procurando algo em Praga, *Frau* Roydon. Um livro.

– Como sabe disso? – Senti um calafrio.

– Quase todos os bruxos da cidade sabem, mas a sua ligação com esse livro é visível. Acontece que está fortemente guardado e nem a tenacidade para encontrá-lo poderá libertá-la. – O semblante de Abraão estava sério. – O livro precisa chegar às suas mãos ou se perderá para sempre.

– É só um livro, Abraão. A menos que nasçam pernas nele, basta ir ao palácio de Rodolfo e pegá-lo.

– Sei o que estou dizendo – insistiu Abraão. – Se a senhora pedir, o livro chegará às suas mãos. Não se esqueça.

– Não esquecerei – garanti. *Herr* Maisel nos olhou fixamente. – Preciso ir. Muito obrigada por ter apresentado Yosef para mim.

– Que Deus a mantenha em segurança, Diana Roydon – disse Abraão, com ar solene e sério.

Fui escoltada por *Herr* Maisel durante o curto trajeto do bairro judeu à Cidade Antiga. A grande praça da Cidade Antiga estava repleta de gente. As torres gêmeas da igreja de Nossa Senhora de Tyn emergiam à esquerda e os frios contornos da Câmara Municipal se espremiam à direita.

– Se não encontrarmos *Herr* Roydon, é melhor pararmos para aguardar que o relógio bata as horas – disse *Herr* Maisel de modo apologético. – A senhora deve pedir permissão a ele para atravessar a ponte. Todo visitante de Praga faz isso.

Em Ungelt, os mercadores estrangeiros que negociavam sob a vista atenta dos oficiais alfandegários olharam para Maisel com franca hostilidade.

– Eis a sua esposa, *Herr* Roydon. Tratei de assegurar que as melhores lojas não passassem despercebidas para ela enquanto vínhamos ao seu encontro. Não terá problemas para achar os melhores artesãos de Praga que atendam às necessidades dela e da casa. – Maisel fez uma reverência para Matthew.

– Muito obrigado, *Herr* Maisel. Agradeço-lhe pela assistência e providenciarei para que Sua Majestade tome conhecimento da gentileza que nos concedeu.

– É minha função tratar da prosperidade do povo de Sua Majestade, *Herr* Roydon. E claro que também foi um prazer – disse Maisel. – Tomei a liberdade de alugar cavalos para a jornada de volta de vocês. Estão à espera nas proximidades do relógio da cidade. – Pôs o dedo no lado do nariz e piscou os olhos em cumplicidade.

– Você pensa em tudo, *Herr* Maisel – murmurou Matthew.

– Alguém tem que fazer isso, *Herr* Roydon – disse Maisel.

Já de volta aos Três Corvos comecei a tirar a minha capa quando um esfregão voador ao lado de um menino de oito anos quase colidiu com meus pés. O esfregão estava ligado a uma língua cor-de-rosa e a um focinho preto e frio.

– O que é isso? – gritou Matthew, servindo-me de apoio para que eu pudesse localizar a coleira do esfregão.

– O nome dele é Lobero. Gallowglass disse que vai crescer muito e que mais tarde poderemos pôr uma sela em cima para montar nele. Annie também adorou. Já disse que ele vai dormir com ela, mas acho que vamos dividir. Vocês também gostaram? – perguntou Jack, dançando excitado.

– Esse pequeno esfregão veio com uma nota – disse Gallowglass, saindo do umbral da porta em direção a Matthew para entregar a nota.

– Preciso perguntar quem enviou essa criatura? – disse Matthew, pegando o papel.

– Ora, acredito que não – disse Gallowglass, estreitando os olhos. – Aconteceu alguma coisa enquanto estava fora, titia? A senhora não me parece muito bem.

– Só estou cansada – respondi, sacudindo a mão. O esfregão que tinha dentes e língua mordeu os meus dedos quando passei a mão em sua boca babada e coberta. – Ai!

– Isso tem que parar. – Matthew amassou a nota e jogou-a no chão. O esfregão se projetou sobre a bola de papel com um latido de alegria.

– O que diz a nota? – Eu já sabia quem tinha enviado o filhote.

– *Ich bin Lobero. Ich will euch aus den Schatten der Nacht zu schützen* – disse Matthew, com frieza.

Murmurei de impaciência.

– Por que Rodolfo continua escrevendo em alemão para mim? Ele sabe que tenho muita dificuldade para entender.

– Sua Majestade se deleita por saber que terei de traduzir as declarações amorosas dele.

– Ora. – Fiz uma pausa. – O que diz a nota?

– Eu sou Lobero. Vou protegê-la da sombra da noite.

– E o que significa "Lobero"? – Ysabeau me contara... algumas luas atrás... que os nomes eram muito importantes.

– É um termo espanhol que significa "caçador de lobos", titia. – Gallowglass ergueu o esfregão. – Essa coisa fofinha é um cão de guarda húngaro. Lobero vai crescer tanto que será capaz de derrotar um urso. Eles são protetores ferozes... e noturnos.

– Um urso! Vou amarrar uma correia no pescoço dele quando a gente voltar pra Londres e ele vai aprender a lutar nas rinhas – disse Jack, com a excitação própria de toda criança. – Lobero é nome de valente, não é? Mestre Shakespeare vai querer usá-lo na próxima peça. – Estiquei os braços para o filhote e Gallowglass entregou-lhe obedientemente aquela massa de pelo branco que esperneava. – Annie! Só vou alimentar o Lobero depois! – O menino subiu correndo a escada agarrado ao filhote.

– Devo levá-los para fora de casa por algumas horas? – perguntou Gallowglass depois de dar uma boa olhada no rosto contraído de Matthew.

– A casa de Baldwin está vazia?

– Está sem inquilinos, se é isso que quer dizer.

– Leve todos. – Matthew tirou a capa dos meus ombros.

– Até o Lobero?

– Principalmente o Lobero.

Durante o jantar Jack tagarelou como uma matraca enquanto provocava Annie e passava pedaços de comida para Lobero disfarçadamente. Junto às crianças e ao cachorro quase esqueci que Matthew reconsiderava os planos para a noite. Mas ele era um animal de bando e alguma coisa dentro dele se aprazia em ter muitas vidas para tomar conta. Em contrapartida, era um predador e tive a incômoda sensação de que a presa naquela noite era eu. O predador venceu. Nem Tereza e Karolína puderam permanecer na casa.

– Por que mandou todos embora?

A essa altura estávamos ao pé da lareira do primeiro e principal andar da casa, onde os agradáveis aromas do jantar ainda impregnavam o ar.

– O que aconteceu essa tarde? – devolveu a pergunta Matthew.

– Primeiro responda a minha pergunta.

– Não me pressione. Não esta noite – disse ele.

– E você acha que *eu* tive um dia fácil? – O clima entre nós crepitou em fios azuis e pretos. Isso era sinistro e só piorava as coisas.

– Não. – Ele deslizou no encosto da poltrona. – Mas você está escondendo alguma coisa de mim, Diana. O que aconteceu com o bruxo?

Olhei fixamente para ele.

– Estou esperando.

– Pode esperar até o inferno congelar, Matthew, porque não sou a sua criada. Fiz uma pergunta para você. – Os fios se tornaram roxos e começaram a enrolar e a distorcer.

– Mandei todos embora para que não testemunhassem nossa conversa. E então, o que aconteceu? – O aroma de cravo-da-índia era fulminante.

– Conheci o *golem*. E o criador dele, um tecelão judeu chamado Abraão que também tem o poder de dar vida.

– Já lhe falei que não gosto quando você mexe com a vida e a morte. – Ele se serviu de mais vinho.

– Você mexe com isso o tempo todo e aceito porque isso faz parte de você. Portanto, também deverá aceitar que isso faz parte de mim.

– E quem é esse Abraão? – perguntou ele.

– Meu Deus, Matthew. Não acredito que esteja com ciúme porque conheci um outro tecelão.

– Com ciúme? Eu? Faz muito tempo que superei essa emoção dos sangues-quentes. – Ele sorveu um bom gole de vinho.

– Por que esta tarde foi diferente dos outros dias em que nos separávamos e você ficava fora para trabalhar para a Congregação ou para o seu pai?

– Foi diferente porque sinto o cheiro de cada pessoa que esteve com você hoje. Já é ruim que sempre esteja com o cheiro de Annie e Jack. Gallowglass e Pierre procuram não tocar em você, mas não podem evitar. Estão sempre ao seu redor. E não contente com isso ainda acrescenta os cheiros de Maharal e de *Herr* Maisel, e de pelo menos mais dois outros homens. O único cheiro que suporto misturado com o seu é o meu, mas não posso mantê-la numa gaiola e tento suportar o máximo que posso. – Ele largou a taça e se pôs de pé para se manter um pouco distante de mim.

– Para mim isso soa como ciúme.

– Não é ciúme. Consigo lidar com isso – disse ele furioso. – O que sinto agora é uma sensação devastadora de perda e raiva por não ter uma impressão clara de *você* em meio ao caos da vida, e pelo visto não consigo controlar isso. – As pupilas dele dilatavam cada vez mais.

– Isso porque você é um vampiro. Você é possessivo. Você é isso – retruquei de chofre, aproximando-me apesar de toda a fúria que ele sentia. – E eu sou uma bruxa. Você prometeu me aceitar como sou... luminosa e sombria, mulher e bruxa, indivíduo e esposa. – E se ele mudasse de ideia? E se já não estivesse mais disposto a ter coisas imprevisíveis em sua vida?

– Aceito-a como você é. – Ele esticou a mão e tocou no meu rosto com delicadeza.

– Não, Matthew. Você me tolera porque acha que um dia deixarei que minha magia se submeta. Segundo o rabino Loew, às vezes tolerância é alienação, uma forma de se pôr de fora. Minha magia não é algo que pode ser administrado. Minha magia sou *eu*. E não vou fingir para você. O amor não é isso.

– Tudo bem. Nada de fingimentos.

– Ótimo. – Suspirei de alívio, mas o alívio não durou muito.

Numa fração de segundo Matthew me tirou da poltrona, encostou-me à parede e pressionou a perna por entre as minhas coxas. Soltou uma mecha do meu cabelo que descaiu pelo pescoço até o seio. Inclinou a cabeça sem me soltar e comprimiu os lábios na beira do meu corpete. Estremeci. Fazia tempo que não me beijava ali e desde o meu aborto quase não tínhamos vida sexual. Roçou os lábios pelo meu queixo e pelas veias do meu pescoço.

Eu o agarrei pelo cabelo e afastei a cabeça dele.

– Não. A menos que planeje terminar o que começou. Já tenho beijos culpados suficientes para uma vida inteira.

Ele soltou os cordões da calça com um movimento estonteante de vampiro, levantou as minhas saias até a cintura e me penetrou. Não era a primeira vez que me colocava contra a parede para esquecer os problemas por alguns instantes preciosos. Algumas vezes eu mesma fora o agressor.

– Isto só tem a ver com você e eu... com mais ninguém. Nem com as crianças. Nem com o maldito livro. Nem com o imperador e os presentes dele. O único cheiro que quero sentir nesta casa esta noite é o seu.

Agarrou-me pelas nádegas e com as mãos não deixou que me machucasse durante as investidas que me apertavam contra a parede. Agarrei a gola da camisa e o puxei pelo rosto de encontro a mim, na ânsia de sentir o gosto dele. Mas ele não se deixou controlar por um beijo porque já estava louco para fazer amor. Persisti nas tentativas de controlar a situação com os lábios afoitos e pedintes, mas ele mordiscou o meu lábio inferior como aviso.

– Oh, Deus! – exclamei sem fôlego quando o ritmo firme levou os meus nervos ao espasmo. – Oh...

– Esta noite não divido você nem mesmo com Ele. – Matthew me beijou, sufocando a minha exclamação. Continuou agarrado às minhas nádegas com uma das mãos enquanto iniciava um mergulho por entre as minhas pernas com a outra.

– De quem é seu coração, Diana? – perguntou ele, fazendo um movimento com o dedo que quase me tirou do limite da sanidade. Moveu e moveu à espera de uma resposta. – Diga-me – grunhiu.

– Você sabe a resposta – disse. – Meu coração é seu.

– Só meu – disse ele, movimentando o dedo até finalmente aliviar a minha tensão.

– Só... para sempre... seu. – Ofeguei de pernas trêmulas em volta dos quadris dele. Abaixei os pés.

Matthew também estava ofegante e nos encostamos de testa. Ele abaixou as minhas saias e transpareceu uma centelha de remorso com os olhos. Beijou-me de um modo amável e quase casto.

Acabávamos de fazer amor e nem isso o saciara naquilo que o levara a me perseguir novamente, mesmo sabendo que eu era inquestionavelmente dele. Foi quando comecei a me preocupar com a possibilidade de que talvez nada o saciasse.

Essa frustração borbulhou e tomou a forma de uma contundente onda de ar que deslocou Matthew até a parede oposta. A mudança de posição o deixou de olhos escuros.

– E como foi para você, querido? – perguntei suavemente, pegando-o de surpresa. Estalei os dedos e o fiz se soltar do ar que o envolvia. Ele flexionou os músculos enquanto retomava a mobilidade. Abriu a boca para falar. – Não ouse pedir desculpas – eu disse com veemência. – Eu teria dito não se você tivesse me tocado de outro jeito.

Ele apertou a boca.

– Não posso deixar de pensar no seu amigo Giordano Bruno: *"O desejo me instiga enquanto o medo me freia."* Não temo o seu poder nem a sua força nem qualquer outra coisa sua – disse. – Do que *você* tem medo, Matthew?

Lábios culpados roçaram nos meus lábios. O sussurro de uma brisa sacudiu as minhas saias e me fez perceber que ele preferia fugir a responder.

30

— Mestre Habermel passou por aqui. Seu compêndio está na mesa. — Matthew não tirou mais os olhos das plantas do Castelo de Praga obtidas com os arquitetos do imperador. Nos últimos dias me deixara em paz ao se ocupar em canalizar a energia no trabalho de desencavar os segredos da guarda do palácio para violar a segurança de Rodolfo. Eu o tinha feito lembrar o conselho de Abraão, mas ele preferiu uma estratégia proativa. Ele nos queria fora de Praga. Imediatamente.

Cheguei perto dele e recebi um olhar irrequieto e faminto.

— Isso é apenas um presente. — Tirei as luvas e o beijei com ardor. — Meu coração é seu. Lembra?

— Isso não é apenas um presente. Foi acompanhado por um convite para uma caçada amanhã. — Matthew me abraçou pelos quadris. — Gallowglass já informou que aceitamos. Ele encontrou um caminho para os aposentos do imperador, seduzindo uma pobre aia para que lhe mostrasse a coleção de pinturas eróticas de Rodolfo. Parte da guarda do palácio estará caçando conosco e outra parte, tirando uma soneca. Gallowglass acha que é uma boa hora para procurar o livro.

Olhei para outro embrulho na escrivaninha de Matthew.

— Já sabe o que é isso?

Ele assentiu com a cabeça. Esticou-se e pegou o embrulho.

— Você está sempre recebendo presentes de outros homens. Este aqui é meu. Estenda a mão.

Fiz o que me pediu intrigada.

Ele apertou uma coisa redonda e sedosa na palma da minha mão. Era do tamanho de um ovinho.

Uma corrente de metal fria e pesada girou em torno do misterioso ovo enquanto pequenas salamandras enchiam a minha mão. Eram feitas de prata e ouro, com diamantes incrustados atrás. Ergui uma das criaturas que fez erguer a corrente pontilhada de salamandras emparelhadas, com as cabeças unidas à boca e as caudas entrelaçadas. Restou um rubi aninhado na palma da minha mão. Um rubi bem grande e bem vermelho.

– É maravilhoso! – Olhei para ele. – Quando encontrou tempo para comprar isto? – Não era o tipo de corrente que um ourives tinha à mão para os clientes.

– Faz algum tempo que está comigo – disse Matthew. – Papai mandou junto com o retábulo. Não sabia se você gostaria disso.

– Claro que gosto disso. As salamandras são alquímicas, você sabe. – Dei outro beijo nele. – Além do mais, que mulher não gostaria de uma corrente de prata e ouro, salamandras de diamantes e um rubi tão grande que mal caberia num oveiro?

– Ganhei as salamandras de presente do rei quando retornei à França em 1541. O rei Francisco escolheu a salamandra em chamas para o emblema real cujo lema era *"Nutro e extingo"*. – Ele deu uma risada. – Kit adorou tanto a ideia que a tomou para si: "*O que me nutre me destrói.*"

– Definitivamente, Kit é um demônio pessimista – comentei também rindo. Peguei uma salamandra que cintilou à luz das velas. Disse alguma coisa e me detive.

– O que foi? – perguntou ele.

– Já deu isto para alguém... antes? – A súbita insegurança após a noite anterior soou embaraçosa.

– Não – respondeu ele, pegando-me pela mão.

– Desculpe. Sei que isso é ridículo, ainda mais se levarmos em conta o comportamento de Rodolfo. Afinal, é melhor não ficar imaginando. Mas se algum dia me der alguma coisa que já deu para Eleanor ou para qualquer outra não esqueça de me avisar.

– Nunca lhe daria alguma coisa que já tivesse dado para outra, *mon coeur*. – Ele esperou que olhasse nos olhos dele. – Seu dragão de fogo me trouxe o presente de Francisco à lembrança e resolvi pedir ao meu pai que o tirasse de onde estava guardado. A corrente foi usada por mim durante algum tempo. E depois a coloquei numa caixa e não saiu mais dali.

– Não é exatamente o tipo de joia que se usa no dia a dia – disse e esbocei um riso. Mas não funcionou. – Não sei o que há de errado comigo.

Matthew me tomou nos braços e me beijou.

– Meu coração é seu da mesma forma que o seu é meu. Nunca duvide disso.

– Não duvidarei.

– Bem. Temos que manter a cabeça no lugar porque Rodolfo está fazendo de tudo para nos abater. E depois teremos que sair de Praga o mais rápido possível.

As palavras de Matthew voltaram a me assombrar na tarde seguinte quando nos juntamos aos confrades de esporte mais próximos de Rodolfo na corte. O plano era cavalgar até a cabana de caça do imperador, na montanha Branca, e abater cervos, mas o tempo nublado nos deteve nas cercanias do palácio. Era a segunda semana de abril, mas a primavera se aproximava lerdamente de Praga e a neve ainda era visível.

Rodolfo chamou por Matthew e me deixou à mercê das mulheres da corte. Elas estavam curiosíssimas e inteiramente perdidas, sem saber o que fazer comigo.

O imperador e os confrades bebiam o vinho servido pelos criados à larga. Pensei na alta velocidade da iminente caçada e desejei que houvesse regras em relação à bebida e à cavalgada. Não que estivesse preocupada com Matthew. A não ser por uma coisa: estava muito comedido com a bebida. Até porque tinha pouca chance de morrer, mesmo que o cavalo se chocasse com uma árvore.

Dois homens se aproximaram, carregando um longo mastro apoiado nos ombros que serviria de poleiro para o esplêndido grupo de falcões que naquela tarde trariam as aves para baixo. Foram seguidos por dois outros homens que carregavam um pássaro de bico curvo letal encapuzado cujas pernas cobertas de penas marrons pareciam botas. Era um pássaro imenso.

– Ah! – disse Rodolfo, esfregando as mãos de contentamento. – Eis a minha águia, Augusta. Eu queria que *La Diosa* a visse, embora não seja possível fazê-la voar aqui. Ela precisa de um espaço mais amplo que o Fosso do Veado para caçar.

Augusta era um nome perfeito para uma criatura de porte tão altivo. A águia media quase um metro de altura e, mesmo encapuzada, mantinha a cabeça em ângulo arrogante.

– Ela sente que está sendo observada – murmurei.

Alguém traduziu a minha frase para o imperador, que sorriu para mim em aprovação.

– As caçadoras se reconhecem entre si. Tire o capuz dela. Que Augusta e *La Diosa* se conheçam.

Um velho encarquilhado de pernas arqueadas trouxe a águia com muita cautela para mais perto. Puxou as tiras de couro que prendiam o capuz à cabeça de Augusta e o retirou com todo cuidado. As penas douradas em torno do pescoço e da cabeça se arrepiaram com a brisa, realçando a textura da águia. Augusta abriu as asas frente à perspectiva de liberdade e de perigo, o que podia ser entendido como a promessa de um iminente voo ou de um aviso.

Mas eu não era a única que Augusta queria conhecer. Ela girou a cabeça com um instinto certeiro em direção ao único predador presente e mais perigoso que ela. Matthew olhou melancolicamente para ela. A águia retribuiu a simpatia com um grito.

– Eu não trouxe Augusta para divertir *Herr* Roydon e sim para conhecer *La Diosa* – resmungou Rodolfo.

– E agradeço-lhe pela apresentação, Sua Majestade – disse na tentativa de mudar o mau humor do monarca.

– Não sei se a senhora sabe que Augusta já abateu dois lobos – disse Rodolfo, desviando os olhos para Matthew. As penas do imperador se mostravam mais farfalhantes que as da águia. – E nas duas vezes em lutas sangrentas.

– Se eu fosse o lobo simplesmente me deitaria e deixaria que a dama fizesse o serviço – disse Matthew, com displicência.

Naquela tarde, ele era o próprio cortesão, trajando um conjunto cinza e verde e com o cabelo sob uma boina que, se por um lado protegia pouco contra o tempo, por outro era um meio de exibir um broche prateado – o ouroboros da família De Clermont. Isso era para Rodolfo não se esquecer de com quem lidava.

Os outros cortesãos sorriram diante do comentário ousado. Rodolfo primeiro se certificou de que os risos não eram dirigidos para ele e depois se juntou aos outros.

– Isso é outra coisa que temos em comum, *Herr* Roydon – disse, batendo no ombro de Matthew. Olhou-me dos pés à cabeça. – Nem eu nem você tememos uma mulher forte.

Já com a tensão quebrada, o falcoeiro recolocou Augusta no poleiro aliviado e perguntou que ave o imperador queria usar para abater o tetraz real naquela tarde. Rodolfo se voltou para o grupo de aves. Escolheu um falcão-gerifalte e os arquiduques austríacos e príncipes alemães lançaram-se avidamente sobre os falcões restantes até que restasse apenas um. Era um falcão pequeno que tremia de frio. Matthew então tratou de pegá-lo.

– Essa é uma ave de mulher – disse Rodolfo, bufando e ajeitando-se na sela. – Eu a trouxe para *La Diosa*.

– Apesar do nome, Diana não gosta de caça. Mas isso não importa. Ficarei com o esmerilhão – retrucou Matthew. Segurou as jesses, estendeu a mão e a ave pulou no punho da luva e ali se empoleirou. – Olá, beleza – murmurou enquanto a ave se firmava com passinhos que fizeram os guizos tilintar.

– Ela se chama Šárka – sussurrou o mateiro, sorrindo.

– É tão inteligente quanto a xará? – perguntou Matthew.

– Muito mais – respondeu o velho ainda sorrindo.

Matthew se curvou e pegou com os dentes um dos cordões que prendiam o capuz da ave. Ficou com a boca tão perto de Šárka e com tal intimidade que o gesto podia ser confundido com um beijo. Puxou o cordão para trás. Em seguida foi fácil remover o capuz com uma das mãos e levar a venda de couro decorativa para dentro do bolso.

Šárka pestanejou quando enxergou a paisagem. E pestanejou novamente quando olhou para mim e para o homem que a segurava.

– Posso tocá-la? – As suaves camadas de penas marrons e brancas eram irresistíveis.

– Eu não aconselharia. Ela está faminta. Não acho que vai receber uma porção justa das matanças – disse Matthew. Olhou novamente para ela, com ar tristonho, melancólico. Šárka emitiu ruídos baixinhos de contentamento, com os olhos fixos em Matthew.

– Ela gosta de você. – Isso não era de espantar. Ambos eram caçadores por instinto e ambos estavam acorrentados e não podiam extravasar o ímpeto de rastrear e matar.

Cavalgamos ao longo de um caminho sinuoso até o desfiladeiro de um rio que antes era um fosso do palácio. Já não havia rio e o desfiladeiro estava cercado para manter a privacidade do esporte do imperador. Veados vermelhos, corças e javalis rondavam pelos arredores. Leões e outros grandes felinos do zoológico também perambulavam por ali nos dias que Rodolfo preferia caçar com eles a caçar com aves.

Fiquei surpresa porque esperava um verdadeiro caos e a coreografia da caçada era tão precisa quanto a de um balé. Rodolfo libertou o falcão-gerifalte no ar e as aves empoleiradas nas árvores alçaram voo como uma nuvem para não se tornarem elas próprias uma refeição. O falcão-gerifalte fez um voo rasante por cima da vegetação, com o vento a sacudir os guizos presos em seus pés. Tetrazes emergiram assustados e apressados de esconderijos, e bateram as asas em todas as direções antes de alçar voo. O falcão-gerifalte se curvou para um lado, selecionou um alvo e se projetou para a frente a fim de acuá-lo e pegá-lo com as garras e o bico. O tetraz se precipitou do céu e o falcão saiu em sua perseguição até o solo sem piedade, onde finalmente feriu o tetraz assustado e o matou. Os mateiros soltaram os cães e saíram correndo atrás naquele solo coberto de neve. Foram seguidos pelos cavalos e os gritos triunfantes dos homens se sobrepuseram aos latidos dos cães.

Cavalos e cavaleiros chegaram ao local e o falcão mantinha as asas fechadas por cima do tetraz, como se para impedir que outros o pegassem. Matthew adotara uma postura similar na Biblioteca Bodleiana, e senti quando ele cravou os olhos em mim, como se para se certificar de que eu estava por perto.

O imperador tinha então a primeira ave abatida e os demais estavam livres para se juntar à caçada. Juntos, caçaram mais de cem aves, o bastante para alimentar um bom número de cortesãos. Só houve uma altercação. E claro que teria que ser entre o magnífico e prateado falcão-gerifalte de Rodolfo e o pequeno esmerilhão marrom e branco de Matthew.

Matthew colocou-se a distância do bando de falcões machos e soltou o esmerilhão à esteira dos outros falcões, e não se apressou em se dirigir até o tetraz que a ave levara ao solo. Nenhum dos outros homens desmontou, mas Matthew desmontou e afastou Šárka, com sussurros e um pedaço de carne que cortou da preciosa presa.

Em outro momento, porém, Šárka não conseguiu se manter atrás do tetraz que perseguia. E ao escapar, o tetraz voou em direção ao falcão-gerifalte de Rodolfo. Šárka se recusou a ceder. O gerifalte era bem maior, mas Šárka era mais tenaz e mais ágil. O pequeno esmerilhão fez um voo tão rasante em perseguição ao tetraz que quando passou por cima da minha cabeça senti a mudança na pressão do ar. Šárka era muito pequenina, menor até que o tetraz e definitivamente suplantada pelo porte descomunal da águia do imperador. O tetraz saiu em voo para o alto, mas não conseguiu escapar. Pois Šárka rapidamente mudou de curso e cravou as garras na presa, e o peso das duas aves puxou-a para baixo. O falcão-gerifalte gritou indignado e frustrado, e Rodolfo aderiu ao protesto da ave.

– Sua ave se interpôs no caminho da minha – disse Rodolfo furioso quando Matthew tocou o cavalo em frente para buscar o esmerilhão.

– Ela não é minha ave, Majestade – disse Matthew. Šárka inflou em cima da presa e abriu as asas para parecer maior e mais ameaçadora e soltou um forte piado quando Matthew se aproximou. Ele murmurou algo que soou vagamente familiar e amoroso e a postura da ave então apaziguou. – Šárka pertence ao senhor. E hoje provou fazer jus ao nome da grande guerreira boêmia.

– Esse era o nome de uma guerreira, meu marido?

Matthew interrompeu o que dizia e sorriu.

– Sim, minha esposa. A Šárka real era pequena e corajosa, exatamente como a ave do imperador, e sabia que a maior arma de um guerreiro encontra-se entre as orelhas. – Ele bateu na própria cabeça para que todos entendessem a mensagem. Rodolfo não só a entendeu como pareceu perplexo.

– Šárka se parece um pouco com as damas de Malá Strana – comentei em tom seco. – E como ela usou a própria inteligência?

Soou a voz de uma jovem desconhecida antes que Matthew pudesse responder.

– Šárka derrotou uma tropa de soldados – explicou ela em um latim fluente e carregado de um forte sotaque tcheco. Um homem de barba branca que presumi ser o pai olhou para ela com ar de aprovação e a fez ruborizar.

– Verdade? – perguntei interessada. – Como?

– Fingiu que precisava ser libertada e convidou os soldados para celebrar a liberdade com muito vinho. – Outra mulher mais velha com um nariz aquilino que rivalizava com o de Augusta bufou de desdém. – Os homens sempre sucumbem a isso.

Caí na risada. Para a surpresa da jovem, a velha dama aristocrata de nariz aquilino também caiu na risada.

– Imperador, receio que as damas não desejam que a heroína delas leve a culpa pelas faltas dos outros. – Matthew pôs a mão no bolso para pegar o capuz e o enfiou delicadamente na cabeça da orgulhosa Šárka. Inclinou-se e apertou o cordão com os dentes. O mateiro levou o esmerilhão sob aplausos.

Saímos em direção a uma casa branca de telhado vermelho ao estilo italiano localizada na extremidade do terreno do palácio para nos refrescar e digerir alguma coisa, se bem que preferi ficar nos jardins onde floresciam narcisos e tulipas. Alguns outros membros da corte se juntaram a nós, entre os quais o azedo Strada, mestre Hoefnagel e Erasmus Habermel, o criador de instrumentos a quem agradeci pelo meu compêndio.

– Tudo que precisamos para espantar o tédio, agora que a Quaresma está quase no fim, é de uma festa de primavera – disse um jovem cortesão em voz alta. – O senhor não acha o mesmo, Majestade?

– Uma encenação? – Rodolfo tomou um gole de vinho e olhou fixamente para mim. – Então, o tema da festa deveria ser Diana e Actaeon.

– É um tema muito comum, Majestade, e nada inglês – disse Matthew de má vontade. Rodolfo ruborizou. – Talvez devêssemos fazer Deméter e Perséfone. Combina mais com a estação.

– Ou a história de Odisseu – sugeriu Strada, lançando-me um olhar fulminante. – *Frau* Roydon poderia representar Circe e nos tornar porquinhos.

– Interessante, Ottavio – disse Rodolfo, levando o dedo indicador ao lábio inferior. – Talvez eu goste de representar Odisseu.

Não em vida, pensei. Não com a cena da cama e com Odisseu fazendo Circe prometer que não lhe tiraria a masculinidade.

– Eu gostaria de oferecer uma sugestão – eu disse ansiosa para evitar o desastre.

– É claro, é claro. – Rodolfo se apressou em dizer, dando uma palmadinha na minha mão.

– A história que tenho em mente requer alguém que faça o papel de Zeus, o rei dos deuses – disse para o imperador, retirando educadamente a minha mão.

– Eu seria um Zeus convincente. – Ele se apressou em dizer, com um sorriso iluminado no rosto. – E a senhora representaria Calisto?

Absolutamente, não. Jamais deixaria Rodolfo fingir apoderar-se de mim e me engravidar.

– Não, Majestade. Se o senhor insiste que eu tome parte da peça, gostaria de fazer o papel da deusa da lua. – Levei a mão à dobra do braço de Matthew. – E para expiar uma observação anterior, Matthew fará o papel de Endímion.

– Endímion? – O sorriso de Rodolfo pareceu vacilante.

– Pobre Rodolfo. De novo vencido – murmurou Matthew, apenas para o meu ouvido. – Endímion, Majestade – disse em seguida alto e bom som –, o bonito jovem a quem encantaram para dormir para sempre e assim preservar a própria imortalidade e a castidade de Diana.

– Conheço a lenda, *Herr* Roydon! – frisou Rodolfo.

– Peço-lhe desculpas, Majestade. – Matthew fez uma reverência graciosa, embora superficial. – Diana ficará esplêndida quando chegar de carruagem e olhar com ar melancólico para o amado.

Nesse momento Rodolfo assumiu um vermelho imperial. Fomos retirados da presença real e saímos do palácio, e depois fizemos a breve descida até os Três Corvos.

– Só tenho um pedido – disse Matthew quando entramos pela porta. – Sou um vampiro, mas abril em Praga é muito frio. Em deferência à temperatura os modelos para os trajes de Diana e Endímion poderiam ser mais consistentes que uma simples lua crescente nos seus cabelos e um simples pano em volta dos meus quadris.

– Acabei de escalá-lo para o papel e você já está fazendo exigências artísticas! – Atirei-lhe uma indignação fingida. – Atores!

– Isso é o que você merece por trabalhar com amadores – disse Matthew sorrindo. – Já sei como a encenação deverá começar: *"E eis que de fendas nas nuvens eu vi surgir / A mais adorável lua que paira prateada / Uma concha para ser a taça de Netuno."*

– Você não pode usar Keats! – Sorri. – Ele é um poeta romântico... nós estamos trezentos anos adiantados.

– *"Ela elevou / Tão apaixonadamente luminosa, minha alma fascinada / Entrelaçada a esferas prateadas, ela rolou / Pelo claro e nublado, mesmo quando se foi / Finalmente, para uma tenda escura e vaporosa"* – declamou ele com dramaticidade e me tomou nos braços.

– E suponho que vai querer que *eu* encontre uma tenda para você – disse Gallowglass, descendo pesadamente pela escada.

– E alguns carneiros. Ou talvez um astrolábio. Endímion tanto pode ser pastor como astrônomo – disse Matthew, pesando as opções.

– O guarda de caça de Rodolfo nunca vai se separar de um daqueles estranhos carneiros, de modo que você terá de ser um astrônomo.

– Matthew pode usar o meu compêndio. – Olhei ao redor. Talvez estivesse na cornija da lareira, longe do alcance de Jack. – Onde está?

– Annie e Jack estão mostrando-o para o Esfregão. Acham que ele é encantado.

Até então não havia reparado nos fios prateados, dourados e cinzentos que estavam saindo da lareira e subindo pela escada. Saí apressada para encontrar as crianças e descobrir o que estava acontecendo com o compêndio e acabei pisando na bainha da saia. A bainha já estava toda amassada quando alcancei Annie e Jack.

Annie e Jack estavam com o pequeno compêndio de bronze e prata aberto como um livro, as alas internas abriam-se até as extremidades. Rodolfo desejara me dar algo com que pudesse rastrear os movimentos celestes e Habermel se superara. O compêndio continha um relógio solar, uma bússola, um mecanismo para calcular a extensão das horas nas diferentes estações do ano, um intrincado volvele lunar cujas engrenagens serviam para indicar datas, horas, signos regentes do zodíaco e fases da lua e ainda uma tábua de latitude que incluía (a meu pedido) as cidades de Roanoke, Londres, Lyon, Praga e Jerusalém. Uma das alas tinha uma coluna onde se podia inserir uma das tecnologias mais quentes da época: uma lousa feita de um papel preparado de maneira a se poder escrever em cima e depois apagar para escrever de novo.

– Olhe só, Jack, está fazendo aquilo de novo – disse Annie, observando o instrumento. Esfregão, que a essa altura já não se chamava Lobero a não ser para Jack, começou a latir e a sacudir vigorosamente o rabo quando o volvele lunar começou a girar por conta própria.

– Aposto um centavo que a lua cheia estará na janela quando o pino parar de girar – disse Jack, cuspindo na própria mão e estendendo-a para Annie.

– Nada de apostas – rebati automaticamente, agachando-me ao lado de Jack.

– Jack, quando é que isso começou? – perguntou Matthew, afastando Esfregão.

– Desde que *Herr* Habermel mandou pra cá – respondeu Annie.

– Esse pino gira o dia todo ou só de vez em quando? – perguntei.

– Só uma ou duas vezes. E a bússola só girou uma vez. – Annie se mostrou infeliz. – Eu devia ter contado para a senhora. Já sabia desde o início que isso era mágico.

– Está tudo bem. – Sorri para ela. – Não houve dano algum. – Coloquei o dedo no centro do volvele e ordenei que parasse. O instrumento parou. As revoluções se detiveram e os fios prateados e dourados em volta do compêndio foram se dissolvendo aos poucos, deixando para trás apenas o cinzento. Não demorou e esse fio se perdeu entre os muitos fios coloridos que enchiam a casa.

– O que isso significa? – perguntou Matthew mais tarde, quando a casa estava silenciosa e o compêndio não estava mais ao alcance das crianças. Eu o colocava em cima do dossel da nossa cama. – É bom que saiba que todo mundo esconde as coisas em cima do dossel. Será o primeiro lugar onde Jack vai procurar.

– Alguém está em nosso encalço. – Peguei o compêndio e procurei um outro lugar para escondê-lo.

– Em Praga? – Matthew estendeu a mão e entregue o pequeno instrumento que ele guardou dentro do gibão.

– Não. No tempo.

Ele sentou-se na cama e soltou um palavrão.

– Por minha culpa. – Olhei para ele envergonhada. – Tentei tecer um feitiço para que o compêndio me avisasse quando alguém quisesse pegá-lo. Era um feitiço para evitar que Jack se metesse em alguma encrenca. Acho que preciso voltar para a prancheta.

– O que a faz pensar que é alguém em outro tempo? – perguntou Matthew.

– O volvele lunar é um calendário perpétuo. As engrenagens estavam girando, como se na tentativa de inserir informações para além de suas especificações técnicas. Isso me fez pensar nas palavras em movimento do Ashmole 782.

– Talvez o movimento da bússola também esteja indicando que alguém está em nosso encalço em outro lugar. Da mesma forma que o volvele lunar, a bússola não pode encontrar o verdadeiro norte porque foi solicitada a indicar duas direções: uma para nós, em Praga, e outra para outra pessoa.

– Acha que é Ysabeau ou Sarah e que elas precisam de nossa ajuda? – Ysabeau é que enviara a cópia do *Fausto* a Matthew para nos ajudar a chegar em 1590.

– Não – respondeu ele, com uma voz firme. – Elas não nos extraditariam. É outra pessoa. – Cravou os olhos cinza-esverdeados em cima de mim. O olhar inquieto e culpado estava de volta.

– Está me olhando como se de alguma maneira eu o tivesse traído. – Sentei na cama ao lado dele. – Se não quiser que eu participe da encenação, tudo bem, não participo.

– Não é isso. – Ele se levantou e se afastou. – Você ainda está escondendo alguma coisa de mim.

– Não há quem não mantenha coisas só para si, Matthew – retruquei. – Coisinhas sem importância. E às vezes até coisas grandes, como fazer parte da Congregação, por exemplo. – As acusações me doeram porque eu ainda não sabia tudo sobre ele.

As mãos de Matthew me pegaram subitamente pelos ombros e me ergueram.

– Você nunca vai me perdoar por isso. – Os olhos dele escureceram e os dedos se enterraram nos meus braços.

– Você me prometeu que iria tolerar os meus segredos – disse. – O rabino Loew está certo. Tolerância não é o bastante.

Ele me deixou de lado com um impropério. Ouvi os passos de Gallowglass na escada e os balbucios sonolentos de Jack no saguão lá embaixo.

– Estou levando Jack e Annie para a casa de Baldwin – disse Gallowglass da porta. – Tereza e Karolína já se foram. Pierre irá comigo, e também o cachorro – acrescentou em voz baixa. – Vocês assustam o garoto quando discutem e ele já teve medo o bastante na vida. Ou vocês mesmos saem ou levarei as crianças de volta para Londres e os deixarei aqui com suas briguinhas. – Os olhos azuis de Gallowglass faiscaram.

Matthew sentou-se silenciosamente em frente à lareira e acendeu o fogo, com uma taça de vinho na mão e uma expressão sombria no rosto. Levantou-se depois que o grupo saiu e se dirigiu à porta.

Libertei o meu dragão de fogo sem pestanejar. *Pare-o*, dei ordem de comando. Ela o sobrevoou e o cobriu com uma névoa cinzenta, e ao chegar à porta se solidificou e estendeu as asas ao longo do batente. Quando Matthew se aproximou, uma língua de fogo se projetou para fora da boca do dragão em sinal de aviso.

– Você não vai a lugar algum – disse. Tive que me conter para não elevar o tom da voz. Ele podia ser mais forte que eu, mas não podia vencer o meu dragão de fogo. – Essa minha familiar é meio parecida com Šárka: pequena, porém corajosa. Eu não a provocaria.

Matthew se virou, agora com os olhos frios.

– Se está zangado comigo, diga de uma vez. Se eu fiz alguma coisa que o aborreceu, diga de uma vez. Se você deseja terminar com esse casamento, tenha coragem de fazer isso claramente para que eu possa... possa me recuperar. Pois acabará me destruindo se continuar a me olhar como se não quisesse que estivéssemos casados.

– Eu não tenho o menor desejo de terminar com esse casamento – disse ele convicto.

– Então, seja meu marido. – Caminhei até ele. – Sabe o que pensei enquanto estava observando o voo daquelas aves maravilhosas? "É assim que Matthew seria se conseguisse se libertar." E quando você pôs o capuz em Šárka, cegando-a para que não pudesse caçar nem matar como pediam os instintos dela, o seu olhar era o mesmo olhar de pesar com que me deparo a cada dia desde que perdi o bebê.

– Não se trata do bebê. – Os olhos dele agora refletiam ameaça.

– Pois é. Trata-se de mim. E de você. E de algo tão terrível que nem você consegue entender: apesar dos seus alardeados poderes de vida e morte, você não consegue controlar nada e não consegue manter nem a mim... nem a quem mais possa amar, distante da dor.

– E você acha que foi a perda do bebê que trouxe isso à tona?

– E o que mais seria? Sua culpa em relação a Lucas e a Blanca quase o destruiu.

– Você está enganada. – Ele tocou no meu cabelo e puxou o nó das tranças, liberando o aroma de camomila e hortelã do meu sabonete. As pupilas dele pareciam tingidas e muito maiores. Depois de me cheirar intensamente, os olhos dele esverdearam um pouco.

– Diga-me então o que é.

– Isto.

Matthew pegou as pontas do meu corpete e o abriu ao meio. Afrouxou o cordão que sustentava o amplo decote da blusa que escorregou pelos meus ombros, deixando os meus seios expostos. Seguiu com o dedo pela veia azul que se sobressaía pelos meus seios e terminou por baixo das pregas do tecido.

– Durante toda a vida a cada dia lutei comigo mesmo para me controlar. Luto contra minha raiva nem assim a doença esmorece. Luto contra a fome e a sede porque não acho certo tomar o sangue de outras criaturas... nem mesmo dos animais, mesmo sabendo que é melhor recorrer ao sangue animal do que ao de humanos que encontre pela rua. – Olhou no fundo dos meus olhos. – E estou em guerra comigo mesmo para superar o desejo incontrolável de possuí-la de corpo e alma de um modo inimaginável para qualquer sangue-quente.

– Você quer o meu sangue – sussurrei, apercebendo-me repentinamente. – Você mentiu para mim.

– Eu menti para mim mesmo.

– Já lhe pedi... inúmeras vezes... que não fizesse isso – disse. Rasguei a blusa e pendi a cabeça para o lado, deixando a jugular exposta. – Sirva-se. Não me importo. Só quero você de volta. – Sufoquei um soluço.

– Você é o meu par. Nunca tomaria o sangue do seu pescoço por vontade própria. – Matthew encostou os dedos frios na minha pele e pôs a minha blusa no lugar. – Só fiz isso em Madison porque estava muito fraco para me deter.

– O que há de errado com o meu pescoço? – perguntei confusa.

– Vampiros só mordem pescoços de desconhecidos ou de subordinados. Não de amantes. E nunca dos seus pares.

– Domínio e alimentação – disse, repensando as primeiras conversas que tivemos sobre vampiros, sangue e sexo. – Ou seja, na maioria das vezes os humanos são mordidos no pescoço. Há um fundo de verdade na lenda do vampiro.

– Os vampiros mordem os seus pares aqui – continuou ele –, perto do coração. – Apertou os lábios na pele desnuda por cima da ponta do meu decote outra vez. No mesmo ponto em que me beijara na noite de núpcias em meio a um turbilhão de emoções.

– Achei que só me beijava aí por simples luxúria – comentei.

– Não há nada de simples no desejo dos vampiros que tomam o sangue desta veia. – Ele roçou a boca ao longo da linha azul um centímetro abaixo, e apertou os lábios naquele ponto mais uma vez.

– Mas se não se trata de domínio nem de alimentação, do que se trata então?

– Honestidade. – Os olhos dele se encontraram com os meus ainda mais negros que verdes. – Os vampiros guardam muitos segredos para que sejam completamente honestos. Nunca dividimos todos os segredos verbalmente, mesmo porque quase sempre são muito complexos para fazer sentido, por mais que se tente isso. E no meu mundo existem interdições quanto a dividir segredos.

– Não é uma história para ser contada – disse. – Já ouvi essa frase diversas vezes.

– Nada deve se manter escondido depois que se toma o sangue da amante. – Ele olhou fixamente para o meu seio e de novo tocou na veia com a ponta do dedo. – Chamamos essa veia de veia do coração. O sangue é mais doce aqui. E a sensação é de completa posse e pertencimento... Mas isso também requer completo controle para que as fortes emoções que advêm daí não nos subjuguem. – A voz dele soou melancólica.

– E você não confia no seu próprio controle por causa da ira do sangue.

– Você já me viu acometido por essa ira. É acionada pelo sentimento de posse. E quem representa um perigo maior para você além de mim?

Deixei a blusa escorregar pelos ombros abaixo, e tirei os braços das mangas até ficar nua da cintura para cima. Tateei as amarras da saia e as desamarrei.

– Ninguém. – Os olhos dele escureceram ainda mais. – Ninguém aqui, caso eu...

– Caso você me drene? – Chutei a saia. – Se não conseguiu fazer isso quando Philippe estava ao seu lado, provavelmente não o fará com Gallowglass e Pierre por perto para ajudar.

– Isso não é assunto para piadas.

– Não. – Segurei as mãos dele. – Isso é assunto para marido e mulher. Algo que diz respeito à honestidade e à confiança. Não tenho nada a esconder de você. Se tomar o sangue da minha veia e com isso puser um ponto final na ânsia de caçar o que fantasia como sendo os meus segredos, então é isso o que fará.

– Isso não é algo que um vampiro faça de uma só vez. – Ele me alertou e se afastou de mim.

– Não achei que fosse. – Enlacei os cabelos à nuca de Matthew nos meus dedos. – Tome o meu sangue. Pegue os meus segredos. Faça o que os seus instintos bradam para que seja feito. Aqui não há capuzes nem jesses. Poderá ser livre nos meus braços, mesmo que não o seja em nenhum outro lugar.

Levei a boca aos lábios dele. A princípio, ele reagiu com timidez, enlaçando-me os punhos com as mãos, como se para escapar na primeira oportunidade. Mas os instintos dele eram mais fortes, e o desejo, palpável. Os fios que ligavam o mundo se agitaram a minha volta, como se para dar espaço a emoções mais poderosas. Recuei amavelmente, com os seios empinados ao sabor da respiração.

Ele ficou tão apavorado que meu coração doeu. Mas nele também havia desejo. *Medo e desejo*. Não era de estranhar que tivesse escolhido essas palavras para o ensaio que lhe valera uma bolsa na All Souls. Quem melhor que um vampiro poderia entender a guerra travada entre medo e desejo?

– Eu te amo – sussurrei, soltando os braços e deixando-os estendidos para baixo. Ele tinha que fazer aquilo sozinho. Eu não poderia levar a minha veia aos dentes dele.

Foi uma espera angustiante, até que finalmente Matthew abaixou a cabeça. Meu coração bateu descompassado quando ele inspirou uma abundante golfada de ar.

– Mel. Você sempre cheira a mel – murmurou de felicidade pouco antes de penetrar os dentes afiados na minha pele.

Na vez anterior em que bebera o meu sangue, primeiro ele anestesiara o local com o próprio sangue para que não me submetesse à dor. Mas dessa vez não fez o mesmo, se bem que a pressão da boca na minha carne logo a deixou anestesiada.

Enlaçou-me com os braços enquanto me angulava para trás em direção à cama. Fiquei suspensa no ar, esperando que se saciasse a ponto de perceber que não havia nada entre nós senão amor.

Matthew deteve-se uns trinta segundos depois de ter começado. E me olhou com surpresa, como se tivesse descoberto algo inesperado. Ficou com os olhos completamente escuros e, por uma fração de segundo, cheguei a pensar que a ira do sangue viria à tona.

– Está tudo bem, meu amor – sussurrei.

Ele abaixou a cabeça e sorveu um pouco mais do meu sangue e dos meus pensamentos até descobrir o que precisava. Isso levou pouco mais de um minuto. Depois do qual beijou a região em cima do meu coração, com o mesmo semblante de gentil reverência que mostrara em nossa noite de núpcias em Sept-Tours, e me olhou com recato.

– O que encontrou? – perguntei.

– Você. Só você – murmurou ele.

Enquanto me beijava o recato rapidamente se transformou em ânsia e logo estávamos entrelaçados. Fazia algumas semanas que não fazíamos amor, afora a breve relação que tivéramos de encontro à parede, e nosso ritmo então se mostrou a princípio desajeitado, mas depois relembramos do nosso próprio movimento. Fui me enroscando cada vez mais nele. Mais um rebolado, mais um beijo bem dado e já estava prestes a voar.

Em contrapartida, Matthew diminuiu o ritmo. Nossos olhos se encontraram. Nunca o tinha visto como naquele momento: vulnerável, esperançoso, lindo e livre. Já não havia segredos entre nós, já não havia emoções resguardadas para o caso de algum desastre, e fomos então transportados para lugares sombrios onde a esperança não sobreviveria.

– Consegue me sentir? – Ele se deteve dentro de mim. Assenti com a cabeça. Ele sorriu e se mexeu com um cuidado deliberado. – Estou dentro de você, Diana, dando-lhe vida.

Repeti as mesmas palavras enquanto ele bebia o meu sangue e saía da fronteira da morte de volta ao mundo. Pensei por um momento que ele não tinha consciência disso.

Matthew se mexeu dentro de mim novamente, repetindo as palavras como um encantamento. Era a forma mais pura de magia existente no mundo. Ele já estava tecido na minha alma. E agora se tecia no meu corpo, da mesma forma que me tecia no dele. Meu coração, que nos últimos meses se quebrara repetidamente em cada toque angustiado e em cada olhar culpado, começou a se remendar outra vez.

Quando o sol se arrastou no horizonte, estiquei o corpo e pus o dedo entre os olhos de Matthew.

– Sempre me pergunto se também poderia ler os seus pensamentos.

– Você já os tem – disse ele, abaixando o meu dedo e beijando a ponta dele. – Você não estava consciente do que fazia quando recebeu a fotografia dos seus pais lá em Oxford. Mesmo assim, continuou fazendo perguntas que eu não era capaz de fazer em voz alta.

– Posso tentar de novo? – perguntei sem saber se receberia uma resposta negativa.

– Claro que pode. Se você fosse vampira, já teria lhe oferecido o meu sangue. Ele recostou a cabeça no travesseiro.

Hesitei ainda absorta nos meus próprios pensamentos e depois me concentrei numa pergunta simples. *Como posso conhecer a mente dele?*

Um único fio prateado brilhou entre o meu coração e o ponto na testa de Matthew onde estaria o terceiro olho se ele fosse um bruxo. O fio encurtou, puxando-me e fazendo-me comprimir os lábios na pele dele.

Irrompeu uma explosão de visões e sons em minha cabeça, como uma queima de fogos. Vi Jack e Annie, Philippe e Ysabeau, e, depois, Gallowglass e alguns homens desconhecidos que ocupavam lugares de importância no coração de Matthew. Também vi Eleanor e Lucas. E lá estavam o sentimento de triunfo de quando conquistava algum mistério científico e o grito de alegria de quando cavalgava na floresta para caçar e matar conforme a sua própria natureza. De repente, sorri para ele.

Em seguida, vi o rosto de *Herr* Fuchs, o vampiro que conhecera no bairro judeu, e ouvi quase que distintamente as palavras *meu filho, Benjamin.*

Sentei-me abruptamente sobre os calcanhares e toquei nos meus lábios trêmulos.

– O que houve? – disse Matthew, sentando-se de testa franzida.

– *Herr* Fuchs! – Olhei transtornada, temerosa de que tivesse pensado o pior. – Não percebi que era seu filho, que Benjamin era seu filho.

Matthew não transpareceu um só traço da ira do sangue.

– Não por inaptidão sua. Você não é vampira, e Benjamin só revela isso para quem lhe dá na telha. – A voz dele soou suave. – Talvez eu tenha sentido a presença de Benjamin ao seu redor... algum traço de cheiro, algum indício de que ele estava por perto. Foi isso que me fez pensar que você estava escondendo alguma coisa de mim. Eu estava errado. Desculpe por ter duvidado de você, *mon coeur.*

– Mas Benjamin deve ter percebido quem eu era. Eu estava impregnada do seu cheiro.

– Claro que percebeu – disse Matthew, com frieza. – Vou procurá-lo amanhã, mas se ele não quiser ser encontrado não haverá nada a fazer além de deixar Gallowglass e Philippe de sobreaviso. Eles comunicarão para o resto da família que Benjamin reapareceu.

– De sobreaviso?

– Se há uma coisa mais assustadora que a ira do sangue de Benjamin é a lucidez dele. Ele estava assim quando você se encontrou com o rabino Loew – disse Matthew. – É como Jack costuma dizer: "Os monstros mais terríveis sempre parecem homens comuns."

31

Aquela noite marcou o verdadeiro início do nosso casamento. Matthew passou a se mostrar mais centrado. Sem as réplicas cortantes, sem as mudanças abruptas de direção e sem as decisões impulsivas que o caracterizavam em nossa convivência. Ao invés disso, mostrava-se mais metódico e comedido, embora não menos fatal. Alimentava-se com mais regularidade, caçando na cidade e nas aldeias vizinhas. Quando seus músculos ganharam peso e força, me veio à mente o comentário de Philippe de que o filho estava definhando por falta de alimentação adequada, embora não aparentasse isso na estatura.

Fiquei com uma lua prateada no ponto do seio onde ele tinha bebido. Era diferente das minhas outras cicatrizes porque não apresentava o acúmulo de tecido endurecido dos outros ferimentos. Segundo Matthew, isso se devia a uma propriedade da saliva que fechava a mordida sem deixá-la sarar por inteiro.

O ritual vampiresco de chupar o sangue de uma veia próxima ao coração e o novo ritual do beijo de bruxa que me dava acesso aos pensamentos dele nos propiciaram uma intimidade mais profunda. Nem sempre fazíamos amor, quando estávamos na cama, mas quando fazíamos isso era precedido e seguido pelos dois momentos marcantes de absoluta honestidade que dissipavam a nossa maior preocupação, ou seja, a de que nossos segredos de alguma forma poderiam nos destruir. E mesmo quando não fazíamos amor, conversávamos com a franqueza e a tranquilidade sonhadas por todos os amantes.

Na manhã seguinte, Matthew mencionou a presença de Benjamin para Gallowglass e Pierre. A fúria de Gallowglass foi mais rápida que o medo de Pierre, um medo que emergia cada vez que alguém batia à porta ou se aproximava de mim no mercado. Os vampiros o procuraram dia e noite, com expedições planejadas por Matthew.

Mas não o encontraram. Benjamin simplesmente evaporara.

A Páscoa veio e se foi, e os planos para o festival de primavera de Rodolfo no sábado seguinte atingiram as etapas finais. Com a minha ajuda, mestre Hoefnagel transformou o Salão Nobre do palácio num jardim florido com vasos de tulipas.

Fiquei impressionada com o lugar, com as graciosas abóbadas que sustentavam o teto como galhos de um salgueiro.

— Também vamos remover as laranjeiras do imperador para aqui — disse Hoefnagel, com o brilho das possibilidades nos olhos. — E os pavões.

No dia da encenação os servos levaram cada candelabro disponível do palácio e da catedral para a ecoante imensidão de pedra, a fim de criar a ilusão de um céu estrelado, e espalharam ramos frescos pelo chão. Utilizou-se como palco a base da escada que dava na capela real. Era uma ideia de Hoefnagel para me fazer aparecer no alto de uma escada, como a lua, enquanto Matthew traçaria a mudança da minha posição com um dos astrolábios de mestre Habermel.

— Vocês não acham que estamos sendo filosóficos demais? — divaguei em voz alta, com preocupação.

— Essa é a corte de Rodolfo II — retrucou Hoefnagel em tom seco. — Não há nada filosófico demais.

Na noite do espetáculo, a corte se reuniu para o banquete e todos se impressionaram com o cenário que tínhamos montado.

— Eles gostaram — sussurrei para Matthew atrás da cortina que nos separava da plateia. Nossa entrada estava marcada para a hora da sobremesa, e até então ficaríamos escondidos na Escada dos Cavaleiros, fora do salão. Matthew me manteve ocupada com histórias dos velhos tempos, de quando ele subia a vasta escada de pedra a cavalo para um duelo. E me olhou com uma sobrancelha arqueada quando lhe perguntei se o lugar era adequado para esse propósito.

— Por que acha que fizemos o lugar tão amplo e o teto tão alto? Os invernos de Praga eram penosamente longos e os jovens entediados e armados eram perigosos. Era melhor fazê-los correr em alta velocidade uns contra os outros do que iniciar guerras com reinos vizinhos.

Ao final da farta distribuição de vinho e comida, o barulho se tornou ensurdecedor. Ao final da rodada de sobremesas, nós dois assumimos nossos lugares. Mestre Hoefnagel pintara um adorável cenário pastoral e, sob os protestos de Matthew, colocara uma laranjeira debaixo da qual o personagem se sentaria sobre um banco coberto de feltro que simulava uma rocha. Eu teria que esperar a minha deixa para sair da capela, me posicionar de lado e em frente a uma velha porta de madeira pintada que simulava uma carruagem.

— Não ouse me fazer rir — avisei para Matthew quando ele me desejou sorte e me beijou no rosto.

— Adoro um desafio — sussurrou ele de volta.

A música ecoou no salão e os cortesãos fizeram silêncio. E quando o salão inteiro estava em completo silêncio, Matthew ergueu o astrolábio ao céu e deu início à encenação.

Segundo uma decisão minha a melhor forma de abordar a produção seria com pouco diálogo e muita dança. Por um único motivo: quem gostaria de se manter sentado e ouvindo diálogos depois de um banquete? Já tinha frequentado muitos eventos acadêmicos para saber que isso não era uma boa ideia. O *signor* Pasetti ficou encantado por poder ensinar a "dança das estrelas errantes" para algumas damas da corte, uma dança que propiciaria um clima celestial enquanto Matthew esperava pelo aparecimento de sua amada lua. Com as famosas beldades da corte contracenando com trajes e joias maravilhosos, a encenação rapidamente assumiu a atmosfera de uma apresentação escolar para uma plateia de pais enlevados. Matthew fazia caretas de agonia visivelmente inseguro, sem saber até onde suportaria o espetáculo.

Ao final da dança, os músicos deram a deixa para a minha entrada com o rufar dos tambores e o sopro das trombetas. Mestre Hoefnagel montara uma cortina por sobre as portas da capela, e a mim só cabia passar por ali com uma pose de deusa (sem enganchar a lua que tinha à cabeça no tecido, como ocorrera no ensaio) e olhar para Matthew com ar melancólico. Pela vontade da deusa ele olharia para mim sem cruzar os olhos e sem olhares sugestivos para os meus seios.

Entrei no personagem, respirei fundo e passei pela cortina com confiança, deslizante e flutuante como a lua.

A corte encantou-se e quase perdeu o fôlego.

Após a entrada convincente, olhei radiante para Matthew lá embaixo. Ele estava com os olhos redondos como pires.

Oh, não. Procurei o solo com os dedos dos pés, mas estava a alguns centímetros acima, como já suspeitava – e subia. Estiquei a mão para me apoiar na beirada da carruagem e de minha pele emanou um brilho perolado. Matthew levantou a cabeça em direção a minha pequena lua crescente prateada. Eu estava com os cabelos soltos e tinha os cachos pelas costas e a lua presa numa tiara de arame no alto da cabeça. Sem um espelho à mão não fazia a menor ideia do quadro, mas temia o pior.

– *La Diosa!* – bradou Rodolfo, aplaudindo de pé. – Maravilhoso! Que efeito maravilhoso!

A corte se juntou aos aplausos um tanto indecisa. Alguns cortesãos se benzeram.

Pousei as mãos no peito com a completa atenção do salão e olhei para Matthew, que retribuiu o meu olhar com um sorriso aberto. Depois de me concentrar, abaixei até o solo e me dirigi até o trono de Rodolfo. Ele representava Zeus e ocupava uma esplêndida peça de mobiliário entalhada que fora encontrada nos sótãos do palácio. Era inacreditavelmente feia, porém adequada para a ocasião.

Felizmente, eu já não brilhava tanto quando me aproximei do imperador, e a plateia já não olhava tanto para minha cabeça, como se fosse uma vela romana. Inclinei-me em reverência.

– Saudações, *La Diosa*. – A voz de Rodolfo troou como a de um deus, o que era apenas um exemplo clássico de um histrião.

– Eu estou apaixonada pelo belo Endímion – entoei, erguendo-me e apontando para a escada, onde Matthew fingia dormir afundado num leito de penas. Eu mesma escrevera as falas. (Matthew sugerira que eu dissesse: "Se não me deixar em paz, Endímion cortará sua garganta." Claro, vetei a frase e também os versos de Keats.) – Endímion parece tão sereno. E envelhecerá e morrerá, ainda que eu seja uma deusa que jamais envelhecerá. Eu lhe imploro, torne-o imortal para que sempre possa estar comigo.

– Com uma condição! – replicou Rodolfo, deixando de lado a pretensa sonoridade divina em troca de um tom prosaico. – Ele dormirá pelo resto da vida e jamais acordará. Só assim permanecerá jovem.

– Muito obrigada, poderoso Zeus. – Procurei modular a voz o mais diferente possível da inflexão dos grupos da comédia britânica. – Agora, poderei velar o meu amado para sempre.

Rodolfo fez uma careta. Ainda bem que não conseguira aprovar o roteiro proposto por ele.

Retirei-me para a carruagem e atravessei lentamente de volta à cortina, enquanto as cortesãs apresentavam a última dança. Ao final da récita, Rodolfo conduziu a corte numa explosão de palmas e batidas de pés que quase colocaram o teto abaixo. Mas a barulheira não despertou Endímion.

– Levanta! – sibilei enquanto passava para agradecer ao imperador pela oportunidade de agradar ao ego real. E só obtive como resposta um ronco teatral.

Sozinha, fiz uma reverência perante o imperador e um pequeno discurso em louvor do astrolábio de mestre Habermel, dos cenários e dos efeitos especiais produzidos pelo mestre Hoefnagel e da qualidade da música.

– Eu me diverti muito, *La Diosa*... bem mais do que esperava. A senhora então pode fazer um pedido para Zeus – disse Rodolfo, descendo os olhos pelos meus ombros até os meus seios. – Qualquer coisa que quiser. Basta dizer e será sua.

De repente, o burburinho no salão silenciou. E em meio ao silêncio ouvi as palavras de Abraão: *Se a senhora pedir, o livro chegará às suas mãos.* Será que era simples assim?

Endímion se mexeu em seu leito. Como não queria que ele interferisse, agitei as mãos atrás de minhas costas para encorajá-lo a retornar aos sonhos. A corte prendeu o fôlego por achar que eu nomearia um título nobiliárquico, uma extensão de terra e uma fortuna em ouro.

– Eu gostaria de ver o livro de alquimia de Roger Bacon, Vossa Majestade.

* * *

— A senhora tem bolas de aço, titia — disse Gallowglass admirado enquanto voltávamos para casa. — Sem mencionar o uso que faz das palavras.

— Muito obrigada — agradeci lisonjeada. — De qualquer forma, o que tinha na minha cabeça durante a encenação? As pessoas não paravam de olhar para minha cabeça.

— Ah, estrelas emergiam da lua e depois desapareciam. Não me preocupei. Parecia tão real que certamente achariam que era uma ilusão. Afinal, quase todos os aristocratas de Rodolfo são humanos.

Matthew se mostrou mais cauteloso.

— Não cante vitórias, *mon coeur*. Face à situação, talvez Rodolfo não tenha outra escolha senão acatar o seu pedido, mas ainda não ofereceu o manuscrito. Você está dançando uma dança complicada. E esteja certa de que o imperador vai querer alguma coisa em troca de uma olhadela no livro.

— Já estaremos longe antes que ele insista na troca — retruquei.

Acontece que Matthew tinha razão de sobra para ser cauteloso. Eu presumira que no dia seguinte seríamos convidados para ver a relíquia privadamente. Mas não chegou convite algum. Passaram-se os dias até que recebemos um chamado para um jantar no palácio, com alguns teólogos católicos recém-chegados. Após o jantar, dizia a nota, um grupo seleto faria uma visita aos aposentos de Rodolfo para ver alguns itens de particular importância mística e religiosa da coleção do imperador. Entre os visitantes encontrava-se Johannes Pistorius, educado como luterano e depois convertido ao calvinismo, e na ocasião prestes a se tornar um padre católico.

— Nós estamos bem — disse Matthew, passando os dedos no cabelo. — Pistorius é um homem perigoso e um adversário implacável, além de ser um bruxo. Daqui a dez anos voltará para cá e será o confessor de Rodolfo.

— É verdade que ele está sendo preparado para a Congregação? — perguntou baixinho Gallowglass.

— Sim. É o tipo do velhaco intelectual que os bruxos querem como representante. Não quis ofendê-la, Diana. É um tempo difícil para as bruxas — continuou Matthew.

— Tudo bem — disse suavemente. — Mas ele ainda não é membro da Congregação. E você é. Se ele tem essas aspirações, que chance terá de nos causar problemas, sabendo que estará sendo observado por você?

— Excelente observação... do contrário Rodolfo não o teria convidado para jantar conosco. O imperador está traçando as linhas da batalha e reunindo suas tropas.

— Ele está planejando lutar exatamente pelo quê?

— Pelo manuscrito... e por você. Ele não vai desistir.

– Já lhe disse antes que não estou à venda. E não sou troféu de guerra.

– Não é, mas será um território reclamado enquanto Rodolfo estiver envolvido. Ele é arquiduque austríaco, rei da Hungria, da Croácia e da Boêmia, margrave da Morávia e sacro imperador romano. Além de ser sobrinho de Filipe da Espanha. Os Habsburgo são gananciosos e competitivos e não se detêm quando querem alguma coisa.

– Matthew não a está enganando, titia – disse Gallowglass em tom sombrio quando esbocei um protesto. – Se a senhora fosse minha esposa, já estaria fora de Praga desde o dia em que chegou o primeiro presente.

Face à delicada situação, Pierre e Gallowglass nos acompanharam até o palácio. Três vampiros junto a uma bruxa causaram a curiosidade já prevista quando caminhamos em direção ao Salão Nobre que um dia Matthew ajudara a projetar.

Rodolfo me fez sentar ao lado dele, e Gallowglass assumiu a posição de um bem-comportado serviçal atrás da minha cadeira. Matthew foi colocado na extremidade oposta da mesa de banquete sob o olhar atento de Pierre. Para um observador casual, Matthew se divertia muito no meio de um animado grupo de damas e rapazes ávidos para encontrar um modelo mais arrojado que o imperador. Gargalhadas ocasionais vindas da corte de Matthew chegavam aos nossos ouvidos, mas de nada adiantavam para abrandar o mau humor de Sua Majestade.

– Mas por que precisa haver tanto derramamento de sangue, padre Johannes? – Rodolfo queixou-se com o médico gorducho de meia-idade que estava sentado à sua esquerda. Ainda faltavam alguns meses para a ordenação de Pistorius, mas ele mostrava o zelo típico dos convertidos e não fazia qualquer objeção a sua prematura elevação ao sacerdócio.

– Porque a heresia e a heterodoxia devem ser extirpadas por inteiro, Majestade. Caso contrário, elas encontrarão solo fértil para brotar. – Os olhos papudos de Pistorius se voltaram para mim, como se a me sondar. Meu terceiro olho de bruxa se abriu de indignação perante as rudes tentativas do noviço para chamar a minha atenção, o que se assemelhava ao método de Champier para extrair os meus segredos. Comecei a desgostar dos magos educados nas universidades. Até que coloquei a faca na mesa e o encarei. Ele foi o primeiro a desviar os olhos.

– Meu pai sempre dizia que a tolerância é a política mais sábia – retrucou Rodolfo. – E você estudou a sabedoria judaica da cabala. Alguns homens de Deus considerariam isso uma heresia.

A audição aguçada de Matthew lhe permitia acompanhar a minha conversa com a mesma intensidade de Šárka ao perseguir o tetraz. Fazia isso de testa franzida.

– O meu marido me disse que o senhor é médico, *Herr* Pistorius. – Não era um bom começo, mas funcionou.

– Sou, sim, *Frau* Roydon. Ou era antes de deixar de lado a preservação dos corpos para me voltar para a salvação das almas.

– A reputação do padre Johannes se deve a suas curas da peste – disse o imperador.

– Fui meramente um veículo da vontade de Deus. Ele é o único e verdadeiro curador – disse Pistorius, com modéstia. – Por amor a nós, Ele criou muitos remédios naturais com resultados milagrosos em nossos corpos imperfeitos.

– Ah, sim. Lembro-me de sua defesa dos bezoares como panaceias contra a doença. Enviei uma de minhas pedras para *La Diosa* quando ela adoeceu recentemente. – Rodolfo sorriu em aprovação para o noviço.

Pistorius observou-me.

– E evidentemente o seu remédio funcionou, Majestade.

– Sim. *La Diosa* está totalmente restabelecida. Está com ótima aparência – disse Rodolfo cujo lábio inferior se sobressaiu ainda mais quando ele desviou os olhos para mim. Eu vestia um simples traje preto bordado em branco e coberto por um manto de veludo negro. Um rufo transparente brincava no meu pescoço, e o rubi vermelho do colar de salamandras que ganhara de Matthew se sobrepunha ao entalhe da minha garganta, adicionando um toque de cor à minha roupa sóbria. O imperador se voltou para a maravilhosa joia. Franziu a testa e acenou para um serviçal.

– É difícil dizer o que foi mais benéfico, se a pedra bezoar ou o eletuário do imperador Maximiliano – comentei, olhando para o dr. Hájek em busca de ajuda enquanto Rodolfo mantinha um diálogo cochichado. Hájek, que já estava no terceiro prato, tossiu ao se engasgar com um pedaço de carne de veado e interveio.

– Acredito que foi o eletuário, dr. Pistorius – admitiu Hájek. – Eu mesmo o preparei numa taça de chifre de unicórnio. O imperador Rodolfo acreditava que isso incrementaria a eficácia do remédio.

– La Diosa também ingeriu o eletuário com uma colher de chifre – disse Rodolfo, cujos olhos agora se voltavam para os meus lábios. – Para uma segurança a mais.

– Essa taça e essa colher encontram-se entre os itens que veremos nos seus armários de maravilhas, Majestade? – perguntou Pistorius. De repente, o clima entre ele e mim crepitou. Os fios que rodeavam o médico-padre explodiram em violentos tons de vermelho e laranja, avisando-me do perigo. Em seguida, o bruxo sorriu. *Não confio em você, bruxa,* ele sussurrou na minha mente. *Nem no seu pretendente a amante, o imperador Rodolfo.*

A carne de javali – uma receita deliciosa temperada com alecrim e pimenta-do-reino que segundo o imperador tinha a propriedade de aquecer o sangue – que eu estava mastigando virou pó na minha boca. Em vez de surtir o efeito esperado, esfriou o meu sangue.

– Algo errado? – sussurrou Gallowglass, abaixando-se até o meu ombro. Entregou-me um xale que não solicitei nem sabia que estava com ele.

– Pistorius foi convidado para ver o livro lá em cima – sussurrei, girando a cabeça para Gallowglass e falando um inglês corrido para reduzir o risco de ser compreendida. Ele cheirava a sal marinho e hortelã, uma combinação estimulante e reconfortante que aquietou os meus nervos.

– Deixe isso comigo – disse, apertando-me levemente no ombro. – De todo modo, a senhora está um pouco brilhante, titia. É melhor que ninguém veja estrelas esta noite.

Após ter disparado o tiro de advertência, Pistorius abordou outros tópicos e fez o dr. Hájek se engajar num acalorado debate sobre os benefícios medicinais da teriaga. Rodolfo dividia o tempo entre olhares melosos para mim e olhares fulminantes para Matthew. Quanto mais se aproximava a hora em que estaríamos diante do Ashmole 782, menos a refeição me apetecia e eu então comecei a conversar com uma nobre que estava sentada ao meu lado. Só depois de outras cinco rodadas de pratos – entre os quais um desfile de pavões dourados e uma grelha de porco assado – é que o banquete finalmente terminou.

– Você está pálida – disse Matthew, afastando-me da mesa.

– Pistorius suspeita de mim. – Aquele bruxo me relembrava Peter Knox e Champier por uma só razão. "Velhaco intelectual" era uma descrição perfeita para os três. – Gallowglass disse que cuidaria disso.

– Foi por isso então que Pierre seguiu atrás dele.

– O que Pierre vai fazer?

– Garantir que Pistorius saia daqui com vida – respondeu Matthew enfaticamente. – Se ficasse por conta própria, Gallowglass estrangularia o homem e o jogaria no Fosso do Veado para os leões se alimentarem. Meu sobrinho a protege tanto quanto eu.

Rodolfo pediu que os convidados o acompanhassem até o santuário: a galeria privada onde eu e Matthew tínhamos visto o retábulo de Bosch. Ottavio Strada juntou-se a nós para nos servir de guia ao longo da coleção e responder nossas perguntas.

Quando entramos na sala, o retábulo de Matthew ainda estava no centro da mesa, coberto por uma toalha verde. Rodolfo espalhara outros objetos ao redor para o prazer dos nossos olhos. Esquadrinhei a sala enquanto os convidados se debruçavam na obra de Bosch com semblantes extasiados. Havia algumas taças estonteantes de pedras semipreciosas, uma corrente grossa, um chifre longo e supostamente oriundo de um unicórnio e uma noz entalhada do mar de Seychelles; enfim, uma agradável mistura que oscilava entre o dispendioso, o medicinal e o exótico. Mas nenhum sinal do manuscrito.

– Onde ele está? – perguntei baixinho para Matthew. Antes de ouvir a resposta senti o toque morno da mão de alguém no meu braço. Matthew se empertigou.

– Tenho um presente para a senhora, querida *diosa*. – O hálito de Rodolfo cheirava a cebola e vinho tinto e fez o meu estômago se revirar de repulsa. Girei o corpo, achando que era o Ashmole 782. Mas o imperador segurava uma corrente. Antes que pudesse protestar, ele a enfiou pela minha cabeça e a ajeitou nos meus ombros. Abaixei os olhos e um ouroboros verde pendia de um círculo de rosas vermelhas, com sólidas incrustações de esmeraldas, rubis, diamantes e pérolas. A combinação de cores me evocou a joia que Benjamin ganhara de *Herr* Maisel.

– É um estranho presente para dar a minha esposa, Vossa Majestade – disse Matthew educadamente. Olhou para o colar com repugnância por trás do imperador. Era a terceira corrente que eu ganhava, e isso me fez pensar na possibilidade de um significado por trás do simbolismo. Ergui o ouroboros para observá-lo com mais atenção. Não era propriamente um ouroboros porque tinha pés. Não parecia uma cobra. Parecia mais um lagarto ou uma salamandra. Uma cruz ensanguentada emergia do dorso ferido do lagarto. E o mais importante é que a cauda não estava presa à boca e sim enrolada à garganta, estrangulando-o.

– É um gesto de respeito, *Herr* Roydon. – Rodolfo enfatizou o nome sutilmente. – Esta corrente pertenceu ao rei Vladislau e foi passada para a minha avó. A insígnia pertence à brava companhia dos cavaleiros húngaros conhecida como a Ordem do Dragão Derrotado.

– Dragão? – repeti baixinho, olhando para Matthew. As pernas atarracadas bem que lembravam as de um dragão. Por outro lado, também era muito parecido com o ouroboros da família De Clermont, se bem que o ouroboros em questão morria lenta e dolorosamente. Lembrei do juramento de *Herr* Fuchs, o juramento de Benjamin, de matar dragões a despeito de onde estivessem.

– O dragão simboliza os nossos inimigos, especialmente os que desejam interferir em nossas prerrogativas reais – disse Rodolfo em tom civilizado, mas era uma virtual declaração de guerra para todo o clã De Clermont. – Se a senhora usá-lo na próxima vez que vier à corte, será um prazer para mim. – Encostou o dedo levemente no dragão que pendia no meu peito e aí se demorou um pouco. – Assim, a senhora poderá deixar em casa as suas salamandrinhas francesas.

Os olhos de Matthew, que estavam cravados no dragão e no dedo imperial, escureceram quando Rodolfo fez a observação grosseira sobre as salamandras francesas. Coloquei-me no lugar de Mary Sidney na tentativa de retrucar de um modo adequado à ocasião e ao mesmo tempo acalmar o vampiro. Nesse caso teria que deixar o meu feminismo ultrajado para mais tarde.

– Se usarei ou não, o seu presente ficará por conta do meu marido, Sua Majestade – disse friamente, esforçando-me para não me esquivar do dedo de

Rodolfo. Ouvi suspiros e cochichos. Mas a reação de Matthew era a única que me interessava.

– Não vejo razão para não usá-lo pelo resto da noite, *mon couer* – disse Matthew despreocupadamente. Já não se preocupava se o embaixador da rainha parecia um aristocrata francês. – Afinal, salamandras e dragões são parentes. Ambos suportam o fogo para proteger os entes queridos. E o imperador está sendo muito gentil em lhe mostrar o livro dele. – Matthew olhou ao redor. – Embora tudo indique que a incompetência do *signor* Strada perdure e que o livro não esteja aqui. – Outra jogada sem volta.

– Ainda não, ainda não – disse Rodolfo irritado. – Antes quero dar outra coisa para *La Dio*sa. Venham ver a minha noz entalhada das Maldivas. É a única de sua espécie. – Todos, exceto Matthew, seguiram obedientemente na direção apontada por Strada. – Você também, *Herr* Roydon.

– É claro – murmurou Matthew, imitando o tom da mãe à perfeição. Ultrapassou os outros a passos lentos.

– Isto aqui eu requisitei pessoalmente. Padre Johannes me ajudou a encontrar a relíquia. – Rodolfo olhou em volta, mas não encontrou Pistorius. Franziu a testa. – *Signor* Strada, onde é que ele está?

– Não o vejo desde que saímos do Salão Nobre, Sua Majestade – disse Strada.

– Você! – Rodolfo apontou para um criado. – Trate de encontrá-lo! – O homem saiu em disparada na mesma hora. O imperador se recompôs e se voltou para um estranho objeto que estava à nossa frente. Parecia uma escultura grosseira de um nu masculino. – *La Diosa*, esta é a lendária raiz de Eppendorf. Um século atrás uma mulher roubou uma hóstia consagrada da Igreja e plantou-a sob os raios da lua cheia para incrementar a fertilidade na sua horta. Na manhã seguinte, ela se deparou com um enorme pé de repolho.

– Que cresceu da hóstia? – Algo certamente se perdera na tradução, ou então eu ignorava a natureza da eucaristia cristã. A *arbor Dianae* era uma coisa. A *arbor brassicae* era outra bem diferente.

– Sim. Foi um milagre. E quando desenterraram o repolho, a raiz parecia o corpo de Cristo. – Rodolfo estendeu o objeto para mim. Estava coroado por um diadema dourado cravejado de pérolas. Presumi que o diadema fora acrescentado mais tarde.

– Fascinante! – exclamei, tentando parecer interessada.

– Eu queria que o visse, em parte porque se parece com uma ilustração do livro que a senhora quer ver. Traga o Edward, Ottavio.

Edward Kelley entrou no aposento, abraçado a um volume de capa de couro.

Soube que era o livro tão logo o vi. Fiquei com o corpo todo comichando enquanto o livro passava pela sala. Seu poder era palpável – muito maior do que mostrara na Bodleiana naquela noite de setembro que transformou a minha vida.

Ali estava o desaparecido manuscrito Ashmole – antes de ter pertencido a Elias Ashmole e antes de ser dado como desaparecido.

– Sente-se ali comigo, senhora, para vermos o livro juntos. – Rodolfo apontou para uma mesa com duas cadeiras posicionadas em íntimo *tête-à-tête*. – Dê-me o livro, Edward. – O imperador estendeu a mão e Kelley o entregou, com relutância.

Olhei para Matthew, com ar interrogativo. E se o manuscrito começasse a brilhar como brilhara na Bodleiana? E se agisse de outra maneira igualmente estranha? E se eu começasse a divagar sobre o livro e os segredos que guardava? Àquela altura uma irrupção de magia poderia ser desastrosa.

É por isso que estamos aqui, ele respondeu com um meneio de cabeça confiante.

Sentei-me ao lado do imperador enquanto Strada encaminhava os cortesãos para a sala onde estava o chifre de unicórnio. Matthew chegou mais perto de nós. Fixei os olhos no manuscrito à frente, sem poder acreditar que chegara o momento de examinar o Ashmole 782 completo.

– Bem? – Rodolfo aproximou o livro de mim. Nenhuma luz iridescente aflorou das páginas. Só para me certificar de uma possível diferença, coloquei a mão na capa do Ashmole por um momento, assim como tinha feito quando o requisitei na biblioteca. Naquela ocasião o livro suspirara ao me reconhecer, como se estivesse à minha espera. E desta vez permaneceu quieto.

Abri a lâmina de madeira do frontispício. Uma folha de pergaminho branca. O que eu tinha visto alguns meses antes me veio à cabeça em uma fração de segundo. Aquela era a folha na qual Ashmole e papai escreveriam o título do livro no futuro.

Passei para a folha seguinte e tive a mesma sensação estranha de peso. Quase perdi o fôlego quando a página se abriu.

A primeira folha desaparecida do Ashmole 782 continha uma gloriosa ilustração de uma árvore. Com um tronco nodoso, retorcido, grosso e sinuoso. Ramos se espraiavam enroscados da copa e abriam caminho pela página até terminar em uma instigante combinação de folhas, flores e frutos vermelhos e brilhantes. Era como a *arbor Dianae* criada por Mary com o meu sangue e o de Matthew.

Inclinei-me para ver melhor e minha garganta deu um nó. O tronco da árvore não era de madeira, seiva e casca. Era feito de centenas de corpos – alguns se contorciam e se debatiam de dor, outros se entrelaçavam harmoniosamente e outros se encontravam sozinhos e apavorados.

No pé da página estava o título dado por Roger Bacon ao livro em caligrafia do século XIII: *O verdadeiro segredo dos segredos*.

As narinas de Matthew se abriram ligeiramente, como se na tentativa de identificar algum cheiro. O livro tinha um cheiro estranho – o mesmo cheiro de mofo que eu sentira em Oxford.

Passei para a folha seguinte e me deparei com a imagem enviada para os meus pais, a imagem que a casa das Bishop resguardara por anos a fio: a fênix a envolver o casamento químico, com asas e bestas alquímicas e míticas a testemunhar a união do Sol e da Lua.

Matthew olhou fixamente para o livro, com ar de assombro. Franzi a testa. Ele estava longe para ver com nitidez. O que o tinha surpreendido?

Saí rapidamente da página com a imagem do casamento alquímico. A terceira folha desaparecida estampava dois dragões alquímicos, com as caudas entrelaçadas e os corpos unidos ou quem sabe em batalha ou em abraço – era impossível decidir. Uma chuva de sangue vertia dos ferimentos e enchia uma bacia de onde afloravam diversas figuras pálidas e nuas. Eu nunca tinha visto uma imagem alquímica como aquela.

Olhei para trás dos ombros do imperador e a expectativa de Matthew era de que o assombro se tornasse excitação perante novas imagens e que estivéssemos perto de solucionar os mistérios do livro. Mas parecia estar diante de um fantasma. Cobria a boca e o nariz com sua mão branca. Franzi a testa preocupada e ele balançou a cabeça para que eu seguisse em frente.

Respirei fundo e me voltei para aquela que devia ser a primeira das estranhas imagens alquímicas que já tinha visto na Oxford do futuro. Como era esperado, a mesma menininha com duas rosas. O inesperado é que cada espaço ao redor da imagem estava coberto de texto. Era uma estranha mistura de símbolos e letras dispersas. Na Bodleiana esse mesmo texto era ocultado por um feitiço que transformara o livro em mágico palimpsesto. E no livro intacto de agora o texto secreto era de todo visível. Mas embora o visse, não conseguia lê-lo. O que o texto dizia?

Rastreei as linhas escritas com os dedos. O toque desfez as palavras que se converteram em rosto, em silhueta, um nome. Era como se o texto estivesse tentando contar uma história que envolvia milhares de criaturas.

– Eu teria dado qualquer coisa que a senhora pedisse – disse Rodolfo, com um hálito quente colado na minha face. Senti novamente o bafo de cebola e vinho. Era tão diferente do límpido aroma de especiarias de Matthew. O calor de Rodolfo era irritante para mim que já estava acostumada com a temperatura fria de um vampiro. – Por que a senhora escolheu este livro? Não consigo entender, embora Edward acredite que contém um grande segredo.

Um longo braço se estendeu por entre nós e tocou na página com delicadeza.

– Porque o senhor surrupiou este manuscrito sem importância do pobre dr. Dee. – As palavras berraram no rosto de Matthew. Talvez Rodolfo não tenha visto o tremor no músculo da mandíbula e as rugas finas que se aprofundaram ao redor dos olhos concentrados de Matthew.

– Não necessariamente – apressei-me em dizer. – Os textos alquímicos requerem estudo e contemplação quando se deseja compreendê-los por inteiro. Se eu pudesse ficar mais tempo com ele, talvez...

– Mesmo assim, é preciso ter uma bênção especial de Deus – retrucou Rodolfo, amarrando a cara para Matthew. – Edward é tocado por Deus de um modo que você não é, *Herr* Roydon.

– Ora, muito bem, ele é tocado – disse Matthew, olhando para Kelley. O alquimista inglês estava agindo de maneira estranha depois que o livro saiu de suas mãos. Fios o interligavam ao livro. Mas qual era a ligação de Kelley com o Ashmole 782?

Quando a pergunta me veio à cabeça, os finos fios amarelos e brancos que o ligavam ao Ashmole 782 assumiram uma nova aparência. Em vez do habitual trançado apertado de duas cores ou de uma tessitura de fios verticais e horizontais, os fios se enrolavam soltos em volta de um centro invisível, como fitas enroladas em presentes de aniversário. Os fios curtos e horizontais impediam os curvos de serem tocados. Eram como...

Uma dupla hélice. Levei a mão à boca, olhando fixamente para o manuscrito. Meus dedos ficaram impregnados com o cheiro de mofo depois que toquei no livro. Era um cheiro forte e quase pútrido, como...

Carne e sangue. Olhei para Matthew, já sabendo que meu rosto refletia o mesmo assombro que vira no rosto dele.

– Você não parece bem, *mon coeur* – disse ele prestativo, ajudando-me a levantar. – Deixe-me levá-la para casa.

Edward Kelley escolheu esse momento para perder o controle.

– Ouvi as vozes deles. Falam uma língua que não compreendo. Vocês podem ouvi-los?

Ele gemeu perturbado e tapou os ouvidos com as mãos.

– O que está dizendo? – perguntou Rodolfo. – Dr. Hájek, há algo errado com Edward.

– Você também vai encontrar o seu nome no livro – disse-me Edward, elevando a voz, como se tentasse sufocar um outro som. – Soube disso desde o momento em que a vi.

Abaixei os olhos. Fios ondulados também me interligavam ao livro – só que os meus eram de cor branca e lavanda. Matthew também estava interligado ao livro por fios vermelhos e brancos ondulados.

Gallowglass surgiu de repente, sem ser convidado e anunciado. Um guarda corpulento o seguia, agarrando o próprio braço que pendia flácido.

– Os cavalos estão prontos. – Gallowglass nos informou, apontando em direção à saída.

– Você não tem permissão para estar aqui! – disse Rodolfo aos gritos, a fúria do imperador crescia à medida que seus cuidadosos planos se desintegraram. – E a senhora, *La Diosa*, não tem permissão para sair.

Matthew não deu a mínima para Rodolfo. Simplesmente me pegou pelo braço e me conduziu em direção à porta. Senti que o manuscrito me puxava e que os fios se estendiam a fim de me fazer voltar para o lado dele.

– Não podemos deixar o livro. Isso é...

– Eu sei o que é isso – disse Matthew de cara séria.

– Detenha-os! – gritou Rodolfo.

Mas o guarda de braço quebrado já tinha se engalfinhado com um vampiro naquela noite. Não desafiaria a sorte se metendo com Matthew. Em vez disso, revirou os olhos e caiu desmaiado no chão.

Gallowglass jogou a capa sobre os meus ombros enquanto eu descia os degraus. Dois outros guardas jaziam inconscientes no pé da escada.

– Volte e pegue o livro! – eu disse sem fôlego para Gallowglass, porque o corpete estava apertado e atravessávamos o pátio em disparada. – Não podemos deixar que Rodolfo fique com ele, ainda mais agora que sabe do que se trata.

Matthew me deteve, enterrando os dedos no meu braço.

– Não deixaremos Praga sem o manuscrito. Prometo que voltaremos para pegá-lo. Mas primeiro iremos para casa. Você precisa aprontar as crianças para partirmos depois que eu voltar.

– Não tem retorno, titia – disse Gallowglass em tom sério. – Pistorius está trancado na Torre Branca. Eu matei um guarda e feri mais três. Rodolfo tocou na senhora de um jeito impróprio e estou com uma vontade danada de matá-lo.

– Você não entende, Gallowglass. Esse livro pode ser a resposta para *tudo* – consegui gritar antes que Matthew me colocasse em movimento novamente.

– Ora, entendo mais do que a senhora supõe. – A voz de Gallowglass flutuou na brisa a minha volta. – Senti o cheiro dele quando bati nos guardas lá embaixo. Há *wearhs* mortos dentro desse livro. Bruxas e demônios também, eu garanto. Quem poderia imaginar que o perdido Livro da Vida iria feder ao céu da morte?

32

— Quem faria uma coisa assim? – Vinte minutos depois eu tremia dos pés à cabeça agarrada a um bule de chá de ervas frente à lareira do principal aposento do primeiro andar da nossa casa. – É assustador.

Como a maioria dos manuscritos, o Ashmole 782 também era feito de velino – uma pele preparada de maneira especial, mergulhada na cal para a remoção dos pelos e raspada para a remoção das camadas subcutâneas de carne e gordura, e depois de novo encharcada e esticada na moldura e de novo escovada.

A diferença aqui é que as criaturas utilizadas na feitura do velino não eram ovelhas, bezerros e cabras, e sim demônios, vampiros e bruxas.

– Talvez tenha sido para manter algum registro. – Matthew ainda tentava digerir o que tínhamos visto.

– Mas o manuscrito tem centenas de páginas – retruquei, mal podendo acreditar. Era inconcebível que se tivesse esfolado a pele de tantos demônios, vampiros e bruxas para fazer velino. Cheguei a duvidar se teria uma noite completa de sono a partir daquele dia.

– O que significa que o livro contém centenas de diferentes peças de DNA. – Matthew não parava de passar os dedos no cabelo e já estava parecendo um porco-espinho.

– Os fios que se enroscavam entre nós e o Ashmole 782 pareciam duplas hélices – comentei. Explicamos a moderna genética para Gallowglass que sem os posteriores quatro séculos e meio de biologia e química se esforçava ao máximo para acompanhar o nosso raciocínio.

– Então, esse D-N-A é como uma árvore genealógica cujos galhos cobrem mais do que uma única família? – Gallowglass pronunciou o termo "DNA" com uma pausa entre cada letra.

– Sim – disse Matthew. – É isso.

– Você viu a árvore na primeira página? – perguntei para Matthew. – O tronco era feito de corpos e a árvore florescia, frutificava e enfolhava exatamente como a *arbor Dianae* que produzimos no laboratório de Mary.

– Não vi, mas vi a criatura com a cauda na boca – disse Matthew.

Fiz de tudo para relembrar o que havia visto, mas a minha memória fotográfica me deixou na mão quando eu mais precisava. Era muita informação nova para ser absorvida.

– A ilustração mostrava duas criaturas se engalfinhando... ou se abraçando, não sei ao certo. Não pude contar as pernas dessas criaturas. O sangue que vertia delas gerava centenas de outras criaturas. Se bem que uma delas não era um dragão de quatro pernas e sim uma cobra...

– Se a outra era um dragão de fogo de duas pernas, esses dragões alquímicos talvez simbolizem você e eu. – Matthew vociferou rapidamente, mas com emoção.

Depois de nos ouvir com paciência, Gallowglass retornou ao seu tópico original.

– E esse D-N-A vive em nossa pele?

– Não só na pele como no sangue, nos ossos, nos pelos, nas unhas... está presente em todo o corpo – explicou Matthew.

– Huh. – Gallowglass coçou o queixo. – E o que têm exatamente em mente quando dizem que o livro poderá conter todas as respostas?

– Talvez possa explicar por que somos diferentes dos humanos – respondeu Matthew, com simplicidade. – E por que uma bruxa como Diana poderia gerar o filho de um *wearh*.

Gallowglass nos olhou, com um sorriso radiante.

– Você quis dizer o seu filho, Matthew. Já sei que a titia é capaz disso desde Londres. Ela nunca cheirou igual a ninguém senão a ela mesma... e a você. Philippe sabe?

– Pouca gente sabe – respondi rapidamente.

– Hancock sabe. E também Pierre e Françoise. Minha dúvida era se Philippe sabia. – Gallowglass se levantou. – Então, vou buscar o seu livro, titia. Precisamos tê-lo porque tem a ver com os bebês dos De Clermont.

– Rodolfo deve tê-lo trancado a sete chaves, se é que não o levou para a própria cama – vaticinou Matthew. – Não será fácil tirá-lo do palácio, sobretudo se Pistorius já foi encontrado e estiver lançando feitiços e armando confusão.

– Por falar no imperador, não é melhor tirar essa corrente dos ombros da titia? Odeio essa insígnia sangrenta.

– Com todo prazer – disse, tirando a corrente e jogando-a em cima da mesa. – O que exatamente a Ordem do Dragão Derrotado tem a ver com os De Clermont? Presumo que não devem ser amigos dos Cavaleiros de Lázaro, até porque o pobre ouroboros é representado parcialmente esfolado e estrangulando a si mesmo.

– Eles nos odeiam e nos desejam mortos – disse Matthew secamente. – Os Drăculeşti desaprovam a abertura dada pelo meu pai ao Islã e aos otomanos e juraram que acabariam conosco. Só assim poderão concretizar suas aspirações políticas com liberdade.

– Sem falar que também querem o dinheiro dos De Clermont – observou Gallowglass.

– Drăculeşti? – Minha voz soou como um fiapo. – Mas Drácula é um mito dos humanos... um mito criado para disseminar o medo em relação aos vampiros. – Era *o próprio* mito humano sobre os vampiros.

– Isso surpreenderia Vlad, o Dragão, o patriarca do clã – comentou Gallowglass –, se bem que ele se alegraria em saber que aterrorizaria os humanos.

– O Drácula dos humanos... o Filho do Dragão conhecido como o Empalador... era apenas um da linhagem de Vlad – disse Matthew.

– O Empalador era um canalha nojento. Felizmente, já está morto e agora só temos que nos preocupar com seu pai, seus irmãos e seus aliados, os Báthory. – Gallowglass pareceu animado e serviu-se de uma taça de vinho.

– De acordo com os relatos dos humanos, Drácula viveu durante séculos... talvez ainda esteja vivo. Será que está realmente morto?

– Vi quando Baldwin cortou a cabeça dele e enterrou-a a cinquenta quilômetros de distância do resto do corpo. Estava realmente morto na ocasião e continua realmente morto. – Gallowglass lançou-me um olhar de reprovação. – A senhora deveria se inteirar mais e acreditar menos nessas histórias dos humanos, titia. Essas histórias não passam de um pingo da verdade.

– Se bem me lembro Benjamin tem um desses emblemas de dragão. Foi *Herr* Maisel quem lhe deu. Reparei na semelhança quando o imperador exibiu a corrente.

– Você tinha dito que Benjamin não estava mais na Hungria – disse Matthew em tom acusatório para o sobrinho.

– E não estava. Eu juro. Baldwin ordenou que partisse ou que encarasse o mesmo destino do Empalador. Você devia ter visto a cara de Baldwin. Acho que nem o próprio diabo ousaria desobedecer ao seu irmão.

– Eu quero todos nós fora de Praga se possível quando o sol nascer – disse Matthew de cara séria. – Alguma coisa está muito errada. Posso sentir.

– Talvez isso não seja uma boa ideia. Sabe que noite é hoje? – perguntou Gallowglass. Matthew balançou a cabeça em negativa. – *Walpurgisnacht*. O povo está acendendo fogueiras ao redor da cidade e queimando efígies de bruxas... enquanto não encontram uma de verdade, é claro.

– Cristo. – Matthew passou os dedos no cabelo, visivelmente inquieto. – Pelo menos as fogueiras servirão de distração. Precisamos descobrir um jeito de enganar os guardas de Rodolfo, chegar ao quarto dele e achar o livro. E depois sairemos da cidade com ou sem fogueiras.

– Nós somos *wearhs*, Matthew. Podemos roubar esse livro melhor que qualquer outro – disse Gallowglass, com segurança.

– Não será tão fácil como pensa. Poderemos entrar, mas será que poderemos sair?

– Mestre Roydon, eu posso ajudar. – A voz de Jack soou como uma flauta, se comparada com a voz troante de Gallowglass e a voz de barítono de Matthew.

– Não, Jack – disse Matthew em tom firme, voltando-se para o menino com a cara amarrada. – Você não pode mais roubar, lembra? Além disso, você só esteve nos estábulos do palácio. Não saberia onde procurar.

– Is... isso não é estritamente verdadeiro. – Gallowglass pareceu incomodado. – Eu o levei até a catedral. E ao Salão Nobre para que visse os desenhos que você fez na Escada dos Cavaleiros. E ele esteve nas cozinhas – continuou depois de pensar um pouco. – Ah, ele também esteve no zoológico, é claro. Seria crueldade não deixá-lo ver os animais.

– E também esteve no palácio comigo – disse Pierre do umbral da porta. – Eu não queria que ele se aventurasse um dia por lá e acabasse se perdendo.

– E aonde *você* o levou, Pierre? – A voz de Matthew soou gélida. – À sala do trono para ele ficar pulando no trono real?

– Não, milorde. Eu o levei à loja do ferreiro e o fiz conhecer mestre Hoefnagel. – Pierre se empertigou até onde sua altura relativamente diminuta permitia e encarou o patrão do alto. – Achei que ele devia mostrar os desenhos para alguém realmente capacitado nessa arte. Mestre Hoefnagel ficou tão impressionado que na mesma hora fez um retrato de Jack em bico de pena e lhe deu de presente.

– Pierre também me levou ao alojamento dos guardas – disse Jack, com um fiapo de voz. – Foi lá que consegui isto. – Mostrou um aro cheio de chaves. – Eu só queria ver o unicórnio porque não pude imaginar como o unicórnio tinha conseguido subir a escada, e aí pensei que os unicórnios deviam ter asas. E depois mestre Gallowglass me mostrou a Escada dos Cavaleiros... gostei muito do seu desenho da corrida do cervo, mestre Roydon. Os guardas estavam conversando. Não entendi nada, mas prestei atenção na palavra *einhorn* e achei que eles podiam saber onde estava o unicórnio e...

Matthew pegou Jack pelos ombros e se agachou para que os dois se entreolhassem.

– Sabe o que eles fariam se tivessem pegado você? – Meu marido pareceu tão apavorado quanto a criança.

Jack assentiu.

– E vale a pena apanhar para ver um unicórnio?

– Eu já apanhei antes. Mas nunca tinha visto uma fera mágica. A não ser o leão do zoológico do imperador. E o dragão da sra. Roydon. – Jack tapou a boca de horror.

– Então, você já viu isso também? Pelo visto Praga tem sido uma tremenda experiência para você. – Matthew se ergueu e estendeu a mão. – Passe as chaves. – O menino entregou-as, com relutância. Matthew fez uma reverência para ele. – Estou em dívida para com você, Jack.

– Mas eu me comportei mal – sussurrou Jack, coçando as costas como se estivesse sentindo a punição que provavelmente Matthew lhe daria.

– Eu me comporto mal o tempo todo – confessou Matthew. – E às vezes isso resulta em coisas boas.

– Sim, mas ninguém espanca o *senhor* – retrucou Jack, ainda tentando compreender aquele estranho mundo onde os adultos ficavam em dívida para com garotinhos e seu herói não era tão perfeito quanto pensara.

– Uma vez o pai do Matthew bateu nele com uma espada. – As asas do dragão de fogo bateram levemente dentro do meu peito em silencioso assentimento. – E depois o nocauteou e ficou em cima dele.

– Ele deve ser tão grande quanto Sixtus, o urso do imperador – disse Jack, impressionado com o fato de que alguém tivesse vencido Matthew.

– E é mesmo – disse Matthew, rugindo como o urso em questão. – Agora, trate de voltar para a cama.

– Mas eu sou ágil e rápido – protestou Jack. – Posso pegar o livro da sra. Roydon sem que ninguém me veja.

– Eu também, Jack – disse Matthew.

Matthew e Gallowglass retornaram do palácio cobertos de sangue, terra e fuligem, mas com o Ashmole 782.

– Vocês conseguiram! – gritei. Eu aguardava junto com Annie no térreo. Já tínhamos pequenas sacolas empacotadas com itens essenciais de viagem.

Matthew abriu a capa.

– As três primeiras folhas se foram.

O livro, que estava inteiro algumas horas antes, estava agora danificado e com o texto correndo pela página. Eu planejara passar os dedos nas letras e símbolos para determinar os significados contidos naquele livro. E agora a tarefa era impossível. Logo que toquei os dedos na página, as palavras se espalharam em todas as direções.

– Nós o encontramos com Kelley. Estava debruçado no livro e tagarelava como um louco. – Matthew fez uma pausa. – E o livro participava da conversa.

– Ele está dizendo a verdade, titia. Ouvi as palavras, embora não consiga repeti-las.

– Isso quer dizer que o livro está realmente vivo – murmurei.

– E realmente morto também – disse Gallowglass, tocando na lombada. – É uma coisa tanto maléfica quanto poderosa.

– Kelley gritou a plenos pulmões quando nos viu e começou a arrancar as folhas do livro. Já estava prestes a alcançá-lo quando os guardas apareceram. Tive que escolher entre o livro e Kelley. – Matthew hesitou. – Fiz a coisa certa?

– Acho que sim – respondi. – O livro estava quebrado quando o encontrei na Inglaterra. E talvez no futuro seja mais fácil encontrar essas folhas perdidas. – Mecanismos modernos de busca e catálogos de bibliotecas seriam extremamente valiosos porque eu já sabia o que estava procurando.

– Se não foram destruídas – disse Matthew. – Nesse caso...

– Jamais conheceremos todos os segredos do livro. Mas ainda assim no seu laboratório moderno teremos revelações do que sobrou do livro que nem sequer imaginávamos quando iniciamos essa procura.

– Isso quer dizer que já está pronta para voltar? – perguntou Matthew, com uma centelha nos olhos que rapidamente se apagou. Era excitação? Pavor?

Balancei a cabeça.

– Está na hora.

Fugimos de Praga sob a luz das fogueiras. Era noite de *Walpurgisnacht* e as criaturas mantinham-se longe da vista dos foliões para não serem jogadas dentro das piras.

As águas geladas do mar do Norte já estavam navegáveis, e a primavera já tinha descongelado o gelo dos portos. Muitos barcos partiam para a Inglaterra e nos apressamos em pegar um deles. De qualquer forma, soprava uma tempestade quando saímos da costa europeia.

Entrei na cabine e Matthew estava estudando o livro. Havia descoberto que as folhas tinham sido costuradas com longos fios de cabelo.

– *Dieu* – murmurou –, quantas informações genéticas esta coisa poderá conter? – Antes que pudesse impedi-lo, ele pôs a ponta do dedo mindinho na língua e logo verteram gotas de sangue dos cabelos da menininha na página de abertura.

– Matthew! – disse horrorizada.

– A tinta contém sangue. E sendo assim o meu palpite é que a cola da folha de ouro e prata das ilustrações é feita de ossos. Ossos de criaturas.

O barco balançou sobre as ondas e o meu estômago balançou junto. Já estava prestes a desfalecer quando Matthew me apoiou nos braços. O livro se abriu ligeiramente entre nós dois, e as primeiras linhas do texto tentaram encontrar um lugar na ordem das coisas.

– O que fizemos? – sussurrei.

– Encontramos a Árvore da Vida e o Livro da Vida em um único livro. – Matthew encostou o rosto na minha cabeça.

– E eu que chamei Peter Knox de maluco quando me disse que o livro guardava todos os feitiços originais das bruxas. Não me passava pela cabeça que haveria um tolo inconsequente a ponto de pôr tamanho conhecimento em um único lugar. – Toquei no livro. – Mas isso aqui contém muito mais... e ainda nem conhecemos o conteúdo. Se cair em mãos erradas em nosso tempo...

– Poderia ser usado para nos destruir. – Matthew terminou a frase.

Espichei a cabeça e olhei para o livro.

– E o que faremos então com ele? Nós o levaremos para o futuro conosco ou o deixaremos aqui?

– Não faço ideia, *mon coeur*. – Ele me puxou para mais perto, abafando o rumor da tempestade que açoitava o casco do barco.

– Mas é bem possível que esse livro guarde a chave para todas as nossas perguntas. – Fiquei surpresa ao ver que Matthew estava disposto a se separar de um livro que encerrava tantas possibilidades.

– Nem todas – disse ele. – Para uma delas só você pode responder.

– Qual? – perguntei, franzindo a testa.

– Você está com enjoo marítimo ou está grávida? – Os olhos de Matthew se tornaram tão pesados e tempestuosos quanto o céu rasgado de raios faiscantes lá fora.

– Você deve saber melhor do que eu. – Ele tirara sangue de minha veia poucos dias antes quando me dei conta de que minha menstruação estava atrasada.

– Não vi o bebê no seu sangue nem ouvi um coração bater... ainda não. – Senti uma mudança no cheiro dele. E lembrei que a tinha sentido na última vez. – Talvez você esteja com poucas semanas de gravidez.

– Pensei que minha gravidez o deixaria mais ávido do que nunca em manter o livro.

– Talvez minhas perguntas não precisem de respostas com a urgência que imaginava. – Para provar isso ele pôs o livro no chão, fora de nossa vista. – Achei que esse livro me diria quem eu sou e por que eu estou aqui. Mas talvez já saiba.

Esperei por uma explicação.

– Depois de toda a minha busca, descobri que eu sou quem sempre fui: Matthew de Clermont. Marido. Pai. Vampiro. E eu estou aqui por uma única razão: fazer a diferença.

33

Em Praga, Peter Knox se desviava das poças no adro do Monastério de Strahov. Fazia o circuito anual de primavera pelas bibliotecas da Europa central e oriental. Percorria os velhos repositórios quando os turistas e eruditos estavam em baixa para se assegurar de que nada de incomum nos últimos doze meses pudesse causar problemas para a Congregação ou para ele. Mantinha um informante confiável em cada biblioteca, um membro importante da instituição que tivesse livre acesso aos livros e manuscritos, mas não tão importante assim se Knox fosse requisitado para tomar uma atitude contra os tesouros da biblioteca simplesmente... fazendo-o desaparecer.

Knox fazia essas visitas regulares desde que terminara o doutorado e começara a trabalhar para a Congregação. O mundo se transformara desde a Segunda Guerra Mundial, e a estrutura administrativa da Congregação se ajustara aos tempos. Com a revolução dos transportes do século XIX, as ferrovias e rodovias permitiram um novo estilo de governança, com cada espécie policiando a própria espécie em vez de supervisionar áreas geográficas. Isso significava viajar muito e trocar correspondências, tornadas possíveis na era do vapor. Philippe de Clermont tinha sido fundamental na modernização das operações da Congregação, mas fazia tempo que Knox suspeitava de que a atitude do rival servira mais para proteger os segredos dos vampiros e menos para promover o progresso.

Quando as guerras mundiais interromperam as comunicações e as redes de transporte, a Congregação retomou os velhos costumes. Era mais sensato fatiar o globo terrestre do que cruzá-lo no rastro de algum indivíduo específico acusado de ter agido mal. Ninguém ousou sugerir uma mudança radical como essa enquanto Philippe esteve vivo. Felizmente, o líder da família De Clermont já não estava por perto para oferecer resistência. A internet e a troca de e-mails ameaçavam tornar essas viagens desnecessárias, mas Knox gostava da tradição.

O informante na Biblioteca de Strahov era um homem de meia-idade chamado Pavel Skovajsa. Era um sujeito pardo como papel de embrulho que usava um par de óculos da era comunista que se recusava a trocar, se bem que não estava claro se essa relutância se devia a razões sentimentais ou históricas. Knox geralmente se encontrava com ele na cervejaria do monastério, cujos tanques de cobre serviam uma excelente cerveja de cor âmbar chamada Sr. Norbert, ou São Norberto, um santo cujos restos mortais repousavam no monastério.

Mas nesse ano Skovajsa tinha realmente descoberto alguma coisa.

– É uma carta. Em hebraico – sussurrou ao telefone. Não confiava em tecnologias novas, não tinha celular e detestava e-mails. E por isso ganhara o emprego no departamento de conservação, onde a sua abordagem idiossincrática do conhecimento não poderia retardar a firme marcha da biblioteca em direção à modernidade.

– Por que está cochichando, Pavel? – perguntou Knox irritado. O único problema é que Skovajsa adorava se pensar como um verdadeiro espião dos tempos da Guerra Fria. E como resultado disso tornou-se paranoico.

– Porque separei o livro que esconde a carta. Está escondida dentro de um exemplar do *De Arte Cabalistica*, de Johannes Reuchlin – respondeu Skovajsa cada vez mais excitado. Knox olhou para o relógio de pulso. Ainda era muito cedo e não tinha tomado o café da manhã. – Você precisa vir logo. A carta menciona a alquimia e aquele inglês que trabalhou para Rodolfo II. Pode ser importante.

Knox já tinha programado o próximo voo para Berlim. E agora Skovajsa o enfurnava no porão da biblioteca, uma sala escura iluminada apenas por uma lâmpada.

– Não há outro lugar mais confortável para fazermos isso? – perguntou Knox, olhando para a mesa de metal (também da era comunista) com suspeita. – Aquilo é *goulash*? – Apontou para uma mancha pegajosa na superfície da mesa.

– As paredes têm ouvidos e o chão tem olhos. – Skovajsa limpou a mancha com a bainha do suéter marrom. – Aqui nós estamos seguros. Sente-se. Vou lhe mostrar a carta.

– E o livro – disse Knox de imediato. Skovajsa se virou surpreso com o tom de Knox.

– Sim, é claro. O livro também.

– Esse não é *A arte da cabala* – disse Knox quando Skovajsa retornou. Knox ficava mais irritado a cada minuto que passava. O livro de Johannes Reuchlin era fino e elegante. Aquela monstruosidade devia ter umas oitocentas páginas. Largou o livro em cima da mesa e o impacto reverberou pelo tampo e as pernas de metal.

– Não exatamente – disse Skovajsa, na defensiva. – É o livro de Galatino, *De Arcanis Catholicae Veritatis*. Mas o Reuchlin está contido nele. – Tratar detalhes bibliográficos precisos com soberba era uma das coisas que Knox mais detestava.

– O título tem inscrições em hebraico, latim e francês. – Skovajsa abriu a capa do livro. Não havia nada fixando a lombada do grosso volume e Knox então não se surpreendeu quando ouviu um estalo sinistro. Olhou preocupado para Skovajsa. – Não se preocupe – assegurou o conservacionista –, este livro ainda não está catalogado. Só o descobri porque estava numa estante ao lado de outro exemplar que tinha ido para a encadernação. É bem provável que tenha parado aqui por engano quando nossos livros voltaram em 1989.

Knox observou minuciosamente o título e as inscrições.

Gênesis 49:27 בנימין זאב יטרף בבקר יאכל עד ולערב יחלק שלל

Beniamin lupus rapax mane comedet praedam et vespere dividet spolia.

Benjamin est un loup qui déchire; au matin il dévore la proie, et sur le soir il partage le butin.

– É caligrafia antiga, não é? E obviamente o proprietário era homem de instrução – comentou Skovajsa.

– *Benjamin, lobo voraz. De manhã devora a presa e à tarde reparte o despojo.* – Knox ponderou. Não conseguia atinar o que os versos tinham a ver com o *De Arcanis*. A obra de Galatino contribuíra na guerra entre a Igreja Católica e o misticismo judaico... a mesma guerra que levara à queima de livros, aos processos inquisitoriais e à caça às bruxas no século XVI. A posição de Galatino a respeito dos temas estava presente no título *Dos segredos da verdade universal*. Galatino argumentava com astutas acrobacias intelectuais que os judeus haviam antecipado as doutrinas cristãs e que o estudo da cabala poderia auxiliar os esforços católicos de converter os judeus à verdadeira fé.

– Será que o nome do proprietário era Benjamin? – Skovajsa olhou por cima do ombro e estendeu um arquivo. Knox se deu por satisfeito ao ver que não havia a palavra CONFIDENCIAL escrita em letras vermelhas. – E aqui está a carta. Não sei hebraico, mas as palavras Edwardus Kellaeus e alquimia... *alchymia*... estão escritas em latim.

Knox virou a página. Ele estava sonhando. Só podia estar sonhando. A carta datava do segundo dia de Elul 5369 – 1º de setembro de 1609, no calendário cristão. E era assinada por Yehuda ben Bezalel, mais conhecido como rabino Judah Loew.

– Conhece hebraico? – perguntou Skovajsa.

– Sim. – Dessa vez quem sussurrou foi Knox. – Sim – repetiu com mais ênfase e cravou os olhos na carta.

– E então? – disse Skovajsa passado um minuto de silêncio. – O que diz a carta?

– Pelo visto um judeu de Praga conheceu Edward Kelley e escreveu para contar a um amigo. – De certa maneira, era verdade.

"Vida longa e paz para você, Benjamin, filho de Gabriel, prezado amigo", escrevera o rabino Loew.

Recebi sua carta com grande alegria em minha cidade natal. Para você Poznan é um lugar muito melhor que a Hungria, onde nada espera por você além de miséria. Embora eu seja um velho, sua carta me trouxe claramente os estranhos eventos que ocorreram na primavera de 5351, ocasião em que Edwardus Kellaeus, estudante de alquimia e estimado pelo imperador, chegou a mim. Ele delirava porque matara um homem e porque os guardas do imperador logo o prenderiam por assassinato e traição. Previu a própria morte aos gritos: "Cairei como os anjos no inferno." Também se referiu ao livro que está sendo procurado por você, o que foi roubado do imperador Rodolfo, como bem sabe. Às vezes, Kellaeus o chamava de Livro da Criação e, outras vezes, de Livro da Vida. Kellaeus chorava e dizia que o fim do mundo estava próximo. Não cansava de repetir augúrios como "Começa com ausência e desejo", "Começa com sangue e medo", "Começa com a descoberta das bruxas", e por aí afora.

Em seu desvario Kellaeus arrancou três folhas do Livro da Vida, antes de ter sido roubado do imperador. Kellaeus me deu uma delas. Não me contou para quem deu as outras duas que descreviam enigmaticamente o anjo da morte e o anjo da vida. Infelizmente, desconheço o atual paradeiro do livro. Não tenho mais a referida folha comigo porque a dei para Abraão ben Elijah, por segurança. Ele morreu vitimado pela peste e talvez essa folha esteja perdida para sempre. Seu criador é o único que poderia esclarecer o mistério. Ele também esteve à procura desse livro. Talvez o seu interesse em remediar esse livro danificado se estenda à cura de sua linhagem danificada, de modo que possa encontrar a paz com o Pai que lhe deu a vida e o ar. Que o Senhor guarde o seu espírito, do amigo Yehuda que bem lhe quer, da santa cidade de Praga, filho de Bezalel, 2º do mês de Elul, 5369.

— É só isso? — perguntou Skovajsa após uma longa pausa. — É só sobre um encontro?

— Em essência. — Knox fez cálculos rápidos no verso de um folheto. Loew morrera em 1609. Kelley o visitara dezoito anos antes. *Primavera de 1591.* Enfiou a mão no bolso, pegou o celular e olhou para o aparelho com ar decepcionado.

— Não há sinal aqui?

— Estamos no subsolo — respondeu Skovajsa, encolhendo-se e apontando para as grossas paredes. — E então? Acertei em lhe informar sobre a carta? — Lambeu os lábios na expectativa.

– Você agiu muito bem, Pavel. Ficarei com a carta. E com o livro. – Foram os únicos itens que Knox retirou da Biblioteca de Strahov.

– Ótimo. Achei que valeria o seu tempo porque mencionava a alquimia. – Pavel abriu um sorriso.

Foi lamentável o que aconteceu depois. Skovajsa tivera o azar de encontrar algo precioso para Knox, depois de procuras sem êxito por anos a fio. Com poucas palavras e um pequeno gesto Knox tratou de assegurar que Pavel nunca fosse capaz de partilhar o que vira com outra criatura. Por algumas razões sentimentais e éticas, Knox não o matou de imediato. Isso seria a atitude de um vampiro, como ele próprio atestou no último outono quando encontrou Gillian Chamberlain presa em sua porta no Randolph Hotel. Knox era um bruxo e simplesmente liberou um coágulo da coxa de Skovajsa e o fez subir até o cérebro do infeliz. Uma vez alojado ali, o coágulo causou um derrame. Skovajsa só seria encontrado algumas horas depois e a essa altura nada poderia ser feito.

Knox retornou ao carro alugado, com o grosso volume e a carta enfiados debaixo do braço. Já estava bem longe do complexo da Strahov quando parou num acostamento e pegou a carta com as mãos trêmulas.

Tudo o que a Congregação sabia a respeito do misterioso livro das origens – o Ashmole 782 – se baseava em fragmentos como aquele. Qualquer descoberta nova se somava dramaticamente ao conhecimento já possuído. E aquela carta encerrava em si algo mais que uma breve descrição e algumas pistas veladas de sua importância. Além de nomes e datas, a perturbadora revelação de que faltavam três folhas no livro que Diana Bishop encontrara em Oxford.

Knox se debruçou sobre a carta mais uma vez. Queria saber mais – queria espremer cada fragmento de informação potencialmente útil. E daquela vez algumas palavras e frases se realçavam: *sua linhagem danificada; o Pai que lhe deu a vida e o ar; seu criador*. Na primeira leitura Knox presumira que Loew estava se referindo a Deus. E na segunda leitura chegou a uma conclusão diferente. Ele pegou o celular e digitou um único número.

– *Oui*.

– Quem é Benjamin ben Gabriel? – perguntou.

Fez-se um silêncio absoluto por um breve instante.

– Alô, Peter – disse Gerbert de Aurillac. Knox fechou o punho livre perante a indiferença da resposta. Uma reação típica dos vampiros da Congregação. Falavam de honestidade e cooperação, mas tinham vivido muito e conhecido muito. E como todos os predadores nunca se mostravam dispostos a partilhar as presas.

– *Benjamin, lobo voraz*. Já sei que Benjamin ben Gabriel é um vampiro. Quem é ele?

– Ninguém de importância.

– Você sabe o que aconteceu em Praga em 1591? – perguntou Knox, com firmeza.

– Uma porção de coisas. Não pode esperar que recite cada evento para você, como um professor de história de escola primária.

Soou um tênue tremor na voz de Gerbert, uma sutileza que só alguém como Knox que o conhecia a fundo poderia perceber. Gerbert, o venerável vampiro que nunca perdia as palavras numa discussão, estava nervoso.

– Edward Kelley, assistente do dr. Dee, estava na cidade em 1591.

– Já passamos por isso antes. É verdade, a Congregação chegou a cogitar que talvez o Ashmole 782 tivesse estado na biblioteca de Dee. Acontece que me encontrei com Edward Kelley em Praga quando surgiram as primeiras suspeitas disso na primavera de 1586. O dr. Dee tinha um livro com muitas ilustrações. Mas não era o nosso. Desde então rastreamos cada item da biblioteca de Dee, apenas por segurança. Elias Ashmole não obteve os manuscritos de Dee e de Kelley.

– Você está errado. Kelley esteve com o livro em maio de 1591. – Knox fez uma pausa. – E o danificou. Faltavam três folhas no livro que Diana Bishop encontrou em Oxford.

– Peter, o que você sabe? – perguntou Gerbert em tom agudo.

– Gerbert, o que *você* sabe? – Knox não gostava do vampiro e mesmo assim fazia muitos anos que eram aliados. Ambos sabiam que uma mudança cataclísmica no mundo estava próxima. E no fim das contas haveria vencedores e perdedores. Nenhum dos dois tinha a menor intenção de estar do lado dos perdedores.

– Benjamin ben Gabriel é filho de Matthew Clairmont – disse Gerbert relutante.

– Filho dele? – repetiu Knox aturdido. Benjamin de Clermont era um ninguém na elaborada lista genealógica dos vampiros mantida pela Congregação.

– Sim. Mas Benjamin renegou a própria linhagem. Isso não é algo que um vampiro faz assim à toa porque quase sempre o resto da família o mata para manter os segredos. Acontece que Matthew proibiu aos De Clermont que acabassem com a vida do seu filho. E ninguém mais o viu desde que ele desapareceu em Jerusalém no século XIX.

O mundo de Knox virou de cabeça para baixo. Matthew Clairmont não poderia ter o Ashmole 782. Não se o livro guardasse a tradição mais acalentada pelas bruxas.

– Bem, teremos que encontrá-lo – disse Knox em tom sério. – Pois segundo esta carta, Edward Kelley rasgou as três folhas. E deu uma delas para o rabino Loew, que a passou para alguém chamado Abraão ben Elijah, de Chelm.

– Abraão ben Elijah era conhecido como um poderoso bruxo. Suas criaturas não conhecem a própria história?

– Nós sabemos que não devemos confiar nos vampiros. E sempre descartei esse preconceito como historieta, não como história, mas agora já não estou certo. – Knox fez uma pausa. – Loew sugeriu a Benjamin que pedisse ajuda ao pai. Eu sabia que o De Clermont estava escondendo alguma coisa. Precisamos encontrar Benjamin de Clermont e fazê-lo confessar o que ele e o pai sabem a respeito do Ashmole 782.

– Benjamin de Clermont é um jovem volúvel. Sofreu a mesma doença que afligiu Louisa, a irmã de Matthew. – Os vampiros chamavam essa doença de ira do sangue, e a Congregação se perguntava se não estava de alguma forma relacionada à nova doença que afligia os vampiros, uma doença que os impossibilitava de gerar novos vampiros e que acarretou tantas mortes de sangues-quentes ao tentar gerá-los. – Nós encontraremos as três folhas perdidas do Ashmole 782 sem a ajuda dele, se é que realmente existem. Será melhor assim.

– Não. É hora de os vampiros soltarem seus segredos. – Knox sabia que o sucesso ou o fracasso dos planos deles só dependia daquele ramo instável da árvore genealógica da família De Clermont. Olhou para a carta novamente. Loew deixara bem claro que queria que Benjamin remediasse não apenas o livro como também as relações que mantinha com a própria família. Talvez Matthew Clairmont soubesse mais sobre o livro do que todos os outros suspeitavam.

– Presumo que esteja querendo que uma viajante do tempo se desloque até a Praga de Rodolfo e saia no encalço de Edward Kelley – grunhiu Gerbert, sufocando um suspiro de impaciência. Os bruxos podiam ser muito impulsivos...

– Pelo contrário. Irei até Sept-Tours.

Gerbert bufou. Irromper em pleno castelo da família De Clermont era uma ideia ainda mais ridícula que viajar até o passado.

– Por mais tentador que possa parecer, isso não é nem um pouco sensato. Baldwin só faz vista grossa por conta da rixa que tem com Matthew. – Pelo que Gerbert se lembrava, o único erro estratégico de Philippe consistira em passar o controle dos Cavaleiros de Lázaro para Matthew e não para o filho mais velho, sobre o qual sempre se pensou ser o mais adequado para assumir a posição. – Além do mais, faz tempo que Benjamin não se considera um De Clermont... e certamente os De Clermont também não o consideram como um deles. Sept-Tours é o último lugar onde o encontraríamos.

– Pelo que sei, há séculos que Matthew de Clermont tem uma das folhas que faltam em sua posse. Incompleto, o livro não tem qualquer utilidade para nós. E já é hora daquele vampiro pagar pelos seus pecados... e pelos pecados da mãe e do pai também. – Ambos haviam sido responsáveis pela morte de milhares de bruxas e bruxos. Que os vampiros se preocupassem com Baldwin. Knox tinha a justiça ao lado dele.

– Não se esqueça dos pecados da amada dele – disse Gerbert em tom vicioso. – Perdi a minha Juliette. Diana Bishop tem uma dívida comigo por uma vida tomada de mim.

– Isso que dizer que posso contar com sua ajuda? – De qualquer forma, Knox estava pouco se lixando para isso. Antes que a semana terminasse lideraria um grupo de bruxas contra os De Clermont, com ou sem ajuda de Gerbert.

– Pode, sim – Gerbert acedeu relutante. – Você sabe que estão todos reunidos lá dentro. Bruxas. Vampiros. E até demônios. Inclusive se autodenominaram Conventículo. Marcus enviou uma mensagem aos vampiros, sugerindo que o acordo da Congregação deveria ser repelido.

– Mas isso significaria...

– O fim do nosso mundo – completou Gerbert a frase.

PARTE V

LONDRES: BLACKFRIARS

34

— Você me ludibriou!

Um sapato damasco avermelhado zuniu pelo ar. Matthew abaixou a cabeça para não ser atingido. O sapato passou rente à orelha dele, derrubou uma suntuosa esfera armilar da mesa e caiu no chão. Os aros que circundavam a esfera giraram em torno das órbitas fixas em impotente frustração.

– Eu queria Kelley, seu tolo. Em vez disso, tenho um embaixador do imperador a me relatar indiscrições pessoais intermináveis. Ainda não eram oito horas e o sol mal tinha nascido quando ele solicitou uma audiência comigo. – Elizabeth Tudor estava com dor de dente, o que só piorava o seu humor. Fez uma careta e sugou a bochecha para aliviar a dor do molar infeccionado. – E onde você estava? Se arrastando como uma lesma até aqui e não dando a mínima para o meu sofrimento?

Uma beldade de olhos azuis deu um passo à frente e estendeu um pano encharcado de óleo de cravo-da-índia para Sua Majestade. Com Matthew fervilhando ao meu lado, o odor de especiarias que impregnava a sala beirou o insuportável. Elizabeth pôs o pano entre a bochecha e a gengiva com todo cuidado, e a mulher se retirou com um vestido verde que farfalhava ao redor dos tornozelos. Isso era um sinal otimista naquele dia nublado de maio, como se isso apressasse a chegada do verão. Da sala do quarto andar da torre do Palácio de Greenwich tinha-se uma vista panorâmica do rio cinzento, da terra enlameada e do céu nublado da Inglaterra. Apesar das muitas janelas, a prateada luz da manhã não conseguia dissipar o clima pesado daquela sala resolutamente masculina e mobiliada ao antigo estilo Tudor. As iniciais gravadas no teto – um H e um A entrelaçados em alusão a Henrique VIII e Ana Bolena – indicavam que o ambiente fora decorado por volta do nascimento de Elizabeth e que desde então raramente era utilizado.

– Talvez devêssemos ouvir mestre Roydon antes que a senhora jogue o tinteiro – sugeriu William Cecil brandamente enquanto detinha o braço de Elizabeth, se bem que ela não largou o pesado objeto de metal.

– Nós temos notícias sobre Kelley – interferi na tentativa de ajudar.

— Não pedimos sua opinião, sra. Roydon — disse a rainha da Inglaterra em tom cortante. — Como muitas mulheres da minha corte, você está essencialmente sem governança e sem decoro. Se você deseja permanecer com seu marido em Greenwich, em vez de ser mandada de volta para o seu lugar em Woodstock, seria mais sensato tomar a sra. Throckmorton como modelo. Ela só fala quando é solicitada a falar.

A sra. Throckmorton olhou de relance para Walter que estava de pé e ao lado de Matthew. Nós o tínhamos encontrado na escada dos fundos dos aposentos privados da rainha e, embora Matthew tivesse achado desnecessário, Walter insistiu em nos acompanhar até a toca do leão.

Os lábios de Bess se comprimiram quando ela voltou a se entreter, mas seus olhos dançaram. O caso entre a atraente jovem e o arrojado pirata saturnino da rainha era evidente para todos, menos para Elizabeth. Cupido conseguira enredar *sir* Walter Raleigh, conforme Matthew previra. O homem estava profundamente obcecado.

Os lábios de Walter se descontraíram perante o olhar desafiador da amada, e o olhar de franca aprovação que lançou para ela era uma promessa de que abordariam o tema do decoro dela num lugar mais privado.

— Já que a senhora não necessita da presença de Diana, talvez permita que minha esposa volte para casa para descansar, como sugeri — disse Matthew em tom casual, se bem que com os olhos tão negros e irados quanto os da rainha. — Ela está viajando há semanas. — A barcaça real nos interceptara antes mesmo de pisarmos em Blackfriars.

— Descansar! Não tive uma só noite de sono desde que fiquei sabendo das suas aventuras em Praga. Ela vai descansar quando eu terminar minha conversa com você! — disse Elizabeth aos gritos, arremessando o tinteiro pelo mesmo caminho do sapato real. Ele veio em minha direção como um bólido, mas Matthew o agarrou no ar. Sem dizer nada, entregou-o para Raleigh que, por sua vez, o entregou para o criado que estava com o sapato da rainha na mão.

— Mestre Roydon seria muito mais difícil de substituir do que aquele brinquedo de astronomia, Majestade. — Cecil ergueu uma almofada bordada. — Talvez a senhora devesse considerar isto, caso precise de mais munição.

— Não ouse se dirigir a mim, lorde Burghley! — esbravejou a rainha. Voltou-se furiosa para Matthew. — Sebastian St. Clair nunca tratou o meu pai dessa maneira. Ele não ousaria provocar o leão Tudor.

Bess Throckmorton pestanejou de surpresa ao ouvir um nome desconhecido. Girou a cabeça dourada para Walter e para a rainha como uma delicada flor de dente-de-leão à procura do sol. Cecil tossiu por gentileza face à evidente confusão da jovem.

— Deixemos as reminiscências sobre o seu abençoado pai para outra hora, para quando pudermos nos devotar de maneira apropriada à memória dele. A senhora não tem perguntas a fazer para mestre Roydon? – O secretário da rainha olhou para Matthew de forma apologética. *Que tipo de diabo você preferiria?* Era o que a expressão dele parecia dizer.

— Você está certo, William. Não é da natureza dos leões se envolverem com camundongos e outras criaturas insignificantes.

O desdém da rainha contribuiu de algum modo para deixar Matthew do tamanho de um garotinho. Ela percebeu que ele já estava suficientemente constrangido – embora o tremor no músculo do maxilar me fizesse questionar o remorso dele – e se deu um instante para se recompor, apertando os braços da cadeira.

— Eu gostaria de saber como é que o Sombra consegue armar tanta confusão. – A voz dela soou lamuriosa. – O imperador tem muitos alquimistas. Não precisa de um dos meus.

Os ombros de Walter se descontraíram e Cecil suspirou de alívio. A rainha chamara Matthew pelo apelido e isso era sinal de que a raiva se abrandara.

— Edward Kelley não pode ser arrancado da corte do imperador como uma haste de capim, sejam lá quantas rosas cresçam naquele lugar – disse Matthew. – Rodolfo o tem em alta conta.

— Kelley então finalmente obteve êxito. Já *está* de posse da pedra filosofal – disse Elizabeth, inspirando uma golfada de ar. Apertou o lado do rosto quando o ar atingiu o dente inflamado.

— Não obteve êxito, não... e esse é o centro do problema. Enquanto Kelley mantiver a promessa de que produzirá a pedra, Rodolfo jamais o deixará partir. O imperador é fascinado por tudo que não pode ter e por isso age como um jovem inexperiente e não como um monarca maduro. Sua Majestade adora a caça. Isso enche os dias e ocupa os sonhos dele – disse Matthew, com ar impassível.

Às vezes eu ainda sentia o toque desagradável e os olhares lascivos de Rodolfo II, embora os campos encharcados e rios transbordantes da Europa nos deixassem em considerável distância dele. Senti um calafrio, mesmo com o calor de maio e o fogo ardendo na lareira.

— O novo embaixador francês me relatou em carta que Kelley conseguiu transformar cobre em ouro.

— Philippe de Mornay não é mais confiável que seu antigo embaixador... aquele que se bem me lembro tentou assassiná-la. – O tom de Matthew soou em perfeito equilíbrio entre a subserviência e a irritação. Elizabeth levou um tempo para reagir.

— Está me jogando uma isca, mestre Roydon?

— Nunca jogaria uma isca para um leão... nem mesmo para um filhote de leão – retrucou Matthew. Walter fechou os olhos, como se não aguentasse testemunhar a inevitável tragédia. – Eu teria muito medo de um encontro dessa natureza e não desejo macular a minha aparência por temer que a senhora não suporte mais me ver.

Fez-se um silêncio assombrado, finalmente quebrado por uma risada. Os olhos de Walter se abriram.

– Você teve o que mereceu, insinuando-se para uma jovem aia no instante em que ela costurava – disse Elizabeth, com um tom que soou muito mais como indulgência.

Balancei levemente a cabeça em negativa, certamente estava ouvindo coisas.

– Manterei isso em mente, Majestade, caso caia em cima de outra leoa com uma tesoura afiada.

Eu e Walter estávamos agora tão confusos quanto Bess. Apenas Matthew, Elizabeth e Cecil pareciam entender o que era dito... e o não dito.

– Mesmo assim, agiu como o meu Sombra. – Elizabeth olhou para Matthew de um modo que de novo a fez parecer uma mocinha e não uma mulher à beira dos sessenta. Pisquei os olhos e de novo lá estava a monarca envelhecida e cansada. – Deixem-nos.

– Vossa... Ma-Majestade? – gaguejou Bess.

– Desejo conversar privadamente com mestre Roydon. Presumo que ele não permitirá que sua esposa linguaruda fique fora de vista, de modo que ela também pode ficar. Espere-me na minha câmara privada, Walter. Leve Bess com você. Depois, nos juntaremos a todos.

– Mas... – protestou Bess. Parecia nervosa. Ficar ao lado da rainha era o trabalho dela, e sem o protocolo para guiá-la parecia perdida no meio do mar.

– É melhor a senhora me ajudar, sra. Throckmorton. – Cecil se afastou da rainha com dificuldade, amparado por uma pesada bengala. Cruzou com Matthew, olhando-o duramente. – Deixaremos mestre Roydon aqui pelo bem-estar de Sua Majestade.

A rainha fez sinal para que os criados se retirassem da sala, e ficamos apenas nós três.

– *Jesu* – disse Elizabeth com um gemido. – Minha cabeça parece uma maçã podre prestes a rachar. Não poderia ter escolhido uma hora mais oportuna para causar um incidente diplomático?

– Deixe-me examiná-la, senhora – disse Matthew.

– Mestre Roydon, acha mesmo que pode me dar a assistência que o meu próprio médico não pode? – retrucou a rainha, com esperança e cautela.

– Creio que posso poupá-la de um pouco de dor, se Deus quiser.

– Meu pai falou de você com saudade até a hora da morte. – As mãos de Elizabeth apertaram as pregas da saia. – Comparava-o a um tônico cujos benefícios ele não soube apreciar.

– Como assim? – Matthew não se preocupou em dissimular a curiosidade. Não era uma história que ouvira antes.

– Dizia que você conseguia acabar com o mau humor dele com uma rapidez que nenhum outro homem conhecido conseguia... embora você fosse difícil de engolir, como a maioria dos médicos. – Elizabeth sorriu em resposta à gargalhada de Matthew, e logo o sorriso vacilou. – Ele era um homem fantástico e terrível... e um tolo.

– Todos os homens são tolos, Majestade – disse Matthew de pronto.

– Não. Vamos falar francamente. Finja que não sou a rainha da Inglaterra e que você não é um *wearh*.

– Só se me deixar ver o seu dente, senhora – disse Matthew, cruzando os braços no peito.

– No passado, pedir para dividir intimidades comigo seria pedir indulgência, e você não estabeleceria condições para aceitar a minha proposta. – Elizabeth suspirou. – Estou perdendo mais do que apenas os dentes. Muito bem, mestre Roydon. – Ela abriu a boca obedientemente. Eu estava a certa distância e mesmo assim senti um cheiro de podre. Ele a segurou pela cabeça para enxergar o problema com mais nitidez.

– É um milagre que a senhora ainda tenha dentes – disse em tom firme. Elizabeth ruborizou de irritação e tentou replicar. – A senhora poderá gritar quando eu tiver acabado. E quando isso acontecer terá uma boa razão para esbravejar porque já terei confiscado as violetas cristalizadas e o vinho doce da senhora. Assim, não lhe restará nada de prejudicial para beber senão água de hortelã e nada para chupar senão cravo-da-índia para as gengivas. Suas gengivas estão seriamente infeccionadas.

Matthew passou o dedo ao longo dos dentes da rainha. Alguns estavam alarmantemente amolecidos. Elizabeth arregalou os olhos. Ele soltou um murmúrio de desagrado.

– Ainda que seja a rainha da Inglaterra, Lizzie, isso não lhe dá o conhecimento de medicina e cirurgia. É mais sensato procurar o aconselhamento de um cirurgião. Agora, fique quieta.

Enquanto tentava me recompor depois de ter ouvido o meu marido chamar a rainha da Inglaterra de "Lizzie", ele esfregava o dedo indicador num dente afiado para tirar uma gota de sangue. E depois se voltou para a boca de Elizabeth outra vez. Foi muito cuidadoso, mas a rainha gemeu e em seguida relaxou os ombros de alívio.

– Obrigada – murmurou.

– Não me agradeça ainda. Não haverá balinhas nem doces enquanto me tiver por perto. E receio que a dor retornará. – Ele puxou os dedos e ela passou a língua na boca para ver como se sentia.

— Está bem, mas por ora passou – disse Elizabeth agradecida, apontando para as cadeiras mais próximas. – Temo que seja hora de acertarmos as contas. Sentem-se e falem sobre Praga.

Eu tinha passado algumas semanas na corte do imperador e sabia que um convite para sentar-se na presença de um regente era um privilégio extraordinário, mas me senti duplamente agradecida por poder fazer isso naquele momento. A viagem exacerbara a fadiga normal das primeiras semanas de gravidez. Matthew puxou uma cadeira para mim e me sentei. Pressionei-me de costas nas saliências dos entalhes do encosto, massageando as juntas doloridas. Ele automaticamente levou a mão nesse mesmo ponto do meu corpo e fez uma massagem para aliviar a minha dor. A rainha pareceu assolada por uma onda de inveja.

— Também está com dor, sra. Roydon? – perguntou ela em tom solícito. Mostrou muita gentileza. Se fosse Rodolfo a tratar um cortesão assim, era quase certo que algo sinistro estivesse a caminho.

— Sim, Majestade. Infelizmente, a água de hortelã não me será útil – respondi desolada.

— E não amenizará as penas arrepiadas do imperador. O embaixador de Rodolfo me contou que a senhora roubou um dos livros dele.

— Que livro? – perguntou Matthew. – Rodolfo tem tantos livros. – A encenação soou oca porque geralmente os vampiros só conseguiam aparentar inocência por pouco tempo.

— Isso não é um jogo, Sebastian – disse a rainha em voz baixa, confirmando a minha suspeita de que Matthew assumira o nome de Sebastian St. Clair quando integrara a corte de Henrique.

— Você sempre joga – retrucou ele. – E nisso não é diferente nem do imperador nem de Henrique da França.

— A sra. Throckmorton me contou que você e Walter têm trocado versos sobre a inconstância do poder. Mas não me coloque entre esses vãos potentados que não servem para nada a não ser para escarnecer e ridicularizar. Fui educada por mestres severos – rebateu a rainha. – Todos à minha volta... mãe, tias, madrastas, tios e primos... já morreram. E eu sobrevivi. Portanto, trate de não mentir para mim. Pergunto-lhe mais uma vez, onde está o livro?

— Não está conosco – respondi.

Matthew olhou aturdido para mim.

— O livro não está conosco. Neste momento. – Sem dúvida alguma já estaria em completa segurança nos arquivos de Matthew no sótão de Hart and Crown. Eu o entregara embrulhado numa sedosa peça de couro para Gallowglass tão logo a barcaça real começou a nos seguir ao longo do Tâmisa.

– Ora, ora. – A boca de Elizabeth se abriu ligeiramente, deixando os dentes enegrecidos à vista. – Você me surpreende. E pelo visto também o seu marido.

– Não sou nada senão surpresas, Majestade. Pelo menos é o que dizem. – Tomei o cuidado de dirigir-me a rainha com formalidade, embora Matthew a tivesse chamado de Lizzie e ela o tivesse chamado de Sebastian.

– Sendo assim, o imperador deve estar tomado pela ilusão. Qual é a sua explicação para o caso?

– Não há nada de extraordinário no caso – disse Matthew, bufando. – Receio que a loucura que afligiu a família de Rodolfo esteja agora afligindo a ele próprio. Matthias, o irmão dele, planeja destroná-lo e assumir o poder, já que o imperador não consegue mais reinar.

– Não é de estranhar que o imperador esteja ávido por manter Kelley. Se conseguir a cura com a pedra filosofal, isso tornará discutível a questão do sucessor. – A expressão da rainha se tornou azeda. – Ele vai viver para sempre, obviamente.

– Vamos com calma, Lizzie. Você sabe melhor do que ninguém que Kelley não é capaz de fazer a pedra. Não poderá salvar nem a você nem a ninguém. Até mesmo imperadores e rainhas têm que morrer um dia.

– Nós somos amigos, Sebastian, mas não se esqueça de si mesmo. – Os olhos de Elizabeth brilharam.

– Eu lhe disse a verdade quando você tinha sete anos e me perguntou se o seu pai planejava matar a nova esposa dele. Fui sincero com você naquela ocasião e continuo sendo agora, por mais que isso a enfureça. Nada trará a sua juventude de volta, Lizzie, e muito menos aqueles que você perdeu – disse Matthew em tom implacável.

– Nada? – Elizabeth o observou com acuro. – Não vejo rugas nem cabelos brancos em você. Sua aparência está exatamente igual à de cinquenta anos atrás quando lhe mostrei a minha tesoura na corte de Hampton.

– Se isso é um pedido para torná-la *wearh* com o meu sangue, minha resposta é não. O acordo proíbe interferências na política humana... e isso certamente inclui alterar a sucessão inglesa e colocar uma criatura no trono. – A expressão de Matthew era de interdição.

– E seria essa a sua resposta se Rodolfo fizesse o mesmo pedido? – perguntou Elizabeth, com os olhos negros faiscando.

– Sim. Isso só levaria ao caos... e a coisas piores. – A perspectiva era assustadora. – Seu reino está seguro – garantiu ele. – O imperador está agindo como uma criança mimada cuja vontade não foi satisfeita. É isso.

– Mesmo assim, o tio dele, Filipe da Espanha, está construindo navios. Ele planeja outra invasão!

– E isso não vai dar em nada – afirmou Matthew.

– Você parece bastante seguro.

– E estou.

Leoa e lobo se entreolharam por cima da mesa. Até que Elizabeth se deu por satisfeita e desviou os olhos, suspirando.

– Tudo bem. Você não está com o livro do imperador e eu não estou nem com Kelley nem com a pedra. Precisamos aprender a conviver com a decepção. Mas preciso oferecer alguma coisa que adoce o humor do embaixador.

– Que tal isso? – Tirei a bolsa de dentro do esconderijo nas saias. Na bolsa não estavam o Ashmole 782 e o anel que se encontrava em meu dedo, mas estavam os meus tesouros mais prezados: os cordões de seda que ganhara de Goody Alsop para tecer os meus primeiros feitiços, um seixo brilhante que Jack apanhara na areia de Elbe pensando que era uma joia, um fragmento da preciosa pedra bezoar que Susanna utilizaria em seus preparados medicinais e as salamandras de Matthew. E ainda o colar horroroso do qual pendia um dragão moribundo com que o sacro imperador romano me presenteara. Coloquei o último item em cima da mesa, entre mim e a rainha.

– Para uma rainha isso é mera bugiganga, e não está à altura da esposa de um cavalheiro. – Elizabeth estendeu a mão para tocar no dragão cintilante. – O que Rodolfo queria em troca desse presente?

– Matthew disse tudo, Majestade. O imperador cobiça aquilo que não pode ter. Achou que poderia ganhar a minha atenção. Isso não aconteceu. – Balancei a cabeça em negativa.

– Talvez Rodolfo não suporte a ideia de que fiquem sabendo que deixou escapar algo que lhe é tão valioso – disse Matthew.

– Você quer dizer a sua esposa ou essa joia?

– Minha esposa. – Ele foi taxativo.

– Em todo caso, a joia pode ser útil. Talvez a vontade dele tenha sido a de dar o colar para mim – ponderou Elizabeth –, e você se encarregou de trazê-la em segurança para cá.

– Até porque o alemão de Diana não é muito bom – assentiu Matthew, com um sorriso irônico. – Talvez Rodolfo tenha colocado o colar nos ombros dela só para ver como ficaria em você.

– Ora, tenho cá minhas dúvidas – disse Elizabeth secamente.

– Se o imperador pretendia dar este colar à rainha da Inglaterra, teria feito isso numa cerimônia mais apropriada. Se dermos ao embaixador o crédito que lhe é devido... – sugeri.

– Essa é uma boa solução. Não vai satisfazer a ninguém, é claro, mas os meus cortesãos terão alguma coisa para comentar até que surja uma nova curiosidade. – Elizabeth tamborilou na mesa, pensativamente. – Mas ainda há o problema desse livro.

– Acreditaria em mim se lhe dissesse que ele não é importante? – perguntou Matthew.

Elizabeth balançou a cabeça.

– Não.

– Achei que não. E se fosse o contrário... e se o futuro dependesse desse livro? – disse Matthew.

– Isso é ainda mais absurdo. Mas como não tenho o menor desejo de que Rodolfo ou qualquer outro da família dele mantenha o futuro nas mãos, deixarei para você a decisão de entregá-lo... caso volte às suas mãos, é claro.

– Muito obrigada, Majestade. – Fiquei aliviada quando o problema foi solucionado relativamente com poucas mentiras.

– Não faço isso por você. – Elizabeth fez questão de frisar. – Venha, Sebastian. Coloque a joia no meu pescoço. E depois volte a ser mestre Roydon porque daremos um espetáculo de gratidão na sala de estar para surpreender todos eles.

Matthew fez o que a rainha pediu e deixou as mãos mais tempo do que o necessário nos ombros dela.

Elizabeth deu uma palmadinha na mão dele.

– Minha peruca está direita? – perguntou-me enquanto se levantava.

– Sim, Majestade. – Na verdade, ficara um pouco torta depois que Matthew colocara o colar.

Já de pé, Elizabeth ajeitou a peruca.

– Ensine a sua esposa a mentir de um modo convincente, mestre Roydon. Terá que ser mais escolada nas artes do engodo ou não sobreviverá muito tempo na corte.

– O mundo precisa muito mais de honestidade do que de outra cortesã – comentou ele, segurando-a pelo cotovelo. – Diana continuará sendo o que é.

– Um marido que valoriza a honestidade da própria esposa. – Elizabeth balançou a cabeça em negativa. – Isso é a maior evidência já vista de que o mundo está chegando ao fim, exatamente como previu o dr. Dee.

Fez-se silêncio quando a rainha surgiu à soleira da porta do seu aposento privado ao lado de Matthew. O lugar estava lotado e a rainha olhou desconfiada para um jovem que, pela aparência de estudante, presumi ser um embaixador imperial, e depois olhou para William Cecil e olhou de volta para o jovem. Matthew soltou a mão da rainha que permaneceu com o braço dobrado. As asas do meu dragão de fogo bateram alarmadas dentro do meu peito.

Levei a mão ao diafragma para respirar melhor. *Aqui estão os verdadeiros dragões*, alertei a mim mesma silenciosamente.

– Agradeço ao imperador pelo presente dele, Sua Excelência – disse Elizabeth enquanto caminhava com a mão estendida para ser beijada em direção ao adolescente. O jovem olhou para ela sem entender nada. – *Gratias tibi ago*.

– Eles estão cada vez mais jovens – murmurou Matthew, puxando-me para perto dele.

– É o que costumo dizer sobre os meus alunos – sussurrei de volta. – Quem é ele?

– Vilém Slavata. Você deve ter visto o pai dele em Praga.

Enquanto observava o jovem Vilém, eu tentava imaginar a aparência que ele teria vinte anos depois.

– O pai dele era aquele gordo com uma covinha no queixo?

– Um deles. Você descreveu a maioria dos oficiais de Rodolfo. – Matthew esclareceu quando o olhei exasperada.

– Pare de cochichar, mestre Roydon! – Elizabeth lançou um olhar fulminante para o meu marido, que por sua vez fez uma reverência apologética. Sua Majestade acrescentou em latim. – *Decet eum qui dat, non meminisse beneficii: eum vero, qui accipit, intueri non tam munus quam dantis animum.* – Isso era um teste linguístico da rainha da Inglaterra para ver se o embaixador era digno dela.

Slavata empalideceu. O pobre rapaz estava prestes a desabar.

Cabe a ele que dá não relembrar o favor: cabe a ela que recebe não olhar apenas o presente, mas também a alma do doador. Tossi para dissimular o sorriso por ter acertado a tradução.

– Vossa Majestade? – gaguejou Vilém, com um sotaque inglês acentuado.

– O presente. Do imperador. – Elizabeth apontou de maneira imperial para o colar de argolas esmaltadas arranjado em seus ombros magros. O dragão pendia no colo de Sua Majestade muito mais do que pendera no meu. Ela suspirou com exagerada exasperação. – Traduza o que acabei de falar, mestre Roydon. Não tenho paciência para aulas de latim. O imperador não educa os servos dele?

– Sua Excelência conhece o latim, Majestade. O embaixador Slavata frequentou a universidade em Wittenberg e estudou direito na Basileia, se não me falha a memória. Não é a língua que o está confundindo e sim a mensagem da senhora.

– Sendo assim, seremos bem claros de modo que ele... e o mestre dele... possam recebê-la. E não por minha causa. Prossiga – disse Elizabeth, com ar sombrio.

Matthew fez um meneio de ombros e repetiu a mensagem de Sua Majestade na língua natal de Slavata.

– Eu entendi o que ela disse – retrucou o jovem Slavata atordoado. – Mas o que ela quis dizer?

– Você está confuso. – Matthew continuou amistosamente em tcheco. – Isso é comum entre os novos embaixadores. Não se preocupe com isso. Diga à rainha que Rodolfo se sentiu muito feliz por lhe ter presenteado com a joia. E depois poderemos jantar.

– O senhor diria isso a ela por mim? – Slavata estava completamente fora de si.

— Espero que o senhor não tenha causado outro mal-entendido entre mim e o imperador Rodolfo, mestre Roydon – disse Elizabeth, visivelmente irritada porque o tcheco não estava entre as sete línguas que dominava.

— Sua Excelência disse que o imperador deseja saúde e felicidade para Vossa Majestade. E o embaixador Slavata está muito feliz porque o colar está em suas mãos e não perdido como ele temia. – Matthew olhou para a ama dele, com ar generoso. Ela esboçou dizer alguma coisa, mas fechou a boca e olhou fixamente para ele. Slavata ainda estava ávido para entender e quis saber como Matthew silenciara a rainha da Inglaterra. Fez um gesto para encorajar Matthew a traduzir, mas Cecil o pegou pela mão.

— Notícias instigantes, Excelência. Acho que o senhor já teve lições suficientes para um dia. Venha jantar comigo – disse Cecil, encaminhando o jovem embaixador para uma mesa próxima. A rainha agora blindada pelo seu espião e seu conselheiro-chefe pigarreou e subiu ao tablado, ajudada por Bess Throckmorton e Raleigh.

— E o que acontece agora? – sussurrei. Era o final do espetáculo e os ocupantes da sala demonstravam sinais de inquietação.

— Ainda preciso dizer algo, mestre Roydon. – Elizabeth chamou por ele enquanto as almofadas eram arrumadas para o bem-estar dela. – Não vai demorar muito.

— Pierre já está na porta ao lado da sala para lhe mostrar o meu aposento, onde há uma cama e você poderá descansar tranquilamente. Procure descansar até que Sua Majestade me libere. Não vou demorar. Ela só quer um relato completo sobre Kelley. – Matthew levou a minha mão aos lábios e beijou-a com formalidade.

Por conhecer a paixão de Elizabeth pelos servos masculinos, presumi que a reunião poderia se prolongar por horas a fio.

Fiquei atordoada, ainda que estivesse preparada para um clamor naquele aposento. Cortesãos sem importância suficiente para dispor de um jantar em aposento privado esbarravam em mim na ânsia para se servir antes que acabasse a refeição. Fiquei com o estômago revirado quando o cheiro da carne assada de veado chegou ao meu nariz. Não gostava dessa carne e o bebê também parecia não gostar.

Pierre e Annie estavam próximos à parede, junto aos outros criados. Ambos se mostraram aliviados quando me viram.

— Onde está milorde? – perguntou Pierre, tirando-me do meio da confusão de corpos.

— Esperando pela rainha – respondi. – Estou muito cansada para continuar em pé... ou para comer. Pode me levar ao aposento de Matthew?

Pierre olhou com preocupação para a entrada da câmara privada.

— É claro.

– Conheço o caminho, sra. Roydon – disse Annie. Recém-chegada de Praga e muito à vontade na segunda visita que fazia à corte de Elizabeth, ela estampava uma indiferença estudada.

– Mostrei o aposento de milorde para ela quando levaram vocês para ver Sua Majestade. – Pierre me assegurou. – Fica lá embaixo, debaixo dos aposentos que antes eram ocupados pela esposa do rei.

– E que agora são ocupados pelos favoritos da rainha, suponho – retruquei entre dentes. Claro que era lá que Walter estaria dormindo... ou não, dependendo da ocasião. – Pierre, espere aqui por Matthew. Acharei o caminho com Annie.

– Muito obrigado, madame. – Pierre me olhou agradecido. – Não gosto de deixá-lo muito tempo a sós com a rainha.

A equipe pessoal da rainha jantava no não menos luxuoso aposento da guarda. Eles nos olharam curiosos quando nós duas passamos.

– Talvez haja um caminho mais direto – eu disse, mordendo o lábio e olhando para uma longa escadaria. O Salão Nobre devia estar ainda mais lotado.

– Lamento, senhora, mas não há – disse Annie em tom apologético.

– Só nos resta então enfrentar a turba – comentei, suspirando.

O Salão Nobre estava apinhado de gente desejosa da atenção da rainha. Uma onda de excitação saudou a minha aparição depois que saí dos aposentos reais, seguida de murmúrios decepcionados quando se deram conta de que eu não era importante. Já estava acostumada a ser o centro das atenções desde a visita à corte de Rodolfo, mas não foi nada confortável sentir o olhar pesado dos humanos, as cotoveladas de alguns poucos demônios e o olhar formigante de uma bruxa solitária. Contudo, girei os olhos assustada quando senti o olhar frio de um vampiro às minhas costas.

– Senhora? – disse Annie.

Esquadrinhei a multidão com os olhos, mas não consegui localizar a fonte.

– Não é nada, Annie – murmurei incomodada. – É minha imaginação me pregando peças.

– A senhora precisa descansar – disse ela, com o tom incisivo de Susanna.

Mas nenhum descanso me aguardava no espaçoso aposento de Matthew no térreo. Ficava de frente para os jardins privados da rainha. Não pude descansar porque lá estava o principal dramaturgo da Inglaterra. Pedi para que Annie tirasse Jack de eventuais confusões em que pudesse estar metido e me empertiguei para encarar Christopher Marlowe.

– Olá, Kit – eu disse. O demônio me olhou da escrivaninha de Matthew, com páginas e páginas de versos espalhadas ao redor. – Tudo bem?

– Walter e Henry estão jantando com a rainha. Por que a senhora não está com eles? – Kit estava pálido e magro, e parecia distraído. Levantou-se e começou a recolher os papéis, olhando ansiosamente para a porta, como se na expectativa de que alguém entrasse e nos interrompesse.

– Estou muito cansada. – Bocejei. – Mas você não precisa sair. Fique e espere por Matthew. Ele ficará feliz ao vê-lo aqui. O que está escrevendo?

– Um poema. – Kit sentou-se depois da resposta lacônica. Alguma coisa estava errada. O demônio estava realmente nervoso.

A tapeçaria na parede exibia uma jovem de cabelos dourados que olhava de uma torre com vista para o mar. Segurava uma lanterna e olhava ao longe. *Isso explica.*

– Está escrevendo sobre Hero e Leandro. – Preferi afirmar a perguntar. Talvez Kit estivesse esperando Matthew e trabalhando em algum poema épico de amor desde janeiro quando embarcamos de Gravesend. Ele não respondeu.

Após alguns minutos, recitei os versos relevantes.

"Alguns juravam que era uma jovem em trajes masculinos,
Cuja aparência era objeto de desejo daqueles homens,
Um agradável rosto sorridente, um olhar que falava,
Semblante para o Amor do banquete real,
E como se soubesse que era um homem, podia-se dizer,
Leandro, foste feito para o jogo do amor:
Por que arte não amas e amado és por todos?"

Kit explodiu na cadeira.

– Que ardil de bruxa é esse? Sabe o que estou fazendo e exatamente enquanto faço.

– Não se trata de ardil, Kit. Quem melhor do que eu poderia entender como você se sente? – eu disse, com muito tato.

Kit pareceu recuperar o controle, mas ainda estava com as mãos trêmulas quando se levantou.

– Eu preciso ir. Preciso encontrar alguém na arena de justas. Fala-se de um desfile especial no próximo mês, antes da partida da rainha para as viagens de veraneio. Solicitaram a minha ajuda. – Todo ano Elizabeth percorria o país com uma caravana de carruagens de servos e cortesãos, deixando para trás nobres, dívidas astronômicas e despensas vazias.

– Falarei para Matthew que você esteve aqui. Gostará de vê-lo.

Os olhos de Marlowe cintilaram.

– Talvez aprecie vir comigo, sra. Roydon. O dia está ótimo e a senhora ainda não viu Greenwich.

– Muito obrigada, Kit. – Fiquei intrigada com a mudança de humor repentina, mas antes de tudo ele era um demônio. E fantasiava a respeito de Matthew. Eu queria descansar e a abertura de Kit era empolada, mas fiz um esforço em nome da harmonia. – É longe daqui? A viagem me deixou um pouco cansada.

– Não muito longe. – Ele fez uma reverência. – Primeiro a senhora.

A arena de justas de Greenwich era como um grande estádio, com áreas cercadas de cordas para os atletas, camarotes para os espectadores e equipamentos dispersos. Dois conjuntos de barricadas se estendiam do centro de uma superfície compactada.

– É aqui que ocorrem os combates? – Imaginei o som dos cascos dos cavalos a bater na terra enquanto os cavaleiros se confrontavam, com lanças e escudos posicionados de modo que pudessem atacar o oponente e derrubá-lo do cavalo.

– Sim. Quer ver mais de perto? – perguntou Kit.

O lugar estava deserto. Lanças amontoadas aqui e ali pelo chão. Um eixo vertical com um braço comprido me pareceu alarmantemente igual a uma forca. Mas não tinha um corpo dependurado na extremidade e sim um saco. Um saco perfurado de onde vertia um fino veio de areia.

– Um estafermo – explicou Marlowe, apontando para o dispositivo. – Os cavaleiros treinam os golpes no saco de areia. – Esticou a mão e empurrou o braço do dispositivo para mostrá-lo. O estafermo girou e deixou um alvo em movimento, onde os cavaleiros aprimoravam as suas habilidades. Ele esquadrinhou o estádio com os olhos.

– Está procurando o homem com quem deve se encontrar? – Olhei em volta também. Mas a única pessoa que estava lá era uma mulher alta de cabelos pretos, com um suntuoso vestido vermelho. Estava bem distante e sem dúvida à espera de um encontro romântico antes do jantar.

– Já viu o outro estafermo? – Kit apontou para a direção oposta, onde um manequim de palha e de serapilheira bruta estava amarrado ao mastro. Também parecia uma peça de execução e não um equipamento esportivo.

Senti um olhar gelado em cima de mim. Não tive tempo de me virar porque um vampiro me pegou com braços que mais pareciam de ferro que de carne. Mas não eram os braços de Matthew.

– Ela é mais apetitosa do que eu esperava – disse uma mulher, com um hálito gelado serpenteando em torno da minha garganta.

Rosas. Civeta. Registrei os aromas e tentei lembrar onde sentira essa combinação antes.

Sept-Tours. Quarto de Louisa de Clermont.

– Ela tem alguma coisa no sangue irresistível para os *wearhs* – comentou Kit, com rudeza. – Não faço ideia do que seja, mas acho que até o padre Hubbard está no encalço dela.

Dentes afiados roçaram no meu pescoço, sem perfurar a pele.

– Será divertido brincar com ela.

– Nosso plano era matá-la – disse Kit. Estava ainda mais nervoso e inquieto depois que Louisa apareceu. Continuei em silêncio enquanto tentava atinar qual era o jogo deles. – Depois, tudo voltará a ser como antes.

– Paciência. – Louisa sorveu o meu cheiro. – Consegue sentir o cheiro de medo que está saindo dela? Isso sempre desperta o meu apetite.

Kit chegou mais perto fascinado.

– Você está muito pálido, Christopher. Precisa de mais remédio? – Louisa trocou de posição a fim de alcançar o próprio bolso. Estendeu uma pegajosa pastilha marrom para Kit. Ele pegou a pastilha com avidez e enfiou na boca. – São milagrosas, não são? Os sangues-quentes alemães as chamam de "Pedras da Imortalidade". Sabe-se lá por que os ingredientes fazem os coitados se sentirem divinos. Isso vai fazer você se sentir forte novamente.

– Foi essa bruxa que me enfraqueceu e também enfraqueceu o seu irmão. – Kit já estava com os olhos vítreos e exalava um hálito doce e enjoativo. *Opiáceos.* Não era de estranhar que estivesse agindo de um modo estranho.

– Isso é verdade, bruxa? Kit me disse que você amarrou o meu irmão contra a vontade dele. – Louisa me fez girar. Seu rosto lindo encarnava cada pesadelo dos sangues-quentes sobre as vampiras: pele desbotada de porcelana, cabelos pretos e olhos pretos a essa altura embaçados pelo ópio, assim como os de Kit. Seu corpo rolava de maldade e seus lábios rubros e perfeitos além de sensuais também eram cruéis. Claro que era uma criatura que gostava de caçar e matar sem um pingo de remorso.

– Não amarrei o seu irmão. Eu o escolhi... e ele me escolheu, Louisa.

– Você sabe quem sou eu? – As sobrancelhas negras de Louisa se arquearam.

– Matthew não esconde segredos de mim. Somos parceiros. Marido e mulher, também. Seu pai realizou nosso casamento. – *Muito obrigada, Philippe.*

– Mentirosa! – disse Louisa aos gritos. Suas pupilas engolfavam a íris à medida que ela perdia o controle. Não era só com a droga que eu teria que lidar, mas também com a ira do sangue.

– Não acredite em nada que ela disser – disse Kit. Tirou uma adaga do gibão e me pegou pelo cabelo. Gritei de dor quando puxou a minha cabeça para trás. Fez uma órbita em torno do meu olho direito com a adaga. – Arrancarei os olhos dela para que não possa mais fazer encantamentos ou prever o meu destino. Ela conhece a minha morte. Tenho certeza disso. Sem a visão de bruxa perderá qualquer domínio sobre nós... e sobre Matthew.

– A bruxa não merece uma morte tão rápida – disse Louisa em tom gelado.

Kit pressionou a ponta da adaga na carne abaixo do osso da minha sobrancelha, e uma gota de sangue rolou pela minha face.

– Não era esse o nosso trato, Louisa. Preciso tirar os olhos da bruxa para quebrar o feitiço dela. E depois a quero morta para sempre. Matthew não se esquecerá dela enquanto estiver viva.

– Shh, Christopher. Esqueceu que te amo? Que somos aliados? – Louisa o beijou com intensidade. Roçou a boca ao longo do maxilar de Kit e desceu até uma veia onde pulsava o sangue dele. Percorreu a pele dele com os lábios e o movimento se acompanhou de uma nódoa de sangue. Ele respirou trêmulo e fechou os olhos.

Louisa sugou avidamente o sangue do pescoço do demônio. Ela fez isso ao mesmo tempo em que nos enroscava estreitamente em seus poderosos braços de vampira. Eu tentei me soltar do abraço espremido, mas ela me apertou ainda mais enquanto cravava os dentes e os lábios em Kit.

– Doce Christopher – murmurou e lambeu os lábios quando acabou de sorver o sangue. A marca no pescoço de Kit era suave e prateada, exatamente como a cicatriz no meu seio. Ela já devia ter se alimentado dele. – Sinto a imortalidade em seu sangue e vejo as palavras maravilhosas que dançam em sua mente. Matthew é um tolo em não querer partilhá-las com você.

– Ele só quer a bruxa. – Kit tocou no próprio pescoço, imaginando que tinha sido Matthew e não Louisa que bebera das suas veias. – Eu quero essa bruxa morta.

– Igualzinho a mim. – Louisa voltou os olhos negros para mim. – Então, vamos competir por ela. Quem vencer fará o que quiser com ela para castigá-la pelo que fez com o meu irmão. Concorda comigo, meu garoto querido?

Os dois pareciam pipas de tão altos que estavam depois que Louisa acabou de partilhar o sangue empanturrado de ópio de Kit. Entrei em pânico, mas logo me lembrei das palavras de Philippe em Sept-Tours.

Pense. Continue viva.

E depois me lembrei do meu bebê e entrei em pânico novamente. Não faria nada que arriscasse a vida do nosso filho.

Kit balançou a cabeça.

– Farei qualquer coisa para recuperar a atenção de Matthew.

– Eu sabia. – Louisa sorriu e de novo o beijou com intensidade.

– Que tal se escolhêssemos nossas cores?

35

– Você está cometendo um terrível engano, Louisa. – Avisei enquanto lutava para me soltar. Ela e Kit tinham me amarrado no lugar do manequim de palha no mastro. E depois Kit me vendara os olhos com uma faixa de seda azul escura tirada da ponta de uma das lanças para me impedir de encantá-los com meu olhar. Ambos estavam próximos a mim e discutiam sobre quem ficaria com a lança preta e prateada e quem ficaria com a verde e dourada.

– Matthew está lá com a rainha. Poderá explicar tudo para você. – Tentei manter a voz firme, mas as palavras trepidaram. Matthew comentara que tinha uma irmã na moderna Oxford enquanto tomávamos chá frente à lareira da Velha Cabana. Era tão terrível quanto bonita.

– Como se atreve a falar o nome dele? – Kit ficou transtornado de raiva.

– Não fale de novo, bruxa, ou deixarei Christopher arrancar a sua língua. – A voz de Louisa soou envenenada, e não precisei ver os olhos dela para saber que a papoula e a ira do sangue não eram uma boa mistura. A ponta do diamante de Ysabeau raspou no meu rosto e deixou um pequeno risco de sangue. Louisa quebrara o meu dedo para tirar o anel e usá-lo.

– Sou esposa de Matthew, sou companheira de Matthew. Como acha que ele vai reagir quando descobrir o que você fez?

– Você é um monstro... uma fera. Se eu vencer a disputa, extirparei sua falsa humanidade e deixarei suas mentiras internas expostas. – As palavras de Louisa escorreram pelos meus ouvidos como veneno. – Assim que fizer isso, Matthew verá quem você realmente é e poderá compartilhar nosso prazer pela sua morte.

As palavras que ambos diziam feneceram subitamente ao longe e não pude mais distinguir onde estavam ou de que direção eles poderiam retornar. Eu estava absolutamente sozinha.

Pense. Continue viva.

Alguma coisa voou dentro do meu peito. E não era o pânico. Era o meu dragão de fogo. Eu não estava mais sozinha. Eu era uma bruxa. Eu não precisava de olhos para enxergar o mundo ao redor.

O que você vê?, perguntei para a terra e para o ar.

Foi meu dragão de fogo que respondeu. Emitiu uma sequência de pios e outros sons enquanto remexia as asas entre o meu umbigo e os meus pulmões e avaliava a situação.

Onde eles estão?, perguntei para mim mesma.

Meu terceiro olho se abriu por inteiro, deixando à vista as brilhantes cores do final de primavera em toda a sua glória de azuis e verdes. Um fio verde-escuro se enroscou em um fio branco e se embaraçou em algo negro e sombrio. Segui o emaranhado de fios até Louisa, que se preparava para montar num cavalo irrequieto que tentava se esquivar. Recebeu uma mordida do pescoço da vampira que o deixou paralisado, mas não menos aterrorizado.

Em seguida acompanhei um outro conjunto de fios vermelhos e brancos, na esperança de que pudessem me levar até Matthew. Mas em vez disso entrevi um desconcertante rodopio de formas e cores. Caí... ao longe, bem longe, e aterrissei em cima de um travesseiro gelado. *Neve.* Puxei o ar invernal para dentro dos pulmões. Já não estava mais amarrada a uma estaca no final de uma tarde de maio em pleno Palácio de Greenwich. Eu tinha uns quatro ou cinco anos de idade e estava deitada de barriga para cima no pequeno quintal atrás da nossa casa em Cambridge.

E então lembrei.

Eu brincava com meu pai após uma forte nevasca. Minhas luvinhas de lã vermelha se agitavam contra a neve. Fingíamos que éramos anjos e movíamos os braços e as pernas para cima e para baixo. Aquelas asas brancas que se tornavam rosadas à medida que eu mexia os braços com mais rapidez me deixavam fascinada.

– São como as asas de fogo de um dragão – sussurrei para papai. Ele parou os braços.

– Quantas vezes você viu um dragão, Diana? – A voz dele estava séria. Eu conhecia a diferença entre aquela voz e a outra voz dele de brincalhão. Isso significava que ele queria uma resposta... e uma resposta verdadeira.

– Um monte de vezes. A maior parte à noite. – Meus braços se agitaram ainda mais e a neve mudou de cor por cima deles e brilhou em tons de verde e ouro, de vermelho e preto e de prateado e azulado.

– E onde o dragão aparece? – sussurrou ele, olhando para os montículos de neve. A neve amontoava-se à minha volta, arfando e retumbando como se estivesse viva. Um dos montículos cresceu e se esticou até formar a cabeça esguia de um dragão. Logo o montículo se expandiu em um par de asas. O dragão sacudiu os flocos de neve das suas brancas escamas. Girou o corpo e olhou para papai, que murmurou alguma coisa e deu uma palmadinha no focinho do dragão como se os dois já se conhecessem. O dragão soltou uma baforada de ar quente no ar gelado.

– Ela quase sempre está dentro de mim... aqui. – Sentei-me para mostrar onde. Apontei para os ossos curvos das minhas costelas com as mãos enluvadas. As costelas estavam quentes debaixo da pele, debaixo do meu casaco, debaixo das minhas luvinhas de tricô. – Mas tenho que deixá-la sair quando ela quer voar. Não tem muito espaço dentro de mim para ela.

Um par de asas pousou na neve atrás de mim.

– Você deixou suas asas para trás – disse papai sério.

O dragão serpenteou pelo montículo de neve afora. Ela piscou os olhos negros e prateados quando alçou voo e desapareceu por cima de uma macieira, tornando-se cada vez mais substancial a cada batida das asas. Minhas asas começaram a desaparecer atrás de mim.

– O dragão não quis me levar. Ela nunca fica muito tempo por perto – disse, suspirando. – Por quê, papai?

– Talvez porque precise ir para outro lugar.

Considerei a possibilidade.

– Como quando o senhor e mamãe vão pra escola? – Era desconcertante pensar que os pais iam para a escola. As crianças da vizinhança também pensavam assim, se bem que a maioria dos outros pais também passava o dia inteiro na escola.

– Isso mesmo. – Papai ainda estava sentado na neve, com os braços enlaçados em volta dos joelhos. Ele sorriu. – Adoro a bruxinha que existe em você, Diana.

– Ela assusta a mamãe.

– Não. – Papai sacudiu a cabeça. – Mamãe só tem medo da mudança.

– Tentei manter o dragão em segredo, mas acho que mamãe acabou sabendo.

– As mães sempre sabem – disse papai. Olhou de novo para a neve. A essa altura minhas asas já tinham desaparecido completamente. – Mas ela também sabe quando você quer chocolate quente. Se entrarmos agora, aposto que já está com um prontinho pra você. – Papai se levantou e estendeu a mão para mim.

Estendi minha mão ainda enluvada e peguei a mão dele.

– O senhor vai estar sempre por perto pra segurar minha mão quando ficar escuro? – perguntei. Já estava anoitecendo e de repente fiquei com medo das sombras. Monstros espreitavam na penumbra; estranhas criaturas me observavam enquanto eu brincava.

– Não – disse papai, sacudindo a cabeça. Meu lábio tremeu. Não era a resposta que eu esperava. – Um dia você vai ter que ser muito corajosa por todos nós. Mas não se preocupe – sussurrou ele. – Você sempre terá o seu dragão.

Uma gota de sangue escorreu de um furo na pele ao redor dos meus olhos e tombou aos meus pés. Ainda estava vendada, mas vi o movimento da gota e vi quando se espatifou no chão. Um broto negro aflorou daquele ponto.

Cascos trovejaram em minha direção. Soou um grito lancinante que conjurou imagens de antigas batalhas. Um grito que deixou o meu dragão ainda mais irrequieto. Eu não podia me deixar ser atingida. As consequências poderiam ser fatais.

Em vez de tentar enxergar os fios que se estendiam até Kit e Louisa, me concentrei nos fios que envolviam as fibras que amarravam os meus pulsos e os meus tornozelos. Estava prestes a desamarrá-los quando algo afiado e pesado se chocou contra as minhas costelas. O impacto me tirou o fôlego.

– Acertei! – disse Kit aos gritos. – A bruxa é minha!

– Você errou o golpe. – Louisa o corrigiu. – Para reclamá-la como prêmio terá que enterrar a lança no corpo dela. Você aceitou as regras e deve segui-las.

Infelizmente, eu não conhecia as regras – nem as das justas nem as da magia. Goody Alsop deixara isso claro quando disse antes da minha partida para Praga. *Tudo o que você tem agora é um dragão de fogo rebelde, um* glaem *quase cego e uma tendência a fazer perguntas que suscitam respostas travessas*. Eu negligenciara o meu dom de tecelã em troca de intrigas na corte e deixara de perseguir a minha própria magia para perseguir o Ashmole 782. Se tivesse permanecido em Londres, talvez tivesse aprendido a como sair daquela confusão. Em vez disso estava amarrada em uma estaca, como uma bruxa prestes a ser queimada.

Pense. Continue viva.

– Vamos tentar novamente – disse Louisa. As palavras se dissiparam quando ela girou o cavalo e saiu em disparada.

– Não faça isso, Kit – disse. – Pense nas consequências disso para Matthew. Se quiser que eu vá embora, tudo bem. Prometo que sumirei daqui.

– Suas promessas não valem nada, bruxa. Você cruzou os dedos e vai encontrar um jeito de não cumprir o que prometeu. Consigo ver o *glaem* em você enquanto tenta lançar a sua magia contra mim.

Um glaem *quase cego. Perguntas que suscitam respostas travessas. E um dragão de fogo rebelde.*

Tudo ficou parado.

O que faremos?, perguntei para o dragão de fogo.

Ela bateu as asas e estendeu-as por inteiro como resposta. As asas se imiscuíram por entre a carne das minhas costelas e assomaram em ambos os lados da minha coluna. O dragão de fogo permaneceu no mesmo lugar, com a cauda protetoramente enrolada ao redor do meu útero. Espiou por trás do meu osso esterno com um brilho nos olhos negros prateados e bateu as asas de novo.

Continue viva, murmurou em resposta, as palavras projetaram um manto acinzentado no ar à minha volta.

A força das asas do dragão de fogo quebrou a grossa estaca de madeira atrás de mim, e as farpas das bordas cortaram a corda que me prendia pelos pulsos. Algo afiado que parecia uma garra cortou as amarras em volta dos meus tornozelos. Fiquei suspensa a uns seis metros de altura enquanto Kit e Louisa adentravam pela desconcertante nuvem acinzentada produzida pelo dragão. Cavalgavam com muita rapidez para que pudessem parar ou mudar de direção. Suas lanças se cruzaram e se engancharam, e a força do impacto os arrancou das montarias até o chão.

Arranquei a venda dos olhos com a mão sem ferimento exatamente no momento em que Annie apareceu na extremidade do estádio.

– Senhora! – gritou.

Mas eu a queria bem longe de Louisa de Clermont.

– Saia daí! – sibilei. Minhas palavras cuspiram fogo e fumaça enquanto eu circulava por cima de Kit e Louisa.

O sangue jorrava dos meus pulsos e dos meus pés. E emergia um novo broto em cada ponto atingido pelas gotas vermelhas. Logo uma paliçada de troncos escuros e delgados cercou o demônio e a vampira ainda atordoados. Louisa tentou arrancar os troncos do solo, que se mantiveram presos por força da minha magia.

– Falo agora sobre o futuro de vocês? – perguntei, com aspereza. Lá do galinheiro ambos me olharam lá no alto aterrorizados. – Kit, o que o seu coração deseja jamais será obtido, pois às vezes não podemos ter o que desejamos. Louisa, os vazios que existem dentro de você jamais serão preenchidos... nem com sangue nem com raiva. E ambos haverão de morrer, pois cedo ou tarde a morte nos chega. Mas a morte de vocês não será doce. Eu prometo.

Um pé de vento se aproximou e, quando se deteve, tornou-se reconhecível como Hancock.

– Davy! – Os dedos perolados de Louisa agarraram as estacas escuras que a rodeavam. – Ajude-nos. A bruxa está fazendo magia para nos derrotar. Tire os olhos dela porque só assim poderá tirar o poder dela. Há um arco e uma flecha atrás de você.

– Matthew já está a caminho, Louisa – disse Hancock. – Estará muito mais segura sob a proteção de Diana aqui do que estará se tiver que fugir da raiva dele.

– Nenhum de nós está seguro. Ela vai cumprir a antiga profecia, a que Gerbert partilhou com *maman* há muitos e muitos anos. Ela vai trazer a ruína para os De Clermont!

– Não há verdade alguma nisso – retrucou Hancock em tom piedoso.

– Há, sim! – insistiu Louisa. – *"Cuidado com a bruxa, com o sangue de leão e de lobo, pois com isso ela destruirá os filhos da noite."* Ela é a bruxa da profecia! Você não vê?

– Você não está bem, Louisa. Vejo isso com toda nitidez.

Louisa empertigou-se indignada.

– Sou uma *manjasang* e perfeitamente saudável, Hancock.

Henry e Jack chegaram ofegantes de tanto que tinham corrido. Henry esquadrinhou o estádio.

– Onde ela está? – perguntou aos gritos para Hancock enquanto girava o corpo.

– Lá em cima – respondeu Hancock, apontando para o ar. – Exatamente como Annie disse.

– Diana. – Henry suspirou de alívio.

Um sombrio ciclone acinzentado-escuro atravessou o estádio e se deteve na estaca que marcava o ponto em que fui amarrada. Matthew não precisou de ninguém para saber onde eu estava. Encontrou-me com olhos infalíveis.

Walter e Pierre foram os últimos a chegar. Annie se agarrava com os braços magros ao pescoço de Pierre pelas costas. Ele se deteve e ela se deixou escorregar pelas costas abaixo.

– Walter! – gritou Kit, juntando-se à Louisa dentro da paliçada. – Ela precisa ser detida. Deixe-nos sair. Sei o que fazer. Falei com uma bruxa de Newgate e...

Um braço atravessou as negras estacas e longos dedos brancos agarraram o pescoço de Kit. Matthew ferveu de raiva silenciosamente.

– Não. Nenhuma. Palavra. – Os olhos de Matthew se estenderam até Louisa.

– *Matthieu*. – O sangue e a droga arrastaram ainda mais a pronúncia francesa do nome dele. – Graças a Deus você está aqui. Fico feliz por vê-lo.

– Pois não devia. – Ele atirou Kit pelo ar.

Aterrissei atrás de Matthew ao mesmo tempo em que as asas recém-brotadas às minhas costas se recolhiam para dentro das minhas costelas. Mas o meu dragão de fogo continuou alerta e manteve a cauda enrolada e bem firme. Matthew percebeu que eu estava atrás e me pegou pelos braços, mas sem tirar o olho dos prisioneiros. Passou os dedos por onde a lança perfurara o corpete e o espartilho e só não me perfurara até o fundo porque os ossos das costelas a impediram.

Ele me fez girar, caiu de joelhos e rasgou o tecido que cobria o ferimento. Esbravejou. Levou a mão ao meu abdome e olhou nos meus olhos.

– Eu estou bem. Nós estamos bem – assegurei.

Levantou-se com os olhos escuros e a veia da têmpora a pulsar.

– Mestre Roydon? – Jack aproximou-se com o queixinho trêmulo. Matthew esticou a mão e o puxou pela gola, impedindo-o de se aproximar de mim. Isso não abalou o menino. – O senhor está tendo um pesadelo?

Matthew deixou a mão tombar enquanto o soltava.

– Sim, Jack. Um pesadelo terrível.

O menino segurou a mão dele.

– Ficarei esperando aqui do seu lado até o pesadelo passar. – Fiquei com os olhos rasos de lágrimas. Eram as mesmas palavras que Matthew dizia no meio da noite quando os terrores assolavam o menino.

Matthew compreensivamente apertou a mão de Jack. Os dois se levantaram – enquanto um era altivo, corpulento e esbanjava uma saúde sobrenatural, o outro era leve, desajeitado e agora purgava as sombras do abandono. A ira de Matthew começou a declinar.

– Quando Annie me disse que você estava nas mãos de uma *wearh* fêmea nem me passou pela cabeça... – Ele não conseguiu terminar a frase.

– Foi o Christopher! – gritou Louisa, saindo do lado do enlouquecido demônio. – Ele alegou que você estava enfeitiçado. Mas você está exalando o cheiro do sangue dela. Não está enfeitiçado por ela, está se alimentando dela.

– Ela é minha companheira – disse Matthew em tom mortal. – E está grávida.

A respiração de Marlowe se reduziu a um silvo. Seus olhos cutucaram o meu ventre. Levei a mão quebrada ao meu filho para protegê-lo do olhar demoníaco.

– Isso é impossível. Matthew não pode... – O aturdido Kit se enfureceu. – Mesmo agora ela o tem enfeitiçado. Como é capaz de uma traição como essa? Quem é o pai do seu filho, sra. Roydon?

Mary Sidney presumira que eu tinha sido estuprada. Gallowglass a princípio atribuíra o bebê a um amante ou a um marido falecido, e ambos os casos teriam despertado os instintos protetores de Matthew e justificavam o nosso súbito romance. Mas para Kit a única explicação possível era que eu tinha traído o homem que eu amava.

– Pegue-a, Hancock! – clamou Louisa. – Não podemos permitir que uma bruxa introduza um bastardo na família De Clermont.

Hancock balançou a cabeça para Louisa e cruzou os braços.

– Você tentou exterminar a minha companheira. Você tirou sangue dela – disse Matthew. – E o bebê não é um bastardo. Ele é meu filho.

– Isso é impossível – retrucou Louisa, mas com uma voz insegura.

– Ele é *meu* filho – repetiu Matthew, com veemência. – Minha carne. Meu sangue.

– A bruxa carrega o sangue do lobo – sussurrou Louisa. – É a bruxa anunciada pela profecia. Se o bebê sobreviver, destruirá a todos nós!

– Tirem esses dois da minha vista. – A voz de Matthew soou fatalmente irada. – Antes que os corte em pedaços para alimentar os cães. – Ele derrubou a paliçada com um pontapé e agarrou o amigo e a irmã.

– Eu não vou... – Louisa começou a falar e abaixou os olhos quando a mão de Hancock pegou-a pelo braço.

– Ora, irá sim para onde quer que seja levada – disse ele, com toda calma. Em seguida tirou o anel de Ysabeau do dedo de Louisa e o arremessou para Matthew. – Acredito que isso pertence a sua esposa.

– E o Kit? – perguntou Walter, olhando cautelosamente para Matthew.

– Já que são tão apaixonados um pelo outro, tranque-os juntos. – Matthew entregou o demônio para Raleigh.

– Mas ela irá... – disse Walter.

– Alimentar-se dele? – Matthew soou amargo. – Ela já faz isso. A única maneira de um vampiro saborear os efeitos do vinho ou da droga é se alimentar da veia de um sangue-quente.

Walter mediu o humor do amigo e balançou a cabeça.

– Está bem, Matthew. Cumpriremos o seu desejo. Leve Diana e as crianças para casa. Deixe tudo mais comigo e com Hancock.

– Já disse para ele que não havia com que se preocupar. O bebê está bem. – Abaixei a blusa. Eu e Matthew tínhamos ido direto para casa, mas por via das dúvidas ele mandara Pierre buscar Susanna e Goody Alsop. E agora a casa estava fervilhando de vampiros e bruxas irados. – Talvez você consiga convencê-lo disso.

Susanna lavou as mãos numa bacia com água quente e sabão.

– Se seu marido não vir com os próprios olhos, nada que possa fazer ou dizer irá convencê-lo. – Ela chamou por Matthew, que chegou junto com Gallowglass, e os dois corpos preencheram o umbral da porta.

– Está tudo bem, mesmo? – Gallowglass estava pálido.

– Só estou com um dedo quebrado e uma costela partida. Isso poderia ter acontecido se caísse da escada. Graças à Susanna meu dedo já está sarado. – Estiquei a mão. Ainda estava inchada e tive que pôr o anel de Ysabeau na outra mão, mas podia mover os dedos sem dor. O corte é que levaria mais tempo para sarar. Matthew se recusara a sará-lo com o sangue de vampiro, e Susanna então costurara o ferimento com magia e o tratara com cataplasma.

– Por ora tenho muitas razões para odiar Louisa – disse Matthew em tom grave –, mas tenho que agradecê-la por uma coisa: não desejou realmente matá-la. A mira de Louisa costuma ser impecável. Você estaria morta se ela quisesse atravessar seu coração com a lança.

– Louisa estava muito preocupada com a profecia que Gerbert partilhou com Ysabeau.

Gallowglass e Matthew se entreolharam.

– Isso não era nada – disse Matthew, fingindo-se despreocupado. – Era apenas uma idiotice que ele inventou para excitar *maman*.

– Era a profecia de Meridiana, não era? – Enfiara isso na cabeça desde que Louisa mencionara. E as palavras tinham me trazido de volta o toque de Gerbert no meu corpo em La Pierre. E também tinham eletrificado o ar em volta de Louisa, como se ela fosse Pandora e tivesse aberto uma caixa mágica há muito esquecida.

– Meridiana queria que Gerbert temesse o futuro. E ela conseguiu. – Matthew balançou a cabeça. – Isso não tem a ver com você.

– Seu pai é o leão. E você é o lobo. – O buraco no meu estômago congelou de vez. Pressenti que alguma coisa estava errada comigo, alguma coisa lá no fundo de mim onde luz alguma poderia alcançar. Observei o meu marido que era um dos filhos da noite mencionados na profecia. Nosso primeiro filho não sobrevivera. Repeli esses pensamentos para que não ficassem impressos por muito tempo no coração ou na cabeça. Mas de nada adiantou. Éramos agora honestos demais um com outro para que pudesse esconder alguma coisa dele... ou de mim.

– Você não tem nada a temer – disse Matthew, roçando os lábios na minha boca. – Você esbanja muita vida para ser prenúncio de alguma destruição.

Eu me deixei tranquilizar, mas o meu sexto sentido ignorou as palavras dele. De algum jeito alguma coisa estava errada em algum lugar. Alguma coisa perigosa e mortal se libertara. Nesse mesmo instante os fios me apertaram e me arrastaram em direção às trevas.

36

Eu estava esperando Annie debaixo da tabuleta da Golden Gosling para pegar um ensopado para o jantar, quando o olhar fixo de um vampiro varreu o pingo de verão do ar.

– Padre Hubbard – disse, girando o corpo em direção à friagem.

O olhar do vampiro fez minha caixa torácica cintilar.

– Estou surpreso por ver que seu marido permite que a senhora ande desacompanhada pela cidade depois do que aconteceu em Greenwich... e por ver que está carregando um filho dele no ventre.

Meu dragão de fogo, que se tornara ainda mais protetor depois do incidente no estádio, enrolou a cauda ao redor dos meus quadris.

– Todos sabem que o impossível não se aplica a uma bruxa do seu nível. – O ar sombrio de Hubbard se intensificou. – Um exemplo disso é que a maioria das criaturas acredita que o desprezo de Matthew pelas bruxas continua imutável. Poucos conseguem imaginar que foi ele que possibilitou que Barbara Napier escapasse da fogueira na Escócia. – Os eventos em Berwick ainda ocupavam o tempo de Matthew e também das criaturas e das fofocas humanas em Londres.

– Matthew estava longe da Escócia nessa ocasião.

– Ele não precisava estar lá. Hancock estava em Edimburgo e posava como um dos "amigos" de Napier. Foi ele que chamou a atenção da corte para a gravidez dela. – O hálito frio de Hubbard cheirava a floresta.

– A bruxa era inocente das acusações que recebia – eu disse bruscamente, ajeitando o xale nos ombros. – Foi absolvida pelo júri.

– De uma única acusação. – Hubbard sustentou o meu olhar. – Foi considerada culpada de muitas outras. E, face ao seu recente retorno, talvez a senhora não tenha sabido que o rei Jaime encontrou um jeito de modificar a decisão do júri no caso Napier.

– Modificar? – Eu não estava sabendo de nada.

– O rei dos escoceses não nutre grandes amores pela Congregação atual, e isso em parte graças ao seu marido. O modo escorregadio de Matthew encarar o acordo e as interferências que fez na política escocesa inspiraram Sua Majestade a encontrar brechas jurídicas. Jaime está processando os jurados que absolveram a bruxa. Estão sendo acusados de corromper a justiça do rei. E a intimidação dos jurados é uma garantia de êxito nos julgamentos posteriores.

– Esse não era o plano de Matthew – eu disse confusa.

– Pois parece suficientemente ardiloso para Matthew de Clermont. Ainda que Napier e seu bebê sobrevivam, dezenas de criaturas inocentes morrerão em decorrência disso. – O semblante de Hubbard era assustador. – Não é isso que os De Clermont querem? Vitória a qualquer custo?

– Como o senhor se atreve!

– Estou com o... – Annie saiu do estabelecimento e quase deixou a panela cair. Alcancei-a e peguei-a pelo braço.

– Muito obrigada, Annie.

– Sabe onde seu marido está nesta linda manhã de maio, sra. Roydon?

– Está fora, a negócios. – Matthew esperara para ver se eu me alimentava direito no café da manhã, depois me beijara e saíra com Pierre. Jack se mostrara inconsolável quando se viu obrigado a ficar com Harriot. Isso me deixara uma fagulha de desconforto. Não era próprio de Matthew recusar um passeio até a cidade para Jack.

– Não – disse Hubbard em voz baixa –, está em Bedlam, com a irmã e Christopher Marlowe.

Bedlam era uma masmorra em tudo, menos no nome – era um lugar de esquecimento onde trancafiavam os insanos junto aos que eram enterrados pelas próprias famílias com qualquer alegação simplesmente para se verem livres deles. Apenas com palha como cama, sem refeições regulares, sem demonstrações de afeto por parte dos carcereiros e sem nenhuma espécie de tratamento os detentos raramente escapavam. E, quando escapavam, jamais se recuperavam da experiência.

– Não satisfeito em alterar o julgamento na Escócia, Matthew agora procura impor a própria justiça aqui em Londres – continuou Hubbard. – Foi interrogá-los essa manhã. E, pelo que sei, ainda está lá.

Já passava do meio-dia.

– Já vi Matthew matar com uma velocidade incrível em momentos de fúria. É algo terrível de se ver. E quando faz isso com calma, meticulosamente, o mais ferrenho ateu acredita no diabo.

Kit. Louisa era uma vampira e compartilhava o sangue de Ysabeau. Era capaz de cuidar de si mesma. Mas um demônio...

– Procure Goody Alsop, Annie. Diga-lhe que fui a Bedlam em busca de mestre Marlowe e da irmã de mestre Roydon. – Girei o corpo e me interpus entre a garota e o vampiro, e a fiz sair na direção certa.

— Tenho que ficar com a senhora — disse Annie de olhos arregalados. — Prometi para o mestre Roydon!

— Alguém precisa saber do meu paradeiro, Annie. Transmita tudo o que ouviu aqui para Goody Alsop. Preciso achar o caminho até Bedlam. — Na verdade, só tinha uma vaga noção da localização do famoso hospício, mas tinha outros meios para localizar Matthew. Enlacei dedos imaginários na minha corrente interior e me preparei para puxá-la.

— Espere. — Hubbard me pegou pelo punho. Dei um salto. Ele chamou alguém que estava escondido. Era o jovem anguloso a quem Matthew se referia pelo estranho e adequado nome de Amen Corner. — Meu filho vai levá-la.

— Matthew saberá que estive com o senhor. — Desviei os olhos para a mão de Hubbard. Ainda me tinha presa pelo punho e transmitia o cheiro dele para minha pele quente. — Ele vai tirar informações do seu filho.

Hubbard apertou um pouco mais o meu punho e soltei um suave murmúrio de entendimento.

— Se também quiser me acompanhar até Bedlam, padre Hubbard, o senhor só precisa pedir.

Hubbard conhecia cada atalho e cada viela entre St. James Garlickhythe e Bishopsgate. Atravessamos os limites da cidade e entramos em um dos esquálidos subúrbios de Londres. Como Cripplegate, a área em torno de Bedlam era de extrema pobreza e desesperadamente populosa. Mas os verdadeiros horrores ainda estavam por vir.

Um encarregado nos conduziu do portão até o local que no passado era conhecido como Hospital de Santa Maria de Belém. Mestre Sleford era bem familiarizado com padre Hubbard e amistosamente nos conduziu até uma das maciças portas do outro lado do pátio esburacado. Os gritos dos internos eram assustadores, mesmo com um convento medieval de pedra e madeira interposto entre nós. Grande parte das janelas não tinha vidros e estava entregue às intempéries. O fedor de podridão, sujeira e velhice era devastador.

— Não. — Recusei a oferta de ajuda de Hubbard quando entramos nos confins úmidos e estreitos. Como um ser livre, seria obsceno aceitar a ajuda dele quando aos internos não era oferecida ajuda alguma.

Lá dentro, os fantasmas dos internos do passado me bombardearam e me aprisionaram nos fios que se retorciam em torno dos atormentados internos do hospital na ocasião. Comecei a fazer macabros exercícios matemáticos para lidar com o horror, dividindo homens e mulheres já vistos em grupos menores apenas para agrupá-los de outro jeito.

Contei vinte internos durante a caminhada pelo corredor. Catorze eram demônios. Seis, entre os vinte, totalmente nus, e outros dez, vestidos de andrajos.

Fomos olhados com aberta hostilidade por uma mulher que trajava um casaco masculino sujo, porém caro. Ela era um dos três seres humanos do lugar. Também havia duas bruxas e um vampiro. Quinze dos pobres coitados estavam algemados à parede e acorrentados até o chão. Quatro entre os outros cinco visivelmente incapazes de se levantar e acocorados junto às paredes tagarelavam enquanto riscavam a pedra. Um dos pacientes estava solto. Ele dançava nu pelo corredor à frente.

Surgiu uma cela com uma porta. Alguma coisa me disse que Louisa e Kit estavam atrás daquela porta.

O encarregado destrancou-a e deu algumas batidas. Sem uma resposta imediata, esmurrou a porta.

– Já ouvi, mestre Sleford. – Gallowglass parecia recém-saído de uma guerra, com arranhões recentes no rosto e sangue no gibão. Ficou tão surpreso quando me viu atrás de Sleford que precisou olhar duas vezes. – Titia.

– Deixe-me entrar.

– Acho que não é uma boa ideia... – Ele me viu de cara amarrada e se pôs de lado. – Louisa perdeu um bocado de sangue. Está faminta. Fique longe dela, a menos que queira ser mordida ou arranhada. Aparei as unhas dela, mas não pude fazer nada com os dentes.

Continuei plantada à soleira da porta, embora não houvesse nada no meu caminho. A linda e não menos cruel Louisa estava acorrentada a uma argola de ferro presa ao chão de pedra. Estava com o vestido em farrapos e o sangue escorria de cortes profundos do pescoço pelo corpo abaixo. Alguém tinha se alimentado dela – alguém mais forte e mais irado que ela.

Esquadrinhei a penumbra e por fim encontrei uma figura sombria agachada sobre uma protuberância no solo. Matthew ergueu a cabeça, com o rosto pálido e os olhos negros como a noite. Não havia uma só gota de sangue nele. A limpeza de Matthew era de alguma forma tão obscena quanto a oferta de ajuda de Hubbard.

– Você devia estar em casa, Diana. – Ele se pôs de pé.

– Estou exatamente onde devo estar. – Caminhei em direção ao meu marido. – Não se pode misturar ira do sangue e papoula, Matthew. Bebeu muito sangue deles? – A protuberância no solo se mexeu.

– Estou aqui, Christopher – gritou Hubbard. – Você não será mais ferido.

Marlowe soluçou de alívio, estremecendo da cabeça aos pés enquanto soluçava.

– Bedlam não é Londres, Hubbard – disse Matthew, com frieza. – Você está fora dos seus domínios, e Kit está fora da sua proteção.

– Cristo, lá vamos nós outra vez. – Gallowglass fechou a porta na cara do assustado Sleford. – Tranque-a! – Vociferou a ordem para o outro lado da porta e esmurrou-a para deixar isso bem claro.

Quando o mecanismo de metal se fechou, Louisa deu um pulo e as correntes rangeram em torno de seus pulsos e tornozelos. As correntes se estatelaram no solo e o estalido também me fez dar um pulo. Ecoou um solitário ruído de corrente arrastada ao longo do corredor.

– Nãomeusanguenãomeusanguenãomeusanguenão – entoou Louisa, a essa altura já encostada contra a parede. Nossos olhos se encontraram e ela se virou de costas, gemendo. – Saia daqui, *fantôme*. Já morri uma vez e não tenho nada a temer de fantasmas como você.

– Silêncio. – A voz de Matthew soou baixinha, se bem que reverberou na cela com a força de um trovão e nos assustou.

– Estou com sede – disse Louisa, ainda gemendo. – Por favor, Matthew.

A umidade gotejava seguidamente da pedra. O corpo de Louisa estremecia a cada respingo. Uma cabeça de veado com olhos escuros, vazios e aterrorizados estava suspensa pelos chifres. Gotas de sangue vertiam uma após a outra do pescoço decepado do animal até o solo e a certa distância das correntes de Louisa.

– Parem de torturá-la! – Dei um passo à frente, mas fui detida pela mão de Gallowglass.

– Não posso permitir que interfira, titia – disse ele com voz firme. – Como bem disse Matthew, a senhora não tem o direito de se meter nisso.

– Gallowglass. – Matthew balançou a cabeça em negativa.

Gallowglass soltou o meu braço e olhou desconfiado para o tio.

– Deixe-me responder a sua primeira questão, titia. Matthew chupou o sangue de Kit o suficiente para que a ira do sangue se mantenha ativa dentro dele. Se a senhora insistir em falar com ele, vai precisar disto. – Gallowglass me entregou uma faca. Não fiz qualquer movimento para pegá-la e a arma caiu ao solo.

– Você está acima dessa doença, Matthew. – Passei por cima da faca. Ficamos tão próximos que esbarrei a saia nas botas dele. – Deixe padre Hubbard cuidar de Kit.

– Não. – Matthew se mostrou inflexível.

– O que Jack pensaria se o visse dessa maneira? – Para fazê-lo voltar a si era preferível recorrer à culpa a enervá-lo. – Você é o herói dele. Heróis não torturam nem amigos nem família.

– Eles tentaram assassiná-la! – O rugido de Matthew reverberou pela pequena cela.

– Eles estavam fora de si por causa do ópio e do álcool. Nenhum dos dois sabia o que estava fazendo – retruquei. – E pelo estado em que está, você também não sabe o que está fazendo.

– Não seja tola. Ambos sabiam perfeitamente o que estavam fazendo. Kit não estava nem um pouco preocupado com nada a não ser se livrar de um obstáculo à felicidade dele. E Louisa estava entregue às necessidades cruéis que lhe são peculiares. – Matthew passou os dedos no cabelo. – E eu também sei o que estou fazendo.

– Claro... está se punindo. Você está tentando se convencer de que a biologia é um destino, pelo menos até agora, porque o que está em questão é a sua ira do sangue. Mas dessa maneira está agindo exatamente como Louisa e Kit. Apenas como mais um louco. Quando lhe pedi para que parasse de negar os seus instintos, Matthew, não era para que se tornasse escravo deles.

Dei um passo em direção à irmã de Matthew e dessa vez ela investiu contra mim, cuspindo e rosnando.

– Eis aí o seu maior medo em relação ao futuro, o de ser reduzido a um animal acorrentado que espera pela próxima punição. Isso porque você acha que a merece. – Girei o corpo e o segurei pelos ombros. – Você não é esse tipo de homem, Matthew. Nunca foi.

– Já lhe disse antes para não me romantizar – retrucou ele laconicamente. Desviou os olhos, mas não dissimulou o desespero.

– Isso também é por minha causa? Ainda está tentando provar que não é digno de ser amado? – Estiquei os braços e o forcei a abrir os punhos até então cerrados, e depois o fiz pôr as mãos no meu ventre. – Sinta o nosso filho, olhe nos meus olhos e diga para mim e para ele que não há esperança de um final diferente para essa história.

O tempo pareceu uma eternidade enquanto ele lutava consigo mesmo, exatamente como naquela noite em que o esperei se decidir se bebia ou não o sangue da minha veia. E como naquela noite, não podia fazer nada para acelerar a decisão ou para ajudá-lo a optar pela vida e não pela morte. Cabia a Matthew se agarrar a um tênue fio de esperança, sem contar com minha ajuda.

– Já não sei mais – admitiu ele por fim. – Já se foi o tempo em que eu sabia que o amor entre vampiros e bruxas era errado. Estava convicto de que as quatro espécies eram distintas. Aceitava a morte de bruxas, se isso implicasse a sobrevivência de vampiros e demônios. – De repente, aflorou um lampejo prateado e esverdeado, se bem que as pupilas ainda ofuscavam os olhos dele. – Já tinha convencido a mim mesmo que a loucura entre os demônios e a fraqueza entre os vampiros eram ocorrências relativamente recentes, mas agora que vejo Louisa e Kit...

– Você não sabe. – Abaixei a voz. – Nenhum de nós sabe. É uma perspectiva assustadora. Mas temos esperança no futuro, Matthew. Não quero que nossos filhos venham à vida sob essa mesma sombra, odiando e temendo a si mesmos.

Esperei pela réplica, mas ele se manteve calado.

– Deixe que Gallowglass cuide de sua irmã. Deixe que Hubbard cuide de Kit. E tente perdoá-los.

– Os *wearhs* não perdoam os sangues-quentes com tanta facilidade – disse Gallowglass, com rispidez. – A senhora não pode pedir isso para Matthew.

– Matthew pediu isso para você – frisei.

– Sim, e lhe respondi que devia esperar que o tempo me ajudasse a perdoar. Não exija dele mais do que ele pode dar, titia. Ele próprio é o mestre dos piores momentos dele, e não precisa de sua assistência. – A voz de Gallowglass estava carregada de aviso.

– Eu gostaria de perdoar, bruxa – disse Louisa, com um tom afetado, como se estivesse fazendo a simples escolha de um tecido para um vestido novo. Ela sacudiu a mão no ar. – Tudo isso. Use a sua magia e faça esse pesadelo horrível se dissipar.

Eu bem que teria poder para fazer isso. Já que via os fios que a prendiam a Bedlam, a Matthew e a mim. Mas não era tão dadivosa assim para garantir a paz dela, embora não quisesse que ela fosse torturada.

– Não, Louisa – eu disse. – Você vai se lembrar pelo resto dos seus dias de Greenwich, de mim e do quanto magoou a Matthew. Isso será a sua prisão, e não este lugar. – Olhei para Gallowglass. – Assegure-se antes de soltá-la de que ela não seja um perigo nem para si mesma nem para ninguém mais.

– Ora, ela não vai desfrutar de liberdade alguma – garantiu Gallowglass. – Só irá daqui para onde Philippe mandá-la. Meu avô jamais a deixará vagar em liberdade depois do que ela fez aqui.

– Conte para eles, Matthew! – suplicou Louisa. – Você sabe o que é ter essas... essas coisas se arrastando no cérebro. Não consigo suportá-las! – Ela puxou os cabelos com a mão algemada.

– E Kit? – perguntou Gallowglass. – Tem certeza de que Hubbard vai cuidar dele, Matthew? Sei que Hancock se deleitaria em despachá-lo.

– Ele é uma criatura de Hubbard e não minha. – O tom de Matthew foi taxativo. – Não dou a mínima para o que acontecer com ele.

– Só fiz o que fiz por amor... – disse Kit.

– Você fez o que fez por pura maldade. – Matthew o interrompeu, e se pôs de costas para o seu melhor amigo.

– Padre Hubbard. – Soltei um grito quando ele se apressou em coletar a carga. – As ações de Kit em Greenwich devem ser esquecidas, e providencie para que fique aqui nessas paredes o que aconteceu aqui.

– A senhora promete isso em nome de todos os De Clermont? – As sobrancelhas grisalhas de Hubbard se arquearam. – Quem deve me garantir isso é o seu marido e não a senhora.

– Minha palavra é o bastante – retruquei de corpo empertigado.

– Então, muito bem, madame De Clermont. – Era a primeira vez que Hubbard usava o título. – A senhora é realmente uma filha de Philippe. Aceito os seus termos em nome da família.

Eu ainda sentia as trevas de Bedlam a nossa volta depois que saímos daquele lugar. Matthew também sentia o mesmo. Elas nos seguiam em cada canto de Londres, e nos acompanhavam nos jantares e nos encontros com os amigos. Só havia um jeito de nos livrarmos disso.

Precisávamos retornar ao nosso tempo presente.

Sem discussões ou planos conscientes, começamos a pôr os negócios em ordem, cortando os fios que nos atavam ao passado que ora partilhávamos juntos. Françoise planejara se encontrar conosco em Londres, mas enviamos um recado para que permanecesse na Velha Cabana. Matthew travou conversas longas e complicadas com Gallowglass sobre as mentiras que o sobrinho teria que contar para que o Matthew do século XVI não soubesse que tinha sido temporariamente substituído pelo Matthew do futuro. O Matthew do século XVI não poderia se encontrar nem com Kit nem com Louisa, já que nenhum dos dois era confiável. Walter e Henry teriam que inventar histórias que explicassem as possíveis descontinuidades de comportamento. Matthew instruiu a Hancock que fosse para a Escócia e levasse uma vida nova por lá. Enquanto isso, eu e Goody Alsop aperfeiçoávamos os nós que seriam usados para tecer o feitiço que nos levaria de volta ao futuro.

Matthew encontrou-se comigo na St. James Garlickhythe ao final de uma das minhas aulas e sugeriu que déssemos um passeio até o adro da St. Paul's durante o caminho de volta para casa. Já estávamos a duas semanas da metade do verão e os dias eram ensolarados e brilhantes, apesar da sombria lembrança de Bedlam.

Matthew ainda parecia arrasado depois da experiência com Louisa e Kit, mas o passeio foi como nos velhos tempos em que parávamos nas barracas de livros para ver os lançamentos e as notícias. Eu folheava um novo debate, ou melhor, uma guerra de palavras, entre dois figurões de Cambridge quando de repente Matthew se enrijeceu.

– Camomila. E café. – Ele girou a cabeça para sentir de onde vinha o aroma.

– Café? – Eu me perguntei como é que uma coisa que ainda não tinha chegado à Inglaterra poderia impregnar o ar no entorno da St. Paul's. Mas a essa altura Matthew não estava mais do meu lado para responder. Já estava abrindo caminho por entre a multidão, com a espada na mão.

Suspirei. Ele nunca se continha e sempre saía em perseguição de cada ladrão que perambulava pelo mercado. Às vezes chegava a desejar que ele não tivesse uma visão tão apurada, e que tivesse uma bússola moral um pouco menos precisa.

E dessa vez Matthew perseguia um homem que era uns quinze centímetros mais baixo que ele, com cabelos espessos, ondulados e salpicados de alguns fios brancos. Era um tipo esguio cujos ombros ligeiramente encurvados indicavam que provavelmente passava muito tempo debruçado nos livros. Alguma coisa nessa combinação mexeu de alguma forma na minha memória.

O homem sentiu o perigo nos seus calcanhares e girou o corpo para trás. Infelizmente para ele próprio, ele só carregava uma mísera adaga não muito maior que um reles canivete. Uma arma que não seria muito útil contra Matthew. Apressei o passo em direção ao meu marido a fim de impedir um banho de sangue.

Matthew agarrou a mão do pobre homem com tanta força que a inútil arma caiu no chão. O vampiro empurrou o infeliz contra a estaca de uma barraca de livros com um único joelho, e encostou a espada no pescoço dele. Quase morri de susto.

– Papai? – sussurrei.

Aquilo não podia estar acontecendo. Olhei para o meu pai com incredulidade e com o coração quase saindo pela boca de excitação e choque.

– Olá, srta. Bishop – disse papai, olhando para a lâmina da espada de Matthew. – Que ótimo encontrá-la aqui!

37

Papai pareceu calmo na frente do vampiro desconhecido e armado e da filha adulta. Apenas um ligeiro tremor na voz e a maneira com que se agarrou à barraca com a mão descorada denunciaram o nervosismo dele.

– Dr. Proctor, presumo. – Matthew recuou e recolheu a espada.

Papai endireitou o seu casaco pragmático. Estava um horror. Talvez mamãe tivesse tentado transformar um casaco Nehru na batina de um clérigo. As calças muito compridas mais pareciam as de Ben Franklin que as de Walter Raleigh. Mas a voz era familiar e continuava exatamente igual e fazia vinte e seis anos que não a ouvia.

– Você cresceu nos últimos três dias – disse ele, com a voz trêmula.

– E o senhor está exatamente como me lembro – eu disse ainda espantada por vê-lo à frente. Estava ciente de que uma bruxa, um bruxo e um *wearh* eram demais para os transeuntes no adro da St. Paul's e insegura em relação ao que fazer naquela situação novelesca e então optei pela convenção social. – O senhor quer tomar um drinque lá em casa? – sugeri meio desajeitada.

– É claro, querida. Será ótimo – respondeu ele, balançando a cabeça.

Eu e papai não conseguimos mais tirar os olhos um do outro – nem durante o trajeto para casa nem quando chegamos seguros no Hart and Crown que misteriosamente estava vazia. Lá, recebi um caloroso abraço dele.

– É você mesma. Está a cara da sua mãe. – Ele me afastou um pouco para me observar. – Você está realmente parecida com ela.

– Sempre dizem que tenho os seus olhos – disse também o observando. – Quando se tem sete anos não se repara nisso. Só reparamos nisso quando já é tarde demais.

– Então, você os tem. – Ele riu.

– Diana também tem as suas orelhas. E de alguma forma os cheiros são similares. Foi por isso que o reconheci na St. Paul's. – Matthew passou a mão no cabelo com nervosismo e estendeu-a para o meu pai. – Muito prazer, sou Matthew.

Papai olhou para ele e estendeu a mão.

– E o sobrenome? Você é alguma celebridade como Halston ou Cher?

De repente tive a imagem viva do que significara não ter um pai por perto durante a adolescência, ele teria agido como um tolo toda vez que conhecesse um namoradinho meu. Fiquei com os olhos rasos de lágrimas.

– Matthew tem muitos sobrenomes. Isso é... complicado – respondi, enxugando as lágrimas. Papai pareceu assustado perante a minha emoção repentina.

– Por ora, Matthew Roydon – disse Matthew, capturando a atenção de papai. Os dois se cumprimentaram.

– Então, você é um vampiro – disse papai. – Rebecca está arrancando os cabelos de preocupação pelos aspectos práticos da relação entre você e nossa filha, e Diana ainda nem consegue andar de bicicleta.

– Oh, papai. – Ruborizei quando as palavras saíram da minha boca. De repente me transformei numa garotinha de 12 anos de idade. Matthew sorriu e se dirigiu à mesa.

– Por que não senta para tomar um vinho, Stephen? – Estendeu uma taça para papai e puxou uma cadeira para mim. – Deve ser um choque ver Diana.

– Sem dúvida alguma. Adoraria um pouco de vinho. – Papai sentou-se e tomou um gole de vinho, balançando a cabeça. Fazia um esforço visível para recuperar o controle. – Então – disse abruptamente –, primeiro nos cumprimentamos, depois você me convidou para vir a sua casa e agora estou tomando um vinho. São rituais essenciais de saudação. Mas já podemos deixá-los de lado. O que está fazendo aqui, Diana?

– Eu? E o que o *senhor* está fazendo aqui? Onde está mamãe? – Descartei o vinho servido por Matthew. Nenhum vinho deixaria a súbita presença do meu pai à sombra.

– Sua mãe está cuidando de você em nossa casa. – Papai balançou a cabeça, visivelmente espantado. – Não consigo acreditar. Você não pode ter apenas uns dez anos menos que eu.

– Sempre esqueço que o senhor é bem mais velho que mamãe.

– Uma bruxa como você, acompanhada de um vampiro, está preocupada com a diferença de idade entre mim e sua mãe? – O ar engraçado de papai me tirou uma risada.

Enquanto ria fiz uns cálculos rápidos.

– Então, o senhor veio de 1980?

– Sim. Finalmente terminei o meu trabalho acadêmico e saí para algumas explorações. – Stephen me olhou atentamente. – Foi aqui e agora que vocês dois se conheceram?

– Não. Nós nos conhecemos em Oxford, em setembro de 2009. Na Biblioteca Bodleian. – Olhei para Matthew, que sorriu para me encorajar. Olhei de novo para papai e respirei fundo. – Posso viajar no tempo como o senhor. E trouxe Matthew comigo.

– Sei que você pode viajar no tempo, meu amendoim. Nesse último agosto você quase matou a sua mãe de susto quando desapareceu na sua festinha de aniversário de três anos. Uma criança levada que consegue viajar no tempo é o pior pesadelo para qualquer mãe. – Ele me olhou com ar divertido. – Quer dizer que você tem os meus olhos, as minhas orelhas, o meu cheiro e o meu dom de viajar no tempo. Algo mais?

Balancei a cabeça.

– Consigo fazer alguns feitiços.

– Ora. Esperávamos que fosse uma bruxa de fogo como a sua mãe, mas não tivemos essa sorte. – Papai pareceu incomodado e abaixou a voz. – Tome o cuidado de nunca mencionar seus talentos em companhia de outras bruxas. E quando tentarem ensinar feitiços para você, simplesmente deixe que entrem por uma orelha e saiam pela outra. Nem pense em aprendê-los.

– Gostaria que tivesse dito isso para mim antes. Isso teria me ajudado com Sarah – comentei.

– A boa e velha Sarah. – Papai soltou uma risada calorosa e contagiante.

Soou um estrondo de passos na escada seguido por um menino e um esfregão de quatro pernas que irromperam à soleira da porta e a fizeram bater contra a parede com a mesma força entusiástica com que entraram.

– Mestre Harriot disse que posso sair de novo com ele pra olhar as estrelas, e ele prometeu que desta vez não vai me esquecer. Mestre Shakespeare me deu isto. – Jack agitou um papel no ar. – Ele disse que é uma carta de crédito. Annie ficou o tempo todo olhando pra um garoto na Cardinal Hat enquanto comia uma torta. Quem é esse? – fez a pergunta com um dedo sujo apontado na direção do meu pai.

– Este é mestre Proctor – respondeu Matthew, encaixando Jack na cintura. – Alimentou o Esfregão enquanto estava fora? – Ninguém conseguira separar o menino do Esfregão em Praga, e o cachorro então agora estava Londres, onde a estranha aparência que tinha o tornava uma espécie de curiosidade local.

– Claro que alimentei o Esfregão. Comeu meus sapatos quando esqueci deles, e Pierre disse que compraria um par novo e que não contaria pro senhor, mas não um segundo par. – Jack tapou a própria boca.

– Desculpe-me, sra. Roydon. Ele saiu correndo pela rua e não consegui pegá-lo. – Annie entrou apressada na sala. Franziu a testa, deteve-se e empalideceu quando viu papai.

– Está tudo bem, Annie – eu disse amavelmente. Ela passara a ter medo de criaturas desconhecidas desde Greenwich. – Este é mestre Proctor. É um amigo.

— Eu tenho bolinhas de gude. O senhor quer jogar? — Jack olhou para o meu pai, especulando a olhos vistos se o recém-chegado seria uma pessoa útil de se ter por perto.

— Mestre Proctor está aqui para conversar com a sra. Roydon, Jack. — Matthew apontou a saída da sala para o menino. — Nós precisamos de água, vinho e pão. Você e Annie dividirão as tarefas, e Pierre vai levá-lo até Moorfields quando voltar.

Jack saiu resmungando atrás de Annie de volta à rua. Olhei para o meu pai que o tempo todo observara a mim e a Matthew sem dizer uma palavra. O ar estava impregnado das perguntas que ele queria fazer.

— Por que está aqui, docinho? — repetiu ele baixinho depois que as crianças saíram.

— Achamos que aqui poderíamos encontrar alguém para me ajudar em algumas questões a respeito de magia e alquimia. — Por alguma razão não quis que ele soubesse dos detalhes. — Minha mestra se chama Goody Alsop. Fui aceita por ela e pelo conciliábulo.

— Boa tentativa, Diana. Também sou bruxo e sei quando você está escondendo a verdade. — Papai recostou na cadeira. — De um jeito ou de outro, terá que me contar. Só pensei que poderíamos poupar tempo.

— Por que *você* está aqui, Stephen? — perguntou Matthew.

— Para dar uma espiada. Sou antropólogo. É o que faço. E você o que faz?

— Sou cientista... um bioquímico baseado em Oxford.

— O senhor não está aqui na Londres elisabetana apenas "para dar uma espiada", papai. O senhor já tem a folha do Ashmole 782. — Compreendi subitamente a razão pela qual ele estava ali. — E está à procura do resto do manuscrito. — Abaixei o candelabro de madeira. O compêndio astronômico do mestre Habermel estava aninhado entre duas velas. Nós o mudávamos diariamente de esconderijo porque Jack sempre o encontrava.

— Que folha? — disse papai, com uma cara suspeitosamente inocente.

— A que tem a ilustração do casamento alquímico. A que saiu de um manuscrito da Biblioteca Bodleiana. — Abri o compêndio. Estava completamente parado, como esperava. — Olhe só, Matthew.

— Legal — disse papai, com um assovio.

— Você devia ver a ratoeira dela — disse Matthew entre dentes.

— O que isso faz? — Papai se aproximou para ver o compêndio mais de perto.

— Projetaram este instrumento matemático para determinar o tempo e rastrear eventos astronômicos, como as fases da lua. Começou a se mover por conta própria quando estávamos em Praga. Pensei que isso indicava que alguém estava à procura de Matthew e de mim, mas agora me pergunto se não o estava localizando enquanto o senhor procurava pelo manuscrito. — O instrumento ainda atuava periodicamente, as rodas giravam sem aviso prévio. Todos na casa o chamavam de "relógio de bruxa".

– Talvez seja melhor pegar o livro – disse Matthew, levantando-se.

– Tudo bem – disse papai, acenando para que se sentasse. – Não temos pressa. Rebecca sabe que ficarei fora por alguns dias.

– E vai ficar aqui... em Londres?

O semblante de papai suavizou. Ele assentiu.

– Onde ficará hospedado? – perguntou Matthew.

– Aqui! – disse indignada. – Ficará hospedado aqui!

– Sua filha tem uma opinião definitiva quanto à hospedagem da família em hotéis – disse Matthew, com um sorriso irônico, lembrando-se da minha reação na vez em que ele tentou colocar Marcus e Miriam em um hotel de Cazenovia. – Claro que será um prazer hospedá-lo.

– Já tenho um lugar do outro lado da cidade para me hospedar – retrucou papai hesitante.

– Fique aqui. – Apertei os lábios e pisquei para repelir as lágrimas. – Por favor. – Eu queria fazer tantas perguntas para ele, perguntas que só ele poderia responder. Meu pai e meu marido entreolharam-se longamente.

– Tudo bem – disse papai por fim. – Será ótimo ficar um pouco mais com você.

Fiz de tudo para que papai ficasse em nosso quarto, já que Matthew não conseguiria dormir com um estranho em casa e eu poderia me acomodar no sofá embaixo da janela. Mas ele recusou. Pierre cedeu o quarto dele. Fiquei com inveja quando ouvi do patamar da escada que Jack e papai tagarelavam como dois velhos amigos.

– Acho que Stephen tem tudo o que precisa – comentou Matthew, abraçando-me.

– Será que ele está desapontado comigo? – perguntei a mim mesma em voz alta.

– Seu pai? – A voz de Matthew soou com incredulidade. – Claro que não!

– Ele me parece um pouco desconfortável.

– Faz poucos dias que Stephen deu um beijo de despedida em você e você ainda era uma menininha. E agora vê você adulta e isso é demais para ele, só isso.

– Será que ele sabe o que vai acontecer com ele e mamãe? – sussurrei.

– Isso eu não sei, *mon coeur*, mas acho que sim. – Matthew me arrastou para a cama. – De manhã tudo será diferente.

Ele estava certo, no dia seguinte papai parecia um pouco mais relaxado, se bem que parecia que não tinha dormido muito. Exatamente como Jack.

– O menino sempre tem pesadelos horríveis? – perguntou ele.

– Desculpe o menino por não tê-lo deixado dormir – respondi. – As mudanças o deixam agitado. Geralmente Matthew cuida dele nessas horas.

— Eu sei. Eu o vi – disse papai, sorvendo a tisana de ervas preparada por Annie.

Esse era o problema de papai: via tudo. Sua capacidade de observação deixaria qualquer vampiro envergonhado. Eu tinha centenas de perguntas em mente, mas todas pareciam fenecer sob a silenciosa observação dele. De vez em quando me fazia uma pergunta trivial. Eu sabia jogar beisebol? Eu considerava Bob Dylan um gênio? Eu tinha aprendido a montar uma barraca? Não fazia perguntas a respeito de mim ou de Matthew, ou de onde era a minha escola ou do que eu fazia para viver. Não expressava qualquer interesse e com isso me sentia estranhamente desconfortável para fornecer informações. Fiquei quase em prantos ali pelo final do nosso primeiro dia juntos.

— Por que ele não conversa comigo? – perguntei enquanto Matthew desamarrava o meu espartilho.

— Porque ele se ocupa em ouvir. Ele é um antropólogo... um observador profissional. A historiadora da família é você. As perguntas cabem a você, não a ele.

— Fico com a língua presa perto dele, e não sei por onde começar. E quando ele conversa comigo é sempre sobre tópicos estranhos como o da permissão dos rebatedores designados que arruinou o beisebol.

— Isso é o que qualquer pai diria para uma filha se a levasse aos jogos de beisebol. Stephen sabe que não verá você crescer. Só não sabe quanto tempo ainda tem com você.

Sentei à beira da cama.

— Ele era fanático pelo Red Sox. Ainda lembro de mamãe dizendo que o ano de 1975 entre a gravidez dela e o *home run* de Carlton Fisk no sexto jogo da *World Series* marcava a melhor temporada de outono na vida do meu pai, mesmo com a vitória de Cincinnati sobre Boston na final.

Matthew sorriu, com doçura.

— Tenho certeza de que a temporada de outono de 1976 foi melhor.

— O Sox realmente venceu nesse ano?

— Não. Seu pai venceu. – Ele me beijou e apagou a vela.

No dia seguinte cheguei da rua e encontrei papai sentado na sala de estar vazia, com o Ashmole 782 aberto à frente.

— Onde o senhor encontrou isso? – perguntei, pondo os embrulhos em cima da mesa. – Matthew devia tê-lo escondido. – Eu já tinha trabalho demais em tentar manter as crianças afastadas do compêndio.

— Jack me emprestou. Ele o chama de "o livro de monstros da sra. Roydon". Logo que fiquei sabendo do livro, me senti compreensivelmente ansioso para vê-lo.

— Papai virou a página. Seus dedos eram mais curtos que os de Matthew, e mais redondos e enérgicos que delgados e habilidosos. – A ilustração do casamento é deste livro?

– Sim. E ainda havia mais duas ilustrações: uma delas de uma árvore e outra de dois dragões vertendo sangue. – Parei por um segundo. – Não sei ao certo quanto posso contar para o senhor, papai. Sei de coisas que o envolvem a esse livro que nem o senhor sabe... coisas que ainda estão por vir.

– Conte-me então o que aconteceu com você depois que o encontrou em Oxford. Eu quero a verdade, Diana. Deve ter sido terrível. Vejo os fios danificados que ligam você ao livro e todos estão enroscados e arrebentados.

Fez-se um silêncio pesado na sala e não havia um único canto onde pudesse fugir do escrutínio do meu pai. Até que a atmosfera se tornou insuportável e olhei nos olhos dele.

– Foram as bruxas. Matthew caiu no sono e saí para tomar ar fresco. Era um lugar seguro. Mesmo assim, uma bruxa me raptou. – Eu me agitei na cadeira. – Fim da história. Falemos de outra coisa. Não quer saber da minha escola? Sou historiadora. Dou aulas. Na Yale. – Falaria sobre qualquer coisa com papai, menos sobre a cadeia de eventos que se iniciou com a entrega de uma velha fotografia no meu apartamento na New College e que culminou com a morte de Juliette.

– Mais tarde. Agora, preciso saber por que outra bruxa queria tanto este livro a ponto de se dispor a matá-la para obtê-lo. Ora, claro. – Ele notou o meu olhar de incredulidade. – Posso imaginar. A bruxa fez um feitiço de abertura que deixou uma cicatriz terrível nas suas costas. Chego a sentir o ferimento. Os olhos de Matthew estão nele, e o seu dragão... também sei a respeito do seu dragão fêmea... protege-a com as asas.

– Satu... essa bruxa que me sequestrou... não é a única que cobiça o livro. Peter Knox também o quer. Ele é um membro da Congregação.

– Peter Knox – disse papai suavemente. – Ora, ora, ora.

– Vocês dois se conhecem?

– Infelizmente, sim. Sempre teve uma queda pela sua mãe. Felizmente, ela o detesta. – Papai virou a página com ar sério. – Tomara que Peter não saiba que há bruxas e bruxos mortos neste livro. Há um toque de magia negra ao redor do livro, e Peter sempre se interessou por esse aspecto da arte. Isso explica por que o cobiça, mas por que você e Matthew o querem tanto?

– As criaturas estão desaparecendo, papai. Os demônios estão cada vez mais selvagens. O sangue dos vampiros perde cada vez mais a capacidade de transformar os humanos. E as bruxas não estão mais procriando. Nós estamos morrendo. Matthew acredita que esse livro possa nos ajudar a entender por que isso tudo está acontecendo – expliquei. – Há muita informação genética nas páginas... pele, cabelo e até sangue e ossos.

– Você se casou com uma criatura parecida com Charles Darwin. Ele se interessa pelas origens e também pela extinção?

– Sim. Faz muito tempo que pesquisa a inter-relação entre demônios, bruxas e vampiros uns com os outros e com os humanos. Se encontrarmos as páginas que faltam compreenderemos o conteúdo e teremos pistas importantes do manuscrito.

Olhos cor de avelã se encontraram com meus olhos.

– Isso é só uma preocupação teórica do seu vampiro?

– Foi no início, mas não é mais. Estou grávida, papai. – Levei a mão ao ventre. Ultimamente esse gesto ocorria com frequência, sem que me ocorresse fazer isso.

– Eu sei. – Ele sorriu. – Também vi isso, mas é bom ouvir dos seus próprios lábios.

– O senhor só está aqui há quarenta e oito horas. Não quero precipitar as coisas – disse envergonhada. Papai se levantou e me deu um abraço apertado. – Sem falar que o senhor deveria estar surpreso. Bruxas e vampiros são proibidos de se apaixonar. E definitivamente não se espera que tenham filhos.

– Sua mãe já havia me avisado... ela viu tudo isso com a extraordinária visão que tem. – Ele sorriu. – Que bisbilhoteira! Ora está bisbilhotando você, ora está bisbilhotando o vampiro. Parabéns, docinho. Os filhos são dádivas maravilhosas.

– Só espero conseguir lidar com isso. Quem pode saber como será o nosso filho?

– Você consegue lidar com qualquer coisa, bem mais do que imagina. – Ele me beijou no rosto. – Venha, vamos dar um passeio. Mostre-me os seus lugares prediletos da cidade. Adoraria conhecer Shakespeare. Um dos meus confrades idiotas realmente acha que *Hamlet* foi escrito pela rainha Elizabeth. E por falar em confrades: como é que acabei tendo uma filha que é professora na Yale depois de anos e anos comprando luvinhas e outras lembranças de Harvard para você?

– Estou curioso sobre uma coisa – disse papai, com os olhos fixos no vinho.

Acabávamos de desfrutar um delicioso jantar após um adorável passeio e as crianças já estavam dormindo e Esfregão roncava ao pé da lareira. O dia tinha sido perfeito até aquele momento.

– Sobre o quê, Stephen? – perguntou Matthew, olhando por cima da taça com um sorriso.

– Quanto tempo mais vocês acham que poderão manter sob controle essa vida louca que estão vivendo?

O sorriso de Matthew se dissipou.

– Não sei se entendi bem a pergunta – respondeu com certa inquietude.

– Vocês dois estão se agarrando às coisas com muita gana. – Papai sorveu um gole de vinho e olhou por cima da taça para o punho fechado de Matthew. – Às vezes destruímos o que mais amamos quando nos agarramos inadvertidamente às coisas.

– Não me esquecerei disso. – Matthew tentou controlar o humor... sem muito êxito. Abri a boca para tentar amenizar a tensão.

– Pare de tentar consertar as coisas, meu bem – disse papai antes que eu pudesse dizer alguma coisa.

– Não estou fazendo isso – retruquei firme.

– Está fazendo, sim – rebateu ele. – Reconheço os sinais porque sua mãe faz isso o tempo todo. É a única chance que tenho de conversar com você adulta, Diana, e não vou medir palavras só porque incomodam a você ou a ele.

Papai enfiou a mão no bolso do casaco e tirou um panfleto.

– Você está tentando consertar as coisas, Matthew.

"*Notícias da Escócia*", as letras minúsculas estavam acima da manchete em letras maiúsculas: REVELAÇÕES SOBRE A VIDA MISERÁVEL DO DOUTOR FIAN, NOTÁVEL FEITICEIRO QUEIMADO NO ÚLTIMO JANEIRO, EM EDENBROUGH.

– Circulam rumores por toda a cidade sobre as bruxas e os bruxos da Escócia – disse papai, empurrando as páginas para Matthew. – Mas as criaturas contam uma história diferente da que é contada pelos sangues-quentes. Segundo elas, o grande e terrível inimigo das bruxas, Matthew Roydon, tem desafiado os desejos da Congregação e salvado os acusados.

Matthew não pegou a publicação.

– Stephen, você não devia acreditar em tudo que ouve. Os fofoqueiros pululam em Londres.

– Para dois controladores malucos vocês certamente estão criando um grande problema para o mundo. E esse problema não ficará por aqui. Serão seguidos por ele quando voltarem para casa.

– De 1591 só levaremos o Ashmole 782 – eu disse.

– Vocês não podem levá-lo – retrucou papai enfaticamente. – O livro pertence ao presente de agora. E vocês já o embaralharam demais ao permanecerem tanto tempo aqui.

– Nós temos sido cuidadosos, papai. – Fiquei magoada com a crítica.

– Cuidadosos? Faz sete meses que estão aqui. E ainda conceberam um filho. O máximo de tempo que permaneci no passado foram duas semanas. Vocês deixaram de ser viajantes do tempo. Vocês sucumbiram à mais básica transgressão do campo antropológico: tornaram-se nativos.

– Já estive aqui antes, Stephen – disse Matthew brandamente, se bem que tamborilava nervosamente a coxa com os dedos. Isso não era um bom sinal.

– Sei disso, Matthew – disse papai. – Mas você introduziu tantas variáveis que o passado já não é mais o que era.

– O passado nos transformou – eu disse, encarando o olhar irado do meu pai. – E por essa razão *nós* também *o* transformamos.

– E isso é tudo? Viajar no tempo é um negócio sério, Diana. Até para uma visita breve você precisa de um plano... um plano que inclui deixar tudo para trás exatamente como estava.

Eu me agitei na cadeira.

– Não era para ficarmos tanto tempo aqui. Uma coisa levou à outra, e agora...

– Agora, vocês deixarão uma bagunça para trás. E vão se ver diante de outra quando retornarem para casa. – Papai nos olhou com ar sombrio.

– Já entendi tudo, papai. Fizemos uma asneira.

– Fizeram, sim – disse ele mansamente. – Pensem a respeito disso enquanto vou ao Cardinal Hat. Alguém chamado Gallowglass se apresentou para mim lá no pátio. Disse que era parente de Matthew e prometeu me ajudar a conhecer Shakespeare, já que minha própria filha se recusou. – Deu um beijinho na minha bochecha. Um beijo de decepção e também de perdão. – Não vou chegar cedo.

Eu e Matthew nos calamos.

Respirei ainda trêmula.

– Fizemos uma asneira, Matthew?

Repassei os meses anteriores na cabeça: o encontro com Philippe, a quebra das defesas de Matthew, o encontro com Goody Alsop e as outras bruxas, a minha autodescoberta como tecelã, a amizade com Mary e as damas de Malá Strana, o acolhimento de Jack e Annie em nossa casa e em nossos corações, a descoberta do Ashmole 782 e, claro, a concepção de um filho. Levei a mão ao ventre, como se para protegê-lo. Não mudaria nada, mesmo que tivesse outra escolha.

– É difícil saber, *mon coeur* – respondeu Matthew, com ar melancólico. – Só o tempo dirá.

– Pensei em visitarmos a Goody Alsop juntos. Ela está me ajudando a elaborar o feitiço para o retorno ao futuro. – Coloquei-me à frente de papai, agarrada à caixa de feitiços. Ainda estava embaraçada devido ao sermão que ele passara em mim e em Matthew na noite anterior.

– Já era hora – disse ele, pegando o casaco. Ainda o usava à maneira moderna, tirando-o quando entrava em casa e arregaçando as mangas da camisa. – Achei que você não tinha ouvido as minhas sugestões. Mal posso esperar para conhecer uma verdadeira tecelã. E quando é que vai me mostrar o que há dentro dessa caixa?

– Por que não disse antes se estava curioso?

– Você cobriu a caixa com tanto cuidado, com se fosse algo só seu, que achei que não gostaria de falar disso com ninguém – respondeu ele quando descemos pela escada.

E quando chegamos à paróquia de St. James Garlickhythe a ajudante de Goody Alsop abriu a porta.

– Entrem, entrem – disse a bruxa, apontando para as cadeiras perto da lareira. Seus olhos brilharam e piscaram de excitação. – Estávamos à espera de vocês.

O conciliábulo todo estava lá; as mulheres estavam sentadas à beira das cadeiras.

– Goody Alsop, este é meu pai, Stephen Proctor.

– O tecelão. – Goody Alsop sorriu de satisfação. – Você é aguado como sua filha.

Papai se manteve atrás, como de costume, observando e falando o mínimo possível enquanto eu fazia as apresentações. As mulheres sorriam e balançavam a cabeça em assentimento, embora Catherine tivesse que repetir tudo para Elizabeth Jackson por causa do sotaque acentuado de papai.

– Mas estamos sendo rudes. Você se importaria de partilhar o nome de sua criatura? – Goody Alsop olhou para os ombros de papai, onde se viam os tênues contornos de uma garça. Eu nunca tinha reparado nela.

– A senhora consegue ver Bennu? – perguntou ele surpreso.

– Claro que sim. Está empoleirada no seu ombro de asas abertas. Meu espírito familiar não tem asas, mesmo assim tenho uma forte ligação com o ar. Talvez tenha sido fácil domesticá-la justamente porque não tinha asas. Eu ainda era menina quando uma tecelã chegou a Londres, com uma harpia como familiar. Chamava-se Ella e foi difícil treiná-la.

A ajudante de Goody Alsop flutuava ao redor do meu pai, balbuciando com doçura à medida que a ave se tornava mais visível.

– Talvez Bennu consiga persuadir o dragão de fogo de Diana a revelar o seu nome próprio. Isso facilitaria em muito as viagens no tempo da sua filha, suponho. E não queremos que o familiar de Diana deixe rastros aqui e arraste-a de volta a Londres de agora.

– Uau. – Papai lutava para acompanhar tudo: o estranho vocabulário, a ajudante de Goody Alsop e a visibilidade dos segredos dele.

– Quem? – disse Elizabeth Jackson polidamente, assumindo que não tinha entendido.

Papai deu um passo para trás e observou Elizabeth com atenção.

– Já nos conhecemos?

– Não. O senhor está reconhecendo a água que corre em minhas veias. Estamos muito felizes por tê-lo aqui conosco, mestre Proctor. Os muros de Londres não abrigam apenas três tecelões. São muitos aqui na cidade.

Goody Alsop apontou para a cadeira ao lado dela.

– Sente-se.

Papai assumiu o lugar de honra.

– Ninguém lá em casa entende de tecelagem.

– Nem mesmo mamãe? – Fiquei chocada. – O senhor devia ter dito para ela, papai.

– Ora, ela já sabe. Mas não precisei dizer nada. Simplesmente mostrei para ela. – Os dedos de papai se curvaram e se distenderam num gesto instintivo de comando.

A sala irradiou tons de azul, cinza, lavanda e verde enquanto ele se servia dos fios aquosos que estavam ocultos lá dentro: os ramos de salgueiro no vaso perto da janela, o candelabro de prata que Goody Alsop utilizava nos feitiços, o peixe à espera de ser assado. Todos e tudo na sala se projetaram em tons aquosos iguais. Bennu alçou voo e as extremidades prateadas das asas bateram no ar como ondas. A corrente soprou a ajudante de Goody Alsop, que se transformou num lírio de haste comprida e logo reassumiu a forma humana de onde brotaram asas. Era como se os dois familiares estivessem brincando. Meu dragão de fogo balançou a cauda frente à perspectiva de recreação e bateu as asas contra minhas costelas.

– Agora, não – eu disse em tom firme, apertando o corpete. Um dragão de fogo rebelde era a última coisa de que precisávamos. Eu não sabia como controlar o passado, sabia como não deixar um dragão à solta na Londres elisabetana.

– Deixe-a sair, Diana – disse papai em voz de comando. – Ben cuidará dela.

Mas eu não podia fazer isso. Papai chamou Bennu que se dissolveu nos ombros dele. A magia aquosa também se dissolveu a minha volta.

– Por que tem tanto medo? – perguntou papai em voz baixa.

– Por causa disto aqui! – Sacudi os cordões no ar. – E por isto! – Bati nas costelas para provocar o dragão. Ela reagiu com um arroto. Deslizei a mão até o ponto onde o meu filho se desenvolvia. – E por isto. É muita coisa. Não uso a magia elemental de um modo espetacular como o senhor. Sou feliz do jeito que sou.

– Você tanto pode tecer feitiços quanto comandar um dragão de fogo e manipular as leis que governam a vida e a morte. Você é tão volátil quanto criadora de si mesma, Diana. Qualquer bruxa de importância mataria para ter esses poderes.

Olhei horrorizada para o meu pai. Ele tinha trazido para aquela sala justamente o que eu não conseguia encarar: bruxas que matariam por aqueles poderes. Elas matariam meu pai e minha mãe.

– Arrumar a magia em caixinhas e separá-las da arte não muda o meu destino e o destino da sua mãe – continuou papai, com ar melancólico.

– Não é isso que estou tentando fazer.

– Verdade? – Ele arqueou as sobrancelhas. – Quer tentar de novo, Diana?

– Sarah diz que magia elemental e arte são separadas. Ela diz...

– Esquece o que a Sarah diz! – Papai me segurou pelos ombros. – Você não é Sarah. Não é igual a nenhuma bruxa que já viveu. E não precisa escolher entre os feitiços e o poder que emana da ponta dos seus dedos. Nós não somos tecelões?

Balancei a cabeça.

– Então, pense na magia dos elementais como uma urdidura, as sólidas fibras que sustentam o mundo, e nos feitiços como uma trama. Ambos compõem uma única tapeçaria. Tudo faz parte de um grande sistema, docinho. E você poderá dominá-lo se deixar o seu medo de lado.

Entrevi as possibilidades que cintilaram à minha volta em teias coloridas e sombrias, mas o medo não desvaneceu.

– Espere. Também tenho uma conexão com o fogo, como mamãe. Nós não sabemos como os elementos da água e do fogo reagem. Ainda não tive essa aula. – *Por causa de Praga.* Pensei. *Porque nos concentramos na caça ao Ashmole 782 e não me concentrei no futuro e em como retornar a ele.*

– Você então é uma batedora ambidestra... uma arma secreta mágica. – Ele riu. Ele *riu*.

– Isso é sério, pai.

– Mas não precisa ser. – Ele se deixou penetrar pela água e depois entortou o dedo em gancho, pegando um fio cinza esverdeado pela ponta.

– O que está fazendo? – perguntei curiosa.

– Observe – respondeu ele com um sussurro que ecoou como as ondas que quebram na praia. Levou o dedo aos lábios e os fechou, como se estivesse segurando um canudinho invisível de bolhas de sabão. Soprou e formou-se uma bolinha de água. Sacudiu os dedos para um recipiente de água próximo à lareira e a bolinha azulou, flutuou por cima do recipiente e se esparramou lá dentro. – Na mosca!

Elizabeth sorriu e liberou uma torrente de bolhas de água que estouraram no ar e esguicharam como chuveirinhos.

– Às vezes precisamos abraçar o desconhecido mesmo quando não o apreciamos, Diana. Você ficou aterrorizada quando a coloquei num velocípede pela primeira vez. E jogava os blocos de madeira na parede quando não conseguia encaixá-los na caixa. Superamos tudo em meio a crises. Sei que poderemos lidar com isso. – Papai estendeu a mão.

– Mas isso é tão...

– Desorganizado? A vida também é. Não tente ser perfeita. Tente ser real. – Ele cruzou o ar com o braço, deixando os fios habitualmente escondidos à vista. – O mundo inteiro está dentro desta sala. Aproveite para conhecê-lo.

Observei os padrões e os grumos de cor em volta das bruxas que indicavam o ponto forte e o ponto fraco de cada uma delas. Fui rodeada por uma profusão de fios de fogo e água em formas conflitantes. Entrei de novo em pânico.

– Chame o fogo – disse papai, como se isso fosse simples como encomendar uma pizza.

Depois de um momento de hesitação entortei o dedo em gancho e desejei que o fogo viesse a mim. Peguei um fio laranja-avermelhado pela ponta e, quando soprei o hálito pelos lábios fechados, dezenas de bolhinhas de luz e calor flutuaram no ar como vaga-lumes.

– Maravilha, Diana! – gritou Catherine, batendo palmas.

Meu dragão de fogo quis se libertar devido às palmas e ao fogo. Bennu gritou de cima dos ombros de papai e o dragão de fogo respondeu.

– Não! – exclamei, trincando os dentes.

– Não seja desmancha-prazeres. Ela é um dragão... não um peixinho de aquário. Por que está sempre fingindo que o mágico é comum? Deixe-a voar!

Relaxei por um segundo e minhas costelas se afrouxaram e se abriram da coluna, como as folhas de um livro. O dragão de fogo escapou do confinamento de ossos na primeira oportunidade e bateu as asas enquanto se metamorfoseava do cinza incorpóreo a um tom iridescente e brilhante. Enroscou a cauda em um nó solto e saiu voando pela sala. Pegou as pequenas bolhas de fogo com os dentes e engoliu-as como se fossem jujubas. E depois engoliu as bolhas de água como se fossem de champanhe. Quando esgotou a brincadeira, pairou no ar à minha frente, balançando a cauda pelo chão. E depois esticou a cabeça, como se à espera de um pedido meu.

– Quem é você? – perguntei enquanto me perguntava como é que o dragão de fogo conseguira absorver os poderes conflitantes entre a água e o fogo.

– Você, mas não você. – Ela piscou com os olhos vítreos enquanto me observava. Uma bola de energia rodopiou e se equilibrou na extremidade da cauda de escamas. Ela sacudiu a cauda e arremessou a bola de energia na palma da minha mão. Era uma bola igual à que eu tinha dado para Matthew em Madison.

– Como se chama? – sussurrei.

– Pode me chamar de Corra – respondeu ela, com uma língua de fumaça e névoa. Balançou a cabeça em despedida, mesclou-se a uma sombra acinzentada e desvaneceu. Pôs-se com todo peso dentro de mim, fechou as asas em volta das minhas costas e emudeceu. Respirei fundo.

– Isso foi demais, querida. – Papai me deu um abraço apertado. – Você pensou como o fogo. Empatia é o segredo de quase tudo na vida... inclusive da magia. Olhe só como os fios estão brilhantes agora!

O mundo cintilava de possibilidades a nossa volta. Uma intermitente teia em tons índigo e âmbar nos cantos era um indício de que o tempo estava cada vez mais impaciente.

38

— Minhas duas semanas passaram. Já é hora de ir embora.

As palavras de papai não eram inesperadas, e mesmo assim me golpearam. Fechei os olhos para dissimular o meu sentimento.

— Sua mãe vai pensar que estou me divertindo com uma vendedora de laranjas se não retornar agora.

— As vendedoras de laranjas são mais comuns ao século XVII – comentei distraída, mexendo nos cordões que tinha ao colo. Meus progressos agora se estendiam de simples amuletos contra dores de cabeça a tecelagens mais complicadas capazes de plissar as ondas do Tâmisa. Envolvi um fio dourado e um fio azul em meus dedos. *Força e entendimento.*

— Uau. Boa recuperação, Diana. – Papai se voltou para Matthew. – Ela bate e volta com rapidez.

— Nem me fale – disse o meu marido em tom igualmente seco. Ambos faziam uso do humor para atenuar as asperezas superficiais do relacionamento entre eles, o que às vezes era insuportável.

— Estou muito feliz por tê-lo conhecido, Matthew... apesar da cara feia que você faz quando acha que me aproprio de Diana – disse papai, com uma risada.

Ignorei o joguinho deles e entrelacei o cordão amarelo com o dourado e o azul. *Persuasão.*

— O senhor pode ficar até amanhã? Seria uma pena perder as celebrações. – Era a noite do festival de verão e a cidade estava em clima de festa. Apelei sem pudor para os interesses acadêmicos do meu pai por achar que uma última noite com a filha não seria um incentivo suficiente. – Haverá muitos costumes folclóricos para serem observados.

— Costumes folclóricos? – Papai sorriu. – Quanta sutileza! Claro que posso ficar até amanhã. Annie fez uma guirlanda de flores para minha cabeça e desfrutarei um tabaco com Will e Walter. E depois visitarei padre Hubbard.

Matthew franziu a testa.

– Você conhece Hubbard?

– Ora, claro. Eu me apresentei a ele assim que cheguei. Precisava fazer isso porque ele era o homem no comando. Hubbard rapidamente percebeu que eu era o pai de Diana. Vocês têm um olfato impressionante. – Papai olhou amavelmente para Matthew. – É um homem interessante cujo ideal é que todas as criaturas convivam numa grande família em harmonia.

– Isso seria um completo caos – frisei.

– Realizamos isso na noite passada, com três vampiros, dois bruxos, um demônio, dois humanos e um cachorro dividindo o mesmo teto. Não seja tão apressada em descartar as ideias novas, Diana. – Papai me olhou com ar de reprovação. – Após a visita talvez dê um passeio com Catherine e Marjorie. Esta noite muitas bruxas estarão pelas ruas. E definitivamente as duas sabem onde há mais diversão. – Pelo visto ele estava intimamente entrosado com metade da cidade.

– Mas trate de tomar cuidado. Especialmente com Will, papai. Nada de "uau" nem de "falou, Shakespeare". – Papai era apaixonado pelas gírias. Dizia que a gíria é a marca do antropólogo.

– Will seria um colega maneiro se pudesse levá-lo comigo para casa... desculpe-me, docinho. Ele tem senso de humor. Nosso departamento na universidade ficaria muito melhor com alguém como ele. Will colocaria mais fermento na massa, se é que me entende. – Papai esfregou as mãos com entusiasmo. – Quais são os seus planos?

– Não temos nenhum. – Olhei fixamente para Matthew, que deu de ombros.

– Planejava responder algumas cartas – disse ele hesitante. A pilha de correspondências tinha aumentado assustadoramente.

– Oh, não. – Papai sentou-se de novo na cadeira, aparentemente horrorizado.

– O quê? – Girei a cabeça para ver se alguém ou alguma coisa tinha entrado na sala.

– Não me digam que vocês são como aqueles acadêmicos que não distinguem entre vida pessoal e trabalho. – Ele sacudiu a mão no ar, como se para espantar um possível contágio. – Recuso-me a acreditar que minha própria filha seja um deles.

– Isso soa um pouco melodramático, papai – retruquei em tom firme. – Nós poderíamos passar a noite com o senhor. Nunca fumei. Será histórico fazer isso pela primeira vez com Walter, já que ele introduziu o tabaco na Inglaterra.

Papai se mostrou ainda mais horrorizado.

– Absolutamente, não. Será uma diversão entre companheiros. Lionel Tiger argumenta...

– Não sou um grande fã de Tiger – disse Matthew. – O carnívoro social nunca fez sentido para mim.

– Será que podemos deixar de lado o tópico do canibalismo por um instante e discutirmos por que o senhor não quer passar a sua última noite aqui comigo e Matthew? – Eu estava magoada.

– Não se trata disso, docinho. Ajude-me aqui, Matthew. Promova um encontro romântico com Diana. Sei que será capaz de pensar em alguma coisa original.

– Como patinar? – As sobrancelhas de Matthew arquearam. – Não há rinques de patinação na Londres do século XVI... e acrescento que estão praticamente desaparecidos no século XXI.

– Droga! – Fazia alguns dias que papai e Matthew estavam jogando "moda *versus* tendência". Papai recebera com prazer a notícia de que a popularidade da moda *disco* e dos bichinhos de pedra acabara, mas se chocara com a notícia de que outras coisas como o traje *leisure suit* já não passavam de piadas. – Adoro patinar. Eu e Rebecca sempre vamos para um lugar em Dorchester quando queremos ficar longe de Diana por algumas poucas horas, e...

– Sairemos para uma caminhada – eu o interrompi. Papai conseguia ser desnecessariamente franco quando falava sobre como passava as horas livres com mamãe. Talvez por pensar que isso poderia agitar o sentimento possessivo de Matthew. Como a tática fracassara, começou a chamar Matthew de "*sir* Lancelot" só para implicar um pouco mais.

– Uma caminhada. Vocês vão passear. – Papai deu uma pausa. – Não disse isso literalmente, disse?

Ele saiu da mesa.

– Não é de espantar que as criaturas estejam a caminho da extinção como os dodôs. Saiam. Vocês dois. Agora. Estou ordenando que se divirtam. – Ele nos empurrou em direção à porta.

– Como? – perguntei perplexa.

– Essa é uma pergunta que uma filha não deve fazer para um pai. É o festival de verão. Saiam e perguntem o que devem fazer para a primeira pessoa que aparecer. Melhor ainda, sigam o exemplo de alguém. Uivem para a lua. Façam magia. Beijem-se, pelo menos. Acredito que *sir* Lancelot saiba beijar. – Ele mexeu as sobrancelhas. – Sacou, srta. Bishop?

– Acho que sim. – Soei com um tom que refletiu minhas dúvidas a respeito do que papai entendia por diversão.

– Ótimo. Só voltarei de manhãzinha, portanto não me esperem. Melhor ainda, passem a noite fora também. Jack está com Tommy Harriot. Annie está com a tia dela. E Pierre está... não sei onde Pierre está, mas ele não precisa de babá. Verei vocês no café da manhã.

– Quando começou a chamar Thomas Harriot de "Tommy"? – perguntei. Papai fingiu não ouvir.

– Dê cá um abraço antes de sair. E não se esqueça de se divertir, tá legal? – Ele me abraçou. – Vejo-a mais tarde, baby.

Stephen nos empurrou pela porta afora e fechou-a na nossa cara. Estendi a mão para segurar a maçaneta, mas a mão do vampiro me impediu.

– Ele vai partir em poucas horas, Matthew. – Alcancei a porta com a outra mão. Matthew também a segurou.

– Eu sei. E ele também sabe – disse Matthew.

– Então ele deveria entender que eu quero passar mais tempo com ele. – Olhei fixamente para a porta, desejando que papai a abrisse. Os fios saíram de mim, entraram pelo grão da madeira e se dirigiram ao bruxo do outro lado da porta. Um dos fios se partiu e ricocheteou na minha mão como um elástico. Engoli em seco. – Papai!

– Saia daí, Diana! – gritou ele.

Perambulei pela cidade com Matthew, observando as lojas fechadas e os foliões que já lotavam os pubs. Alguns açougueiros empilhavam ossos na entrada dos açougues. Ossos brancos e limpos, como se passados por fervuras.

– O que vão fazer com os ossos? – perguntei depois que passamos pelo terceiro açougue.

– São para as fogueiras de ossos.

– Fogueiras?

– Não – respondeu Matthew –, fogueiras de ossos. As pessoas tradicionalmente celebram o festival de verão acendendo fogueiras, fogueiras de ossos, fogueiras de lenha e fogueiras mistas. Todo ano o prefeito pede para que parem com as celebrações supersticiosas, mas o povo continua acendendo fogueiras.

Matthew convidou-me para jantar no famoso Belle Savage Inn, situado na Ludgate Hill, fora dos limites de Blackfriars. Além de ser um restaurante, Belle Savage também era um complexo de entretenimento, onde os frequentadores assistiam a peças e embates de esgrima – e principalmente Marocco, um cavalo afamado que conseguia identificar as virgens na plateia. Não era um rinque de patinação em Dorchester, mas não ficava nada a dever.

Os adolescentes da cidade estavam a todo vapor, xingavam e faziam insinuações entre si aos gritos enquanto percorriam os bebedouros. Durante o dia a maioria se esfolava como criados ou como aprendizes. Não tinham tempo para nada nem à noitinha, já que os amos os encarregavam de tomar conta das lojas e das casas e de cuidar das crianças e de buscar comida e água e de fazer centenas de outras pequenas tarefas necessárias ao funcionamento da casa. Mas aquela noite pertencia a eles e eles a aproveitavam ao máximo.

Saímos da Ludgate e os sinos badalaram nove horas quando nos aproximamos da entrada de Blackfriars. Era hora da ronda dos membros da Guarda e do retorno da população às suas casas, mas naquela noite ninguém parecia disposto a obedecer às regras. O pôr do sol se dera uma hora antes, mas a lua quase cheia iluminava as ruas.

– Vamos continuar passeando? – perguntei. Sempre íamos a lugares específicos como o Castelo de Baynard, para visitar a Mary, ou a St. James Garlickhythe, para me reunir com as bruxas, ou ao adro da St. Paul's, para comprar livros. Nunca tínhamos passeado pela cidade sem destino.

– Não vejo por que não, já que recebemos ordens para ficar fora de casa e nos divertirmos – disse Matthew, curvando-se e me roubando um beijo.

Caminhamos pelas redondezas do portão ocidental da St. Paul's que, apesar da hora, estava lotado, e pelo adro afora em direção ao norte. Isso nos levou até Cheapside, a rua mais espaçosa e próspera de Londres, onde os ourives dobravam os preços. Contornamos a Cruz de Cheapside que servia de piscina para um grupo de garotos ruidosos, e seguimos rumo leste. Matthew traçou a rota da procissão da coroação de Ana Bolena para mim e mostrou a casa onde Geoffrey Chaucer passara a infância. Alguns comerciantes convidaram Matthew para se juntar a eles num jogo de boliche. Mas o tiraram da competição depois do terceiro *strike* que ele fez em uma única rodada.

– Está feliz agora que provou que é o maioral? – Eu o provoquei quando ele me enlaçou pelos ombros e me puxou para mais perto.

– Muito – disse ele. Apontou para uma bifurcação na estrada. – Olhe.

– O Royal Exchange. – Girei o corpo de excitação. – À noite! Você lembrou.

– Um cavalheiro nunca esquece. – Ele fez uma reverência. – Não sei se tem alguma loja ainda aberta, mas os candeeiros estarão acesos. Vamos passear no pátio?

Atravessamos os amplos arcos em direção à torre do sino, onde a figura de um gafanhoto se destacava no topo. Lá dentro, girei o corpo lentamente enquanto absorvia de cabo a rabo o prédio de quatro andares com centenas de lojas que vendiam de tudo, de armaduras a calçadeiras. Estátuas de monarcas ingleses olhavam do alto para frequentadores e comerciantes, e de novo uma praga de gafanhotos ornamentava o ponto mais alto de cada janela das mansardas.

– O gafanhoto era o emblema de Gresham. Ele não tinha o menor pudor em se autopromover – disse Matthew, soltando uma gargalhada e acompanhando os meus olhos.

Algumas lojas ainda estavam abertas e os candeeiros nos arcos em torno do pátio central estavam acesos, de modo que não éramos os únicos que desfrutávamos a noite.

– De onde vem a música? – perguntei, olhando em volta na tentativa de localizar os menestréis.

– Da torre – respondeu ele, apontando para o ponto por onde tínhamos entrado. – Os comerciantes patrocinam os concertos de verão. É um bom negócio.

Matthew também era bom nos negócios, pelo menos era o que indicava o número de lojistas que o cumprimentavam pelo nome. Eles trocavam piadas uns com os outros e não se esqueciam de perguntar pelas esposas e os filhos.

– Já volto – disse ele ao entrar numa loja das cercanias. Fiquei impressionada quando ouvi a música e observei uma jovem dama que organizava um baile de improviso. As pessoas formaram círculos de mãos dadas e saltitaram para cima e para baixo como pipocas em panela quente.

Logo Mathew retornou e me deu um presente – com a devida cerimônia.

– Uma ratoeira. – Sorri perante a pequena caixa de madeira com uma porta deslizante.

– *Isto* é uma verdadeira ratoeira – disse ele, segurando a minha mão. Começou a caminhar de costas, puxando-me para o centro do baile. – Dance comigo.

– Definitivamente, não conheço essa dança. – Não era nada parecida com as danças tranquilas de Sept-Tours ou da corte de Rodolfo.

– Pois é, sei disso – disse Matthew, sem se importar com os olhares cravados nele. – É uma antiga dança... chama-se Black Nag, os passos são simples. – Tirou a ratoeira da minha mão antes de me puxar até o final da fila e a entregou para um moleque tomar conta. Prometeu um pêni se ele fizesse isso até o final da música.

Matthew me pegou pela mão e nos fez acompanhar a fila dos dançarinos em pleno movimento. Três passos e um pequeno pontapé para a frente, três passos e uma pequena inclinação para trás. Depois de algumas repetições entramos numa sequência de passos mais intricados na qual a fila de doze dançarinos se dividiu em duas de seis e começou a trocar de lugar enquanto cruzava caminhos diagonais de uma fila para outra, se movendo para a frente e para trás.

Ao final da dança ouviram-se pedidos de bis para outras músicas e outros ritmos, mas deixamos o Royal Exchange antes que as danças se tornassem mais vibrantes. Matthew recuperou a ratoeira e, em vez de pegar o caminho de volta para casa, saiu em direção ao rio rumo sul. Dobramos tantas alamedas e atravessamos tantos pátios que eu já estava totalmente desorientada quando chegamos a All Hallows the Great, com uma torre alta e quadrada e um claustro abandonado por onde um dia os monges caminhavam. Como a maioria das igrejas de Londres, a All Hallows estava a ponto de se tornar uma ruína, com toda a cantaria a desmoronar.

– Pronta para uma escalada? – perguntou ele, abaixando-se para entrar no claustro por uma porta de madeira baixa.

Balancei a cabeça e iniciamos a escalada. Passamos pelos sinos que felizmente não estavam badalando, e depois Matthew forçou um alçapão no teto. Espremeu-se pela abertura acima, esticou o braço lá do alto e me puxou para junto dele. E de repente estávamos atrás das ameias da torre, com toda a Londres espraiada lá embaixo.

Fogueiras ardiam em todo o esplendor nas colinas distantes da cidade, e lanternas oscilavam para cima e para baixo tanto nos botes como nas barcaças que cruzavam o rio Tâmisa. Ao longe e com a escuridão do rio como pano de fundo mais pareciam vaga-lumes. Soavam risadas, músicas e os burburinhos comuns de um cotidiano ao qual já estava habituada pelos meses de permanência naquele lugar.

– Quer dizer que você já conheceu a rainha, o Royal Exchange à noite e *se apresentou* numa peça em vez de assistir a ela – disse Matthew, enumerando os tópicos com os dedos.

– E também encontramos o Ashmole 782. E descobrimos que sou uma tecelã e que a magia não é tão disciplinada como se esperava. – Fixei os olhos na cidade e me lembrei de quando Matthew apontava para os lugares com medo de que me perdesse depois que chegamos. Eu já conseguia nomear todos aqueles lugares. – Lá está Bridewell. – Apontei. – E a St. Paul's. E as arenas dos ursos. – Olhei para o vampiro calado atrás de mim. – Muito obrigada por esta noite, Matthew. Nunca tivemos um encontro, um encontro... íntimo como este. Foi mágico.

– Não tenho sido muito bom em cortejá-la, não é? Devíamos ter tido outras noites como esta, com direito à dança e a olhar para as estrelas. – Ele levantou ligeiramente a cabeça e o luar iluminou a palidez do seu rosto.

– Você está quase brilhando – disse suavemente, esticando-me para tocar no queixo dele.

– E você também. – Ele deslizou as mãos até a minha cintura, e esse gesto trouxe o bebê ao nosso abraço. – Isso me faz lembrar. Seu pai também nos deu uma lista.

– Já nos divertimos. Você fez magia ao me levar até o Exchange e agora me surpreende com esta paisagem.

– Ainda restam dois itens. A escolha é da dama. Podemos uivar para a lua ou nos beijar.

Sorri e desviei os olhos, estranhamente acanhada. Matthew levantou a cabeça novamente para a lua e se preparou.

– Nada de uivos. Vai atrair a Guarda. – Soltei uma risada.

– Então, só nos resta o beijo – disse ele baixinho, colando os lábios nos meus.

Na manhã seguinte a casa inteira bocejou a caminho do café da manhã depois de uma noite fora de casa até tarde. Tom e Jack já tinham acordado e engoliam uma tigela de mingau de aveia avidamente quando Gallowglass entrou e sussurrou alguma coisa para Matthew. Fiquei com a boca ressecada quando Matthew me olhou com tristeza.

– Onde está papai? – Levantei-me.

– Já voltou para casa – respondeu Gallowglass de imediato.

– Por que não o impediu? – perguntei para Gallowglass já em prantos. – Ele não podia ter ido. Eu precisava de mais algumas horas com ele.

– Nem todo o tempo do mundo seria suficiente, titia – disse Gallowglass com ar melancólico.

– Mas ele não me disse adeus – sussurrei entorpecida.

– Um pai nunca deve dizer um adeus final para um filho – disse Matthew.

– Stephen me pediu que lhe entregasse isto – disse Gallowglass. Era uma folha de papel dobrada em origami em forma de barco.

– Papai é péssimo para fazer cisnes – comentei enquanto enxugava os olhos –, mas é realmente ótimo com os barquinhos de papel. – Abri a folha com cuidado.

Diana:

Você é tudo que nós sonhamos que seria um dia.
A vida é a forte urdidura do tempo. A morte, apenas a trama.
Será por causa dos seus filhos e dos filhos dos seus filhos que viverei para sempre.

Papai

P.S. Toda vez que você ler "Há algo de podre no reino da Dinamarca", no Hamlet, *pense em mim.*

– Você disse que magia é apenas um desejo transformado em realidade. Talvez os feitiços sejam apenas palavras nas quais se acredita de todo coração – disse Matthew, pondo as mãos nos meus ombros. – Ele te ama. Para sempre. E eu também.

Essas palavras teceram os fios que nos conectavam, bruxa e vampiro. E carregavam a convicção dos sentimentos dele: ternura, reverência, constância e esperança.

– Eu também te amo – sussurrei, reforçando o encantamento dele com o meu.

39

Meu pai saiu de Londres sem me dizer adeus. Eu estava determinada a partir de outra maneira. E por isso os meus últimos dias na cidade tornaram-se uma complexa tecelagem de palavras e desejos, feitiços e magias.

A ajudante de Goody Alsop me esperava com ar tristonho no final do beco. E arrastou a tristeza atrás de mim enquanto eu subia a escada da casa da bruxa.

– Então, você está nos deixando – disse Goody Alsop de sua poltrona ao pé da lareira. Estava com uma roupa de lã e um xale, e o fogo ardia como convinha.

– Nós precisamos ir. – Inclinei-me e beijei aquele rosto ressequido como folha de papel. – Como é que a senhora está hoje?

– Um pouco melhor, graças aos remédios de Susanna. – Goody Alsop tossiu com força e sua frágil estrutura se dobrou. Depois que se recuperou, observou-me atentamente com um brilho nos olhos e balançou a cabeça. – Desta vez o bebê está enraizado.

– Está sim – disse sorrindo. – Meus enjoos estão aí para provar. A senhora quer que eu mesma conte para as outras? – Não queria sobrecarregá-la com cargas extras, quer fossem emocionais ou físicas. Susanna estava preocupada com a debilidade física de Goody Alsop, e Elizabeth Jackson já estava assumindo algumas das tarefas conduzidas pelo membro mais velho da reunião.

– Não é necessário. Foi só a Catherine que me disse que poucos dias atrás Corra estava voando e matraqueando, como sempre faz quando tem um segredo.

Eu tinha feito um acordo com o meu dragão de fogo de que ela limitaria os voos a céu aberto apenas uma vez por semana e à noite. E com relutância concordara com uma segunda noite durante a lua negra, porque o risco de que alguém a visse e a confundisse com um mau presságio seria menor.

– Então, ela esteve por aqui – disse sorrindo. Corra adorara a companhia da bruxa Catherine que por sua vez adorava desafiá-la em competições de lançamento de fogo pela boca.

– Nós todas ficamos felizes por Corra ter encontrado alguma coisa para fazer além de se enfiar nas chaminés e gritar para os fantasmas. – Goody apontou para a cadeira oposta. – Não quer sentar-se comigo? Talvez a deusa não nos dê uma outra chance.

– A senhora tem notícias da Escócia? – perguntei enquanto me sentava.

– Não ouvi mais nada desde que você me disse que, apesar de todos os apelos, tinham queimado Euphemia MacLean na pira. – O declínio de Goody Alsop começara na noite em que contei a ela o caso da jovem bruxa de Berwick que tinha sido queimada apesar de todos os esforços de Matthew.

– Matthew finalmente convenceu o resto da Congregação de que era preciso dar um fim na espiral de acusações e execuções. Duas bruxas acusadas deram outro testemunho e revelaram que haviam confessado sob tortura.

– A Congregação deve ter ficado boquiaberta quando um *wearh* defendeu uma bruxa. – Goody Alsop me olhou atentamente. – Ele devia ter se mantido a distância, já que vocês permaneceram aqui. Matthew Roydon vive num perigoso mundo de meias verdades, mas ninguém fica encoberto para sempre. E agora vocês devem redobrar o cuidado por causa do bebê.

– Faremos isso – assegurei. – Embora ainda não me sinta completamente segura de que o oitavo nó esteja forte o bastante para uma viagem no tempo. Não com Matthew e o bebê.

– Deixe-me vê-los – disse Goody Alsop, estendendo a mão. Curvei-me para a frente e coloquei os cordões nas mãos dela. Faria uso de todos os nove cordões na viagem no tempo, e isso perfazia um total de nove nós diferentes. Nenhum feitiço a mais seria usado.

Goody Alsop fez oito cruzamentos no cordão vermelho com suas mãos experientes e uniu as extremidades para que o nó não pudesse ser desfeito.

– É assim que faço. – Foi um trabalho maravilhoso e simples, com laçadas abertas e volteios como arabescos de pedra na janela de uma catedral.

– O meu não é nada parecido. – Sorri desanimada. – O meu não parecia tão firme.

– Cada tecelagem é única, assim como o tecelão que a tece. A deusa não deseja que sigamos ideais de perfeição, mas que sejamos fiéis a nós mesmas.

– Bem, talvez eu seja mesmo agitada. – Peguei os cordões para estudar o padrão.

– Há um outro nó que gostaria de lhe mostrar – disse Goody Alsop.

– Outro? – Franzi a testa.

– Um décimo nó. Para mim é impossível fazê-lo, se bem que é muito simples. – Goody Alsop sorriu, mas com o queixo trêmulo. – Nem a minha mestra conseguia fazer esse nó e mesmo assim o aprendemos na esperança de que chegasse uma tecelã como você.

Goody Alsop soltou o nó apertado com um gesto simples do seu encarquilhado dedo indicador. Entreguei-lhe o cordão vermelho de seda e ela fez uma laçada simples. O cordão fundiu-se a um aro inquebrantável por um instante. Mas a laçada se soltou tão logo ela o largou.

– Mas a senhora acabou de unir as extremidades agorinha mesmo, e com uma trama muito mais complicada – disse confusa.

– Só consigo amarrar as extremidades e completar o feitiço enquanto o cruzamento permanece no cordão. Somente uma tecelã ou um tecelão que estejam entre os mundos podem fazer o décimo nó – explicou ela. – Tente. Use o cordão de seda prateado.

Impressionada, juntei as extremidades do cordão em forma de círculo. As fibras uniram-se e formaram uma laçada sem início e sem fim. Larguei o cordão, mas o círculo se manteve.

– Excelente tecelagem – disse Goody Alsop satisfeita. – O décimo nó apreende o poder da eternidade; é uma tecelagem de vida e morte. É como a serpente do seu marido, ou como algumas vezes Corra leva a cauda à boca. – Ela ergueu o décimo nó. Era outro ouroboros. Um sentimento sobrenatural povoou a sala e arrepiou os pelos dos meus braços. – Criação e destruição são magias extremamente simples, e as mais poderosas, da mesma forma que o nó mais simples é o mais difícil de ser feito.

– Jamais usarei a magia para destruir o que quer que seja – disse. Não fazer mal a ninguém era uma tradição da família Bishop. Tia Sarah acreditava que qualquer bruxa que transgredisse essa regra fundamental receberia o mal em troco.

– Ninguém quer usar os dons da deusa como armas, mas às vezes isso é necessário. Seu *wearh* sabe muito bem disso. E você também sabe depois do que aconteceu aqui e na Escócia.

– Talvez. Mas no meu mundo é diferente – retruquei. – Os armamentos mágicos não são necessários lá.

– Diana, os mundos mudam. – Goody Alsop se concentrou em alguma memória distante. – Minha mestra, Mãe Úrsula, era uma exímia tecelã. Lembrei de uma profecia que ela fez na Noite de Todos os Santos quando começaram os terríveis eventos na Escócia... e quando você chegou ao nosso mundo.

Ela assumiu um tom melodioso, como se para recitar um encantamento.

> *"Haverá a fúria de tempestades e o oceano rugirá*
> *Enquanto Gabriel estiver no mar e na praia.*
> *E enquanto ele soprar a maravilhosa trombeta.*
> *Velhos mundos fenecerão e um novo mundo nascerá."*

Nenhuma brisa e nenhum crepitar do fogo perturbaram o ambiente quando Goody Alsop terminou. Ela respirou fundo.

– Tudo é uma só coisa. Morte e nascimento. O décimo nó sem início e sem fim e a serpente do *wearh*. A lua cheia que brilhava no início desta semana e a sombra que Corra lançou sobre o Tâmisa como presságio da partida de vocês. O velho mundo e o novo mundo. – O sorriso de Goody Alsop oscilou. – Fiquei feliz quando você veio a mim, Diana Roydon. E agora fico com o coração apertado porque vai partir, embora saiba que você tem que partir.

– Geralmente Matthew me avisa quando está saindo da cidade. – As mãos brancas de Andrew Hubbard descansavam nos braços de uma ornada cadeira na cripta da igreja. Lá em cima alguém se preparava para o próximo serviço eclesiástico. – O que a traz aqui, sra. Roydon?

– Vim falar sobre Annie e Jack.

Os estranhos olhos de Hubbard me esquadrinharam enquanto eu tirava uma pequena sacola de couro da bolsa. Continha cinco anos de salário para cada um dos dois.

– Estou saindo de Londres. E gostaria que o senhor ficasse com isso para cuidar deles. – Estendi o dinheiro para Hubbard. Ele não fez menção de pegá-lo.

– Isso não é necessário, senhora.

– Por favor. Eu os levaria comigo se pudesse. Mas eles não podem ir e preciso ter certeza de que alguém cuidará deles.

– E o que a senhora me dará em troca?

– O dinheiro... é claro. – Estendi a sacola de novo.

– Não quero nem preciso do seu dinheiro, sra. Roydon. – Hubbard se recostou na cadeira e fechou os olhos

– O que o senhor... – Interrompi a pergunta. – Não.

– Deus não faz nada em vão. Não há acasos nos planos Dele. Ele quis que a senhora estivesse aqui hoje, porque Ele quer se assegurar de que ninguém do seu sangue tenha nada a temer de mim.

– Já tenho protetores suficientes – protestei.

– E o mesmo pode ser dito quanto ao seu marido? – Hubbard olhou de relance para os meus seios. – Seu sangue tornou-se bem mais forte nas veias dele do que era quando a senhora aqui chegou. E temos que levar em consideração o bebê.

Meu coração apertou. Andrew Hubbard seria uma das poucas pessoas que saberia do futuro de Matthew depois que partíssemos de volta ao nosso presente... e saberia que nesse futuro havia uma bruxa.

– O senhor não usaria o conhecimento que tem de mim contra Matthew. Não depois do que ele fez... agora que ele está mudado.

– Não usaria? – O sorriso firme de Hubbard mostrou que ele faria qualquer coisa para proteger o próprio rebanho. – Há uma grande quantidade de sangue ruim entre nós.

– Encontrarei outra maneira de mantê-los em segurança – disse, decidida a me retirar.

– Annie já é minha filha. É uma bruxa e faz parte da minha família. Cuidarei do bem-estar dela. Já Jack Blackfriars é outro assunto. Ele não é uma criatura e terá que se virar sozinho.

– Ele é uma criança... um menino!

– Mas não é meu filho. Nem a senhora. E não lhe devo nada. Tenha um bom dia, sra. Roydon. – Hubbard se virou.

– E se eu fosse um membro da sua família? Honraria o meu pedido quanto ao Jack? Reconheceria Matthew como sendo do meu sangue e o teria sob sua proteção? – Foi no Matthew do século XVI que pensei naquela hora. O Matthew que ainda estaria ali quando retornássemos para o nosso presente.

– Se a senhora me oferecer o seu sangue, nem Matthew nem Jack nem o seu filho terão qualquer motivo para me temer. – Hubbard comunicou isso friamente, mas refletiu nos olhos a mesma cobiça que eu tinha visto nos olhos de Rodolfo.

– E quanto do meu sangue lhe seria necessário? – *Pense. Continue viva.*

– Muito pouco... não mais que uma gota. – A atenção de Hubbard era inabalável.

– Não posso deixar que tire essa gota diretamente do meu corpo. Matthew saberia... afinal, somos companheiros – disse. Os olhos de Hubbard brilharam ainda cravados nos meus seios.

– Sempre tiro o meu tributo do pescoço dos meus filhos.

– Sei muito bem disso, padre Hubbard. Mas o senhor precisa entender que isso é impossível... e neste caso até mesmo indesejável. – Calei-me na esperança de que a fome de Hubbard pelo poder, pelo conhecimento de mim e de Matthew ou por qualquer outra coisa que pudesse ser usado contra os De Clermont em caso de necessidade acabaria por se impor. – Eu posso usar uma taça.

– Não – disse Hubbard, com um leve tremor na voz. – Isso macularia o seu sangue. Tem que ser puro.

– Então, uma taça de prata – insisti, lembrando das conversas que tivera com Chef em Sept-Tours.

– A senhora pode cortar a veia do pulso e deixar o sangue pingar na minha boca. Assim não nos tocaremos. – Hubbard me olhou com descaso. – Se não for dessa maneira, duvidarei da sinceridade da sua oferta.

– Tudo bem, padre Hubbard. Aceito os seus termos. – Afrouxei a fita que prendia o punho direito da manga e a arregacei. Enquanto fazia isso, sussurrei um pedido silencioso para Corra. – Como quer fazer isso? Já vi que seus filhos se ajoelham à sua frente, mas isso não vai funcionar comigo porque terei que deixar o sangue pingar na sua boca.

– Aos olhos de Deus não importa quem se ajoelha. – Para a minha surpresa, Hubbard ajoelhou-se à minha frente. E me estendeu uma faca.

– Não preciso disso. – Apontei o dedo para os arabescos azuis no meu pulso e murmurei um encantamento simples de liberação. Irrompeu uma linha vermelha. O sangue jorrou. – Já está pronto?

Hubbard balançou a cabeça, abriu a boca e olhou nos meus olhos, pensando que eu poderia desistir ou enganá-lo. Eu acataria os termos do acordo, mas não acataria o espírito dele. *Muito obrigada, Goody Alsop,* pensei comigo enquanto enviava uma bênção silenciosa por ter aprendido com ela a lidar com aquele homem.

Posicionei o pulso sobre a boca de Hubbard e fechei o punho. Uma gota de sangue rolou até a ponta do dedo e pingou. O poder do ar se intensificou e congelou a gota de sangue que caiu cristalina e aguda e pousou na língua do vampiro. Ele abriu os olhos, perplexo.

– Não mais que uma gota. – O vento secou o resto de sangue na minha pele, transformando-se num labirinto de estrias vermelhas e veias azuis. – O senhor é um homem de Deus, um homem de palavra, não é mesmo, padre Hubbard?

A cauda de Corra se afrouxou em volta da minha cintura. Ela impedira com a cauda que nosso bebê tomasse conhecimento daquela sórdida transação, mas agora queria usá-la para açoitar Hubbard.

Recolhi o braço lentamente. Hubbard pensou em agarrá-lo e levá-lo à boca. Vi a ideia cruzar na mente dele com a mesma nitidez que vira a ideia de Edward Kelley de me bater com a bengala. Mas o vampiro pensou melhor. Sussurrei um outro encantamento simples para fechar o corte, girei o corpo sem dizer nada e comecei a sair.

– Quando a senhora voltar para Londres – disse Hubbard em voz baixa –, isso será sussurrado por Deus para mim. E se for da vontade Dele, nos encontraremos de novo. Mas não se esqueça do seguinte: de agora em diante, para onde quer que vá, mesmo que seja para a morte, um pedacinho da senhora estará dentro de mim.

Parei e me voltei para ele. Embora as palavras tivessem soado como ameaça, o semblante do vampiro estava reflexivo e até mesmo triste. Apertei o passo à medida que saía da cripta da igreja, desejando de coração me afastar o mais rapidamente possível de Andrew Hubbard.

— Adeus, Diana Bishop — disse ele atrás de mim.

Já estava a meio caminho de casa quando me dei conta do que uma mera gota de sangue era capaz de revelar: padre Hubbard já sabia o meu verdadeiro nome.

Walter e Matthew gritavam um com o outro quando retornei para Hart and Crown. O cavalariço de Raleigh também os ouvia. Segurava as rédeas do cavalo negro de Walter no pátio e ouvia a discussão que ecoava pelas janelas abertas.

— Isso vai significar a minha morte... e a dela também! Ninguém pode saber que ela está grávida! — Estranhamente, Walter é que disse isso.

— Você não pode abandonar a mulher amada e o seu próprio filho, só para se manter fiel à rainha, Walter. Elizabeth saberá que você a traiu, e Bess estará arruinada para sempre.

— O que espera que eu faça? Casar com ela? Neste caso, sem a permissão da rainha, serei preso.

— Você sobreviverá, aconteça o que acontecer — disse Matthew convicto. — Ao contrário de Bess, que não sobreviverá, se você não protegê-la.

— Como consegue se fazer de preocupado em relação à honestidade conjugal depois de todas as mentiras que contou sobre Diana? Insistiu em afirmar que estavam casados, mas nos fez jurar que negaríamos isso se alguma bruxa ou algum *wearh* desconhecido nos perguntasse — disse Walter em voz mais baixa, mas não menos feroz. — Espera que eu acredite que retornará para o lugar de onde veio e a reconhecerá como sua esposa?

Entrei na sala sem ser percebida.

Matthew hesitou.

— Acho que não — disse Walter. Ele estava com luvas.

— É assim que vocês dois se despedem? — perguntei.

— Diana — disse Walter ressabiado.

— Olá, Walter. Seu cavalariço já está lá embaixo com o cavalo.

Ele se dirigiu à porta, mas se deteve no meio do caminho.

— Seja mais sensível, Matthew. Não posso perder todo o crédito na corte. Bess compreende a fúria da rainha como ninguém mais. A fortuna é volátil na corte de Elizabeth, mas a desgraça dura para sempre.

Matthew observou enquanto o amigo descia a escada.

— Que Deus me perdoe. Quando ouvi o plano pela primeira vez o considerei sensato. Pobre Bess.

— O que vai acontecer com ela quando formos embora? — perguntei.

— A gravidez de Bess será notada na chegada do outono. Eles se casarão secretamente. E Walter negará quando a rainha questionar o relacionamento deles.

A reputação de Bess estará arruinada, o marido será considerado mentiroso e os dois serão presos.

– E o bebê? – perguntei baixinho.

– Nascerá em março e morrerá no outono seguinte. – Matthew sentou-se à mesa, com as mãos à cabeça. – Escreverei para que papai garanta a proteção de Bess. Talvez Susanna Norman possa assisti-la durante a gravidez.

– Nem seu pai nem Susanna poderão resguardá-la do golpe da negação de Raleigh. – Eu também tinha sentido pontadas de dúvidas nos meses anteriores. – E você também negará que somos casados quando retornarmos?

– Isso não é tão simples assim – disse Matthew, olhando-me assustado.

– Foi exatamente o que Walter disse. E você disse que ele estava errado. – Relembrei da profecia de Goody Alsop. – *"Velhos mundos fenecerão e um novo mundo nascerá."* Está chegando o momento de você escolher entre a segurança do passado e a promessa do futuro, Matthew.

– O passado, por mais que se tente, não pode ser sanado – disse ele. – Sempre digo isso para a rainha quando ela padece por conta de uma decisão ruim. Pego pela minha própria armadilha, como diria Gallowglass na mesma hora.

– Você me supera nisso, tio. – Gallowglass entrou sorrateiramente na sala e descarregou alguns pacotes. – Consegui o papel. E as penas. E o tônico para a garganta de Jack.

– Isso porque ele passa o tempo todo nas torres, conversando com Tom sobre os astros. – Matthew esfregou o rosto. – Teremos que garantir que Tom esteja preparado, Gallowglass. Walter não poderá mantê-lo como empregado por muito tempo. Henry Percy terá que assumir um trabalho que todos recusam... mais uma vez. Mas também devo contribuir com algo para o sustento dele.

– Por falar em Tom, já viram o projeto de um monóculo para observar o céu que ele fez? Ele e Jack o chamam de vidro de estrela.

Os fios da sala se agitaram energicamente e o meu couro cabeludo comichou. Era como se o tempo estivesse protestando baixinho pelos cantos.

– Vidro de estrela. – Mantive a voz firme. – Isso se parece com o quê, Gallowglass?

– É melhor perguntar para os dois – respondeu ele, girando a cabeça em direção à escada. Jack e Esfregão entraram na sala. Tom os seguia, com um par de óculos quebrados na mão.

– Se você se meter com isso, Diana, esteja certa de que deixará uma marca no futuro – disse Matthew.

– Olhem, olhem, olhem. – Jack brandiu um grosso bastão de madeira. Esfregão seguiu o movimento do bastão e o abocanhou quando passou ao lado. – Mestre Harriot disse que este bastão vai fazer as coisas ficarem mais perto da gente se a gente conseguir tirar o miolo de dentro e colocar uma lente na extremidade. O senhor sabe fazer isso, mestre Roydon? Se não sabe, acha que o marceneiro da St. Dunstan poderia me ensinar? Ainda têm bolinhos? O estômago de mestre Harriot passou a tarde inteira roncando.

– Deixe-me ver isso. – Estiquei a mão para pegar o tubo de madeira. – Os bolinhos estão no armário do patamar, Jack, onde sempre estão. Dê um para mestre Harriot e pegue outro para você. Nada disso. – Cortei a voz do garoto quando ele abriu a boca. – Esfregão não pode comer os bolinhos.

– Bom-dia, sra. Roydon – disse Tom, com ar sonhador. – Um simples óculos que faz um homem enxergar as palavras de Deus na Bíblia, se tornado mais complexo, certamente poderá ajudar a esse homem a enxergar a obra de Deus no Livro da Natureza. Muito obrigado, Jack. – Tom mordeu o bolinho, distraído.

– E como poderia ser mais complexo? – perguntei, quase sem respirar.

– Combinando lentes convexas e côncavas, como sugeriu um cavalheiro napolitano, *signor* Della Porta, num livro que li no ano passado. Estou tentando estender o braço humano com esta peça de madeira porque não é suficientemente longo para mantê-las à distância apropriada.

Com essas palavras Thomas Harriot mudou a história da ciência. E não tive que me meter no passado – só tive que providenciar para que o passado não se esquecesse disso.

– Mas isso tudo ainda são fantasias. Passarei as ideias para o papel e mais tarde refletirei sobre elas. – Tom suspirou.

Esse era o problema dos primeiros cientistas modernos: não compreendiam a necessidade de publicar. No caso de Thomas Harriot, as ideias dele pereceram em definitivo por falta de um editor.

– Acho que você está certo, Tom. Mas esse bastão de madeira não é suficientemente longo. – Abri um largo sorriso para ele. – *Monsieur* Vallin poderia ser mais útil para o tubo longo e oco que você precisa do que o marceneiro da St. Dunstan. Que tal o procurarmos?

– Sim! – gritou Jack, dando um salto no ar. – *Monsieur* Vallin tem um monte de engrenagens e molas, mestre Harriot. Ele me deu uma engenhoca que deixei na minha caixa de tesouros. Minha caixa não é grande como a da sra. Roydon, mas também é útil. Podemos ir agora?

– O que a titia vai fazer? – perguntou Gallowglass para Matthew, ambos impressionados e curiosos.

– Acho que ela está com Walter na cabeça porque ele não está prestando atenção suficiente no futuro – disse Matthew brandamente.

– Ah. Então, tudo bem. E eu aqui achando que estava farejando problemas.

– Sempre haverá problemas – disse Matthew. – E você tem certeza do que está fazendo, *ma lionne*?

Já tinha acontecido tanta coisa que eu não poderia consertar. Não poderia trazer o meu filho de volta nem salvar as bruxas da Escócia. Nós tínhamos trazido o Ashmole 782 de Praga só para descobrir que o manuscrito não estaria em segurança no futuro. Já tínhamos nos despedido dos nossos pais e estávamos prestes a deixar nossos amigos para trás. E a maior parte dessas experiências desvaneceria sem deixar rastros. Mas eu sabia exatamente como garantir a sobrevivência do telescópio de Tom.

Balancei a cabeça.

– O passado nos modificou, Matthew. Por que não podemos modificá-lo também?

Matthew pegou minha mão e beijou-a.

– Então, procure *monsieur* Vallin. Diga-lhe para me mandar a conta.

– Muito obrigada. – Estiquei-me e sussurrei no ouvido dele. – Não se preocupe. Levarei Annie comigo. Ela o fará abaixar o preço. Até porque, quem sabe quanto se cobrará por um telescópio em 1591?

Foi assim que naquela mesma tarde uma bruxa, um demônio, duas crianças e um cachorro fizeram uma visita a *monsieur* Vallin. No final da tarde enviei convites para que nossos amigos se reunissem conosco na noite seguinte. Seria a última vez que nos veríamos. Enquanto eu lidava com os telescópios e os preparativos para o jantar, Matthew enviava o *Verum Secretum Secretorum* de Roger Bacon para Mortlake. Eu não quis que o Ashmole 782 passasse para as mãos do dr. Dee. Sabia que o manuscrito teria que voltar para a grande biblioteca do alquimista para que Elias Ashmole pudesse adquiri-lo no século XVII. Mas foi difícil entregar o livro para outra pessoa guardá-lo, mais difícil até do que quando entreguei a pequena estatueta de Diana para Kit em nossa chegada. Incumbimos Gallowglass e Pierre de cuidar dos detalhes práticos que cercavam nossa partida. A eficiência com que empacotaram baús e esvaziaram cofres e redistribuíram fundos e enviaram pertences pessoais para a Velha Cabana mostrava que já tinham feito isso muitas vezes.

Faltavam poucas horas para nossa partida. Eu estava retornando da loja de *monsieur* Vallin com um pacote embrulhado numa peça de couro macia desengonçada quando a visão de uma menina de dez anos atraiu a minha atenção. Olhava fascinada para a vitrine de uma loja de tortas no outro lado da rua. Era muito parecida comigo quando eu tinha a mesma idade, cabelos louros e rebeldes e braços muito compridos em relação ao resto do corpo. Empinou-se como se soubesse que estava sendo observada. E quando nossos olhos se encontraram percebi por quê: a menina era uma bruxa.

– Rebecca! – Uma mulher saiu da loja e chamou por ela. Fiquei com o coração aos pulos porque a mulher era um misto de mamãe e Sarah.

Rebecca não respondeu, mas continuou me encarando como se estivesse vendo um fantasma. A mãe desviou os olhos para ver o que havia capturado a atenção da menina e quase perdeu a voz. Fixou os olhos em mim e, enquanto me observava da cabeça aos pés, a minha pele pinicava. Ela também era uma bruxa.

Saí em direção à loja de tortas. A cada passo que dava me sentia mais íntima das duas bruxas. A mãe puxou a filha para junto da saia, e Rebecca se espremeu em protesto.

– Ela parece com a vovó – sussurrou Rebecca, observando-me com mais atenção.

– Pare com isso – disse a mãe. Olhou para mim admirada. – Você sabe muito bem que a sua avó está morta, Rebecca.

– Eu sou Diana Roydon. – Fiz um meneio de cabeça para a placa acima delas. – Eu vivo aqui no Hart and Crown.

– Então, você é... – A mulher arregalou os olhos e puxou Rebecca para mais perto dela.

– E eu sou Rebecca White – disse a menina, sem se importar com a reação da mãe. Fez uma reverência desajeitada. Uma reverência que também me pareceu familiar.

– É um prazer conhecê-las. Vocês são novas em Blackfriars? – Eu queria esticar a conversa para observar a fundo aqueles rostos familiares embora desconhecidos.

– Não. Moramos perto do hospital que fica perto do mercado Smithfield – respondeu Rebecca.

– Sempre visito os pacientes quando as enfermarias estão lotadas. – A mulher hesitou. – Eu sou Bridget White, e Rebecca é minha filha.

Eu teria reconhecido de alguma forma aquelas duas criaturas mesmo sem os familiares nomes de Rebecca e Bridget. Bridget Bishop nascera por volta de 1632, e o primeiro nome que constava no grimório da família Bishop era o da avó de Bridget, Rebecca Davies. Será que aquela menina se casaria um dia e assumiria esse sobrenome?

A atenção de Rebecca se desviou até a altura do meu pescoço. Levei a mão para onde olhava. *Os brincos de Ysabeau.*

Eu tinha usado três objetos para fazer a viagem ao passado junto com Matthew: o manuscrito de *Fausto*, uma peça de prata de xadrez e um brinco escondido dentro de uma boneca de Bridget Bishop. Aquele brinco. Tirei a peça de ouro de uma orelha. A experiência que tivera com Jack me ensinara que era mais sensato fazer um contato direto de olhos com as crianças se quisesse causar uma impressão forte, e então me agachei e fiquei ao mesmo nível dela.

– Preciso de alguém pra guardar isso pra mim. – Mostrei o brinco. – Vou precisar disso um dia. Poderia guardá-lo pra mim?

Rebecca me olhou com ar solene e balançou a cabeça. Peguei a mão dela. Fomos atravessadas por uma corrente intensa quando coloquei o brinco na mão dela. Ela fechou os dedos em torno do brinco.

– Mamãe, eu posso? – perguntou para Bridget.

– Acho que não haverá problema – disse a mãe desconfiada. – Vamos, Rebecca. Precisamos ir.

– Muito obrigada. – Levantei-me, dei uma palmadinha no ombro de Rebecca e olhei fixamente para Bridget. – Muito obrigada.

Fui cutucada por um olhar. Esperei que Rebecca e Bridget saíssem de vista e girei o rosto para Christopher Marlowe.

– Sra. Roydon – disse Kit, com voz rouca e péssima aparência. – Walter me contou que vocês vão partir esta noite.

– Fui eu que pedi para que contasse a você. – Forcei Kit a me olhar nos olhos por pura vontade. Era outra coisa que eu podia consertar: fazer Matthew se despedir adequadamente do homem que tinha sido o melhor amigo dele.

Kit abaixou os olhos, escondendo o rosto.

– Eu não deveria ter vindo.

– Você tem meu perdão, Kit.

Marlowe levantou a cabeça surpreso com minhas palavras.

– Por quê? – perguntou estupefato.

– Porque, enquanto Matthew culpá-lo pelo que aconteceu comigo, uma parte dele permanecerá com você. Para sempre – respondi simplesmente. – Vamos subir para vocês se despedirem.

Matthew estava à nossa espera no patamar da escada depois de adivinhar que eu estava levando alguém para casa. Eu o beijei suavemente na boca quando passei em direção ao nosso quarto.

– Seu pai o perdoou – sussurrei. – Ofereça a mesma dádiva para Kit.

Em seguida os deixei sozinhos para que se entendessem no pouco tempo que restava.

Algumas horas depois, entreguei um tubo metálico para Thomas Harriot.

– Aqui está o seu vidro de estrela, Tom.

– Confeccionei isto a partir do cano de uma pistola... com ajustes, é claro – explicou *monsieur* Vallin, conhecido artífice de ratoeiras e relógios. – E está gravado, como pediu a sra. Roydon.

Em um dos lados, sobre uma adorável placa de prata, lia-se N. VALLIN ME FECIT, T. HARRIOT ME INVENIT, 1591.

– N. Vallin me fez, T. Harriot me inventou, 1591. – Sorri amistosamente para *monsieur* Vallin. – Está perfeito.

– Podemos ver a lua agora? – gritou Jack, correndo para a porta. – Isso parece maior que o relógio de St. Mildred!

E assim o matemático e também linguista Thomas Harriot contribuiu para a história da ciência no pátio de Hart and Crown quando se sentou numa velha cadeira de vime retirada do sótão. Ele mirou o longo tubo de metal com duas lentes de óculos em direção à lua cheia e soltou um suspiro de prazer.

– Olhe só, Jack. É exatamente como disse o *signor* Della Porta. – Tom pôs o entusiasmado assistente no colo e posicionou a extremidade do tubo no olho do menino. – De fato, a solução é uma lente convexa e uma lente côncava mantidas a uma distância certa.

Depois de Jack seguiram-se todos os outros.

– Ora, não é bem o que eu esperava – disse George Chapman desapontado. – Não achava que a lua poderia ser mais dramática? Acho que prefiro a lua misteriosa dos poetas a esta, Tom.

– Afinal, ela não é perfeita – disse Henry, esfregando os olhos e olhando de novo pelo tubo.

– Claro que não é perfeita. Nada é perfeito – disse Kit. – Hal, você não pode acreditar em tudo que os filósofos dizem. Acreditar em tudo é um caminho certo para a ruína. É só ver o que a filosofia fez com o Tom.

Olhei de relance para Matthew e sorri. Já tinha aprendido a gostar da troca de farpas verbais da Escola da Noite.

– Pelo menos Tom consegue se alimentar, o que não se pode dizer de nenhum dramaturgo que conheço. – Walter olhou pelo tubo e assoviou. – Gostaria que tivesse inventado isso antes de termos viajado para a Virgínia, Tom. Teria sido muito útil para analisarmos a costa a bordo da segurança do navio. Olhe só para isso, Gallowglass, e diga se estou errado.

– Você nunca está errado, Walter – disse Gallowglass, dando uma piscadela para Jack. – Nunca se esqueça disso, jovem Jack. Quem paga o seu salário sempre está certo em tudo.

Eu tinha convidado Goody Alsop e Susanna para se juntarem ao grupo, e elas também deram uma espiada no vidro de estrela de Tom. Não se mostraram impressionadas com a invenção, se bem que soltaram gritinhos de entusiasmo enquanto olhavam.

– Por que os homens se preocupam tanto com essas bobagens? – sussurrou Susanna para mim. – Eu poderia ter dito para eles que a lua não é completamente lisa, mesmo sem esse instrumento. Eles não têm olhos?

Depois do prazer de contemplar o céu restou apenas a dor das despedidas. Pedimos a Annie para sair com Goody Alsop, com a desculpa de que Susanna precisava de ajuda para conduzir a velha pela cidade. Eu me despedi um tanto apressada e Annie me olhou insegura.

– Está tudo bem, senhora? Não é melhor que eu fique?

– Não, Annie. Vá com sua tia e Goody Alsop. – Pisquei para espantar as lágrimas. Como é que Matthew conseguia lidar com repetidas despedidas?

Kit, George e Walter saíram em seguida, com despedidas roucas e apertos no braço de Matthew com a garantia de que tudo acabaria bem.

– Vamos, Jack. Você e Tom irão para casa comigo – disse Henry Percy. – A noite ainda é uma criança.

– Eu não quero ir – disse Jack, voltando-se para Matthew de olhos arregalados. O menino pressentia uma iminente mudança.

Matthew ajoelhou-se na frente dele.

– Não há nada a temer, Jack. Você conhece mestre Harriot e lorde Northumberland. Eles não deixarão que nada de mau lhe aconteça.

– E se eu tiver um pesadelo? – sussurrou Jack.

– Os pesadelos são como o vidro de estrela de mestre Harriot. Eles são truques de luz que fazem uma coisa distante parecer mais perto e maior do que ela realmente é.

– Ah. – Jack refletiu sobre as palavras de Matthew. – Então, os monstros que aparecem nos meus pesadelos não podem me pegar?

Matthew assentiu com a cabeça.

– Mas vou lhe contar um segredo. Um pesadelo é um sonho ao inverso. Quando você sonha com alguém que ama, essa pessoa fica mais perto, mesmo quando está muito longe. – Ele se levantou e pôs a mão na cabeça de Jack por um momento em bênção silenciosa.

Depois que Jack e seus guardiães partiram, restou apenas Gallowglass. Retirei os cordões da caixa de feitiços, deixando alguns poucos itens dentro: um seixo, uma pena branca, uma lasca da sorveira, minhas joias e o bilhete do meu pai.

– Cuidarei disto – disse Gallowglass, tirando a caixa das minhas mãos que ficou estranhamente pequena ao lado daquela mão enorme. Ele me deu um abraço apertado.

– Mantenha o outro Matthew a salvo para que ele possa me encontrar um dia – sussurrei no ouvido dele, com os olhos apertados.

Depois, afastei-me. Os dois De Clermont se despediram à maneira De Clermont: sem delongas, mas com sentimento.

Pierre estava esperando com os cavalos na frente da Cardinal's Hat. Matthew me ajudou a montar e depois montou no cavalo dele.

– Adeus, madame – disse Pierre, soltando as rédeas.

– Muito obrigada, amigo – disse de olhos marejados.

Pierre entregou uma carta para Matthew. Reconheci o selo de Philippe.

– Instruções do seu pai, milorde.

– Se eu não aparecer em Edimburgo em dois dias, saia atrás de mim.

– Pode deixar comigo – disse Pierre enquanto Matthew colocava o cavalo em movimento e saíamos em direção a Oxford.

Trocamos de cavalos três vezes e chegamos a Oxford antes do nascer do sol. Françoise e Charles tinham sido dispensados. Nós estávamos sozinhos.

Matthew deixou a carta de Philippe em cima da escrivaninha, onde o Matthew do século XVI não deixaria de vê-la. Isso o enviaria à Escócia para negócios urgentes. Uma vez lá, Matthew permaneceria por um tempo na corte do rei James e depois desapareceria para começar uma nova vida em Amsterdã.

– O rei dos escoceses ficará feliz por me ver de volta a minha antiga personalidade – comentou ele, tocando na carta com a ponta do dedo. – Claro que não farei qualquer outra tentativa para salvar as bruxas e os bruxos.

– Você fez a diferença aqui, Matthew – comentei, escorregando os braços ao redor da cintura dele. – Agora, precisamos resolver as coisas no nosso próprio presente.

Entramos no quarto de dormir, onde tínhamos chegado muitos meses antes.

– Você sabe que não sei ao certo se poderemos atravessar os séculos e aterrissar exatamente no mesmo espaço e tempo – avisei.

– Já me explicou isso, *mon coeur*. Confio em você. – Matthew me deu o braço e pressionou meu braço contra o corpo dele para me ancorar. – Vamos ao encontro do nosso futuro. De novo.

– Adeus, casa. – Percorri o nosso primeiro lar com os olhos pela última vez. Embora soubesse que veria a casa novamente, não seria a mesma casa daquela manhã de junho.

Fios âmbares e azuis gritaram e estalaram com impaciência nos cantos do aposento, enchendo-o de luz e som. Respirei fundo e dei um nó no cordão marrom, deixando a extremidade livre. Os cordões de tecelã eram os únicos objetos que levávamos de volta conosco, afora as roupas que vestíamos.

– Com o primeiro nó o feitiço começa – sussurrei. O volume do tempo aumentou à medida que os nós eram dados, até que os gritos e estalos se tornaram ensurdecedores.

Agarrei a mão de Matthew quando as extremidades do nono cordão se juntaram. Flexionamos a ponta dos pés e pouco a pouco o cenário em volta se dissolveu.

40

Todos os jornais ingleses estampavam pequenas variações em torno da mesma notícia, mas segundo Ysabeau a do *Times* era a mais inteligente.

Inglês Vence Corrida para Ver o Espaço
30 de junho de 2010
Anthony Carter, um dos maiores especialistas do mundo em instrumentos científicos antigos, membro do Museu de História da Ciência da Universidade de Oxford, confirmou hoje a autenticidade de um telescópio refrator inscrito com os nomes elisabetanos de Thomas Harriot, matemático e astrônomo, e Nicholas Vallin, relojoeiro huguenote que fugiu da França por motivos religiosos. Além dos nomes inscritos, o telescópio é datado de 1591.

A descoberta causou rebuliço nas comunidades de historiadores e cientistas. Durante séculos atribuiu-se ao matemático italiano Galileu Galilei o crédito de ter utilizado um telescópio rudimentar da tecnologia alemã para avistar a Lua em 1609.

"À luz dessa descoberta os livros de história terão que ser reescritos", disse Carter. "Após a leitura de *Natural Magic*, de Giambattista della Porta, Thomas Harriot percebeu, fascinado, que as lentes convexas e côncavas poderiam ser utilizadas 'para ver as coisas distantes e próximas de maneira clara e apurada'."

O descaso em relação às contribuições de Thomas Harriot para o campo da astronomia se deve em parte ao fato de que não foram publicadas, pois ele preferiu partilhar suas descobertas com um grupo seleto de amigos denominado "A Escola da Noite". Sob o patronato de Walter Raleigh e Henry Percy, o "Conde Mago" de Northumberland, Harriot dispôs de liberdade financeira para explorar seus interesses.

O sr. I. P. Riddell descobriu o telescópio junto a uma caixa de papéis, com anotações matemáticas do próprio punho de Thomas Harriot, e a uma elaborada ratoeira de prata também assinada por Vallin. Riddell consertava os sinos da Igreja de St. Michael, próxima à residência da família Percy, em Alnwick, quando uma forte rajada de vento derrubou uma tapeçaria desbotada com a imagem de santa Margaret matando um dragão, deixando a caixa ali escondida à vista.

"Raramente se veem tantas marcas de identificação nos instrumentos desse período", explicou o dr. Carter aos repórteres enquanto exibia a inscrição que confirma a data de 1591-92 da fabricação do telescópio. "Devemos muito a Nicholas Vallin, que reconheceu esse telescópio como um marco no desenvolvimento histórico dos instrumentos científicos e tomou medidas incomuns para registrar sua genealogia e procedência."

– Eles se recusam a vendê-lo – disse Marcus, encostado no umbral da porta. Com os braços e as pernas cruzadas parecia demais com Matthew. – Falei com todo mundo, com os administradores da igreja de Alnwick, com o duque de Northumberland e até com o bispo de Newcastle. Eles não abrem mão do telescópio nem pela pequena fortuna que a senhora ofereceu. Mas acho que os convenci a me vender a ratoeira.

– O mundo inteiro tomou conhecimento disso – disse Ysabeau. – Até o *Le Monde* publicou a história.

– Nós devíamos ter tentado mais. Isso pode dar informações vitais a Knox e seus aliados – continuou Marcus. Fazia semanas que o grande número de pessoas hospedadas entre os muros de Sept-Tours estava preocupado com o que Knox poderia fazer se realmente descobrisse o paradeiro de Diana e Matthew.

– O que Phoebe acha? – perguntou Ysabeau, que tinha gostado à primeira vista da jovem observadora humana de queixo resoluto e maneiras delicadas.

O semblante de Marcus suavizou. Isso o tornava de novo o jovem despreocupado e alegre que Matthew deixara para trás antes de partir.

– Ela acha que é muito cedo para calcular os danos feitos pela descoberta do telescópio.

– Garota esperta – disse Ysabeau, com um sorriso.

– Não sei o que fazer... – O semblante de Marcus se tornou expressivo. – Eu amo essa garota, *Grand-mère*.

– Claro que a ama. E ela o ama também. – Depois dos episódios de maio, Marcus a levou para Sept-Tours para ficar com o resto da família. Desde então os dois eram inseparáveis. E Phoebe demonstrou uma incrível presença de espírito na relação que mantinha com os demônios, as bruxas e os vampiros que frequentavam a residência. Phoebe não deixou transparecer se ficou surpresa quando soube que outras criaturas partilhavam o mundo com os humanos.

O número de membros do Coventículo de Marcus aumentara consideravelmente nos últimos meses. Miriam, a assistente de Matthew, era agora uma moradora fixa do castelo, assim como Verin, a filha de Philippe, e Ernst, o marido dela. Gallowglass, o irrequieto neto de Ysabeau, chocou a todos ao permanecer no lugar por seis semanas inteiras. E nem agora mostrava sinais de que iria partir. Sophie Norman e Nathaniel Wilson acolheram o seu bebê recém-nascido, Margaret, sob o teto de Ysabeau, e agora o bebê era a segunda autoridade no castelo depois de Ysabeau. Com a neta vivendo em Sept-Tours, Agatha, a mãe de Nathaniel, aparecia e desaparecia sem avisar, e o mesmo acontecia com Hamish, o melhor amigo de Matthew. Até Baldwin aparecia uma vez ou outra.

Nunca passara pela cabeça de Ysabeau em toda a sua longa vida ser uma castelã de tamanho número de agregados.

– Onde está Sarah? – perguntou Marcus, sintonizando um zumbido de atividades ao redor. – Não a estou ouvindo.

– Ela está na Torre Redonda. – Ysabeau rasgou a matéria do jornal com a unha afiada e puxou o pedaço de papel recortado com todo cuidado. – Sophie e Margaret estão com ela. Sophie disse que Sarah está na guarda.

– De quê? O que está acontecendo agora? – perguntou Marcus, olhando para o jornal. Já o tinha lido de cabo a rabo naquela manhã, rastreando as influências e sutis oscilações monetárias com o método descoberto por Nathaniel de analisar e isolar, de modo que estivessem bem preparados para o próximo movimento da Congregação. O mundo sem Phoebe era inconcebível, mas Nathaniel agora se tornara igualmente indispensável. – Esse raio desse telescópio será um problema. Tenho certeza. Tudo o que Knox precisa para voltar ao passado e encontrar papai é de uma bruxa viajante no tempo e de uma história como essa.

– Seu pai não vai ficar lá muito tempo, se é que ainda está lá.

– De fato, *Grand-mère* – disse Marcus, com um toque exasperado e a atenção ainda grudada no texto que circundava o buraco deixado por Ysabeau no *Times*. – Mas como sabe disso?

– Primeiro pelas miniaturas, depois pelos registros do laboratório e agora pelo telescópio. Conheço a minha nora. Esse telescópio me cheira exatamente ao que Diana faria se não tivesse mais nada a perder. – Ysabeau passou perto do neto. – Diana e Matthew estão de volta para casa.

O semblante de Marcus mostrou-se indecifrável.

– Achei que você ficaria mais feliz com o retorno do seu pai – disse baixinho Ysabeau, detendo-se à porta.

– Esses meses têm sido difíceis – retrucou Marcus, com ar sombrio. – A Congregação já deixou bem claro que quer o livro e a filha de Nathaniel. E quando Diana chegar...

– Nada irá detê-los. – Ysabeau respirou pausadamente. – Pelo menos não vamos mais precisar nos preocupar com o que está acontecendo com Diana e Matthew no passado. Estaremos juntos aqui em Sept-Tours, lutando lado a lado. *Morrendo lado a lado.*

– Mudou muita coisa desde o último novembro. – Marcus olhou fixamente para a superfície polida da mesa, como se fosse um bruxo que pudesse ler o futuro.

– E na vida deles também, pelo menos é o que acho. Mas o amor do seu pai por você é constante. Sarah precisa de Diana agora. E você também precisa de Matthew.

Ysabeau pegou o recorte de jornal e se dirigiu à Torre Redonda, deixando Marcus entregue aos próprios pensamentos. No passado aquela torre era o refúgio favorito de Philippe. E agora estocava os velhos documentos da família. A porta do aposento no terceiro andar estava aberta, mas Ysabeau bateu levemente.

– Não precisa bater. A casa é sua. – A rouquidão na voz de Sarah indicava a quantidade de cigarros que fumara e de uísque que bebera.

– Fico feliz por não ser a sua hóspede, se é assim que você se comporta – disse Ysabeau em tom cortante.

– Minha hóspede? – Sarah soltou uma risada suave. – Eu nunca deixaria você entrar na minha casa.

– Geralmente dispenso convites. – Ysabeau e Sarah se dedicavam a aperfeiçoar a arte da troca de farpas. Marcus e Em tinham tentado persuadi-las a obedecer às regras da comunicação cortês, mas sem sucesso, porque as duas matriarcas de clãs sabiam que essas trocas ajudavam-nas a manter o frágil equilíbrio de poder entre ambas. – Você não devia estar aqui, Sarah.

– Por que não? Está com medo de que eu morra de frio? – A voz de Sarah embargou repentinamente doída, e ela se dobrou como se tivesse levado um soco. – Minha Deusa, ajude-me, sinto falta dela. Diga que tudo isso não passa de um sonho, Ysabeau. Diga que Emily não morreu.

– Isso não é um sonho – disse Ysabeau da maneira mais gentil que pôde. – Todos nós sentimos falta dela. Sei que você está vazia e sofrendo por dentro, Sarah.

– E que isso vai passar – disse Sarah estoicamente.

– Não. Não vai passar.

Sarah ergueu os olhos, surpreendida pela veemência de Ysabeau.

– A cada dia da minha vida anseio por Philippe. Ao nascer do sol o meu coração já clama por ele. Procuro ouvir a voz dele, mas só há silêncio. Anseio pelo toque dele. E quando o sol se põe me dou conta de que o meu parceiro se foi deste mundo e nunca mais verei o rosto dele.

– Se está tentando fazer com que me sinta melhor, isso não está funcionando – disse Sarah, com as lágrimas rolando.

– Emily morreu para que a filha de Sophie e Nathaniel pudesse viver. E aqueles que a mataram vão pagar por isso, prometo a você. Os De Clermont são muito bons em vingança, Sarah.

– E a vingança me fará sentir melhor? – Sarah tentou enxergar em meio às lágrimas.

– Não. Mas ver Margaret crescer e se tornar uma mulher poderá ajudar. É isso. – Ysabeau tocou no colo da bruxa. – Diana e Matthew estão de volta para casa.

PARTE VI

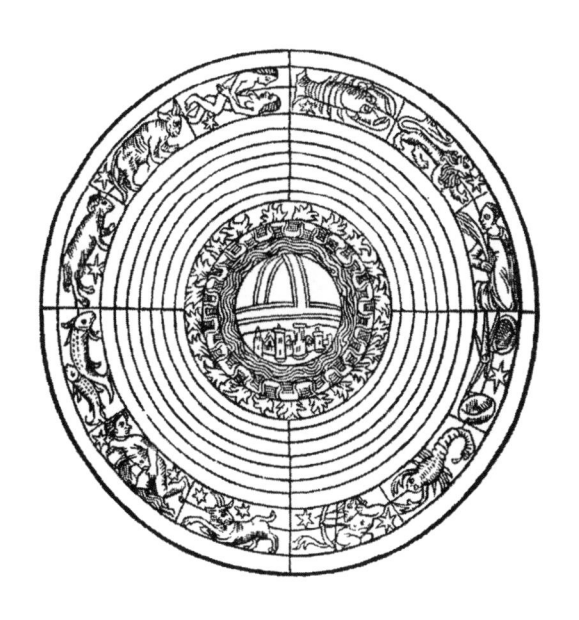

NOVO MUNDO, VELHO MUNDO

41

Minhas tentativas para sairmos da Velha Cabana do passado e chegarmos à Velha Cabana do futuro foram infrutíferas. Concentrei-me na aparência e no odor do lugar e observei os fios marrons, verdes e dourados que ligavam a mim e a Matthew à casa. Mas os fios escapuliam seguidamente de minhas mãos.

Então, tentei Sept-Tours. Os fios que nos ligavam ao castelo se tingiram na mescla idiossincrática de prata, vermelho e negro de Matthew. Imaginei a casa com muitos rostos familiares – Sarah e Em, Ysabeau e Marthe, Marcus e Miriam, Sophie e Nathaniel. Mas também não conseguimos chegar a esse porto seguro.

Ignorei resolutamente o crescimento de uma onda de pânico enquanto buscava um destino alternativo entre as centenas de opções. Oxford? Estação do metrô de Blackfriars na moderna Londres? Catedral de St. Paul's?

O mesmo fio de urdidura e trama do tempo retornou aos meus dedos, e era um fio duro e áspero, não mais macio e sedoso. Percorri a extensão retorcida do fio com os olhos e só então percebi que não era um fio e sim uma raiz interligada a uma árvore invisível. E ao perceber isso tropecei num limiar igualmente invisível e caí na copa da casa da família Bishop.

Lar. Caí de gatinhas e com os cordões dispersos por entre a palma das mãos e o piso. Séculos de polimento e muitas centenas de pés ancestrais haviam amaciado as amplas tábuas de pinho. Elas eram familiares debaixo de minhas mãos, um símbolo de permanência neste mundo de mutações. Ergui os olhos na esperança de que minhas tias estivessem à espera no saguão de entrada. Já que tinha sido fácil encontrar o caminho de volta para Madison, presumi que elas estariam nos guiando. Mas a atmosfera na casa das Bishop era de quietude sem vida, como se ninguém entrasse ali desde o Halloween. Nem os fantasmas pareciam estar presentes na casa.

Matthew estava de joelhos ao meu lado, estávamos presos pelas nossas mãos. Seus músculos tremiam devido ao estresse da viagem pelo tempo.

– Nós estamos sozinhos? – perguntei.

Ele cheirou os odores da casa.

– Sim.

O sereno soar das palavras fez a casa despertar e num piscar de olhos a atmosfera passou de inerte a agitada. Ele me olhou e sorriu.

– Seu cabelo. Mudou de novo.

Abaixei os olhos esperando encontrar os cachos louros avermelhados de sempre e me deparei com fios dourados avermelhados – exatamente como o cabelo de mamãe.

– Talvez seja pela viagem no tempo.

A casa estalou e soltou um gemido. Senti que estava reunindo as energias para uma explosão.

– Só Matthew e eu estamos aqui.

As palavras soaram apaziguadoramente, mas a minha voz estava carregada de sotaque. Apesar da voz um tanto diferente, a casa me reconheceu e suspirou de alívio por todos os lados. Uma brisa desceu pela chaminé, trazendo um aroma desconhecido de camomila com canela. Olhei por cima do ombro para a lareira e levantei com um estalo nos lambris de madeira que a rodeavam.

– Que diabo é isso?

Uma árvore emergiu por debaixo da grelha. O tronco escuro ocupou todo o espaço da chaminé e os galhos irromperam pela pedra e pelo revestimento de madeira que a rodeava.

– Parece a árvore do alambique de Mary. – A voz de Matthew soou fora do tempo e do espaço como a minha. Ele se agachou ao lado da lareira, ainda com a calça de veludo negro e a camisa de linho bordada. Encostou o dedo numa pequena protuberância de prata incrustada na casca do tronco.

– Isso parece a sua insígnia de peregrino. – Juntei-me a ele, com a saia preta se arrastando pelo chão. A imagem do caixão de Lázaro estava quase irreconhecível.

– Acho que é. Na ampola havia dois buracos dourados para guardar água benta. Antes de partirmos de Oxford enchi um deles com o meu próprio sangue e o outro, com o seu. – Ele olhou nos meus olhos. – Nosso sangue junto me deu a sensação de que nunca nos separaríamos.

– Pelo visto uma parte da ampola derreteu ao ficar exposta ao calor. Se o revestimento interno da ampola era de ouro, talvez tenha liberado alguns traços de mercúrio junto com o sangue.

– Se for isso, esta árvore brotou a partir de ingredientes semelhantes aos da *arbor Dianae* de Mary. – Ele examinou os galhos desfolhados da árvore.

O aroma de camomila e canela se intensificou. A árvore começou a florescer, mas não à maneira natural, com flores e frutos. Em vez disso, brotaram uma chave e uma folha de velino de um galho.

— É a folha do manuscrito — disse Matthew, retirando-a do galho.

— Isso significa que o manuscrito danificado continua incompleto no século XXI. Nada que fizemos no passado alterou esse fato. — Respirei vigorosamente.

— Sendo assim, talvez o Ashmole 782 esteja escondido em segurança na Biblioteca Bodleiana — comentou ele, com toda calma. — Esta chave é de carro. — Retirou-a do galho.

Fazia meses que eu não pensava em outra forma de transporte que não fossem cavalos e barcos. Olhei pela janela da frente e não havia veículo algum lá fora.

Ele acompanhou o meu olhar com os olhos e acrescentou.

— Marcus e Hamish devem ter feito alguma coisa para que chegássemos a Sept-Tours sem que precisássemos telefonar para eles. Talvez tenham deixado carros à nossa disposição por toda Europa e nos Estados Unidos. Mas não deixariam um carro visível.

— Mas não há garagem.

— Há o celeiro. — Matthew automaticamente levou a chave ao bolso à altura da cintura, mas a roupa não dispunha dessa conveniência moderna.

— Será que eles também pensaram em nos deixar algumas roupas? — Apontei para o meu casaco bordado e a minha saia recheada de anáguas. Ainda estavam sujas de poeira das ruas sem calçamento de Oxford.

— Vamos ver isso. — Ele levou a chave e a folha do Ashmole 782 para a cozinha.

— Ainda marrom — comentei, olhando para o papel de parede e para a velha geladeira.

— Ainda lar — retrucou Matthew, puxando-me para mais perto dele.

— Não sem Emily e Sarah. — Em contraste com a casa sempre apinhada de seres que nos abrigara por tantos meses, agora tínhamos uma família moderna aparentemente frágil e com poucos membros. Sem Mary Sidney para quem desabafava os meus problemas em tardes chuvosas. Sem Susanna e sem Goody Alsop que à tarde entravam pela casa para uma taça de vinho e para me ajudarem a aperfeiçoar o meu mais recente feitiço. Sem a calorosa ajuda de Annie para me livrar do espartilho e das saias. Sem Esfregão e Jack por perto. E sem Henry Percy para me socorrer prontamente sem fazer perguntas quando eu precisava de ajuda. Deslizei a mão ao redor da cintura de Matthew para comprovar que ele continuava indestrutível.

— Você sempre sentirá falta deles — disse ele baixinho, tentando me consolar. — Mas a dor passará com o tempo.

— Já estou começando a me sentir mais vampira que bruxa — comentei, com melancolia. — São tantas despedidas, tantas saudades de seres queridos. — Olhei o calendário à parede. Indicava o mês de novembro e mostrei isso para Matthew.

— Será que ninguém esteve aqui desde o ano passado? — perguntou ele preocupado.

– Alguma coisa deve estar errada – respondi, já pronta para pegar o telefone.

– Não – disse ele. – Talvez a Congregação esteja rastreando as chamadas ou observando a casa. Nós somos esperados em Sept-Tours. É para lá que precisamos ir, quer se meça o tempo que passamos fora em uma hora ou um ano.

Nossas roupas modernas estavam protegidas da poeira dentro de uma fronha em cima da secadora. A maleta de Matthew estava ao lado. Pelo menos Em estivera ali depois da nossa partida. Ninguém mais teria pensado nessas praticidades. Enrolei as roupas elisabetanas em lençóis, relutando em deixar para trás as reminiscências tangíveis da nossa antiga vida, e enfiei as trouxas debaixo dos braços como um jogador de futebol americano. Matthew trancou a folha do Ashmole 782 na segurança de uma pasta de couro.

Esquadrinhou o pomar e o campo antes de partirmos da casa, com olhos aguçados e alertas para qualquer perigo. Também fiz uma varredura no entorno com meu terceiro olho de bruxa, mas não parecia haver ninguém ali. Vi a água sob o pomar, ouvi as corujas nas árvores, senti a doçura do ar de verão e mais nada.

– Vamos – disse Matthew, agarrando uma das trouxas e me pegando pela mão.

Saímos correndo pelo espaço aberto até o celeiro. Ele empurrou a porta deslizante com todo o peso do corpo, mas a porta não abriu.

– Sarah enfeitiçou a porta. – Entrevi o feitiço enrolado na maçaneta e enraizado nos grãos da madeira. – Um feitiço dos bons.

– Bom demais para ser quebrado? – Ele apertou a boca, com preocupação. Não surpreendia que estivesse preocupado. Em nossa última estada ali eu não tinha sido capaz de acender as abóboras de Halloween. Localizei as extremidades soltas da amarração e sorri.

– Sem os nós. Sarah é boa, mas não é uma tecelã. – Eu tinha enfiado os fios elisabetanos no cós da minha calça *legging*. Tão logo os puxei, os cordões verdes e marrons que estavam na minha mão se precipitaram em cima do feitiço de Sarah e soltaram as amarras lançadas na porta pela minha tia com mais rapidez que a de Jack, o mestre dos furtos.

O Honda de Sarah estava estacionado no celeiro.

– Como diabos você vai caber nisso? – perguntei.

– Eu me arranjo – disse Matthew, jogando as roupas no banco de trás. Entregou-me a maleta, espremeu-se no banco do motorista e fez o motor pegar depois de algumas tentativas.

– E para onde vamos? – perguntei, colocando o cinto de segurança.

– Siracusa. Depois, Montreal. Depois, Amsterdã, onde tenho uma casa. – Matthew saiu dirigindo o carro lentamente para fora do celeiro e depois pelo campo. – Se alguém estiver em nosso encalço, certamente irá nos procurar em Nova York, Londres e Paris.

— Não temos passaportes – observei.

— Olhe debaixo do tapete. Encarreguei Marcus de pedir a Sarah que os deixasse aí – disse ele. Ergui o tapete e lá estavam o passaporte francês de Matthew e o meu passaporte americano.

— Por que o seu passaporte não é vermelho? – perguntei enquanto os retirava de um saco plástico selado (outro detalhe de Em, pensei).

— Porque é um passaporte diplomático. – Ele pegou a estrada e acendeu os faróis. – Deve ter um desses para você.

O passaporte diplomático francês com o nome Diana de Clermont e o registro do meu estado civil de casada com Matthew estava dentro do outro passaporte americano. Como Marcus conseguira duplicar a fotografia do passaporte sem danificar a do original era inimaginável.

— Você continua sendo um espião? – perguntei com um fiapo de voz.

— Não. Isso é como os helicópteros – respondeu ele sorrindo –, apenas um privilégio a mais por ser um De Clermont.

Saí de Siracusa como Diana Bishop e no dia seguinte entrei na Europa como Diana de Clermont. A casa de Matthew em Amsterdã era uma mansão do século XVII, na região mais bonita de Herengracht. Ele explicou que a tinha adquirido depois que saiu da Escócia em 1605.

Ficamos lá apenas o tempo suficiente para uma chuveirada e uma troca de roupas. Continuei com a mesma calça *legging* que vestia desde Madison, e peguei uma camisa emprestada de Matthew. Ele vestiu o habitual traje preto e cinza de *cashmere* e lã. Foi estranho não ver as pernas dele. Já estava habituada a tê-las à vista.

— Parece uma troca justa – comentou ele. – Fiquei meses sem ver as suas pernas, exceto na privacidade do nosso quarto de dormir.

Matthew quase infartou quando descobriu que sua amada Range Rover não o aguardava na garagem. Em vez da Range Rover encontramos um carro esporte azul conversível.

— Eu vou matá-lo – disse ele quando viu o carro. Destrancou uma caixa de metal presa à parede com a chave da casa. Dentro da caixa havia uma outra chave com um bilhete: *"Bem-vindo ao lar. Ninguém imaginaria que você dirigiria um carro como esse. É mais seguro. E mais rápido. Olá, Diana. M."*

— O que é isso? – Apontei para os mostradores ao estilo dos mostradores de aviões dispostos ao longo do chamativo painel de metal.

— Um Spyker Spyder. Marcus coleciona carros com nomes inspirados em aracnídeos. – Matthew acionou as portas do carro e elas se abriram para cima como asas de um jato de combate. Ele resmungou. – É o carro mais chamativo que já vi na vida.

Antes de chegarmos à Bélgica, ele entrou numa revendedora de carros, entregou as chaves do carro de Marcus e escolheu um veículo maior e mais confortável para dirigir. Entramos na França em segurança, dentro de uma sólida lataria, e algumas horas depois iniciamos a lenta subida pelas montanhas de Auvergne até Sept-Tours.

Os vislumbres da fortaleza cintilaram por entre as árvores – a pedra rosada, a janela sombria da torre. Foi inevitável comparar o castelo e a cidade adjacente de agora com o que eram quando os vi pela última vez em 1590. A fumaça cinzenta não pairava mais sobre Saint-Lucien como um manto. O soar distante dos sinos me fez girar a cabeça a fim de identificar os descendentes das cabras que no passado retornavam aos currais para a ração noturna. Pierre não correria com tochas acesas ao nosso encontro. Chef não estaria na cozinha, decapitando faisões recém-abatidos na caçada e preparando-os com eficiência tanto para os sangues-quentes como para os vampiros.

E Philippe não estaria lá, portanto não haveria risadas inflamadas e observações perspicazes a respeito da fragilidade humana extraídas dos textos de Eurípides, nem abordagens apuradas dos problemas que enfrentaríamos quando voltássemos para o nosso tempo presente. Quando é que deixaria de me preparar para a onda do burburinho agitado que precedia a chegada de Philippe nos lugares? Fiquei com o coração apertado quando pensei no meu sogro. Em nosso mundo moderno e apressado não havia lugar para heróis como ele.

– Você está pensando no meu pai – balbuciou Matthew. Os silenciosos ritos de sangue de vampiro e de beijo de bruxa haviam aumentado nossa capacidade de decifrar o pensamento um do outro.

– E você também – observei. Ele fazia o mesmo desde que cruzáramos a fronteira da França.

– O castelo sempre me pareceu vazio desde o dia em que ele morreu. Encontro refúgio nesse lugar, mas não conforto. – Os olhos de Matthew se voltaram para o castelo e de novo para a estrada à frente. O ar pesou com a responsabilidade e a necessidade do filho honrar o legado do pai.

– Talvez tudo seja diferente dessa vez. Sarah e Em estarão lá. E Marcus, também. Além de Sophie e Nathaniel. E Philippe também estará lá, se aprendermos a nos concentrar na presença e não na ausência dele. – Philippe estaria nas sombras de cada aposento e em cada pedra das paredes. Observei a beleza austera do rosto do meu marido, entendendo muito mais a experiência e a dor que o tinham modelado. Levei uma das mãos ao ventre e com a outra ofereci o consolo de que ele necessitava desesperadamente.

Matthew apertou a minha mão com os dedos. E depois a soltou e permanecemos em silêncio por algum tempo. Comecei a tamborilar na coxa com impaciência, e me contive algumas vezes para não abrir a porta do carro e sair voando até a porta de entrada do castelo.

– Não se atreva. – O sorriso largo de Matthew contrabalançou o tom de advertência da voz. Retribuí o sorriso enquanto ele fazia uma curva fechada.

– Rápido, então – retruquei, mal podendo me controlar. Apesar da súplica, o velocímetro permaneceu exatamente no mesmo lugar. Resmunguei de impaciência. – Nós devíamos ter ficado com o carro de Marcus.

– Paciência. Já estamos quase lá. – *E não há a menor chance de ir mais rápido*, ele pensou enquanto fazia outra curva.

– O que disse Sophie sobre como Nathaniel dirigia quando ela estava grávida? "Ele dirige como uma velha."

– Imagine então como Nathaniel dirigiria se realmente fosse uma velha... uma velha centenária, como eu. É assim que vou dirigir pelo resto da vida toda vez que você estiver dentro do carro. – Ele pegou de novo a minha mão e levou-a aos lábios.

– As mãos no volante, minha velhinha – brinquei, quando ele fez a última curva e pegou uma reta da estrada ladeada de nogueiras que levava ao pátio do castelo.

Rápido, supliquei mentalmente. Cravei os olhos no telhado da torre de Matthew quando ela surgiu à vista. E olhei aturdida para ele quando o carro parou.

– Já estavam nos esperando – disse ele sem tirar os olhos do para-brisa.

Sophie, Ysabeau e Sarah esperavam imóveis no meio da estrada.

Demônio, vampiro, bruxa – e mais alguém. Ysabeau segurava um bebê no colo. Olhei para o tufo de cabelos castanhos e as perninhas longas e gorduchas. O bebê agarrou um cacho do cabelo sedoso da vampira com uma das mãos e esticou imperiosamente a outra mão em nossa direção. Fixou os olhos em mim e senti uma comichão inconfundível. O bebê de Nathaniel e Sophie era uma bruxa, como Sophie previra.

Soltei o cinto de segurança, abri a porta e saí do carro ainda em movimento lento. As lágrimas rolaram pelo meu rosto. Sarah saiu correndo e me envolveu nas texturas familiares de lã e flanela e nos aromas de meimendro e baunilha.

Lar, eu pensei.

– Estou tão feliz por terem retornado sãos e salvos – disse ela, com veemência.

Observei por cima do ombro de Sarah que Sophie retirava o bebê do colo de Ysabeau com um gesto delicado. O semblante da mãe de Matthew estava inescrutável e adorável como sempre, mas a tensão em volta da boca indicou fortes emoções quando ela entregou o bebê. Aquela tensão também era uma das características de Matthew. Ambos eram bem mais similares em sangue e carne do que o método da criação de Matthew sugeria.

Soltei-me do abraço de Sarah e me voltei para Ysabeau.

– Cheguei a duvidar de que vocês retornariam. Ficaram fora por tanto tempo. Só acreditei que retornariam em segurança quando Margaret começou a pedir para ser levada até a estrada. – Ysabeau esquadrinhou o meu rosto em busca de informações que ainda não tinha recebido de mim.

– Mas estamos de volta. E agora para ficar. – Ela vivenciara muitas perdas em sua longa vida. Beijei-a com carinho nas duas faces.

– *Bien* – balbuciou ela aliviada. – Tê-los aqui será um prazer para todos nós... não só para Margaret. – Ao ouvir o próprio nome, o bebê começou a balbuciar "D-d-d-d" e a mexer os braços e as pernas como uma batedeira de ovos na tentativa de me alcançar. – Garota esperta – comentou Ysabeau em tom de aprovação, dando uma palmadinha carinhosa na cabeça de Margaret e depois na de Sophie.

– Quer pegar sua afilhada no colo? – perguntou Sophie, com um sorriso aberto e os olhos marejados.

– Quero, sim. – Peguei o bebê no colo e beijei o rosto de Sophie. Margaret emanava uma essência... – Alô, Margaret – sussurrei, sentindo o cheirinho do bebê.

– D-d-d-d. – Margaret puxou um tufo do meu cabelo e o enrolou na mãozinha.

– Você é uma bagunceira – comentei, soltando uma risada. Ela enterrou os pezinhos em minhas costas e resmungou em protesto.

– Ela é tão teimosa quanto o pai, embora seja pisciana – disse Sophie suavemente. – Sarah assumiu o seu lugar na cerimônia. Agatha estava aqui. Saiu há pouco, mas acho que logo estará de volta. Ela e Marthe fizeram um bolo especial, todo decorado com fios de açúcar. Um bolo lindo. E o vestidinho de Margaret estava maravilhoso. Você parece diferente... parece que passou muito tempo num país estrangeiro. Adorei o seu cabelo. Também está diferente. Você está com fome? – As palavras jorraram da boca de Sophie desordenadamente, assim como Tom e Jack. Senti saudades de nossos amigos, mesmo estando no seio de nossa família.

Beijei a testa de Margaret e a entreguei para a mãe. Matthew continuava de pé e atrás da porta aberta da Range Rover, com um pé no carro e o outro no solo de Auvergne, como se em dúvida se devíamos estar ali.

– Cadê a Em? – perguntei. Sarah e Ysabeau se entreolharam.

– Todos estão à sua espera no castelo. Por que não vamos para lá? – disse Ysabeau. – Deixe o carro aí. Alguém cuidará dele. Você precisa esticar as pernas.

Enlacei Sarah pelos ombros e dei alguns passos. Onde estava Matthew? Eu me virei e estendi a mão livre. *Venha para perto da sua família*, disse mentalmente quando nossos olhos se ligaram. *Venha para perto das pessoas que o amam.*

Ele sorriu e meu coração deu um pulo.

Ysabeau soltou um sibilo de surpresa que se espraiou pelo ar como algo mais que um mero sussurro.

– Batidas cardíacas. Suas. E... mais duas? – Cravou seus maravilhosos olhos verdes no meu abdome, e uma gotinha vermelha se formou no seu rosto e ameaçou rolar. Ela olhou maravilhada para Matthew. Ele balançou a cabeça e a lágrima de sangue já formada escorreu pelo rosto de Ysabeau.

– Gêmeos são comuns na minha família – eu disse à guisa de explicação. Matthew detectara o segundo coraçãozinho em Amsterdã, pouco antes de entrarmos no Spyder de Marcus.

– Na minha também – sussurrou Ysabeau. – Então, é verdade o que Sophie tem visto nos sonhos? Você está grávida... grávida do Matthew?

– Grávida de gêmeos – respondi enquanto observava o lento progresso da lágrima de sangue.

– Então, isso é um novo começo – disse Sarah, enxugando os olhos. Ysabeau lançou um sorriso agridoce para minha tia.

– Philippe tinha um dito especial sobre os começos. Um dito muito antigo. Qual era mesmo, Matthew? – perguntou Ysabeau para o filho.

Matthew finalmente saiu de corpo inteiro do carro, como se tivesse se soltado de um feitiço que o prendia ali. Caminhou um pouco, pôs-se ao meu lado, beijou o rosto da mãe com ternura e me pegou pela mão.

– *Omni fine initium novum* – respondeu, contemplando a terra do pai como se finalmente tivesse voltado para casa. – *Em cada final há um novo começo.*

30 de maio de 1593

Annie levou a estatueta de Diana para padre Hubbard, como tinha prometido para mestre Marlowe. Ficou com o coração apertado quando a viu na palma da mão do *wearh*. A estatueta sempre a fazia se lembrar de Diana Roydon. Mesmo agora, quase dois anos depois da súbita partida da patroa, Annie ainda sentia saudade dela.

– E ele não disse mais nada? – perguntou Hubbard, girando a estatueta para observá-la melhor. Um feixe de luz iluminou a flecha da caçadora e a pequena peça brilhou como se prestes a voar.

– Mais nada, padre. Mestre Marlowe me pediu para trazê-la para o senhor antes de partir para Deptford esta manhã. Disse que o senhor saberia o que fazer com ela.

Hubbard reparou na tira de papel enrolada e enfiada na delgada aljava que guardava as flechas da deusa.

– Empreste-me um alfinete, Annie.

Ela retirou um alfinete do corpete e o entregou, com olhos arregalados de espanto. Hubbard espetou o rolinho de papel e o puxou com todo cuidado.

Leu o bilhete, franziu a testa e balançou a cabeça em negativa.

– Pobre Christopher. Sempre foi uma das crianças perdidas de Deus.

– Mestre Marlowe não vai voltar? – Annie sufocou um súbito suspiro de alívio. Jamais gostara do dramaturgo e a opinião que nutria sobre ele piorou a partir dos terríveis episódios no estádio do palácio Greenwich. Depois que os amos dela partiram sem deixar pistas do paradeiro, Marlowe passou a oscilar da melancolia ao desespero e a algo ainda mais sombrio. Às vezes, Annie chegava a pensar que ele seria engolido inteirinho por toda aquela sombra. E morria de medo de que a sombra também a pegasse.

– Não, Annie. Deus me diz que mestre Marlowe partiu deste mundo para o outro. Rezo para que ele encontre no outro mundo a paz que lhe foi negada neste mundo. – Hubbard observou a garota por um momento. Já era uma mocinha. Talvez pudesse curar Will Shakespeare da paixão que sentia pela esposa de outro homem. – Mas não precisa se preocupar. A sra. Roydon me incumbiu de cuidar de você como minha própria filha. Sempre cuidei dos meus filhos e você terá um novo amo.

– Quem? – Ela teria que aceitar qualquer encargo que Hubbard lhe oferecesse. A sra. Roydon deixara bem claro qual era a quantia de dinheiro necessária para que ela pudesse se manter independente como costureira em Islington. Ela precisaria de algum tempo para juntar essa quantia.

– Mestre Shakespeare. Você já sabe ler e escrever e agora é uma mulher de valor, Annie. Pode ajudá-lo na obra dele. – Hubbard considerou a tira de papel que tinha às mãos. Estava tentado a mantê-la junto a um embrulho que recebera de Praga por via da formidável rede postal de mensageiros e comerciantes estabelecida pelos vampiros alemães.

Ele ainda não sabia bem por que recebera aquela estranha gravura de dragões de Edward Kelley. Edward era uma criatura sombria e escorregadia, cujo código moral de aceitar como certo o adultério escancarado e o roubo não era aprovado por Hubbard. Por isso, o ato ritualístico de lhe tirar o sangue em sacrifício familiar tornara-se uma tarefa e não um prazer como costumava ser. Em troca, vislumbrara a alma de Kelley o suficiente para não querê-lo nos limites de Londres. E assim o mandara para Mortlake. Isso lhe dera uma pausa nos insistentes apelos de Dee por aulas de magia.

Marlowe, entretanto, deixara bem claro que queria a estatueta nas mãos de Annie, e Hubbard não queria contrariar o último desejo de um homem. Então, estendeu a pequena estatueta e a tira de papel para Annie.

– Entregue para a sua tia, a sra. Norman. Ela guardará isso em segurança para você. O papel deve ser outra lembrança de mestre Marlowe.

– Sim, padre Hubbard – disse Annie, embora preferisse vender o objeto de prata e juntar o dinheiro às suas economias.

Ela saiu da igreja onde Andrew Hubbard mantinha a sua própria corte e cruzou as ruas em direção à casa de Will Shakespeare. Will era menos mercurial que Marlowe, e a sra. Roydon sempre se referia a ele com respeito, se bem que os amigos sempre debochavam dele.

Annie adaptou-se rapidamente ao ambiente doméstico do dramaturgo e a cada dia se sentia mais feliz. Quando recebeu a notícia da terrível morte de Marlowe, isso só confirmou que tinha sido muito afortunada ao se libertar dele. Mestre Shakespeare também ficou abalado e uma noite bebeu muito em memória do mestre das bebedeiras. Mas depois se justificou satisfatoriamente e tudo retornou ao normal.

Annie estava limpando o vidro da janela porque assim o amo teria mais luz para ler confortavelmente. Mergulhou o pano na água fresca e a brisa trazida pela janela aberta fez a tira de papel cair do seu bolso.

– O que é isso, Annie? – perguntou Shakespeare desconfiado, apontando para o papel com a ponta de uma pena. A garota trabalhara para Kit Marlowe. Talvez estivesse passando informações para os rivais. E ele não queria que ninguém soubesse das suas últimas tentativas para obter patrocínio. Era um desafio manter o corpo e a alma unidos, ainda mais com todas as casas de espetáculo fechadas por causa da peste. A peça *Vênus e Adônis* poderia trazer isso, caso ninguém lhe roubasse a ideia.

– Não é nada, m-m-mestre Shakespeare. – Annie gaguejou enquanto se inclinava para pegar o papel.

– Já que não é nada, traga-o até aqui – ordenou ele.

Já na posse do papel, Shakespeare reconheceu a caligrafia. Ficou com os pelos da nuca arrepiados. Era a mensagem de um morto.

– Quando Marlowe lhe deu isso? – A voz dele soou cortante.

– Ele não me deu isso, mestre Shakespeare. – Não era do feitio de Annie mentir. Ela não tinha muitos traços de bruxa, mas era muito honesta. – Estava escondido. Padre Hubbard o encontrou e me deu. Como recordação, ele disse.

– Isso chegou às suas mãos depois da morte de Marlowe? – Ao arrepio dos pelos da nuca de Shakespeare seguiu-se uma onda de curiosidade.

– Sim – sussurrou ela.

– Guardarei para você. Por segurança.

– Tudo bem. – Ela piscou os olhos de preocupação quando as últimas palavras de Christopher Marlowe passaram para as mãos do novo amo.

– Continue o seu trabalho, Annie. – Shakespeare esperou que a criada saísse para pegar mais pano e água. Só então esquadrinhou os versos.

Negro é o símbolo do verdadeiro amor perdido.
Matiz dos demônios
Sombra da Noite.

Suspirou. A métrica de Kit nunca fazia sentido para ele. Sem mencionar o humor melancólico e os fascínios mórbidos muito sombrios para aqueles tempos tão tristes. Incomodavam a plateia e Londres já estava saturada de mortes. Shakespeare girou a pena.

Verdadeiro amor perdido. De fato. Bufou. Já tinha tido amor verdadeiro o suficiente, se bem que os espectadores pagantes pareciam nunca se cansar do tema. Riscou as palavras e substituiu-as por uma única, que sintetizava com mais exatidão o que ele próprio sentia.

Demônios. O sucesso do *Fausto*, de Kit, ainda mexia com Shakespeare, que não tinha talento para escrever sobre criaturas que transcendiam os limites da natureza. Ele se saía bem melhor com os simples e imperfeitos mortais que se deixavam enredar nas tramoias do destino. Às vezes chegava a achar que talvez houvesse uma boa história de um fantasma dentro dele. Quem sabe a história de um pai terrível que assombrava o filho. Shakespeare estremeceu. O próprio pai dele daria um espectro assustador, isso se John Shakespeare já tivesse acertado as contas com Deus. Riscou a palavra ofensiva que acabara de escrever e a substituiu por uma outra.

Sombra da Noite. Era um final hesitante e previsível para os versos – George Chapman o criticaria como carente de originalidade. Mas o que atenderia melhor ao propósito? Apagou uma palavra e escreveu "*carranca*" por cima. *Carranca da Noite*. Isso também não agradou. Riscou-a e escreveu "*manga*". Essa palavra pareceu pior que a anterior.

Shakespeare se pôs a devanear sobre o destino de Marlowe e seus amigos, a essa altura todos tão etéreos quanto sombras. Henry Percy agora desfrutava de um raro período de benevolência real e sempre estava na corte. Raleigh se casara em segredo e perdera os favores da rainha. E agora estava em Dorset, onde a rainha esperava que ele terminasse no ostracismo. Harriot estava recluso em algum lugar, certamente debruçado em algum quebra-cabeça matemático ou observando o céu como um Robin Goodfellow lunático. Segundo rumores, Chapman estava em alguma missão ordenada por Cecil nos Países Baixos e compunha longos poemas sobre as bruxas. E Marlowe falecera recentemente em Deptford, e pelo que diziam tinha sido assassinado. Talvez aquele estranho galês soubesse melhor a respeito porque tinha estado na taberna com Marlowe. Roydon – o único e verdadeiro homem poderoso que Shakespeare conhecera – e sua misteriosa esposa simplesmente evaporaram no verão de 1591 e nunca mais foram vistos.

O único do círculo de Marlowe de quem Shakespeare ainda recebia notícias regulares era Gallowglass, um tipo principesco demais para a função de um servo, que sempre contava histórias de fadas e espíritos. Graças aos constantes trabalhos para Gallowglass é que Shakespeare tinha um teto sobre a cabeça. Gallowglass sempre solicitava trabalhos que requeriam o talento de Shakespeare para a falsificação. E pagava bem – sobretudo quando pedia a Shakespeare para imitar a caligrafia de Roydon nas margens de algum livro ou para escrever uma carta com a assinatura de Roydon.

Que turma, pensou Shakespeare. *Traidores, ateus e criminosos, em sua maioria*. A pena hesitou sobre a página. Depois de escrever outra palavra, dessa vez decisivamente encorpada e negra, Shakespeare recostou na cadeira e refletiu sobre os novos versos.

Negro é o símbolo do inferno
Matiz das masmorras e da escola da noite.

A autoria dos versos já não podia ser reconhecida como de Marlowe. Por meio da alquimia do seu próprio talento Shakespeare acabara de transformar as ideias de um morto em algo mais acessível aos londrinos comuns e não aos tipos perigosos como Roydon. E isso só lhe exigira alguns instantes.

Shakespeare não sentiu uma única pontada de remorso ao alterar o passado e, consequentemente, o futuro. A entrada de Marlowe ao mundo do palco terminava, mas a de Shakespeare só estava começando. A memória era curta e a história era ingrata. Esse era o jeito do mundo.

Feliz, Shakespeare deixou o pedaço de papel em cima de uma pilha de outros papéis iguais que estavam debaixo do crânio de um cachorro no canto da escrivaninha. Um dia aquele verso seria usado. Um segundo depois um pensamento lhe passou pela cabeça.

Talvez tivesse sido apressado demais ao descartar *"verdadeiro amor perdido"*. Isso tinha potencial – ainda não realizado e à espera de alguém que o revelasse. Shakespeare procurou uma folha de papel que cortara ao meio para economizar depois que Annie lhe apresentara a última conta do açougue.

"Trabalhos de Amores Perdidos", Shakespeare escreveu em letras garrafais.

Sim, pensou consigo, definitivamente um dia usaria esse verso.

LIBRI PERSONAE: PERSONAGENS DO LIVRO

*Os nomes marcados por * são reconhecidos pelos historiadores.*

PARTE I: Woodstock: a Velha Cabana

Diana Bishop, bruxa
Matthew de Clermont, conhecido como Roydon,* vampiro
Christopher Marlowe,* demônio e dramaturgo
Françoise e Pierre, ambos vampiros e criados
George Chapman,* escritor de alguma reputação e pouco patrocínio
Thomas Harriot,* demônio e astrônomo
Henry Percy,* conde de Northumberland
Sir Walter Raleigh,* explorador
Joseph Bidwell, mestre e aprendiz, sapateiros
Mestre Somers, luveiro
Viúva Beaton, curandeira
Sr. Danforth, clérigo
Mestre Iffley, outro luveiro
Gallowglass, vampiro e soldado rico
Davy Gam,* conhecido como Hancock, vampiro e companheiro galês de Gallowglass

PARTE II: Sept-Tours e a aldeia de Saint-Lucien

Cardeal Joyeuse,* visitante no monte Saint-Michel
Alain, vampiro e criado de *Sieur* de Clermont
Philippe de Clermont, vampiro e senhor de Sept-Tours
Chef, cozinheiro
Catrine, Jehanne, Thomas e Étienne, criados
Marie, costureira
André Champier, bruxo de Lyon

PARTE III: Londres: Blackfriars

Robert Hawley,* sapateiro
Margaret Hawley,* esposa de Robert
Mary Sidney,* condessa de Pembroke
Joan, aia da condessa
Nicholas Hilliard,* retratista
Mestre Prior, especialista em tortas
Richard Field,* impressor
Jacqueline Vautrollier Field,* esposa de Richard
John Chandler,* boticário próximo a Barbican Cross
Amen Corner e Leonard Shoreditch, vampiros
Padre Hubbard, vampiro rei de Londres
Annie Undercroft, jovem bruxa com alguns dons e pouco poder
Susanna Norman,* parteira e bruxa
John e Jeffrey Norman,* filhos de Susanna
Goody Alsop, bruxa de vento de St. James Garlickhythe
Catherine Streeter, bruxa de fogo
Elizabeth Jackson, bruxa de água
Marjorie Cooper, bruxa de terra
Jack Blackfriars, órfão travesso
Dr. John Dee,* erudito e dono de vasta biblioteca
Jane Dee,* a sempre descontente esposa de John
William Cecil,* lorde Burghley, responsável pelas finanças da Inglaterra
Robert Devereux,* conde de Essex
Elizabeth I,* rainha da Inglaterra
Elizabeth (Bess) Throckmorton,* dama de companhia da rainha

PARTE IV: O Império: Praga

Karolína e Tereza, vampiras e criadas
Tadeáš Hájek,* médico de Sua Majestade
Ottavio Strada,* bibliotecário imperial e historiador
Rodolfo II,* sacro imperador romano e rei da Boêmia
Frau Huber, austríaca, e *signorina* Rossi, italianas, mulheres de Malá Strana
Joris Hoefnagel,* artista
Erasmus Habermel,* artífice de instrumentos matemáticos
Signor Miseroni,* lapidador de pedras preciosas
Signor Pasetti,* mestre de dança de Sua Majestade
Joanna Kelley,* estrangeira longe da terra natal

Edward Kelley,* demônio e alquimista
Rabino Judah Loew,* homem sábio
Abraão ben Elijah de Chelm, bruxo problemático
David Gans,* astrônomo
Herr Fuchs, vampiro
Melchior Maisel,* próspero mercador do bairro judeu
Lobero, cão húngaro por vezes confundido com um esfregão, provavelmente não passava de um cão da raça Comodoro
Johannes Pistorius,* bruxo e teólogo

PARTE V: Londres: Blackfriars

Vilém Slavata,* embaixador muito jovem
Louisa de Clermont, vampira e irmã de Matthew de Clermont
Mestre Sleford,* cuidador dos pobres de Bedlam
Stephen Proctor, bruxo
Rebecca White, bruxa
Bridget White, filha de Rebecca

PARTE VI: Novo Mundo, Velho Mundo

Sarah Bishop, bruxa e tia de Diana Bishop
Ysabeau de Clermont, vampira e mãe de Matthew de Clermont
Sophie Norman, demônia
Margaret Wilson, filha de Sophie, bruxinha

OUTROS PERSONAGENS DE OUTROS TEMPOS

Rima Jaén, bibliotecária de Sevilha
Emily Mather, bruxa e companheira de Sarah Bishop
Marthe, governanta de Ysabeau de Clermont
Phoebe Taylor, jovem instruída com grande conhecimento de arte
Marcus Whitmore, filho de Matthew de Clermont, vampiro
Verin de Clermont, vampira
Ernst Neumann, marido de Verin
Peter Knox, bruxo e membro da Congregação
Pavel Skovajsa, bibliotecário
Gerbert de Aurillac, de Cantal,* vampiro aliado de Peter Knox
William Shakespeare,* copista e falsificador que também escreve peças de teatro

Agradecimentos

Muitas pessoas ajudaram para que este livro se tornasse realidade.

Em primeiro lugar, devo agradecer aos meus primeiros leitores, sempre gentis: Cara, Fran, Jill, Karen, Lisa e Olive. E um agradecimento especial para Margie, que embora também estivesse envolvida na última edição do seu próprio livro se ofereceu para ler meu manuscrito com seu olho apurado de escritora.

Carole DeSanti, minha editora, que em alguns estágios do processo da narrativa serviu de parteira e que sabe (literalmente) onde os corpos foram enterrados. Muito obrigada, Carole, por sempre estar pronta para ler e prestar ajuda com a ponta do lápis afiada e o ouvido solidário.

A extraordinária equipe da Viking, que transforma alquimicamente pilhas de folhas datilografadas em maravilhosos livros e que sempre me surpreende pelo entusiasmo e profissionalismo. E muito obrigada a todos os meus editores espalhados pelo mundo inteiro, por tudo o que fizeram (e continuam fazendo) para apresentar Diana e Matthew a novos leitores.

Sam Stoloff, meu agente literário, da agência Frances Goldin, que continua sendo o mais fiel dos meus apoiadores. Muito obrigada, Sam, pela perspectiva e pela atuação por trás dos panos que tornou possível a minha narrativa. Também devo um agradecimento ao meu agente cinematográfico, Rich Green, da agência Creative Artists, que se tornou uma fonte indispensável de conselhos e bom humor, mesmo nas circunstâncias mais adversas.

Jill Hough, minha assistente, que lutou pelo meu tempo e pela minha sanidade ao longo do ano passado, com a bravura de um dragão de fogo. Eu realmente não teria conseguido terminar este livro sem ela.

Lisa Halttunen, que mais uma vez preparou o manuscrito para aprovação. Embora desconfie de que jamais dominarei senão algumas das regras propostas por ela, eu sou eternamente grata pela disposição com que ela endireita a minha prosa e a minha pontuação.

Patrick Wyman, que propiciou repertório para as reviravoltas da história militar medieval que conduz personagens – e trama – a surpreendentes direções.

Se de um lado Carole sabe onde os corpos estão enterrados, de outro Patrick sabe como foram parar onde estão. Muito obrigada, Patrick, por me ajudar a enxergar sob uma nova luz Gallowglass, Matthew e, acima de tudo, Philippe. E também muito obrigada a Cleopatra Comnenos, que respondeu minhas solicitações a respeito da língua grega.

Eu também gostaria de expressar minha gratidão aos arqueiros Roving de Pasadena, que me ajudaram a entender o quão difícil é atirar uma flecha em um alvo. Scott Timmons da Aerial Solutions foi quem me apresentou a Fokker e suas outras lindas aves de rapina no Resort Terranea, na Califórnia. E Andrew, da loja da Apple em Thousand Oaks, que salvou a autora, seu computador – e o próprio livro – de um colapso em um ponto crucial no processo da escrita.

Este livro é dedicado ao historiador Lacey Baldwin Smith, que me aceitou como aluna na prós-graduação e inspirou milhares de estudantes com a sua paixão pela Inglaterra dos Tudor. Sempre que falava sobre Henrique VIII e sua filha Elizabeth I, ele me dava a impressão de que tivesse acabado de almoçar com eles. Certa vez, ele me deu uma breve lista de fatos e disse-me para imaginar como eu lidaria com eles, se estivesse escrevendo uma crônica, ou sobre a vida de um santo, ou um romance medieval. No final de uma das minhas histórias extremamente curtas, ele escreveu: "O que acontece depois? Você deveria pensar em escrever um romance." Talvez tenha sido nesse momento que as sementes da trilogia All Souls tenham sido plantadas.

Por fim, mas não menos importante, expresso sincera gratidão a minha família e aos amigos (vocês sabem quem são!) que suportaram minha longa ausência durante minha estada no ano 1590 e me receberam quando retornei para o presente.

Impressão e Acabamento:
EDITORA JPA LTDA.